中國古典文學基本叢書

詩經注析

上册

程俊英
蔣見元
著

中華書局

圖書在版編目(CIP)數據

詩經注析/程俊英,蔣見元著. —北京:中華書局,2017.9
(2024.12 重印)
(中國古典文學基本叢書)
ISBN 978-7-101-12750-8

Ⅰ.詩… Ⅱ.①程…②蔣… Ⅲ.①《詩經》-注釋
②《詩經》-詩歌研究 Ⅳ.I222.2

中國版本圖書館 CIP 數據核字(2017)第 200960 號

責任印製:韓馨雨

中國古典文學基本叢書
詩經注析
(全三册)
程俊英 蔣見元 著
*
中華書局出版發行
(北京市豐臺區太平橋西里 38 號 100073)
http://www.zhbc.com.cn
E-mail:zhbc@zhbc.com.cn
大廠回族自治縣彩虹印刷有限公司印刷
*
850×1168 毫米 1/32 · 36 印張 · 6 插頁 · 620 千字
2017 年 9 月第 1 版 2024 年 12 月第 7 次印刷
印數:30001-33000 册 定價:148.00 元

ISBN 978-7-101-12750-8

序言

詩經注析同讀者諸君見面了。近年來，詩經今注或今譯本已經出版了好幾種，我們爲什麼還要來做一番似乎疊牀架屋的工作呢？這是要在序言中向讀者交待一下的。

詩經作爲我國文學史上第一部詩歌總集，是可以傳之永久的；但自從被捧上儒家經典的寶座之後，詩旨遭經師的歪曲，每首詩都被套上「思無邪」的靈光圈，打上「温柔敦厚」的標記（我們並不反對温柔敦厚，但以此概括全部詩經，却不符合事實），成爲「經夫婦，成孝敬，厚人倫，美教化，移風俗」的金科玉律和輔成王道的「諫書」。自漢魏以迄清末，詩經的研究基本上循着這樣一條經學軌跡在行進。當然，經學作爲傳統文化中很豐富的一部分，值得認真研究總結，但這不是我們寫這部書的動機。我們的願望，是想恢復詩經的客觀存在和本來面目。撥開經學的霧翳，彈却毛序蒙上的灰塵，揩清後世各時代追加的油彩，她的面容是能够豁然顯露的。南宋治詩大師朱熹，攻訐毛序，廢序不用，提出「就詩論詩」的原則。儘管他並沒有真正做到這一點，但開創風氣，意義是至爲鉅大的。今天，我們的治學眼光應該更加客觀，可以更徹底地就詩論詩。毛序中正確的自當吸收，但大部分必須否定。詩經就是詩，準確地説，就是歌曲，一首首頌德的歌、祭祀的歌、宴飲的歌、戀愛的歌、送别的歌、諷刺的歌，等等，如此而已。我們在每一篇詩前面都加一段「題解」，便是想製作開啟「詩」的殿堂的第一把鑰匙，也可以看作是我們出版這本書的原因之一。

當然，就詩論詩，決不等於一空依傍。秦火以後，漢時説詩者分成今、古文兩派，魯、齊、韓、毛四家；自毛傳以來，直至清代，對詩經作各方面研究注釋的著作更多至千餘種。如此龐大紛繁、學説林立的局面，雖然使得學者們不免有「詩無達詁」的感慨，然而畢竟爲理解這三百零五篇詩開拓了一條通道。我們作今注，是站在前賢奠定的基礎上，擇善而從，特别注意不盲從一家。譬如，毛傳是最早注釋詩經的著作，歷來奉爲圭臬。它的優點是去古未遠，訓詁多精確之處。缺點是文字簡奥難通，以致於鄭玄作箋，孔穎達作疏，陳奂再作疏，累累不窮。因爲時代的隔閡，今人已看不懂，其價值是無法不打折扣的。其次，毛公作傳時，訓詁學尚在草創期，篳路藍縷之功雖不可没，簡陋粗疏之失也是難以諱言的。以毛傳爲不可踰越，不符合學術發展的事實。再如鄭箋，從王肅毛詩問難對它進行批駁開始，責難者代不乏人，甚至斥之爲「不守家法之大賊」。直到今天，仍有人矻矻於左鄭右毛。實際上，鄭箋雖有不少主觀武斷的地方，但它鎔今、古文爲一爐，參稽各家，自成一説，是詩經學上的一大進步，鄭箋出而三家詩逐漸式微便是明證。又如朱熹詩集傳，研究詩經開一代風氣，而訓詁不及漢學諸家。但我們仔細分析，覺得朱熹就詩論詩，注釋中不乏合情合理、通俗易懂之處，還是應當採納的。至清代，學術的發展使詩經研究大大地向前邁進，但門户偏見並未完全消除。譬如陳奐詩毛氏傳疏，唯毛傳是尊；而王先謙詩三家義集疏，則明顯傾向三家詩説。這兩本著作雖然觀點互相齟齬，却不妨礙我們擇取各自的合理部分。總之，爬梳抉剔，去疵存瑜，是我們的努力目標。此外，在注釋中，我們還致力於運用説文、爾雅、廣雅等字書，揭示詩經中不少字詞的本義、引申義或假借義的關係。有些關鍵字，甚至不避重複地訓釋。這樣做，旨在幫助讀者將眼光擴展到先秦古漢語詞義的演變上去，或許能通過讀詩得到更多的收穫。解放後，甲骨金石文字的研究大大發展，地下文物屢見出土，這些成果開拓了我們的眼界，也豐富了本書的内容。學術是永遠向前發展的，詩經研究也必然會不斷攀向新的高峰。可以説，這是我們在衆多注本之後仍希望將自己的一點心得奉獻給讀者的原因之二。

詩經作爲經典，已經被研究了兩千多年。而她作爲文學藝術的本質却長期地被忽視、被擱置。經學已經走完了它的歷史路程，詩經應該從「經」的桎梏中解脱出來，恢復文學的本來面目了。舊學者們從宗經的立場出發，總認爲「三百篇不可及也」。其實哪有這回事呢？如果詩經已處在文學的巔峰，那麼兩千多年來的中國詩壇豈非都在走下坡路麽？當然，詩經作爲文學長河的源頭，對後世的影響絕不可低估。國風的清婉，小雅的典麗，大雅的凝重，三頌的肅穆，運用賦、比、興藝術形式的創造等等，無不在後世的詩歌中得到繼承和發展。追本溯源，詩經這一朵奇葩實在值得細細地賞析。可惜這方面的論述太少，也太零碎。有鑒於此，我們不揣譾陋，在每一篇「題解」中，都有一段藝術分析。或論意境，或言修辭，或述源流，或摘瑕疵。雖然見仁見智，未敢必其正確，但希望能爲讀者徜徉詩境作一次導遊。這類内容在前此各注本中未曾見過，故而成爲我們向讀者獻芹的原因之三。

順便提一下，我們的注本爲什麽没有譯詩。詩經的翻譯，從郭沫若先生的卷耳集以來，陸陸續續有人在做。近年來，更有將全部詩經都譯成白話詩的，包括程俊英也有一種譯本問世。雖然這個譯本頗受讀者歡迎，但自己細細玩味，總覺得翻譯詩歌，能達意已是上上之作，至於韻味則喪失殆盡，留下不盡的遺憾。後來看到朱光潛先生在詩論中的一段話，他説：

詩不但不能譯爲外國文，而且不能譯爲本國文中的另一體裁或是另一時代的語言，因爲語言的音和義是隨時變遷的，現代文的字義的聯想不能代替古文的字義的聯想。比如，詩經：「昔我往矣，楊柳依依；今我來思，雨雪霏霏。」四句詩看來是極容易譯爲白話文的。如果把它譯爲：「從前我去時，楊柳還在春風中搖曳；現在我回來，已是雨雪天氣了。」總算可以勉强合於「做詩如説話」的標準，却不能算是詩。一般人或許説譯文和原文的實質略同，所不同者只在形式。其實它們的實質也並不同。譯文把原文纏綿悱惻，感慨不盡的神情失去了，因爲它把原文低徊往復的音節失去了。專就義説，「依依」兩字就無法可譯，譯文中，「在春風中搖曳」只是不經濟不正確的拉長，「搖曳」只是呆板的物理，而「依依」却帶有濃厚的人情。

朱先生把譯詩之不可能歸結爲不同語言之間音與義的差距，真是精確不磨！他所舉的恰是詩經的例，因此我們不厭其長地引證出來，爲自己的不作譯詩找一個根據。當然，目前衆多的譯本也不可厚非，它們畢竟有助於初學者瞭解詩句的含義，不失爲讀詩入門的途徑之一。

最後，想談一談詩經的韻律。押韻是詩歌的基本要素之一，詩經當然也不例外。但是，兩千多年前的語音，同今天有很大的差别。用普通話去讀詩經，實在難以理解它的韻律，因此更有必要加以説明。這個問題從明、清學者到今人都做過大量研究，詩經怎樣押韻的問題，基本上是解決了。但是，困難在於如何將那些不同於今音的上古韻的讀音表達出來。漢語拼音只適用於現代漢語，無法表示上古音中某些字。反切是一個方法，清代小學家們便是用的反切。不過時至今日，反切幾乎成爲「絶學」了，在詩經的讀者群中，我們估計懂得反切的同志不會超過百分之十。更何況由於語音的變遷，即便懂得反切原理，也未必能切出正確的上古音來。比如入聲，在普通話中已經消失，因而也就無從找一個適當的反切下字來表示上古音的入聲聲調。最精確的當然是國際音標拼音法（王力先生的詩經韻讀便是用的國際音標），然而，且不説上古音擬測是否有科學根據，單是這麽幾個國際音標字母，除了從事音韻研究的專業工作者之外，識得的人恐怕寥若晨星。表達得縱使十分精確，無人能解也是枉然。這真是令人進退維谷的難題！

於是我們不禁想到了「直音」這個比較古老的方法。注直音的優點是人人能懂，缺點是有的注音字只能近似，不可能十分精確。我們在本書每一章的注釋之後加上「韻讀」一項，基本依據清代學者江有誥詩經韻讀，標出該章所屬韻部及每個押韻字。上古音與今音差異很大的字，在括號中加注直音。實在找不到聲韻相同的直音，不得已只好用反切代替。凡是入聲字，都予以標明。比如關雎第四章：「參差荇菜，左右采之；窈窕淑女，琴瑟友之。」「采」、「友」二字押韻，「友」字的古讀我們用直音「以」字標出，但「采」字找不到確切的直音，只好用反切「此止反」來注音（反切的基本原則是上字取聲，下字取韻、調）。又如關雎第三章「輾轉反側」一句，「側」字在韻脚上，不過它是個入聲字，入聲在今天的普通話中已經消失，我們只能用一個聲韻都相同的平聲字「淄」來注音，同時標明「淄入聲」。北方不少地區的讀者也許看了這個注還是讀不出入聲的音來，但至少可以藉此明白這個字在上古是讀入聲的。這種辦法當然很粗糙，不過我們標明韻脚，只是爲了讓讀者瞭解某字在上古的讀音與今音不同，因而在詩經中是押韻的，並不是想證明可以用現代漢語普通話來精確描述上古音，更不是要求讀者按照上古音去朗誦詩經。我們只希望達到「庶幾近之」的目的，用江有誥的話來説，便是「可便於初學，亦不致見笑於通人」。如此一番斟酌的苦心，不知能否得到讀者的認可，這也就算是出版這本書的原因之四吧。

以上四點，談不上是這本書的特色，只是我們在撰寫之初的設想以及在撰寫過程中努力使其成爲現實而已。至於它們能否使讀者諸君在衆多注本之外感到一點新意，我們誠懇地盼望大家的批評和指教。

本書在撰寫初稿時，承黄珅、王鐵、曾抗美同志大力協助；稿成之後又承曹大民同志工楷謄清，在此一併致以衷心的謝意。在全書的撰寫過程中，自始至終得到朱菊如同志的鼎力支持，更是我們銘感不忘的。

程俊英
蔣見元

一九八七年七月於
華東師範大學古籍研究所

目録

十五國風

二　雅

三　頌

十五國風

周南

周南、召南共二十五篇，其中周南十一篇，召南十四篇。

二南是西周末、東周初，即周王室東遷前後的作品。歷來治毛詩的學者説二南是西周初年的詩歌，這是因爲他們抱有一種偏見，認爲二南一定是歌頌「文王之化」、「后妃之德」，所以固執地要把它的產生上推到周文王的年代。這種膠柱鼓瑟的説法已爲後人證明是錯誤的。

關於二南的產生地，韓詩序（酈道元水經注引）説：「南，國名也。其地在南郡、南陽之間。」按南陽即今河南省西南部，湖北省北部；南郡即今湖北省江陵縣一帶。司馬遷史記自序：「太史公留滯周南。」亦指的東周之地，南郡、南陽之間。方玉潤詩經原始説：「竊謂南者，周以南之地也。大略所採詩皆周南詩多，故命之曰周南。何以知其然耶？周之西爲犬戎，北爲豳，東則列國，惟南最廣，而及乎江、漢之間。」

歷來學者還有一種意見，認爲「南」是「詩之一體」，應該與風、雅、頌並列，不能包含在風裏。這種説法濫觴於北宋蘇轍的詩集傳，王質詩總聞、程大昌考古編從之，直到清代以至近現代，都有人贊成。但是我們認爲，既然周南、召南都是以地域作爲詩的標目，這兩處地方自然也有其地方樂調，列在風裏並無不妥之處，又何必獨立呢？

二南中，反映婦女們勞動、戀愛、歸寧、思夫、拒暴等生活和思想感情的詩居多。還有一些禮俗詩，表達了賀新婚、祝多子等主題。

關　雎

【題解】　這是一首貴族青年的戀歌。聞一多風詩類抄説：「關雎，女子采荇於河濱，君子見而悦之。」所謂「君子」，是當時對貴族男子的稱呼。這位君子愛上了那位採荇菜的女子，却又「求之不得」，只能將戀愛與結婚的願望寄托在想象中。

漢、宋以來治詩的學者，多數認爲「君子」指周文王，「淑女」指太姒，詩的主題是歌頌「后妃之德」。這是因爲關雎居「三百篇」之首，不如此附會不足以顯示其「正始之道，王化之基」的重要地位。但是孔子只説：「關雎樂而不淫，哀而不傷。」倒是切實地道出了這首詩的樂調的風格，且從中可以看出這確是一首失戀的情歌。

詩經對後世文壇的影響，主要在賦、比、興的運用與發展。而前人言興，又常舉「關關雎鳩」爲例。「興者，先言他物以引起所咏之辭也。」（朱熹詩集傳）這是最簡明的解釋，但語焉不詳，没有進一步説明「他物」與「所咏之辭」的關係。宋李仲蒙則專從物與情的關係談興：「觸物以起情謂之興，物動情也。」（録自困學紀聞）換句話説，興是詩人先見一種景物，觸動了他心中潛伏的本事或思想感情而發出的歌唱。興的作用是多方面的。朱熹釋關雎道：「其（指君子、淑女）相與樂和而恭敬，亦若雎鳩之情摯而有別也。」（詩集傳）這樣「關關雎鳩，在河之洲」就不僅是起興，而且兼有比擬下面「所咏之辭」的作用，標示了君子追求淑女的主題。興的特點是觸物起情，也就是即景生情，而它的妙處，正在於詩人情趣與自然景物渾然一體的契合，也即一直爲人們所樂道的情景交融的藝術境界。

關關雎鳩，在河之洲。窈窕淑女，君子好逑。

關關，形容水鳥雌雄和鳴的象聲詞。玉篇、廣雅引詩作喧，是後起字。　雎（jū居）鳩，水鳥。按鳩在國風中見過四次，都是比喻女性的。相傳這種鳥雌雄情意專一，和常鳥不同。淮南子泰族訓：「關雎興于鳥，而君子美之，爲其雌雄之不乖居也。」王先謙詩三家義集疏：「不乖居，言不亂耦。」朱熹詩集傳：「雎鳩，小鳥，狀類鳧鷖，今江、淮間有之。生有定偶，而不相亂；偶常並遊，而不相狎。」

洲，水中的陸地。說文作州，洲是俗字。　「關關雎鳩，在河之洲」是興句，詩人聽到雎鳩雌雄相和鳴，勾起了追求淑女的心緒。

窈窕（yǎo tiǎo咬眺），美好貌，疊韻詞。揚雄方言：「秦、晉之間，美心爲窈，美狀爲窕。」陸德明經典釋文引王肅云：「善心爲窈，美容爲窕。」可見古人釋窈窕也兼指内心美好而言。

逑，仇的假借字，配偶。釋文：「逑，本亦作仇。」毛傳：「淑，善。逑，匹也。宜爲君子之好匹。」

韻讀：幽部——鳩、洲、逑。

參差荇菜，左右流之。窈窕淑女，寤寐求之。

參差（cēn cī 岑呲），長短不齊貌，雙聲詞。三家詩參作槮，參是假借字。説文：「槮，木長貌。詩曰：『槮差荇菜。』」廣雅釋詁：「差，次也。」王先謙集疏：「槮差謂如木有長者有次者，槮差然不齊也。」　荇（xìng 杏）菜，亦作莕菜，一種水生植物，形似蓴菜，可以吃。　左右，指採荇菜女子的雙手。篆文「左」「右」作「𠂇」「又」，象形。　流，「摎」的假借字，摘取。廣雅：「摎，捋也。」魯詩訓流爲擇，亦通。　寤寐，陳奂詩毛氏傳疏：「寤猶晤，訓覺。寐猶昧，訓寢。」此處意爲日日夜夜。

韻讀：幽部——流、求。

求之不得，寤寐思服。悠哉悠哉，輾轉反側。

思，語助詞。這是用於語中的；還有用於語首的，如大雅文王「思皇多士」；用於語尾的，如周南漢廣「不可求思」。　服，思念。毛傳：「服，思之也。」一説「思服」兩字爲同義複詞，都是思念之意，亦通。

悠哉，形容思念深長的樣子。王先謙集疏：「悠哉悠哉，猶悠悠也，二哉字增文以成句。重言之，以見其憂之長。」按邶風雄雉「悠悠我思」、泉水「我心悠悠」皆是。輾轉反側，翻來覆去，形容不能安眠。三家詩輾作展。說文無輾字，它始見於晉呂忱字林，是後起字。按廣雅訓展轉爲反側，鄭玄小雅何人斯箋訓反側爲展轉，是展轉與反側同義。展轉，雙聲詞。

韻讀：之部——得（丁力反，入聲）、服（扶逼反，入聲）、側（音淄入聲）。

參差荇菜，左右采之。窈窕淑女，琴瑟友之。

琴瑟，古樂器名。古琴多七弦，古瑟二十五弦。友，親愛。廣雅：「友，親也。」漢書王莽傳顏師古注：「友，愛也。」

按這一章與下一章都是描寫君子想象中與淑女歡聚的情景。

韻讀：之部——采（此止反）、友（音以）。

參差荇菜，左右芼之。窈窕淑女，鍾鼓樂之。

芼（mào冒），擇取。芼是覒的假借字。說文：「覒，擇也。」鍾鼓，鍾字應作鐘，經典中通用鍾字。樂，本義是樂器、音樂之名。說文：「樂，五聲八音總名。」朱駿聲說文通訓定聲：「按五聲八音相比而成樂，白象鼓，𢆶象鞞，木者，虡（音巨，掛鐘鼓的木架）也。象形兼會意。」引申爲喜樂、愛好。這裏指使淑女快樂，與上章友字都用作動詞。馬瑞辰毛詩傳箋通釋：「樂，古音讀勞來之勞，故與芼韻。」

韻讀：宵部——芼、樂。

葛覃

【題解】

這是一首描寫女子準備回家探望爹娘的詩。詩中採葛、製衣、洗澣、歸寧等描寫，反映了當時婦女生活的一個方面。

詩共三章，第一章全章是興。陳奐傳疏：「按葛覃，一興也。黄鳥，又一興也。」第二、三章是賦，朱熹説：「賦者，敷陳其事而直言之者也。」李仲蒙説：「敘物以言情謂之賦，情盡物也。」就是指敘事寫景抒情的創作方法，它對楚辭、漢賦影響很大。

這首詩的結構也很有特點。崔述讀風偶識説：「詩之爲體，多重末章，而前特爲原起。」葛覃本寫歸寧父母一事，因歸寧而澣衣，因澣衣而及絺綌，因絺綌而念刈濩之勞，因刈濩而追敘山谷蔓生的葛，及集於灌木的喈喈黄鳥所觸起的歸思。但首章却偏從中谷景物寫起，由葛及衣，至末句才點出歸寧本意，所以吴闓生詩義會通稱贊葛覃是「文家用逆之至奇者也」。

葛之覃兮，施于中谷；維葉萋萋。黄鳥于飛，集于灌木，其鳴喈喈。

葛，葛藤，一種蔓生纖維科植物，皮製成纖維可以織布，現在叫做夏布。　覃，釋文：「本亦作蕈。」延長。　爾雅：「覃，延也。延，長也。」這裏覃字是形容詞。　羅願爾雅翼：「葛蔓牽其首以至根可二十步。」　兮，語氣詞，相當於現代漢語的「啊」（參閱聞一多全集歌與詩）。

施（yì 異），蔓延。　施是延的假借字。　毛傳：「施，移也。」　中谷，即谷中。　這是倒句以成義，詩經中凡是中字在上，如中逵、中林、中心、中原、中澤、中田、中露等皆同。

維，句首語氣詞，含有「其」義。　萋萋，茂盛貌。　昭明文選潘岳藉田賦注引韓詩章句：「萋萋，盛也。」馬瑞辰通釋：「詩以葛之生此而延彼，興女之自母家而適夫家。」

黄鳥，黄雀。　按黄鸝、黄鸎亦名黄鳥，與黄雀不同。　于，助詞（從馬瑞辰説）。　與下「集于灌木」的于作介詞者不同。

灌木，矮小叢生的樹木。　爾雅釋木：「木族生爲欉。」孫炎注：「族，叢也。」

喈喈（jiē 皆），形容黄鳥和鳴的象聲詞。

韻讀：侯部——谷、木。　脂部——萋、飛、喈（音飢）。

葛之覃兮，施于中谷；維葉莫莫。　是刈是濩，爲絺爲綌；服之無斁。

莫莫，本義是形容植物茂盛貌。　廣雅：「莫莫，茂也。」但此章莫莫與上章萋萋對用，義當有別；此章下云「是刈是濩」，故此處的莫莫當含有茂盛而成熟貌之義。　參看胡承珙毛詩後箋。

刈（yì異），本義是小鐮刀，引申爲收割。　濩（huò穫），鑊的假借字。本義是煮物的器皿，引申爲煮。　毛傳：「濩，煮之也。」將葛煮後取其纖維，用來織布。

絺（chī癡），細夏布。　綌（xì隙），粗夏布。

斁（yì異），厭棄。三家詩作射，是假借字。朱熹詩集傳：「蓋親執其勞，而知其成之不易，所以心誠愛之，雖極垢弊而不忍厭棄也。」

韻讀：侯部——谷（與上章遥韻）。　魚部——莫（音模入聲）、濩（音胡入聲）、綌（音虚入聲）、斁（音余入聲）。

言告師氏，言告言歸。薄汙我私，薄澣我衣。害澣害否，歸寧父母。

言，發語詞，無義。下同。　師氏，保姆。儀禮昏禮鄭玄注：「姆，婦人五十無子，出而不復嫁，能以婦道教人者。」聞一多詩經通義：「姆即師氏。……論其性質，直今傭婦之事耳。」

歸，歸寧，回娘家。陳奂傳疏：「言歸，曰歸也。此篇及黄鳥、我行其野、有駜皆作言歸，齊南山、東山、采薇皆作曰歸，黍苗作云歸。言、曰、云三字同義。有在句首者，爲發聲，若漢廣之『言刈其楚』之類是也。有在句中者，爲語助，若柏舟『静言思之』之類是也。」

薄，語首助詞，有時含有勉力的意思。　汙，揉搓着洗。毛傳：「汙，煩也。」鄭箋：「煩，煩撋之。」釋文引阮孝緒字略：「煩撋，猶挼莏也。」按挼莏即揉搓之意。　私，内衣。劉熙釋名：「私，近身衣。」

澣（huàn 换），洗衣。説文：「澣，濯衣垢也。」澣爲濣之省。釋文：「澣，或作浣。」衣，指外衣。

害，何。害是曷的假借字。漢書翟義傳顔師古注：「害，讀曰曷。」

歸寧父母，古代已婚女子回娘家省親叫歸寧。左傳莊公二十七年杜預注：「寧，問父母安否。」這句是全詩的主旨。

韻讀：脂部——歸、私、衣。　之部——否（方鄙反）、母（滿以反）。

卷　耳

【題解】

這是一位婦女想念她遠行丈夫的詩。戴震詩經補注：「卷耳，感念於君子行邁之憂勞而作也。」詩中寫她丈夫上山有馬、有僕，飲酒用金罍、兕觥，可見夫婦都是貴族。劉熙載藝概云：「周南卷耳四章，只『嗟我懷人』一句是點明主意，餘者無非做足此句。」這首詩雖旨在表達作者的思念之情，但詩中着重表現的則是被思念對方的勞苦之狀。正如明人楊慎升庵詩話評論的：「蓋身在閨門，而思在道途，若後世詩詞所謂『計程應説到梁州』、『計程應説到常山』之意耳。」劉勰文心雕龍談想象，有「寂然凝慮，思接千載；悄焉動容，視通萬里」之言，像卷耳，真可以説是「視通萬里」了。想象不僅能擺脱時空的限制，還有寄托和激發情感的作用。卷耳詩人的感情，均通過想象曲曲傳出。想象越豐富，感情越深切；想象對方越周至，感情越細膩；儘管想象中的景狀均屬虚構，但所表達的感情却是那麼真摯。詩中並没有直寫思念之情，而思情反如桃花潭水，越見深長。這樣的詩篇，婉轉曲折，感人尤深。後世名篇如杜甫月夜、李白寄東魯二稚子、柳永八聲甘州、周邦彦風流子等，均脱胎於此。

采采卷耳，不盈頃筐。嗟我懷人，寘彼周行。

采采，採了又採。卷耳，今名蒼耳，一種草本植物。嫩苗可食，也可入藥。頃筐，淺筐，猶今之畚箕。詩人心事重重，思念遠行的丈夫，雖然採了又採，却總是採不滿一個淺筐，所以毛傳説這兩句是「憂者之興」。按採卷耳不滿淺筐，是詩人當前所做的事，因此而觸動思夫之情。所謂「憂者之興」，實質上是兼賦的興。

嗟，語助詞，不是歎詞。馬瑞辰通釋：「嗟爲語詞。嗟我懷人，猶言我懷人也。」按「嗟我懷人」是點明主題。

寘，同置，放下。周行（háng 杭），大道。朱熹詩集傳：「方采卷耳，未滿頃筐，而心適念其君子，故不能復采，而寘之大道之旁也。」

韻讀：陽部——筐、行（音杭）。

陟彼崔嵬，我馬虺隤。我姑酌彼金罍，維以不永懷。

陟（zhì至），登。　崔嵬，巖石高低不平的土山。疊韻詞。　我，詩人想象中的丈夫自稱。下同。　虺隤（huī tuí灰頹），腿軟的病。三家詩作瘣頹，虺隤是假借字。爾雅：「虺頹，病也。」疊韻詞。　姑，姑且。三家詩作夃，説文解字引詩作夃，朱駿聲定聲：「按此字當訓姑且之詞，从乃从夂，皆舒遲留難之意。説文引詩『我夃酌彼金罍』，是本字本義，經傳皆以姑爲之。」　金罍，青銅製的酒器，上刻雲雷花紋。金指青銅。孔穎達毛詩正義引韓詩：「金罍，大夫器也。天子以玉，諸侯大夫皆以金，士以梓。」按金罍和下章兕觥都是借代修辭，以酒杯代酒。　維，發語詞。　永，長。説文：「永，水長也。」段玉裁説文解字注：「引申之，凡長皆曰永。」　懷，思念。

韻讀：脂部——嵬（音危）、隤（音頹）、罍、懷（音回）。

陟彼高岡，我馬玄黃。我姑酌彼兕觥，維以不永傷。

玄黃，馬病毛色變黑黃。雙聲詞。　陳奂傳疏：「黃本馬之正色，黃而玄爲馬之病色。」　兕觥（sì gōng 四弓），犀牛角製的大酒杯。一説兕觥刻木爲之，形似兕角（見孔疏引先師説）。　傷，憂思。傷是慯的假借字。説文：「慯，惪（憂）也。」段注：「周南卷耳傳曰：『傷，思也。』此傷即愓之假借。思與憂義相近也。」

韻讀：陽部——岡、黄、觥（音光）、傷。

陟彼砠矣，我馬瘏矣，我僕痡矣，云何吁矣！

砠（jū居），多土的石山。毛傳：「石山戴土爲砠。」

瘏（tú塗），病。爾雅釋詁：「痡、瘏、虺頽、玄黄，病也。」

僕，駕車者。小雅正月箋：「僕，將車者也。」　痡（pū鋪），過度疲勞。孔疏引孫炎曰：「痡，人疲不能行之病。」

云，語助詞，無義。何，何等、多麽。吁，憂愁。按字當作盱，陳奂傳疏：「吁當爲盱。爾雅注引詩『云何盱矣』，邢昺疏云：『卷耳及都人士文也。』邢所據卷耳作盱。」盱是忬的假借字。説文：「忬，憂也。」

韻讀：魚部——砠、瘏、痡、吁。

樛　木

【題解】這是一首祝賀新郎的詩。這位新郎，作者稱他爲君子，當然是上層人物。昭明文選潘安仁寡婦賦：「伊女子之有待兮，爰奉嬪于高族。承慶雲之光覆兮，荷君子之惠渥。願葛藟之蔓延兮，託微莖于樛木。」李善注：「言二草之託樛木，喻婦人之託夫家也。詩曰：『南有樛木，葛藟纍之。』」潘賦和李注都以葛藟附樛木喻女子嫁「君子」，這是對詩本義的闡發，也是後人定它爲新婚詩的根據。同時，他們也指出了上二句是興的藝術手法。

南有樛木，葛藟纍之。樂只君子，福履綏之。

南，指南土，南郡、南陽之間。　樛（jiū 鳩），彎曲的樹枝。毛傳：「木下曲曰樛。」韓詩作朻，是樛的重文。

葛藟，野葡萄之類，蔓生植物。枝形似葛藤，故稱葛藟（從馬瑞辰説）。有人認爲葛是葛藤，藟是另一種蔓生植物，亦通。　纍，攀緣。纍的本義是繩索，引申爲攀緣。

只，語助詞，在句中。還有在句末的語氣詞，如鄘柏舟：「母也天只，不諒人只！」

福履，福祿，幸福。毛傳：「履，祿也。」按履的本義是鞋子，訓祿是引申義。　綏，安定。按綏的本義是車中繩索，論語：「升車必正立執綏。」周生烈注曰：「正立執綏，所以爲安。」故引申爲凡安之稱。

韻讀：脂部——纍、綏。

南有樛木，葛藟荒之。樂只君子，福履將之。

荒，掩蓋。毛傳：「荒，奄也。」説文：「荒，蕪也。一曰草掩地也。」奄與掩通。

將，扶助。將是⿰爿手的假借字。説文：「⿰爿手，扶也。」

韻讀：陽部——荒、將。

南有樛木，葛藟縈之。樂只君子，福履成之。

縈，旋繞。魯、韓詩作蘔。説文：「蘔，草旋貌也。詩曰：『葛藟蘔之。』」按縈、蘔音義皆同。成，成就。陳奐傳疏：「爾雅：『就，成也。』成、就二字互訓。」

韻讀：耕部——縈、成。

螽　斯

【題解】

這是一首祝人多子多孫的詩。詩人用蝗蟲多子比喻人的多子，表示對多子者的祝賀。什麼叫比？朱熹説：「比者，以彼物比此物也。」李仲蒙説：「索物以托情謂之比，情附物也。」比就是比喻，也是詩經中常用的一種藝術手法。

這首詩和上面的樛木在形式上十分相似。國風中的詩篇大多是疊咏體，語句反復、排比。如這二首詩均只换六個字，但就在這些用字的變换中，顯示出前後之序、深淺之别，讀來非但不覺其煩，反覺有無窮餘味流于齒間，有一唱三歎之妙。

螽斯羽，詵詵兮。宜爾子孫，振振兮。

螽（zhōng 終）斯，蝗蟲一類的蟲，又名蚣蝑、斯螽，是多子的蟲。詵詵（shēn 身），衆多貌。三家詩作𦒂𦒂。詵是𦒂的假借字。宜，多。馬瑞辰通釋：「古文宜作㝖。竊謂宜从多聲，即有多義。宜爾子孫，猶云多爾子孫也。」爾，指被祝賀的人。有人以爲指螽斯，恐非詩意。

振振，振奮有爲貌（從王先謙說）。毛傳訓爲仁厚或信厚，非詩意。

韻讀：文部——詵、振。

螽斯羽，薨薨兮。宜爾子孫，繩繩兮。

薨薨，昆蟲群飛的聲音。韓詩作𩙪𩙪。廣雅：「𩙪𩙪，飛也。」薨是𩙪的假借字。

繩繩，謹慎貌。毛傳：「繩繩，戒慎也。」按繩與慎雙聲通用。大雅下武「繩其祖武」，三家詩作「慎其祖武」。

韻讀：蒸部——薨、繩。

螽斯羽，揖揖兮。宜爾子孫，蟄蟄兮。

揖揖，群聚貌。毛傳：「揖揖，會聚也。」魯、韓詩作集集，音義均同。

蟄蟄，安静貌。爾雅釋詁：「蟄，静也。」

韻讀：緝部——揖、蟄。

桃夭

【題解】 這是一首賀新娘的詩。詩人看見農村春天柔嫩的桃枝和鮮豔的桃花，聯想到新娘的年輕貌美。「之子于歸」句點明賀新娘的詩旨，末句則致以勸勉之意，其性質就好像舊時的「催妝詞」。詩反映了當時社會對新婦的要求和人民生活的片段。

這首詩以咏物見長，如「夭夭」描寫桃樹少盛的形態，「灼灼」形容桃花盛開的豔麗，體物之工，古今稱頌。而詩人咏桃，並非止于描摹物狀。姚際恒詩經通論云：「桃花色最豔，故以取喻女子，開千古詞賦咏美人之祖。」從這一點上説，起首的興句可謂含比的興。朱熹道：「桃之有華，正婚姻之時也。」雖然方玉潤批評這種説法「泥而鮮通」，但不可否認，這確是一首「美嫁娶及時」之詩。咏桃樹和桃花在春光中的嬌豔之狀，對緊接着寫芳齡女郎的婚嫁，正起了烘雲托月的作用。劉勰文心雕龍物色篇：「詩人感物，聯類不窮。流連萬象之際，沈吟視聽之區。寫氣圖貌，既隨物以宛轉；屬采附聲，亦與心而徘徊。」這段話可作爲桃夭咏物的理論説明。後人在詩文中形容少女姿色，常借自然景物爲喻，如杏臉、柳眉、櫻唇、梨渦、玉筍、春葱、金蓮、柳腰等，實濫觴于此。

桃之夭夭，灼灼其華。之子于歸，宜其室家。

夭夭，桃樹少壯茂盛貌。三家詩作枖枖，又作媄媄。説文：「枖，木少盛貌。」按夭、媄都是枖的假借字。

灼灼，桃花鮮豔盛開貌。按灼是焯的假借字。説文：「焯，明也。」華，今作花。之，是，此。之子，這位姑娘，指新娘。爾雅釋訓：「之子，是子也。」于歸，古代女子出嫁稱爲于歸，或單稱歸，是往歸夫家的意思。毛傳：「于，往也。」陳奂傳疏：「于讀爲於。采蘩、燕燕傳皆云：『于，於也。』於者，自此之彼之詞。自此之彼謂之於，又謂之往，則『於』與『往』同義，亦『于』與『往』同義矣。」有人認爲于和曰、聿通，是語助詞，亦通。

宜，善。馬瑞辰通釋：「宜與儀通。爾雅：『儀，善也。』凡詩云宜其室家、宜其家人者，皆謂善處其室家與家人耳。」室家，指配偶、夫妻。孟子：「丈夫生而願爲之有室，女子生而願爲之有家。」左傳桓公十八年：「女有家，男有室。」禮記曲禮：「三十曰壯，有室。」鄭注：「有室，有妻也。」國語齊語：「罷女（罷同疲，疲女指品德不好的女子）無家。」韋注：「夫稱家也。」這句是祝願新娘善處她的夫妻關係。

韻讀：魚部——華（音呼）、家（音姑）。

桃之夭夭，有蕡其實。之子于歸，宜其家室。

有，用于形容詞之前的語助詞，和疊詞的作用相似。有蕡即蕡蕡。蕡（fén 汾），顏色斑駁貌。蕡與賁古通，金文作奔，即古斑字。于省吾澤螺居詩經新證：「毛公鼎『奔緐駁』，劉心源謂『斑緐斑駁』是也。然則『有蕡其實』即『有斑其實』。桃實將熟，紅白相間，其實斑然。」

家室，即「室家」，倒文以協韻。

韻讀：脂部——實、室。

桃之夭夭，其葉蓁蓁。之子于歸，宜其家人。

蓁蓁（zhēn 針），樹葉茂盛貌。毛傳：「蓁蓁，至盛貌。」亦作溱溱，杜佑通典禮十九引詩作「其葉溱溱」。溱是假借字。

家人，指夫家衆人。陳奐傳疏：「凡詩三章，有末章與上二章辭同而意異者，若此篇之『宜其家人』。此篇上二章就嫁時言，末章就已嫁時言。」

韻讀：真部——蓁、人。

兔　罝

【題解】

這是贊美獵人的詩。詩人在路上看見英姿威武的獵人正在打樁張網捕兔，聯想這些獵人的才力，希望他們能被選拔爲保衛國家的武士。崔述讀風偶識：「余玩其詞，似有惋惜之意，殊不類盛世之音。……太平日久，上下恬熙，始不復以進賢爲事，是以世冑常躡高位而寒畯苦無進身之階。文士或間一遇時，而武夫尤難以逢世。以故詩人惜之曰：『此林中之施兔罝者，其才智皆公侯之干城、公侯之腹心也。』惋惜之情，顯然言外。」他的這段話，頗能體會詩意。

「借代」是後世詩人常用的一種修辭，它始于兔罝。詩人借干城代保衛國土而有才智的武士，以腹心代可信任而能盡忠的臣下，形象更加生動。

肅肅兔罝，椓之丁丁。赳赳武夫，公侯干城。

肅肅，兔網繁密貌。肅是縮的假借字。通俗文：「物不申爲縮。」馬瑞辰通釋：「兔罝本結繩爲之，言其結繩之狀則爲縮縮。縮縮爲兔罝結繩之狀，猶赳赳爲武夫勇武之貌也。」 兔罝（jiē 階，又音 jū 拘），捕兔的網。說文：「兔网也。從网且聲。子邪切。」

椓（zhuó 卓），敲打。把繫兔網的木樁打進地裏。說文：「椓，擊也。」 丁丁（zhēng 争），敲打木頭聲，象聲詞。

赳赳，威武有才力貌。說文：「赳，輕勁有才力也。」爾雅：「赳赳，武也。」韓詩赳或作糾，糾是假借字。

公侯，周代統治階級的爵位。周天子下面有公、侯、伯、子、男（子、男同等）四等爵位，這裏是泛指。干城，干，盾；盾和城都用於防衛。這裏借以比喻能禦外衛内的人才。

韻讀：魚部——罝（音狙）、夫。　耕部——丁、城。

肅肅兔罝，施于中逵。赳赳武夫，公侯好仇。

施，設置。中逵，即逵中。逵是四通八達的路口。説文：「馗，九達道也。」逵是馗的假借字，韓詩正作馗。一説逵是陸的假借字，説文：「陸，高平地。」中陸指野外而言（見于省吾新證），亦通。

仇，同逑，匹偶。好逑，這裏指好助手。陳奂：「仇，匹也。……公侯好匹，言武夫能爲公侯之好匹。匹當讀爲『率由群匹』之匹。假樂箋云：『循用群臣之賢者，其行能匹耦己之心。』晉語：『國人誦之曰：若狄公子，吾是之依兮；鎮撫國家，爲王妃兮。』韋注曰：『言重耳當伯諸侯，爲王妃耦。』並與詩仇字義同。」

韻讀：魚部——罝、夫。　幽部——逵（音求）、仇。

肅肅兔罝，施于中林。赳赳武夫，公侯腹心。

中林，即林中。魯頌駉毛傳：「野外曰林。」馬瑞辰通釋：「林猶野也。」

腹心，即心腹，指能盡忠的親信。

韻讀：魚部——罝、夫。　侵部——林、心。

芣苢

【題解】

這是一群婦女採集車前子時隨口唱的短歌。這首詩從勞動的發展過程，表現了心理的發展過程。不斷的採取，伴隨着不斷的歌唱，越採越多，越唱越高興。語言的反復，篇章的重疊，表現了對勞動的熱愛。心理過程與勞動過程的統一，內容與形式的統一，是這首詩歌的特點。但詩句比較簡單，每章只换兩個字，還保存着原始勞動詩歌的形態。詩中「采采芣苢」等詞反復出現，但讀來却覺得宛轉如轆轤，流利似彈丸，毫無累贅之感，這正是民間勞動歌唱天然樸拙、不假雕琢的韻味。方玉潤詩經原始說：「讀者試平心静氣，涵詠此詩，恍聽田家婦女，三三五五，于平原繡野、風和日麗中，群歌互答，餘音裊裊，若遠若近，忽斷忽續，不知其情之何以移，而神之何以曠，則此詩不必細繹而自得其妙焉。……今世南方婦女，登山採茶，結伴謳歌，猶有此遺風焉。」他這段評論，很有助于讀者的欣賞。

采采芣苢，薄言采之。采采芣苢，薄言有之。

芣苢（fú yǐ浮以），車前草，一種草藥，古人以爲其籽可治婦女不孕和難産。馬瑞辰通釋：

「芣苢有二類。逸周書王會云『康民以桴苡』者，其實如李，食之宜子，此木類也。詩釋文引山海經衛氏傳及許慎説並同。爾雅：『芣苢，馬舄；馬舄，車前。』此草類也，爲毛傳所本。……據詩言掇之、捋之，皆宜指取子而言，則毛傳之説當矣。」

薄，發語詞，含有勉力之意。　言，語助詞。

有，採取。馬瑞辰通釋：「廣雅釋詁：『有，取也。』孔子弟子冉求字有，正取名、字相因，求與有皆取也。大雅瞻卬篇：『人有土田，女反有之。』有之猶取之也。」按上「采」字指開始採車前草。有指取，較采又進一步。

韻讀：之部——苢、采（此止反）、苢、有（音以）。

采采芣苢，薄言掇之。采采芣苢，薄言捋之。

掇（duō 奪），拾。説文：「掇，拾取也。拾，掇也。」胡承珙毛詩後箋：「掇是拾其子之既落者，捋是捋其子之未落者。」

捋（luō 囉），從莖上成把地抹下來。説文：「捋，取易也。寽，五指捋也。」王先謙集疏：「捋之爲言揦也。較掇采易，故云取易也。」

韻讀：之部——苢、苢。　祭部——掇（丁厥反，入聲）、捋（音劣入聲）。

采采芣苢，薄言袺之。采采芣苢，薄言襭之。

袺（jié 潔），用手捏着衣襟揣起來。説文：「執衽謂之袺。」王先謙集疏：「魯詩曰：『袺謂之裓。』……采物既多，以袖受之，此袺之義也。」按裓或作褏、胡，即衣袖。此三家詩義，亦通。

襭（xié 協），用衣襟角繫在衣帶上兜回來。朱駿聲定聲：「兜而扱于帶間曰襭，手執之曰袺。」

韻讀：之部——苢、苢。　脂部——袺（音吉入聲）、襭（胡吉反，入聲）。

漢廣

【題解】

這是江漢間一位男子愛慕女子，而又不能如願以償的民間情歌。毛詩序説：「漢廣，德廣所及也。文王之道被于南國，美化行乎江漢之域，無思犯禮，求而不可得也。」牽扯文王之道，實無關詩旨。韓詩序曰：「漢廣，悦人也。」與詩意相符。詩人以喬木下無法休歇以及江漢難以渡過爲比，抒寫自己失戀的心情。「漢有游女，不可求思」二句點明了詩的主題。王先謙集疏：「此章喬木、神女、江漢三者，皆興而比也。」第二、三章寫男子想象和他所愛的女子結婚，想象砍柴作炬、喂馬親迎的情景。但是這種願望無法實現，所以詩人反復吟唱「漢之廣矣」四句，以表示力不從心的苦悶。陳啟源毛詩稽古編：「夫説之必求之，然惟可見而不可求，則慕悦益至。」此説確能體會作者真摯懇切的心情。

這首詩每章末尾的四句疊咏，將游女迷離恍惚的形象、江上浩渺迷茫的景色，以及詩人心中思慕癡迷的感情，都融于長歌浩歎之中。感情不能自已，所以詩詞也不能不反復。而後人又正是在詞語的迴往反復之中，獲得美感。吟咏此詩，總覺得煙波滿眼，樵唱在耳，詩境深遠，餘音裊裊。杜甫云「詩罷地有餘」，「篇終接混茫」，這種意境，漢廣庶幾近之。

南有喬木，不可休思。漢有游女，不可求思。漢之廣矣，不可泳思。江之永矣，不可方思。

喬木，高聳的樹。毛傳：「南方之木美。喬，上竦也。」陳奐傳疏：「上竦者，其上曲，其下少枝葉。高注淮南原道云『喬木上竦，少陰之木』是也。」

休思，思字毛詩誤作息，韓詩作思，是。思爲語末助詞，下同。按思亦有用于句首者爲發語詞，如大雅文王「思皇多士」。用于句中者爲語助詞，如周頌絲衣「旨酒思柔」。

漢，漢水。源出陝西省西南寧强縣，東流至湖北省漢陽入長江。游女，出遊的女子。韓詩釋游女爲漢水的女神。昭明文選嵇康琴賦注引薛君韓詩章句：「游女，漢神也。」

江，長江。永，長。三家詩永或作羕，韓詩作漾。漾是羕的後起字。永、羕字異義同。

方，乘筏渡過。毛傳：「方，泭也。」方言：「泭謂之簰，簰謂之筏。筏，秦、晉之通語也。」這裏的方用作動詞。

陳奐傳疏：「按傳以『南方之木美』興漢上之女貞。上竦之木不可休，興出遊之女不可求。漢廣不可泳、江永不可方，亦因見江、漢而起興也。」

韻讀：幽部——休、求。　陽部——廣、泳（音養）、永（音養）、方。

翹翹錯薪，言刈其楚。之子于歸，言秣其馬。漢之廣矣，不可泳思。江之永矣，不可方思。

翹翹，高揚貌。說文：「翹，尾長毛也。」段注：「尾長毛必高舉，故凡高舉曰翹。」　錯，交錯。錯是逪的假借字。說文：「逪，这逪也。」錯薪，雜亂的柴草。

楚，植物名，又名荊。

秣（mò 末），喂馬。說文：「䬴，食馬穀也。」秣同䬴。魏源詩古微：「三百篇言取妻者，皆以析薪取興。蓋古者嫁娶必以燎炬爲燭，故南山之析薪，車舝之析柞，綢繆之束薪，豳風之伐柯，皆與此錯薪、刈楚同興。秣馬、秣駒，即婚禮親迎御輪之禮。」

韻讀：魚部——楚、馬（音姥 mǔ）。　陽部——廣、泳、永、方。

翹翹錯薪，言刈其蔞。之子于歸，言秣其駒。漢之廣矣，不可泳思。江之永矣，不可方思。

蔞（lóu 樓），生在水中的草，葉像艾，青白色，今名蔞蒿。

駒，按駒當作驕。說文：「馬高六尺曰驕。」指高大的馬。段注：「漢廣『言秣其馬』、『言秣其駒』，傳曰：『六尺以上爲馬，五尺以上爲駒。』按此駒字，釋文不爲音。陳風『乘我乘駒』，傳曰：

『大夫乘駒。』箋云：『馬六尺以下曰駒。』此駒字釋文作驕，引沈重云：『或作駒，後人改之，皇皇者華篇内同。』小雅『我馬維駒』，釋文云：『本亦作驕。』據陳風、小雅，則知周南本亦作驕也。蓋六尺以下、五尺以上謂之驕，與駒義迥別。三詩義皆當作驕，而俗人多改作駒者，以駒與蔞、株、濡、諏爲韻，驕則非韻。抑知驕其本字音在二部，於四部合韻，不必易字就韻而乖義乎？』

韻讀：侯部——蔞（音婁）、駒（音鈎）。　陽部——廣、泳、永、方。

汝墳

【題解】

這是一首思婦的詩。她在汝水旁邊砍柴時，思念她遠役的丈夫。她想象已經見到丈夫，預想相見後的愉快，對丈夫並不拋棄她而感到安慰。這是反映社會亂離的詩，詩序和詩集傳認爲詩意是贊美『文王之化』，語涉附會，不可信。後漢書周磐傳注引韓詩曰：『汝墳，辭家也。』比較切合詩旨。崔述讀風偶識更進一步指定『此乃東遷後詩，「王室如燬」即指驪山亂亡之事』，也言之成理。

此詩分三章，每章作一轉折。這裏詩意的轉折不僅僅在于陳述的内容，也表現在情感變化之中。而情感的變化，又主要通過每章結句來表現。『惄如調飢』，寫出對丈夫無限思念的嗡人之情；『不我遐棄』，寫出想象見到丈夫時歡懼交集之情；『父母孔邇』，則寫出欲挽留丈夫的委婉之情。寥寥數語，寫盡心中甜酸苦辣。以凝煉的字句表達凝煉的感情，後來詩人惟杜甫最長于此。如著名的三別詩，其中「妾身未分明，何以拜姑嫜」（新婚別）、「勢異鄴城下，縱死時猶寬」（垂老別）、「家鄉既盪盡，遠近理亦齊」（無家別）等語，真是字字淒婉，句句驚心。梁啟超中國韻文裏頭所表現的情感認爲在這一類詩中，有「一種極濃厚的情感蟠結在胸中，像春蠶抽絲一般把它抽出來」，所以名之爲「迴盪的表情法」。

遵彼汝墳，伐其條枚。未見君子，惄如調飢。

遵，沿着。　汝，汝水。源出河南天息山，東南流入淮河。　墳，堤岸。墳是濆的假借字，郭璞注爾雅釋水引詩作「遵彼汝濆」。馬瑞辰通釋：「墳通作濆。方言：『墳，地大也。青、幽之間，凡土而高且大者謂之墳。』李巡爾雅注：『濆謂崖岸，狀如墳墓，名大防也。』是知水崖之濆與大防之墳爲一。」

條，樹枝。　枚，樹榦。毛傳：「枝曰條，榦曰枚。」

君子，這裏是婦女對丈夫的尊稱。

惄（nì溺），飢餓貌。毛傳：「惄，飢意也。」韓詩作愵，是後起字。方言：「愵，憂也。秦、晉之間，凡志而不得、欲而不獲、高而有墜、得而中亡謂之溼，或謂之惄。」　調，同朝，魯詩正作朝。　調飢，未吃早餐前的飢餓。這裏隱喻男女性愛未能得到滿足。楚辭天問：「胡維嗜不同味，而快鼂飽？」鼂一作朝。鼂飽與調飢同一喻意。

韻讀：脂部——枚、飢。

遵彼汝墳，伐其條肄。既見君子，不我遐棄。

肄（yì亦），砍過又生出來的小樹枝。毛傳：「肄，餘也。斬而復生曰肄。」遐，疏遠。不我遐棄，這句是倒文，即「不遐棄我」。這章後二句是詩人設想相見後的快樂。

韻讀：脂部——肄、棄。

魴魚赬尾，王室如燬。雖則如燬，父母孔邇。

魴（fáng房），鯿魚。陸璣毛詩草木鳥獸蟲魚疏：「魴一名魾，江東呼爲鯿。」赬（chēng撑），紅色。説文：「魴，赤尾魚也。」馬瑞辰通釋：「本草綱目云：一種火燒鯿，頭尾俱似魴而脊骨更隆，上有赤鬣連尾，黑質赤章。今江南有鯿魚，其腹下及尾皆赤，俗稱火燒鯿，殆即古之魴魚。詩人以魚尾之赤興王室之如燬，後人遂以火燒鯿名之。」燬，也作焜，都是火字的或體，讀若毀。如燬比喻王政暴虐。孔，甚，很。邇，近。後二句意爲，雖然王政暴虐，徭役不斷，你難道不想想近在身邊的父母也需要贍養嗎？

這章是詩人設想丈夫回家之後怎樣勸他不要再去服役的話。

韻讀：脂部——尾、燬、燬、邇。

麟之趾

【題解】

這是一首贊美統治者子孫繁盛的詩。王先謙説：「韓説曰：『麟趾，美公族之盛也。』（見昭明文選王融曲水詩序張銑注）詩兼言子姓，而專以美公族者子孫之盛。」他的分析大致不錯。統治階級窮奢極欲，妻妾無數，子孫衆多。詩的作者以贊歎的口氣贊頌他們，可見他也是一個貴族。

此詩和漢廣雖同作疊咏，但各有特色。漢廣每章四句疊咏，此詩每章一句疊咏。漢廣詞語反復，思慕之情溶于字中；此詩措辭簡潔，贊美之意溢于言表。漢廣渲染情景，所重在境；此詩吟咏興歎，所重在神。漢廣疊咏，有深遠渺茫之致；此詩疊咏，有一唱三歎之音。

麟之趾，振振公子。于嗟麟兮！

麟，麒麟，我國古代傳説中的仁獸，被描寫爲鹿身、牛尾、馬蹄、頭上一角。後人或以爲即長頸鹿。所謂「仁獸」，即嚴粲詩緝所説：「有足者宜踶（踢），唯麟之足可以踶而不踶。有額者宜抵，唯麟之額可以抵而不抵。有角者宜觸，唯麟之角可以觸而不觸。」趾，亦作止，蹄。按每章的第一句都是興，詩人以麟是仁獸，興統治者的子孫振振。

振振，振奮有爲貌（從三家詩説）。公子，諸侯之子。詩經中稱年幼的貴族爲公子。于嗟，感歎詞，這裏是贊美的歎詞。陳奂傳疏：「歎詞，美歎之詞也。美歎曰嗟，傷歎亦曰嗟，凡全詩歎詞有此二義。」

韻讀：之部——趾、子。

麟之定，振振公姓。于嗟麟兮！

定，魯詩作顁，都是頂的假借字，額頭。

姓，孫子。儀禮特牲饋食禮「子姓兄弟」，鄭玄注：「所祭者之子孫。言子姓者，子之所生。」賈公彦疏：「姓之言生也，云子之所生，則孫是也。」

韻讀：耕部——定、姓。

麟之角，振振公族。于嗟麟兮！

公族，諸侯曾孫以下稱公族。公孫之子，支系旁生，各自成族，總括名之公族。汾沮洳毛傳：「公族，公屬也。」

韻讀：侯部——角（音谷入聲）、族。

召南

鵲巢

【題解】

這是一首頌新娘的詩。詩人看見鳩居鵲巢，聯想到女子出嫁，住進男家，就用來起興。詩中描寫迎接車輛之衆，可見新娘是個貴族。

此詩本咏婚姻，而以鳲鳩起興。但自詩序以來，對此終無定解，穿鑿附會，誤盡後人。其實，詩三百，本非篇篇都含美刺之意。此詩言鳩居鵲巢，只作婦歸夫室之喻，並無深意。姚際恒道：「不穿鑿，不刻劃，方可説詩。」「所説極似平淺，其味反覺深長。請思之！」（詩經通論）姚説頗有理。

維鵲有巢，維鳩居之。之子于歸，百兩御之。

維，語首助詞。亦有用作句中助詞者，如小雅六月「閑之維則」。鵲，説文舄，篆文作䧿。喜鵲。鳩，鳲鳩，又名鴝鵒，即今之八哥。王先謙集疏：「鵲性好潔，鴝鵒伺鵲出，遺汙穢於巢，鵲歸見之棄而去，鴝鵒入居之。又鵲避歲，每歲十月後遷移，則鴝鵒居其空巢。吾鄉諺云『阿鵲蓋大屋，八哥住現窩』，謂此。」一説：鳩即布穀，高誘注吕氏春秋及淮南子均謂鳩即布穀。

之子于歸，見桃夭注。

百，虚數，言數量之多。　兩，今作輛，一輛車。　毛傳：「百兩，百乘也。」書序：「武王戎車三百兩。」皆以一乘爲輛。　孔疏：「謂之兩者，風俗通以爲車有兩輪，馬有四匹，故車稱兩，馬稱駟。」

御，訝的假借字，迎接。　説文：「訝，相迎也。」或作迓。　公羊成二年傳何注：「迓，迎也。」按訝、迓、御古同音，故通用。

韻讀：魚部——居、御。

維鵲有巢，維鳩方之。之子于歸，百兩將之。

方，佔有。　毛傳：「方，有之也。」按釋文：「方，有之也。一本無之字。」據胡承珙考證「之」爲衍文。

將，護衛。　將是𤓰的假借字。　説文：「𤓰，扶也。」馬瑞辰通釋：「詩百兩皆指迎者而言。將者，奉也，衛也。首章往迎則曰御之，二章在途則曰將之，三章既至則曰成之，此詩之次也。」

韻讀：陽部——方、將。

維鵲有巢，維鳩盈之。之子于歸，百兩成之。

盈，住滿。　指陪嫁的人非常多。　鄭箋：「滿者，言衆媵姪娣之多。」

成，指結婚禮成。 樛木毛傳：「能成百兩之禮也。」

韻讀：耕部——盈、成。

采蘩

【題解】

這是一首描寫蠶婦爲公侯養蠶的詩。 方玉潤說：「公侯之事，事者，蠶事也。 公侯之宮，宮者，蠶室也。 案禮祭義：『古者天子諸侯必有公桑蠶室，近川而爲之，築宮仞有三尺，棘牆而外閉之。』……蓋蠶方興之始……僕婦衆多，蠶婦尤甚，僮僮然朝夕往來，以供蠶事。 不辨其人，但見首飾之招搖往還而已。 蠶事既卒……又皆各言歸，其僕婦衆多，蠶婦亦盛，祁祁然舒容緩步而歸，亦不辨其人，但見首飾之簇擁如雲而已。 此蠶事始終景象。」今從其說。 古代注家認爲「事」指祭事，恐非詩意。

此詩特點，是連提幾個問題，爲設問修辭之祖。 詩人胸中早有定見，話中故意提出問題的，叫做設問。 設問有提問與激問兩種：提問後面必有答案，如本詩。 激問後面也有一個否定的答案，但不說出來，如伐檀：「不稼不穡，胡取禾三百廛兮？ 不狩不獵，胡瞻爾庭有縣貆兮？」詩人發出這兩個激問，並不是要求回答，因爲人人心中明白，野獸和莊稼都是剥削來的。 屈原離騷繼承發展了設問修辭手法，在天問中，向天提出一百多個疑問，可見此詩對後人的影響了。 又此詩主題，本寫蠶事，似宜鋪叙，詩人却輕輕帶過，唯寫蠶婦的首飾、形態，對於蠶事的場面、細節竟隻字未提。但從末章寫蠶婦之多，可逆知這次蠶事的緊要；從首飾之盛，可推想場面的隆重。故詩中雖未鋪叙蠶事，已可想見其盛況。

于以采蘩？于沼于沚。于以用之？公侯之事。

于，在。于字小篆作亐，本義是氣之舒，引申之，有「往」和「在」等意思。胡承珙後箋：「于又訓爲往，訓爲在者，皆由氣出之義而引申之，氣出必有所往，既往則有所在。」以，何，什麽地方。這是疑問代名詞。參閲楊樹達討論詩經于以書。蘩，白蒿，用來製養蠶的工具「箔」。七月毛傳：「蘩，白蒿也，所以生蠶。」

沼，池。沚，水塘。孔疏：「白蒿非水草，言沼沚者，謂於其旁采之也。」

事，指蠶事。

韻讀：之部——沚、事。

于以采蘩？于澗之中。于以用之？公侯之宫。

澗，兩山之間的水流。毛傳：「山夾水曰澗。」

宫，蠶室。朱熹詩集傳：「或曰：即記所謂公桑蠶室也。」

韻讀：中部——中、宮。

被之僮僮，夙夜在公。被之祁祁，薄言還歸。

被，髲的假借字，髲髢（pí tì 皮替。髢，亦作鬄）是當時婦女的一種首飾，用假髮編成的頭髻。左傳哀十七年：「初，公自城上見己氏之妻髮美，使髡之以爲呂姜髢。」可見「被」是當時婦女最時髦的首飾。僮僮（tóng 童），假髻高聳貌。王先謙集疏：「三家僮僮作童童。魯、韓説曰：童童，盛也。」詩人以「被」代蠶婦，僮僮也就是形容蠶婦衆多。

夙夜，早晚。公，指公桑，即君主的桑田。禮記祭義：「古者天子諸侯必有公桑蠶室。」

祁祁，衆多貌。七月毛傳：「祁祁，衆多也。」這裏也是借形容髮髻之盛來寫蠶婦之衆。

薄言，語首助詞。見芣苢注。還，音義同旋，指蠶婦回去。

韻讀：東部——僮、公。脂部——祁、歸。

草蟲

【題解】

這是一首思婦詩。戴震詩經補注：「草蟲，感念君子行役之詩也。」詩中的主人是一位採菜的女子。第一章叙述在秋天蝗鳴蟲跳的季節，她憂心忡忡地思念在外行役的丈夫，並想象着團聚的歡樂。第二、三章遥叙到了春天採蕨薇菜的時候，她的丈夫還不見回來，而她却仍舊幻想着重聚的情景。詩通過物候的更易和内心變化的描寫，襯托出别離之苦。王照圓説：「兩年事爾。君子行役當春夏間，涉秋未歸，故感蟲鳴而思。至來年春夏猶未歸，故復有後二章。」其實，每章的「既見」、「既覯」，都是想象之辭。

此詩主題與卷耳相同，都是思念行役的丈夫；表現手法也和卷耳相似，都藉想象寄托心中的愁思。卷耳作者，本不知其夫近況如何，詩中却着重描寫旅途的借酒澆愁和勞苦之狀；此詩原寫「未見君子」時忡忡、惙惙的憂心，詩中却偏添上一段既見其夫的喜悦之情。對作者來説，這原是出於無奈的自我寬慰和陶醉，而兩層描寫却形成了强烈的對照。這種虚幻的喜悦之情，恰如鏡子，照出詩人真實的痛苦之心。所流露的喜悦愈甚，其思念之情就愈切，而無法相見的痛苦亦愈深。李商隱的名篇夜雨寄北，在表現手法上即受此詩的影響。由於對比能産生强烈的藝術效果，故對後世詩文的影響尤大，如歐陽修生查子、柳永戚氏、周邦彦過秦樓、李清照永遇樂等，均通過今昔對比、環境對比、哀樂對比，從而使心中難堪和難喻之情，得到深切的表現。

喓喓草蟲，趯趯阜螽。未見君子，憂心忡忡。亦既見止，亦既覯止，我心則降。

喓喓（yāo 腰），蟲鳴聲。毛傳：「喓喓，聲也。」草蟲，蟲是螽的假借字，草螽，指蟈蟈。陸璣義疏：「……小大長短如蝗也，奇音青色，好在茅草中。」

趯趯（tì惕），蟲跳貌。毛傳：「趯趯，躍也。」阜螽，蚱蜢，形似蝗蟲而色青。它和蟈蟈都是秋天的蟲。這兩句是興，詩人見草蟲叫鳴、阜螽跳躍相從，觸動她思夫之情。

忡忡（chōng沖），心神摇動貌。毛傳：「忡忡，猶沖沖也。」説文：「沖，水涌摇也。」是以水波的涌起比心神的摇動。

止，即之字，此處作指示代詞，指「君子」。下同。之字卜辭作㞢，金文作㞢，小篆作㞢，隸變作𡳿（據于省吾澤螺居詩經新證）。

覯（gòu够），與遘、媾通用，夫婦會合的意思。鄭箋：「既覯，謂已昏（婚）也。」易曰：「男女覯精，萬物化生。」

降，夅的假借字，放下。穀梁莊三十年傳：「降，猶下也。」這裏指心中思夫之情放下了。

韻讀：中部——蟲、螽、忡、降（胡冬反）。之部——子、止、止。

陟彼南山，言采其蕨。未見君子，憂心惙惙。亦既見止，亦既覯止，我心則説。

陟（zhì至），登。

蕨，山菜，初生似蒜，可食。

惙惙（chuò綽），心慌氣短貌。唐釋玄應衆經音義：「惙，短氣貌也。」

説，魯詩作悦。説、悦古今字。

韻讀：祭部——蕨、惙、説。　之部——子、止、止。

陟彼南山，言采其薇。未見君子，我心傷悲。亦既見止，亦既覯止，我心則夷。

薇，山菜，亦名野豌豆苗。

夷，侇的假借字，説文：「侇，行平易也。」這裏指心安平静。

韻讀：脂部——薇、悲、夷。　之部——子、止、止。

采蘋

【題解】這是一首叙述女子祭祖的詩。毛傳：「古之將嫁女者，必先禮之于宗室，牲用魚，芼之以蘋藻。」這可能是當時的風俗習尚。明何楷詩經世本古義根據左傳襄公二十八年的記載，中有「濟澤之阿，行潦之蘋藻，寘諸宗室，季蘭尸之，敬也。敬可棄乎？」數語，認爲「采蘋爲詩人美武王元妃邑姜教成，能脩此禮而作」。雖言之成理，但總嫌證據不足。

此詩連用五個「于以」，一個「誰」，一問一答，氣勢壯闊，如黄河之水，盤渦轂轉；群山萬壑，奔赴荆門。至末二句筆鋒陡轉，忽然表出詩中人物。又如「萬壑飛流，突然一注」（戴君恩讀風臆評）。

于以采蘋？南澗之濱。于以采藻？于彼行潦。

蘋，一種水生植物，與浮萍同類而異種。陳啟源毛詩稽古編：「四葉合成一葉如田字形者，蘋也。夏秋間開小華白色，又稱白蘋。」

藻，聚藻，水生植物。陸璣義疏：「莖大如釵股，葉如蓬蒿。」

行，衍的假借字，溝水。説文：「衍，溝行水也。」 潦（lǎo 老），雨後的積水。馬瑞辰通釋：「左傳『潢汙行潦之水』，服虔注：『畜小水謂之潢，水不流謂之汙。』今按行潦對潢汙言，溝水之流曰衍，雨水之大曰潦。行與潦爲二，猶潢與汙爲二，四字並舉，與上文澗溪沼沚之毛、蘋蘩薀藻之菜、筐筥錡釜之器句法正相類，蓋失其義久矣。」由此可見，毛傳等注家將「行潦」合爲一詞去注釋，是錯誤的。

韻讀：真部——蘋、濱。 宵部——藻、潦。

于以盛之？維筐及筥。于以湘之？維錡及釜。

維，發語詞，含有「是」意。 筐、筥，都是竹製的盛器。毛傳：「方曰筐，圓曰筥。」

湘，烹煮。韓詩作鬺，湘是鬺的假借字。説文：「䰞，煮也。」鬺同䰞。

錡（yǐ 椅）、釜（fǔ 甫），都是金屬的炊器。錡有三足，釜無足。

韻讀：魚部——筥、釜。

于以奠之？宗室牖下。誰其尸之？有齊季女。

奠，置放祭物。説文：「奠，置祭也。」段注：「置祭者，置酒食而祭也。引申爲凡置之稱。」

宗室，宗廟。　牖（yǒu有），窗。

尸，主持祭祀。説文：「尸，陳也。」段注：「凡祭祀之尸訓主。祭祀之尸本像神而陳之，而祭者因主之，二義實相因而生也。」

有，狀物的助詞。　齊（zhāi齋），美好而恭敬貌。玉篇引詩作齌，齊是齌的假借字。毛傳：「齊，敬。」廣雅：「齌，好也。」是齊含有美好與恭敬二義。　季女，少女。毛傳：「季，少也。」據題解所引左傳襄公二十八年語，可以説明此詩的中心人物爲季女，描寫季女在于一個「敬」字。

韻讀：魚部——下（音户上聲）、女。

甘　棠

【題解】

這是人民紀念召伯的詩。這位召伯，前人認爲是周武王、成王時的召公奭，但是詩經時代的人都稱召公奭爲召公，不稱召伯，如大雅江漢：「文武受命，召公維翰。」大雅召旻：「昔先王受命，有如召公，日辟國百里。」詩經時代的人將周宣王的大臣召虎才稱爲召伯，如小雅黍苗：「悠悠南行，召伯勞之。」大雅崧高：「王命召伯，定申伯之宅。」召虎輔助周宣王征伐南方的淮夷，老而從平王東遷，頗著功績，人們作甘棠一詩懷念他。詩當作於召伯死後，其年代約在東周初年。按司馬遷史記燕召公世家説：「召公卒，而民人思召公之政，懷棠樹不敢伐，歌詠之，作甘棠之詩。」自此以後，人們都認爲甘棠是歌頌召公奭的詩。不知史公誤信韓詩。韓詩外傳：「詩人見召伯之所休息樹下，美而歌之，詩曰：……」韓嬰以召伯爲召公奭，致有此誤。

此詩通過「勿伐」、「勿敗」、「勿拜」三語，顯示出對甘棠的愛惜，從而表達了人民對召伯的思念。從字面上看，從「伐」（砍伐）到「敗」（摧毀），到「拜」（拔掉），對樹的傷害愈來愈重，但由於前面加了一個「勿」字，其要求反愈來愈嚴，對甘棠的情意也顯得愈來愈重，表現了詩人對召伯的熱愛。方玉潤道：「他詩煉字，一層深一層，此詩一層輕一層，然以輕而愈見珍重耳。」（詩經原始）方氏長於分析，短於訓詁，盲從宋儒之説，故有此失。

蔽芾甘棠，勿翦勿伐，召伯所茇。

蔽芾（fèi肺），樹木高大茂密貌，疊韻詞。韓詩作蔽茀，王先謙集疏：「其本字當爲蔽茀，借作蔽芾。」茀之爲言蔽也。説文：「茀，道多草不可行。」國語韋注：「茀，草穢塞路也。」是茀有蔽義。朱熹：「蔽芾，盛貌。」甘棠，即棠梨。樹似梨而小，果實霜後可食，野梨的一種。

翦，俗作剪。陳奐傳疏：「説文：『葥，齊斷也。从刀歬聲。』隸變作剪，經典通假作翦。」胡承珙認爲毛訓翦爲「去」，蓋但謂去其枝葉而已。毛訓伐爲「擊」，謂擊斷其樹。伐，砍伐。

召伯，姓姬，名虎。他的祖先召公奭在周初受封於召地，因此子孫稱召伯。茇（bá 拔），废的假借字。說文：「废，舍也。」引詩作「召伯所废」。茇，本義是草根，引申爲草舍，這裏作動詞用。鄭箋：「茇，草舍也……止舍小棠之下。」

韻讀：祭部——伐（音吠入聲）、茇（音蹩入聲）。

蔽芾甘棠，勿翦勿敗，召伯所憩。

敗，摧毀。說文：「敗，毀也。」朱熹訓敗爲「折」，程大昌考古編從之，認爲「敗」者殘其枝葉，亦望文生義之說，且與「翦」意重複。

憩（qì器），休息。毛傳：「憩，息也。」

韻讀：祭部——敗（音别去聲）、憩（音揭去聲）。

蔽芾甘棠，勿翦勿拜，召伯所說。

拜，扒的假借字。拔掉。鄭箋：「拜之言拔也。」廣韻十六怪：「扒，拔也。詩云：勿剪勿扒。」按唐施士丐毛詩說云：「拜，如人之拜小低屈也。」朱熹從之，訓「拜，屈也」。嚴粲詩緝：「拜，挽其枝而至地也。」皆望文生義，非是。

說，音義同税，停馬解車而歇下。王質詩總聞：「說或爲税，止。詩税意多通用說字。」

韻讀：祭部——拜（音鰲去聲）、説。

行露

【題解】

這是一首女子拒婚的詩。朱熹説：「不爲强暴所污者，自述己志，作此詩以絶其人。」這位女子對一個已有妻室而又欲欺騙她成婚的男子表示嚴厲拒絶，雖然那個男人强暴地以打官司爲要挾，她也絶不屈從。

詩中連用反詰的口氣來譴責對方，比起直訴其惡，更能顯出對方行徑的不可容忍和自身憤慨的無法遏抑。蓋「明知事之不然，而反詞質詰，以證其然，此正詩人妙用」（錢鍾書管錐編）。這種妙于用反的手法，在以後表達男女情愛的詩篇中用得最普遍，如漢樂府上邪、敦煌曲子詞菩薩蠻，均用反語，來表現矢志不二的感情。

厭浥行露，豈不夙夜？謂行多露。

厭，魯、韓詩作湆（qì泣），厭是湆的假借字。説文：「湆，幽濕也。」厭浥，露水潮濕貌，雙聲。廣雅：「湆浥，濕也。」 行，道路。

指夙夜，夙和早同義，這裏夙夜指早夜，即天未明時，含有早起的意思。馬瑞辰通釋：「詩中言夙夜不一，有兼指朝暮言者，陟岵『行役夙夜無已』之類是也；有專指夙興者，『豈不夙夜』、『夙夜敬止』、『庶幾夙夜』、『我其夙夜』、『莫肯夙夜』皆是也。」

謂，畏的假借字，與下文「誰謂」的「謂」意義不同。馬瑞辰通釋：「謂疑畏之假借。凡詩上言『豈不』、『豈敢』者，下句多言畏。大車詩：『豈不爾思？畏子不敢。豈不爾思，畏子不奔。』出車詩：『豈不懷歸？畏此譴怒。豈不懷歸？畏此反覆。』僖二十年左傳引此詩，杜注：『言豈不欲早暮而行，懼多露之濡己。』以懼釋謂，似亦訓謂爲畏。」按這句「露」，詩人用它象徵强暴之男。

韻讀：魚部——露、夜（音豫）、露。

誰謂雀無角？何以穿我屋？誰謂女無家？何以速我獄？雖速我獄，室家不足！

角，鳥嘴。角是咮或噣的假借字。說文：「咮，鳥口也。」「噣，喙也。」從雀嘴穿屋和下章鼠牙穿墉的比喻看來，這位女子可能曾受了强暴男子非禮的欺騙（從王先謙說）。

女，古汝字。韓詩作爾，女與爾古通。家，娶妻成家。屈原離騷：「及少康之未家兮，留有虞之二姚。」明汪瑗楚辭集解：「未家，猶未娶也。」

速，招致。說文：「速，疾也。」馬瑞辰通釋：「速本疾速之義，促之使疾來，故又引申爲召。」

獄，打官司。說文：「獄，确也。」釋名：「獄，确也，言實确人情僞也。」不是指監獄。

室家，古代男子有妻謂之有室，女子有夫謂之有家。混言室家，男女可通用，指結婚。　足，成功。左傳襄公二十五年：「言以足志，文以足言。」杜預注：「足，猶成也。」最後兩句意爲，即使逼我吃官司，也絕對不讓你要結婚的企圖得到成功。

韻讀：侯部——角（音谷入聲）、屋、獄、獄、足。

誰謂鼠無牙？何以穿我墉？誰謂女無家？何以速我訟？雖速我訟，亦不女從。

牙，壯牙。說文：「牙，壯齒也。」陸佃埤雅：「鼠，有齒而無牙。」

墉（yōng擁），牆。

訟，訴訟。說文：「訟，争也。」

女從，即「從汝」，倒文以合韻。

韻讀：魚部——牙（音吾）、家（音姑）。　東部——墉、訟、訟、從。

羔　羊

【題解】

這是一首諷刺統治階級官僚們的詩。朱熹詩集傳：「小曰羔，大曰羊，皮所以爲裘，大夫燕居之服。」左傳襄公二十八年：「公膳，日雙雞。」杜預注：「卿大夫之膳食。」由此可見，當時已經將統治者的享受定爲制度了。崔述讀風偶識：「爲大夫者夙興夜寐，扶弱抑强，猶恐有覆盆之未照，乃皆退食委蛇，優遊自適，若無所事事者，百姓將何望焉？……明係太平日久，諸事皆廢弛之象。」他的分析，頗合詩旨。

姚際恒、方玉潤俱謂此詩「摹神」，就是説詩中通過對人物形態（服飾、步履）的描摹，將人物的神態生動地表現出來，從而透露出作者諷刺嘲笑的意味。詩中没有一句顯示主觀傾向的議論，没有一句富於感情色彩的咏歎，有的衹是極平淡和客觀的描述。這種通過細節描寫來表現主題的手法，是塑造典型人物形象的極致，在過去的詩文中並不多見，前人對此也不够注意，故今天解詩，對這首不出名的小品，更應予以足够的重視。

羔羊之皮，素絲五紽。退食自公，委蛇委蛇。

素絲，潔白的絲。　五，古文作㐅，象交叉之形，指絲線的交叉，不是數名。陳奂傳疏：「當讀爲交午之午。周禮壺涿氏『午貫象齒』，故書午爲五，此五、午相通之例。」　紽，陸德明經典釋文：「它，本作佗，或作紽。」據此，是陸所見到的詩經作「它」。它是佗的假借字。小弁傳：「佗，加也。」五佗就是交加的意思，「素絲五紽」是描寫用白絲線將羔羊皮交叉縫製成的皮衣。

公，公門。陳奂傳疏：「公門謂應門也。應門内治朝，爲卿大夫治事之所。」退食自公，從公家吃完飯回家。

委蛇（wēi yí 威移），韓詩作逶迤，疊韻詞。説文：「迤，衺行也。逶迤，衺（邪）去貌。」形容悠閒得意、走路邪曲摇擺的樣子。鄭箋：「委蛇，委曲自得之貌。」

韻讀：歌部——皮（音婆）、紽、蛇（音陀）、蛇。

羔羊之革，素絲五緎。委蛇委蛇，自公退食。

革，⿰革裘的假借字，皮袍裏子。玉篇：「⿰衤鬲，裘裏也。或作⿰革裘。」馬瑞辰通釋：「古者裘皆表其毛，而爲之裏以附于革謂之⿰革裘。詩『羔羊之皮，素絲五紽』，皮言其表也。『羔羊之革，素絲五緎』，革言其裏也。『羔羊之縫，素絲五總』，合言其表與裏也。」

緎（yù 域），齊詩作黬。説文：「黬，羔裘之縫也。」五黬與上章「五紽」同義。

韻讀：之部——革（音棘入聲）、緎、食。

羔羊之縫，素絲五總。委蛇委蛇，退食自公。

縫，毛傳：「縫言縫殺之大小得其制。」按縫的本義是以針縫衣。這裏引申爲衣服縫製得合身。

總（zōng 宗），毛傳：「總，數也。」陳奂傳疏：「此傳數字當讀數罟之數（音促）。」數罟之數意爲細密，則五總乃言其交叉細密，與上章「五紽」、「五緎」意同。

韻讀：東部——縫、總、公。

殷其靁

【題解】

這是一位婦女思夫的詩。毛序：「召南之大夫遠行從政，不遑寧處，其室家能閔其勤勞，勸以義也。」崔述批評序説的錯誤道：「今玩其詞意，但有思夫之情，絕不見所謂勸義者何在。」的確，這位婦女只是希望丈夫回來，「歸哉歸哉」的疊詞形式便充分反映了這種迫切的心情。但是，她同時又贊美丈夫是個振奮有爲的人，全詩格調比較明快，與詩經中其他思婦詩那種感傷惆悵的心境不同，這反映了詩人個性的差異。

複疊是詩經藝術特色之一，有疊字、疊詞、疊句、疊章四種形式。此詩「歸哉歸哉」爲疊詞，詩人感情激動，不禁重複訴説，表達望歸之切，襯以語氣詞「哉」，更有餘音裊裊之妙。關雎的「悠哉悠哉」，作用與此同。

殷其靁，在南山之陽。何斯違斯？莫敢或遑。振振君子，歸哉歸哉！

殷，雷聲。殷是磤的假借字。衆經音義引通俗文：「雷聲曰磤。」其，狀物的助詞。殷其，等于疊字殷殷。　靁，古雷字。

陽，山的南坡。毛傳：「山南曰陽。」

斯，指示代詞，這。上斯字指時間，即雷聲殷殷之時。下斯字指地點，即南山之陽。　違，説文：「違，離也。」嚴粲：「言殷然之雷聲，在彼南山之南。何爲此時違去此所乎？蓋以公家之事，而不敢遑暇也。」

或，廣雅釋詁：「或，有也。」或、有古通用。　遑，閒暇。韓詩作皇。郝懿行爾雅義疏：「偟者，經典通作遑，皆皇之或體也。皇與假俱訓大，又俱爲暇，其義實相足成。後人見經典『皇暇』之皇皆作遑，遂以遑爲正體。遑變作徨，又省作偟，反而皇爲通借。」

振振，振奮有爲貌（從三家詩説）。　君子，這裏指詩人的丈夫。

韻讀：陽部——陽、遑。　之部——子、哉。

殷其靁，在南山之側。何斯違斯？莫敢遑息。振振君子，歸哉歸哉！

息，喘息。説文：「息，喘也。」

韻讀：之部——側、息、子、哉。

殷其靁，在南山之下。何斯違斯？莫敢遑處。振振君子，歸哉歸哉！

處（chǔ楚），居住。説文：「処，止也。夂得几而止。」段注：「人遇几而止，引申之爲凡凥（居）処之字。」處是処的或體。　胡承珙毛詩後箋：「細繹經文，三章皆言（雷）在而屢易其地，正以雷之無定在興君子之不遑寧居。」他解釋每章首二句起興的意義很確切。

韻讀：魚部——下、處。　之部——子、哉。

摽有梅

【題解】

這是一位待嫁女子的詩。她望見梅子落地，引起了青春將逝的傷感，希望馬上同人結婚。周禮媒氏：「仲春之月，令會男女。於是時也，奔者不禁。若無故而不用令者，罰之。司男女之無夫家者而會之。」毛傳：「會而行之者，所以蕃育人民也。」這兩段話，可說明本詩的背景。龔橙詩本義說：「摽有梅，急婿也。」陳奐說：「梅由盛而衰，猶男女之年齒也。梅、媒聲同，故詩人見梅而起興。」他們道出了詩的主題和興義。

此詩與桃夭，都是反映女子婚嫁的詩篇。桃夭充滿了對妙齡女郎婚嫁及時的贊美，故詩之情趣歡快；此詩流露出待字女子唯恐青春被耽誤的怨思，故詩之情意急迫。孔子説詩「可以觀」，從這兩首詩中，風俗人情，瞭然可見。

詩分三章，每章一層緊逼一層，與詩中人物心理活動的變化相適應。首章「迨其吉兮」，尚有從容相待之意；次章「迨其今兮」，已見焦急之情；至末章「迨其謂之」，可謂迫不及待了。三復之下，如聞其聲，如見其人。

摽有梅，其實七兮。求我庶士，迨其吉兮。

摽（biào 鰾），毛傳：「摽，落也。」魯、韓詩作𦬁，齊詩作蔈。按摽、蔈都是𠬪的假借字，𦬁是𠬪的異體。説文：「𠬪，物落也，上下相付也。」有，詞頭，如稱周爲有周。梅，韓詩作楳。果名，今稱酸梅。説文：「某，酸果也。」某是正字，梅、楳都是後起字。

七，七成。指樹上未落的梅子還有七成。

庶，衆。士，古稱未婚男子爲士。荀子非相篇：「處女莫不願得以爲士。」楊倞注：「士者，未娶妻之稱。」

迨，及、趁着。韓詩訓迨爲願，王先謙解釋道：「迨其吉者，女之父母願望衆士及此女善時也。」恐非詩意。吉，吉日，猶今所謂「好日子」。

韻讀：之部——梅（謨丞反）、士。脂部——七、吉。

摽有梅，其實三兮。求我庶士，迨其今兮。

三，三成。樹上梅子只剩下三成，喻女子年齡漸大。

今，毛傳：「今，急辭也。」朱熹：「今，今日也。蓋不待吉矣。」

韻讀：之部——梅、士。　侵部——三、今。

摽有梅，頃筐塈之。求我庶士，迨其謂之。

頃筐，猶今之畚箕。見卷耳注。　塈（qì 氣），取。玉篇引詩作「頃筐摡之」。塈是摡的假借字。廣雅：「摡，取也。」

謂，會的假借字（從馬瑞辰通釋説）。會之，指仲春會男女，不必舉行正式婚禮，便可同居。見周禮媒氏。

韻讀：之部——梅、士。　脂部——塈、謂。

小　星

【題解】

這是一個小官吏出差趕路，怨恨自己不幸的詩。按當時把人分爲十等，左傳昭公七年：「人有十等，王臣公，公臣大夫，大夫臣士，士臣皁，皁臣輿，輿臣隸，隸臣僚，僚臣僕，僕臣台，馬有圉，牛有牧。」士是可上可下的等級，作者可能是一位知識分子。洪邁容齋隨筆：「小星肅肅宵征，抱衾與裯，是詠使者遠適，夙夜征行，不敢慢君命之意。」程大昌考古編：「此爲使臣行役之詩。」姚際恒、方玉潤亦斷爲「小臣行役之作」。毛序從「抱衾與裯」一句出發，認爲這是賤妾進御于君的詩，序云：

「夫人無妒忌之行，惠及賤妾，進御于君，知其命有貴賤，能壹其心矣。」朱熹詩集傳亦沿其說。因此，後世竟將「小星」一詞作爲小老婆的代稱。

韻律是詩歌特色之一。詩經時代詩歌，多爲口頭創作，用韻非常自由，只求協音動聽，没有什麽韻書可查。其用韻之法，非常複雜，約言之，有如下三種：一、用於句首者，如關雎「求之不得」的「求」，與「悠哉悠哉」的「悠」押韻。二、用於句中者，如匏有苦葉「有瀰濟盈，有鷕雉鳴」，「瀰」和「鷕」爲句中押韻。三、用於句末者，如關雎首章鳩、洲、逑押韻。此詩僅二章，每章只五句。第一章星、征押韻，東、公、同押韻。第二章亦星、征押韻，昴、裯、猶押韻。（江永古韻標準云：「句中韻，參、衾亦韻。」）每句都押韻，讀起來便覺音調鏗鏘，和諧悦耳。按句首和句中韻，詩經中較少，後世詩壇亦不用。故本書以標句末韻爲主。

嘒彼小星，三五在東。肅肅宵征，夙夜在公，寔命不同。

嘒（huì惠），小星微光閃閃貌。韓詩作嚖。玉篇：「嚖，衆星貌。」嘒彼，等於疊字嘒嘒（從王筠説）。

肅肅，快步疾走貌。毛傳：「肅肅，疾貌。」宵，夜。征，行，趕路。

夙夜，早夜，指大清早。見行露注。

寔，是，指示代詞，作「此」或「這」用。説文：「寔，正也。正，是也。」以是訓寔。韓詩作實，寔的假借字。說文段注：「正與是互訓，寔與是音義皆同。……實、寔音義皆殊，由趙魏之間實、是同聲，故相假借耳。」命，命運。　不同，指不同于權貴。

韻讀：耕部——星、征。　東部——東、公、同。

嘒彼小星，維參與昴。肅肅宵征，抱衾與裯，寔命不猶。

參（shēn 呻）、昴（mǎo 卯），都是星名，即指上章「三五在東」的星。王引之經義述聞：「三五，舉其數也。參昴，著其名也。」

衾，被。說文：「衾，大被也。」　裯，床帳。三家詩作幬。裯是幬的假借字。說文：「幬，禪帳也。」

猶，如。毛傳：「猶，若也。」不猶，不如（別人命好）。

韻讀：耕部——星、征。　幽部——昴、裯、猶。

江有汜

【題解】

這是一位棄婦哀怨自慰的詩。丈夫喜新厭舊，她用長江尚有支流原諒他另有新歡，還幻想他會回心轉意，但這畢竟是自我安慰，自我欺騙，又何嘗能使負心者悔過？聞一多說：「婦人蓋以水喻其夫，以水道自喻，而以水之旁流枝出，喻夫之情愛別有所歸。」（詩經通義）但最後她明白丈夫終不相顧，于是不得不對沱嘯歌，以寓其惆悵傷感之情。

此詩以江面景象，興起怨望之情。詩中寫江，換了三字，其表情，也相應地換了三字。水決復入爲汜，作者見江水之有汜，遂起破鏡重圓之念，故云「其後也悔」。渚爲江中小洲，鷗鳥憩息之所，作者睹渚，復生今雖仳離，他日尚可重聚的幻想，故云「其後也處」。一「悔」字，一「處」字，寫出了一位棄婦想入非非的癡情，形象鮮明。

江有汜，之子歸，不我以。不我以，其後也悔。

汜（sì似），長江的支流。毛傳：「決復入爲汜。」　按首句是起興，江喻丈夫，汜喻丈夫的新歡。之子，指丈夫的新歡。　歸，嫁來。以，用。說文：「㠯，用也。」㠯、以古今字。「不我以」是倒文，即不用我，不需要我了。

韻讀：之部——汜、以、以、悔（音喜）。

江有渚，之子歸，不我與。不我與，其後也處。

渚，江心的小洲。毛傳：「水枝成渚。」馬瑞辰通釋：「蓋江遇渚則分，過渚復合也。」陳啟源毛詩稽古編：「汜爲水決復入，渚爲小洲，皆泛稱也，非水名也。」

與，同。不我與，不與我同居。王先謙集疏：「與，偕也。……言今日不偕我居；其後必悔而偕我居也。」

處，居住。見殷其靁注。

韻讀：魚部——渚、與、與、處。

江有沱，之子歸，不我過。不我過，其嘯也歌。

沱，長江的支流。説文：「沱，江別流也。出嶓山東，別爲沱。」在今四川省境内。

過，到。不我過，不到我這裏來。漢書陸賈傳師古注：「過，至也。」

嘯，長嘯。鄭箋：「嘯，蹙口而出聲也。」説文：「嘯，吹聲也。」魯、齊詩作歗，籀文嘯從欠。按「其」和「也」都是語辭。　歌，禮記樂記：「歌之爲言也，長言之也。」這位女子終于明白丈夫的心意無可挽回，她只能在江邊長嘯咏歌，以宣泄自己悲憤的心情，即所謂「長歌當哭」之意。

韻讀：歌部——沱、過、過、歌。

野有死麕

【題解】

這是描寫一對青年男女戀愛的詩。男的是一位獵人，他在郊外叢林裏遇見了一位温柔如玉的少女，就把獵來的小鹿、砍來的木柴用潔白的茅草捆起來作爲禮物。終于獲得了愛情。這是國風中動人的一首情詩，但歷代注家或斥之爲「淫詩」，或曲解爲「惡無禮」，都是囿于封建禮教的偏見，抹殺了民歌的本色。

此詩前二章辭意平平，未見其奇。末章忽作少女口吻，使求愛情景戲劇化，詩也由此風神摇曳，姿態横生。作爲一個懷春少女，誠難抵擋異性的誘惑，但她對這種挑逗，又帶着本能的羞懼。末章所流露的正是這種若推若就、亦喜亦懼的心情。「舒而脱脱兮」，在這告誡之中，包含着一種善意的、甜美的希望；「無感我帨兮」，羞態可掬，但這是舉袂掩面、偷眼相顧的羞澀；「無使尨也吠」，這驚懼之聲，實非爲犬而發，她是害怕戀情被人發現，幽會因此打斷。通過這短短的三句話，少女豐富的感情、嬌羞的形態，都得到了生動的表現。其用筆可謂簡潔，其描摹可謂入神。

野有死麕，白茅包之。有女懷春，吉士誘之。

野，毛傳：「郊外曰野。」　麕（jūn 君），小獐，鹿一類的獸。説文：「麇，麞也。籀文作麕。」李善文選注：「今江東人呼鹿爲麕。」按古代多以鹿皮作爲送女子的禮物。儀禮士昏禮：「納徵：玄纁、束帛、儷皮。」鄭玄注：「皮，鹿皮。」

包，孔疏引詩作苞。包、苞都是勹的假借字。説文：「勹，裹也。」

懷，思。　春，春情，指男女的情欲。王質詩總聞：「女至春而思有所歸，吉士以禮通情而思有所耦，人道之常。」

吉士，善良的青年。指打鹿的那位獵人。王先謙集疏：「吉士，猶言善士，男子之美稱。」

誘，挑誘（從歐陽修詩本義説），追求。

韻讀：文部——麕、春。幽部——包、誘。

林有樸樕，野有死鹿，白茅純束。有女如玉。

樸樕（sù速），又名槲樕，疊韻。陳啟源：「按槲樕與櫟相類，華葉似栗，亦有斗如橡子而短小。有二種，小者叢生，大者高丈餘，名大葉櫟。」古代人結婚時要砍柴作火把，這位青年獵人砍些樸樕樹枝當禮物，就含有求婚的意思。胡承珙毛詩後箋：「詩於昏禮，每言析薪。古者昏禮或本有薪芻之饋耳。」

純（tún屯）束，綑扎。毛傳：「純束，猶包之也。」三家詩作屯。純和屯都是稛（kǔn綑）的假借字。説文：「稛，絭束也。」段注：「絭束，謂以繩束之。」

韻讀：侯部——樕、鹿、束、玉。

舒而脱脱兮！無感我帨兮！無使尨也吠！

舒而，舒然，慢慢地。古「而」、「如」、「然」三字通用。脱脱（tuì退），舒緩貌。毛傳：「脱脱，舒遲也。」三家詩作娧。脱是娧的假借字。集韻：「娧娧，舒遲貌。一曰喜也。」

感，三家詩作撼。感是撼的古字。毛傳：「感，動也。」　帨（shuì税），又名褘，又名蔽膝，女子繫在腹前的一塊佩巾，如今之圍裙。

尨（máng忙），多毛而兇猛的狗。説文：「尨，犬之多毛者。」郭璞穆天子傳注：「尨，尨茸，謂猛狗。」

韻讀：祭部——脱（音兑）、帨、吠。

何彼襛矣

【題解】

這是描寫貴族女子出嫁車輛服飾侈麗的詩。方玉潤説：「何彼襛矣，諷王姬車服漸侈也。……『何彼襛矣』，是美其色之盛極也；『曷不肅雝』，是疑其德之有未稱耳。」詩寫齊侯的女兒出嫁，她又是周平王的外孫女，爲什麼這首詩列在召南，而不列于齊風或王風？魏源詩古微説：「平王四十九年以前，未入春秋，安知無王姬適齊，而所生之女别適他國者？齊女所嫁，當是西畿諸侯虞、虢之類。其詩采於西都畿内，既不可入東都王城之風，又不可入齊風，故從召南陝以西之地而系其風爾。」

詩的主人公是王姬。當她結婚的時候，詩人以旁觀的立場，比興的手法，問答的形式，描繪她容貌濃豔、車服侈麗、地位高貴。「曷不肅雝」兩句，是全詩的樞紐，提出王姬結婚的車馬怎麽没有嚴肅和諧的氣氛，以車代人，隱含譏刺，表現詩人立言之妙。

何彼襛矣？唐棣之華。曷不肅雝？王姬之車。

襛(nóng 濃)，豔盛貌。韓詩作茙。毛傳：「襛，猶戎戎也。」茙是戎的俗體。唐棣，又作棠棣，樹木名，結實形如李，可食。　華，古花字。曷不，何不，怎麽没有。　肅雝(yōng 擁)，嚴肅和睦的氣象。毛傳：「肅，敬。雝，和。」王姬，周天子姓姬，他的女兒或孫女稱王姬。如春秋莊元年：「冬，王姬歸于齊。」

韻讀：東部——襛、雝。　魚部——華(音呼)、車。

何彼襛矣？華如桃李。平王之孫，齊侯之子。

平王，東周平王宜臼。毛傳：「平，正也。武王女，文王孫。適齊侯之子。」惠周惕詩説批評説：「何彼襛矣明言平王，而舊説以爲武王。……蓋昔人誤認二南爲文王時詩。」章潢詩經原體也説：「若必指爲文王時，非特不當作『正』義；而太公尚未封齊，則齊將誰指乎？」他們都指出了毛傳之誤。　孫，外孫女。馬瑞辰通釋：「詩所云平王之孫，乃平王之外孫。言平王之外孫，則於詩句不類，故省而言之曰孫，猶閟宫詩『周公之孫』，不言曾孫而但言孫也。詩二句皆指齊侯女子言。」

子，女兒。馬瑞辰通釋：「齊侯之子，謂齊侯之女子，猶碩人詩『齊侯之子』、韓奕詩『蹶父之子』，皆謂女子也。」

韻讀：之部——李、子。

其釣維何？維絲伊緡。齊侯之子，平王之孫。

釣，指釣魚的工具。　維，「維」古與「惟」通。玉篇：「惟，爲也。」即「做」的意思。維，語助詞，含有「是」意。　絲，絲線，用于做釣魚的繩。　伊，同維，爲、做。鄭箋：「以絲爲之綸，則是善釣也。」鄭以「爲」解伊字。　緡（mín民），釣絲。說文：「緡，釣魚繁也。」「繁，生絲縷也。」段注：「繁本施于鳥者，而鉤魚之繩似之，故曰釣魚繁。召南曰：『其釣維何？維絲伊緡。』傳曰：『緡，綸也。』謂糾絲爲繩也。」按這二句是興，朱熹曰：「絲之合而爲綸，猶男女之合而爲昏也。」

韻讀：文部——緡、孫。

騶虞

【題解】

這是一首贊美獵人的詩。豳風七月：「言私其豵，獻豣于公。」這說農民在打獵之後，把大豬獻給公家，把小猪留給自己。可見我國古代已把猪作爲主要副食品，所以詩人贊美這位射野猪的獵手。

詩序説：「情動于中而形于言，言之不足，故嗟歎之；嗟歎之不足，故永歌之；永歌之不足，不知手之舞之，足之蹈之也。」可見歎詞和詩歌的抒情、節奏、旋律、舞蹈都是分不開的。詩經的歎詞較多：用於句首者，如於、嗟、噫、咨等。用於句中者，如居、斯等。用於句末者，如兮、也、矣、哉等。毛傳對此多釋爲「辭」。其作用約有感歎、贊歎、語氣等類。本詩是贊美騶虞獵人打猪的勞動，而發出「于嗟乎」的贊歎聲。鄭箋：「于嗟者，美之也。」朱熹：「詩人述其事以美之，且歎之。」按鄭略去「乎」字，這是他的疏忽。朱釋較確切。馬建忠説：「歎字終於單音，而極於三音，至矣！」（馬氏文通）他的話，意指詩人運用三音節的歎詞，是抒寫强烈、波動的感情，表示贊美之意。

彼茁者葭，壹發五豝。于嗟乎騶虞！

茁，草初生出土貌。葭（jiā加），蘆葦。馬瑞辰通釋：「穆天子傳：『天子射鳥，有獸在葭中。』是葭亦藏獸之區。詩言葭、蓬，皆謂豝、豵所藏耳。」

壹，發語詞，無義。三家詩作「一」。馬瑞辰通釋：「壹發五豝，壹發五豵，二『壹』字皆發語詞。」發，發箭，指發箭射中。五，虚數，如三、九，都是泛言其多。豝（bā巴），母猪。小猪也叫豝。説文：「豝，牝豕也。一曰二歲。」

于嗟乎，贊美的歎詞。魯詩于作吁，于、吁同。陳奐：「于嗟乎，美歎之也。」騶（zōu 鄒）虞，這裏指獵手。毛傳：「騶虞，義獸也。白虎黑文，不食生物，有至信之德則應之。」魯說、韓說：「騶虞，天子掌馬獸官。」按毛傳所謂義獸，語涉神話，以魯、韓説爲近是。這裏以掌馬獸官代指獵人。

韻讀：魚部——葭（音姑）、豝（音逋）、乎、虞。

彼茁者蓬，壹發五豵。于嗟乎騶虞！

蓬，一種野草，形狀像白蒿。春生，至秋則老而爲飛蓬。

豵（zōng 宗），小猪。廣雅：「獸一歲爲豵，二歲爲豝，三歲爲肩，四歲爲特。」

韻讀：東部——蓬、豵。魚部（與上章遥韻）——乎、虞。

邶風　鄘風　衛風

邶、鄘、衛都是衛地。衛原來是殷商的首都，叫做牧野。武王滅殷，佔領朝歌一帶地方，三分其地。朝歌北邊是邶，東邊是鄘，南邊是衛。衛都朝歌在今河南省淇縣，故詩多稱淇水。衛風的産生地，在今河北的磁縣、東明、濮陽，河南的安陽、淇縣、滑縣、汲縣、開封、中牟等地。

春秋時人們已經把邶、鄘、衛看作是一組詩，如左傳魯襄公二十九年記載吴公子季札到魯國參觀周樂，「使工爲之歌邶、鄘、衛，曰：『美哉！是其衛風乎！』」又三十一年，衛北宫文子引邶風稱爲衛詩。三家詩也以邶、鄘、衛爲一卷。只有毛詩才把它分爲三卷。現在仍舊將它們合在一起。邶風十九篇，鄘風十篇，衛風十篇。這一組詩共三十九篇。

這組詩可考而最早的是碩人，左傳魯隱公三年：「衛莊公娶于齊東宫得臣之妹，曰莊姜，美而無子，衛人所爲賦碩人也。」衛莊公是公元前七五〇年左右的人，碩人當産生於此時。後來衛國被狄人滅了，左傳魯閔公二年：「狄入衛，……許穆夫人賦載馳。」接着衛戴公遷漕，文公遷楚丘，産生了定之方中一詩，它與載馳都是衛國最晚的詩。這樣看來，衛風都是衛被狄人滅亡（公元前六六〇年）以前的作品。

衛國昏君特别多，人民負擔重。北方受狄人的侵略，南方苦于齊、晉的争霸。衛都是一個商業發達的較大城市，爲商賈必經之路。魏源說：「商旅集則貨財盛，貨財盛則聲色輳。」他概括了衛地當時的經濟形勢。這些都給衛風較大的影響。衛詩的特點：第一，産生了中國第一位女詩人許穆夫人，她的作品載馳（有人説竹竿、泉水也是她的作品），表現着强烈的愛國主義精神。第二，人民對政治不滿，大膽揭露、反抗統治階級的詩比較多，如北風、相鼠、牆有茨、新臺、鶉之奔奔等，鬥争性之强，在詩經中除魏風外，是少見的。第三，在戀愛婚姻方面的詩，如柏舟、桑中、氓、谷風等，表現了當時婦女的命運及她們大膽反抗封建禮教的精神。這和當時衛國的政治、經濟、地理形勢是分不開的。

邶風

柏舟

【題解】這是一位婦女自傷不得於夫，見侮於衆妾的詩，詩中表露了她無可告訴的委曲和憂傷。毛序說：「柏舟，言仁而不遇也。衛頃公之時，仁人不遇，小人在側。」方玉潤又以爲這是邶國賢臣憂讒畏譏的詩。這些說法與全詩所作婦人語氣不合。劉向列女傳貞順篇認爲衛宣夫人所作，亦與事實不符。今案：此詩的作者應該是一位婦女。詩以堅緻牢實的柏木所作的舟，比自己氣節的堅貞（馬瑞辰通釋：「古者婦之事夫，皆以堅貞爲首。……鄘詩共姜亦以柏舟自喻。」）；以未洗過的髒衣比自己心中的憂慮（王先謙集疏：「衣久著不澣，則體爲不適。婦人義取潔清，故取爲喻。葛覃『薄澣我衣』是其證。此正女功之事，非男子之詞。」）。這好像都是古代女子的口氣。漢代張協士命「焭嫠爲之擗摽」，擗摽一詞即出於本詩。張協的意思，也認爲這是婦女的作品。全詩没有一語涉及衛國政治，只是說在夫家不被寵愛，受到群小欺侮；找娘家兄弟訴苦，又得不到同情的一些家庭瑣事。朱熹解此詩說：「婦人不得於其夫，故以柏舟自比。」聞一多說：「柏舟，嫡見侮於衆妾也。」二家之説近是。

俞平伯葺芷繚蘅室讀詩雜説謂：「這詩……五章一氣呵成，娓娓而下，將胸中之愁思、身世之飄零，婉轉申訴出來。通篇措詞委婉幽抑，取喻起興細巧工密，在素樸的詩經中是不易多得之作。」全詩字字掩抑，聲聲悽怨，極沉鬱痛切之至。清宋大樽評此詩道：「曲寫閨怨，如水益深，如火益熱。」（茗香詩論）

在章法上，此詩也很值得注意。起句以柏舟之泛彼中流，比喻自身無所倚托，逗起一篇旨意。次章以翻筆接入，直寫其心，勢捷而矯，從中可見其情。三章更由心及容止，「見非徒内志方嚴，即貌亦未嘗有失色失笑之嫌」（毛先舒詩辯坻）。其委屈怨憤，自在言外。一般詩都先道致恨之由，再寫長恨之心，此詩則用逆筆，前三章表其心，至四章方寫出憂從何起，故其不幸，就更易喚起同情。末章以自身不能如鳥奮飛，與起句之如舟無依呼應，興無可奈何之歎。欲去不得去，欲歸無所歸，「一段隱憂，千載猶恨。」（戴君恩讀風臆評）

汎彼柏舟，亦汎其流。耿耿不寐，如有隱憂。微我無酒，以敖以遊。

汎彼，等於疊字汎汎，飄浮貌。下句的汎則同泛，浮，動詞。説文段注：「上汎謂汎汎，浮貌也；下汎當作泛，浮也。汎、泛古同音而字有區别。」柏舟，柏木製的船。

亦，語助詞，無義。流，指水流。這説柏舟飄浮在水流中，含有無所依靠的意思。

耿耿，憂心焦灼貌。音義並同炯。魯詩作炯。嚴忌哀時命：「夜炯炯而不寐兮，懷隱憂而歷茲」，正本此詩。説文：「炯，光也。」又引杜林説：「耿，光也。」按古人每以火比憂，如小雅節南山「憂心如惔」、采薇「憂心烈烈」等。

如，同「而」。古如、而二字通用。　隱憂，深憂。隱通殷，齊、韓詩作殷。昭明文選歎逝賦「在殷憂而弗違」，注：「殷，深也。」

微，非，不是。

敖，今作遨，遊玩。　二「以」字都是語助詞。王先謙集疏：「非我無酒遨遊以解憂，特此憂非飲酒遨遊所能解。」

韻讀：幽部——舟、流、憂、酒、遊。

我心匪鑒，不可以茹。亦有兄弟，不可以據。薄言往愬，逢彼之怒。

匪，不是。廣雅：「匪，非也。」　鑒，鏡子，用青銅製成，形圓。亦作監、鑑。毛傳：「鑒，所以察形也。」

茹（rú 孺），容納。本義爲食，這裏是引申義。以上二句大意是：我心不像鏡子，好人壞人都可容納。嚴粲詩緝：「鑒雖明，而不擇妍醜皆納其影。我心有知善惡，善則從之，惡則拒之，不能混雜而容納之也。」

據，依靠。

薄，語助詞，此處含有勉强的意思。王夫之詩經稗疏：「薄言往愬者，心知其不可據而勉往也。」愬，訴苦。愬是訴的或體。説文：「訴，告也。从言，斥省聲。愬，訴或从朔心。」

韻讀：魚部——茹、據、愬、怒。

我心匪石，不可轉也。我心匪席，不可卷也。威儀棣棣，不可選也。

轉，移動。

卷，今作捲。毛傳：「石雖堅，尚可轉。席雖平，尚可卷。」鄭箋：「言己心志堅平，過於石席。」

威儀，儀容，指態度容貌。　棣棣，嫻雅富麗貌。

選，三家詩作算，選是算的假借字。古書中多假選爲算，東漢朱穆集載絶交論引此詩正作算。毛傳釋「不可選」爲「不可數」，賈誼新書容經篇釋爲「衆也」，都以選爲算。言自己儀容美備，不可勝數。　全章抒寫自己没有缺點，決不降志屈從於他人。

韻讀：魚部——石（音蜍入聲）、席（音徐入聲）。　元部——轉、卷、選。

憂心悄悄，慍於群小。覯閔既多，受侮不少。静言思之，寤辟有摽。

悄悄，心中愁悶貌。説文：「悄，憂也。」正引此詩。

慍，怨。言自己被一群小人所怨。馬瑞辰通釋：「釋文及正義本傳皆作怒，蓋怨字形近之謁。」繇詩正義及一切經音義卷十九並引説文：「慍，怨也。」　群小，朱熹詩集傳：「衆妾也。」

覯，三家詩作遘，音義同，遇、碰到。　閔，魯、齊詩作愍，閔是假借字，指中傷陷害的事。　楚辭哀時命王注引詩作「遘愍」。班固幽通賦「考遘愍以行謠」，亦即本此詩。

靜，説文：「靜，寀也。」寀即審，仔細。馬瑞辰通釋：「此詩靜字宜用本義，訓寀。言爲語詞，靜言思之，猶云審思之也。」

寤，睡醒。見關雎注。　辟，釋文謂宜作擗，玉篇手部引詩亦作擗，撫拍胸脯。毛傳：「辟，撫心也。」　有摽，即摽摽，拍胸聲。王先謙集疏：「女言審思此事，寐覺之時，以手拊心至於擘擊之也。」

韻讀：宵部——悄、小、少、摽。

日居月諸，胡迭而微？心之憂矣，如匪澣衣。靜言思之，不能奮飛。

居、諸都是語尾助詞，疊韻，無義。　日月指丈夫。

胡，何，爲什麼。　迭，更迭。陳喬樅三家詩遺説考：「廣雅：『迭，代也。』毛詩『迭微』，當訓爲更迭而食。」　微，昏暗不明。詩人以日月無光喻丈夫總是昏暗不明。聞一多：「國風中凡婦人之詩而言日月者，皆以喻其夫。……本篇曰『日居月諸，胡迭而微』，此以日月無光喻夫之恩寵不加於己也。」

澣，洗。匪澣衣，没有洗過的髒衣服。

韻讀：脂部——微、衣、飛。

緑　衣

【題解】　這是詩人覩物懷人思念故妻的詩。聞一多説：「緑衣，感舊也。婦人無過被出，非其夫所願。他日，夫因衣婦舊所製衣，感而思之，遂作此詩。」其實這位妻子究竟是死亡或是離異，都没有很確鑿的佐證。但是我們細味詩意，再同後世詩詞加以比較，則覺得悼亡的意味更重。詩之前三章，均以「緑衣」領起，既非妙喻，亦無深意，這裏反復吟咏的，只是一件在旁人看來極其普通、而於作者却倍覺親切的衣裳，明確些説，即其亡妻之衣。作者正是借此來寫其覩物生感、觸目傷心之情。這種寫法，在後世悼亡詩中，用得十分普遍。如潘岳悼亡詩「望廬思其人，入室想所歷」以下八句，全寫其撫悲遺物之情，雖長於鋪敘，而精神、手法，與此詩實一。「曷維其已」、「曷維其亡」，寫其對亡妻不能忘懷的深情。後世詩詞如潘岳的「霑胸安能已，悲懷從中起」，蘇軾的「十年生死兩茫茫，不思量，自難忘」（江城子），辭意也都十分相似。「絺兮綌兮，凄其以風」，通過淒涼蕭瑟的景象，來映襯自身的孤寂愁苦之情，這從潘岳「凛凛涼風生，始覺夏衾單」等詩句中，可明顯地見其影響。「我思古人，俾無訧矣」，「我思古人，實獲我心」，是申述「曷維其已」、「曷維其亡」之意，言其情爲何不能自已、不能忘懷。元稹詩「尚想舊情憐婢僕，也曾因夢送錢財」（遣悲懷）可爲「俾無訧矣」作注。「顧我無衣搜藎篋，泥他沽酒拔金釵」（同上），「消渴頻煩供茗椀，怕寒重與理薰篝」（厲鶚悼亡姬），正是這些只有深情的妻子才可能有的行爲，在其生前實獲作者之心，以致在其死後，猶覺難舍難分，直欲「待結個，他生知己」（納蘭性德金縷曲）。前人説詩三百，諸體皆備，這首小詩，可謂悼亡詩之祖。

緑兮衣兮，緑衣黄裏。心之憂矣，曷維其已！

裏，衣服的襯裏。説文：「裏，衣内也。」聞一多以爲裏是穿在裏面的衣服，但穿在裏面的衣服經傳稱中衣或内衣，無稱裏衣的。且上身所穿内外都稱衣，裏與衣不能相對而稱。黄布自可作襯裏，如檀弓「綜衣黄裏」。

曷，何，這裏指什麽時候。　維，助詞。　其，指憂。　已，止。這句説憂傷什麽時候才有止期。

韻讀：之部——裏、已。

緑兮衣兮，緑衣黄裳。心之憂矣，曷維其亡！

裳，下衣，形狀像現在的裙。當時男女都穿裳。説文：「衣，依也。上曰衣，下曰裳。」

亡，忘之假借。朱熹詩集傳：「亡之爲言忘也。」

韻讀：陽部——裳、亡。

綠兮絲兮，女所治兮。我思古人，俾無訧兮。

女，同汝。　治，治理紡織。周禮太宰：「以九職任萬民。……七曰嬪婦，化治絲枲。」孔疏：「治理變化絲枲，以爲布帛之等也。」

古人，古與故通，故人。這裏指作者的妻子。

俾，使。　訧(yóu尤)，過、錯誤。陸德明經典釋文：「訧，本或作尤，過也。」按：古書多作尤，孟子梁惠王下：「其詩曰：『畜君何尤？』」注曰：「何尤者，無過也。」這句大意是，使我不犯錯誤。

韻讀：之部——絲、治、訧(音怡)。

絺兮綌兮，凄其以風。我思古人，實獲我心。

絺，細葛；綌，粗葛。見葛覃注。

凄，涼而有寒意。毛傳：「凄，寒風也。」小雅四月「秋日凄凄，百卉具腓」，亦以有寒意釋凄。凄其，等於凄凄。　以，假借爲似，像(從聞一多説)。

實獲我心，實在能揣度我的心思。朱熹詩集傳：「真能先得我心之所求也。」這章是說，秋天穿着葛布衣，好像風吹來感覺到有寒意。因此拿出葛衣，覩物傷情，想到故妻真能體貼人。

韻讀：侵部——風、心。

燕燕

【題解】

這是一首送人遠嫁的詩。詩中的「寡人」是古代國君的自稱，當是衛國的君主，「于歸」的「仲氏」則是其二妹。本詩的性質是一首送别詩，對此古代學者無異議；至於送者與被送者是什麽人，則有很多不同的説法。毛序説這是春秋初年衛莊姜送歸妾的詩，鄭箋認爲這歸妾就是陳女戴嬀。列女傳母儀篇説這是衛定姜之子死後，定姜送其子婦歸國的詩。清代魏源調和這兩種説法，以爲這是衛莊姜于衛桓公死後送桓公之婦大歸于薛的詩（見詩古微詩序集議）。崔述讀風偶識説：「余按此篇之文，但有惜别之意，絶無感時悲遇之情。而詩稱『之子于歸』者，皆指女子之嫁者言之，未聞有稱大歸爲『于歸』者，恐係衛女嫁於南國而其兄送之之詩，絶不類莊姜、戴嬀事也。」他依據這詩的内容，分析其作者，語甚精確。又，聞一多據第四章「仲氏任只」句，以爲「詩爲任姓國君送妹出適於衛之作」。按今存文獻所載任姓國都在衛之南，與第三章「遠送于南」句牴牾，姑録以備考。

王士禛言燕燕之詩，「爲萬古送别之祖」（分甘餘話）。這首詩爲後人稱道，即在詩中描寫了一個感人的送别情境。朱熹言作者「譬如畫工一般，直是寫得他精神出」（朱子語類）。詩中對燕子飛翔時毛羽、形態、聲音的描繪，生動形象，富於畫意，但在詩中，只是起渲染情境的作用。真正傳神寫照的，全在前三章所疊咏的「瞻望弗及」一語，此詩的影響，主要也表現在這種情境不斷的再現之中。如李白詩「孤帆遠影碧空盡，惟見長江天際流」（黃鶴樓送孟浩然之廣陵）、蘇軾詩「登高回首坡隴隔，惟見烏帽出復没」（辛丑與子由别賦詩寄之）、韓縝詞「但登極，樓高盡日，目斷王孫」（鳳簫吟）、張先詞「一帆秋色共雲遥，眼力不知人遠，上江橋」（虞美人），均遠紹此詩之意，而在詩的意境上作了進一步開拓，詩中情感顯得更加真切，形象也更加鮮明。

燕燕于飛，差池其羽。之子于歸，遠送于野。瞻望弗及，泣涕如雨！

燕，鳥名，形似雀。陳奂傳疏：「詩重言燕燕者，此猶鴟鴞鴟鴞、黃鳥黃鳥，疊呼成義之例。」于，句中助詞，無義。

差（cī疵）池，不齊一。馬瑞辰通釋：「差池二字疊韻，義與參差同，皆不齊之貌。」

之子，指被送的這個女子。　于歸，出嫁。

于，往。　野，郊外。王先謙集疏：「以三章『于南』例之，此『于野』亦當爲往野。」

瞻，毛傳：「瞻，視也。」王先謙集疏：「婦去既遠，瞻望之至不能逮及，思之涕泣如雨之多也。」

韻讀：脂部——飛、歸。　魚部——羽、野（音宇）、雨。

燕燕于飛，頡之頏之。之子于歸，遠于將之。瞻望弗及，佇立以泣。

頡（jié 潔）、頏（háng 杭），向下飛、向上飛。説文段注：「毛傳曰：『飛而上曰頡，飛而下曰頏。』解者不得其説。玉裁謂當作『飛而下曰頡，飛而上曰頏』，轉寫互譌久矣。頡與頁同音。頁，古文䭫，飛而下如䭫首然，故曰頡之，古本當作頁之。頏即亢字，亢之引申爲高也，故曰頏之，古本當作亢之。」

將，送。按此句是倒裝。「遠于將之」即「將之于遠」。遠于將之，送她往遠處去。

佇立，久立。佇是宁之後起字。説文：「宁，辨積物也。」引申爲時間積久之義。

韻讀：脂部——飛、歸。陽部——頏、將。緝部——及、泣。

燕燕于飛，下上其音。之子于歸，遠送于南。瞻望弗及，實勞我心。

下上其音，王先謙集疏：「鳥飛由下而上，下上皆聞其鳴。音隨身下上也。」這章「下上」正與上章「頡頏」相應。

南，指衛國的南邊。于南，往南方去。聞一多以爲南通「林」，指郊外，與音、心叶韻。此説甚爲有理。魯頌駉毛傳：「郊外曰野，野外曰林。」如依聞氏的解釋，則此詩首章説「遠送于野」，三章説「遠送于南」，也就有漸送漸遠之意。

實，同寔，是。勞，指思念之勞。説文：「勞，劇也。从力熒省。熒火燒冖，用力者勞。」引申之，用心甚亦曰勞。

韻讀：脂部——飛、歸。　侵部——音、南（奴森反）、心。

仲氏任只，其心塞淵。終温且惠，淑慎其身。先君之思，以勗寡人。

仲氏，老二、二妹。古人多用伯、仲、叔、季爲兄弟姊妹的行次。　任，信任的意思（從鄭箋説）。于省吾澤螺居詩經新證訓任爲善，亦通。　只，語助詞。這句是説二妹可信任。　塞，悳之假借，誠實。説文：「悳，實也。」毛傳：「塞，瘞也。」崔靈恩集注本作「實也」。按：作實是。鄭注考靈耀曰：「通德純備謂之塞。」　淵，深。孔疏：「其心誠實而深淵也。」　終，既。王引之經義述聞：「終猶既也。」終……且，猶既……又。　温，温柔。　惠，和順。　淑，善良。　慎，謹慎。

先君，死去的國君，指作者和其妹的父親。

勗（xù 蓄），勉勵。説文：「勗，勉也。周書曰：勗哉夫子。」　寡人，古代國君的自稱，即詩的作者。

韻讀：真部——淵（一均反）、身、人。

日　月

【題解】

這是一位棄婦申訴怨憤的詩。古代學者都根據毛序首句「日月，衛莊姜傷己也」，認爲是衛莊姜被莊公遺棄後之作，未知確否。

此詩首句爲「興」，作者覩日月生感，遂形之于詩。陳啟源謂此詩本意，在「胡能有定」一句，其語甚是。但此句又只有和「日居月諸」對照起來看，方得妙解。各章前二句文字雖有小異，但總不離日月出自東方，照臨下土之意。以日月之運行覆照，尚有定所，而已結爲夫婦的「之人」，竟心志回惑，「胡能有定」，能不使人傷感！可知作者反復吟咏日月，正是爲了陪襯其反復强調的「胡能有定」。末章於無可奈何之時，「忽追痛父母，筆勢一縱，而神態並出」（吴闓生詩義會通）。方玉潤説：「仰日月而訴幽懷，……一訴不已，乃再訴之。再訴不已，更三訴之。三訴不聽，則惟有自呼父母而歎安生我之不辰。蓋情極則呼天，疾痛則呼父母，如舜之號泣於旻天、於父母耳。此怨極也。」他對這種極爲沉痛的格調分析得很中肯。

日居月諸，照臨下土。乃如之人兮，逝不古處。胡能有定？寧不我顧！

日居月諸，見柏舟注。

乃，可是。　之人，這個人，指她的丈夫。鄭箋：「之人，是人也。」乃如之人兮，可是像這個人啊。

逝，及。逝不，倒文，即「不逝」，指不能及時。一説逝爲句首助詞，無義，亦通。　古，同故。陳奐傳疏：「古處，猶言舊所耳。」這四句謂日月尚能照臨下土，可是這個人的恩愛現在却不能及時到舊日的處所。

胡，何。　定，止。胡能有定，丈夫的這種行爲怎樣才能停止。馬瑞辰釋定爲正，云：「夫婦有定分，嫡妾有定位，皆正也。」亦通。

寧，胡，何。　陳奂傳疏：「寧，亦胡也，……寧不我顧，言胡不顧我也。」　我顧，即顧我。鄭箋：「顧，念也。」

韻讀：魚部——居、諸、土、處、顧。

日居月諸，下土是冒。乃如之人兮，逝不相好。胡能有定？寧不我報！

冒，覆蓋。　這裏也是照臨的意思。

相好，相愛。

報，答。　古代稱夫不理妻爲「不見答」。　不我報即不見答的意思。陳奂傳疏：「不報，即不答也。」

韻讀：幽部——冒、好（呼叟反）、報（布瘦反）。

日居月諸，出自東方。乃如之人兮，德音無良。胡能有定？俾也可忘！

德音，好話。德音無良，指有善待我之名而無善待我之實。

俾，使。　俾也可忘，使我可以忘掉憂傷。

韻讀：陽部——方、良、忘。

日居月諸，東方自出。父兮母兮，畜我不卒。胡能有定？報我不述！

畜，同慉，愛。孟子：「畜君者，好君也。」卒，終。不卒，指丈夫愛我不終（用聞一多說）。也有人認爲是指父母養我之不終，即正月「父母生我，胡俾我瘉」之意。似不及前說。

述，遵循。毛傳：「述，循也。」魯詩述作遹，韓詩述作術。述、術皆從朮聲，故可通用。孫炎曰：「遹，古述字。」俞樾群經平議釋述爲「道」，言報我不以其道。亦通。報我不述，對待我不循常道，不依常理。又方玉潤釋述爲「稱述」，意爲他對待我的一切，我都不想再去説它了。恐非詩的原意。

韻讀：脂部——出、卒、述。

終風

【題解】

這是一位婦女寫她被丈夫玩弄嘲笑後遭遺棄的詩。毛序：「終風，衛莊姜傷己也。遭州吁之暴，見侮慢而不能正也。」州吁是莊公的兒子，在名義上也是莊姜的兒子，毛序作者認爲她遭到兒子的欺侮而作此詩。但詩中「顧我則笑，謔浪笑敖」等詞，似不切合母子間情事。朱熹詩集傳：「莊公之爲人狂蕩暴疾，莊姜蓋不忍斥言之，故但以終風且暴爲比。」認爲是莊姜受丈夫衛莊公欺侮而作。清代學者魏源、王先謙皆從朱説。今按：就詩而論，這首詩寫夫婦不睦是可以肯定的，但一定坐實是莊姜傷衛莊公不見答之詩，則既無確據，亦無必要。

全詩四章，寫出了一位婦女對丈夫既恨又戀的心理過程。首章傷心丈夫對己的輕薄狂暴；二章却又思念起這個掉首不顧的夫君來；三章更是想得睡不着覺，希望丈夫知其思念而打噴嚏；末章則由己及彼，希望丈夫反過來也能想念她。每一章語氣都有一層轉折，層層遞進，將一種既怨恨又思戀，既知無望又割舍不下的矛盾心理表達得委婉盡致。漢司馬相如長門賦描寫陳皇后的愁悶悲思，始以「君曾不肯乎幸臨」的失望，繼之「摶芬若以爲枕兮」的希冀，終則「魄若君之在旁」的癡情，所用手法與終風是一脉相承的。

終風且暴，顧我則笑。謔浪笑敖，中心是悼。

終，既。見燕燕注。　暴，迅疾。詩人以疾風興丈夫的狂暴。齊詩暴作瀑。説文：「瀑，疾雨也。詩曰：『終風且暴。』」齊詩釋此句爲「疾風暴雨」，但興義仍同毛詩。

則，而。王引之經傳釋詞：「則猶而也。文二年左傳曰：『周志有之，勇則害上，不登於明堂。』言勇而害上也。」

謔，調戲。　浪，放蕩。　敖，放縱。　王先謙集疏：「謔浪，謔之貌。笑敖，笑之貌。蓋謔非不可謔，而浪則狂。笑非不可笑，而敖則縱。」

中心，即心中。悼，傷心害怕。説文：「悼，懼也。陳楚謂懼曰悼。」

韻讀：宵部——暴、笑、敖、悼。

終風且霾，惠然肯來？莫往莫來，悠悠我思。

霾（mái埋），大風刮得塵土飛揚。古人稱爲「雨土」，詩人以此興丈夫心理陰暗，愛情轉移。惠，順。毛傳：「言時有順心也。」然，語助詞。説文：「然，燒也。嘫，語聲也。」語助詞當爲嘫字，經典多借然字爲之。肯，魯詩作肎，肎是古字。王先謙集疏：「詩人言公或意順而肯來乎，冀望之詞。」

莫，不。莫往莫來即不往來，下「莫」字是增文足句。悠悠，形容思念之情綿綿不斷貌。悠悠我思，王先謙集疏：「望其來而不來，故思之悠悠然長。」

韻讀：之部——霾（謨其反）、來（音釐）、來、思。

終風且曀，不日有曀。寤言不寐，願言則嚏。

曀（yì衣），天陰而有風。爾雅釋天：「陰而風曰曀。」

不日，不到一天。有，同又。朱熹詩集傳：「不旋日而又曀也。亦比人之狂惑暫開而復蔽也。」

寤言，醒着說話。馬瑞辰通釋：「據考槃詩『獨寐寤言』，傳云：『在澗獨寤，覺而有言。』則此言『寤言不寐』，亦當訓爲覺而有言。」不寐，難以入睡。

言，助詞，無義。疐，韓詩疐作嚏，打噴嚏。嚴粲詩緝：「願汝嚏，……願其嚏知己念之也。」

按舊時民間亦有「打噴嚏，有人想」的諺語。

韻讀：脂部——曀、曀、寐、疐。

曀曀其陰，虺虺其靁。寤言不寐，願言則懷。

曀曀，天陰暗貌。韓詩作壇壇，曀是壇的假借字。毛傳：「如常陰曀曀然。」說文：「壇，天陰塵也。詩曰：壇壇其陰。」

虺虺（huǐ悔），雷始發之聲。象聲詞。朱熹詩集傳：「以此人之狂惑愈深而未已也。」懷，思念。嚴粲詩緝：「願汝思懷我而悔悟也。」

韻讀：脂部——靁、懷（音回）。

擊　鼓

【題解】

這是衛國戍卒思歸不得的詩。關於詩的時代背景，毛序、鄭箋及三家詩都認爲是春秋魯隱公四年夏，衛公子州吁聯合宋、陳、蔡三國共同伐鄭的事。王先謙根據唐書宰相世系表的記載，考出孫子仲即公孫文仲，與州吁同時。但姚際恒詩經通論提出異義，他説：「此乃衛穆公背清丘之盟救陳，爲宋所伐，平陳、宋之難，數興軍旅，其下怨之而作此詩也。其時衛有孫桓子良夫，良夫之子文子林父。良夫爲大夫，忠於國；林父嗣爲卿，穆公亡後爲定公所惡，出奔。所云『孫子仲』者，不知即其父若子否也？」可備一説。

清喬億言此詩乃「征戍詩之祖」（劍溪説詩又編）。全詩五章，前三章概括了從應征入伍至行伍涣散這一過程，筆墨簡潔，揭示深刻。通過陪襯和烘托來突出主題，是此詩在表現手法上值得注意之處。第三章對喪馬歸林、失伍離次的描寫，表現出當時士卒的怨憤叛離之狀，於生動具體的形象中寄意，倍覺真切。這是征人思念家室之作，其所欲言，不單在於從軍之苦。第四章筆鋒一轉，忽追述當日執手相誓、期以偕老之事，與前面所寫的戰亂景況對照，更加顯出此日情狀的可悲。末二章所表現的情境，對後世詩歌創作，影響甚大。如托名蘇武的别詩、陳琳的飲馬長城窟行、杜甫的新婚别，寫征人與家室的别離之恨，均深得其意。

擊鼓其鏜，踴躍用兵。土國城漕，我獨南行。

鏜，擊鼓聲。其鏜等于鏜鏜。齊、韓詩鏜作鼞。説文：「鏜，金鼓之聲。鼞，鼓聲也。」王先謙集疏曰：「用兵時或專擊鼓，或金鼓兼。鼞、鏜字並通。」

兵，兵器。不是指兵士。王筠説文句讀：「秦漢以下，始謂執兵之人爲兵。」按「兵」爲會意字，本義是軍器。到戰國始引申爲兵士。如戰國策：「兵始出。」説文：「兵，械也。从廾持斤（斧），并力之貌。」

土國，在國内服役土工。　城漕，在漕邑修築城牆。「土」和「城」在這裏都作動詞。　土可訓爲役，城可訓爲築。漕，衛邑名，在今河南省滑縣東南。

南行，指下章「平陳與宋」之事。朱熹詩集傳：「衛人從軍者自言其所爲，因言衛國之民或役土功于國，或築城於漕，而我獨南行，有鋒鏑死亡之憂，危苦尤甚也。」

韻讀：陽部——鏜、兵（音榜平聲）、行（音杭）。

從孫子仲，平陳與宋。不我以歸，憂心有忡。

孫子仲，即公孫文仲，字子仲，是衛國的世卿，當時任南征的將領。

平，調解兩國之間的糾紛。左傳隱公六年杜注：「和而不盟曰平。」按左傳隱公四年：「及衛州吁立，將修先君之怨于鄭，而求寵于諸侯以和其民，使告于宋曰：『君若伐鄭以除君害，君爲主，敝邑以賦與陳、蔡從，則衛國之願也。』宋人許之。于是，陳、蔡方睦于衛，故宋公、陳侯、蔡人、衛人伐鄭，圍其東門，五日而還。」詩中的「平陳與宋」似即指當時之事。按陳和宋都在今河南省境内。

不我以歸，這句是倒文，即「不以我歸」，不讓我回來。

有忡，即忡忡，心神不安貌。

韻讀：中部——仲、宋、忡。

爰居爰處，爰喪其馬。于以求之？于林之下。

爰，與「於何」、「于以」同義，意爲「在何處」。

喪，讀去聲，丟失、喪失。王先謙集疏：「今於何居乎？於何處乎？如何喪其馬乎？求不還者及亡其馬者，當於山林之下。軍士散居，無復紀律。」朱熹詩集傳：「見其失伍離次，無鬬志也。」

韻讀：魚部——居、處、馬（音姥 mǔ）、下（音户上聲）。

死生契闊，與子成説。執子之手，與子偕老。

契，合。闊，離。契闊，疊韻，是偏義複詞，偏用「契」義，指結合。聞一多詩經通義：「死生契闊，猶言生則同居，死則同穴，永不分離也。」

子，指作者的妻。成説，定約、結誓。這一章回憶當初與妻子分離定約的情景。

韻讀：祭部——闊（音缺入聲）、説。幽部——手、老（音柳）。

于嗟闊兮，不我活兮！于嗟洵兮，不我信兮！

于，同吁。吁嗟，感歎詞。與騶虞「于嗟」表美歎者不同。闊，道路遼遠。爾雅釋詁：「闊，遠也。」

活，聚會、聚首。馬瑞辰通釋：「活，當讀爲『曷其有佸』之佸。毛傳：『佸，會也。』佸爲會至之會，又爲聚會之會。承上『闊兮』爲言，故云不我會耳。」

洵，魯、韓詩作敻，洵是敻的假借字，久遠。廣雅：「敻，遠也。」這裏指别離已久。

信，守約。末章嗟歎夫妻遠隔久别，對兵役無已深表怨恨。

韻讀：祭部——闊、活（胡説反，入聲）。　真部——洵、信。

凱　風

【題解】

這是一首兒子頌母並自責的詩。詩序：「凱風，美孝子也。衛之淫風流行，雖有七子之母，猶不能安其室。故美七子能盡其孝道，以慰其母心，而成其志爾。」鄭箋：「不安其室，欲去嫁也。成其志者，成言孝子自責之意。」朱熹承詩序、鄭箋之説，他説：「衛之淫風流行，雖有七子之母，猶不能安其室，故其子作此詩。」自是以後，讀詩者多認爲這是兒子勸母不要再嫁的詩。清人魏源、王先謙不同意他們的説法。魏源詩古微説：「如其（指詩序）説，則宜爲千古母儀所羞道。乃漢明帝賜東平王書曰：『今送光烈皇后衣巾一篋，可時奉瞻，以慰凱風寒泉之思。』又衡方碑：『感鄁人之凱風，悼蓼儀之勤劬。』梁相孔眈神祠碑：『竭凱風以惆憀，惟蓼儀以愴悢。』古樂府長歌行云：『遠遊使心思，遊子戀所生。凱風吹長棘，夭夭枝葉傾。黄鳥鳴相追，咬咬弄好音。竚立望西河，泣下沾羅纓。』咸以頌母德，比劬勞，毫無忌諱。何爲者耶？孟子曰：『凱風，親之過小者也。親之過小而怨，是不可磯也。』」王先謙詩三家義集疏説：「序『美孝子』，自是大師相傳古誼。『淫風流行』云云，則毛所塗附。玩孟子『親之過小』一語，周秦以前舊説決無『母不安室』之辭。」魏、王根據三家詩説，認爲這是兒子感激繼母勞苦而反躬自責的詩。從詩的情調來看，並没有勸母守節的意思，三家詩説比毛詩更接近詩旨一些。後人泥於序説，遂謂其意「斷不可以文章之道平直出之」（吴喬答萬季埜詩問）。方玉潤雖指出序説無稽，但也同樣曲爲之説。其實，此詩佳處，不在婉曲，正在平直。詩中没有過分的渲染、太深的寄托，有的只是樸素明白的描述，感情自然的流露。後世一些吟咏慈母的詩篇，如孟郊的遊子吟、錢載的到家作，追懷母氏劬勞，自責不能奉侍，文詞也都平直明白。對於表現骨肉至情的作品，樸素的語言常是最理想的語言，平直的手法常是最成功的手法，往往能取得最强烈的藝術效果。非樸無以見其真，非直無以見其誠。任何多餘的描寫，都是畫蛇添足，是感情矯揉造作的表現。

凱風自南，吹彼棘心。棘心夭夭，母氏劬勞！

凱風，南風，夏天的風。孔疏引李巡曰：「南風長養萬物，萬物喜樂，故曰凱風。」

棘，酸棗樹。棘心，酸棗樹初發芽時心赤。王先謙集疏：「棘，小棗叢生者。大東傳：『棘，赤心也。』凱風，喻母。棘，子自喻。叢生心赤，興衆子赤心奉母。」

夭夭，樹木嫩壯貌。鄭箋：「夭夭，以喻七子少長。」

劬（qú渠）勞，勞累辛苦。爾雅釋詁：「劬，勞病也。」郝懿行爾雅義疏：「劬勞者，力乏之病也。」

韻讀：侵部——風、南（奴森反）、心。　宵部——夭、勞。

凱風自南，吹彼棘薪。母氏聖善，我無令人。

棘薪，酸棗樹長到可以當柴燒。王先謙集疏：「棘薪，謂棘長大可以爲薪，……喻子已成長。」

聖善，明理而有美德。說文：「聖，通也。善，吉也。」

令，靈的假借字，善。這句是反躬自責的話，意爲兒子沒有一個成材。

韻讀：侵部——風、南。　真部——薪、人。

爰有寒泉，在浚之下。有子七人，母氏勞苦。

爰，發語詞，無義。與擊鼓「爰居爰處」的「爰」字不同義。寒泉，在衛地浚邑。水冬夏常冷，故名寒泉。

浚，在衛楚丘東。王先謙集疏：「言雖七子無益於母，不如寒泉有益於人。」

韻讀：魚部——下（音户上聲）、苦。

晛睆黄鳥，載好其音。有子七人，莫慰母心。

晛睆（xiàn huǎn 現緩），疊韻，清和宛轉的鳴聲。鄭箋：「晛睆以興顔色悦也。」亦通。韓詩晛睆作簡簡。陳奂傳疏引段玉裁詩經小箋云：「説文無睆字，疑此本作晛晛，故韓作簡簡。」黄鳥，黄雀。

載好其音，朱熹詩集傳：「言黄鳥猶能好其音以悦人，而我七子獨不能慰悦母心哉。」陳奂傳疏：「後二章以寒泉之益於浚，黄鳥之好其音，喻七子不能事悦其母，泉鳥之不如也。」這種以相反事物襯托主題思想的方法，是詩經興法的一個特點，也是「興」區别於「比」的主要方面。

韻讀：侵部——音、心。

雄雉

【題解】

這是一位婦女思念遠役丈夫的詩。舊説多認爲這是婦女之作，朱熹詩集傳：「婦人以其君子從役于外，故言雄雉之飛舒緩自得如此，而我之所思者乃從役於外，而自遺阻隔也。」姚際恒懷疑此説，他説：「上三章可通，末章難通，不敢强説。」方玉潤詩經原始則認爲是朋友互勉的詩，他説：「雄雉，期友不歸，思而共勖也。首章言遠行乃自取。次言懷想之至。三章言難來之故。末期自勉，亦以共勖。」此説可供參考。

這首詩是閨中思遠之作，前三章言相思之深，尚稱真摯。末章口氣一轉，忽以教訓説理作結，不但索然無味，連前面的意境也一並破壞了。同是思念久役的丈夫，王風君子于役便遠勝於此詩。鍾惺評曰：「『百爾君子，不知德行』，非婦人語。『君子于役，苟無饑渴』，真婦人語。」所謂「婦人語」，應即指詩中這位思婦形象的抒情。此詩末章强作「非婦人語」，破壞了形象的完整性，後人對君子于役的贊誦遠過於此詩，不是没有原因的。雄雉作者是上層人物，君子于役作者是農村婦女，詩歌源於生活，各人生活不同，主題雖一，她們歌唱的風格也就不相同了。

雄雉于飛，泄泄其羽。我之懷矣，自詒伊阻。

雉，野雞。聞一多詩經通義：「雄雉，喻夫也。」于，語中助詞，無義。

泄泄（yì異），同「洩洩」，鼓羽舒暢貌。左傳隱公元年「其樂也洩洩」，杜預注：「洩洩，舒散也。」馬瑞辰通釋：「前二章覩物起興，以雄雉之在目前，羽可得見，音可得聞，以興君子久役，不見其人，不聞其聲也。」

詒，遺的假借字，別體作貽。贈送。這裏的「自詒」是自找、自取之意。伊，同繄，此、這。鄭箋：「伊，當作繄。繄猶『是』也。」阻，憂。玉篇：「阻，憂也。」朱熹訓阻爲隔，亦通。

韻讀：魚部——羽、阻。

雄雉于飛，下上其音。展矣君子，實勞我心。

下上其音，見燕燕注。

展，誠、確實。爾雅釋詁：「展，誠也。展，信也。」按展的本義訓「轉」，說文段注：「此因展與愼音近假借。」　君子，指作者的丈夫。

實，同寔，是，指君子行役。　勞，憂。陳奐傳疏：「此女望君子之詞，言誠以君子久役之故，我心是勞也。」

韻讀：侵部——音、心。

瞻彼日月，悠悠我思。道之云遠，曷云能來？

瞻，視。瞻彼日月，馬瑞辰通釋：「以日月之迭往迭來，興君子之久役不來。」

悠悠，綿綿不斷貌。按此句爲倒文，即「我思悠悠」。

云，語助詞。下句「曷云能來」之「云」同。這兩句意爲，相隔的道路如此遥遠，丈夫何時才能回來。

韻讀：之部——思、來（音釐）。

百爾君子，不知德行。不忮不求，何用不臧？

百，凡是、所有。　君子，這裏指包括丈夫在内的朝中的統治者。

德行，道德品行。這句是批評統治者不知道脩其德行。

忮（zhì至），害人。説文：「忮，很也。」段注：「很者，不聽從也。雄雉、瞻卬傳皆曰：『忮，害也。』害即很義之引申也。」求，追求名利。馬融論語子罕注：「忮，害也。不疾害，不貪求，何用不爲善也。」

用，施行。臧，善、好。王先謙集疏：「何用不臧，猶言無往而不利。」馬瑞辰通釋：「末章則推其君子久役之故，皆由有所忮求。若知脩其德行，無所忮求，則可以全身遠害，復何用而不臧乎？此以責君子之仕於亂世也。」

韻讀：陽部——行（音杭）、臧。

匏有苦葉

【題解】

這是一位女子在濟水岸邊等待未婚夫時所唱的詩，前人多曲解之。毛序：「刺衛宣公也。公與夫人並爲淫亂。」朱熹詩集傳：「此刺淫亂之詩。」方玉潤詩經原始：「匏有苦葉，刺世禮義澌滅也。」王先謙集疏：「賢者不遇時而作也。」各持己見，令後之讀者無所適從。按詩末章云：「卬須我友」，卬爲古代婦女的自稱，故爲女求男之詞。

余冠英先生詩經選一掃舊説，還它以民歌本來面目。他説：「這詩所寫的是一個秋天的早晨，紅通通的太陽纔昇上地平綫，照在濟水上。一個女子正在岸邊徘徊，她惦着住在河那邊的未婚夫，心想：他如果没忘了結婚的事，該趁着河裏還不曾結冰，趕快過來迎娶纔是。再遲怕來不及了。現在這濟水雖然漲高，也不過半車輪子深淺，那親迎的車子該不難渡過吧？這時耳邊傳來野雞和雁鵝叫唤的聲音，更觸動她的心了。」他將全詩内容用散文譯述一遍，扼要生動，可謂善于説詩者。

姚際恒言此詩「四章各自立義，不爲連類之辭。」（詩經通論）方玉潤駁其言：「詩豈有四章各自立義，不相連類之理？……詳味詩，詞非不連屬，亦非不明顯，特其製局離奇變幻，措詞譎詭隱微，若規若諷，忽斷忽連，故難驟解。」（詩經原始）方氏能言姚説之弊，却不知自身之弊。由於他認爲這「直是一篇諷世座右銘耳」，故和姚氏同樣墮於穿鑿附會、自生轇轕之中。朱熹言各章首句爲「比」，也是因將「刺淫亂」數字梗在心中，遂成此誤。其實，此詩通篇爲「賦」，前三章但寫渡口的所見所聞，在這些景物的描繪之中，隱隱約約露出詩中主人公的影子，至末章始表出人物，點明主題。若説其章法之奇，也僅此而已。詩中的景物描寫，雖然細膩，但也只就眼前所見，信手寫出，着物雖多，綫索自清。總覽全詩，作者何曾在製局措辭上煞費心思，故也無由得奇幻難解之歎。詩有以曲折獲譽的，也有以平直見長的，有些作品須求其言外之意，有些作品的意思就在字面上，不若「虚心平看，自有意味」（朱熹答周叔瑾）。此詩即是一例。前人正是由於心存崎嶢，想入非非，硬是推之使高、鑿之使深，反失其真意，喪其自然之美。

匏有苦葉，濟有深涉。深則厲，淺則揭。

匏（páo袍），葫蘆。古人常腰拴葫蘆以渡水。國語魯語韋昭注：「佩匏可以渡水也。」聞一多詩經通義：「古人早已知道抱着葫蘆浮水能使身體容易漂起來，所以葫蘆是他們常備的旅行工具，而有『腰舟』之稱。葉子枯了，葫蘆也乾了，可以摘來作腰舟用了。」苦，枯的假借字。齊説：「枯瓠不朽，種以濟舟。渡渝江海，無有溺憂（易林震卦）。」王先謙集疏：「齊讀苦爲枯，枯、苦字通。」

濟，水名，本作泲。源出河南省濟源縣西王屋山。涉，步行過河謂之涉，涉水的渡口亦謂之涉，此處指渡口。渡口本是水較淺的地段。現在水漲，渡口水深了，所以稱爲深涉。

厲，連衣徒步渡水。三家詩作砅，又作濿。厲是砅的假借字，濿是砅的或體。毛傳：「以衣涉水爲厲，謂繇帶以上也。」

揭（qì器），提起下衣渡水。毛傳：「揭，褰裳也。」聞一多詩經通義：「八月間葫蘆乾了，而濟水漲了，渡頭的水深起來了，也正是用得着葫蘆的時候。厲是帶在腰間，揭是挑在肩頭。出門人備好了葫蘆是不必發愁的，反正遇見水深了就繫起，水淺就挑起，愛怎麽着就怎麽着。」此説可供參考。

韻讀：葉部——葉、涉。　祭部——厲（音列入聲）、揭。

有瀰濟盈，有鷕雉鳴。濟盈不濡軌，雉鳴求其牡。

有瀰，即瀰瀰，水滿盈貌。

有鷕（yǎo 杳），即鷕鷕，雌雉的叫聲。

濡，沾濕。　軌，車軸的兩端。　聞一多詩經通義：「那時慣乘車子渡水，所以用車軸來作記録水位的標準。水淺不到車軸，還不算太深，意思是説有人要浮水渡河來，是没有什麽危險的。」

牡，指雄雉。聞一多詩經通義：「她想，你們男人也該回來了，野雞叫喚着找她的雄伴，我怎能不感着孤單呢？」

韻讀：脂部——濔、鷕（以水反）。　耕部——盈、鳴、盈、鳴。　幽部——軌（音九）、牡。

雝雝鳴鴈，旭日始旦。士如歸妻，迨冰未泮。

雝雝，鴈相和的鳴聲。按古代婚禮用鴈，但鴈是候鳥，秋天南飛，春天北歸。當無鴈之時，婚禮則用鵝。這是詩人聽到鴈聲，聯想到自己的婚事。

旭日，朝陽。　旦，明亮。

士，古代未結婚的男子通稱。　歸妻，娶妻。王先謙集疏：「婦人謂嫁曰歸，自士言之，則娶妻是來歸其妻，故曰歸妻。」

迨，及，趁。見摽有梅注。　泮（pàn 判），融化。按泮是判的假借字。説文：「判，分也。」毛傳：「泮，散也。」分、散在這裏都是指冰融化。陳奂傳疏：「未泮，猶在解凍前也。」古代人結婚多在秋冬兩個季節舉行，荀子大畧：「霜降迎女，冰泮殺止。」姚際恒詩經通論：「古人行嫁娶必於秋冬農隙之際，故云『迨冰未泮』。」左傳襄公二十二年：「十二月，鄭游販將歸晉，未出竟（境），遭逆（迎）妻者，奪之。」可見春秋時民間嫁娶亦在秋冬。

韻讀：元部——鴈、旦（丁見反）、泮（音片）。

招招舟子，人涉卬否。人涉卬否，卬須我友。

招招，招手貌。朱熹詩集傳：「招招，相召之貌。」

卬（áng昂），我。馬瑞辰通釋：「按卬者，姎之假借。說文：『姎，婦人自稱我也。』爾雅郭注：『卬，猶姎也。』卬、姎聲近通用，亦爲我之通稱。」這句大意是：有人坐着船渡過濟水，我則不渡留在岸上。

須，等待。　我友，指她的未婚夫。

韻讀：之部——子、否（音痞）、否、友（音以）。

谷風

【題解】

這是一首棄婦訴苦的詩。朱熹詩集傳：「婦人爲夫所棄，故作此詩，以叙其悲怨之情。」這是不錯的。此詩以一個棄婦自述的口吻，訴説了她的不幸遭遇。纏綿悱惻，怨而不怒，是前人對此詩的總評，也確實概括了它的藝術特色。托名卓文君的漢詩白頭吟，也是一首以女子口吻寫的詩。這兩首詩中的女主角，對愛情有着同樣的要求：「德音莫違，及爾同死」，「願得一心人，白頭不相離。」但對待對方的負心，則表現出絶然不同的態度。白頭吟中的女子，秉性剛烈，一聞其所愛的人已經變心，便毅然分手：「聞君有兩意，故來相決絶」；對於其人因貪財而背叛愛情，直言指責：「男兒重意氣，何用錢刀爲」，何等痛快；「今日斗酒會，明日溝水頭」，對割斷過去的情絲，竟毫不悔惜。而谷風中的女子，雖知其夫已經變心，尚曲意規勸：「黽勉同心，不宜有怒」；對於其夫因好色而喜新厭舊，但云「采葑采菲，無以下體」，何其委婉；即使在被棄離之後，猶「行道遲遲，中心有違」，充滿不能自訣之情。尤其是「毋逝我梁，毋發我笱」二句，自身尚不能見容，猶顧念其家事，其情癡絶。詩中女子雖有德音，却以色衰見棄，薄倖可恨！但她對薄倖人猶作情厚語，雖字字含怨，却絶不怒駡，只是通過今昔對比、新舊對比，諭之以理，動之以情：「昔育恐育鞫，及爾顛覆，既生既育，比予于毒」，婉中帶厲，令人驚心；「不我能慉，反以我爲讎」，「不念昔者，伊余來塈」，怨中有望，使人酸心。對於那個新人，也不作刻薄的妒恨怨詈。詩中三處提及「宴爾新昏」，但以「如兄如弟」形容對方逸樂，以「不我屑以」、「以我御窮」形容自身的憔悴和淒涼。這樣，其自陳治家勤勞，周睦鄰里，就使人不覺是自我標榜，而是一種無辜的、委屈的心情的自然流露。這些絮絮屑屑的陳述，如怨如慕，如泣如訴，語婉意曲，辭煩事悲。棄婦的怨恨，其夫的薄情，人世的炎涼，女子的不幸，已盡在其中。

作者一往情深，讀者悽愴不已。

習習谷風，以陰以雨。黽勉同心，不宜有怒。采葑采菲，無以下體。德音莫違：「及爾同死。」

習習，猶颯颯，連續不斷的大風聲。谷風，來自山谷的大風。嚴粲詩緝：「來自山谷之風，大風也，盛怒之風也。又習習然連續不絕。……又陰又雨，無清明開霽之意。……皆喻其夫之暴怒無休息也。」按：毛傳：「東風謂之谷風。陰陽和而谷風至。」毛以谷爲穀之假借，以穀風（亦即東風）爲幫助生長之風。這是錯誤的，不合詩的興義。

以，爲、是。陳奐傳疏：「以陰以雨，爲陰爲雨也。」詩人以來自山谷的習習大風和陰雨的天氣興丈夫的暴怒。

黽（mǐn敏）勉，雙聲，努力、勉力。釋文：「黽勉，猶勉勉也。」韓、魯詩黽勉作密勿。按黽勉，古籍中還有作黽没、文莫、閔免者，都是勉力之意，因雙聲音同而通用。

有，同又。不宜有怒，這是棄婦認爲丈夫不應該對自己時常發怒。

葑，亦作蘴，蕪菁，又名蔓青，今名大頭菜。　菲，又名萊菔，今名蘿蔔。

以，用。無以，不用。　下體，指根部。　葑菲的根和莖葉皆可食，但根是主要食用部分，莖葉過時即不可食。這裏以根喻德美，以莖葉喻色衰。指責她丈夫采食葑菲却不用它的根，以比娶妻不取其德，但取其色，色衰即抛棄。

德音，本義是「聲譽」，此處指丈夫曾經對她説過的「好話」，即下句「及爾同死」。陳啟源毛詩稽古編：「『德音無良』、『德音莫違』，此二『德音』謂夫婦閒晤語之言也。『德音』屢見詩，或指名譽，或指號令，或指語言，各有攸當。」

及爾同死，這句便是當初丈夫對她説的好話：願同你白頭偕老。

韻讀：侵部——風、心。　魚部——雨、怒。　脂部——菲、體、死。

行道遲遲，中心有違。不遠伊邇，薄送我畿。誰謂荼苦？其甘如薺。宴爾新昏，如兄如弟。

遲遲，走路緩慢貌。毛傳：「遲遲，舒行貌。」

中心，即心中。　有違，指行動和心意相違背。朱熹詩集傳：「言我之被棄，行於道路，遲遲不進。蓋其足欲前而心有所不忍，如相背然。」經典釋文引韓詩云：「違，很也。」馬瑞辰通釋：「廣雅釋詁：『怨、愇，很也。』韓詩蓋以違爲愇之假借，故訓爲很。很亦恨也。書無逸：『民否則厥心違怨。』違與怨同義，中心有違猶云中心有怨。」按：馬説亦通，但從全詩情調來看，似以朱熹之説爲長。

伊，是。　邇，近。　魯詩作爾。

薄，語助詞，含有勉强的意思。王夫之詩經稗疏：「方言：『薄，勉也。秦晉曰薄，南楚之外曰薄努。』郭璞注曰：『相勸勉也。』薄言采之者，采者自相勸勉也。薄送我畿者，心不欲送而勉送也。」畿，門檻。毛傳：「畿，門内也。」門内即門檻。這二句意爲，當我走的時候，你不肯遠送也應該近送，可是你只勉强地送我到房門口。

荼，亦名苦，苦菜。今名苦蕒菜。

薺（jì霽），甜味的菜。今名薺菜。這二句意爲，比起被拋棄的痛苦，荼菜的苦味就像薺菜一樣甜了。

宴，安樂。毛傳：「宴，安也。」昏，古婚字。新昏，指丈夫另娶新人。

韻讀：脂部——遲、違、畿、薺、弟。

涇以渭濁，湜湜其沚。宴爾新昏，不我屑以。毋逝我梁，毋發我笱。我躬不閱，遑恤我後。

涇、渭，都是水名，源出甘肅，在陝西高陵縣合流。以，因。

湜湜（shí食），水清貌。説文：「湜，水清見底也。」沚，指河底。馬瑞辰通釋：「説文：『止，下基也。』湜湜即狀水止之貌，故以爲清可見底。」按：涇水濁，渭水清，詩人以涇水濁比自己，以渭水清比新人。涇水和渭水比較，就顯得更濁，但涇水的下基是清可見底的。喻自己和新人比較，雖顯得憔悴，但自己的品德是清白無瑕的。馬瑞辰通釋：「喻己之色雖衰而德則盛。」王先謙集疏：「蓋其夫誣以濁亂事而棄之，自明如此。」

屑，潔。朱駿聲說文通訓定聲：「屑，今字誤作屑。假借爲絜。小爾雅廣詁：『屑，潔也。』」不我屑以，即不以我爲潔。

逝，往、去。梁，魚壩，壘石塊攔住水流，中空而留缺口，以便捕魚。發，撥的假借字，搞亂。韓詩云：「發，亂也。」有人訓發爲「開」，亦通。笱（gǒu苟），捕魚的竹簍。

躬，自身。閱，容納，見容。按：閱的本義，說文云：「具數於門中也。」即在門中簡閱的意思。這句的閱是「穴」的假借字。段玉裁說文注：「宋玉賦『空穴來風』，莊子作『空閱來風』。司馬彪云：『門户孔空，風善從之。』詩『我躬不閱』，傳云：『閱，容也。』言我躬不能見容，如無空穴以自處也。」

遑，暇。猶言「哪兒來得及」。恤，擔憂。後，走後的事，指上面的魚梁、魚笱等。有人說「後」指後代，即自己的子女。雖可通，但與上文不連貫。

韻讀：之部——沚、以。侯部——笱、後。

就其深矣，方之舟之。就其淺矣，泳之游之。何有何亡，黽勉求之。凡民有喪，匍匐救之。

方，筏子。鄭箋：「方，泭（桴的假借字）也。」毛傳：「舟，船也。」都是以當時語注古語。按：

方、舟二字這裏都作動詞「渡水」用。

泳、游，朱熹詩集傳：「潛行曰泳，浮水曰游。」此章前四句是起興，以渡水比喻治理家務。孔疏：「隨水深淺，期於必渡，以興己於君子之家事，隨事難易，期於必成。」後人據此，推想詩人可能是一位漁婦。

亡，同無。毛傳：「有，謂富也。亡，謂貧也。」何有何亡，黽勉求之，鄭箋：「君子何所有乎？何所亡乎？吾其黽勉勤力爲求之，有求多，亡求有。」君子，指詩人的丈夫。

民，人，指鄰人。　喪，讀平聲，指凶禍的事。朱熹詩集傳：「又周睦其鄰里鄉黨，莫不盡其道也。」

匍匐，一作扶伏，本義是手足伏地爬行。說文：「匍，手行也。匐，伏地也。」這裏用來形容竭盡全力。　這章叙述過去在治家睦鄰方面都盡了力，無被棄之理。

韻讀：陽部——方、泳（音養）、亡、喪。　幽部——舟、游、求、救。

不我能慉，反以我爲讎。既阻我德，賈用不售。昔育恐育鞫，及爾顛覆。既生既育，比予于毒！

不我能慉，三家詩作「能不我慉」。能，乃。王念孫廣雅疏證：「能字古讀若『耐』，聲與『乃』相近，故義亦同。」　慉，愛。馬瑞辰通釋：「慉與讎對，當讀如畜好之畜。孟子：『畜君者，好君也。』」

文子亦云：『善即吾畜也，不善即吾讎也。』説苑引孔子曰：『以道導之則吾畜也，不以道導之則吾讎也。』並以畜與讎對舉，與詩文同。畜者，慉之省借。廣雅：『㜅，好也。』説文：『㜅，媚也。』媚亦悦好之義。……説文引詩『能不我慉』，與芄蘭詩『能不我知』、『能不我甲』句法相同。能不我慉承上章而言，猶云乃不我畜也。」

阻，拒絶。毛傳：「阻，難也。」　我德，我的好意，指治家睦鄰勤勞之事。賈（gǔ古），賣。　用，貨物。　不售，賣不出去。　廣韻：「售，賣物出手也。」這句意爲，我的好意對於你竟像商人賣不出去的貨物一樣。

育恐，生活恐慌。　育鞫，生活困窮。　朱熹詩集傳引張子（張載）曰：「育恐，謂生於恐懼之中。育鞫，謂生於困窮之際。」

顛覆，本義是頓仆失足，這裏指患難。　這二句意爲，當初在恐慌困窮的生活中，我與你共患難。既生既育，現在生活已經好起來。

于，通如。　毒，毒蟲（從聞一多詩經通義説）。

韻讀：幽部——慉、讎、售、鞫、覆、育、毒。

我有旨蓄，亦以御冬。宴爾新昏，以我御窮。有洸有潰，既詒我肄。不念昔者，伊余來塈。

旨，美。　蓄，醃的乾菜。　陳啟源毛詩稽古編引荆楚歲時記：「醃藏蘘荷以備冬儲。」又馬瑞辰通釋以爲蓄是菜名，即遂菜。亦通。

御，同禦，抵擋。鄭箋：「蓄聚美菜者，以御冬月乏無時也。君子亦但以我御窮苦之時，至於富貴，則棄我如旨蓄。」

有洸（guāng光）有潰，即洸洸潰潰，本義爲水激流貌。此處借用爲形容丈夫發怒而動武貌。説文：「洸，水涌光也。」毛傳：「洸洸，武也。潰潰，怒也。」説文釋本義，毛傳釋借義。

既，盡、全。詒，同遺，留給。肄（yì異），勞苦的工作。按肄是勩的假借字。爾雅釋詁：「勩，勞也。」郭璞注引詩作「莫知我勩」。此言你只把勞苦的工作全留給我做。

伊，惟。來，語助詞，含有「是」義。王引之釋詞：「來，詞之是也。全詩來字多與『是』同義。」塈（jì既），愛。馬瑞辰通釋：「愛，正字作㤅。説文：『㤅，惠也。㤅，古文。』是㤅即古文愛字。此詩塈疑即㤅之假借。伊余來塈，猶言『維予是愛』也。仍承『昔者』言之。」這二句是作者追念昔日丈夫説過的纏綿情話，于怨恨中仍露出留戀的意味。

韻讀：中部——冬、窮。　脂部——潰、肄、塈。

式微

【題解】這是人民苦於勞役，對君主發出的怨詞。詩用簡短的幾句話，表達了勞動人民對統治者壓迫奴役的極端憎恨。毛序：「式微，黎侯寓于衛，其臣勸以歸也。」劉向列女傳貞順篇：「黎莊夫人者，衛侯之女，黎莊公之夫人也。既往而不同欲，所務者異，未嘗得見，甚不得意。其傅母閔夫人賢，公反不納，憐其失意，又恐其已見遣而不以時去，謂夫人曰：『夫婦之道，有義則合，無義則去。今不得意，胡不去乎？』夫人終執貞壹，不違婦道以俟君命。君子故序之以編詩。」劉向的魯詩說與毛詩不同，以往的經今古文學家對此互相多有辯駁，但囿於成見，未能中肯。而且無論實指黎侯或黎莊夫人，都缺乏史實佐證。余冠英詩經選：「這是苦於勞役的人所發的怨聲。」今從余說。

此詩二章，全用設問。所謂設問，指心中早有定見，話中故意提出問題。詩人苦不堪言，因此一再反問，爲什麼有家不能歸？爲什麼要在泥水、露水中受苦？這樣的明知故問，比直接的敘述顯得更加宛轉而有情致。因此式微雖然只有八句，但由於設問而使得怨恨之情溢於言表，給讀者的印象還是比較深刻的。

式微式微，胡不歸？微君之故，胡爲乎中露？

式，發語詞，無義。　微，幽暗，指天黑。郝懿行爾雅義疏：「微有幽隱薆昧之意。幽猶黝也。黝訓黑，黑色亦幽闇。」

微，非、要不是。陳奐傳疏：「微，非也。言非君之故。」　君，指君主。　故，事。

胡，何。胡爲乎，爲什麼。　中露，即露中。魯詩露作路。

韻讀：脂部——微、微、歸。　魚部——故、露。

式微式微，胡不歸？微君之躬，胡爲乎泥中？

躬，身體。躬是躳的俗字。説文：「躳，身也。从吕从身。」段注：「从吕者，身以吕爲柱也。」按吕篆文作「吕」，是脊椎骨的象形。

泥中，泥水路裏。方玉潤詩經原始：「猶言泥塗也。毛氏萇曰：『中露、泥中，衛邑也。』此或後人因經而附會其説耳，不可從。」

韻讀：脂部——微、微、歸。　中部——躬、中。

旄丘

【題解】這是一些流亡到衛國的人，盼望貴族救濟而不得的詩。那時人民因爲受不了本國統治者的殘酷剥削壓迫，或因戰爭的緣故，紛紛逃亡别國。但到處都一樣，想向他國貴族乞求同情、救濟，當然仍是一種夢想。結果一無所得，反鬧了一肚子氣。本詩即反映了這一情況。

毛序：「旄丘，責衛伯也。狄人迫逐黎侯，黎侯寓于衛，衛不能修方伯連率之職，黎之臣子以責於衛也。」毛詩認爲這首詩與上篇式微同爲黎臣所作。齊詩説：「陰陽隔塞，許嫁不答。旄丘、新臺，悔往歎息。」（見易林歸妹之蠱）王先謙集疏：「曰隔塞，曰不答，知與式微同恉，亦黎莊夫人不見答而作也。」三家詩也把它同式微聯繫在一起解釋。但這兩種說法都看不出有什麼根據。

此詩第一章以旄丘之葛起興，連用兩句疑問，雖然疑惑於衛國君臣救援之遲，但還是滿懷希望的。第二章連用兩句設問，後面又自己作了回答。姚際恒評道：「自問自答，望人情景如畫。」其實作者對衛人已經很失望，所謂「必有與也」、「必有以也」，無非是一種自我寬解而已。第三章用賦法，説衛國的叔伯貴族與自己感情不相通，朱熹説：「至是始微諷之。」譏刺而僅止於「微」，活現出一種又氣憤又不敢得罪人的矛盾心理。最後一章也用賦法，但末句聲色俱厲，感情上到了爆發點。作者破口大罵，斥責衛人傲慢無禮，對他們的呼告懇求像聾子一樣充耳不聞。此時他已經完全絶望，也就無所顧忌了。正如朱熹所説的：「至是然後盡其詞矣。」用不同的藝術手法來描寫不同的心理狀態，層層遞進，細緻入微，這是讀者從旄丘中可以仔細玩味的。

旄丘之葛兮，何誕之節兮？叔兮伯兮！何多日也？

旄丘，前高後低的土山。三家詩旄作嵍，旄是嵍的假借字。

誕，同覃，延長。之，其，它的。馬瑞辰通釋：「之，猶其也。何誕之節，猶云何誕其節也。」王先謙集疏：「何者，驚訝之詞。覽物起興，以見爲日之多。」節，指葛藤的枝節。

叔、伯，對衛貴族的稱呼。陳奐傳疏：「叔伯，斥大夫也。」

何多日也，何以很久不見救助。馬瑞辰通釋：「詩以葛起興，春秋之交也。而後言狐裘蒙戎，則爲嚴冬。此正詩言『多日』之證。」

韻讀：脂、祭部通韻——葛（音吉入聲）、節、日。

何其處也？必有與也。何其久也？必有以也。

處，安居不出。説文：「処，止也。處，処或从虍聲。」段玉裁注云：「人遇几而止，引申之爲凡居処之字。今或體獨行，轉謂『処』俗字。」

與，指同伴或盟國。朱熹詩集傳：「與，與國也。」

以，原因。朱熹詩集傳：「因上章『何多日也』而言何其安處而不來，意必有與國相俟而俱來耳。又言何其久而不來，意其或有他故而不得來耳。詩之曲盡人情如此。」

韻讀：魚部——處、與。之部——久（音已）、以。

狐裘蒙戎，匪車不東。叔兮伯兮！靡所與同。

狐裘，狐皮袍。當時大夫以上的官穿的冬服。毛傳：「大夫狐蒼裘。」蒙戎，疊韻，亦作尨茸，蓬亂貌。這句疑指衛大夫。

匪，彼。陳奂傳疏：「匪，彼也。彼車不東，言彼大夫之車不東來也。」疑東方是流亡者居住的地方，故大夫之車不東來。

靡，無。　同，同心。朱熹詩集傳：「不與我同心。」

韻讀：東、中部通韻——戎、東、同。

瑣兮尾兮，流離之子。叔兮伯兮！褎如充耳。

瑣，細小。爾雅釋訓：「瑣瑣，小也。」　尾，與「微」通，卑賤。按「瑣尾」雙聲。

流離，雙聲，漂散流亡。方玉潤詩經原始：「流離，漂散也。」毛傳訓流離爲鳥名，恐非詩意。

流離之子，指詩人自己。

褎（yòu ㄡ），盛服。褎如，即褎然，盛服而傲慢自大貌。王先謙集疏：「按然、如同訓。褎如猶褎然也。」　充耳，毛傳：「充耳，盛飾也。」鄭箋：「充耳，塞耳也。」按充耳本是一種掛在耳旁的首飾，又有充耳不聞的意思，這裏含有雙關的意義。

韻讀：之部——子、耳。

簡　兮

【題解】

這是一位女子觀看舞師表演萬舞，從而對他產生愛慕之情的詩。

毛序：「簡兮，刺不用賢也。衛之賢者仕於伶官，皆可以承事王者也。」三家詩無異義。但是我們細玩全詩，唯有贊美的口氣，却體會不出諷刺的意味來。聞一多神話與詩說：「左傳隱公五年：『考仲子之宫，將萬焉。』仲子者，公之祖母，考其宫用萬舞，可知萬舞與婦人有特殊關係。然而左傳莊公二十八年又曰：『楚令尹子元欲蠱文夫人，爲館於其宫側而振萬焉。』注：『蠱惑以淫事。』邶風簡兮曰『方將萬舞』，『公庭萬舞』，又曰：『云誰之思，西方美人。』似亦男女愛慕之詩。愛慕之情生於觀萬舞，此則舞之富於誘惑性可知。」聞先生的考證更接近詩旨。

此詩妙處，在於感情的熾熱與坦率。前三章雖然是對舞師表演的客觀描寫，但字裏行間仍充溢着贊美之情。末章則毫不掩飾地吐露了對舞師的愛慕，尤其最後兩句，一再高唱，給人「情有不可已者」的强烈感受。歷代説詩者，受毛序「刺不用賢也」的影響，將這首詩的藝術特點解釋得曲折隱晦。吴闓生詩義會通認爲此詩對「極傷心事」却作「極得意語」。方玉潤詩經原始認爲「末章慨然遐想，有高乎一世之志」，他們二位的失誤就在於因襲了毛序的謬説。

簡兮簡兮，方將萬舞。日之方中，在前上處。

簡，鼓聲。聞一多：「簡簡，鼓聲。樂奏舞前，必先鳴鼓以警衆。」有人以爲「簡」是形容武師武勇之貌，亦通。

方將，即將、將要。馬瑞辰通釋：「方將二字連文。方，猶云將也。將，且也。」毛傳訓「方」爲「四方」，似不可從。萬舞，周天子宗廟舞名，是一種大規模的舞，相對小舞而言，分文舞、武舞兩部分。毛傳：「以干羽爲萬舞。」朱熹詩集傳：「萬者，舞之總名。武用干戚（盾、板斧），文用羽籥（雉羽和籥的樂器）也。」

日，太陽。　方中，正午。

處，讀上聲，作動詞，指處於某一位置。在前上處，舞師在舞蹈者的前列領隊。

韻讀：魚部——舞、處。

碩人俁俁，公庭萬舞。有力如虎，執轡如組。

碩，本義爲「頭大」，引申爲凡大之稱。碩人，身材高大的人，指舞師。　俁俁（yǔ語），身軀魁梧貌。毛傳：「俁俁，容貌大也。」韓詩作扈扈，云「美貌」。馬瑞辰通釋：「俁、扈音近，美與大亦同義，故扈扈訓美，又訓大。」按周代以男女之身材高大爲美，如衛風碩人、小雅車舝「辰彼碩女」等。

公庭，廟堂的庭前。毛傳：「以干羽爲萬舞，用之宗廟山川。」孔疏：「於祭祀之時，親在宗廟公庭而萬舞。」

轡（pèi配），馬繮繩。　組，編織的一排排絲綫。段玉裁説文注：「執轡如組，非謂如組之柔，謂如織組之經緯成文，御衆縷而不亂，自始至終秩然，能御衆者如之也。」按這章寫武舞。

韻讀：魚部——俁、舞、虎、組。

左手執籥，右手秉翟。赫如渥赭，公言錫爵。

籥(yuè 月),古代樂器名。禮記鄭玄注:「籥,如笛,三孔。舞者所吹也。」聞一多風詩類鈔:「籥,三孔笛,舞師吹以節舞。」

秉,拿。按秉字本義是「禾束」,如小雅甫田:「彼有遺秉。」説文:「秉,禾束也。」引申爲執持。爾雅釋詁:「秉,執也。」 翟(dí 笛),野雞尾羽。聞一多風詩類鈔:「翟,雉尾長羽,舞師執以指揮。」

赫,形容臉色紅而有光。説文:「赫,大赤貌。」 渥,塗抹。三家詩作屋,是渥字的省借。赭(zhě 者),紅土。

公,指衛國的君主。 錫,賜。 爵,古代酒器名,這裏用它代指酒。這句意爲舞後衛君賜酒。按這章寫文舞。

韻讀:宵部——籥、翟(音濯入聲),爵。

山有榛,隰有苓。云誰之思?西方美人。彼美人兮,西方之人兮!

榛,樹名。結實似栗而小。

隰,低濕的地。陳奂傳疏:「下濕曰隰。」 苓,藥草名,即甘草,亦名大苦。按這二句是詩經中常用的起興句式。如山有扶蘇:「山有扶蘇,隰有荷華。」晨風:「山有苞櫟,隰有六駁。」山有樞:「山有樞,隰有榆」等,皆以山隰有草來象徵男女的愛情。余冠英先生認爲以樹代男,以草代女，是一種隱語。西方，指周，周在衛西。美人，指舞師，即上文的碩人。碩人、美人都是當時贊美男女美麗的通用詞。

韻讀：真部——榛、苓、人、人、人。

泉水

【題解】

這是嫁到別國的衛女思歸不得的詩。王先謙詩三家義集疏據藝文類聚引晉劉愔母孫氏悼艱賦「覽蓼莪之遺詠，諷肥泉之餘音」，認爲「以肥泉與蓼莪並稱，則二語爲思既没之父母，古義如此」。他又據錢澄之田間詩學説「思須與漕」句，謂詩作於衛避狄遷漕、東渡黄河之後。「蓋須是舊都，漕迺新徙。故國之變，聞而心傷，思之悠悠然長，欲歸不得，故結之曰：『駕言出遊，以寫我憂。』罔極之哀，多難之急，皆在其内。」據他考證，則詩爲思父母、憂家國的作品。何楷詩經世本古義、魏源詩古微認爲這首詩和竹竿、載馳都是許穆夫人所作，姚際恒詩經通論、方玉潤詩經原始認爲是許穆夫人媵妾所作，但均無確證。

首章「有懷于衛，靡日不思」，是詩之本旨。「出宿」二章，一憶往昔，一想來日，皆用虚筆。尤以

第三章遣詞輕快，讀之有「千里江陵一日還」之感。雖憑空結撰，並非實境，然情文斐然，其迫切心情，躍然紙上。戴君恩評：「蜃樓海市，出有入無，詩人用虚之妙。」（讀風臆評）但作者雖有歸寧之思，却無自主之權，「不瑕有害」四字，道出了她的疑懼之情。吴闓生道：「以上二章，皆決絶之詞，此一句掉轉，文法奇絶。」（詩義會通）李煜詞：「夢裏不知身是客，一晌貪歡。」（浪淘沙）故國之思，含情凄惋。若此女子，也是在設想中「一晌貪歡」，情意甚悲。後世詩賦，寫不能如願之事，常於想象及夢境中得到滿足，推其源始，即在此篇。

毖彼泉水，亦流于淇。有懷于衛，靡日不思。孌彼諸姬，聊與之謀。

毖（bì必），泌的假借字，説文引詩作泌。「泌，俠流也。」俠流即「涌流」的意思。韓詩毖作祕，祕也是泌的假借字。泉水，亦名泉源水，即末章的「肥泉」，衛地水名。馬瑞辰通釋：「詩意以泉水之得流于淇，興己之欲歸于衛。」

孌，美好貌。毛傳：「孌，好貌。」孌彼，等於孌孌。諸姬，一些姬姓的女子。衛君姓姬，衛女嫁於諸侯，以同姓之女陪嫁，古稱姪娣。毛傳：「諸姬，同姓之女。」

聊，姑且。檜風素冠鄭箋：「聊，猶且也。」謀，商量。小雅皇皇者華毛傳：「咨事之難易曰謀。」此句指商量回娘家的事。

韻讀：之部——淇、思、姬、謀（謨其反）。

出宿于泲，飲餞于禰。女子有行，遠父母兄弟。問我諸姑，遂及伯姊。

泲（jǐ擠），衛地名。魯詩泲作濟。馬瑞辰通釋認爲泲是濟字的或體，濟即濟水。亦通。

餞，餞行。鄭箋：「餞，送行飲酒也。」禰（nǐ你），衛地名。韓詩禰作坭，士虞禮鄭注引詩作泥，皆音同通用。

行，嫁。左傳桓公九年：「凡諸侯之女行。」杜預注：「行，嫁也。」按「女子有行」二句亦見於蝃蝀、竹竿，可能是當時常用的諺語。

問，問候。這裏有告別的意思。諸姑，姑母們。毛傳：「父之姊妹稱姑。」

伯姊，大姊。按這章是詩人回憶嫁時別離的情景。陳奐傳疏：「此衛女思歸而追念及來嫁時耳。」

韻讀：脂部——泲、禰、弟、姊。

出宿于干，飲餞于言。載脂載舝，還車言邁。遄臻于衛，不瑕有害？

干、言，都是作者所居國的地名，今在何地不可考。或説干在河南省濮陽縣北干城村，即後漢書郡國志及水經注所説的「竿城」。按干、言是作者設想歸衛餞行之處。

載，發語詞，無義。陳奐傳疏：「乘車爲載，假借之爲語詞。載者，發語詞也。載驅：『載驅薄薄』，言驅薄薄也。」脂，用油塗車軸。按脂的本義爲牛、羊等牲畜的脂肪，説文：「戴角者脂，無角者膏。」這裏用作動詞。 舝（xiá轄），後世作轄，漢書天文志晉灼注：「舝，古轄字。」文選潘尼四言詩：「星陳宿駕，載脂載轄。」是舝、轄爲古今字。 爲車軸兩頭的金屬鍵。這裏也用作動詞，意爲插上車軸兩端的鍵。朱熹詩集傳：「脂，以脂膏塗其舝使滑澤也。 舝，車軸也。不駕則脱之，設之而後行也。」

還，音義同「旋」。鄭箋：「還車者，嫁時乘來，今思乘以歸。」朱熹詩集傳：「還，回旋也。 旋其嫁來之車也。」 言，助詞。 邁，行路。説文：「邁，遠行也。」指歸衛之行。

遄（chuán船），疾，快。 臻，到達。

瑕，無。不瑕，猶今云「没有什麽」。按説文：「瑕，玉小赤也。」馬瑞辰通釋：「瑕、遐古通用。遐之言胡，胡、無一聲之轉。……凡詩言不遐有害，不遐有愆，不遐猶云不無，疑之之詞也。」這句意爲，這没有什麽害處吧？

韻讀：元部——干、言。 祭部——舝（胡例反，入聲）、邁（音蔑）、衛（音悦）、害（胡例反，入聲）。

我思肥泉，兹之永歎。思須與漕，我心悠悠。駕言出遊，以寫我憂。

肥泉，在衛境内，即首章的「泉水」。

兹，同滋，益發、更加。馬瑞辰通釋：「按兹即滋也。 兹之永歎，猶常棣詩『況也永歎』，況亦滋也。説文：『滋，益也。』字通作兹。」 永歎，長歎。王先謙集疏：「首章泉水興，此當是賦。 蓋女之父母既没，或葬肥泉之側，故思其地則益之長歎也。」

須、漕，皆衛國地名。須是「湏」之譌字，即沬，衛國舊都。王先謙集疏引陳蔚林詩說：「説文『湏』下云：『古文沬从頁』。是湏即沬也。桑中『沬之鄉矣』是也。此詩『思須』之須字當爲湏。後人不知湏是古文沬字，傳寫譌改爲須。」漕亦作曹，陳奐傳疏：「曹、漕，古今字。」在今河南省滑縣東二十里。衛國被狄人侵占，戴公帶人民渡河遷徙于漕。可證是詩作於衛遷漕之後。

駕，駕車。錢鍾書管錐編：「按駕爲『或命中車』之意。……操舟曰駕，御車亦曰駕。」

寫，消除。毛傳：「寫，除也。」説文：「寫，置物也。」段玉裁注曰：「凡傾吐曰寫。俗作瀉者，寫之俗字。」 我憂，指她思鄉的憂愁。

韻讀：元部——泉、歎。 幽部——漕（音愁）、悠、遊、憂。

北門

【題解】

這是一個官吏訴苦的詩。毛序：「刺仕不得志也。言衛之忠臣不得其志爾。」分析詩旨基本正確，但尚失之籠統。所謂「忠臣不得其志」者，一般是指「憂讒畏譏」、「忠而受謗」之類。但此詩作者並非如此，他頗得衛君信任，事無巨細都交給他處理，以致不堪其勞；而生活又入不敷出，因此還受到家裏人的責難。他内外交迫，無能爲力，只得歸之於天命，寫這首詩發發牢騷，並沒有標榜自己是一個忠臣。

郭沫若中國古代社會研究説：「這位尊駕我想來怕也不必一定是怎的貧窶，只是社會的生活程度一天一天的高漲了起來，人民也一天一天的奢華了起來，他的收入不很够供他老婆的揮霍，所以才那樣很誇張的長吁短歎。總而言之，他總算是一位破産的貴族。」郭先生認爲詩反映當時一些貴族已經破産的情況，很有見地。

全詩三章，每章末都重複「已焉哉！天實爲之，謂之何哉」三句，一遍又一遍的歎息，襯托着這位貴族錯綜複雜的心理：又惱怒，又無可奈何；又想自我排解，又不免黯然。這種一唱三歎的疊章，有效地加强了感情的色彩。

出自北門，憂心殷殷。終窶且貧，莫知我艱。已焉哉！天實爲之，謂之何哉！

殷殷，深憂貌。陸德明釋文：「殷，本又作慇，同。」爾雅釋訓：「慇慇，憂也。」按這章首二句，毛傳曰：「興也。北門背明鄉陰。」鄭箋：「興者，喻己仕於闇君，猶行而出北門，心爲之憂殷殷然。」毛、鄭以背明鄉陰的北門喻闇君，太穿鑿。朱熹認爲這二句是「比」，其誤同毛。姚際恒詩經通論標此二句爲賦體。王先謙集疏：「出北門者，適然之詞，或所居近之，與『出其東門』同賦也。」姚、王二説才是符合詩的實際。

終，既。　窶（jù 巨），房屋簡陋，無法講求禮節排場。釋文：「窶，謂貧無以爲禮。」王先謙集疏：「此言既窶無以爲禮，且至貧無以自給也。」

莫知我艱，方玉潤詩經原始：「莫知二字是主。」

已焉哉，既然這樣。陳奂傳疏：「已焉，猶云既然。古訓然、焉通用，既、已通用。既然，既如是。此承上轉下之詞。」

謂，馬瑞辰通釋：「謂猶奈也。謂之何哉，猶云『奈之何哉』。齊策曰：『雖惡於後王，吾獨謂先王何乎？』高注：『謂猶奈也。』是其證矣。」按此句猶云：對它有什麽辦法呢？

韻讀：文部——門、殷、貧、艱（音根）。　歌部——爲（音訛）、何。

王事適我，政事一埤益我。我入自外，室人交偏讁我。已焉哉！天實爲之，謂之何哉！

王事，有關周王朝的差事。朱熹詩集傳：「王事，王命使爲之事也。」　適，投擲。按適是「擿」字的省借。説文：「擿，搔也。一曰投也。」擿我，猶云都扔給我。

政事，衛國國内的政事。鄭箋訓政事爲賦税之事。　一，皆、完全。　埤（pí 皮），使。按埤是俾的假借字。説文：「俾，益也。」段注：「俾與埤、朇、裨音義皆同。今俾行而埤、朇皆廢矣。經傳之俾皆訓使也，無異解。蓋即益義之引申。」這句意爲國内的政事都使加在我身上。

室人，家人。　交，更迭、輪流。　偏，同遍。　讁（zhé 哲），責備。毛傳：「讁，責也。」

韻讀：支部——適、益、讁（音滴入聲）。歌部——爲、何。

王事敦我，政事一埤遺我。我入自外，室人交徧摧我。已焉哉！天實爲之，謂之何哉！

敦，逼迫。經典釋文引韓詩曰：「敦，迫。」

遺（wèi爲），與上章「益」義同，加給。毛傳：「遺，加也。」

摧，諷刺。鄭箋：「摧者，刺譏之言。」韓詩摧作誰。玉篇：「誰，讁也。」鄭箋正用韓詩義。

韻讀：脂、文部借韻——敦（音低）、遺、摧。歌部——爲、何。

北　風

【題解】

這是人民不堪衛國虐政，招呼朋友共同逃亡的詩。毛序：「刺虐也。衛國並爲威虐，百姓不親，莫不相攜持而去焉。」這段話還合詩意。方玉潤詩經原始：「此篇不知其爲衛作乎？抑爲邶言乎？若以詩編邶風内，則當爲邶言爲是。」邶亡于衛在什麽時候，史不可考。據方的説法，這首詩是反映邶亡前統治階級的暴虐腐敗、社會混亂和人民紛紛逃亡的情况，可備一説。

朱熹言此詩「氣象愁慘」。讀這首詩，確實使人感到一種緊張恐懼的氣氛，這種氣氛，主要通過三方面來表現。一是景物的描寫。詩前兩章前兩句是興，通過對風緊雪盛的描述，來渲染悲慘氣氛，寫得凛凛有寒意。二是音節的變化。各章前四句辭尚寬緩，至末二句忽作促音，更加深了這種緊張感。三是形象的語言，「其虚其邪，既亟只且」，自問自答，通過人的緊張情緒，將這種迫不及待的氣氛，淋漓盡致地表現出來。至末章以赤狐、黑烏不祥的動物象徵暴虐的統治者，尤爲形象。

北風其涼，雨雪其雱。惠而好我，攜手同行。其虚其邪？既亟只且！

雨雪，下雪。雨在這裏作動詞用。雱（pāng 旁），雪盛貌。毛傳：「雱，盛貌。」按雱是旁的籀文。説文：「旁，溥也。」段注：「籀文从雨，衆多如雨意也。毛云盛，與許云溥正合。」其雱，即雱雱，上句「其涼」，即涼涼。詩人以涼風喻虐政，以雨雪喻社會紛亂。

惠而，即惠然，順從、贊成之意。馬瑞辰通釋：「終風詩『惠然肯來』，傳：『惠，順也。』此詩惠而，猶惠然也。惠亦當爲順，惠然，謂順貌也。」

行（háng 杭），道路。鄭箋：「與我相攜持同道而去，疾時政也。」

其，語助詞。虚，舒的假借字。邪，魯、齊詩作徐，邪是徐的假借字。虚邪，疊韻，即舒徐，緩慢而猶豫不決貌。

亟，同急。既亟，事已緊急。只且（jū 駒），語尾助詞，其作用與「也哉」相同。王先謙集疏：「詩人見其同行者從容安雅之狀如此，又速之曰『既亟只且』，猶言事已急矣，尚不速行而爲此徐徐之態乎？」

韻讀：陽部——涼、雱、行（音杭）。魚部——虚、邪（音徐）、且。

北風其喈，雨雪其霏。惠而好我，攜手同歸。其虚其邪？既亟只且！

喈，是湝的假借字，寒涼。馬瑞辰通釋：「喈，玉篇作飁，云：『疾風也。』此後人增益字。喈當作湝，又通淒。説文湝字注：『一曰，湝，水寒也。』引詩『風雨湝湝』，即鄭風『風雨淒淒』之異文。邶風傳：『淒，寒風也。』蓋水寒曰湝，風寒亦爲湝，其喈猶其涼也。」按其喈，即喈喈。

其霏（fēi非），即霏霏，魯詩作「雨雪霏霏」。霏霏即紛紛之意。

同歸，一起到較好的他國去。毛傳：「歸有德也。」

韻讀：脂部——喈（音飢）、霏、歸。魚部——虚、邪、且。

莫赤匪狐，莫黑匪烏。惠而好我，攜手同車。其虚其邪？既亟只且！

莫，無。　匪，非。莫匪即無非，應連用。

烏，烏鴉。這二句意爲，所見執政者，無非都是赤狐烏鴉之類，毫無例外。按狐是妖獸（見説文），烏啼不祥（唐韓愈有「鴉啼豈是凶」之句），這是古代民間的傳説，詩人以赤狐、黑烏象徵妖異不祥的統治者。孔疏：「狐色皆赤，烏色皆黑，以喻衛之君臣皆惡也。」

同車，朱熹詩集傳：「同車，則貴者亦去矣。」當時人民無權坐車，所以朱熹認爲這句是指貴族。

韻讀：魚部——狐、烏、車、虛、邪、且。

静　女

【題解】

這是一首男女約會的詩。歐陽脩詩本義：「静女一詩，本是情詩。」可謂一語中的。毛序：「静女，刺時也。衛君無道，夫人無德。」朱熹詩序辯説云：「此序全然不是詩意。」批評得很對。但他又説「此淫奔期會之詩」，却充滿了腐朽的道學氣，總不及歐陽永叔説得明白貼切。

詩以男子口吻寫幽期密約的樂趣，語言淺顯，形象生動，氣氛歡快，情趣盎然。「愛而不見」，暗寫少女活潑嬌憨之態，「搔首踟躕」，明塑男子心急如焚之狀，描摹入神；「説懌女美」，一語雙關，富於感情色彩；「匪女之爲美，美人之貽」，情意纏綿，刻畫心理細膩入微，道出人與物的關係，是從人與人的關係投射出來的真理。總的説，此詩以人人所能之言，道人人難表之情，自然生動，一片天籟。李夢陽引王叔武語曰：「真詩乃在民間。」以此詩詮之，誠非虛論。後世唯民歌俗謡，遺辭道情，尚能得其彷彿，求諸文人集中，傳神之作，不可多得。

静女其姝，俟我於城隅。愛而不見，搔首踟躕。

靜，靖的假借字，善。馬瑞辰通釋：「鄭詩『莫不靜好』，大雅『籩豆靜嘉』，皆以靜爲靖之假借。此詩靜女亦當讀靖，謂善女。」姝，美好貌。其姝，等於姝姝。韓詩説：「姝姝然美也。」魯、齊詩姝作姣，亦作袾，皆三家異文。

城隅，城上的角樓。馬瑞辰通釋：「説文：『隅，陬也。』廣雅：『陬，角也。』是城隅即城角也。」

愛，薆、僾的省借，隱藏。爾雅釋言：「薆，隱也。」説文：「僾，仿佛也。詩曰：僾而不見。」愛而，等於薆然。陳喬樅三家詩遺説考：「離騷『衆薆然而蔽之』，薆而猶薆然也。」不見，朱熹詩集傳：「不見者，期而不至也。」

踟躕，雙聲，徘徊、徬徨。韓詩作躊躇，云：「躊躇，猶躑躅也。」玉篇：「躊躇，猶猶豫也。」按踟躕、躊躇、躑躅並字異而音義皆同。

韻讀：侯部——姝（昌謳反）、隅（俄謳反）、躕（池謳反）。

靜女其孌，貽我彤管。彤管有煒，説懌女美。

孌，美好貌。見泉水注。其孌，等于孌孌。

貽，贈送。彤（tóng同），紅色。彤管，一説是赤管的筆，一説是一種像笛的樂器，一説是紅管草，但都没有確實的證據。朱熹説：「彤管，未詳何物，蓋相贈以結慇懃之意耳。」態度比較謹慎平實。

煒(wěi偉),紅而有光貌。毛傳:「煒,赤貌。」説文:「煒,盛明貌也。」有煒,等于煒煒。說,即悦字。說懌,喜愛。女,同汝,指彤管。歐陽修詩本義:「古者鍼筆皆有管,樂器亦有管,不知此彤管爲何物也。但彤是色之美者,蓋男女相悦,用此美色之管相遺,以通情結好耳。」

韻讀:元部——孌、管(音捲)。脂部——煒、美。

自牧歸荑,洵美且異。匪女之爲美,美人之貽。

牧,郊外。爾雅釋地:「郊外謂之牧。」歸,同饋,歸、饋古通用,贈送。荑(tí啼),初生的柔嫩白茅。這句意爲,她從郊外採了嫩茅來送我。一説荑即上文所説的彤管,未知確否。

洵,確實。陳喬樅三家詩遺説考:「洵者,恂之假借。説文:『恂,信心也。』釋詁:『恂,信也。』亦假洵爲恂。」異,可愛。韓詩作瘱,云:「瘱,悦也。」按異是瘱的假借字。方玉潤詩經原始評此句云:「愜心滿意之至。」

匪,非。女,同汝,指荑草。按這二句是擬人的修辭。錢鍾書管錐編:「卉木無知,禽犢有知而非類,却胞與而爾汝之,若可酬答,此詩人之至情洋溢,推己及他。……要之吾衷情沛然流出,於物沉浸沐浴之,彷彿變化其氣質,而使爲我等匹,愛則吾友也;憎則吾仇爾,於我有冤親之別，而與我非族類之殊，若可曉以語言而動以情感焉。」

韻讀：脂部——荑、美。之部——異、貽。

新臺

【題解】這是人民諷刺衛宣公刼奪兒媳的詩。毛序：「刺衛宣公也。納伋之妻，作新臺于河上而要之，國人惡之而作是詩也。」左傳桓公十六年：「衛宣公烝于夷姜，生急子，爲之取（娶）于齊而美，公取之。」司馬遷史記衛世家亦有同樣的記載。歷來學者根據這些史料，都認爲這是諷刺衛宣公亂倫同情齊女所得非所求的詩，細析詩的内容，大概是不錯的。

黑格爾說：「一種高尚的精神和道德的情操無法在一個罪惡和愚蠢的世界裏實現它的自覺的理想，於是帶着一腔火熱的憤怒或是微妙的巧智和冷酷辛辣的語調去反對當前的事物，對和他的關於道德與真理的抽象概念起直接衝突的那個世界不是痛恨，就是鄙視。」「以描繪這種有限的主體與腐化墮落的外在世界之間矛盾爲任務的藝術形式就是諷刺。」（美學第二卷）在這首詩中，作者即通過對「燕婉之求」與「得此戚施」這一對矛盾的揭示，用辛辣的語言、不平的口吻，鞭撻了人世「籧篨」的卑劣行徑，反映了一個美好願望的可悲的破滅，表現了理想和現實的衝突，自身和醜惡現象不能相容的憤怒心情，對邪惡的事物起了揭露、譏刺的作用。前人説一部詩經，諸體皆備。如這首詩，已開我國古代諷刺詩的先聲。

新臺有泚，河水瀰瀰。燕婉之求，籧篨不鮮！

新臺，臺名。築在水上的房子稱爲臺。新臺舊址在今河南省臨漳縣西黄河旁。泚（cǐ此），玼的假借字。説文：「玼，玉色鮮也。詩曰：新臺有玼。」段注：「説文『玉』上當有『新』字。玼本新玉色，引申爲凡新色。如詩『玼兮玼兮』，言衣之鮮盛；『新臺有玼』，言臺之鮮明。」有玼，等于玼玼，形容新臺新而鮮明貌。

河，黄河。瀰瀰，水盛貌。按瀰的本字作瀰，説文：「瀰，水滿也。」張參五經文字云：「瀰見詩風。」即指此句。瀰蓋後人增益字。

燕婉，亦作宴婉或嬿婉，安和美好貌。這句意爲，本來想求得個好配偶。籧篨（qú chú 渠除），蟾蜍、癩蝦蟆一類的東西（見聞一多全集天問釋天）。馬瑞辰認爲籧篨和下文的「戚施」都是「醜惡之通稱」，亦通。鮮，爾雅釋詁：「鮮，善也。」鄭箋：「伋之妻齊女來嫁于衛，其心本求燕婉之人，謂伋也。反得籧篨不善，謂宣公也。」

韻讀：脂、元部借韻——泚、瀰、鮮。

新臺有洒，河水浼浼。燕婉之求，籧篨不殄！

洒（cuǐ璀），高峻貌。有洒，即洒洒。韓詩洒作漼，云：「鮮貌。」亦可通。浼浼（měi每），水平緩貌。韓詩作浘浘，音尾，云：「盛貌。」亦可通。殄（tiǎn忝），同腆，善。鄭箋：「殄當作腆。腆，善也。」

韻讀：文、元部通韻——洒（音蘚）、浼（音免）、殄。

魚網之設，鴻則離之。燕婉之求，得此戚施。

鴻，舊解爲鳥名，雁之大者。聞一多在詩新臺鴻字説一文中，考證鴻就是蝦蟆。離（lí麗），附着、獲得。王先謙集疏：「易序卦傳：『離者，麗也。』附著之義。」陳奂傳疏：「魚網所以求魚，今反得鴻，此所謂所得非所求也。求即經『燕婉之求』，以喻齊女求伋而得宣公也。」戚施，蝦蟆。太平御覽蟲豸部引薛君章句云：「戚施，蟾蜍，喻醜惡。」按蟾蜍即癩蝦蟆，可能就是俗語所謂「癩蝦蟆想吃天鵝肉」的癩蝦蟆。

韻讀：歌部——離（音羅）、施（音娑）。

二子乘舟

【題解】

這是詩人掛念乘舟遠行者的詩。衛國政治腐敗，民不聊生，多逃亡國外，北風即其一例。二子乘舟可能是抒發對流亡異國者的懷念。

毛序：「二子乘舟，思伋、壽也。衛宣公之二子争相爲死，國人傷而思之，作是詩也。」劉向新序：「使人與伋乘舟于河中，將沈而殺之。壽知不能止也，因與之同舟；舟人不得殺伋。方乘舟時，伋傅母恐其死也，閔而作詩。」毛序是古文詩説，劉向是今文詩説，但都是根據左傳桓公十六年的記載加以附會，並不能從詩中得到確切證據，姚際恒説：「大抵小序説詩非真有所傳授，不過影響猜度，故往往有合有不合。如邶、鄘及衛皆摭衛事以合于詩，緑衣、新臺以言莊姜、衛宣，此合者也；二子乘舟以言伋、壽，此不合者也。正當分别求之，豈可漫無權衡，一例依從者哉！」他對毛序所持態度是很正確的。

二子乘舟，汎汎其景。願言思子，中心養養。

汎汎，飄浮貌。廣雅：「汎汎，浮也。」景，古與憬通，遠行。王引之經義述聞：「景讀如憬……憬，遠行貌。」

願，雖然。毛傳：「願，每也。」陳奂傳疏：「皇皇者華傳訓每爲雖，『願言思子，中心養養』，雖曰思子，徒憂其心養養然也。」

中心，即心中。養養，魯詩作洋洋，養、洋都是恙的假借字，憂思而心神不定貌。説文：「恙，憂也。」

韻讀：陽部——景（音礦）、養。

二子乘舟，汎汎其逝。願言思子，不瑕有害？

逝，往。

不瑕有害，見泉水注。王先謙集疏：「不瑕有害，言此行恐不無有害，疑慮之詞。」

韻讀：祭部——逝（時例反，入聲）、害（胡例反，入聲）。

鄘風

柏舟

【題解】這是一位少女要求婚姻自由，向家庭表示違抗的詩，表現了愛情專一，堅決反抗封建禮教的精神。毛序説：「柏舟，共姜自誓也。衛世子共伯蚤死，其妻守義。父母欲奪而嫁之，誓而弗許，故作是詩以絶之。」這種説法，實際是把天真無邪愛情真摯的民間歌唱附會成統治階級的貞節牌坊，姚際恒在詩經通論中駁得好：「序謂共姜自誓，共伯已四十五六歲，共姜爲之妻，豈有父母欲其改嫁之理？至于共伯，已爲諸侯，乃爲武公攻于墓上，共伯入釐侯羨（墓道）自殺，則大序謂共伯爲世子及早死之言尤悖矣。故此詩不可以事實之。」他的分析，道破了毛序的錯誤。

此詩與邶風柏舟所表現的情感、所用的藝術手法，以及語言風格，區別很大。邶柏舟作於既遭棄離之後，故詩中充滿了痛苦的反思；此詩作於熱戀之時，故詩中突出了憤怒的抗爭。邶柏舟作者，其心已受傷害，其情如百尺潭水那樣深沉；此詩作者，其身正遭壓迫，其情如冲天之火那樣熱烈。邶柏舟所用的是「回蕩的表情法」，「是一種極濃厚的情感蟠結在胸中，像春蠶抽絲一般，把它抽出來」；此詩所用的是「奔迸的表情法」，「是情感突變，一燒燒到白熱度」，「用極簡單的語句，把極真的感情盡量表出」（梁啟超中國韻文裏頭所表現的情感）。邶柏舟多用比喻，在意象的表現中寄情；此詩全是直陳，將毫無隱瞞的情感，迸裂到字句之中。故邶柏舟風格沉郁，能長久地引起人們同情；此詩表現激烈，能很快激起人們共鳴。邶柏舟語言委婉曲折，如山間溪水；此詩語言一瀉無餘，如大河奔流。

汎彼柏舟，在彼中河。髧彼兩髦，實維我儀，之死矢靡它。母也天只！不諒人只！

汎彼，即汎汎，快速不停地飄浮貌。陳奐傳疏：「汎，猶汎汎也。」

中河，即河中。這二句詩人以柏舟飄蕩不定興自己愛情堅貞和身世飄零。

髧（dǎn 淡），髮下垂貌。齊、韓詩髧作紞。國語魯語「王后親織元紞」，韋注：「紞，所以懸瑱當耳者。」馬瑞辰通釋：「懸瑱即垂也。紞爲懸瑱之貌，因謂髦垂之貌爲紞。玉篇『髧，髮垂貌』是也。」　髦，三家詩作𩭤，亦作髳。髦是𩭤的假借字。說文：「𩭤，髮至眉也。」古代未成年的男子前額頭髮分向兩邊披着，長齊眉毛；額後則紮成兩綹，左右各一，稱爲兩髦。　實，寔的假借字。小星傳：「寔，是也。」　維，爲。　儀，讀如俄，與偶字雙聲，假借爲偶，所以毛傳說：「儀，匹也。」

之，至，到。　矢，發誓。爾雅釋言：「矢，誓也。」　靡，無。　它，佗的假借字，他。魯詩作他，是俗字。　靡它，無他心，不嫁別人的意思。王先謙集疏：「無它，猶言無二也。」

也、只，都是語氣詞。　天，指父。　左傳桓十五年杜注：「婦人在室則天父，出則天夫。」

諒，亮察、體諒。釋文：「本亦作亮。」經傳中二字常通用。

韻讀：歌部——河、儀（音俄）、它（音佗）。　真部——天（鐵因反）、人。

汎彼柏舟，在彼河側。髧彼兩髦，實維我特；之死矢靡慝。母也天只！不諒人只！

特，匹偶。　特的本義爲牛。說文：「特，牛也。」段注：「特本訓牡，陽數奇，引申之爲凡單獨之稱。」馬瑞辰通釋：「物無偶曰特。廣雅：『特，獨也。』皆訓特爲獨。特訓獨，又訓匹者，……猶匹爲一，又爲雙爲偶，皆以相反爲義也。」

慝，更改。　慝是忒（tè特）的假借字。說文：「忒，更也。」

韻讀：之部——側（音淄入聲）、特（徒力反，入聲）、慝（他力反，入聲）。　真部——天、人。

牆有茨

【題解】

這是一首揭露、諷刺衛國統治階級淫亂無恥的詩。左傳閔公二年：「初，惠公之即位也少，齊人使昭伯烝于宣姜。不可，强之。生齊子、戴公、文公、宋桓夫人、許穆夫人。」毛序：「牆有茨，衛人刺其上也。公子頑通于君母，國人疾之而不可道也。」齊詩說：「牆茨之言，三世不安。」（易林）魯詩說：「衛宣姜亂及三世，至戴公而後寧。」據這些記載，這首詩的諷刺對象可能就是衛宣姜。宣姜本被聘爲衛宣公世子伋的妻子，後被衛宣公中途劫奪據爲己有。宣公死後，他的庶長子公子頑（即昭伯）又與宣姜私通。這些亂倫的行爲，已經無復人理。方玉潤說：「衛宮淫亂未必即止宣姜，而宣姜爲尤甚。……蓋廉耻至是而盡喪，有詩人不忍道、不忍詳、不忍讀者。」分析得較中肯。

此詩特點是諷刺尖鋭而不直露，章末「所可道也？言之醜也」，自問自答，戛然煞住，是怎樣的醜惡，醜惡到什麽程度，一切都留給讀者自己去想象，似直實曲，似露實隱。作詩者或因有所顧忌而輟筆，讀詩者却由言外得意而騁思。

牆有茨，不可埽也。中冓之言，不可道也。所可道也？言之醜也。

茨（cí詞），蒺藜。齊、韓詩作薺，茨是薺的假借字。説文：「茨，茅蓋屋。薺，蒺藜也。」陳啟源毛詩稽古編：「蒺藜有二種，子有三角刺人者，杜蒺藜也。子大如脂麻，狀如羊腎者，白蒺藜也。杜蒺藜布地蔓生，或生牆上，有小黄花，詩牆有薺指此。」

埽，同掃，掃除。牆上種茨，是爲了防閑内外。詩人以牆茨不可埽起興，有内醜不可外揚之意。馬瑞辰通釋：「左氏傳云：『人之有牆，以蔽惡也。』詩以牆茨起興，蓋取蔽惡之義。以牆茨之不可埽所以固其牆，興内醜之不可外揚，將以隱其惡也。」

中冓（gòu够），宫闈，宫廷内部。陳奂傳疏：「中冓與牆對稱，牆爲宫牆，則中冓當爲宫中之室。」王先謙集疏引韓詩，訓「中冓」爲「中夜」，亦通。

道，説。

所，尚（從聞一多風詩類鈔説）。最後二句是自問自答之詞，下二章同。

韻讀：幽部——埽（音叟）、道（徒叟反）、道、醜。

牆有茨，不可襄也。中冓之言，不可詳也。所可詳也？言之長也。

襄，除去。按襄字本義爲「解衣而耕」（見説文），引申爲除去。山井鼎七經考文：「詩足利本、古本並作攘。」攘是襄的假借字，故出車釋文云：「襄，本或作攘。」

詳，細説。朱熹詩集傳：「詳，詳言之也。」韓詩作揚，是宣揚之意，亦通。

韻讀：陽部——襄、詳、詳、長。

牆有茨，不可束也。中冓之言，不可讀也。所可讀也？言之辱也。

束，打掃乾浄。王先謙集疏：「束是總集之義，總聚而去之，言其浄盡也，較埽、襄義又進。」讀，反復地説。毛傳：「讀，抽也。」鄭箋：「抽猶出也。」抽又與籀通。胡承珙後箋云：「服虔左傳注云：『繇，抽也，抽出吉凶也。』繇與籀同，於義皆爲紬繹而出之，此古訓也。蓋道者約言之，詳者多言之，讀者反復言之。詩意蓋謂約言之尚不可，況多言之乎？況反復言之乎？三章自有次第。」

韻讀：侯部——束、讀、讀、辱。

君子偕老

【題解】

這首詩同牆有茨一樣，是諷刺衛宣姜的不道德。毛序：「君子偕老，刺衛夫人也。夫人淫亂，失事君子之道。」鄭箋：「夫人，宣公夫人，惠公之母也。」所不同者，牆有茨充滿厭惡斥責的情緒，而這首詩的諷刺意味却表達得非常委婉。沈德潛道：「諷刺之詞，直詰易盡，婉道無窮。衛宣姜無復人理，而君子偕老一詩，止道其容飾衣服之盛，而首章末以『子之不淑，云如之何』二語逗露之……

蘇子所謂不可以言語求而得，而必深觀其意者也，詩人往往如此。」（説詩晬語）王照圓詩説，言之尤詳：「君子偕老詩，筆法絶佳。通篇止『子之不淑』二句，明露譏刺，餘均歎美之詞，含蓄不露。如『副笄六珈』、『象服是宜』，是説服飾之盛；『委委佗佗，如山如河』，是説儀容之美。通篇俱不出此二意。『玼兮玼兮』以下復説服飾之盛，『揚且之皙』以下復説儀容之美；『瑳兮瑳兮』以下又是説服飾之盛，『子之清揚』以下又是説儀容之美。抑揚反復，詠歎淫泆，句句有一『子之不淑』在，言下蘊藉可思。至筆法之妙，尤在首末二句。首云『君子偕老』，忽然憑空下此一語，上無緣起，下無聯綴，乃所謂聲罪致討，義正詞嚴，是春秋筆法。末云『邦之媛也』，詘然而止，悠然不盡。一『也』字如遊絲裊空，餘韻繞梁，言外含蘊無窮，是文章歇後法。」這種用麗辭寫醜行的藝術手法，與牆有茨既有異曲同工之妙，又反映出兩位詩人的不同風格。後世杜甫麗人行，其命筆用意，與此詩彷彿。

君子偕老，副笄六珈。委委佗佗，如山如河，象服是宜。子之不淑，云如之何！

君子，指衛宣公。偕老，本是夫妻相偕至老、相親相愛的意思。但宣姜本應是衛宣公世子伋的妻子，因貌美被衛宣公刼爲己有，成了宣公夫人，故這裏的「偕老」含有諷刺的意味。

副，亦作䯽，古代首飾名。毛傳：「副者，后夫人之首飾，編髪爲之。」釋名：「王后首飾曰副。副，覆也，以覆首也。」笄（jī雞），首飾名。説文：「笄，簪也。」珈（jiā加），首飾名。懸在笄下，垂以玉。因走路時珈會摇動，故漢時又稱步摇。其數有六，因名六珈。按副、笄、珈均是諸侯夫人的首飾，所以這句詩實際是突出了衛宣姜的地位。

委委佗佗，應讀作「委佗委佗」，與羔羊「委蛇委蛇」同，但這裏是形容宣姜行步儀容之美。此從于省吾說。澤螺居詩經新證云：「委佗古人謰語。金文、石鼓文及古鈔本周秦載籍，凡遇重文不復書，皆作『＝』以代之。如敦煌寫本毛詩六月『既成我服，我服既成』，作『既成我＝服＝既成』。又『四牡既佶，既佶且閑』，作『四牡既＝佶＝且閑』。中谷有蓷『嘅其歎矣，嘅其歎矣』，作『嘅＝其＝歎＝矣＝』。式微『式微式微』，作『式＝微＝』。揚之水『懷哉懷哉』，作『懷＝哉＝』。……此例不勝枚舉。羔羊『委蛇委蛇』，作『委＝蛇＝』。此篇『委委佗佗』，作『委＝佗＝』。然則一讀『委蛇委蛇』，一讀『委委佗佗』，自毛傳已如此，沿譌久矣。又羔羊釋文『沈讀作委委蛇蛇』，亦猶此篇今作『委委佗佗』矣。」按一切經音義卷三引韓詩云：「委佗，德之美貌也。」似韓詩作「委佗委佗」。

如山如河，王先謙集疏：「如山凝然而重，如河淵然而深，皆以狀德容之美。言夫人必有委委佗佗、如山如河之德容，乃於象服是宜也。反言以明宣姜之不宜，與末句相應。」

象服，亦名褘衣，即畫袍。孔疏：「象鳥羽而畫之，故謂之象服也。」說文褘字注引周禮曰：「王后之服。」宜，指合乎國母的身份。

子，指宣姜。淑，善。不淑，指品德行爲不好。

云，語首助詞。如之何，即奈之何，猶言「能對你怎麼樣呢？」王先謙集疏：「言今子與公爲淫亂而有不善之行，雖有此小君之盛服，則奈之何哉。顯刺之也。」

韻讀：歌部——珈（音歌）、佗、河、宜（音俄）、何。

玼兮玼兮，其之翟也。鬒髮如雲，不屑髢也。玉之瑱也，象之揥也，揚且之皙也。胡然而天也？胡然而帝也？

玼，玉色鮮明貌。説文：「玼，玉色鮮也。」毛傳云：「鮮盛貌。」此處用它形容翟衣的鮮豔。按玼亦作瑳，釋文引沈氏重云：「本或作瑳。」

其，指宣姜。其之，她的。　翟（dí敵），翟衣。朱熹詩集傳：「翟衣，祭服。刻繪爲翟雉之形而彩畫之以爲飾也。」翟雉，山雞。

鬒（zhěn診），形容髮黑而密。毛傳：「鬒，黑髮也。」説文引詩作㐱，云「稠髮也」。按㐱是本字，鬒是重文。

不屑，用不着。　髢（dí第），假髮製的髻。三家詩作鬄。説文：「鬄，髲也。髲，益髮也。」孔疏：「言己髮少，聚他人髮益之。」

之，其。馬瑞辰通釋：「此詩三『之』字皆當訓其，猶云玉其瑱也、象其揥也、揚其皙也。」　瑱（tiàn填去聲），古人頭飾上垂在兩側以塞耳的玉飾。説文：「瑱，以玉充耳也。」

象，象牙。　揥（tì替），象牙做的簪。毛傳：「揥，所以摘髮也。」後來稱作搔首或搔頭。

揚，形容顏色之美。馬瑞辰通釋：「按清揚皆美貌之稱。野有蔓草詩『清揚婉兮』、『婉如清揚』，此泛言貌之美也。猗嗟詩『美目揚兮』、『美目清兮』，此專言目之美也。此詩『揚且之皙也』，皙謂色白。又曰『子之清揚，揚且之顔也』，則顔色之美皆可曰清揚矣。」且（jū駒），句中助詞。且用於句末者，如唐風椒聊：「椒聊且，遠條且。」陳奐傳疏讀爲且又之且，恐非詩義。皙，白。

胡，何，爲什麽。然，如此、這樣。而，同如。陳奐傳疏：「古而、如通用。」天，天仙。帝，帝女。按天仙、帝女皆極言其美。但這兩句以設問的語氣而隱含諷刺，意爲僅僅服飾尊貴，容貌美麗，但行爲不正，又豈能尊爲天仙帝女。

韻讀：支部——翟、髢、揥、皙、帝。真部——瑱、天（鐵因反）。

瑳兮瑳兮，其之展也。蒙彼縐絺，是紲袢也。子之清揚，揚且之顔也。展如之人兮，邦之媛也？

瑳（cuō搓），玼字的或體，義同。説文玼字段注：「玼之或體作瑳。詩君子偕老二章、三章皆曰『玼兮玼兮』，是以二章毛、鄭有注，三章無注。或兩章皆作瑳，内司服注引『瑳兮瑳兮，其之翟也』，又引『瑳兮瑳兮，其之展也』可證。」

展，展衣，亦作襢衣，説文段注：「按詩、周禮作展，假借字也。」白紗或紅絹製的單衣，是夏天見君主或賓客的禮服。

蒙，罩、覆蓋。縐絺，細夏布，今名縐紗。

紲袢（xiè pán 屑判），内衣，如今汗衫。亦稱褻衣，三家詩紲正作褻，紲即褻的假借字。這四句意爲，細夏布做的貼身内衣外面，罩着鮮麗的展衣。

子，指宣姜。清揚，猶今言眉目清秀。見上章「揚且之皙也」注引馬瑞辰説。

展，乃、可是。王先謙集疏：「展是語之轉也。」毛傳訓展爲「誠（確實）」，亦通。之人，此人，指宣姜。

媛，美女。姚際恒詩經通論：「邦之媛，猶後世言國色。」按此句隱含諷刺，有德色不能相副的意思。也，説文引作「玉之瑱兮，邦之媛兮」，段玉裁、陳奂疑這兩句「也」字古皆作「兮」。

韻讀：元部——展、袢（音煩）、顔、媛。

桑中

【題解】

這是一首男子抒寫和情人幽期密約的詩。毛序：「桑中，刺奔也。衛之公室淫亂，男女相奔。至于世族在位，相竊妻妾，期於幽遠。政散民流而不可止。」按序意以爲此詩是諷刺貴族男女互相偷情的詩，但細玩詩意，便知不確。崔述讀風偶識云：「桑中一篇但有歎美之意，絶無規戒之言。若如是而可以爲刺，則曹植之洛神賦，李商隱之無題詩，韓偓之香奩集，莫非刺淫者矣。夫子虛、上林，勸百諷一，古人猶以爲譏，況有勸而無諷，乃反可謂之刺詩乎！」他的駁斥很有説服力。聞一多説：「桑中，思會時也。」他正確地指出了詩的主題。後世研究詩經者，因爲詩中寫三人的事，而相聚又在同一地，這三位女性又都是貴族，如朱熹説：「姜，齊女，言貴族也。……弋，春秋或作姒，蓋杞女，夏后氏之後，亦貴族也……庸未聞，疑亦貴族也。」因此，對詩的作者到底是貴族還是勞動者，大家意見有分歧。許伯政詩深云：「詩中孟庸、孟弋及齊姜、宋子之類，猶世人稱所美曰西子耳。」他的話給我們很大啟發。民歌中稱人之名，多屬泛指，似不應過於拘泥。詩中的三姓女子，可能都是詩人稱所美者的代詞。他在採菜摘麥時，想念起戀人。但不願將她的真實姓名説出來，就借用幾個美女作代稱。她曾經約他在桑中、上宫相會，臨別時還送他到淇水口上。這是他念念不忘的，所以在勞動時興之所至，便順口歌唱起來。這首詩被後人尊爲「無題詩」之祖。

詩用一問一答的形式，表達詩人的深情；末用複唱，道出「期我」、「要我」、「送我」等不能忘懷的往事。情意柔和，神采飛揚，文字雋永，音節鏗鏘，是一首天籟自然、耐人尋味的好詩。

爰采唐矣？沬之鄉矣。云誰之思？美孟姜矣。期我乎桑中，要我乎上宫，送我乎淇之上矣。

爰，在什麽地方。疑問詞。聞一多詩經新義：「爰，『於焉』之合音，猶言在何處也。」唐，又名蒙，女蘿，蔓生植物。有人説，唐與棠通，名沙棠，結果實。亦通。

沬，亦作湏，衛都朝歌。商代稱妹邦、牧野。牧，説文作坶。在今河南省淇縣北。

云，語首助詞。之，語中助詞。云誰之思，即誰思。

孟，排行居長。姜，姓。按衛國無姜姓，這裏用貴族姓氏代表美人，是泛指。孔疏：「知孟姜列國之長女者，以衛朝貴族無姓姜者，故爲列國。列國姜姓，齊、許、申、吕之屬。不斥其國，未知誰國之女也。」

期，約會。説文：「期，會也。」桑中，衛地名，亦名桑間，在今河南省滑縣東北。一説泛指桑林之中，亦通。

要，音義同邀。荀子儒效楊注：「要，邀也。」上宮，樓名。馬瑞辰通釋：「桑中爲地名，則上宮宜爲室名。『孟子之滕，館于上宮』，趙岐章句曰：『上宮，樓也。』古者宮室通稱，此上宮亦即樓耳。」

淇，衛國水名。陳奂傳疏：「淇之上，即淇水口也。從濮陽（今河南省滑縣東北）之南，送至黎陽淇口也（今河南省濬縣東北）。」

韻讀：陽部——唐、鄉、姜、上。中部——中、宮。

爰采麥矣？沬之北矣。云誰之思？美孟弋矣。期我乎桑中，要我乎上宮，送我乎淇之上矣。

沬北，即邶地舊址。王先謙集疏：「沬鄉爲朝歌，則沬北即朝歌以北，詩所謂邶也。」

弋(yì亦),姓。亦作姒。朱熹詩集傳:「弋,春秋或作姒,蓋杞女夏后氏之後。」按公羊、穀梁皆作弋。胡承珙後箋云:「案姒本作以。説文無姒字,蓋即作以。弋與以一聲之轉。」

韻讀:之部——麥(明逼反,入聲)、北(音逼入聲)、弋。 中部(與上章遥韻)——中、宫。 陽部(與上章遥韻)——上。

爰采葑矣?沬之東矣。云誰之思?美孟庸矣。期我乎桑中,要我乎上宫,送我乎淇之上矣。

葑,蕪菁,今名蘿蔔。見谷風注。

沬東,即古鄘地。王先謙集疏:「地理志鄘作庸,孟庸即孟鄘。庸在沬東,居此之人,取舊邑之名以爲族。」 庸,姓。古亦作鄘。

韻讀:東部——葑、東、庸。 中部(與上章遥韻)——中、宫。 陽部(與上章遥韻)——上。

鶉之奔奔

【題解】

這是一首人民諷刺、責駡衛國君主的詩。詩諷刺的對象是誰?作者是誰?意見有分歧。毛序:「刺衛宣姜也。衛人以爲宣姜鶉鵲之不如也。」鄭箋:「刺其與公子頑爲淫亂行,不如禽鳥。」這是第一説。姚際恒詩經通論：「均曰『人之無良』，何以謂一指頑，一指宣姜也？大抵人即一人，我皆自我。而爲兄爲君，乃國君之弟所言，蓋刺宣公也。」這是第二説。方玉潤詩經原始：「鶉之奔奔，代衛公子刺宣公也。」這是第三説。左傳襄公二十七年：「鄭六卿享趙孟，伯有賦鶉之賁賁。趙孟曰：『牀笫之言不踰閾，況在野乎？非使人之所得聞也。』」杜預注：「衛人刺其君淫亂，鶉鵲之不若。」左傳又云：「文子告叔向曰：『伯有將爲戮矣。詩以言志，志誣其上，而公怨之，以爲賓榮，其能久乎？』」杜預注：「言誣，則鄭伯未有其實。」按春秋和晉人都以此爲刺君的詩，並不將「君」解爲「小君」（指衛宣姜）。至於作者，據詩「我以爲兄」，便認定國君之弟所作，或言人民代衛公子作，均無確據。陳奐説：「我，國人也。」國風多民歌，還是從陳説爲是。

此詩首章以「鶉之奔奔，鵲之彊彊」起興，但毛公没有標興，至朱熹才把它列爲興詩。毛公漏標的原因，恐怕是嫌它喻義不明。詩經的興句，大部分含有比義，但同純粹的比句又有所不同。比的運用，是以彼物比此物，二者之間總有一個特點是相同的，總是以好比好，以不好比不好。但興含比義時，有時也可起反襯作用，以好反襯不好等。如此詩起首二句，就是詩人看見鵪鶉、喜鵲尚且有自己固定的匹偶，聯想到衛國君主荒淫無耻的亂倫生活，覺得他連禽獸都不如。毛公没有看出這種反襯的喻義，故此漏標。而這種特點，則是興區别於比的一個明顯標誌。

鶉之奔奔，鵲之彊彊。人之無良，我以爲兄！

鶉（chún 純），鶉鶉，鳥名。　奔奔，飛貌。鄭箋：「言其居有常匹，飛則相隨之貌。」齊、魯詩奔奔作賁賁。馬瑞辰通釋：「説文奔从夭从賁省聲，是奔本以賁得聲，故通用。」

彊彊（jiāng 姜），義同奔奔。齊、魯詩作姜姜。

人，指下文的兄和君，即詩人斥駡的對象。　之，韓詩外傳作而。

我，詩人自稱。　兄，長輩，這裏不作兄弟的兄解。聞一多詩經新義：「家法嫡長傳位，故爲人君者即人兄。」

韻讀：陽部——彊、良、兄（虚王反）。

鵲之彊彊，鶉之奔奔。人之無良，我以爲君！

君，君主。

韻讀：陽部——彊、良。　文部——奔、君。

定之方中

【題解】

這是一首歌頌贊美衛文公從漕邑遷到楚丘重建國家的詩。毛序：「定之方中，美衛文公也。衛爲狄所滅，東徙渡河，野處漕邑，齊桓公攘戎狄而封之。文公徙居楚丘，始建城市而營宮室，得其時制，百姓説（悦）之，國家殷富焉。」鄭箋：「春秋閔公二年冬，狄人入衛，衛懿公及狄人戰于滎澤而敗。宋桓公迎衛之遺民渡河，立戴公以廬於漕。戴公立一年而卒。魯僖公二年，齊桓公城楚丘而封衛，于是文公立而建國焉。」序、箋都很清楚地説明了這首詩的背景與主題。左傳閔公二年：「衛文公大布之衣，大帛之冠。務材訓農，通商惠工，敬教勸學，授方任能。元年革車三十乘；季年乃三百乘。」左傳概括叙述衛文公的政績，與本詩所反映的大抵相同，所以後世學者對此詩均無異議。至於詩的創作時間，根據末句「騋牝三千」來看，恐怕作于衛文公季年（公元前六三五年）國防力量已經强大的時候。

十五國風，基本上都是抒情詩，這却是一首記事詩，故其情境、語言，都和其他詩有所不同。詩中常見的比興、譬喻、疊咏，此詩都未見用，描寫不似他詩生動形象，文字也不若他詩簡潔明快。詩中對衛文公建城市、營宫室、勸農桑等事，一一縷舉，細緻而不累贅，拙重而不滯澀，是這首詩的特色。

定之方中，作于楚宫。揆之以日，作于楚室。樹之榛栗，椅桐梓漆，爰伐琴瑟。

定，星名，亦名營室，二十八宿之一。方中，當正中的位置。大約在每年十月十五後至十一月初的時候，定星在黄昏時出現於正南天空。古人在這時興建宫室。春秋僖公二年：「正月，城楚丘。」按周的正月，即今農曆十一月。

于，三家詩作爲，義同。下文「作于楚室」的「于」字亦訓「爲」。古書引此二句詩多作爲。按古于、爲通用。儀禮士冠禮鄭注：「于猶爲也。」　楚宫，楚丘的宫廟。鄭箋：「楚宫，謂宗廟也。」楚丘在今河南省滑縣東。

揆，衡度、測量。　日，日影。孔疏：「度日，謂度其影。」毛傳：「度日出日入以知東西。」按又度日中之影以正南北。

楚室，居住的房屋。鄭箋：「楚室，居室也。」

樹，種植。　榛、栗，樹名，實味美，榛實較栗小。古人建國，在朝廟官府皆植名木。榛、栗即其一，其果實可供祭祀。

椅，楸一類的樹，青色，秋日結紅果。　桐，梧桐。　梓（zǐ子），楸一類的樹，似桐而葉小，白色，生子。　漆，漆樹。按漆是桼的俗字。説文：「桼，木汁可以髹物。」段注：「木汁名桼，因名其木曰桼。今字作漆而桼廢矣。漆，水名也，非木汁也。詩、書梓桼、桼絲皆作漆，俗以今字易之也。」這四種好樹木都是製琴瑟的原料。　馬瑞辰通釋：「琴瑟古多用桐，亦或以椅爲之。説文檹字注引賈侍中説『檹即椅木，可作琴』是也。陳用之曰：『琴瑟脣必以梓漆，所以固而飾之。』是椅桐梓漆皆爲琴瑟之用，若榛栗則無與於琴瑟也。」

爰，于是。　黄侃批經傳釋詞云：「爰即于之借。」　伐琴瑟，伐它以製造琴瑟。　馬瑞辰通釋：「詩『爰伐琴瑟』特承上椅桐梓漆言，謂六木中有可伐爲琴瑟者耳。箋謂六木皆可爲琴瑟，失之。」

韻讀：中部——中、宮。　脂部——日、室、栗、漆、瑟。

升彼虛矣，以望楚矣。望楚與堂，景山與京，降觀于桑。卜云其吉，終焉允臧。

虛，今作墟，丘陵。這裏指漕墟，漕邑與楚丘鄰近的丘墟，其地亦在今河南省滑縣東。

堂，地名，楚丘的旁邑。

景，憬的假借字，遠行。王先謙集疏：「陳蔚林云：據士昏禮注，今文景作憬，知景、憬古通。此詩景當讀爲憬。泮水傳：『憬，遠行貌。』與上升望、下降觀相屬爲義。毛訓大，於文不順。」

京，人力造的高丘。爾雅釋丘：「絶高爲之京。」郭璞注：「爲之者，人力所作也。」

降，從高處下來。　觀，視察。　桑，桑田。毛傳：「地勢宜桑，可以居民。」鄭箋：「文公將徙，登漕之虛，以望楚丘。觀其旁邑，及其丘山，審其高下所依倚，乃後建國焉，慎之至也。」

卜，古人欲預知後事的吉凶，燒龜甲以取兆。説文：「卜，灼剥龜也。像灸龜之形。一曰像龜兆之從横也。」毛傳：「建國必卜之。」

終焉，既是。唐石經及古書引詩均作終然，毛詩誤作焉。陳奐傳疏：「終，猶既也。然，猶是也。」　允，信，確實。　臧，善、好。按「其吉，終焉允臧」六字是卜辭。

韻讀：魚部——虛、楚。　陽部——堂、京（音姜）、桑、臧。

靈雨既零，命彼倌人。星言夙駕，説于桑田。匪直也人，秉心塞淵，騋牝三千！

靈雨，好雨。毛傳：「靈，善也。」按靈的本義是巫者。説文：「靈，巫也。以玉事神。」引申爲善。馬瑞辰通釋：「靈，説文訓巫，本爲巫善事神之稱，因通謂善爲靈。」　零，落。按零是霝的假借字。説文：「霝，雨零（落）也。」

倌人，駕車的小官。毛傳：「倌人，主駕者。」這二句意爲，一場好雨落過，就命令倌人駕車視察農桑。

星，亦作暒，天晴。按暒就是晴的古字。宋本釋文引韓詩：「星，晴也。」　言，語助詞。姚際恒詩經通論認爲星言猶今人言星夜，亦通。　夙駕，清早駕車出行。

説，音義同税，休息。史記李斯傳：「吾未知所税駕。」索隱：「税駕，猶解駕，言休息也。」

匪，非。　直，特。匪直，不僅。　也，句中語助。　人，指人民。王先謙集疏：「承上文而言，文公夙駕勸農，於民事可謂盡美矣，抑非特於人然也。」

秉心，用心。　塞淵，踏實深遠。見燕燕注。方玉潤詩經原始引鄒泉曰：「懷國家根本之圖，而不事乎虚文，所以爲塞實。建國家久遠之策，而不狃乎近慮，所以爲淵深。」

騋（lái 來），大馬。毛傳：「馬七尺以上爲騋。」　牝，母馬。　按詩以騋牝代良馬，三千泛言其多。古代以馬駕戰車，所以馬匹的多少可以衡量軍力的强弱。國語齊語：「齊桓公城楚丘以封之，其畜散而無育，與之繫馬三百。」可見衛文公初建國時，軍力甚弱，多年經營之後，國防力量增强了十倍。

韻讀：真部——零、人、田（徒人反）、人、淵（一均反）、千（音親）。

蝃蝀

【題解】

這是諷刺一個女子爭取婚姻自由的詩。陳奐傳疏：「後漢書楊賜傳：賜曰：『今殿前之氣，應爲虹蜺，皆妖邪所生不正之象，詩人所謂蝃蝀者也。』李賢注引韓詩序云：『蝃蝀，刺奔女也。』」韓說最古，似較可靠。毛序：「蝃蝀，止奔也。衛文公能以道化其民，淫奔之耻，國人不齒也。」但是我們在詩中找不出什麼贊美衛文公的根據。這首詩反映了當時婦女婚姻不自由的情況和這個女子的反抗精神。

文心雕龍比興篇說：「詩人比興，擬容取心。」他所說的容，指的是客觀的具體事物，是個別的；所謂心，指的是客觀事物的本質，是抽象的、一般的。容和心二者的統一，以個別顯示一般的特性，構成了藝術形象，達到「稱名也小，取類也大」的效果。蝃蝀詩人以美人虹象征淫婦（實際上，是抗抵禮教，争取自由戀愛婚姻的女子），是含比義的興。這位女子藝術形象，是個别的，具體的，她顯示了當時社會上一般的本質問題，即男尊女卑、婦女婚姻不自由的特性。故此詩具有深刻的現實意義。

蝃蝀在東，莫之敢指。女子有行，遠父母兄弟。

蝃蝀（dì dòng 帝凍），雙聲，虹，亦稱美人虹。魯詩蝃作螮。劉熙釋名：「虹又曰美人。陰陽不和，昏姻錯亂，淫風流行，男美於女，女美於男，互相奔隨之時，則此氣盛。」古人認爲虹的產生是由于婚姻錯亂，所以這裏用它來起興。

指，用手指點。古人以爲虹代表淫邪之氣，對它有所忌諱，所以不敢去指它。毛傳：「夫婦過禮則虹氣盛，君子見戒而懼，諱之莫之敢指。」

女子有行，王先謙集疏：「女子，謂奔者。行，嫁也。奔而曰『有行』者，先奔而後嫁。」按「女子有行，遠父母兄弟」二句亦見泉水、竹竿。錢澄之田間詩學云：「『女子有行』二句，似是當時陳語，故多引用之。」但此處引這二句有諷刺的意味，與泉水、竹竿所引寓意不同。

韻讀：脂部——指、弟。

朝隮于西，崇朝其雨。女子有行，遠兄弟父母。

朝，早晨。　隮（jī 雞），虹。周禮春官：「九曰隮。」注：「鄭司農云：隮者，升氣也。玄謂：隮，虹也。詩云：朝隮于西。」陳啟源稽古編：「螮蝀在東，暮虹也。朝隮于西，朝虹也。暮虹截雨，朝虹行雨，屢驗皆然。雖兒童婦女皆知也。」

崇，終的假借字。終朝，整個早晨，指從日初出到吃早餐的時候。毛傳：「從旦至食時爲終朝。」

韻讀：之、魚部借韻——雨、母。

乃如之人也，懷昏因也。大無信也，不知命也。

乃如之人也，可像這樣的人啊。韓、魯詩「也」作兮。古也，兮通用。之人，一般都認爲是指那個女子。王先謙却認爲是指與女子私奔的那個男子，他説：「上二章刺女，此章刺男，不敢斥言，故云之人。」可備一説。

懷，古與壞通用，敗壞、破壞。説文：「壞，敗也。」王先謙集疏：「懷蓋壞之借字。懷、壞並从褱聲，故字得相通。左襄十四年傳：『王室之不壞。』釋文：『壞，本作懷。』荀子禮論篇：『諸侯不敢壞。』史記禮書作懷，是其證。懷昏姻，言敗壞婚姻之正道也。」鄭箋訓懷爲「思」，云：「乃如是之人思昏姻之事乎？言其淫奔之過惡之大。」亦通。按：昏因疊韻。

大，即太字。釋文：「音泰。」信，貞信，貞潔。或釋爲「誠信專一」，均可通。

命，父母之命。鄭箋：「不知昏姻當待父母之命。」其他説法甚多：有訓爲壽命者，韓詩外傳：「觸情縱欲，反施亂化，是以年壽亟夭，而勝不長也。」列女傳孽嬖篇：「言嬖色殞命也。」有訓爲正理者，朱熹詩集傳：「命，正理也。言此淫奔之人，但知思念男女之欲，是不能自守其貞信之節，而不知天理之正也。」也有訓爲命運者，方玉潤詩經原始：「是不知天緣之自有命在也。」以上諸說，比較起來，似以鄭說爲當。

韻讀：真部——人、姻、信、命。

相鼠

【題解】

這是人民斥責衛國統治階級苟且偷安，暗昧無耻的詩。詩人以鼠起興，譏刺在位者人不如鼠。毛序：「刺無禮也。」這是不錯的。在周代，統治階級定了一套禮，用來欺騙、統治勞動人民，炫耀自己的權威，鞏固政權。他們嘴裏說禮，實際上的行爲是最無耻、最無禮的。人民看透了他們的欺騙性，忍不住滿腔怒火，大膽地詛咒他們，詛咒他們爲什麽不快死。這種大無畏的反抗精神，在那時候是很不容易的，班固白虎通義諫諍篇引詩末章四句說：「此妻諫夫之詩也。」這是魯說，似不足信。

孔子曰：「關雎樂而不淫，哀而不傷。」（論語八佾）又禮記經解：「温柔敦厚，詩教也。」後儒爲了突出詩作爲經的地位，將其中的作品都納入封建倫理的軌道，不惜穿鑿附會，將三百篇盡視作「樂而不淫，哀而不傷」之詩，即使是一些情辭憤激之作，也經百般曲解，偏要譽以「温柔敦厚」之名。詩中固然有不少含蓄藴藉之作，但也有一些作品，「以述情切事爲快，不盡含蓄也。語荒而曰『周餘黎民，靡有孑遺』，勸樂而曰『宛其死矣，他人入室』，譏失儀而曰『人而無禮，胡不遄死』，怨讒而曰『豺虎不食』、『投畀有昊』……」(王世貞藝苑卮言)。如此詩及前面的鶉之奔奔,後面的小雅巷伯、大雅雲漢,均爲直吐怒駡之作。這些被後人稱作「變風」、「變雅」的作品,「具憂世之懷」,「多憂生之意」,「讀之當兼得其人之志與遇焉」(劉熙載詩概),既有强烈的感染作用,又有深刻的教育意義,故因「變」而更顯示出不朽的價值。

相鼠有皮,人而無儀。人而無儀,不死何爲?

相,看。毛傳:「相,視也。」或説相是地名,相鼠是相州地方的老鼠,恐非詩意。

儀,威儀,指可供他人取法的端莊嚴肅的態度、行爲。左傳襄公三十一年,衛北宫文子曰:「有威而可畏謂之威,有儀而可象謂之儀。君有君之威儀,其臣畏而愛之,則而象之,故能有其國家,令聞長世。臣有臣之威儀,其下畏而愛之,故能守其官職,保族宜家。順是以下皆如是,是以上下能相因也。……故君子在位可畏,施舍可愛,進退可度,周旋可則,容止可觀,作事可法,德行可象,聲氣可樂,動作有文,言語有章,以臨其下,謂之有威儀也。」這就是當時人對威儀的内容和作用的解釋。

何爲,即「爲何」的倒文,爲什麽。按這句應作「爲何不死」,倒文協韻。魯詩何作「胡」。下章同。

韻讀:歌部——皮(音婆)、儀(音俄)、儀、爲(音訛)。

相鼠有齒，人而無止。人而無止，不死何俟？

止，節止，控制嗜欲，使行爲合乎禮。呂覽大樂篇：「必節嗜慾。」高誘注：「節，止也。」王先謙集疏：「韓説曰：『止，節。無禮節也。』説文：『止，下基也。象草木出有址，故以止爲足。』引申之，凡有所自處自禁者皆謂之止。禮大學：『在止於至善。』注：『止，猶自處也。』淮南時則訓：『止獄訟。』注：『止猶禁也。』是其證。故止訓節，而無止爲無禮節也。」按止字應作**止**，詩經中止字古文應分爲止、**止**二字，後世以形近而混。**止**字卜辭作ㄓ或ㄓ，像人的足趾之形，引申爲足，爲容**止**，爲留**止**，爲節**止**，爲基**止**。另一止字應作之，用作指示代詞或語末助詞。二字意義迥別，不可混淆（參閱于省吾澤螺居詩經新證）。

何，三家詩作「胡」。俟，等待。按俟是竢的假借字。説文：「俟，大也。」段注：「此俟之本義也。自經傳假爲竢字，而俟之本義廢矣。立部曰：『竢，待也。』廢竢而用俟，則竢、俟爲古今字。」

韻讀：之部——齒、**止**、**止**、俟。

相鼠有體，人而無禮。人而無禮，胡不遄死？

體，身體。禮記禮運鄭注：「言鼠之有身體，如人而無禮者矣。」廣雅釋詁：「體，身也。」毛傳訓體爲「肢體」，似不及鄭注「身體」爲長。王先謙集疏：「首二章皮、齒指一端，此舉全體言之。」按首二章威儀、節止都是禮的一個方面，這章總言禮，與以鼠比人的取喻相當。

胡，三家詩作何。　遄（chuán 船），速、快。

韻讀： 脂部——體、禮、禮、死。

干　旄

【題解】

這是贊美衛文公招致賢士，復興衛國的詩。詩人叙述衛國官吏帶着良馬禮物，樹起招賢的旗子，到浚邑去訪問賢士，徵聘人才。毛序説詩是贊美衛文公的，和左傳稱他「授方任能」之説合。崔述讀風偶識説：「衛之重封，由於齊桓。齊桓所封者，邢與衛也。然邢僅二十餘年而遂亡，而衛歷春秋及戰國秦又數百年而始亡，何哉？吾讀干旄之篇，而知衛之所以久存，良有由也。蓋國家之治惟賴賢才，而賢才不易得，故人君於賢才不惟當舉之用之，而且當鼓之舞之。旌旄之賁於浚，所以下賢也，即所以勸賢也。」他的分析，很能闡發干旄的主題。

魏源詩古微引申王照圓列女傳校注的觀點，認爲干旄是叙述衛公子壽代兄太子伋而被殺，伋載壽屍還至衛國浚邑亦自殺的事，説得比較牽强。還有認爲這是衛國一個貴族乘車去看他的情人的詩，似乎也缺乏根據。

此詩共三章，每章六句。但實際每一章僅調換了五個字，三章反復述説的也只是一層求賢的意思。但這樣重章疊唱，一而再、再而三地向「彼姝者子」求教，一種思賢若渴的心情隨着章節的反復便越來越强烈地反映出來，真有所謂「三顧臣于草廬之中」的味道，這就是複疊的藝術魅力。

孑孑干旄，在浚之郊。素絲紕之，良馬四之。彼姝者子，何以畀之？

孑孑（jié結），干旄獨立貌。説文：「孑，無又（右）臂也。」段注：「引申之，凡特立爲孑。」　干，三家詩作竿，旗竿。　旄，是一種旌旗的名稱，旗竿頂端用犛牛尾爲飾。陳奂傳疏：「注犛牛尾於竿之首謂之干旄。下章干旟、干旌，皆同干旄也。」按干旄是當時用於招致賢士的旗。

浚，衛邑名。酈道元水經注：「浚城距楚丘只二十里。」

素絲，潔白的絲綫。　紕（pí皮），在衣裳上鑲邊。這裏指用白絲綫在旗幟上鑲邊作爲裝飾。朱駿聲説文通訓定聲：「按此字本訓當爲緣。」郝懿行爾雅義疏：「是衣裳緣邊俱曰紕也。」下二章的「組」、「祝」也都是縫旗法。聞一多詩經新義：「紕、組、祝皆束絲之法。」

良馬四之，指用好馬贈送賢士。王念孫廣雅疏證：「四馬，大夫以備贈遺者。下文或五或六，隨所見言之，不專是自乘。左昭十六年傳：鄭六卿餞韓宣子於郊，宣子皆獻馬焉。是以馬贈遺，古有是禮。」孔廣森經學卮言：「四之、五之、六之，不當以轡爲解，乃聘賢者用馬爲禮，轉益其庶且多也。左傳：王賜虢公晉侯馬五匹。楚棄疾遺鄭子皮馬六匹。皆不必成乘，故或五或六也。」

姝，順從貌。胡承珙毛詩後箋：「蓋以姝爲孎之假借。説文：『孎，謹也。从女屬聲。讀若人不孫爲不孎。』」畀（bì庇），給予。陳奂傳疏：「訓畀爲予，與二章同義，又互文以見也。予之，予之以法也。」朱熹詩集傳：「言衛大夫乘此車馬，建此旌旄，以見賢者。彼其所見之賢者，將何以畀之，以答其禮意之勤乎？」按上二句大意是，不知賢士採用什麽給衛國獻謀獻策？

韻讀：宵部——旄、郊。脂部——紕、四、畀。

孑孑干旟，在浚之都。素絲組之，良馬五之。彼姝者子，何以予之？

干旟（yú魚），也是招賢的旗子，上面畫着疾飛的鳥隼形狀。爾雅釋天：「錯革鳥曰旟。」邢昺疏曰：「孫炎云：『錯，置也。革，急也。畫急疾之鳥於縿也。』鄭志答張逸亦云：『畫急疾之鳥隼。』」

都，近郊。陳奂傳疏：「周制，鄉、遂之外置都、鄙。都爲畿疆之境名。」

韻讀：魚部——旟、都、組、五、予。

孑孑干旌，在浚之城。素絲祝之，良馬六之。彼姝者子，何以告之？

干旌，竿端加五彩翟鳥羽毛爲飾的旗。説文：「游車載旌，折羽注旄首，所以精進士卒也。」這裏干旌當亦用於招賢。

城，都城。左傳隱公元年：「都城過百雉，國之害也。」按春秋時諸侯的封邑大者皆謂之都城。祝，屬的假借字，編連。毛傳：「祝，織也。」鄭箋：「祝當作屬。」告，建議。左傳定公九年：「竿旄『何以告之』，取其忠也。」杜預注：「取其中心願告人以善道也。」

韻讀：耕部——旌、城。幽部——祝、六、告。

載馳

【題解】

這是許穆夫人回漕弔唁衛侯，對許大夫表明救衛主張的詩。許穆夫人是一位有識有膽的愛國詩人，也是世界歷史上最早的一位女詩人。

許穆夫人是衛宣公的兒子公子頑與後母宣姜私通所生的女兒。有兩個哥哥，戴公和文公。有兩個姊姊，齊子和宋桓夫人。經後人考證，她大約生在公元前六九〇年，即周莊王七年左右。她幼年即聞名于諸侯，許國（許穆公）和齊國（齊桓公）都向衛國求婚。漢劉向列女傳仁智篇說：「初，許求之，齊亦求之。懿公將與許，女因其傅母而言曰：『今者許小而遠，齊大而近。若今之世，强者爲雄。如使邊境有寇戎之事，惟是四方之故，赴告大國，妾在，不猶愈乎？』衛侯不聽，而嫁之于許。」

可見她從小就有愛國思想。她嫁許以後約十年，衛國亡于狄。懿公戰死，國人分散。她的姊夫宋桓公迎接衛國的遺民渡河，住在漕邑，立戴公。戴公立一月而死，文公即位。她聽到衛亡的消息，立刻奔到漕邑弔唁，提出聯齊抗狄的主張，得到齊桓公的幫助而復國于楚丘。公元前六五六年，她的丈夫許穆公隨齊桓公伐楚，病死軍中。兒子名業繼位，她這時大約三十多歲了。死年不詳。

關於載馳一詩是許穆夫人的作品，左傳閔公二年有明確記載：「冬十二月，狄人伐衛。衛懿公好鶴，鶴有乘軒者。將戰，國人受甲者皆曰：『使鶴，鶴實有禄位，余焉能戰！』及狄人戰于熒澤，衛師敗績，遂滅衛。立戴公以廬于曹。許穆夫人賦載馳。齊侯使公子無虧帥車三百乘、甲士三千人以戍曹。」據此，載馳即作于她抵達漕邑的時候。這一段記載，不但使後人了解載馳的作者是誰，而且公認爲她是婦女文學的始祖。魏源詩古微認爲，泉水和竹竿兩首詩也是她的作品。

這首詩表現了詩人强烈的愛國思想。她聽到祖國被滅的消息，快馬加鞭地趕到漕邑弔唁，目的在于爲衛國策劃向大國求援。「控于大邦，誰因誰極」是全詩的主旨。可是許國的大夫反對她這一行動，竟趕到漕邑攔阻。這引起了她的憤怒和憂傷，就寫了這首詩。毛序：「許穆夫人閔衛之亡，傷許之小，力不能救，思歸唁其兄，又義不得，故賦是詩也。」序認爲夫人並未回衛，詩爲設想之詞。王先謙駁之云：「言我遂往，『無我有尤』也。是夫人竟往衛矣。或疑夫人以義不果往而作詩。今案『驅馬悠悠』、『我行其野』，非設想之詞。服説是也。如夫人未往，涉念而止，烏有舉國非尤之事？」今從王説。

關于詩的分章問題，後人亦有争論。我們按陳奐詩毛氏傳疏的意見，將全詩分爲五章。陳氏根據左傳賦詩稱章的原則（如子家賦載馳之四章，叔向賦載馳之四章，不稱卒章。賦其他詩的末章，則稱卒章），認爲載馳應分爲五章，他的意見是正確的。

載馳的風格，沉鬱頓挫，感慨欷歔，但悲而不污，哀而不傷，一種英邁壯往之氣，充溢行間。許穆夫人的行止，固已貽愧鬚眉，其詩亦迥出流輩之上。首章起勢橫絶，然意藴而未露；以下二章情辭纏綿，微露其意；四章始直抒胸臆，慨然生責；末章斬釘截鐵，以一吐爲快。章章轉折，層層緊逼，其情愈激，其志愈決，其意愈明。没有真摯的愛國之心，怎能唱出激昂的歌曲；而後人吟咏此詩，雖千載之後，猶如聞其聲，如見其人。「夫綴文者情動而辭發，觀文者披文以入情。沿波討源，雖幽必顯。世遠莫見其面，覘文輒見其心。」（文心雕龍知音）質諸此詩，信然。

載馳載驅，歸唁衛侯。驅馬悠悠，言至于漕。大夫跋涉，我心則憂。

載，發語詞，無義。按載的本義爲乘車，見説文。引申爲語詞，用于句首者，爲發語詞。用于句中者，爲語助詞，如賓之初筵「賓載手仇」，言客人選取對手，載亦無義。又用如連詞「則」，和白話裏的「就」字相當，如江漢「王心載寧」，黍苗作「王心則寧」。「則」與「載」古通用。　馳、驅，快馬加鞭。孔疏：「走（跑）馬謂之馳，策馬謂之驅。」

唁，慰問死者家屬。弔人失國也叫作唁。王先謙集疏：「韓説曰：弔生曰唁，弔人失國亦曰唁。」　衛侯，舊説指衛戴公，據胡承珙毛詩後箋説，應指衛文公。因爲戴公立僅一月就死了。

悠悠，形容道路的悠遠。毛傳：「悠悠，遠貌。」

言，助詞，無義。　漕，衛邑名。見擊鼓注。

大夫，指追到衛國勸阻許穆夫人的許國諸臣。　跋涉，猶言不顧山水阻隔，遠道急急奔走而來。按毛傳：「草行曰跋，水行曰涉。」王先謙集疏：「韓説曰：『不由蹊遂而涉曰跋涉。』謂事急時不問水之淺深，直前濟渡，視水行如陸行。跋涉二字連貫讀之用之。」王説較毛傳將一個詞分釋二義爲優。齊詩跋作軷，釋爲「道祭」，是古代使臣上路之前的一種祭禮。則大夫指衛國大夫，將衛亡的消息奔告于許國。此别一義。

我心則憂，朱熹詩集傳：「許之大夫有奔走跋涉而來者，夫人知其必將以不可歸之義來告，故心以爲憂也。」

韻讀：侯部——驅（音蓲 qū）、侯。　幽部——悠、漕（音愁）、憂。

既不我嘉，不能旋反。視爾不臧，我思不遠。既不我嘉，不能旋濟。視爾不臧，我思不閟。

既，盡，都。左傳僖公二十二年：「宋人既成列，楚人未既濟。」杜注：「未盡渡泓水。」　嘉，稱善，贊同。爾雅釋詁：「嘉，善也。嘉，美也。」我嘉，即嘉我。鄭箋：「言許人盡不善我欲歸唁兄。」

旋，回返。朱駿聲定聲：「小爾雅廣言：『旋，還也。』字林：『旋，回也。』經傳亦多以還爲之。」反，同返。

視，比較。朱駿聲定聲：「小爾雅廣言：『視，比也。』廣雅釋詁三：『視，效也。』按觀此可以知彼也。」按：視的本義是看，比較是引申義。爾，汝，指許國大夫。韓詩爾作我。王先謙集疏：「視我不臧，即不我嘉意。詩言雖視我不臧，我之思慮豈不遠且閟（按王釋閟爲周密）乎？語意正同。」臧，善。鄭箋：「視女不思善道救衛。」

思，計謀。聞一多風詩類鈔：「思，亦謀也。」遠，迂遠。方玉潤詩經原始：「然而我之所思，並非迂遠難行之事，亦非閟塞不通之謀。」

濟，渡。

閟（bì閉），閉塞，不通。毛傳：「閟，閉也。」嚴粲詩緝：「閉塞，言不通也。」

韻讀：元部——反、遠。脂部——濟、閟。

陟彼阿丘，言采其蝱。女子善懷，亦各有行。許人尤之，衆穉且狂。

阿丘，偏高的山坡。毛傳：「偏高曰阿丘。」劉熙釋名：「阿，何（同荷）。如人儋何（擔荷）物一邊偏高也。」也有人説是丘名。陳奐傳疏：「阿丘所在未聞，疑衛丘名。」

蝱（méng蒙），魯詩作商，説文引詩亦作莔。按蝱是商的假借字。爾雅釋草：「商，貝母。」按貝母是一種藥草，據説可以治鬱積之症。

懷，思念。善懷，好思念故國。

行，道、道理。王先謙集疏：「女子多思念其父母之國，如泉水、竹竿皆然。夫人自明我之思歸與它女子異，亦各有道耳。」

尤，通訧，反對。論語憲問：「不尤人。」鄭注：「尤，非也。」毛傳：「尤，過也。」按非和過都用作動詞，反對的意思。

衆，古與終通用，「既」的意思（從王引之經義述聞説）。一説衆指許人，亦通。穉，幼穉。説文：「穉，幼禾也。」引申爲凡幼小之稱。朱熹詩集傳釋穉爲「少不更事」。狂，愚妄。説文：「狂，猘犬也。」愚妄是引申義。韓非子解老篇：「心不能審得失之地則謂之狂。」

韻讀：陽部——蝱（音芒）、行（音杭）、狂。

我行其野，芃芃其麥。控于大邦，誰因誰極！

野，指衛國的郊外田野。

芃芃（péng 蓬），茂盛貌。這兩句是許穆夫人抒寫自己的心情，她看到祖國的田野上麥子蓬勃茂盛，但因喪亂，竟無人收割，心裏十分難過。

控，赴告、奔告。馬瑞辰通釋：「一切經音義引韓詩曰『控，赴也』是也。赴、訃古通用。説文有赴無訃。既夕注：『赴，走告也。』控于大邦即謂走告于大邦耳。襄八年左傳云：『無所控告。』今世興訟者猶稱控告。控告即赴告也。列女傳許穆夫人傳曰：『邊疆有戎寇之事，赴告大國。』

義本韓詩。」大邦，大國，指齊國。

因，親、依靠。論語學而：「因不失其親。」劉寶楠論語正義：「詩皇矣『因心則友』，傳：『因，親也。』」極，至，帶兵到他國救難稱爲「至」。陳奐傳疏：「至者，當讀如『申包胥以秦師至』。」

韻讀：之部——麥（明逼反，入聲）、極。

大夫君子，無我有尤。百爾所思，不如我所之。

無，同毋。有，同又。無我有尤，不要再反對我了。百爾，即爾百。爾百所思，指你們衆多的主意。之，往、方向。這裏指「控于大邦」的方向。一説訓之爲「思」，亦通。

韻讀：之部——子、尤（音怡）、思、之。

衛風

淇奥

【題解】

這是贊美衛國一位有才華的君子的詩。古書上都説贊美的是衛武公。左傳昭公二年「北宫文子賦淇奧」，杜預注：「淇奧，詩衛風，美武公也。」三國魏徐幹中論虛道篇：「昔衛武公年過九十，猶夙夜不怠，思聞訓道。命其群臣曰：『無謂我老耄而舍我，必朝夕交戒。』又作抑詩以自儆也。衛人誦其德，爲賦淇奧。」毛序：「淇奧，美武公之德也。」根據這些記載，説淇奧是贊美武公的詩，大致是可信的。

衛武公弑兄自立，在奪取政權的鬭争中，是一個殘酷的野心家。但他上臺之後，史記説他「修康叔之政，百姓和集。犬戎殺周幽王，武公將兵往，佐周平戎甚有功。」可見在政治上還是頗有作爲的。他又善寫詩，大雅抑和小雅賓之初筵據説出自他的手筆。詩中稱贊他是「有匪君子」亦非虛譽。衛風中許多詩對昏庸淫佚的衛宣公痛加斥駡或譏刺，但淇奧對衛武公却衷心贊美，一褒一貶，可以看出這兩位君主在人們心目中的不同地位。

此詩與甘棠、君子偕老，都是描寫人物的作品，所不同者，甘棠純爲虛寫，君子偕老多是實摹，此詩則虛實相間，富於變化。首章「如切如磋」二句，虛狀治學之勤；次章「充耳琇瑩」二句，實寫服飾之盛；末章「如金如錫」二句，又虛擬德器之成。前二章「瑟、僩、赫、咺」，實贊儀容之美；「不可諼兮」，虛寫人品之高。末章「寬兮綽兮」二句爲儀容妙旨，是實寫其形狀；「善戲謔兮」二句爲言語妙旨，是虛寫，雖不道其言語若何，但有一往摹神之妙。

瞻彼淇奧，緑竹猗猗。有匪君子，如切如磋，如琢如磨。瑟兮僩兮，赫兮咺兮。有匪君子，

終不可諼兮！

瞻，看。 淇，淇水。 奥，齊、魯詩作隩，齊詩又作澳。奥是隩或澳的假借字。爾雅釋丘：「隩，隈。」隈即水岸深曲之處。

緑竹，毛傳：「緑，王芻也。竹，萹竹也。」是二種草名。魯詩緑作菉，韓詩竹作薄，均用本字。朱熹詩集傳：「緑，色也。淇上多竹，漢世猶然，所謂淇園之竹是也。」他將緑竹釋爲緑色的竹子。但酈道元水經淇水注説：「今通望淇川，無復此物，唯王芻編草，不異毛興。」酈氏得之目驗，似較可信，然畢竟去古已遠，不能確定何説爲是。錢鍾書管錐編：「竊謂詩文風景物色，有得之當時目驗者，有出於一時興到者。出於興到，固屬憑空嚮壁，未宜緣木求魚；得之目驗，或因世變事遷，亦不可守株待兔。」錢氏之説，實爲通論。「緑竹」二句，係詩人觸景起興，讀者體會其藝術的意味即可；究竟是竹是草，並没有强求的必要。

猗猗，美盛貌。陳奂傳疏：「詩以緑竹之美盛，喻武公之質美德盛。」

匪，魯、齊詩作斐，匪是斐的假借字，禮記、爾雅引詩均作斐。毛傳：「匪，文章貌。」即指有文彩，有才華。有匪，等於匪匪。韓詩作邲，廣韻：「邲，好貌。」也是形容人的風彩，字異義同。 君子，朱熹詩集傳：「指武公也。」

切、磋、琢、磨，陳奂傳疏：「皆治器之名。」爾雅釋器：「骨謂之切，象（象牙）謂之磋，玉謂之琢，石謂之磨。」這裏用來比喻他研究學問和陶冶品行的精益求精。按這種以多種事物作比的明喻，後人稱之爲「博喻」。博喻是詩人遇到不易使人理解的事物，或者需要强調的某一種事物，因而用多種的喻體來形容、説明本體。使抽象的概念具體化，透露了詩人愛憎的情緒。

瑟，瑟的假借字，矜持莊嚴貌。毛傳：「瑟，矜莊貌。」王先謙集疏：「瑟兮，謂德容之縝密莊嚴，秩然不亂。」 僩（xiàn 現），威武貌。説文：「僩，武貌。」

赫，光明貌。漢書韋賢傳注：「赫，明貌。」 咺（xuān 宣），魯詩作烜，齊詩作喧，韓詩作宣，又作愃。按宣是正字，其餘都是假借字。韓詩：「宣，宣顯也。」説文：「愃，寬閒心腹貌。」都是形容人心胸的坦白寬廣。

終，最終、永遠。按終字在這裏訓「最終」，與「終風且暴」、「終窶且貧」等句中的「終」訓「既」，同樣是時間副詞，但含義不同。 諼（xuān 宣），齊詩作諠，諼、諠都是藼的假借字，忘記。馬瑞辰通釋：「説文：『藼，令人忘憂之草也。』或从煖作蕿，或从宣作萱，引詩『安得藼草』。今毛詩作諼草，諼即藼及蕿、萱之假借。是知凡詩作諼訓『忘』者，皆當爲藼及蕿、萱之假借。若諼之本義，自爲『詐』耳。」

韻讀：歌部——猗（音阿）、磋、磨。　元部——僩、咺、諼。

瞻彼淇奧，緑竹青青。有匪君子，充耳琇瑩，會弁如星。瑟兮僩兮，赫兮咺兮。有匪君子，終不可諼兮。

青青（jīng 精），一作菁菁，唐風杕杜釋文：「青，本或作菁。」葉盛貌。

充耳，亦名瑱，古代飾物，一種垂在冠冕兩側以塞耳的玉。見君子偕老注。琇（xiù 秀），寶石。三家詩作璓，琇是璓的假借字，説文：「璓，石之次玉者。詩曰：充耳璓瑩。」瑩，玉色晶瑩。説文：「瑩，玉色。」

會（kuài 快），魯詩作冠，韓詩作鬠。皮帽兩縫相合處。弁（biàn 便），皮帽。陳奐傳疏：「弁爲皮弁，皮，白鹿皮也。」是當時貴族戴的帽，用它攏住頭髮。如星，指皮與皮之間的帽縫處的玉石飾物像星星一樣閃爍。鄭箋：「會，謂弁之縫中，飾之以玉，皪皪而處，狀似星也。」

韻讀：耕部——青、瑩、星。元部——僩、咺、諼。

瞻彼淇奧，綠竹如簀。有匪君子，如金如錫，如圭如璧。寬兮綽兮，猗重較兮。善戲謔兮，不爲虐兮。

簀，音義同「積」，積的假借字。毛傳：「簀，積也。」王先謙集疏：「韓説曰：『簀，積也。』陳喬樅云：『毛、韓並訓簀爲積，是以簀爲積之假借。西京賦芳草如積，正用斯語。』」朱熹詩集傳訓簀爲「棧」，棧是用竹木編成的器具，他説：「竹之密比似之，則盛之至也。」亦通。

如金如錫，如圭如璧，孔疏：「武公器德已百煉成精如金錫；道業既就，琢磨如圭璧。」按這兩句也是博喻。

寬，寬宏而能容人。綽，韓詩亦作婥，云：「柔貌也。」王先謙集疏：「韓訓綽爲柔，寬綽猶禮中庸云『寬柔』矣。韓訓貌，不訓性情，得之。」

猗，三家詩作倚，荀子非相篇、文選西京賦注、禮記曲禮疏、論語鄉黨疏並引作「倚」，猗是倚的假借字。倚，依靠。經典釋文：「猗，於綺反，依也。」重較，古代卿士所乘車，車箱前設一橫木謂之軾，車箱兩旁各設一木謂之輢，輢上各有鉤形彎曲向外反出謂之較，其形如耳，故名爲「重耳」，亦名「重較」。馬瑞辰通釋：「蓋車輢上之木爲較，較上更飾以曲鉤，若重起者然，是爲重較。」胡承珙毛詩後箋：「較在兩旁可倚。人直立稍後，一手可以憑較；俛躬向前，兩手可以憑式。」三家詩較作較，較是較的古字。按這兩句贊美衛武公寬柔温和的風姿。

戲謔，戲言，開玩笑。説文：「謔，戲也。」

虐，過分。馬瑞辰通釋：「虐之言劇，謂甚也。」按這兩句是詩人贊美衛武公爲人幽默，但又不過分，不刻薄傷人。

韻讀：支部——簀、錫、璧。宵部——綽、較、謔、虐。

考　槃

【**題解**】

這是一首抒寫隱居生活的詩。毛序：「考槃，刺莊公也。不能繼先公之業，使賢者退而窮處。」

「刺莊公不能繼先公之業」是傅會之説，没有什麽根據；但是「使賢者退而窮處」倒是符合詩中的情調。在詩經時代，除了勞動人民在壓迫奴役下呻吟之外，貴族的没落、官僚的失意也在處可見。北門詩人所發的牢騷，以及小雅中的政治諷刺詩，都屬於這一類。考槃詩人竟隱居山間，過起獨善其身的生活來了。

孔叢子説：「孔子曰：『吾於考槃，見士之遁世而不悶也。』」字裏行間，對這位隱者頗爲贊許。在中國古代，隱士以消極的態度抵抗濁世，他的名聲一直很好，隱逸詩也成爲文學的一個流派，歷世不衰；鍾嶸贊陶淵明：「古今隱逸詩人之宗也。」（詩品）確實，隱逸詩至六朝始盛，至淵明始大，然推其始，則在考槃。這首詩創造了一個清淡閑適的意境，文字省浄，辭興婉愜，趣味幽潔，「讀之覺山月窺人，澗芳襲袂」（吴闓生詩義會通），一種怡然自得之趣，流於行間。末句「獨寐寤宿，永矢弗告」，意雋韻遠，陶弘景名句「只可自怡悦，不堪持寄君」（詔問山中何所有賦詩以答），即承此意。

考槃在澗，碩人之寬。獨寐寤言，永矢弗諼。

考，建成。春秋隱公五年「考仲子之宫」，杜預注：「成仲子宫。」按考的本義是「老」，引申爲「成」，這裏應是「建成」的意思。毛傳釋考爲「成」，釋槃爲「樂」，訓考槃爲「成樂」，雖可通，但嫌抽象。槃，木屋。方玉潤詩經原始引黄一正曰：「槃者，架木爲室，盤結之義也。」黄氏以盤結釋槃，亦非確解。朱熹詩集傳：「陳氏（傅良）曰：考，扣也。槃，器名。蓋扣之以節歌，如鼓盆拊缶之爲樂也。」陳氏釋「考」爲「扣」，是假考爲攷字。槃，文選吳都賦劉注引韓詩作盤。漢書敍傳注引毛詩亦作盤，是槃同盤。說文：「槃，承槃也。」是一種木製盛水的器皿。扣槃於山水之間，頗得隱者神韻。此說最通。澗，韓詩作干，干是澗的假借字。易「鴻漸于干」，釋文引荀、王注：「干，山間澗水也。」虞翻注：「小水從山流下稱干。」

碩人，大人、美人、賢人。王先謙集疏：「大人猶美人，簡兮咏賢者，稱碩人又稱美人，鄭箋以爲即一人，是其證也。古人碩、美二字爲贊美男女之統詞，故男亦稱美，女亦稱碩。若泥長大、大德爲言，則失之矣。」寬，寬廣。這二句意爲，隱者扣盤而歌，心胸十分寬廣。

獨寐寤言，獨睡、獨醒、獨說話。嚴粲詩緝：「既寐而寤，既寤而言，皆獨自耳。」

矢，發誓。易虞注：「矢，古誓字。」諼，忘記。見淇奧注。朱熹詩集傳：「雖獨寐而寤言，猶自誓其不忘此樂也。」

韻讀：元部——澗、寬、言、諼。

考槃在阿，碩人之薖。獨寐寤歌，永矢弗過。

阿，山坡。毛傳：「曲陵曰阿。」

薖（kē科），窠的假借字。馬瑞辰通釋：「薖音又近窠，說文：『窠，空也。』」是薖又可讀如「窩」或「窠」。毛傳訓薖爲寬大貌；鄭箋訓爲饑意；韓詩作過，訓爲美貌；比較以上數說，以訓「窩」

爲長。

過，過從、交往。王先謙集疏：「弗過，謂不與人相過也。」鄭箋：「弗過者，不復入君之朝也。」亦通。

韻讀：歌部——阿、薖、歌、過。

考槃在陸，碩人之軸。獨寐寤宿，永矢弗告。

陸，高平之地。

軸，本義是車軸。說文：「軸，持輪也。」引申爲盤旋。方玉潤詩經原始引張彰曰：「言其旋轉而不窮，猶所謂『游於環中』者也。」魯詩作逐，云：「病也。」似非詩意。

告，告訴。朱熹詩集傳：「不以此樂告人也。」

韻讀：幽部——陸、軸、宿、告。

碩人

【題解】

這是衛人贊美衛莊公夫人莊姜的詩。左傳隱公三年：「衛莊公娶于齊，東宮得臣之妹，曰莊姜。美而無子，衛人所爲賦碩人也。」這段史料，證實這確是衛人頌莊姜的詩。列女傳母儀篇稱莊姜的傅母見莊姜婦道不正，諭之乃作詩。這是魯詩說，和左傳的記載不合，恐不足信。毛序：「碩人，閔莊姜也。莊公惑於嬖妾，使驕上僭。莊姜賢而不見答，終以無子，國人閔而憂之。」毛序很明顯是從左傳「美而無子」一句生發開去，但詩中却看不出有「閔而憂」的意思。何楷詩經世本古義、姚際恒詩經通論、崔述讀風偶識都認爲詩作于莊姜始嫁至衛之時，細玩詩意，是正確的。按衛武公死後，莊公即位，那是公元前七五七年。史記衛世家：「莊公五年，取齊女爲夫人。」據此推算，這篇作品大約産生于公元前七五二年左右。

世之絶色，往往難以文字形容其美。佳人的魅力，不僅在於形，主要還在其神。形尚可寫，神則難摹，故形容美人，宜於虛寫，使人自去想像其美。清孫聯奎釋司空圖詩品形容中「離形得似，庶幾斯人」二句：「形容處斷不可使類土木形骸。衛風之咏碩人也，曰：『手如柔荑』云云，猶是以物比物，未見其神。至曰：『巧笑倩兮，美目盼兮』，則傳神寫照，正在阿堵，直把個絶世美人，活活的請出來在書本上混漾，千載而下，猶如親其笑貌，此可謂離形得似者矣。似，神似，非形似也。」（詩品臆說）即主虛寫之說。當然，傳神也不能完全遺形，碩人寫莊姜之美，不少是對其容貌細緻、逼真的描摹，成功的描寫，應是虛實相生，形神兼備。宋范晞文道：「不以虛爲虛，而以實爲虛，化景物爲情思，從首至尾，自然如行雲流水，此其難也。」（對牀夜語）碩人寫莊姜，即能此「難」。鍾惺、吴闓生俱言此詩次章前五句猶狀其形體之妙，末二句並寫出性情生動處。這種由形體及性情的手法，即范晞文「化景物爲情思」在描寫人物上的表現。對此，宗白華説得更加明白：「前五句堆滿了形象，非常『實』，是『錯采鏤金、雕績滿眼』的工筆畫。後二句是白描，是不可捉摸的笑，是空靈，是『虛』。這二句不用比喻的白描，使前面五句形象活動起來了。没有這二句，前面五句可以使人感到是一個廟裏的觀音菩薩，有了這二句，就完全成了一個如『初發芙蓉，自然可愛』的美人形象。」（中國美學史中重要問題的初步探索）從觀音菩薩到自然可愛的美人，表現出在動作描寫上「化美爲媚」的效果。萊辛在拉奥孔中談到「媚就是在動態中的美」，「它是一種一縱即逝而令人百看不厭的美。它是飄來忽去的。因爲我們回憶一種動態，比起回憶一種單純的形狀或顏色，一般要容易得多，也生動得多，所以在這一點上，媚比起美來，所產生的效果更强烈。」這種動態美的描寫，發軔於碩人，而繼承於後世。西廂記「怎當他臨去秋波那一轉」，便從「巧笑倩兮，美目盼兮」演化而來，但又青出於藍，深得奪胎之妙。

碩人其頎，衣錦褧衣。齊侯之子，衛侯之妻，東宫之妹，邢侯之姨，譚公維私。

碩人，見考槃注。這裏指莊姜。頎（qí 淇），身長貌。説文：「頎，頭佳貌。」段玉裁注：「此本義也。引申爲長貌。衛風『碩人其頎』，齊風『頎若長兮』，傳皆曰：『頎，長貌。』」其頎，即頎頎。齊風猗嗟在描寫魯莊公的儀態時有「頎而長兮」之句，可見古代不論男女，皆以高大修長爲美。

衣，讀去聲，動詞，作「穿」解。衣錦，穿着錦製的衣服。褧（jiǒng 炯）衣，魯、齊詩褧作絅，韓詩作檾。説文：「褧，檾衣也。」段玉裁注：「檾者，枲屬，績檾爲衣，是爲褧也。」檾是枲麻一類的植物，用它的纖維織成紗，製爲單罩衫，稱褧衣。女子出嫁途中所穿，以蔽塵土。絅是檾的假借字，檾，同褧。這句意爲，穿着錦衣，外罩抵擋塵土的褧衣。

齊侯，這裏指齊莊公。子，女兒。禮喪服傳：「凡言子者，可以兼男女。」

衛侯，這裏指衛莊公。

東宮，這裏指齊太子得臣。東宮是太子的住所，因稱太子爲東宮。這句意爲莊姜與太子同母，也是嫡出。

邢，國名，在今河北省邢台縣。姨，妻子的姐妹。

譚，國名，在今山東省歷城縣。魯詩作覃，説文作鄿。鄿是譚的古字，覃是三家詩異文。私，女子稱她姐妹的丈夫爲私，見爾雅釋親。劉熙釋名：「姊妹互相謂夫曰私，言於其夫兄弟之中，此人與己姊妹有私恩也。」韓詩作厶，爲本字。説文：「私，禾也。」「厶，姦邪也。韓非曰：『蒼頡作字，自營爲厶。』」段注：「公厶字本如此，今私行而厶廢矣。」按這章是敍述莊姜身份之貴。姚際恒詩經通論評曰：「敍得詳核而妙。」

韻讀：脂、文部借韻——頎（音耆）、衣、妻、姨、私。

手如柔荑，膚如凝脂，領如蝤蠐，齒如瓠犀，螓首蛾眉。巧笑倩兮，美目盼兮。

荑，初生白茅的嫩芽。見靜女注。

凝脂，凍住的脂油。

領，頭頸。　蝤蠐（qiú qí 囚齊），天牛的幼蟲，又名木蠹，身長而白色。　魯詩蝤作螬，螬蠐爲另一種昆蟲，魯詩誤。

瓠（hù 互）犀，葫蘆的籽。　魯詩犀作棲，犀是棲的假借字，爾雅釋草注引詩正作「瓠棲」。　棲有「整齊」的意思。　按這四句是詩經「比」的藝術手法運用得非常出色的例子。　詩人以荑芽比喻白滑柔嫩的雙手，以凝脂比喻滋潤白皙的皮膚，以蝤蠐比喻豐潤白淨的頭頸，以葫蘆籽比喻整齊潔白的牙齒，四句都采用明喻的形式，給人生動而具體的印象。

螓（qín 秦），蜻的假借字。　蟲名，似蟬而小。　孔疏：「此蟲額廣而且方。」　蛾，蠶蛾，其觸鬚細長而彎曲。　孔疏：「螓首蛾眉，指其體之所似。」按這句采用隱喻的形式，以名詞（螓、蛾）作爲形容詞，將本體和喻體合而爲一，隱去了「如」字而讀者仍明其喻意。　三家詩螓作頱，説文：「頱，好貌。」蛾作娥，王逸離騷注：「娥眉，好貌。」按三家詩異字異訓，亦可通，但不及毛詩之生動。

倩，笑時兩頰現出酒渦貌。　毛傳：「倩，好口輔。」陳奐傳疏：「楚辭大招『靨輔奇牙，宜笑嘕只』，王逸注：『嘕，笑貌。』輔，一作酺。　倩與嘕一聲之轉。　傳云『好口輔』，口輔即靨輔也。」按口輔、靨輔就是今天所謂酒渦。

盼，眼睛轉動現出黑白分明貌。　論語八佾引這句詩，馬融注：「盼，動目貌。」毛傳：「盼，黑白分。」按這章寫莊姜的美貌。　姚際恒詩經通論：「千古頌美人者無出其右，是爲絕唱。」錢鍾書管錐編稱「衛、鄘、齊風中美人如畫象之水墨白描，未渲染丹黄。……至楚辭始於雪膚玉肌而外，解道桃頰櫻唇，相爲映發，如招魂云：『美人既醉，朱顔酡些。』大招云：『朱唇皓齒，嫭以姱只。』容則秀雅，穉朱顔些。』宋玉好色賦遂云：『施粉則太白，施朱則太赤。』色彩烘托，漸益鮮明，非詩所及矣。」錢先生以發展的眼光比較詩經、楚辭之藝術特點，另闢蹊徑，立論之高非姚氏所能及。

韻讀：脂部——荑、脂、蠐、犀、眉。　文、耕部合韻——倩、盼。

碩人敖敖，説于農郊。四牡有驕，朱幩鑣鑣，翟茀以朝。大夫夙退，無使君勞。

敖敖，身材高大貌。敖是贅的省字，説文：「贅，顤，高也。」　説，魯詩作税，説是税的假借字，文選上林賦張揖注引此句詩正作「税于農郊」。税意爲停車休息，見甘棠注。　農郊，指衛國都城的近郊。

四牡，駕車的四匹雄馬。　有驕，即驕驕，健壯貌。

朱幩（fén 墳），馬嚼兩旁的鐵飾，以紅綢纏裹。朱熹詩集傳：「幩，鑣飾也。鑣者，馬銜外鐵，人君以朱纏之也。」　鑣鑣，盛美貌。這裏名詞「鑣」用作形容詞。王先謙集疏：「重言鑣鑣者，四牡皆有鑣，連翩齊騁，故傳云盛貌。此實字虚詁之例，會意爲訓也。」韓詩作儦儦，説文：「儦，行貌。」字異義別。

翟（dí 狄），長尾野雞。　茀（fú 弗），遮蔽女車的竹製屏障，周天子及諸侯以野雞毛裝飾車茀。韓詩茀作蔽，爾雅釋器：「輿革前謂之鞎，後謂之茀。竹前謂之禦，後謂之蔽。」可見茀、蔽二字對文則異，散文則通。　朝，朝見。指衛莊公來迎接莊姜，兩人相見。

夙退，早點退去。　王先謙集疏：「公羊莊二十四年傳：『禮，夫人至，大夫皆郊迎。』此大夫爲衛大夫，姜稅於郊，大夫隨君出迎，正與禮合。……謂既見夫人，早退罷也。」

無使君勞，鄭箋：「無使君之勞倦，以君夫人新爲配偶，宜親親之故也。」按此章敘莊姜嫁時景象。

韻讀：宵部——敖、郊、驕、鑣、朝、勞。

河水洋洋，北流活活。施罛濊濊，鱣鮪發發，葭菼揭揭。庶姜孽孽，庶士有朅。

河，黃河。　洋洋，水勢盛大貌。　魯詩作油油，洋、油一聲之轉，故可假油爲洋。

北流，黃河在齊西衛東，北流入海。　由齊至衛，必須渡河。　活活（guō 郭），流水聲。　也作𣶒，説文：「𣶒，水流聲。」按活活是摹聲疊字，猶今言嘩嘩。

施，設、撒開。　罛（gū 孤），魚網。　魯詩又作罟，也訓爲魚網。　濊濊（huò 霍），撒網入水聲。朱熹詩集傳：「濊濊，罟入水聲也。」三家詩作泧泧或濊濊。

鱣（zhān 毡），大鯉魚。　崔豹古今注：「鯉大者爲鱣。」郭璞注爾雅，訓鱣爲黃魚。　未知孰是。

鮪（wěi 尾），與鯉同類的魚。　陸璣詩草木鳥獸蟲魚疏：「鮪魚形似鱣而青黑，頭小而尖，似鐵兜鍪。口亦在頷下，其甲可以摩薑。大者不過七八尺。」 發發（bō撥），魚尾甩動聲。聞一多風詩類鈔：「發發，魚掉尾聲。」魯詩又作潑潑，韓詩作鱍鱍，齊詩作鮁鮁，都是摹聲疊字。

葭（jiā加），蘆葦。 菼（tǎn坦），荻草。 揭揭（jiē皆），蘆荻修長貌。

庶，衆。庶姜，一批陪嫁的姜姓女子。齊國姜姓，陪莊姜出嫁的都是同姓的女子，古人稱之爲「姪娣」。 孽孽，韓詩作蠥蠥，與頎頎、敖敖同義，都是形容女子長大美麗貌。

庶士，指隨從莊姜到衛的諸臣。古人稱爲「媵臣」。 朅（qiè怯），威武壯健貌。有朅，即朅朅。韓詩作桀，是朅的假借字。按末章描寫莊姜出嫁時所經途中風景之美、侍從之盛。姚際恒詩經通論：「間敘處描摹極工，有珠璣錯落之妙。」

韻讀：祭部——活（胡說反，入聲）、濊、發（音廢，入聲）、揭、孽、朅。

氓

【題解】 這是一首棄婦的詩。她生動地敘述和氓戀愛、結婚、受虐、被棄的過程，表達了她悔恨的心情和決絕的態度，深刻地反映了古代社會婦女在戀愛婚姻問題上受壓迫和損害的現象。毛序：「刺時也。宣公之時，禮義消亡，淫風大行。男女無別，遂相奔誘。華落色衰，復相棄背。或乃困而自悔，喪其妃耦，故序其事以風焉。美反正，刺淫佚也。」毛序的解釋有部分（如「華落色衰，復相背棄」）同詩意是大致吻合的；但是它一定要牽扯上美刺之説，一定要斥不幸的棄婦爲「淫佚」，則純粹是出于封建教化的目的。二千多年來毛序謬種流傳，其害處也正類乎此。朱熹詩集傳曰：「此淫婦爲人所棄，而自敘其事以道其悔恨之意也。」他比毛序高明處是看出這是棄婦自作之詩，但斥之爲「淫婦」，則封建衛道者的面目又令人生厭。毛序、朱傳是二千多年來詩經研究中影響最大的兩部典籍，我們如何從中汲取合理，揚棄糟粕，于氓詩的分析可見一斑。

氓是一首夾雜抒情的敘事詩，是詩人現實生活和悔恨情緒的再現，她不自覺地運用了現實主義的創作方法，歌唱抒述自己悲慘的命運，起了反映、批判當時社會現實的作用。詩人所敘述的是自己切身經歷、感受，這種真情實感在階級社會中是帶有普遍性的。她抓住自己和夫權代理人氓的矛盾，透露了男尊女卑制度的社會現實。她抓住了自己和兄弟的矛盾，反映了當時道德、輿論是以夫權爲中心思想的社會現實。她抓住了自己内心的矛盾，婚前没有通過父母之命、媒妁之言是否可以同居？見氓就開心，不見就傷心，如何解決見與不見的矛盾？這些錯綜複雜的矛盾，結成詩的主要矛盾——封建禮法制度與婦女幸福家庭生活的願望的矛盾。這是當時社會中極爲普遍的現實。氓詩人善於塑造人物形像；氓是一個流亡到衛國的農民，是小商人。他以假老實、假温情、假忠誠的虚僞手段，欺騙一位天真美貌的少女，獲得了她的愛情、身體、家私、勞動力。同居以後，把她當牛馬般使用；生活安定，不但虐待，甚至一脚踢出了家門。他是夫權制度的産物，是商人唯利是圖的産物。詩中又描繪一位善良的勞動婦女形象，她做的是養蠶繅絲的家庭副業。她天真，一下子便以心許氓了。她多情，不見氓，便泣涕漣漣。她勇敢，敢於無媒而與氓同居。她忠誠，把自己的家私都搬到氓家。她安貧，願與氓過苦日子。她辛勤，把家務一起挑起來。她堅貞，受丈夫虐待，仍舊愛氓。她剛毅，被棄以後，堅決和氓決絶。她從一位純潔多情的少女，到辛勞忍辱的妻子，再到堅强剛毅的棄婦。她性格的發展，是隨着和氓關係的變化而發展的。本詩通過氓和女兩個形象鮮明對比，誰真誰假，誰善誰惡，誰美誰醜，不是很清楚嗎？當時男女不平等的社會真實面貌，不是如在目前嗎？所以我們説，氓詩人不自覺地運用了現實主義的創作方法。雖然，這僅是上古樸素的現實主義，如實地描寫生活傾向罷了；但是，無可否認，它是現實主義創作方法之源。周揚同志説：「有文學就有創作方法。神話傳説，是浪漫主義的淵源。詩經是現實主義的淵源。」他的分析，是符合中國文學史的實際情況的。

氓之蚩蚩，抱布貿絲。匪來貿絲，來即我謀。送子涉淇，至于頓丘。匪我愆期，子無良媒。將子無怒，秋以爲期。

氓，流亡的人民。石經作「甿」，據魏源詩古微考證，認爲氓字從亡民，謂流亡之民也。又同甿，言亡田之民也。周禮「新氓之治」，注：「新徙來者也。」孟子：「陳相自楚之滕，願受一廛而爲氓。」又曰：「天下皆悦而願爲之氓。」這些，都是指離開本地寄居他國的人叫做氓。本詩的氓，可能是一個喪失田地而流亡到衛國的人。　蚩蚩，嘻笑貌。　韓詩蚩作嗤。　陳喬樅三家詩遺説考：「小爾雅廣言：『蚩，戲也。』衆經音義二十三引倉頡篇云：『蚩，笑也。』文選阮籍詠懷詩注、古詩十九首注兩引説文：『嗤，笑也。』李善云：『嗤與蚩同。』」按毛傳訓蚩蚩爲「敦厚之貌」，韓詩訓嗤嗤爲「意志和悦貌」，均可通。

布，布匹。　貿，交易，交換。　有人説布是貨幣，按古代農村尚不用貨幣，農民皆以有易無，如孟子中許行説的「以粟易之」。　馬瑞辰引桓寬鹽鐵論：「古者市朝而無刀幣，各以其所有易無，抱布貿絲而已。」孔疏亦以布爲絲麻布帛之布，謂「此布非泉，泉不宜抱之也」。

匪，非、不是。　匪來貿絲，意爲「醉翁之意不在酒」。

即，就、接近。　謀，謀劃。　指商量婚事。

子，對男子的美稱。　馬瑞辰通釋：「詩當與男子不相識之初，則稱氓。約與婚姻，則稱子。子者，男子美稱也。　嫁則稱士。　士者，夫也。　荀子非相篇：『處女莫不願得以爲士。』是足見立言之序。」

頓丘，地名，在今河南清豐縣。　魏源詩古微：「淇水頓丘皆衛未渡河故都之地。」

愆，拖延。　毛傳：「愆，過也。」　期，日期。　這裏指婚期。

將（qiāng 槍），請求。

秋以爲期，以秋天爲婚期。　王先謙集疏：「按此氓欲爲近期，故婦言非我故欲過會合之期，因子尚無善媒耳。將子無怨，秋以爲期可乎？初念尚知待媒，雖有成約，猶欲以禮自處也。婦欲待媒而氓怒。」

韻讀：之部——蚩、絲、絲、謀（謨其反）、淇、丘（音欺）、期、媒（謨其反）、期。

乘彼垝垣，以望復關。不見復關，泣涕漣漣。既見復關，載笑載言。爾卜爾筮，體無咎言。以爾車來，以我賄遷。

乘，登上。垝（guǐ鬼），毀壞殘缺。垣（yuán袁），土牆。

復關，地名。王應麟詩地理考引寰宇記：「澶州臨河縣，復關城在南，黄河北阜也。復關堤在南三百步。」澶州在今河南省清豐縣西南。王先謙認爲復關是關名。在近郊地方設重門以防異常，復關即重關的意思，亦通。按詩人以復關代氓，是借代的修辭。朱熹詩集傳：「復關，男子之所居也。不敢顯言其人，故託言之耳。」

漣漣，涕淚不斷下流貌。

載，則，就。語首助詞。按這六句寫自己已經陷入情網。鄭箋：「用心專者怨必深，則笑則言喜之甚。」錢鍾書管錐編：「此篇層次分明，工於敘事。『子無良媒』而『愆期』，『不見復關』而『泣涕』，皆具無往不復，無垂不縮之致。」

爾，你。指氓。卜，卜卦。用火灼龜甲，看甲上的裂紋來判斷吉凶。筮（shì世），用蓍

（shī尸）草排比推算來占卦。

體，卦體，就是用龜蓍占卜所顯示的卦象。齊、韓詩體作履，韓詩云：「履，幸也。」字異訓别，但全句的意思是相近的。　咎言，不吉利的話。按古代男女結婚，事先必占卜以問吉凶，這是當時一種迷信習俗。貴族亦不例外，如左傳載懿氏卜妻敬仲，晉獻公筮嫁穆姬。

賄，財物，這裏指嫁妝。　遷，搬走。王先謙集疏：「此婦自恨卒爲情誘，違其待媒訂期之初念。直道其事如此，齊詩所謂『棄禮急情』也。」按第一、二章是詩人追述她與氓戀愛、同居的經過。

韻讀：元部——垣、關、關、漣、關、言、言、遷。

桑之未落，其葉沃若。于嗟鳩兮，無食桑葚。于嗟女兮，無與士耽。士之耽兮，猶可説也。女之耽兮，不可説也。

沃若，潤澤柔嫩貌。若，詞尾，和然、如通用。毛傳：「沃若，猶沃沃然。」陳奂傳疏：「傳以然字代若字，旄丘傳又以然字代如字。如、若同聲，如謂之然，若謂之然，其義一也。」此二句是詩人以桑葉的柔嫩與自己年輕時的美貌。

于，同吁，歎詞。韓詩正作吁。　鳩，斑鳩。

桑葚，桑樹的果實。毛傳：「鳩，鶻鳩也。食桑葚過則醉，而傷其性。」這可能是古代的民間傳說。按這二句是以鳩借喻女子，以桑葚借喻男子，告誡女子不要沉溺在愛情裏。

耽，本義是垂耳，說文：「耽，耳大垂也。」這裏是酖的假借字。過分地沉溺於歡樂，即「迷戀」的意思。陳奐傳疏：「說文：『酖，樂酒也。媅，樂也。』今字媅通假作湛，酖又通假作耽。凡樂過其節謂之酖。」

說，音義同「脱」，擺脱、解脱（用林義光詩經通解說）。按這章是詩人追悔年輕時沉溺於戀愛生活。

韻讀：魚部——落（音盧入聲）、若（音如入聲）。侵部——葚、耽（多森反）。祭部——說、說。

桑之落矣，其黃而隕。自我徂爾，三歲食貧。淇水湯湯，漸車帷裳。女也不爽，士貳其行。士也罔極，二三其德。

而，同且。隕（yǔn允），落下。陳奐傳疏：「其黃而隕，言黃且隕也。」按這二句是詩人以桑落與自己容顏衰老。

徂，往、到。徂爾，到你家。

三歲，多年。按「三」是虛數，言其多，非實指三年，如「三旬九食」。可參考汪中述學釋三九。

貧，貧苦。食貧，過貧苦生活。

湯湯（shāng傷），水勢盛大貌。

漸（jiān尖），浸濕。廣雅釋詁：「漸，漬也。」　帷裳，車箱兩旁的飾物，狀如今車兩旁的簾子。帷裳唯用於女子所乘之車，故毛傳曰：「帷裳，婦人之車也。」王先謙集疏：「此婦更追溯來迎之時，秋水尚盛，已渡淇徑往，帷裳皆濕，可謂冒險，而我不以此自阻也。以上四句皆『不爽』之證。」

爽，本義爲「明」，引申爲差錯。毛傳：「爽，差也。」

貳，應作「貣」，形近而訛。貣是忒（tè特）的同音假借字，訓爲「偏差」，與「爽」同義。　行（háng杭），行爲。

罔，無。　極，中，準則。罔極即無常。陳奐：「無中，即是二三之謂。」

二三其德，三心兩意，指男子變心，前後感情不專一。這章寫自己被棄，對氓的負心表示怨恨。

韻讀：文部——隕、貧。　陽部——湯、裳、爽、行（音杭）。　之部——極、德（丁力反，入聲）。

三歲爲婦，靡室勞矣。夙興夜寐，靡有朝矣。言既遂矣，至于暴矣。兄弟不知，咥其笑矣。靜言思之，躬自悼矣。

三歲爲婦，「三歲」，也是虛數，這裏指她結婚初期而言。

靡，無、没有。　室勞，家務勞動。此句意爲氓婚後再無家務之勞，全由妻子承擔了。

靡有朝矣，意即天天如此。鄭箋：「無有朝者，常早起夜卧，非一朝然，言已亦不解惰。」言，語首助詞，無義。既，已經。遂，安，指生活安定。雨無正毛傳：「遂，安也。」按遂的本義是「亡」，「安定」是引申義。暴，兇暴。指氓以兇暴的態度對待妻子。咥(ㄒㄧˋ戲)，哈哈大笑貌。王先謙集疏：「兄弟今見我歸，但一言之，皆咥然大笑，無相憐者。」按詩人連用六個「矣」字歎詞，表示她沉痛的心情。躬，自身、自己。悼，傷心。這一章敘述她婚後的操勞、被虐和兄弟的譏笑而自傷不幸。

韻讀：宵部——勞、朝、暴、笑、悼。

及爾偕老，老使我怨。淇則有岸，隰則有泮。總角之宴，言笑晏晏。信誓旦旦，不思其反。反是不思，亦已焉哉！

及，與、和。偕老，夫妻共同生活到老。這句可能是氓從前對女的誓言。老使我怨，意爲老而被棄，想起當年的話，徒增怨恨。隰，低濕的地。泮，通「畔」，涯岸。王先謙集疏：「言淇水之盛尚有岸以爲障，原隰之遠尚有畔以爲域，今復關之心略無拘忌，蓋淇隰之不足喻矣。」按這二句可能是詩人站在淇水岸上，觸景生情的歌唱。姚際恒評它爲「就本地作喻，妙」。朱熹指出是「賦而興也」。他們的分析都有道理。

總，紮。總角，孩子童年時，把頭髮紮起成兩角狀。孔疏：「男子未冠，婦人未笄，結其髮，聚之爲兩角。」　宴，安樂。按詩人以「總角」代「童年」，是借代的修辭。

晏晏，和悦温柔貌。二句意爲，他們在童年時代是非常友愛的。

信誓，真摯的誓言，似指「及爾偕老」。　旦旦，怛怛的假借字，誠懇貌。按怛的本義是心情傷痛，心情傷痛者有至誠迫切之義，所以引申爲誠懇之貌。

不思，想不到。　反，反復、變心。陳啟源毛詩稽古編：「言『總角之宴』，則婦過氓時尚幼也。又言『老使我怨』，則氓棄婦時，婦已老矣。……意氓本窶人，賴此婦車遷之賄及夙興夜寐之勤勞，三歲之後，漸致豐裕，及老而棄之，故怨之深也。然風俗薄惡如此，豈獨氓之罪與？」他的分析已經觸及社會根源，比較深刻。

是，這，指誓言。　反是，違反了這誓言。　不思，不再顧及。指氓把誓言丢在腦後。

已，止。已焉，到此爲止。這句猶今説「那就從此算了吧」。

韻讀：元部——怨、岸（音彦）、泮（音片）、宴、晏、旦（丁見反）、反。　之部——思、哉（音兹）。

竹竿

【題解】

這是一位衛國女子出嫁别國，思歸不得的詩。毛序説：「竹竿，衛女思歸也。適異國而不見答，思而能以禮者也。」朱熹批評他説：「未見『不見答』之意。」的確，詩裏找不出她和丈夫有什麽不愉快的問題，毛序後兩句話，顯然是多餘的。朱熹又説：「衛女嫁於諸侯，思歸寧而不可得，故作此詩。」他叙述詩的主題簡單明瞭，没有畫蛇添足之弊。至於詩的作者，何楷毛詩世本古義和魏源詩古微都認爲竹竿和泉水均載馳作者許穆夫人所作。魏源説：「蓋衛自渡河徙都以後，其河北故都胥淪戎狄，山河風景，舉目蒼涼……望克復以何時，思舊遊兮不再。一篇之中，三致意焉。詞出一人，悲同隔世。」但細味詩意，只覺風神駘蕩，並無黍離之悲。方玉潤力辟憂時之説，他在詩經原始中説：「載馳、泉水與此篇皆思衛之作，一則遭亂以思歸，一則無端而念舊，詞意迥乎不同。此不惟非許穆夫人作，亦無所謂不見答意。蓋其局度雍容，音節圓暢，而造語之工，風致嫣然，自足以擅美一時，不必定求其人以實之也。……俗儒説詩，務求確解，則三百篇不過一本記事珠，欲求一陶情寄興之作，豈可得哉？」他從詩的藝術風格來推度竹竿的主題，比憑空穿鑿要高明得多。

魏源指定竹竿是許穆夫人所作，雖無確據，但他説：「是以泉源、淇水，曩所遊釣于斯、笑語于斯、舟楫于斯者……一篇之中，三致意焉。」這一段話倒是道出了此詩的藝術特點，那便是「示現」的手法。所謂示現，是將實際上不聞不見的事物，説得如聞如見。這些事物，或者已成過去，或者尚在未來，或者純屬想象。這是作者想象活動表現最活躍的一種修辭格式。此詩第一章寫舊時釣遊之樂，第二章寫嫁時途中所經，第三章寫嫁前嬉戲之景，三章全部是回憶，作者不知不覺地用了示現的修辭，將往事活靈活現描繪出來。讀者體會了詩人昔日的歡樂，再看第四章的「出遊寫憂」，就更加理解她思歸不得的憂思是多麼深長。用示現手法表現將來或過去，無論是甜蜜的憧憬還是淒苦的追思，這種甜或苦，都會使感情的濃度大大地加重，增加詩的魔力。

籊籊竹竿，以釣于淇。豈不爾思？遠莫致之。

籊籊（dí 笛），長而細貌。毛傳：「籊籊，長而殺也。」陳奐傳疏：「殺者，纖小之稱。」按這二句毛傳標「興也」，王先謙集疏：「淇水衛地，此女身在異國，思昔日釣遊之樂，而遠莫能致，此賦意。」王氏的分析是正確的。

不爾思，即「不思爾」的倒文。爾，指上二句垂釣于淇水的往事。

遠，指離衛國路遠。莫，不能。致，到達。

韻讀：之部——淇、思、之。

泉源在左，淇水在右。女子有行，遠兄弟父母。

泉源，水名，在朝歌城西北，東南流與淇水合。陳奐傳疏：「水以北爲左，南爲右。泉源在朝歌北，故曰在左。淇水則屈轉于朝歌之南，故曰在右。」

遠，遠離，動詞。遠兄弟父母，按俗本「父母」在「兄弟」上。馬瑞辰通釋：「按古音右與母爲韻，當從唐石經及明監本作『遠兄弟父母』。」馬氏說是。按這二句詩又見于泉水、蝃蝀，恐是當時的流行俗語。

韻讀：之部——右（音以）、母（滿以反）。

淇水在右，泉源在左。巧笑之瑳，佩玉之儺。

瑳（cuō搓），齒色潔白貌。何楷毛詩世本古義：「瑳，説文云：『玉色鮮白也。』笑而見齒，其色似之。」

儺（nuó挪），女子身上掛着佩玉，走起路來腰身婀娜而有節奏。毛傳：「儺，行有節度。」按這章是詩人回憶過去曾在二水間笑語遊戲。

韻讀：歌部——左、儺。

淇水滺滺，檜楫松舟。駕言出遊，以寫我憂。

滺滺（yóu由），水流貌。魯詩作油，經典釋文作浟，玉篇作攸。攸是正字，滺、浟、油都是假借字。

檜（guì桂），木名，似柏樹，亦名刺柏。檜楫，檜木做的槳。松舟，松木做的船。王先謙集疏：「古之小國數十百里，雖云異國，不離淇水流域。前三章衛之淇水，末章則異國之淇水也。」按這二句是詩人看見所在國的淇水依舊流去，船和槳也都齊備，但却不能坐上船順着淇水回衛國，因而勾起思鄉的憂念。

駕言二句，見泉水注。詩人因鄉思無法排解，只能駕車出遊，聊以消憂罷了。

韻讀：幽部——滺、舟、遊、憂。

芄蘭

【題解】

這是一首諷刺貴族少年的詩。毛序：「芄蘭，刺惠公也。驕而無禮，大夫刺之。」按左傳：「初，惠公即位也少。」杜注：「蓋年十五六。」毛序可能是根據左傳推測的。三家詩並無異議，後人亦多沿序說。清錢澄之田間詩學說：「觿所以解結，以象智也。智不足，則虛佩觿矣。韘所以發矢，以象武也。武不足，則虛佩韘矣。」他的分析切合這首詩的中心思想，即諷刺這位貴族少年徒有佩觿佩韘的外表裝飾，高高在上，擺出一副貴族的架勢，實際上却是個無能的紈絝子弟。

詩經藝術特色之一，即用形象、生動的語言，塑造詩中的主要人物及描寫細節，從而突出詩的思想意義。高爾基在論文學中說：「文學的第一要素是語言，語言是文學的主要工具。它和各種事實、生活現象一起，構成了文學的材料。」芄蘭詩人以佩觿、佩韘、容兮、遂兮、悸兮等詞彙，描繪了詩中主要人物童子的服飾、姿態，雖然這些詞對今天的讀者來説已經比較陌生，但通過注釋，我們還是可以約略感覺到這些詞用得極爲洗煉而又傳神，將童子人物的外形和內心活動融爲一體，透露了詩人譏刺之意。使人感到逼真如在目前，以見詩人立言之妙。

芄蘭之支，童子佩觿。雖則佩觿，能不我知。容兮遂兮，垂帶悸兮。

芄（wán丸）蘭，蔓生植物，亦名蘿藦。枝上結的莢子尖形，折斷有白汁，可食。陳奐：「芄蘭，疊韻。」　支，魯詩作枝（見劉向説苑修文篇），支是枝的假借字。素問注：「枝，莖也。」　童子，玉藻鄭注：「童子，未冠之稱也。」　觿（xī希），象骨製成的小錐，古代貴族成年人的佩飾。它用來解衣帶的結，所以也叫做「解結錐」。王先謙集疏引焦循云：「即今田野間所名『麻雀棺』者，其結莢形與解結錐相似，故以起興。」沈括夢溪筆談：「觿，解結錐。芄蘭莢枝出於葉間，垂垂正如解結錐。疑古人爲韘之制，亦當與芄蘭之葉相似。」　則，是。陳奐傳疏：「則，猶是也。」意爲雖然是成人的佩飾。　能，乃、而、可是。王引之釋詞：「古字多借能爲而。」鄭箋訓爲「才能」，恐非詩意。　知，了解。不我知，即「不知我」，不了解我。王引之經義述聞：「詩凡言『寧不我顧』、『既不我嘉』、『子不我思』，皆謂『不顧我』、『不嘉我』、『不思我』也。此『不我知』亦當謂『不知我』。下文『不我甲』亦當謂『不狎我』，非謂不如我所知、不如我所狎也。」　容，容儀可觀，形容成年貴族走路摇擺貌。　遂，因走路摇擺引起的佩玉摇動貌。毛傳：「佩玉遂遂然。」　悸，韓詩作「萃」，悸和萃都是綷的假借字。形容走路時大帶下垂摇動有節度貌。馬瑞辰通釋：「容兮、遂兮與悸兮皆形容之詞。」

韻讀：支部——支、觿、觿、知。　脂部——遂、悸。

芄蘭之葉，童子佩韘。雖則佩韘，能不我甲。容兮遂兮，垂帶悸兮。

芄蘭之葉，葉形狀似心臟而略長，下垂並向後微彎，樣子很像韘，所以詩人用它起興。程瑤田芄蘭疏證：「葉油綠色，厚而不平正，本圓末缺。玦形如環而缺，此葉圓端像其環，狹末像其缺。」

韘（shè 攝），用獸骨或玉製成的扳指，在缺口處聯上柔皮，古人射箭時套在右手大拇指上以鈎弦，又稱「抉（決、玦）」。佩韘也是成年的表徵。

甲，韓詩作狎，是本字，甲爲假借字。毛傳：「甲，狎也。」親近之意。

韻讀：葉部——葉、韘、韘、甲（音頰入聲）。　脂部——遂、悸。

河廣

【題解】

這是住在衛國的一位宋人思歸不得的詩。衛國在戴公未遷漕以前，都城在朝歌，和宋國只隔一條黃河。詩裏極言黃河不廣，宋國不遠，言外之意，總有什麽東西阻隔着他不能回去。毛序：「河廣，宋襄公母歸于衛，思而不止，故作是詩也。」宋襄公母即宋桓夫人，她是衛戴公、文公、許穆夫人的姊妹，嫁給宋桓公，生下襄公後就被遺棄而歸衛。陳奐說：「當時衛有狄人之難，宋襄公母歸在衛，見其宗國顛覆，君滅國破，憂思不已，故其篇内皆取其望宋渡河救衛，辭甚急也。未幾，而宋桓公迎諸河，立戴公以處曹。則此詩之作，自在迎河之前。河廣作而宋立戴公矣，載馳賦而齊立文公矣。載馳許詩，河廣宋詩，而繫列於鄘、衛之風，以二夫人於其宗國皆有存亡繼絶之思，故録之。」這説詩的作者爲宋桓夫人希望宋國渡河救衛，而不是自己思歸宋國。後人對這個問題多有争論，毛、陳之説恐不足信。周南漢廣作者，寫他對一個少女思慕不已而終不可得的感情，故望水興歎：「漢之廣矣，不可泳思。」此詩作者，望鄉之情，已壓倒一切，故云：「誰謂河廣？一葦杭之。」同樣對着一條河，或言其寬，或言其狹。詩中的河，已非現實的河，而是作者心目中的河了。尤其此詩，作者心目中的黄河是那麽狹，宋國是如此近，「一葦杭之」、「跂予望之」、「曾不容刀」、「曾不終朝」等語都是言過其實，但讀起來却感到詩人迫切思歸的心情躍然紙上。因爲夸張的手法雖然違背了事實，但它造成的意境却是真實的，它反映了藝術上的真實，所以讀者非但不感到它不近情理，反而被它感染了。梁啟超説：「境者心造也。一切境皆虚幻，惟心所造之境爲真實。」（自由書惟心）就自然現象而言，未必如此。但在文學創作中，凡境都帶着詩人心靈的感受、情感的色彩。境本情之境，境從情中生，無情之境是不存在的。

誰謂河廣？一葦杭之。誰謂宋遠？跂予望之。

河，黄河。

葦，用蘆葦編的筏子。杭，魯詩作斻，杭是斻的假借字。説文：「斻，方舟也。」段玉裁注：

「舟字蓋衍。衛風『一葦杭之』，毛曰：『杭，渡也。』杭即斻字。詩謂一葦可以爲之舟也。舟所以渡，故謂渡爲斻。」初學記及白居易六帖引詩皆作航，航是後起的俗字。

跂，魯、齊詩作企，跂是企的假借字。説文：「企，舉踵也。跂，足多指也。」是企和跂本義不同。「舉踵」即踮起脚跟之意。　予，我。按踮起脚跟就能望到宋國，是極言宋國之近。

韻讀：陽部——廣、杭、望。

誰謂河廣？曾不容刀。誰謂宋遠？曾不崇朝。

曾，乃、而、可是。　刀，通「舠」，小船。鄭箋：「不容刀，亦喻狹。」

崇朝，終朝，一個早上。見蝃蝀注。鄭箋：「行不終朝，亦喻近。」

韻讀：宵部——刀、朝。

伯兮

【題解】

這是一位女子思念遠征丈夫的詩。毛序：「伯兮，刺時也。言君子行役，爲王前驅，過時而不返焉。」鄭箋：「衛宣公之時，蔡人、衛人、陳人從王伐鄭伯也（事見左傳魯桓公五年）。爲王前驅久，故家人思之。」春秋時代，各國互相侵略吞併，强陵弱，衆暴寡，戰爭頻繁，這是普遍現象。鄭康成確指詩的背景是蔡、衛、陳人從王伐鄭之役，恐未必然。朱熹反駁道：「鄭在衛西，不得爲此行也。」一語點破鄭箋之失。詩中説伯執殳前驅，是擔任當時「旅賁」的官職，屬於「中士」級别，地位相當高，不是一般士卒，他的妻子當然也是上層人物。

全詩四章，後三章集中寫一個「思」字。方玉潤詩經原始：「始則首如飛蓬，髮已亂矣，然猶未至于病也。繼則甘心首疾，頭已痛矣，而心尚無恙也。至于使我心痗，則心更病矣。其憂思之苦何如哉！」他説出了詩的層遞手法。這首詩寫室家怨思之苦，情意至深，對後世閨怨思遠之作有很大影響。如李清照鳳凰臺上憶吹簫的「起來慵自梳頭」、永遇樂的「如今憔悴，鳳鬟霧鬢」，都從「自伯之東，首如飛蓬」化出。徐幹雜詩「自君之出矣，明鏡暗不治」、杜甫新婚别「羅襦不復施，對君洗紅妝」，很明顯地繼承「豈無膏沐，誰適爲容」之意。歐陽炯賀明朝「終是爲伊，只恁偷瘦」、柳永鳳棲梧「衣帶漸寬終不悔，爲伊消得人憔悴」，則是「願言思伯，甘心首疾」的發展。

伯兮朅兮，邦之桀兮。伯也執殳，爲王前驅。

伯，周代女子稱她的丈夫爲伯，好像現在鄉間稱夫爲阿哥。儀禮士冠禮鄭注：「伯、仲、叔、季，長幼之稱。」正月毛傳：「伯，長也。」　朅（qiè 怯），魯詩作偈，朅是偈的假借字。壯健英武貌。按碩人「庶士有朅」，韓詩作桀，也訓爲「健」。朅的本義是「去」，在這兩首詩中都是假借。邦，國家。　桀，韓詩作傑，是本字。才智出衆者。鄭箋：「桀，英桀，言賢也。」

殳（shū殊），古代兵器，竹製，形如竿，以當時的尺度衡量，長一丈二尺。廣雅：「殳，杖也。」前驅，在戰車兩旁保衛統帥。馬瑞辰通釋：「執殳先驅，爲旅賁之職。」王先謙集疏：「其執殳前驅者，當爲中士。」按旅賁是天子的侍衛，其首領是中士級別。作戰時，旅賁披甲執殳，守衛在統帥的戰車兩旁。

韻讀：祭部——朅、桀。　侯部——殳（市蓲反）、驅（音蓲qiū）。

自伯之東，首如飛蓬。豈無膏沐？誰適爲容！

之，往。

飛蓬，蓬草遇風，四散飄飛，以喻不常梳洗的亂髮。

膏，潤面的油。　沐，洗頭。王先謙集疏：「澤面曰膏，濯髮曰沐。」按此處膏沐連用爲偏義複詞，主要指面油。

適，悦。馬瑞辰通釋：「按一切經音義卷六引三蒼：『適，悦也。』此適字正當訓悦。女爲悦己者容，夫不在，故曰『誰適爲容』，即言『誰悦爲容』也。」　容，修飾容貌。這句意爲，修飾容貌是爲了取悦誰呢？

韻讀：東部——東、蓬、容。

其雨其雨，杲杲出日。願言思伯，甘心首疾！

其，語助詞。王引之經傳釋詞：「其，猶庶幾也。」這裏表示一種希望的語氣。「其雨其雨」的重疊，詩人用它比喻迫切盼望丈夫歸來的心情。

杲杲（gǎo 稿），光明貌。馬瑞辰通釋：「杲對杳言。說文：『杳，冥也。从日在木下。』杲，明也。从日在木上。』說文又曰：『榑桑，神木，日所出也。』日出神木之上，故日出謂之杲杲。」詩人用它比喻失望的心情，盼望下雨，偏偏出了太陽，事與願違。

願言，念念不忘貌。聞一多風詩類鈔訓「願言」爲「睠然」，即眷眷的意思。與二子乘舟的「願言」訓異。

甘心，痛心。　首疾，頭痛。馬瑞辰通釋：「甘與苦古以相反爲義，故甘草，爾雅名爲大苦。方言：『苦，快也。』郭注：『苦而爲快者，猶以臭爲香、治爲亂、徂爲存。』以此推之，則甘心亦得訓爲苦心，猶言憂心、勞心、痛心也。成十三年左傳：『諸侯備聞此言，斯是用痛心疾首。』杜注：『疾猶痛也。』甘心首疾與痛心疾首文正相類，皆爲對舉之詞。詩不言疾首而言首疾者，倒文以爲韻也。」這兩句意爲，念念不忘地想念丈夫，想得心口與頭都痛起來了。

韻讀：脂部——日、疾。

焉得諼草，言樹之背？願言思伯，使我心痗！

焉，何。這裏指何處。　諼草，又名萱草，韓詩作諠。古人以爲此草可以使人忘憂。即今之黄花菜、金針菜。

言，而、乃。　樹，種植。　背，古與「北」通，這裏指北堂，即北房的階下。姚際恒詩經通論：「背，堂背也。堂面向南，堂背向北，故背爲北堂。」

痗（mèi 妹），病。心痗即心痛。

韻讀：脂部——背、痗。

有狐

【題解】

這首詩是一位女子憂念她流離失所的丈夫無衣無裳而作。毛序：「刺時也。衛之男女失時，喪其妃耦焉。古者國有兇荒，則殺禮而多昏，會男女之無夫家者，所以育人民也。」據毛説，詩的主題是寫怨女曠夫相親相愛。狐隱喻男子，是女愛男的詩。自宋至清，學者多沿此説。按韓詩外傳：「夫處饑渴、苦血氣、困寒暑、動肌膚；此四者，民之大害也。害不除，未可教御也。四體不掩，則鮮仁人；五臟空虛，則無立士。故先王之法，天子親耕，后妃親蠶，先天下憂衣與食也。詩曰：『父母何嘗』、『心之憂矣，之子無裳』。」外傳説人民衣食貧困，爲人君的要不忘國本，急於養民，並引詩句爲證，和詩的無裳、無帶，無服内容相合，原與怨女曠夫無涉。按詩言淇水，當是衛未遷都時的作品，它所反映的，可能是衛懿公執政時，人民貧困不堪的情形。吴闓生詩義會通將詩的時代移至戴公、文公時，這是他的疏忽。

詩共三章，都是詩人見狐起興。第一章，「有狐綏綏，在彼淇梁。」是狐先走在淇水深處的橋梁上。第二章，「有狐綏綏，在彼淇厲。」是狐又走到淇水淺處的沙灘上。第三章，「有狐綏綏，在彼淇側。」是狐最後走到淇水旁邊的岸上。這是詩人不自覺地運用了層遞的修辭。陳望道修辭學發凡説：「層遞是將語言由淺及深，由低及高，由輕及重，逐層遞進地排列起來的一種辭格。」也就是陳騤文則説層遞的特點，是「上下相接，若繼踵然」。詩人見狐慢吞吞地走，聯想愛人的流離失所，貧困得没有衣服穿，而唱出了三章簡單的詩句。

有狐綏綏，在彼淇梁。心之憂矣，之子無裳。

綏綏，齊詩作夊夊，慢吞吞地走。説文：「行遲曳夊夊也。」按綏的本義是古代車上用于拉手的繩索，此處是夊的假借字。

梁，橋。古代的橋用石砌成，所以毛傳説：「石絶水曰梁。」按周代人稱梁不稱橋，説文段注：「見於經傳者，言梁不言橋也。」

裳，下衣，形如現在的裙。古代男女都穿裳，不穿袴。毛傳：「在下曰裳，所以配衣也。」絲衣毛傳：「上曰衣，下曰裳。」

韻讀：陽部——梁、裳。

有狐綏綏，在彼淇厲。心之憂矣，之子無帶。

厲，瀨的假借字，水邊有沙石的淺灘。胡承珙毛詩後箋：「此厲當爲瀨之借字。史記南越傳：『爲戈船下厲將軍。』漢書作『下瀨』。説文：『瀨，水流沙上也。』楚辭『石瀨兮淺淺』，是瀨爲水流沙石間，當在由深而淺之處。上章『石絶水曰梁』爲水深之所，次章言厲爲水淺之所，三章言側，則在岸矣。立言次序如此。」

帶，衣帶。這裏指外衣的帶，亦稱紳。毛傳：「帶，所以申（同紳）束衣。」

韻讀：祭部——厲（音列）、帶（丁例反）。

有狐綏綏，在彼淇側。心之憂矣，之子無服。

側，旁邊，指岸上。魏風伐檀毛傳：「側，猶厓也。」

韻讀：之部——側（音淄入聲）、服（扶逼反，入聲）。

木瓜

【題解】

這是一首男女互相贈答的定情詩。毛序：「美齊桓公也。衛人有狄人之敗，出處於漕，齊桓公救而封之，遺之車馬器服焉。衛人思之，欲厚報之而作是詩也。」毛説没有什麽依據，似不可信。但歷來學者多沿襲之。姚際恒、方玉潤等駁斥序説，認爲齊桓對衛國有再造之恩，詩不應僅以果實喻其所投之甚微；衛人始終未報答齊國，而詩中却擬以重寶爲報，未免以空言妄自矜詡。他們就詩意和史實來剖析毛序的破綻，很有説服力。朱熹疑此「亦男女相贈答之詞」，聞一多指此爲定情之詩，都勝於毛序。姚際恒説：「然以爲朋友相贈答亦奚不可，何必定是男女耶！」也可備一説。

詩共三章，每章末疊唱「匪報也，永以爲好也」二句，看似重複，詩的精神却全從此二句生出。人贈以木瓜，我竟欲報之瓊瑤，報答不可謂不重，但如果詩就此而止，則恃富炫貴而已，没有什麽可稱道的。而下緊接「匪報也」三字，露出作者之意，原不在物，僅欲表其愛慕之誠，以永結情好。這一轉折，頓時別開生面，有山重水複、柳暗花明之妙。漢秦嘉詩：「詩人感木瓜，乃欲答瑤瓊。媿彼贈我厚，慙此往物輕。雖知未足報，貴用叙我情。」（留郡贈婦詩）雖贈答厚薄有異，但重情輕物則一，可謂善體詩人之意。

投我以木瓜，報之以瓊琚。匪報也，永以爲好也。

投，鄭箋：「投，猶擲也。」含有贈送之意。　木瓜，又名楙（mào茂），落葉灌木，果實形如黄金瓜，亦可供賞玩。

報，報答，回贈。　瓊，本義爲赤玉，後引申爲形容玉美。除此詩的瓊琚、瓊瑤、瓊玖三詞外，其他詩篇如瓊華、瓊瑩、瓊英、瓊瑰都是形容玉美。當時男女都在衣帶上掛一裝飾物，用好幾種玉石組成，稱爲佩玉、玉佩或雜佩。風詩中凡男女兩性定情之後，男的多以佩玉贈女，如女曰雞鳴「雜佩以贈之」，丘中有麻「貽我佩玖」都是。琚，雜佩中的一種玉名。胡承珙後箋：「雜佩謂之佩玉，亦謂之玉佩，故鄭風言『佩玉瓊琚』，秦風言『瓊瑰玉佩』，一也。佩玉名者，雜佩非一，其中有名琚者耳。」

匪，通「非」。

永，永久。好（hào 浩），愛。

韻讀：魚部——瓜（音孤）、琚。幽部——報（布瘦反）、好（呼叟反）。

投我以木桃，報之以瓊瑶。匪報也，永以爲好也。

木桃，又名樝（zhā 楂）子，落葉灌木。陸文郁詩草木今釋：「果實圓形或卵形，具芳香……供盆栽清賞。」

瓊瑶，美玉。説文：「瑶，玉之美者。」

韻讀：宵部——桃、瑶。幽部——報、好。

投我以木李，報之以瓊玖。匪報也，永以爲好也。

木李，又名木梨，落葉灌木。陸文郁詩草木今釋：「果實圓形或洋梨形……具芳香……適於生食。」據陳啟源、馬瑞辰考證，木瓜、木桃、木李三者異名而同類，並非桃子、李子。胡承珙則認爲木桃、木李就是指桃和李。明朱謀瑋詩故又説木瓜、木桃、木李「皆刻木爲果，以充籩實者」。以上三説可供參考。

玖，黑色次等的玉。説文：「石之次玉，黑色。」瓊玖泛指寶石。

韻讀：之部——李、玖（音己）。　幽部——報、好。

王　風

「王」即王都的簡稱。平王東遷洛邑之後，周室衰微，無力駕馭諸侯，其地位下降到等于列國，所以稱爲「王風」。

王風共計十篇，全部都是平王東遷以後的作品。它的產生地在今河南省洛陽、孟縣、沁陽、偃師、鞏縣、温縣一帶地方。

崔述讀風偶識説：「幽王昏暴，戎狄侵陵；平王播遷，家室飄蕩。」這便是王風的歷史背景。表現在詩中，如黍離、揚之水、兔爰、葛藟、君子于役等，多帶有亂離悲涼的氣氛。方玉潤詩經原始説：「後世杜甫遭天寶大亂，故其中有無家別、垂老別、哀江頭、哀王孫等篇，與此先後如出一轍。杜作人稱詩史，而此册實開其先。」方氏所指出的這種前後相承的淵源，實際就是現實主義創作傳統的延續。但王風詩人的哀思怨怒只是出於不自覺的嗟歎，而杜甫則寫出了「人生無家別，何以爲蒸黎」的詩句，已經比較自覺地在反映人民的痛苦，這又體現了歷史的進步。

黍離

【題解】

這是詩人抒寫自己在遷都時心中難過的詩。自漢以來，學者對這首詩的主題和作者，迄無定論。毛序：「黍離，閔宗周也。周大夫行役至于宗周，過故宗廟宮室，盡爲禾黍。閔周室之顛覆，彷徨不忍去，而作是詩也。」此說影響極大，「黍離」一詞已成爲後世文人感慨亡國觸景生情時常用的典故。但我們就詩論詩，從中看不出有憑吊故國之意，所以毛序並不可信。韓詩說曰：「昔尹吉甫信後妻之讒而殺孝子伯奇，其弟伯封求而不得，作黍離之詩。」胡承珙毛詩後箋云：「尹吉甫在宣王時，尚是西周，不應其詩列於東都。」胡氏從時代上推斷其誤，是有說服力的。何況韓詩以具體人事附會詩旨，也沒有什麼證據。馮沅君詩史說：「這是寫遷都時心中的難受。」較爲切于當時的實際情況，今從馮說。

梁啟超在中國韻文裏頭所表現的情感一文中說：「『回蕩的表情法』是一種極濃厚的情感蟠結在胸中，像春蠶抽絲一般，把它抽出來……這一類所表現的情感，是有相當的時間經過，數種情感交錯糾結起來，成爲網狀的性質。」梁氏將「回蕩的表情法」分成四種不同的方式，其中「引曼式」的表情法即以黍離爲例。這種表情法，「是胸中有種種甜酸苦辣寫不出來的情緒，索性都不寫了，只是咬着牙齦長言詠歎一番，便覺一往情深，活現在字句上。」這首詩用重疊的字句、迴往反復的韻律，來表現綿綿情思。拉長聲調，反復詠歎，是它在藝術表現上的主要特色。

此詩歷代傳誦，影響不絶。後世詩篇，寫家國興亡之感，或得其神，或效其形。如杜甫哀江頭，「乃子美在賊中時，潛行曲江，睹江水江花，哀思而作。」「而無窮之恨，黍離麥秀之悲，寄於言外。」（張戒歲寒堂詩話）劉禹錫石頭城「潮打空城寂寞回」，「不言興亡而興亡之意溢於言外，得風人之旨矣。」（王鏊震澤長語）

彼黍離離，彼稷之苗。行邁靡靡，中心摇摇。知我者，謂我心憂；不知我者，謂我何求。悠悠蒼天，此何人哉！

黍，糜子，今稱小米。齊民要術：「黍者，暑也。種者必以暑。」離離，莊稼長長排列整齊貌。稷，高粱。馬瑞辰通釋：「按諸家説黍稷者不一。程瑶田九穀考謂黍今之黄米，稷今之高粱。其説是也。……稷以春種，黍以夏種，而詩言黍離離、稷尚苗者，稷種在黍先，秀在黍後故也。」

行邁，遠行。説文：「邁，遠行也。」馬瑞辰通釋：「行邁連言，猶古詩云『行行重行行』也。」靡靡，行路遲緩貌。毛傳：「靡靡，猶遲遲也。」陳奂傳疏：「靡、遲一語之轉。」

中心，即心中。　搖搖，三家詩作愮，搖是愮的假借字。爾雅：「愮愮，憂無告也。」這句意爲，憂思鬱積在心中無人可以訴説。

謂我何求，鄭箋：「怪我久留不去。」指詩人眷戀家鄉故土，徘徊不忍離去，似乎還在尋求什麽。

悠悠，遥遥的假借字。毛傳：「悠悠，遠意。」　蒼天，青天。韓詩作倉，蒼是本字。毛傳：「據遠視之，蒼蒼然，則稱蒼天。」説文：「蒼，艸色也。」

此何人哉，意爲這是什麽人造成啊，使我陷入如此悲慘的境地。詩人怨恨平王東遷，害得他跟着流浪。

韻讀：歌部——離（音羅）、靡（音摩）。　宵部——苗、搖。　幽部——憂、求。　真部——天（鐵因反）、人。

彼黍離離，彼稷之穗。行邁靡靡，中心如醉。知我者，謂我心憂；不知我者，謂我何求。悠悠蒼天，此何人哉！

穗，説文作采，「采，成秀也。」穗是俗字。

中心如醉，心中憂悶，像喝醉酒一樣恍惚。

韻讀：歌部——離、靡。　脂部——穗、醉。　幽部——憂、求。　真部——天、人。

彼黍離離，彼稷之實。行邁靡靡，中心如噎。知我者，謂我心憂；不知我者，謂我何求。悠悠蒼天，此何人哉！

如噎，孔疏：「噎者，咽喉蔽塞之名。而言心中如噎，故知憂深不能喘息，如噎之然是也。」按醉和噎都是人們易于理解的感覺，拿它們來比喻憂思之深，給人留下更深刻的印象。

韻讀：歌部——離、靡。　脂部——實、噎。　幽部——憂、求。　真部——天、人。

君子于役

【題解】

這是一位婦女思念她久役于外的丈夫的詩。毛序：「君子于役，刺平王也。君子行役無期度，大夫思其危難以風焉。」王先謙集疏：「按據詩文雞棲、日夕、羊牛下來，乃家室相思之情，無僚友託諷之誼。所稱君子，妻謂其夫。序説誤也。」他的意思是比較正確的。漢班彪北征賦説：「日晻晻其將暮兮，覩牛羊之下來。寤怨曠之傷情兮，哀詩人之歎時。」班彪也認爲君子于役是怨女曠夫之作，可見毛序是臆測，不足爲據。

這首詩的特點是情景交融。落日銜山，暮色蒼茫，雞棲斂翼，牛羊歸舍。面對此時此景，久別夫君的閨中少婦，心頭涌起一陣陣難以抑制的惆悵，她想念丈夫，該不會受饑挨餓吧？暮色越來越濃，思緒越來越長。每天這一段黄昏時光，她感到實在太難捱了。王照圓詩説云：「寫鄉村晚景，覩物懷人如畫。」覩物是寫景，懷人是寫情，寫出了情景交融的淒涼境界，始能使人感到「如畫」。許瑶光有再讀詩經四十二首，第十四首云：「雞棲于桀下牛羊，饑渴縈懷對夕陽。已啟唐人閨怨句，最難消遣是昏黄。」可作此詩最好的注脚。

君子于役，不知其期，曷至哉？雞棲于塒，日之夕矣，羊牛下來。君子于役，如之何勿思！

君子，當時妻子對丈夫的稱呼。後漢書列女傳：「君子，謂夫也。」于，往。于役，往他處服役。

其期，指服役的期限。按這句含有服役遥遥無期之意。

曷，何，這裏意爲何時。至，到家，歸來。

塒（shí時），釋文作時，爲假借字。雞窩，在牆上挖洞砌泥而成。毛傳：「鑿牆而棲曰塒。」

羊牛下來，齊詩羊牛作牛羊。這句意爲，黄昏了，牛羊從牧地的山坡上走下來歸欄。鄭箋：「言畜産出入尚使有期節，至于行役者乃反不也。」

韻讀：之部——期、哉（音兹）、塒、來（音釐）、思。

君子于役，不日不月，曷其有佸？雞棲于桀，日之夕矣，羊牛下括。君子于役，苟無饑渴？

不日不月，已經不能用日月來計算。

有，又。　佸（huó活），聚會，指與丈夫團聚。

桀，本字作弋，亦作榤、橛，繫雞的木樁。王先謙集疏：「就地樹橛，桀然特立，故謂之榤。但榤非可棲者，蓋鄉里家貧，編竹木爲雞棲之具，四無根據，繫之於橛，以防攘竊，故云棲于榤耳。」

括，通「佸」。釋文：「括，本亦作佸。」陳喬樅三家詩遺説考：「佸、括、會古聲義並同。」毛傳：「括，至也。」陳奂傳疏：「下括，猶下來。采薇傳：『來，至也。』」

苟，且，或許，帶有疑問口氣的希望之詞，希望丈夫或許不至于忍饑受渴。鄭箋：「苟，且也。且得無饑渴，憂其饑渴也。」

韻讀：祭部——月、佸（音厥入聲）、桀、括（音厥入聲）、渴（音揭）。

君子陽陽

【題解】

這是描寫舞師和樂工共同歌舞的詩。關于詩的主題，説各不一。毛序：「閔周也。君子遭亂，相招爲禄仕，全身遠害而已。」朱熹詩集傳：「此詩疑亦前篇婦人所作。蓋其夫既歸，不以行役爲勞，而安於貧賤以自樂，其家人又識其意而深歎美之。」以上二説，都被姚際恒所駁。他説：「大序謂『君子遭亂，相招爲禄仕』，此據『招』之一字爲説，臆測也。集傳謂『疑亦前篇婦人所作』，此據『房』之一字爲説，更鄙而稚。大抵樂必用詩，故作樂者亦作詩以摹寫之；然其人其事不可考矣。」我們在詩裏看不出什麼「相招爲禄仕」和夫婦「安於貧賤以自樂」的影子，而且簧、翿的歌舞工具，也不是當時貧賤者所能有。姚的評語，可謂恰當。據陳奐和馬瑞辰考證，認爲周代國王在廟朝設有專職的樂工和舞師，在寢室休息時，同樣有專職演奏，以供娱樂。不過東周王國衰微，苟安在洛陽周圍五、六百里的地方，外患頻仍，内政不修，百官廢弛，還有什麼餘力去管理這些樂工們？所以，他們也就自得其樂了。

這首詩描繪舞師神態生動活潑，格調輕松愉快，同王風其他各詩蒼涼悲鬱的氣氛迥然不同，恐怕是一種「人生得意須盡歡」心理的反映。

君子陽陽，左執簧，右招我由房。其樂只且！

君子，這裏指舞師。陽陽，揚揚的假借字，快樂得意貌。陳奐傳疏：「正義引史記稱『晏子御，擁大蓋，策駟馬，意氣陽陽，甚自得。』今史記(晏子)列傳作揚揚，晏子雜上篇亦作揚揚。荀子儒效篇『則揚揚如也』，楊注云：『得意之貌。』陽即揚之假借。」

簧，古樂器名，用竹製成，似笙而大。説文：「古者隨作笙，女媧作簧。」這可能是傳説，但小雅鹿鳴有「吹笙鼓簧」之句，可見這兩種樂器，周初就已經有了。

我，詩的作者，舞師（君子）的同事，很可能是一名樂工。陳奐傳疏：「我，我僚友也。」王燕用房中之樂，而君子位在樂官，故得相招，呼其僚友也。」 由房，可能是「由庚」、「由儀」一類的笙樂、房中之樂。胡承珙毛詩後箋：「由房者，房中，對廟朝言之。人君燕息時所奏之樂，非廟朝之樂，故曰房中。」有人將「由」字解作「自」，將「房」解作「東房」，恐非詩意。這句意爲，舞師右手招呼我演奏笙樂房中的歌曲。

只，韓詩作旨，只是旨的假借字。王先謙集疏：「蓋以旨本訓美，樂旨，猶言樂之美者，意謂樂甚。」 且（jū 駒），語尾助詞。 又「只且」二字亦可作語尾助詞，如北風「既亟只且」。

韻讀：陽部——陽、簧、房。 魚部——且（與下章遥韻）。

君子陶陶，左執翿，右招我由敖。其樂只且！

陶陶，和樂舒暢貌。 王先謙集疏：「韓說：陶，暢也。」

翿（dào 稻），用五彩野雞羽毛做的扇形舞具，亦名翳。陳奐傳疏：「翳者，謂以翳覆頭也。」聞一多風詩類鈔：「舞師拿着一把五彩羽毛，跳舞時自己蓋在頭上，藉以裝扮鳥形。」

敖，舞曲名，即驁夏。馬瑞辰通釋：「敖，疑當讀爲驁夏之驁。周官鍾師：奏九夏。其九爲驁夏。」有人訓敖爲「遨遊」，與上執翿語不連貫，恐非詩意。

韻讀：幽、宵部通韻——陶、翿、敖。 魚部——且（與上章遥韻）。

揚之水

【題解】

這是一首戍卒思歸的詩。史記周本紀及國語鄭語韋昭注都説：申，姜姓，周平王的舅家。平王父親幽王嬖褒姒，廢申后。太子宜臼奔申，王伐申。申聯合西戎伐周，殺幽王，立宜臼于申，是爲平王。另外，吕、許二國對平王東遷洛陽也都出了力。那時南方楚國强大，有併吞小國的野心。申、吕、許三國距王畿甚近，唇齒相依，平王派兵戍守。可是王都地小人稀，派去的兵士到期不能回鄉，大家怨恨思歸，就作了這首詩。正如方玉潤詩經原始所指出的：「其所以致民怨嗟，見諸歌詠而不已者，以徵調不均，瓜代又難必耳。」

此詩藝術特點在於含蓄。詩人負羽從軍，身處異鄉。室家不見，生死相望。對水驚心，析薪斷腸。百感交集，豈不悽愴！胸中塞滿了獨戍異地的怨思，但唱出來的歌詞却不怨恨久戍，反而責怪所思念的人不和自己一起戍守。歸期無望，而思情又不可遏抑，于是只能作此無聊之想。其情其意，顯得格外悲涼。清文融道：「本怨戍申，却以不戍申爲辭，何其婉妙。」詩的起句也很有特色，詩人以緩慢的流水漂不動束薪起興，以寄托詩人無力與新婚妻子團聚的感慨，既含蓄，又深沉。首句「揚之水」起興的樂調，可能也很悠揚動人，所以被後來詩人采用爲詩篇的開頭，如鄭風的揚之水和唐風的揚之水都是。

揚之水，不流束薪。彼其之子，不與我戍申。懷哉懷哉，曷月予還歸哉？

揚，悠揚，水緩流無力貌。魯詩作楊，是揚的假借字。朱熹詩集傳：「揚，悠揚也，水緩流之貌。」束薪，一捆柴。古代用這個詞代表新婚。見漢廣注。聞一多説：「析薪、束薪，蓋上世婚禮中實有之儀式，非泛泛舉譬也。」

其(ㄐ一記)，語助詞，亦作記、己。鄭箋：「其，或作記，或作己，讀聲相似。」嵩高鄭箋：「迈，聲如『彼記之子』之記。」「彼」和「子」都是第三人稱的代名詞，古語往往有這種重複。之子，是子；指作者所懷念的人。朱熹詩集傳：「彼其之子，戍人指其室家而言也。」

戍，守衛。説文：「戍，守邊也。」申，古國名。在今河南省唐河縣南。毛傳：「申，姜姓之國，平王之舅。」

懷，想念。

曷，何；指何時。還，音義同「旋」。爾雅釋言：「還，返也。」郝懿行爾雅義疏：「還者，……又通作旋。」

韻讀：真部——薪、申。脂部——懷(音回)、懷、歸。

揚之水，不流束楚。彼其之子，不與我戍甫。懷哉懷哉，曷月予還歸哉？

楚，荆條。説文：「楚，叢木。一名荆也。」按楚枝較薪小，形容流水更無力。

甫，古國名。亦作吕。在今河南省南陽縣西。陳奂傳疏：「甫，即吕國，詩及孝經、禮記皆作甫，尚書、左傳、國語皆作吕。甫、吕古同聲。」

韻讀：魚部——楚、甫。脂部——懷、懷、歸。

揚之水，不流束蒲。彼其之子，不與我戍許。懷哉懷哉，曷月予還歸哉？

蒲，蒲柳。較荆條枝更細更輕。陸璣毛詩草木鳥獸蟲魚疏認爲蒲柳有兩種：一種青皮，稱爲小楊；一種紅皮，稱爲大楊。其葉皆比柳樹葉長而寬，枝條都可製箭幹。就是左傳所説的「董澤之蒲」。

許，古國名。在今河南省許昌市。按詩共三章，三易戍地。大約這位戍卒久役，曾换了三個防守的地方。

韻讀：魚部——蒲、許。脂部——懷、懷、歸。

中谷有蓷

【題解】

這是描寫一位棄婦悲傷無告的詩。毛序：「閔周也。夫婦日以衰薄，凶年饑饉，室家相棄爾。」

朱熹詩集傳：「凶年饑饉，室家相棄。婦人覽物起興，而自述其悲歎之辭也。」但詩中說「有女仳離」，恐怕不是棄婦所自作。這位婦女被丈夫遺棄於荒年之時，天災人禍相逼迫，實在走投無路，只有慨歎、呼號、哭泣了。詩反映了東周時代婦女悲慘生活的斷片。

同樣反映棄婦的不幸，此詩和谷風、氓相比，在表現手法上有較大的差別。後者含有比較完整的叙事成分，前者則是單純的抒情。同樣是控訴男子的負心，後者是通過瑣瑣屑屑的訴説，前者則只有慨歎悲泣。主要原因在於谷風、氓是自述，中谷有蓷的作者是一位同情棄婦者。但在用詞方面，此詩還是頗具推敲的。姚際恒詩經通論説：「乾、脩、濕，由淺及深；歎、歗、泣亦然。」傳説彙纂記謝枋得曰：「此詩三章，言物之暵，一節急一節。女之怨恨者，一節急一節。始曰『遇人之艱難』，憐其窮苦也。中曰『遇人之不淑』，憐其遭凶禍也。終曰，『何嗟及矣』，夫婦既已離别，雖怨嗟亦無及也。」可見詩人在刻畫棄婦遭遇和表達棄婦感情時，不同層次的描繪，是把握得比較準確的。

中谷有蓷，暵其乾矣。有女仳離，嘅其歎矣。嘅其歎矣，遇人之艱難矣。

中谷，即谷中。　蓷（tuī推），益母草。古又名萑、茺蔚。朱駿聲通訓定聲：「茺蔚者，蓷之合音。」

暵（hàn漢），乾燥貌。三家詩作灘，是假借字。毛傳：「暵，菸貌。」菸、蔫一語之轉，廣韻：「萎，蔫也。」菸、蔫都是枯萎的意思。但毛傳釋「暵其乾矣」爲「陸草生於谷中，傷於水」，則是錯誤的。嚴粲詩緝：「據本草，益母正生海濱池澤，其性宜濕。」生長在低洼潮濕的山谷中的益母草都乾萎了，可見旱災的嚴重。暵其，即暵暵。按這一句是起興，詩人見谷中草乾，聯想女子因饑饉而離異。

仳（pǐ痞）離，分離。毛傳：「仳，别也。」陳奂傳疏：「别離，言相棄也。」嘅，同「慨」，歎息貌。説文：「嘅，歎也。」嘅其，即嘅嘅。艱難，指丈夫生活困窮。鄭箋：「所以嘅然而歎者，自傷遇君子之窮厄。」

韻讀：元部——乾、歎、歎、難。

中谷有蓷，暵其脩矣。有女仳離，條其歗矣。條其歗矣，遇人之不淑矣。

脩，本義爲乾肉，説文：「脩，脯也。」引申爲乾枯，陳奂傳疏：「乾肉謂之脯，亦謂之脩。因之，凡乾皆曰脩矣。」

條，長。條其，即條條，形容長嘯。陳奂傳疏：「條條然者，歗聲也。」歗，同「嘯」，撮口出聲。人在心情鬱悶到無法排解的時候，經常會獨自長嘯來宣泄胸中的塊壘，如召南江有汜的「其嘯也歌」便是一例。此詩的棄婦條然長嘯，比首章慨然長歎時的心情更加淒涼。

不淑，不善。鄭箋：「淑，善也。君子於己不善也。」

韻讀：幽部——脩、歗（音修）、歗、淑。

中谷有蓷，暵其濕矣。有女仳離，啜其泣矣。啜其泣矣，何嗟及矣。

濕，⿰虫㬎(qī欺)的假借字。晒乾。廣韻：「⿰虫㬎，曝也。」王念孫廣雅疏證：「濕，當讀爲⿰虫㬎，⿰虫㬎亦乾也。」

啜，抽泣哽咽貌。按啜的本義是嘗食，這裏是惙的假借字，韓詩正作惙。啜其，即啜啜。

何嗟及矣，據胡承珙毛詩後箋考證，這句是後人傳寫誤倒，應作「嗟何及矣」。猶言「唉呀，後悔也來不及了！」是悔嫁之詞。

韻讀：緝部——濕、泣、泣、及。

兔爰

【題解】

這是一個没落貴族因厭世而作的詩。他留戀西周宣王時代的「盛世」，那時雖有天災，但無人禍，貴族的地位和利益尚未動摇。東遷以後，有些貴族失去了土地和人民，地位起了變化，甚至還要服役。這就是他感歎的「逢此百罹」的社會背景。他撫今憶昔，不覺産生了厭世思想，寫了這麽一首詩。毛序：「兔爰，閔周也。桓王失信，諸侯背叛，構怨連禍，王師傷敗，君子不樂其生焉。」他將詩定爲桓王時的作品，那是錯誤的。崔述讀風偶識：「其人當生于宣王之末年，王室未騷，是以謂之『無爲』。既而幽王昏暴，戎狄侵陵，平王播遷，家室飄蕩，是以謂之『逢此百罹』。」崔氏確定的時代比較正確。

此詩首二句是含有比義的興，顧起元說：「三章各首二句比君子得禍，小人獨免。下皆是歎其所遭而安於死也。」（傳説彙纂）顧氏指出了兔爰結構的特點。方玉潤詩經原始說：「詞意悽愴，聲情激越，阮步兵專學此種。」他指出此詩的風格及其繼承關係。可是以阮籍詩當之，則大謬不然。阮嗣宗身當魏晉多事之秋，常恐罹謗遇禍，不預世事，以沉醉獲免。論其行蹟，倒也算得上「尚寐無覺」。他雖翱翔區外，實並未渾然忘世。詠懷諸詩，俱憫亂之作，多感慨之詞，雖文多隱避，而託體高妙。足見其胸襟高朗，意氣宏放，不同凡響。與此詩作者之斤斤於個人沉浮，乏憂世之意，心胸狷隘，厭不樂生，相去實不能以道里計。劉勰文心雕龍體性評阮詩「響逸而調遠」，而兔爰響抑而調促，在風格上亦不相同。方氏但視其表，故有此失。

有兔爰爰，雉離于羅。我生之初，尚無爲。我生之後，逢此百罹，尚寐無吪！

爰爰，解脱貌。馬瑞辰通釋：「韓詩：『爰，發蹤之貌。』胡承珙曰：『蹤當作縱。發縱，謂解放之，即鄭箋聽縱之義。』其説是也。」

離，遭。羅，捕鳥獸網。朱熹詩集傳：「言張羅本以取兔，今兔狡得脱，而雉以耿介反離于羅。以比小人致亂，而以巧計幸免。君子無辜，而以忠直受禍也。」

尚，猶、還。　爲，事，指軍役之事。鄭箋：「言我幼稚之時，庶幾於無所爲，謂軍役之事也。」

百，是虛數，許多的意思。　罹（lí離），憂。陳奐傳疏：「説文無罹字，疑古毛詩作離。釋文：『罹，本又作離』；文選盧諶贈劉琨詩注引毛詩作『逢此百離』……離爲憂，則逢此百離，猶下章『逢此百憂』耳。」

尚，庶幾，帶有希望之意。此章二「尚」字意義不同。　吪，説文：「吪，動也」。爾雅作訛，是吪的或體。無吪（é俄），不想動嘴。此句意爲，希望睡去不再説話。方玉潤詩經原始：「無吪、無覺、無聰者，亦不過不欲言、不欲見、不欲聞已耳。」

韻讀：歌部——羅、爲（音訛）、罹（音羅）、吪。

有兔爰爰，雉離于罦。我生之初，尚無造。我生之後，逢此百憂，尚寐無覺！

罦（fú浮），又名覆車，是一種帶有機關的捕鳥獸網。爾雅釋器郭注：「罦，今之翻車也，有兩轅，中施罥以捕鳥。」

造，與上章「爲」字同義。爾雅釋言：「作、造，爲也。」

覺，清醒。朱熹詩集傳：「覺，寤也。」無覺即不想看見之意。

韻讀：幽部——罦、造（徂瘦反）、憂、覺（左瘦反）。

有兔爰爰，雉離于罿。我生之初，尚無庸。我生之後，逢此百凶，尚寐無聰！

罿（tóng 童），捕鳥獸網。韓詩以爲是張設在車上的網。說見釋文。

庸，用，指兵役。陳奐傳疏：「無用者，謂無用師之苦。」

聰，毛傳：「聰，聞也。」無聰，不想聽見。朱熹：「無所聞，則亦死耳。」

韻讀：東部——罿、庸、凶、聰。

葛藟

【題解】

這是流亡他鄉者求助不得的怨詩，同旄丘描寫的情況相似。朱熹詩集傳：「世衰民散，有去其鄉里家族而流離失所者，作此詩以自歎。」春秋時代，戰爭頻仍，民不聊生，紛紛逃亡。這首詩的作者可能是從洛陽附近的鄰國逃亡到王都的。他到處乞求，甚至稱別人爲父母兄弟，希望得到一點同情和救濟，但人們給他的却只有白眼。詩深刻地反映了當時炎涼無情的世態。

此詩首二句「緜緜葛藟，在河之滸」，毛傳曰：「興也。」但是左傳文公七年曰：「宋昭公將去群公子，樂豫曰：『公族，公室之枝葉也。』若去之，則本根無所庇蔭矣。葛藟猶能庇其本根，故君子以爲比，況國君乎？」對這種不同的解釋，陳奐傳疏分析說：「此詩因葛藟而興，又以葛藟爲比；故毛傳以爲興，左傳則以爲比。凡全詩通例，關雎若雎鳩之有別，旄丘如葛之曼延相連，葛生喻婦人外成于他家，卷阿猶飄風之入曲阿。曰若、曰如、曰喻、曰猶，皆比也，傳則皆曰興。比者，比方於物；興者，託事於物。作詩者之意，先以託事於物，繼乃比方於物，蓋言興而比已寓焉矣。」這種含有比義的興的藝術手法，在詩經中雖然常見，但並非唯一的形式。其他還有兼賦而不含比義的興，如「采采卷耳，不盈頃筐」；有的和下文只有音節上聯繫的興，如「揚之水」。但到後來，比興在文人詩歌中大大地發展了，不但含賦義的興不認其爲興，連以民間習語開個頭的興也不被採用；只有兼比義的興才被認爲比興，比興成爲一個詞了。

緜緜葛藟，在河之滸。終遠兄弟，謂他人父。謂他人父，亦莫我顧。

緜緜，連綿不斷貌。孔疏：「緜緜然枝葉長而不絕者。」　葛藟，野葡萄，蔓生植物，攀援於叢樹上。滸（hǔ虎），水邊。這兩句是興，詩人見葛藟尚能蔓生於河邊樹上，聯想自己附託於他人。終，既。陳奐傳疏：「傳云，『兄弟之道已相遠矣』者，以『已』釋『終』，爲全詩『終』字通訓。既醉傳又以『終』字釋『既』字，終、既、已三字同義。」　遠（yuàn怨），離棄。　兄弟，指家人。謂，稱呼。指行乞時喊別人做爸爸。

顧，理睬。有人解作「眷顧」或「照顧」，亦通。

韻讀：魚部——滸、父、父、顧。　脂部——藟、弟。

緜緜葛藟，在河之涘。終遠兄弟，謂他人母。謂他人母，亦莫我有。

涘（sì四），水邊。説文：「涘，水厓也。」按厓俗作涯。

有，同「友」，親近、親愛之意。左傳昭公二十年：「是不有寡君也。」杜注：「有，相親有也。」

韻讀：之部——涘、母、母、有。　脂部——藟、弟。

緜緜葛藟，在河之漘。終遠兄弟，謂他人昆。謂他人昆，亦莫我聞。

漘（chún唇），深水邊。爾雅釋丘：「夷上洒下不漘。」郭注：「厓上平坦而下水深者爲漘。不，發聲。」

昆，毛傳：「昆，兄也。」按昆爲罤之借字。説文作罤，本字；爾雅釋親作晜，爲譌字。

聞，同「問」，救助慰問之意。王引之經義述聞：「家大人（王念孫）曰：聞，猶問也，謂相恤問也。古字聞與問通。」

韻讀：文部——漘、昆、聞。　脂部——藟、弟。

采　葛

【題解】

這是一首思念情人的詩。這位情人可能是一位採集植物的姑娘，因爲採葛織夏布，採蒿供祭祀，採艾以療疾，這些在當時都是女子的工作。毛序：「采葛，懼讒也。」毛公搞錯了詩的主題，還錯標詩的第一句爲興句。朱熹糾正毛序的錯誤，認爲這是思念情人的詩，並將第一句改標爲賦。但是他却又將這位被思念的情人説成是「淫奔者」，姚際恒斥之爲「尤可恨」，實在有道理。

此詩首章言一日不見如三月，次章言如三秋，末章言如三歲，層層遞進，以見其思念之情，久而愈深。這裏可注意的是「三秋」二字。作者不用「三春」、「三夏」、「三冬」，而偏用「三秋」，并非偶然。秋日蕭瑟，草木摇落，登高望遠，臨流歎逝，易感别離之懷，最動故人之思。所以用「秋」字，較之「春」、「夏」、「冬」，更易引起讀者形象的想象，以及發自内心的共鳴。前人謂杜甫善於鍊字，往往用一字而神理俱出、景物逼肖。此詩用「秋」而不用他字，雖是出於作者直覺，妙手偶得，非刻意鍛鍊而成，但也有入神造微之妙。「一日不見，如隔三秋」一句，已成後世文人書信中常用的習語了。

彼采葛兮，一日不見，如三月兮。

葛，葛藤，其皮製成纖維可織夏布。見葛覃注。

韻讀：祭部——葛（音揭入聲）、月。

彼采蕭兮，一日不見，如三秋兮。

蕭，蒿類，有香氣，古人在祭祀時雜以油脂將它點燃，類似後世的香燭。周禮甸師：「祭祀共蕭茅。」杜子春注云：「蕭，香蒿也。」

三秋，三個秋季，共九個月。孔疏：「年月四時，時有三月。秋三，謂九月也。」和後代虞世南秋賦「對三秋之爽節」，專指秋季三個月的「三秋」；與王勃滕王閣序「時惟九月，序屬三秋」專指秋季九月者不同。

韻讀：幽部——蕭（音修）、秋。

彼采艾兮，一日不見，如三歲兮。

艾，亦蒿類，艾葉可供藥用和針灸用，名醫別録稱爲「醫草」。朱熹詩集傳：「艾，蒿屬，乾之可以灸，故采之。」按孟子離婁：「今之欲王者，猶七年之病，求三年之艾也。」趙注：「艾可以灸人病，乾久益善，故以爲喻。」毛傳：「艾所以療疾。」足見以艾葉針灸治病，其源甚早。

韻讀：祭部——艾（音孽）、歲。

大車

【題解】

這是一首女子熱戀情人的詩。她很想和情人同居，但不知對方心裏究竟如何，所以還有些畏懼而不敢找他私奔。最後，她對情人明誓，表白她矢志不渝的愛情。這首詩同國風中其他較爲含蓄委婉的戀歌相比，顯得很大膽熱烈，但又不失矜持。

劉向列女傳貞順篇説詩是息夫人所作。息國被楚所滅，息君和夫人都做了俘虜。楚王納息夫人爲妻，她見到息君，寫這首詩表明心蹟，二人同日自殺。但左傳記載與此不同。魯莊公十四年：「楚子……遂滅息。以息嬀歸，生堵敖及成王焉。未言。楚子問之，對曰：『以一婦人而事二夫，縱弗能死，其又奚言？』」左傳並不言及息嬀自殺事。後人對此聚訟紛紜，有疑左傳者，有駁列女傳者，有調和二傳，以息嬀與息夫人爲二人者，莫衷一是。我們認爲一定要坐實詩的本事，於這首詩的理解並無裨益。既然古説歧異，還是闕疑爲好。

此詩末章結以誓詞，別開生面。曹雪芹言歷來才子佳人之書，滿紙子建、文君，千部共出一套，虚張其詞，令人生厭。在這類作品中，又必然插入一段海誓山盟，幾乎成爲表白愛情的公式。此詩末章，可説是這類誓詞的濫觴，但它絶無後來作品中輕浮、夸誕之弊，而堅定、熾熱之情，盡在誓中，令人讀之不覺動容。漢樂府上邪和杜甫新婚别中自明心蹟之語，雖風格迥殊，但情深意長，則與大車同一境界。

大車檻檻，毳衣如菼。豈不爾思？畏子不敢。

大車，大夫坐的車子。毛傳：「大車，大夫之車。」檻檻（kǎn 坎），車行聲。毳（cuì 脆）衣，用獸毛織成，上面綉着五彩花紋的衣裳。説文：「毳，獸細毛也。」菼（tǎn

毯），初生的蘆荻，青白色。毛傳：「毳衣，大夫之服。」詩人用菼形容毳衣的嫩緑色。

爾，指坐在大車上身穿毳衣的男子，與下句的「子」是同一人，都指她所戀的男子。

不敢，朱熹詩集傳：「不敢，不敢奔也。」

韻讀：談部——檻、菼、敢。

大車啍啍，毳衣如璊。豈不爾思？畏子不奔。

啍啍（tūn吞），車行緩重貌。毛傳：「啍啍，重遲貌。」孔疏：「啍啍，行之貌，故爲重遲。上言行之聲，此言行之貌。」

璊（mén門），本義爲紅玉。魯、齊詩作𣯌。璊是𣯌的假借字。説文：「𣯌，以毳爲罽，色如虋，故謂之𣯌。虋，禾之赤苗也。詩曰：『毳衣如𣯌。』」陳奂傳疏：「玉色如虋曰璊。衣色如虋曰𣯌，猶上章之以菼色作喻也。毳爲獸，故𣯌字從毛會意。毳衣有赤色，故𣯌聲讀如赤苗之虋。」

奔，私奔。

韻讀：文、元部通韻——啍、璊、奔。

穀則異室，死則同穴。謂予不信，有如皦日。

穀，活着。毛傳：「穀，生也。」陳奂傳疏：「凡穀皆訓善，唯此穀字與下句死字作對文，故又訓生也。」

穴，墓穴，也叫壙。鄭箋：「穴，謂冢壙中也。」

如，此，這（從裴學海古書虛字集釋）。皦，同「皎」，釋文：「皦，本或作皎。」皦和皎皆「曉」字之同音假借。光明。按此章四句是作者對情人的誓言。聞一多說：「指日爲誓，言有此皎日以爲證也。」

韻讀：脂部——室、穴、日。

丘中有麻

【題解】這是一位女子叙述她和情人定情過程的詩。首先叙述他們二人的關係，是由請子嗟帮忙種麻認識的。後來又請他父親子國來喫飯。到明年夏天李子熟的時候，他們才定情。子嗟送她佩玉，作爲定情的禮物。

歷來學者對這首詩的解釋很不相同，約有三説：一、思賢之作。毛序：「思賢也。莊王不明，賢人放逐，國人思之而作是詩也。」王先謙説：「三家無異義。」二、私奔之詩。朱熹詩集傳：「婦人望其所與私者而不來，故疑丘中有麻之處，復有與之私而留之者，今安得其施施然而來乎？」三、招賢偕隱詩。方玉潤詩經原始：「丘中，招賢偕隱也。周衰，賢人放廢，或越在他邦，或尚留本國，故互相招集，退處丘園以自樂。」按詩的内容看不出有什麽思賢、招隱的痕蹟。也不像朱熹所説這位女子和子國、子嗟父子有私情，而這二人在丘中有麻處又爲新歡所留。朱、方二人都將留姓解作挽留的留，致有此誤。

此詩各章中間二句爲複疊句，均重複一個男子的名字，雖一字不易，其含意却大不相同。前一句説「彼留子嗟」，只是客觀地介紹一個在丘中的男子，但緊接着重複一句，便將這個男子和作者聯繫起來，成了作者的意中人，使這個普通的名字，添上濃厚的感情色彩。通過這句簡單的重複，不僅突出了那男子的地位，也表白了作者自身的感情。只有能够體味其間細微的區别，方能了解這種復疊的妙用。

復疊的修辭是詩經藝術手法最突出的一個特征，包括疊字、疊詞、疊句和疊章，它們除了將感情色彩烘托得更强烈之外，還有配合樂調的關係。天鷹古代歌謡的藝術特徵説：「章句的重疊往復這種表現手法和古代勞動歌曲有密切的關係，是旋律的作用更甚于語言的意義的。」類似丘中有麻「彼留子嗟」的疊句，王風中還有中谷有蓷的「嘅其歎矣」等三句，葛藟的「謂他人父」等三句。十五國風中，這類疊句在王風中出現最多，由此我們可以推測，當時王都的地方樂調恐怕很適宜於這類疊句的演唱。

丘中有麻，彼留子嗟。彼留子嗟，將其來施施。

留，古與「劉」通用。馬瑞辰通釋：「留、劉古通用，薛尚功鐘鼎款識有劉公簠，積古齋鐘鼎款識作留公簠。」陳奐傳疏：「隱十一年左傳：『王取鄔、劉、蔿、邘之田于鄭。』杜注云：『河南緱氏縣西北有劉亭。』劉與留通。王，桓王也。」按留是姓，子是當時男子的美稱，所以在「嗟」上加「子」字，作爲那位男子的名字。他可能是周桓王取鄭國劉姓田裏的一位農民。

將，請。見氓注。　施施，此句衍一「施」字，應作「將其來施」。顔之推家訓書證篇：「詩云：『將其來施施』……河北毛詩皆云『施施』，江南舊本悉單爲『施』。」據臧琳經義雜記考證，單爲「施」者是。施，幫助。馬瑞辰通釋：「施亦爲也、助也。」毛傳訓施爲「難進之貌」，按施的本義爲旗貌，引申爲設施。史記韓世家：「施三川而歸」，正義：「施，猶設也。」詩此句施字與下句食字對文，都是動詞。如果把施作副詞用，形容子嗟來時難進之貌與下句食字不類，恐非詩義。今從馬說。

韻讀：歌部——麻（音摩）、嗟（子何反）、嗟、施（音娑）。

丘中有麥，彼留子國。彼留子國，將其來食。

子國，毛傳：「子國，子嗟父。」

韻讀：之部——麥（明逼反，入聲）、國（古逼反，入聲）、國、食。

丘中有李，彼留之子。彼留之子，貽我佩玖。

之子，是子，指子嗟。

貽，贈送。陳奐傳疏：「貽，當依釋文作詒，詒，遺也。」玖，似玉的淺黑色石，可以製成佩帶的飾物。説文：「玖，石之次玉黑色者。」古代風俗，男女相悦，多以身上所佩的飾物相贈，或以瓜果花草表愛。

韻讀：之部——李、子、子、玖（音已）。

鄭風

周幽王的時候，鄭桓公作周司徒的官。犬戎殺幽王和桓公，桓公的兒子武公繼位，仍稱鄭。但是桓公的鄭在今陝西西安附近，和武公的新鄭不同地。

鄭風共二十一篇，其本事可考者僅清人一首。左傳閔公二年：「鄭人惡高克，使帥師次於河上，久而弗召，師潰而歸，高克奔陳。鄭人爲之賦清人。」此事約發生於公元前六六〇年左右。可見鄭風是東周至春秋之間的作品。

鄭國的都城在新鄭（今河南新鄭在開封西南），新鄭是一個大都會，民間一直流傳着男女在溱、洧等地遊春的習俗，故詩多言情之作。論語説「鄭聲淫」，不僅是指聲調而言，其内容大多也是戀愛詩歌，這就是鄭風的特點。

緇衣

【題解】這是一首贈衣的詩。古代製衣多爲婦女的工作，緇衣則是當時卿大夫私朝穿的衣服，詩中改衣、授粲又似較親密的家人口吻，所以我們揣測這位作者可能是一個貴族婦女，也可能就是這位穿緇衣者的妻妾。毛詩和三家詩都説這是贊美鄭武公的詩，因爲他父子都做過周卿士的官。但這種説法無非是根據左傳「鄭武公、莊公爲平王卿士」一語而附會其説，並不可信。朱熹、姚際恒、方玉潤雖對舊説有懷疑，但也跳不出武公的範圍。今細味詩意，參酌聞一多風詩類鈔説，定爲贈衣詩。詩經句式，基本上是四言的，但也有一言到八言的不等。此詩有「敝」、「還」的一言句，有「緇衣之宜兮」的五言句，有「予授子之粲兮」的六言句，是句式變化較多的一首。一章之中三易句式，恐怕是當時詩歌口語化的一種痕跡。其效果，將作者與「子」之間的密切關係和親密氣氛表達得很充分，使讀者感到明白如話、音節悠揚的美。

緇衣之宜兮，敝，予又改爲兮。適子之館兮，還，予授子之粲兮。

緇（zī 姿）衣，黑色的衣。古代卿大夫官吏到官署（古稱私朝，即第三句的「館」）所穿的衣服。

孔疏：「卿士旦朝於王，服皮弁，不服緇衣。退適治事之館，釋皮弁而服（緇衣），以聽其所朝之政也。」宜，合適，合身。

敝，俗作弊，破舊。說文：「敝，帗也。一曰敗衣。」段注：「帗者，一幅巾也。引申爲凡敗之稱。」

爲，製作。

適，往。毛傳：「適，之也。」爾雅釋詁：「之，往也。」館，官舍，相當於現代的辦公室。鄭箋：「卿士所之之館，在天子之宫。」孔疏：「謂天子宫内卿士，各立曹司，有廬舍以治事也。」

還，音義同「旋」，歸來。

授，給予。粲，本義爲潔白的精米，引申爲鮮明，指新衣。小雅大東：「粲粲衣服」，毛傳：「粲，鮮盛貌。」聞一多風詩類鈔：「粲，新也，謂新衣。」按毛傳訓粲爲「餐」，爲假借字，訓食。與上文意不相連貫。

韻讀：歌部——宜（音俄）、爲（音訛）。元部——館、粲。

緇衣之好兮，敝，予又改造兮。適子之館兮，還，予授子之粲兮。

好，美好。

造，與上章的「爲」、下章的「作」同義，因協韻而易字。

韻讀：幽部——好（呼叟反）、造（徂瘦反）。 元部——館、粲。

緇衣之蓆兮，敝，予又改作兮。適子之館兮，還，予授子之粲兮。

蓆，通席，寬大。毛傳：「蓆，大也。」陳奐傳疏：「蓆，大。與一章『宜』、二章『好』，不同義也。」

韻讀：魚部——蓆（音徐入聲）、作（音租入聲）。 元部——館、粲。

將仲子

【題解】 這是一首女子拒絕情人的詩。她拒絕情人的原因，是怕家庭反對、輿論批評。從她叮囑情人仲子的語句和仲子敢于踰牆攀樹來相會，可以看出她是極愛仲子的。他們之間的感情雖然真摯，但却達不到結婚的目的，這種愛情和禮教的矛盾使她痛苦不安，不得不向情人叮囑，請他不要再來。詩歌反映了當時婚姻不自由的社會現象。

毛序：「將仲子，刺莊公也。不勝其母以害其弟，弟叔失道而公弗制，祭仲諫而公弗聽，小不忍以致大亂焉。」三家詩無異義。這是根據左傳隱公元年的記載而附會出來的，穿鑿太甚，後人多不相信。朱熹引鄭樵說：「此淫奔者之辭。」他雖然以衛道者的口吻斥責詩人爲「淫奔者」，但畢竟明確指出這是男女情愛之詩，比毛序和三家詩前進了一大步。姚際恒說：「此雖屬淫，然女子爲此婉轉之辭以謝男子，而以父母、諸兄及人言爲可畏，大有廉耻，又豈得爲淫者哉！」姚氏是反對朱熹之説的，但他雖然爲詩中的姑娘脱去了「淫奔者」的帽子，却又給她戴上「大有廉耻」的枷鎖，這種説法與朱熹在思想上是伯仲之間，談不上什麽進步。這是我們在分析前人詩學時應加以注意的。

這首詩的特點是心理的描寫。詩歌囿於篇幅，無法對人物的心理作很細膩的描繪。但是在詩人簡煉的語句中，有時候也可以將自己心情表達得頗爲盡致。此詩三章全爲女子與情人講話口氣，首句「將仲子兮」，一聲呼告，十分親密，已透露那姑娘愛仲子的心情。後兩句「無踰我里，無折我樹杞」是要求仲子不要再來會面。然而這不是無情的拒絶，她心裏還是愛仲子的，雖然回絶了仲子，却又恐怕他誤解，所以急急乎解釋道：「豈敢愛之，畏我父母。」解釋了還嫌不足，她索性坦露了自己的心蹟：「仲可懷也。」然而她又攝於家庭、輿論的壓力，因爲「父母之言」、「人之多言」，「亦可畏也」。至此，整個心事和盤托出，希冀求得情人的諒解。短短八句，一波三折，曲盡女子愛和畏的矛盾心理。姚際恒在「豈敢愛之」和「仲可懷也」二句下分别評以一個「宕」字，點出了詩人婉委曲折心理的微妙。

將仲子兮！無踰我里，無折我樹杞。豈敢愛之？畏我父母。仲可懷也，父母之言，亦可畏也！

將（qiāng 槍），請求。仲子，男子的字。伯、仲、叔、季是兄弟、姊妹的排行，當時女子多以伯、仲、叔稱所愛的男子。子，是對男子的美稱。仲子猶言「老二」。

踰，越、翻越。　里，古代二十五家爲里。孔疏：「地官遂人云：『五家爲鄰，五鄰爲里。』是二十五家爲里也。」凡里皆有牆，這裏的「里」實指里牆。

折，傷害折斷。姚際恒詩經通論引季明德曰：「篇内言『折』，謂因踰牆而壓折，非采折之折。」

杞，杞柳。

懷，想念，惦記。

韻讀：之部——子、里、杞、之、母（滿以反）。脂部——懷（音回）、畏。

將仲子兮！無踰我牆，無折我樹桑。豈敢愛之？畏我諸兄。仲可懷也，諸兄之言，亦可畏也！

牆，院牆。這裏指作者所居的院牆。

桑，古代牆邊種桑。孟子盡心：「五畝之宅，樹牆下以桑。」

韻讀：陽部——牆、桑、兄（虛王反）。脂部——懷、畏。

將仲子兮！無踰我園，無折我樹檀。豈敢愛之？畏人之多言。仲可懷也，人之多言，亦可畏也！

園，古代種樹木和果樹的場所。毛傳：「園，所以樹木也。」説文：「園，所以樹果也。」徐常吉說：「由踰里而牆而園，仲之來也以漸而迫也。由父母而諸兄而衆人，女之畏也以漸而遠也。」（傳說彙纂）徐氏指出了此詩層遞的修辭。

韻讀：元部——園、檀、言。　脂部——懷、畏。

叔于田

【題解】

這是一首贊美獵人的詩。毛序：「刺莊公也。叔處于京，繕甲治兵，以出于田，國人說而歸之。」將此詩具體指爲描寫鄭莊公的弟弟太叔段，這是附會左傳史事。從詩中的贊美甚至溢美之辭來看，毫無刺意。崔述讀風偶識曰：「大抵毛詩專事附會。仲與叔皆男子之字。鄭國之人不啻數萬，其字仲與叔者不知幾何也。乃稱叔即以爲共叔，稱仲即以爲祭仲，情勢之合與否皆不復問。然則鄭有共叔，他人即不得復字叔；鄭有祭仲，他人即不得復字仲乎？」這段話駁斥得很痛快。詩經中常用伯、仲、叔、季的表字；特别是女子，多半用它稱其情人或丈夫，這是當時的習俗。這首詩的作者，就可能是和叔住在同里的女子。朱熹說：「或疑此亦民間男女相悅之辭也。」他看出了詩中有愛悅之意，比毛序客觀得多。

這首詩的特點是修辭的誇張。「巷無居人」、「巷無飲酒」、「巷無服馬」三句，在詩人看來，整個巷子裏，除了叔，別人都是不足道的。王充論衡藝增説：「故譽人不增其美，則聞者不快其意。」詩人爲了痛快地表達她對叔愛慕至深的感情，不自覺地用了「增其美」的修辭，留給讀者强烈的印象。而且這種誇張樸實自然，並無刻意雕琢的痕跡。我們只要看接下去的幾句詩：「豈無居人？不如叔也，洵美且仁。」便更覺得天籟流露，純真無邪了。

叔于田，巷無居人。豈無居人？不如叔也，洵美且仁。

于，往。田，打獵。春秋公羊傳桓公四年何休注曰：「田者，蒐狩之總名也。古者肉食，衣皮服。捕禽者故謂之田。」

巷，古代聚居區中的道路。説文：「䢽，里中道。」篆文作巷，即今之巷字。按王充論衡藝增：「易曰：『豐其屋，蔀其家，窺其户，闃其無人也。』非其無人也，無賢人也。」這句「巷無居人」也是這個意思。胡承珙毛詩後箋：「猶云傾城出觀，里巷爲空耳。」他這樣理解是錯的。

洵，確實。仁，厚道謙讓。王先謙集疏引黄山云：「論語『里仁爲美』，仁只是敦讓意。」

韻讀：真部——田（徒人反）、人、人、仁。

叔于狩，巷無飲酒。豈無飲酒？不如叔也，洵美且好。

狩，打獵。毛傳：「冬獵曰狩。」馬瑞辰通釋：「狩又爲田獵之通稱，于狩猶于田也。」

巷無飲酒，意爲巷里没有人稱得上是能喝酒的了。論語鄉黨：「唯酒無量，不及亂。」可見古代對能够飲酒還是很看重的。

韻讀：幽部——狩、酒、酒、好（呼叟反）。

叔適野，巷無服馬。豈無服馬？不如叔也，洵美且武。

適，往。　野，郊外。

服馬，駕馬。馬瑞辰通釋：「服者，犕之假借。易繫辭『服牛乘馬』，説文引作『犕牛乘馬』。玉篇：『犕猶服也。以鞍裝馬也。』」

武，勇敢英武。王先謙集疏：「武者，謂有武容。」

韻讀：魚部——野（音宇）、馬（音姥 mǔ）、馬、武。

大叔于田

【題解】

這是贊美一位青年獵手的詩。毛序：「大叔于田，刺莊公也。叔多才而好勇，不義而得衆也。」其誤與上篇叔于田同。這位獵手有高車四馬，有弓箭，有燒火的隨從人員，打來老虎又獻于公所，都説明他的身份是貴族。

篇名原作叔于田，釋文：「叔于田，本或作大叔于田者，誤。」後人因此篇詩文較上篇長，故加上大小的大。嚴粲詩緝：「短篇者止曰叔于田，長篇者加大爲別。」陳子展先生認爲此詩「似是改寫之叔于田，或是二者同出于一母題之歌謡」，頗有理。所謂改寫的區別，看來就在于方玉潤所説的「前篇虛寫，此篇實賦」。這位詩人可能是狩獵的參加者，否則不會描寫得如此逼真具體，有聲有色。詩對於駕車、射箭、打虎、燒火等都作了細節的形容，通過這些動作的描寫，把青年獵人勇武好勝的性格襯托得很鮮明。這種鋪叙的手法，對後世辭賦的影響很大，所以此詩被評爲「描摹工豔，鋪張亦復淋漓盡致。便爲長楊、羽獵之祖」。

叔于田，乘乘馬。執轡如組，兩驂如舞。叔在藪，火烈具舉。襢裼暴虎，獻于公所。將叔無狃，戒其傷女。

叔于田，本篇的詩題，據詩經命題的慣例，應作叔于田，後人加一「大」字，是「長」的意思，以區別于前面短篇的叔于田。

乘（chéng 成），駕車，作動詞。　乘（shèng 盛）馬，古時一車四馬叫做一乘。

執轡如組，手執六條馬繮，整齊如帶。見簡兮注。

兩驂，駕車的四匹馬中在兩旁的兩匹。　如舞，像跳舞行列一樣動作整齊。毛傳：「驂之與服和諧中節。」服，指中間的兩匹服馬。

藪，低濕而多草木之處，爲禽獸聚散地。韓説曰：「禽獸居之曰藪。」孔疏：「鄭有圃田，此言在藪，蓋圃田也。」

烈，魯詩作列，烈是列的假借字，列是迾的古字。説文：「迾，遮也。」打獵時放火燒草，遮斷群獸逃走的路，叫「火迾」。　具，通「俱」。具舉，齊起，指火光四面昇起。

襢裼（tǎn xī 毯錫），脱衣露體，赤膊。齊、韓詩襢作膻，襢是膻的假借字。説文：「膻，肉膻也。詩曰：膻裼暴虎。」　暴，通搏。暴虎，不持兵器，空手打虎。毛傳：「暴虎，徒搏也。」

將（qiāng 槍），請。　狃（niǔ 紐），熟練。毛傳：「狃，習也。」無狃，不要因熟練而麻痺大意。

戒，警惕。　女，通「汝」，指叔。

韻讀：魚部——馬（音姥 mǔ）、組、舞、舉、虎、所、女。

叔于田，乘乘黄。兩服上襄，兩驂雁行。叔在藪，火烈具揚。叔善射忌，又良御忌。抑磬控忌，抑縱送忌。

乘黄，四匹黄馬。

兩服，駕車的四匹馬中，居中駕轅的兩匹。孔疏：「中央夾轅者名服馬。」　襄，同「驤」，説文：「驤，馬之低仰也。」上襄，指馬頭昂起。

雁行，驂馬比服馬稍後，其排列像飛雁行列一樣。

揚，孔疏：「言舉火而揚其光耳。」

忌，語尾助詞。鄭箋：「忌，讀如『彼己之子』之己。」

良御，善於駕車。

抑，發語詞，含有「忽而」的意思。禮記中庸鄭注：「抑，辭也。」磬，原爲樂器名，後以其形狀形容人彎腰前曲貌。控，控制馬不使前進。磬控，形容御者止馬的姿態。

縱送，縱馬快跑。馬瑞辰通釋：「磬控雙聲字，縱送疊韻字，皆言御者馳逐之貌。」

韻讀：陽部——黄、襄、行（音杭）、揚。魚部——射（音豫）、御。東部——控、送。

叔于田，乘乘鴇。兩服齊首，兩驂如手。叔在藪，火烈具阜。叔馬慢忌，叔發罕忌。抑釋掤忌，抑鬯弓忌。

鴇（bǎo 保），黑白雜色的馬。爾雅釋畜郭注：「鴇，今之烏驄也。」

齊首，兩匹服馬並頭齊驅。即上章的「兩服上襄」。

如手，兩匹驂馬在旁而稍後，像人的雙手那樣整齊。與上章「兩驂雁行」亦同意。

阜，旺盛。

發，發箭。罕，少。這兩句意爲，打獵近尾聲，叔的馬走得慢下來，他射出的箭也少了。

釋，打開。楚辭王注：「釋，解也。」掤（bīng 冰），箭筩蓋。釋掤，打開箭筩的蓋，準備將箭收起。

鬯（chàng暢），通「韔」，弓袋。這裏用作動詞，「鬯弓」指將弓放進弓袋裏。

韻讀：幽部——鴇（博叟反）、首、手、阜。元部——慢、罕。蒸部——掤、弓。

清人

【題解】

這是一首諷刺鄭國將軍高克的詩。春秋閔公二年：「冬，十有二月，狄入衛，鄭棄其師。」左傳：「鄭人惡高克，使帥師次于河上，久而弗召，師潰而歸，高克奔陳。鄭人爲之賦清人。」這便是詩的背景。左傳所説賦清人的鄭人，據毛序説是公子素。經後人考證，漢書古今人表有公孫素，和鄭文公、高克列在上下的位置，當即是公子素。

詩三章，每章都先極力渲染戰馬的强壯和武器的精良，末句則點出軍中恬然嬉戲、閒散無備的狀態。這是一種反襯的寫法，形成明顯的對比，那麽末句不言刺而諷刺之意自見。姚際恒説：「詩人之意微婉如此。」其實這只是詩人的一種表現手法，諷刺的意味還是非常辛辣的。

清人在彭，駟介旁旁。二矛重英，河上乎翱翔！

清人，清邑的人，指高克及其軍隊。清在今河南中牟縣西。酈道元水經注：「清池水出清陽亭西南平地，東北流經清陽亭，東南流即清人城也。詩所謂『清人在彭』。」王先謙集疏：「據易林『清人高子』，知克亦清邑之人，故率其同邑之衆，屯於衛邑彭地。」彭，黄河邊衛國地名。毛傳：「彭，衛之河上，鄭之郊也。」孔疏：「衛在河北，鄭在河南，恐狄渡河侵鄭，故使高克將兵于河上禦之。」

駟介，披着鐵甲的四匹馬。鄭箋：「駟，四馬也。」介是甲的假借字。古代戰争人與馬都披鐵甲，以防箭、矛等兵器的擊刺。左傳僖二十八年杜注：「駟介，四馬被甲也。」旁旁，馬强壯貌。三家詩作騯騯，説文：「騯騯，馬盛也。」段玉裁注謂「盛也」當作「盛貌」。三家詩異文與毛詩義同。

二矛，矛是古兵器，長二丈，末端有尖刃用以擊刺。古代每輛戰車上都樹兩支矛，一支用以攻敵，一支備用，故稱「二矛」。英，飾，指矛柄上刻紅色的花紋及染紅的羽毛所作的裝飾。重英，每支矛都加上兩重英飾。

翺翔，廣雅：「翺翔，浮游也。」王念孫疏證：「翔，古讀若羊，翺翔，雙聲字也。」這裏形容兵士們駕着戰車遊逛。

韻讀：陽部——彭（音旁）、旁、英（音央）、翔。

清人在消，駟介麃麃。二矛重喬，河上乎逍遥。

消，黄河邊鄭國地名。

麃麃（biāo 標），威武貌。陳奐傳疏：「酌傳：『蹻蹻，武貌。』麃、蹻聲轉義通。」

喬，韓詩作鷮，喬是鷮的假借字，鷮是長尾野雞。此處指將鷮羽掛在矛柄及矛頭有刃處作爲裝飾（從范家相詩瀋説）。

逍遥，遊玩。文選南都賦注引韓詩：「逍遥，遊也。」

韻讀：宵部——消、麃、喬、遥。

清人在軸，駟介陶陶。左旋右抽，中軍作好。

軸，黄河邊鄭國地名。按上章的消與這章的軸究在何處，已不可考。

陶陶，是駋駋的假借字。説文：「駋，馬行貌。」

左旋右抽，練習擊刺貌，指身體向左邊旋轉，用右手抽出刀劍。三家詩抽作搯。説文：「搯者，拔兵刃以習擊刺。詩曰：左旋右搯。」

中軍，古代軍隊分上、中、下三軍，中軍的將官爲主帥，這裏指高克（從聞一多説）。毛傳釋中軍爲軍中，亦通。

作好，毛傳：「居軍中爲容好。」陳奐傳疏：「容，儀容也。傳釋經『作好』爲『爲容好』，唯是講習兵事而已，與上兩章翱翔、逍遥同意。」這兩句意爲，高克轉身抽刀，只是做做練武的姿態，並非真正抵禦敵人。

韻讀：幽部——軸、陶（徒愁反）、抽、好（呼叟反）。

羔裘

【題解】這是贊美鄭國一位官吏的詩。毛序：「刺朝也。言古之君子，以風其朝焉。」但是我們分析詩意，並没有諷刺的味道。如果一定要以「陳古刺今」爲理由將其納入刺詩，那麼任何贊頌詩都可以算是「刺詩」了，這顯然是站不住脚的。朱熹詩集傳説：「蓋美其大夫之詞，然不知其所指矣。」是很客觀的。鄭國較小，處於晉楚兩個大國之間。子皮、子産相繼執政，使鄭國數十年對外免除了戰争之患；對内由于實行「丘賦」，國家也漸趨富强，所以人民對執政的官員比較滿意。左傳昭公十六年：「鄭六卿餞韓宣子於郊，子産賦鄭之羔裘。宣子曰：『起不堪也。』」可見這首詩在當時已廣泛地流行於鄭國的朝野。

這首詩在藝術上没有什麽突出的地方，不過詩中「舍命不渝」和「孔武有力」兩句一直被人引用，已經成爲漢語中的兩個成語。可見詩經語言的表達力，無論是捕捉形象的概括集中，還是描繪人物的生動準確，都已經達到相當高的程度。所以幾千年之下，它仍然具有生命力。

羔裘如濡，洵直且侯。彼其之子，舍命不渝。

羔裘，當時大夫等級官員穿的衣服。　如，同「而」。　濡（rú 如），滋潤而有光輝。

洵，確實。　韓詩作恂，是正字。　直，順直。　侯，美。　毛傳訓侯爲「君」，左傳昭公元年：「楚公子美矣君哉。」古字訓「君」者多有美義。　按詩人贊美羔裘光潤順直的美麗，實際上是贊美穿它的人正直德美。

舍，捨棄。　渝，變。　韓詩渝作偷，渝古音如偷，偷即渝的假借字。　此句意爲，當國家有危難時，能捨棄生命而不變節。

韻讀：侯部——濡（汝蓲反）、侯、渝（喻蓲反）。

羔裘豹飾，孔武有力。　彼其之子，邦之司直。

豹飾，用豹皮作羔裘袖子邊緣的裝飾。　管子揆度：「卿大夫豹飾。」

孔，甚、很。　孔武有力，詩人借贊美豹子來贊美大夫的威武而有力量。

司直，官名。　掌管勸諫君主過失。　馬瑞辰通釋：「司，主也。　直，正也。　正其過闕也。……上章云『洵直且侯』，是君子之處己以直。　此章『邦之司直』，是言君子之能直人也。」

韻讀：之部——飾、力、子、直。

羔裘晏兮，三英粲兮。　彼其之子，邦之彥兮。

晏，本義爲天清，引申爲柔暖貌。　爾雅：「晏晏、温温，柔也。」

三英，即上章的豹飾。豹皮鑲在袖口上，有三排裝飾。粲，鮮明貌。彥，俊傑。毛傳：「彥，士之美稱。」據聞一多說，彥、憲古通。邦之彥，猶云邦之法則、邦之儀表，即今「模範」的意思。亦通。

韻讀：元部——晏、粲、彥。

遵大路

【題解】這是一首棄婦的詩。文選宋玉登徒子好色賦：「遵大路兮攬子祛。」朱熹據此說：「亦男女相悅之辭。」這比毛序的「思君子」之說要實在得多。這一對男女可能不是正式的夫妻，但同居的時間比較長，所以詩中說「不寁故也（不要離開故人）」。他們平日可能爭吵過，所以又說「無我惡兮」、「無我䰢兮」。從這些詩句看來，詩確實反映了男子喜新厭舊、女子終被遺棄的悲劇。

國風中寫棄婦的詩甚多，而風格各不相同。如邶風柏舟的卑順柔弱而憂思深結，邶風谷風的怨思雖深而猶存希冀，衛風氓的追悔不及而毅然決絕，塑造了幾個同一遭遇而身份、性格不同的女性。這首詩與上述三詩又有區別，詩很簡短，沒有那些追憶往事、譴責負心的鋪敘，只有可憐的求告，「執袪」、「執手」二句刻畫一個哀告情急的女子，形象極爲生動，章末二句祈求語更能引起讀者的同情。因爲詩短，倒留給我們不少想象的餘地。讀者不妨將此詩與野有蔓草對看，野有蔓草反映了「邂逅相遇」式的愛情的甜蜜，而此詩的作者似可説嘗够了這種「寁故」的苦澀。

遵大路兮，摻執子之袪兮。無我惡兮，不寁故也。

遵，循、沿着。

摻，疑爲「操」字之譌。説文：「操，把持也。」袪（qū驅），袖口。

惡，厭惡。無我惡，即「無惡我」的倒文。

寁（zǎn攢），很快地離去。馬瑞辰通釋：「寁字訓速，速當讀同孟子『可以速則速』之速。趙注孟子：『速，速去也。』速對久言，久爲遲留，故知速爲速去。」故，故人、老伴。

韻讀：魚部——路、袪、惡、故。

遵大路兮，摻執子之手兮。無我魗兮，不寁好也。

魗，今作醜。孔疏：「魗與醜，古今字。」説文：「醜，可惡也。」

好，相好。

韻讀：幽部——手、魗、好（呼叟反）。

女曰雞鳴

【題解】　這是一首新婚夫婦之間的聯句詩。夫婦倆用對話的形式聯句，叙述早起、射禽、燒菜、對飲、相期偕老、雜佩表愛的歡樂和睦的新婚家庭生活。聞一多風詩類鈔：「女曰雞鳴，樂新婚也。」確能體會詩的意境。毛序：「刺不説德也。陳古義以刺今，不説德而好色也。」「不説德」的説法使人感到莫名其妙。方玉潤詩經原始云：「序以爲陳古以刺今，不知何所見而云然。彼其意蓋謂鄭風無美詞耳。夫使美者皆述古而惡者皆刺今，則變風中無一可取之詩，而何以知政治得失耶？」他對毛序無端牽合美刺的批評是很中肯的。

張爾岐蒿菴閒話曰：「琴瑟在御，莫不静好。此詩人凝想點綴之詞，若作女子口中語，似覺少味，蓋詩人一面叙述，一面點綴，大類後世絃索曲子。三百篇中述語叙景，錯雜成文，如此類者甚多。」這首詩中有男詞，有女詞，還有詩人的旁白，參差錯落，很有情趣。實開漢武帝「柏粱體」，爲後人聯句之祖。

女曰：「雞鳴。」士曰：「昧旦。」「子興視夜，明星有爛。」「將翱將翔，弋鳧與雁。」

昧，説文：「昧，昧爽，且明也。」段玉裁注：「且明者，將明未全明也。」昧旦即天快亮未亮的時候。

興，起，這裏指睡着起來。　視夜，看看夜色。

明星，指啟明星。天快亮時，只有啟明星發亮。所以毛傳説：「言小星已不見也。」　有爛，即爛爛，明亮。説文：「爛，火孰（熟）也。」本義爲爛熟，燦爛明亮是引申義。按以上二句是女詞。

翱翔，本爲形容鳥飛貌，這裏借指人出外遊逛。

弋（yì亦），射。古時以生絲作繩，繫在箭上來射鳥，稱爲「弋」。　鳧（fú符），野鴨。按以上二句是男詞，意爲將出門去射野鴨與雁。

韻讀：元部——旦、爛、雁。

「弋言加之，與子宜之。宜言飲酒，與子偕老。」琴瑟在御，莫不静好。

言，助詞，下同。　加，射中。朱熹詩集傳：「加，中也。史記所謂『以弱弓微繳加諸鳧雁之上』是也。」

宜，烹調菜肴。毛傳：「宜，肴也。」此處作動詞用。按此章前四句是女詞。

御，用，彈奏的意思。古代常用琴瑟合奏來象征夫婦的和好，如關雎「窈窕淑女，琴瑟友之」，小雅常棣「妻子好合，如鼓瑟琴」。這句詩也是用琴瑟象徵夫婦的同心和好。

静，靖的假借字。爾雅釋詁：「靖，善也。」静好，指和睦友好。

韻讀：歌部——加（音歌）、宜（音俄）。　幽部——酒、老（音柳）、好（呼叟反）。

「知子之來之，雜佩以贈之。知子之順之，雜佩以問之。知子之好之，雜佩以報之。」

子，這章的「子」都是指妻子。　來，殷勤。王引之經義述聞：「來，讀爲勞來之來。爾雅云：『勞來，勤也。』」聞一多風詩類鈔：「來之、順之、好之，三『之』字語助。」

雜佩，古人身上佩帶的飾物。陳奐傳疏：「集諸玉石以爲佩，謂之雜佩。」

贈，江永詩韻舉例認爲當作「貽」字，以同「來」字押韻。

順，柔順。

問，贈送。毛傳：「問，遺也。」

好，愛戀。按這章是男詞。

韻讀：之、蒸部通韻——來（音釐）、贈。　文部——順、問。　幽部——好（呼叟反）、報（布瘦反）。

有女同車

【題解】這是一首貴族男女的戀歌。詩人看中的那位姑娘不但容貌美麗，更難得的是品德好，內心美。這和關雎的君子追求窈窕淑女一樣，兼取女子的品行和容貌兩方面。與氓、谷風中的男子重色不重德、色衰則愛弛的壞作風不可同日而語。毛序：「刺忽也。鄭人刺忽之不昏于齊。」認爲是諷刺鄭昭公忽拒絕齊侯想把女兒文姜嫁給他的要求，失去與大國聯姻的機會，卒致孤立無援，被强臣所逐。此事雖見左傳，但從詩中看不出同忽有什麽聯繫。前人謂「孟姜」即齊文姜，齊侯的長女，但鄘風桑中有「美孟姜矣」之句，顯然不是指文姜，其實「孟姜」只不過是一種泛稱，猶今人稱美人爲西子。又有人覺得文姜是個淫蕩的女子，與詩中「德音不忘」的贊揚不符，於是解釋道：「齊女未必實賢實長，假言其賢長以美之。」（孔穎達毛詩正義）種種曲説，總爲囿於毛序的附會。

孫鑛批評詩經云：「狀婦女總不外容飾二字，此詩豔麗則以同車翺翔等字點注得妙。」容飾是描寫静態的美，而「同車翺翔」則是描寫動態。把人的活動和人的形態作有機的結合，刻畫一個朱顔嫺雅、德音不忘的完整形象。其中尤以「翺翔」二字下得妙。姚際恒云：「以其下車而行，始聞其佩玉之聲，故以『將翺將翔』先之，善於摹神者。『翺翔』字從羽……此則借以言美人，亦如羽族之翺翔也。」神女賦『婉若游龍乘雲翔』，洛神賦『若將飛而未翔』，又『翩若驚鴻』，又『體迅飛鳧』，又『或翔神渚』，皆從此脱出。」他道出了這句詩的藝術效果及後人對這種手法的繼承。

有女同車，顔如舜華。將翺將翔，佩玉瓊琚。彼美孟姜，洵美且都。

舜，魯詩作蕣，是正字。木槿，落葉灌木，開淡紫或紅色花。今名牽牛花（見王夫之詩經稗疏）。

華，同「花」。聞一多風詩類鈔：「蕣華赤色，『顔如蕣華』，謂朱顔也。」

將翺將翔，此處指兩人下車出遊。翺翔形容女子步履輕盈貌。都，嫺雅大方。都是䵹（duǒ朵）的假借字。説文：「䵹，富䵹䵹貌。从奓單。」陳奐傳疏：「䵹合二字會意。奓，張也。單，大也。富䵹䵹，言容貌之美大也。」

韻讀：魚部——車、華（音呼）、琚、都。　陽部——翔、姜。

有女同行，顏如舜英。將翺將翔，佩玉將將。彼美孟姜，德音不忘。

行（háng杭），道路。

英，毛傳：「英猶花也。」

將將，瑲瑲的假借字，魯詩作鏘鏘，是俗字。走路時佩玉相擊的聲音，摹聲詞，説文：「瑲，玉聲也。」

德音，好聲譽。　不忘，王引之經義述聞：「不忘，猶言德音不已。」朱熹詩集傳：「德音不忘，言其賢也。」

韻讀：陽部——行（音杭）、英（音央）、翔、將、姜、忘。

山有扶蘇

【題解】

這是寫一位女子找不到如意郎君而發牢騷的詩，也有人説是女子對情人的俏罵。毛序：「刺忽也。所美非美然。」其附會與上篇同，所以姚際恒批評它「皆影響之辭」。但姚氏又説：「集傳以序之不足服人也，於是起而全叛之，以爲淫詩，則更妄矣。」朱熹認爲這是「淫女戲其所私者」的詩，本是頗通達的見解，而姚氏堅決反對説是「淫詩」，則反映了相當大一部分清代學者的治學偏見。對這種偏見，崔述讀風偶識分析道：「至於同車、扶蘇、狡童、褰裳、蔓草、溱洧之屬，明明男女媟洽之詞，豈得復別爲説以曲解之！若不問其詞，不問其意，而但横一必無淫詩之念於胸中，其於説詩豈有當哉！」崔氏的批評是非常中肯的。

詩中的子都、子充都並非實有其人，而只是美男子、好人兒的代詞。這種以特稱代總名的借代修辭，比只用抽象詞匯的表達法生動多了。

山有扶蘇，隰有荷華。不見子都，乃見狂且。

扶蘇，亦作扶疏，大樹枝葉茂盛分披貌。段玉裁説文解字注：「扶疏謂大木枝柯四布，疏通作胥，亦作蘇。」

隰，低窪的濕地。荷華，即荷花。按這兩句是興，詩人以山上大樹、隰地荷花各得其所，反比自己得不到如意的對象。毛傳：「言高下大小各得其宜也。」下章同。

子都，古代著名的美男子。孟子告子：「至於子都，天下莫不知其姣也。」這裏以子都代表標準的美男子。

狂且（jū居），瘋狂愚蠢（的人）。馬瑞辰通釋：「且當爲伹字之省借……狂且，謂狂行拙鈍之人。」毛傳：「狂，狂人也。且，辭也。」釋「且」爲語助詞。聞一多風詩類鈔釋「且」爲「者」，狂且即狂者。按以上三說均可通。

韻讀：魚部——蘇、華（音乎）、都、且。

山有橋松，隰有游龍。不見子充，乃見狡童。

橋，喬的假借字。陸德明經典釋文：「本亦作喬。王（肅）云：高也。」游，本義爲旌旗之流，説文段注：「旗之游如水之流，故得稱流也。」引申爲放縱。這裏形容蘢草枝葉舒展貌。龍，蘢的假借字。又名紅草、水紅，今名狗尾巴花。生水傍，葉長大。子充，人名。毛傳：「子充，良人也。」這裏用子充代表好人。狡童，狡猾的青年。方玉潤詩經原始：「狡童，狡獪小兒也。」

韻讀：東部——松、龍、充、童。

蘀　兮

【題解】

這首詩可能是當仲春「會男女」的集體歌舞曲。稱叔稱伯，顯然是女子帶頭唱起來，男子跟着應和的。而且不止兩個人，而是一群男女的合唱。周禮媒氏：「仲春之月，令會男女。於是時也，奔者不禁。若無故而不用令者，罰之。司男女之無夫家者而會之。」説明了詩的社會背景。左傳昭十六年記載鄭六卿餞宣子，子柳賦蘀兮，宣子認爲是「昵燕好」之詞，可見蘀兮的詩旨，在春秋時早認爲是女子希望得到親熱的閨房之樂。毛序認爲是「刺忽」，此附會之説。宋、清學者對詩旨衆説紛紜，不外乎憂國刺時之類，與毛序也大同小異。惟朱熹詩集傳説：「此淫女之詞。」雖指爲「淫女」是他的局限，但看出其中男女情愛的意味則是他的卓見。

詩人以風比男，以蘀比女，姑娘們希望男子能像風一樣吹到她們身上，互相應和，互相期會。這種心情除了以風吹蘀來起興之外，還使用了呼告的形式來表達。「叔兮伯兮」一句熱情而又親切的呼唤，使人想見一群男女歡樂倡和、清歌曼舞的場面，表現了民歌善於渲染氣氛的特色。

蘀兮蘀兮，風其吹女。叔兮伯兮，倡予和女。

蘀（tuò拓），枯葉。説文：「草木凡皮葉落陊地爲蘀。」

女，汝，指蘀。

倡，即唱字。説文：「倡，樂也。」段玉裁注：「經傳皆用爲唱字。」按這裏指女子帶頭唱。和，讀去聲，以歌聲相應和。女，汝，這裏指男子。按這句是倒文，即「予倡汝和」。

韻讀：魚部——蘀（音兔入聲）、蘀、伯（音補入聲）。歌部——吹（音磋）、和。

蘀兮蘀兮，風其漂女。叔兮伯兮，倡予要女。

漂，通「飄」，釋文：「漂，本亦作飄。」

要（yāo 腰），通「邀」，莊子寓言：「老聃西遊於秦，邀於郊。」釋文：「邀，要也。」按這句是女子希望男子邀請她相會。

韻讀：魚部——蘀、蘀、伯。　宵部——漂、要。

狡　童

【題解】

這是一首女子失戀的詩歌。毛序：「狡童，刺忽也。不能與賢人圖事，權臣擅命也。」朱子語類駁曰：「經書都被人説壞了，前後相仍不覺。且如狡童詩，是序之妄。安得當時人民敢指其君爲狡童？況忽之所爲，可謂之愚，何狡之有？當是男女相怨之詩。」朱熹的批評是很得當的。宋、清學者反對狡童及其他情歌爲「淫詩」者，總因爲有「思無邪」三字梗在胸中，認定聖潔的經典中決不可能有淫佚之詞。存此成見，便再不可能客觀地就詩論詩了。聞一多風詩類鈔將狡童歸入「女詞」，解曰：「恨不見答也。」對詩旨的分析比朱熹更爲完善。

此詩纏綿悱惻，依依之情，溢於言表；而失戀之意，見於言外。錢鍾書管錐編曰：「若夫始不與語，繼不與食，則衾餘枕剩、冰牀雪被之況，雖言詮未涉，亦如匣劍帷燈。……習處而生嫌，跡密轉使心疏，常近則漸欲遠，故同牢而有異志，如此詩是。其意初未明言，而寓於字裏行間，即含蓄也。」

這一段很透徹的剖析，可爲讀者欣賞此詩指迷。

彼狡童兮，不與我言兮。維子之故，使我不能餐兮。

狡童，見山有扶蘇注。孔穎達疏釋狡童爲「狡好之幼童」，即以狡爲姣之假借字，亦通。

維，與惟通，與「以」字用同。介詞。王引之釋詞：「惟，猶以也。詩狡童曰：『維子之故。』」

韻讀：元部——言、餐。

彼狡童兮，不與我食兮。維子之故，使我不能息兮。

息，氣息通暢。馬瑞辰通釋：「息對餐言，謂喘息也。人之氣息曰喘，舒曰息。渾言之，則喘亦爲息。……不能息，即言氣息不利耳。」按此句意爲因狡童的變心而難過得氣都透不過來。

韻讀：之部——食、息。

褰裳

【題解】

這是一位女子責備情人變心的詩。這位女子的性格爽朗而乾脆，富於鬭争性，與上篇狡童中那位軟弱纏綿的女子絶然不同。有人説她「用情不專，可説是『人盡夫也』一個實例」。這是不正確的，似乎還存着「男子可以三妻四妾，女子必須從一而終」的老眼光。

毛序：「褰裳，思見正也。狂童恣行，國人思大國之正己也。」朱熹詩序辨説批評道：「此序之失，蓋本於子太叔、韓宣子之言，而不察其斷章取義之意耳。」左傳昭公十六年：「子大叔賦褰裳。宣子曰：『起在此，敢勤子至于他人乎？』」子大叔賦褰裳，借以試探晉國的態度。韓宣子回答道晉國不會拋棄鄭國，所以杜預注曰：「言己今崇好在此，不復令子適他人。」這些問答都是借詩發揮，以寄託自己的心意，即所謂「斷章取義」。毛序往往將寄託之意當作詩的本旨，以致謬誤百出。

詩共兩章。每章前四句乾凈利落，毫不拖泥帶水，活脱一個潑辣女子的聲口，讀來如見其人。末句突然放慢聲調，以戲謔的口吻作結。寓反抗於嘲諷之中，完全是一種優勝者的姿態，所以孫鑛批評詩經云：「『狂童之狂也且』，語勢拖靡，風度絶勝。」

子惠思我，褰裳涉溱。子不我思，豈無他人？狂童之狂也且！

惠，愛。鄭箋：「愛，相親愛也。」

褰（qiān 牽），提起。按褰是攐的假借字，説文：「攐，摳衣也。」裳，裙。當時的人男女都穿裳。溱（zhēn 真），鄭國河名，在今河南省密縣。毛奇齡毛詩寫官記：「女子曰：子思我，子當褰裳來。嗜山不顧高，嗜桃不顧毛也。」

不我思，是「不思我」的倒文。

童，癡呆愚蠢。國語晉語韋昭注：「童，無智。」陳奐傳疏：「童即狂也，童昏即狂行之狀。……單言狂，累言狂童，無二義也。……以童爲幼童解之者，皆沿其誤。」

也且，語氣詞。

韻讀：真部——溱、人。　魚部（與下章遥韻）——且。

子惠思我，褰裳涉洧。子不我思，豈無他士？狂童之狂也且！

洧（wěi尾），鄭國河名，在今河南省密縣。與溱水相合。

士，青年男子。朱熹詩集傳：「士，未娶者之稱。」

韻讀：之部——洧、士。　魚部（與上章遥韻）——且。

丰

【題解】

這是一首女子後悔没有和未婚夫結婚的詩。她希望未婚夫能重申舊好，再來接她。聞一多風詩類鈔：「親迎不行，既而悔之。」即是詩旨。至於那女子爲什麽不行，很難臆斷。戴震說：「時俗衰薄，婚姻而卒有變志，非男女之情，乃其父母之惑也。……悔不送，以明己之不得自主，而意終欲隨之也。……凡後世婚姻變志，皆出於父母，不出於女子。詩言迎者之美，固所願嫁也。」他的分析很有道理。據此，則又是一齣封建禮教下的婚姻悲劇。

詩前二章互相只易三字，表達的意思是完全一樣的。後二章互相只易一字，另有兩句顛倒了一下次序，表達的意思也是完全一樣的。但是我們朗讀起來，非但沒有重複拖沓之感，反而覺得那位女子既後悔又盼望挽回的心理被渲染得更充分了。究其原因，是由於反復吟誦起一種强調作用，而少量文字的改易和語序的倒置則變化了音節，避免了單調感。這便是詩經中重章疊唱的那種不加雕琢的自然美，倘配上原來的曲調，那就更加摇曳多姿了。

子之丰兮，俟我乎巷兮，悔予不送兮！

丰，臉部豐滿美好貌。字或作妦，玉篇：「妦，容好貌。」

巷，毛傳：「巷，門外也。」馬瑞辰謂巷爲所居之宅，非街巷之巷，亦可備一説。

送，將女兒交給來親迎的女婿同往夫家。胡承珙毛詩後箋：「送猶致也。荀子富國篇注：『送，致女。』春秋言致女者，即以女授婿之謂。此女悔其不行，故託言於其家之不致，非自謂其不送男子也。」則此句「予」字，當訓爲我家。

韻讀：東部——丰、巷（音洪去聲）、送。

子之昌兮，俟我乎堂兮，悔予不將兮！

昌，身體壯實貌。

堂，廳堂。按古代婚娶要經過六道程序：納采（男送禮物到女家，表示願談婚事）、問名（請媒人問女方的姓名和生年月日）、納吉（男家卜卦得吉兆後告訴女家）、納徵（男家送錢和禮物給女家，表示訂婚）、請期（男家卜得結婚吉日，徵求女家同意）、親迎（男子駕車至女家，等在庭中，女方從房裏出來，女方父親將女兒的手遞給女婿，婿牽婦手出門，一同上車回家）。這句詩即寫男子親迎的情況。

將，與上章的「送」同義。

韻讀：陽部——昌、堂、將。

衣錦褧衣，裳錦褧裳。叔兮伯兮，駕予與行。

衣，動詞，穿。錦，古代女子出嫁，内穿錦緞製的衣裳。褧（jiǒng 炯）衣，用絹或麻紗製的單罩衫，披在錦衣外以蔽塵土。鄭箋：「褧，禪也。蓋以禪縠爲之。中衣裳用錦，而上加禪縠焉。庶人之妻嫁服也。」參閱碩人注。按婦女穿的衣和裳是連起來的，詩爲了押韻，把衣和裳分開成兩句。

叔、伯，此處指隨婿親迎之人。毛傳：「叔伯，迎己者。」陳奐傳疏：「謂婿之從者也。」

駕，駕着親迎的車子來。行，指出嫁，即泉水等詩「女子有行」的「行」。

韻讀：陽部——裳、行（音杭）。

裳錦褧裳，衣錦褧衣。叔兮伯兮，駕予與歸。

歸，與上章「行」同義，即桃夭等詩「之子于歸」的「歸」。

韻讀：脂部——衣、歸。

東門之墠

【題解】

這是一首男女相唱和的民間戀歌。毛序：「東門之墠，刺亂也。男女有不待禮而相奔者也。」鄭箋：「此女欲奔男之辭。」朱熹詩集傳：「門之旁有墠，墠之外有阪，阪之上有草，識其所與淫者之居也。室邇人遠者，思之而未得見之辭也。」細玩詩句，全無淫奔之意，否則，何至有室邇人遠之感？毛、鄭、朱的分析都不够恰當。我們認爲這位女子還是比較矜持的，正如王先謙集疏所説：「言我豈不思爲爾室家，但子不來就我，以禮相近，則我無由得往耳。」他的分析比較正確。

詩共兩章，上章男唱，下章女唱，一倡一和，是民間對歌的一種形式。首章「其室則邇，其人甚遠」兩句，將相思而不得見的心情曲曲道出，委婉雋永。唐魚玄機隔漢江寄子安詩：「煙裏歌聲隱隱，渡頭月色沉沉，含情咫尺千里，況聽家家遠砧。」其意境便從此詩生發開去；而「室邇人遠」久爲後世文人表達咫尺天涯相思之苦的習語。所以孫鑛批評詩經指出：「兩語工絶，後世情語皆本此。」

東門之墠，茹藘在阪。其室則邇，其人甚遠！

墠（shàn 善），亦作壇，平坦的廣場。毛傳：「墠，除地町町者。」陳喬樅三家詩遺説考：「町町，言除地使之平坦。」按除地，指在郊外治地除草。町町，形容地的平坦。

茹藘，茜草。孔疏引李巡云：「茅蒐一名茜，可以染絳。」　阪（bǎn 板），土坡。按這二句點明他鄰居情人的住處。

室，指情人的家。　邇，近。

韻讀：元部——墠、阪、遠。

東門之栗，有踐家室。豈不爾思？子不我即。

踐，善。有踐，即踐踐。韓詩踐作靖。王先謙集疏：「韓踐作靖，云善也。……有靖家室，猶今諺云好好人家也。」

即，往就、接近。毛傳：「即，就也。」陳奐傳疏：「傳爲全詩通訓。」按此句爲倒文，即「子不即我」。

韻讀：脂部——栗、室、即。

風雨

【題解】這是一首寫妻子和丈夫久别重逢的詩歌。它和其他民歌一樣，都因在民間廣泛歌唱流傳而得以保存。但作詩序的人往往加以主觀臆測，改變了詩的原意。毛序：「風雨，思君子也。亂世則思君子不改其度焉。」鄭箋：「興者，喻君子雖居亂世，不變改其節度。……雞不爲如晦而止不鳴。」這樣一來，「風雨」就變成象徵亂世，「雞鳴」就變成象徵君子不改其度；由妻稱夫的君子，變成品德高尚的君子。這一説法對後世影響極大，很多士人雖處「風雨如晦」之境，猶以「雞鳴不已」自勵。記得在抗戰期間，阿英（錢杏邨）發表的作品，筆名「魏如晦」，也是寄託風雨詩意，表明他處亂世的氣節。毛序對詩旨多附會歪曲其説，不過這篇詩序却起過一定的積極作用。

詩三章，每章皆以風雨、雞鳴起興，這些兼有賦景作用的興句，渲染出一幅寒涼陰暗雞聲四起的背景。這種時候，最容易勾起離情别緒；而詩中的女子竟在此刻重逢了久别的丈夫，其欣喜之情，可以想見，而淒風苦雨則置諸腦後了。這種反襯的速寫法，其藝術效果正如王夫之所説的，「以樂景寫哀，以哀景寫樂，一倍增其哀樂」。

風雨淒淒，雞鳴喈喈。既見君子，云胡不夷？

喈喈，雞鳴聲。

君子，指丈夫。

云，語首助詞。　胡，爲什麼。　夷，平。指心境由憂思而平静。

韻讀：脂部——淒、喈（音飢）、夷。

風雨瀟瀟，雞鳴膠膠。既見君子，云胡不瘳？

瀟瀟，亦作潚潚，風雨猛急貌。毛傳：「瀟瀟，暴疾也。」

膠膠，三家詩作嘐，膠是嘐的假借字。雞鳴聲。

瘳（chōu 抽），病癒。

韻讀：幽部——瀟（音修）、膠（音樛）、瘳。

風雨如晦，雞鳴不已。既見君子，云胡不喜？

如，而。陳奐傳疏：「如猶而也。」　晦，昏暗。說文：「晦，月盡也。」段玉裁注：「引申爲凡光盡之稱。」這句意爲因風雨而天色昏暗。

已，停止。

韻讀：之部——晦（呼鄙反）、已、子、喜。

子衿

【題解】

這是一位女子思念情人的詩。毛序：「子衿，刺學校廢也。亂世則學校不脩焉。」三家無異義，而且「青衿」一詞已成爲讀書人的代稱。但是我們在詩中根本看不出什麽「學校廢」的跡象，毛序的附會是顯然的。朱熹詩集傳説：「此亦淫奔之詩。」他看出這是男女相悦之辭，但是他在白鹿洞賦中又云：「廣青衿之疑問，宏菁莪之樂育。」可見毛序的影響之大，連説詩攻序的朱熹都難以避免。

末章寫她在城闕等待情人而不見來，心情焦灼，來回走着，覺得雖然只有一天不見面，却好像分別了三個月一樣漫長。這種誇張的修辭手法，形象地刻畫了詩人的心理活動。心理描寫法，在後世文壇上發展得更加細膩，更加深刻，更加多樣化，而上溯其源，三百篇已開其先。正如錢鍾書管錐編所指出的那樣：「褰裳之什，男有投桃之行，女無投梭之拒，好而不終，强顔自解也。丰云：『悔余不送兮』，『悔余不將兮』，自怨自尤也。子衿云：『縱我不往，子寧不嗣音？』『子寧不來？』薄責己而厚望於人也。已開後世小説言情心理描繪矣。」

青青子衿，悠悠我心。縱我不往，子寧不嗣音？

衿（jīn 金），衿的假借字，亦作襟，衣領。顏氏家訓書證篇：「古者斜領下連於衿，故謂領爲衿。」這裏詩人用它代所思的情人。

悠悠，憂思不斷貌。

寧，反詰副詞，豈，難道。　嗣，韓、魯詩作詒，嗣、詒古同音通用。　韓詩云：「詒，寄也。　曾不寄問也。」嗣音便是送音問的意思。

韻讀：侵部——衿、心、音。

青青子佩，悠悠我思。縱我不往，子寧不來？

佩，佩玉。　青青子佩是指繫佩玉的帶。

韻讀：之部——佩（音邳）、思、來（音釐）。

挑兮達兮，在城闕兮。一日不見，如三月兮！

挑、達，亦作佻、㒓，獨自來回地走着。　毛傳：「挑達，往來貌。」胡承珙毛詩後箋：「大東『佻佻公子』，傳訓獨行。　此挑達訓往來者，亦謂獨往獨來。」

城闕，城門兩邊的觀樓。　聞一多詩經通義：「蓋城牆當門兩旁築臺，臺上設樓，是謂觀，亦謂之闕。……城闕，爲城正面夾門兩旁之樓。」今名城門樓。

韻讀：祭部——達（他折反，入聲）、闕、月。

揚之水

【題解】 這首詩的主題頗難解。毛序：「揚之水，閔無臣也。君子閔忽之無忠臣良士，終以死亡，而作是詩也。」但詩中並没有閔傷的意思，後人多駁其非。朱熹詩集傳以爲是「淫者相謂」之詞。聞一多風詩類鈔轉而解釋爲「將與妻别，臨行慰勉之詞也」，從詩中殷殷叮囑的意味來看，這一説法還是比較切實的。方玉潤詩經原始又以爲「此詩不過兄弟相疑，始因讒間，繼乃悔悟，不覺愈加親愛，遂相勸勉」。因爲從詩句中不易判斷作者的性别，所以方説也還是可通。總之，這是一首叮嚀勸勉的詩，至於詩人是男是女，兩者關係是兄弟抑或夫妻，則只能闕疑。

詩以「揚之水」起興，這個興句，在王風揚之水和唐風揚之水中都出現過。這是詩人運用民間流傳的詩歌習語，作爲自己歌唱的開端。它和下文的意義並不連貫，但唱起來音節非常悠揚合拍，流利順口，帶頭導出全詩的基調，傾訴詩人那種憎恨讒言離間的心聲，有一定的感染力。但這種興法在詩經中是少見的。

揚之水，不流束楚。終鮮兄弟，維予與女。無信人之言，人實迋女。

揚，悠揚（從朱熹説）。

束楚，一捆荊條。

終，既、已。　鮮，少。説文：「鮮，鮮魚也。出貉國。」段玉裁注：「按此乃魚名，經傳乃假爲尟少字，而本義廢矣。」

維，通「惟」，只有。　女，即汝。下同。

言，指挑撥離間之言。

迋（guàng 逛），本義爲往，這裏是誑的假借字，欺騙。

韻讀：脂部——水、弟。　魚部——楚、女、女。

揚之水，不流束薪。終鮮兄弟，維予二人。無信人之言，人實不信。

維予二人，毛傳：「二人，同心也。」陳奐傳疏：「予二人，猶云予汝二人耳。不言汝，文不備也。傳云同心以申明經義，謂予女二人有同心也。」

不信，陳奐傳疏：「不信猶誑也。」

韻讀：脂部——水、弟。　真部——薪、人、信。

出其東門

【題解】

這是一位男子表示對妻子忠貞不二的詩。毛序：「出其東門，閔亂也。公子五爭，兵革不息。

男女相棄，民人思保其室家焉。」方玉潤說：「詩方細咏太平遊覽，絶無干戈擾攘、男奔女竄氣象，序言無當於經，固已！」他依據詩文而不外騖，能切中毛序膠固的弊病。齊說：「鄭男女亟聚會，聲色生焉，故其俗淫。」魯說曰：「鄭國淫辟，男女私會於溱、洧之上。」這些都說明鄭國當時在戀愛婚姻問題上，風俗比較紛亂。在這種環境中，居然有出其東門所描寫的男子不爲如雲如荼的女子而動心，忠貞不二地愛着生活儉樸、安於貧賤的妻子，確是難能可貴。這和谷風、氓中的男子是不可同日而語的了。有人認爲這是男人思念女子的情詩，說亦可通。

詩人以「縞衣綦巾」、「縞衣茹藘」來稱呼他的妻子，這是一種借代的修辭手法。白衣綠裙紅圍腰，這些素儉的服飾在詩人眼中是多麼美麗，遠遠勝過那些如花如雲的美女，因爲那身衣服恰恰標誌着妻子純樸嫺靜的品格，而這正是他傾心相戀之處。借標記來代人，借得恰到好處，而且揉進了自己的感情，所以給讀者留下更深刻的印象。

出其東門，有女如雲。雖則如雲，匪我思存。縞衣綦巾，聊樂我員。

東門，東門是鄭國遊人雲集處。王先謙集疏：「鄭城西南門爲溱洧二水所經，故以東門爲遊人所集。」

如雲，以喻女子衆多。

匪，非、不是。存，在。思存，思念之所在。這句意爲，（這些如雲的遊女）都不是我思念的人。

縞，白色。綦（qí 其），草綠色。按綦的本字作綥，説文：「綥，帛蒼艾色也。」巾，佩巾，亦稱大巾，似今之圍裙。按縞衣綦巾是當時婦女較儉樸的服飾。鄭箋：「縞衣綦巾己所爲，作者之妻服也。」這裏用來代指儉樸的妻子。

聊，姑且。員（yún 云），友、親愛。馬瑞辰通釋：「員當讀如『婚姻孔云』之云。彼箋云：『云猶友也。』有與友同。詩言不相親者，云『亦莫我有』，則言其相親有者，宜曰『聊樂我員』矣。」韓詩員作魂，云：「魂，神也。」按魂是云的假借，韓詩釋爲神，不妥。孔疏以員爲助句詞，亦可通。

韻讀：文部——門、雲、雲、存、巾、員。

出其闉闍，有女如荼。雖則如荼，匪我思且。縞衣茹藘，聊可與娛。

闉闍（yīn dū 因都），城門外層的曲城。闉闍是一個詞，説文：「闉，闉闍，城曲重門也。闍，闉闍。」毛傳將二字分開解釋爲「闉，曲城也。闍，城臺也。」似不妥。

荼（tú 徒），白茅花。如荼，像白茅花那樣美麗。一説如荼比喻女子像白茅花那樣衆多，亦通。

且（cú 殂），徂之假借，和存同義。爾雅：「徂、在，存也。」鄭箋：「匪我思且，猶匪我思存也。」

茹藘，茜草。見東門之墠注。這裏用它代指佩巾。王先謙集疏：「詩言茹藘，不言巾者，省文以成句。」

娱，樂。這句意爲，姑且與她一起歡樂。

韻讀：魚部——闍、荼、荼、且、藘、娱。

野有蔓草

【題解】

這是一首戀歌。毛傳：「野有蔓草，思遇時也。君之澤不下流，民窮於兵革。男女失時，思不期而會焉。」鄭箋：「蔓草而有露，謂仲春之月，草始生，霜爲露也。周禮：仲春之月，令會男女之無夫家者。」毛、鄭的話説出了詩的産生時間和背景。春秋時候，戰争頻繁，人口稀少。統治者爲了蕃育人口，規定超齡的男女還未結婚的，允許在仲春時候自由相會，自由同居。風詩中許多首詩都反映這一情況。歐陽修詩本義：「男女婚聚失時，邂逅相遇於田野間。」説得很確切。方玉潤説這是朋友相期會的詩，王先謙説是思遇賢人的詩，但詩中「有美一人，清揚婉兮」的描寫顯然是針對一位美麗的女子，方、王之説均不合詩意。

「野有蔓草，零露漙兮」兩句是兼賦的興句，它勾勒出一派春草青青、露水晶瑩的良辰美景。緊接着「有美一人，清揚婉兮」兩句，則使我們仿佛看見一位漂亮的姑娘正在秋波一轉地微笑。四句詩儼然一幅春日麗人圖，真可以説是詩中有畫。

野有蔓草，零露漙兮。有美一人，清揚婉兮。邂逅相遇，適我願兮。

蔓，本義爲葛屬，此處是「曼」的假借字，蔓延。

零，落下。　漙（tuán 團），與團通，釋文：「漙本又作團」，文選李善注引詩作團。露多貌。毛傳：「漙漙然盛多也。」按這二句是詩人敘述他們相會的時間和地點，用以起興。朱熹詩集傳：「男女相遇於田野草露之間，故賦其所在以起興。」

清揚，眉目清秀。見君子偕老注。按這一詞匯在詩經中屢見，可能是當時的習語。　婉，嫵媚貌。毛傳：「眉目之間婉然美也。」

邂逅，本字作解遘，雙聲。碰巧相遇，不期而會。

適，符合、適合，有「如願以償」之意。

韻讀：元部——漙、婉、願。

野有蔓草，零露瀼瀼。有美一人，婉如清揚。邂逅相遇，與子偕臧。

瀼（ráng 攘），露濃貌。

如，與「而」同。婉如即婉而。

臧，善。偕臧，都滿意。朱熹詩集傳：「偕臧，言各得其所欲也。」

韻讀：陽部——瀼、揚、臧。

溱洧

【題解】

這是描寫鄭國三月上巳節青年男女在溱水、洧水兩旁遊春的詩。太平御覽引韓詩章句：「當此盛流之時，士與女衆方執蘭，拂除邪惡。鄭國之俗，三月上巳之辰，于此兩水之上，招魂續魄，除拂不祥。」上巳是指三月上旬的巳日。這一節日亦名「修禊（xì係）」，後漢書禮儀志注：「三月上巳，官民皆絜于東流水上，日洗濯祓除去宿垢疢（chèn趁，熱病）爲大絜。」三國以後，改用三月三日爲修禊的節日，王羲之蘭亭集序：「永和九年，歲在癸丑，暮春之初，會于會稽山陰之蘭亭，修禊事也。」可見這種風俗流傳很久。據韓詩所述，這首詩就是描寫鄭國這一節日的盛況，傳神地再現了一群青年男女趁此機會相聚相樂，互表衷情的熱鬧場面。

這首詩有叙事，有對話，語言生動，表情真摯，顯然是通過切身的感受才寫出來的，詩人可能就是秉蕑贈花的少女或少男之一。詩中滲透着濃厚的抒情意味，正如方玉潤所説：「每值風日融和，良辰美景，競相出遊；以至蘭勺互贈，播爲美談，男女戲謔，恬不知羞。」所謂「恬不知羞」，實際是青年們天然純樸的感情流露。方氏又以此詩「開後世冶遊豔詩之祖」，殊不知發軔之清新與末流之華靡，雖淵源有自，終不可同日而語也。

溱與洧，方渙渙兮。士與女，方秉蕑兮。女曰：「觀乎？」士曰：「既且。」「且往觀乎！洧之外，洵訏且樂。」維士與女，伊其相謔，贈之以勺藥。

溱、洧，鄭國二水名。見褰裳注。

渙渙，水流盛大貌。鄭箋：「仲春冰釋，水則渙渙然。」韓詩作洹，云：「洹，盛貌。謂三月桃花水下之時至盛也。」齊詩作灌，魯詩作汍。洹是正字，汍爲洹之重文，渙、灌均假借字。

士與女，同下文的「維士與女」都是泛指春遊的男男女女，下句的「女曰」和「士曰」則專指某一女子和男子。

方，正。秉，執、拿。有人解作佩戴，亦通。蕑（jiān 肩），菊科，亦名蘭，但不是今天所稱的蘭花，是一種著名的香草，古人用來或沐浴，或澤頭，或佩身，以拂除不祥。李時珍本草綱目：「蕑，即今省頭草。」

既，已經。且（cú 殂），徂的借字，往、去。這二句意爲，女的說：「去看看嗎？」男的說：「已經去過了。」

且，姑且。這句是女要約男的：「姑且再去看看吧。」

洵，恂的假借。信、確實。　訏（xū虛），廣大。揚雄方言：「訏，大也。中齊、西楚之間曰訏。」這裏指洧水岸邊地方的寬廣。按以上三句爲女子説的話，鼓動男的陪她去遊春。

維，語助詞，無義。

伊，嫛的假借字，嘻笑貌。伊其，即伊伊。　相謔，互相調笑。

勺藥，又名辛夷。這裏指的是草芍藥，不是花如牡丹的木芍藥。又名「江蘺」，古時候情人在「將離」時互贈此草，寄託即將離別的情懷。又古代勺與約同聲，勺藥是雙聲詞，情人藉此表愛和結良約的意思（從馬瑞辰通釋説）。

韻讀：元部——涣、蕑。　魚部——乎、且、乎。　宵部——樂、謔、藥。

溱與洧，瀏其清矣。士與女，殷其盈矣。女曰：「觀乎？」士曰：「既且。」「且往觀乎？洧之外，洵訏且樂。」維士與女，伊其將謔，贈之以勺藥。

瀏（liú留），水清貌。説文：「瀏，流清貌。」

殷，人衆多貌。殷其，即殷殷。説文：「作樂之盛稱殷」，段注：「此殷之本義也。又引申之爲衆也。」

將謔，馬瑞辰通釋：「將謔猶相謔也。」朱熹詩集傳：「將，當作相，聲之誤也。」

韻讀：耕部——清、盈。　魚部——乎、且、乎。　宵部——樂、謔、藥。

齊風

齊風是齊國的詩歌。齊國國土在今山東省北部和中部，首都臨淄，在春秋時是一個人口衆多、工商發達的大都市。朱熹詩集傳：「太公……既封于齊，通工商之業，便魚鹽之利，民多歸之，故爲大國。」

齊風共十一篇。齊襄公荒淫亂倫，南山、敝笱二篇便是諷刺他的。齊地面山，人民多狩獵，因此而具尚武精神，還、盧令便是這方面的反映。另外，還有一些反映戀愛婚姻和士大夫家庭生活等的詩，如雞鳴、著、東方之日、東方未明等。

齊風産生的年代，可能在東周初年到春秋這一段時期内。

雞鳴

【題解】

這是一首妻催夫早起的詩。毛序：「雞鳴，思賢妃也。哀公荒淫怠慢，故陳賢妃貞女夙夜警戒相成之道焉。」這是引申開去的諷喻之意，並非詩的本義。詩中的妻和夫，説是君和妃固然切題，説是大夫和妻妾亦未嘗不可。李商隱爲有所云：「無端嫁得金龜婿，辜負香衾事早朝。」蓋此詩之遺意。詩爲問答聯句體，但哪幾句是誰説的，大家意見不一致。我們認爲這位夫人催她丈夫早起的原因，是怕他誤了上朝的時間，引起别人的批評，所以提到朝會的都是她説的話，而賴着不肯起牀的都是丈夫的話。

詩貴創意，詩經因爲處在文學的最早成熟期，故獨多創意之作。即如此篇，男子淹戀枕衾，而不願聞雞之鳴，與鄭風女曰雞鳴情景略似。六朝樂府烏夜啼：「可憐烏臼鳥，强言知天曙。無故三更啼，歡子冒暗去。」李廓雞鳴曲：「長恨雞鳴别時苦，不遣雞棲近窗户。」雲溪友議載崔涯雜嘲：「寒雞鼓翼紗窗外，已覺恩情逐曉風。」蓋男女歡會，亦無端牽率雞犬也。諸詩之意，盡從此篇翻出，此三百篇之所以可貴也（參閲錢鍾書管錐編）。

「雞既鳴矣，朝既盈矣。」「匪雞則鳴，蒼蠅之聲。」

朝（cháo潮），朝廷。　盈，滿，指上朝的人都到齊了。古代國君于清晨上朝接見群臣。書大傳云：「雞鳴，……然後應門擊柝，告辟也。然後少師奏質明于階下。」鄭注：「應門，朝門也。辟，啟也。」按以上二句是妻子説的話。下二句是丈夫回答的話。

則，之、的。楊樹達詞詮：「則，陪從連詞，與『之』同。」下章「匪東方則明」的「則」義同。

蒼蠅之聲，這句是男子留戀牀笫，所以對妻子雞鳴應起的催促，用蒼蠅之聲來加以推托。毛傳曰：「蒼蠅之聲，有似遠雞之鳴。」後世學者又群起争論雞鳴、蠅飛何者爲先，實在是膠柱鼓瑟，將饒有情致的詩意破壞殆盡。

韻讀：耕部——鳴、盈、鳴、聲。

「東方明矣，朝既昌矣。」「匪東方則明，月出之光。」

昌，盛多貌。按這章也是上二句爲妻子的催促，下二句爲丈夫的對話。

韻讀：陽部——明（音芒）、昌、明、光。

「蟲飛薨薨，甘與子同夢。」「會且歸矣，無庶予子憎。」

薨薨（hōng 轟），蟲子群飛聲，象聲詞。

甘，樂意、喜歡。　同夢，同睡。

會，朝會。　且，即將。　歸，指散朝歸去。

庶，庶幾，帶有希望之意。「無庶」即「庶無」的倒文。　予，同「與」，給。　子，你，指丈夫。　憎，憎惡、討厭。　馬瑞辰通釋：「庶，幸也。無庶，即庶無之倒文。……予、與古今字。予子憎，正義引定本作『與子憎』，與，猶遺也。遺，猶貽也。無庶與子憎，即庶無貽子憎。猶詩言『無父母貽罹』，左傳『無貽寡君羞』也。」按這章上二句是夫對妻的話，他希望多睡一會兒。下二句是妻的回答，她說：「朝會都快散了，快起來吧，別讓人家討厭你。」

韻讀：蒸部——薨、夢、憎。

還

【題解】這是獵人互相贊美的詩。齊地多山，狩獵爲人民謀生的一種手段，故對于身手矯健的獵手頗爲贊美。毛序：「還，刺荒也。哀公好田獵，從禽獸而無厭。國人化之，遂成風俗，習於田獵謂之賢，閑於馳逐謂之好焉。」但是詩中唯見推許之詞，未聞譏刺之意，崔述讀風偶識云：「疑作序者之意但以録此詩爲刺之，非以作此詩爲刺之，不必附會而爲之説也。」他的分析是很通達的。方玉潤詩經原始引章潢曰：「子之還兮，已譽人也。謂我儇兮，人譽己也。并驅，則人、己皆與有能也。寥寥數語，自具分合變化之妙。獵固便捷，詩亦輕利，神乎技矣！」這首詩的好處便在于輕利。第一句四言，第二句七言，後兩句六言，長短錯雜，短以取勁，長以取妍，一種不受束縛的豪爽之氣脱口而出。尤其是每章後兩句，并肩馳馬，拱手相許，寫出一個英武瀟灑的獵人形象。與風詩中纏綿悱惻的情歌相比，又別具一種氣度。

子之還兮，遭我乎峱之間兮。并驅從兩肩兮，揖我謂我儇兮。

還，通「旋」，敏捷貌。毛傳：「還，便捷之貌。」齊詩作營，營是嫙的假借字，美好貌。與毛詩訓異。

遭，遇見。　乎，通于，在。　峱（nāo 撓），齊國山名，在今山東臨淄縣南。

并驅，兩個獵手一起驅馬。　從，追逐。説文：「從，隨行也。」段注：「齊風：『並驅從兩肩兮』，傳曰『從，逐也』。逐亦隨也。」　肩，魯詩作豣，豣是後出字。説文引此句詩作豣，王念孫廣雅疏證：「豣，與肩通。」毛傳：「獸三歲曰肩。」按三歲之獸是指大獸。

儇（xuān 宣），婘之假借，釋文引韓詩正作婘，好貌。毛傳訓爲「利」，輕利，熟練的意思。陳奂傳疏：「傳訓儇爲利者，利猶閒也，閒於馳逐也。」

韻讀：元部——還、間、肩、儇。

子之茂兮，遭我乎峱之道兮。并驅從兩牡兮，揖我謂我好兮。

茂，本義爲「草木盛」，引申爲美，誇獎獵手技藝完美。陳奂傳疏：「美者，謂習於田獵也。」

牡，雄獸。

好，指技術好。下章「臧」同義。

韻讀：幽部——茂、道（徒叟反）、牡、好（呼叟反）。

子之昌兮，遭我乎峱之陽兮。并驅從兩狼兮，揖我謂我臧兮。

昌，英俊。鄭箋：「昌，佼好貌。」

陽，山的南面。按古人稱山南曰陽，山北曰陰，山東曰朝陽，山西曰夕陽。

兩狼，胡承珙毛詩後箋云：「首章舉其大者言之。秦風『奉時辰牡』，則田獵貴牡，故次章舉所貴者言之。陸疏云狼猛捷，自是難獲之獸。此所以互相詩譽，以爲戲樂。」

臧，善。

韻讀：陽部——昌、陽、狼、臧。

著

【題解】

這是一位女子寫她的夫婿來親迎的詩。毛序：「著，刺時也。時不親迎也。」這首詩通體無刺意，毛序顯然是以美詩爲刺。這是「變風必爲刺詩」的成見在作祟。撇開這點謬誤不談，毛序指出詩的內容是親迎，還是正確的。余冠英詩經選：「中庭是她和新郎第一次相見的地方。充耳以素，尚以瓊華，是新郎給她的第一個印象。」這幾句話，將詩意講得更明白。陳子展詩經直解認爲也可能是「貴族女子出嫁，女伴相隨歌唱之詞，有如後世新婦伴娘之歌詞贊頌然」。這種推測亦頗有情致。

全詩三章，每章只易三個字，反映的也只是一種情緒，即少女出嫁前的喜悅。新郎容光煥發，冠飾華麗，誠心誠意地等在堂前接她。她感到心滿意足，于是情不自禁地哼出這首詩來。每句均以「乎而」二虛詞收尾，音節舒遲寬緩，雖然含蓄曲折，却自然入妙。

俟我於著乎而，充耳以素乎而，尚之以瓊華乎而。

俟，等待。本義爲「大」，應作竢，説文：「竢，待也。」段玉裁説文注：「自經傳假爲竢字，而俟之本義廢矣。」著，音義同「宁」（zhù 住），大門和屏風之間的地方。爾雅釋宫：「門屏之間謂之宁。」現在北京舊四合院的房子，院中多有屏風。門屏之間即古代的著。乎而，語尾助詞。這句意爲，新娘在房内看見來親迎的夫婿已經進了大門，在院内屏風間等着她。

充耳，古代男子的一種冠飾。從冠兩旁垂下，懸在耳邊。將充耳繫在冠上的雜色絲綫稱「紞」，絲綫垂到耳邊打成一個結像綿球稱「纊」，纊下垂着玉稱「瑱」。紞、纊、瑱三部分組成充耳。這裏是指纊。素，白色。

尚，加。段玉裁説文解字注：「尚，上也，皆積絫加高之義。」瓊華，與下章瓊瑩、瓊英都是描寫玉瑱。華，光華。瑩，晶瑩。説文：「瑩，玉色也。」英，瑛之假借，説文：「瑛，玉光也。」姚際恒詩經通論：「瓊，赤玉，貴者用之。華、瑩、英取協韻，以贊其玉之色澤也。」姚訓最得詩旨。

韻讀：魚部——著、素、華（音乎）。

俟我於庭乎而，充耳以青乎而，尚之以瓊瑩乎而。

庭，中庭、院中。地方比著更進了一層。

青，指青色的纊。

韻讀：耕部——庭、青、瑩。

俟我於堂乎而，充耳以黄乎而，尚之以瓊英乎而。

堂，堂前，即正房前。按屏風間、中庭、堂前都在大院子裹，寫新郎由遠而近地走來。

韻讀：陽部——堂、黄、英（音央）。

東方之日

【題解】

這是詩人寫一個女子追求他的詩。毛序：「東方之日，刺衰也。君臣失道，男女淫奔，不能以禮化也。」序説是有所引申的，並非詩本義。朱熹詩序辨説云：「此男女淫奔者所自作，非有刺也。其曰君臣失道者，尤無所謂。」崔述讀風偶識：「東方之日云：『在我室兮，履我即兮。』皆以其事歸之於己。夫天下之刺人者，必以其人爲不肖也；乃反以其事加於己身，曰我如是、我如是，天下有如是之自污者乎！」崔、朱二人的分析切合詩意，不牽合美刺，是比較客觀的。據後人考證，關於「闥」的解釋，有的説是「小門」（漢書顔師古注：「闥，宫中小門也。」）或「門内」，有的説是「門屏之間」（釋文引韓詩）或「樓上户」（説文：「闥，樓上户也。」）。不論如何解釋，都説明闥是貴族住所特有的建築。看來詩是反映了齊國貴族的戀愛生活。

詩每章末句「履我即兮」、「履我發兮」，描寫了那位女子一個很細小的動作，但就在這一蹴一躡、在室在闥之間，便很形象地刻畫出那女子的輕薄浮蕩的性格。動作的描寫精彩之處，是能够傳神繪形的。如吴偉業永和宫詞：「皓齒不呈微索問，蛾眉欲蹙又温存。」便寫出田貴妃之不媢詞令，而却仍有一種脈脈文静和温存的風韻。王實甫西厢記：「他那裏盡人調戲軃着香肩，只將花笑撚。」又使人如見崔鶯鶯含情還羞的神態（參閱劉衍文、劉永翔文學的藝術）。當然，比起東方之日來，這些後人的詩文在動作的描寫上要精巧細膩得多了。

東方之日兮，彼姝者子，在我室兮。在我室兮，履我即兮。

東方之日，這是詩人以東方旭日初昇的光芒，興這位美麗的姑娘皮膚的白皙。馬瑞辰通釋：「古人喻人顏色之美，多取譬於日月。……宋玉神女賦：『其始出也，耀乎若白日初出照屋梁；其少進也，皎若明月舒其光。』義本此詩。」

姝，美麗。説文：「姝，好也。好，美也。」子，指女子。

履，踩。説文：「履，足所依也。」段玉裁注：「引申之訓踐，如『君子所履』是也。」即，膝的假借字。第二章的「發」字，指足、脚（均從楊樹達積微居小學述林）。古人没有椅子，都跪坐在席上，男女親近所至，所以會踩到對方的膝或脚。朱熹詩集傳：「履，躡。即，就也。言此女躡我之跡而相就。」意亦可通，然不及楊説正確、生動。

韻讀：脂部——日、室、室、即。

東方之月兮，彼姝者子，在我闥兮。在我闥兮，履我發兮。

闥（tà撻），門内。王先謙集疏：「切言之，則闥爲小門。渾言之，則門以内皆爲闥。故毛傳但云：『闥，門内也。』」

發，指脚。

韻讀：祭部——月、闥（他折反，入聲）、闥、發（音廢入聲）。

東方未明

【題解】

這是寫一位婦女的當小官吏的丈夫忙于公事，早夜不得休息的詩。後世注家對這首詩的主題説各不一。毛序和朱傳都認爲是諷刺「朝廷興居無節，號令不時」的詩，姚際恒以爲「難詳」，方玉潤認爲「『折柳』二句插入，不倫」，可見這首詩不易解釋。聞一多風詩類鈔曰：「夫之在家，從不能守夜之正時，非出太早，即歸太晚。婦人稱夫曰狂夫。」他以爲詩以婦女的口吻，寫出丈夫爲吏的忙碌。這樣解釋比較通順。否則第三章無法理解。如果把狂夫説成是監視小官吏者，末二句又聯繫不上了。還是以聞先生的解釋爲最優。

此詩通篇用賦體，把一個忙忙碌碌而又心胸狹隘的小官吏的神態刻畫得很生動。尤其是「顛倒衣裳」一句，以手忙脚亂、穿錯衣衫的動作，寫出人物的辛苦，頗爲傳神。末章「狂夫瞿瞿」的「瞿瞿」二字，描摹瞪大眼睛瞧不停的神態，以反映丈夫對妻子不放心的心理，也很細緻入微。摯虞文章流別論説：「古之作詩者，發乎情，止乎禮義。情之發，因辭以形之；禮義之指，須事以明之，故有賦焉，所以假象盡辭，敷陳其志。」賦的手法，在曲盡其妙的鋪陳描繪中，也表達了作者的感情。即如此詩，對「狂夫」的行爲描寫越是生動，妻子那種怨恨不已而又無可奈何的心情不是就越發明顯了嗎？

東方未明，顛倒衣裳。顛之倒之，自公召之。

顛倒，雙聲。顛倒衣裳，意爲急于起身，連衣和裳都穿顛倒了。

之，指衣裳。

自，從。　公，公所。　召，召喚。聞一多風詩類鈔：「顛倒求領，言迫遽也。所以然者，以有自公所而召之者故也。」

韻讀：陽部——明（音芒）、裳。　宵部——倒、召。

東方未晞，顛倒裳衣。倒之顛之，自公令之。

晞（xī希），昕的假借字。説文：「昕，且明，日將出也。」

韻讀：脂部——晞、衣。　真部——顛（德因反）、令。

折柳樊圃，狂夫瞿瞿。不能辰夜，不夙則莫。

樊，籬笆。這裏作動詞「圍」字用。圃，菜園。這句意爲折下柳枝作籬笆圍起菜園。狂夫，女子駡她的丈夫。她覺得這種舉動像瘋漢一樣，故稱他爲狂夫。

瞿瞿，雙眼瞪視貌。荀子非十二子「瞿瞿然」，楊倞注：「瞿瞿，瞪視之貌。」聞一多風詩類鈔：「折楊柳以爲園圃之藩籬，所以防閑其妻者也。臨去復于籬間瞿瞿然窺視，蓋有不放心之意。」

辰，與晨通。這句意爲，早夜不能守時。毛傳訓辰爲時，時是「伺」的意思，作動詞用，指不能守夜，亦通。

夙，早。莫，同「暮」。這句意爲，不是早出便是晚歸。

韻讀：魚部——圃、瞿、夜（音豫）、莫。

南山

【題解】

這是一首諷刺齊襄公淫亂無恥的詩。左傳桓公十八年：「公會齊侯于濼，遂及文姜如齊，齊侯通焉。公謫之，以告。夏四月，享公。使公子彭生乘公，公薨于車。」這一段記載便是説齊襄公與文姜私通的事。這樁醜聞在齊國不免傳開，引起人民的憎惡，便産生了這首詩。

由于這是諷刺斥責本國的君主，所以詩寫得比較隱蔽。首章以南山、雄狐起興，二章以葛屨、冠緌起興，三章蓺麻，四章析薪，每章各自爲興，興意各不相同，打破風詩中一般各章興句多半相同的格式，這恐怕便是有所顧忌的緣故。每章末句均用無答的設問式，留給讀者去思考，既收到「言者無罪」的效果，又可加强詩的諷刺力量。

南山崔崔，雄狐綏綏。魯道有蕩，齊子由歸。既曰歸止，曷又懷止？

南山，齊國山名，亦名牛山。崔崔，高大貌。這一興句以南山象徵齊襄公地位的尊嚴。雄狐，古人以雄狐爲淫獸。綏綏，韓詩作夊夊，綏是夊的假借字。追逐匹偶貌。是一種往復徘徊的樣子，所以玉篇云：「夊，行遲貌。」這一興句以雄狐淫獸比齊襄公追隨文姜。魯道，指從齊國到魯國的大道。有蕩，即蕩蕩，平坦。齊襄公的親妹文姜嫁給魯桓公，她出嫁時即從這條大道到魯國。齊子，指文姜。與碩人「齊侯之子」例同。歸，出嫁。止，語尾助詞。下同。懷，想念。方玉潤詩經原始：「首章言襄公縱淫，不當自淫其妹。妹既歸人而有夫矣，則亦可以已矣，而又曷懷之有乎？」

韻讀：脂部——崔、綏、歸、歸、懷（音回）。

葛屨五兩，冠緌雙止。魯道有蕩，齊子庸止。既曰庸止，曷又從止？

葛屨（ㄐㄩˋ據），麻布鞋，是古代勞動者穿的鞋。毛傳：「葛屨，服之賤者。」五，通「伍」，行列。兩，古緉字。説文：「緉，履兩枚也。」段注：「齊風：『葛屨五兩』，履必兩而後成用也，是謂之緉。」五兩，指麻鞋必定成雙並排地擺着。冠緌（ruí蕤），兩條帽帶下垂胸前部分，是古代貴族的服飾。毛傳：「冠緌，服之尊者。」詩人用葛屨、冠緌比喻不論人民或貴族都各有一定的配偶。庸，用。此言用魯道而嫁于魯桓公。從，跟從。方玉潤云：「次章言文姜即淫，亦不當順從其兄。今既歸魯而成耦矣，則亦可以已矣，而又曷返齊而從兄乎？」

韻讀：陽部——兩、蕩。東部——雙、庸、庸、從。

蓺麻如之何？衡從其畝。取妻如之何？必告父母。既曰告止，曷又鞠止？

蓺，本作埶，俗作蓺、藝。種植。衡從，即横縱。南北曰縱，東西曰横。賈思勰齊民要術：「凡種麻耕不厭熟，縱横七徧以上，則麻無葉也。」賈氏所云正是「衡從其畝」之意。鞠，毛傳：「鞠，窮也。」朱熹詩集傳：「又曷爲使之（指文姜）得窮其欲而至此哉？」

韻讀：之部——畝（滿以反）、母（滿以反）。幽部——告、鞠。

析薪如之何？匪斧不克。取妻如之何？匪媒不得。既曰得止，曷又極止？

析，説文訓爲「破木」。析薪，劈柴。古代常以「析薪」指婚姻。齊詩析薪作「伐柯」。

克，能，成功。按克的本義爲「肩」，説文段注：「肩，謂任，任事以肩，故任謂肩，亦謂之克。釋言曰：『克，能也。』其引申之義。」

取，今作娶，韓詩正作娶。

極，與上章「鞠」同義。爾雅釋詁：「極，至也。」方玉潤云：「後二章言魯桓公以父母命，憑媒妁言而成此昏配，非苟合者比，豈不有聞其兄妹事乎？既取而得之，則當禮以閑之，俾勿歸齊，則亦可以已矣，而又曷從其入齊，至令得窮所欲而無止極，自取殺身禍乎？」

韻讀：之部——克、得（丁力反）、得、極。

甫田

【題解】

這是一首思念遠人的詩。作者可能是一位流亡的農民，曾經種過領主的大田。他想起當初種田除草的辛苦，現在雖然可以離開了，但又添了思念遠人的苦惱，所以用大田起興。第三章他説出了這個遠人是誰，就是那個幼小美好的孩子。別時他還是紮着羊角辮的娃娃，如果不久能見到的話，該是青年人了吧。他的久別之感，與前兩章的勞心是相應的。毛序認爲是「刺襄公」，後人也多圍繞着齊襄公、文姜、魯莊公（文姜子）來解此詩，恐怕是由於前一篇南山是諷刺齊襄公同文姜亂倫的行爲，所以脱不出這個框框。其實據詩意分析，並無難懂之處。

此詩前二章反復吟咏，總是一種思念之苦。末章忽然轉過一層，作設想之詞，想象那可愛的人該長大了吧，不言思而思意自見。有人解末章爲最終相逢的實寫，似不及虚想來得蕴藉。

無田甫田，維莠驕驕。無思遠人，勞心忉忉。

前一「田」字，是畋的假借字，耕種。説文：「畋，平田也。」無田，不要耕種。甫，大。説文：「甫，男子之美稱也。」段玉裁注：「凡男子皆得稱之，以男子始冠之稱，引申爲始也，又引申爲大也。」按大田在當時屬領主所有，小雅甫田、大田便是反映農民在那裏耕種的情況。

維，發語詞，含有「其」的意思。莠（yǒu 酉），害苗的野草。今稱狗尾草。驕驕，韓詩作喬喬，驕是喬的假借字。爾雅：「喬，高也。」陳奂傳疏：「説文：『莠，禾粟下揚生莠也。』莠草挺出直上，非若禾粟向根下垂，故曰揚。驕驕者，揚之意。」

忉忉（dāo 刀），憂傷貌。

韻讀：真部——田（徒人反）、人。宵部——驕、忉。

無田甫田，維莠桀桀。無思遠人，勞心怛怛。

桀桀，桀是揭的假借字。揭是高舉的意思，這裏用來形容莠草高高挺立在田中的樣子。

怛怛（dá 答），憂傷痛心貌。説文：「怛，憯也。憯，痛也。」

韻讀：真部——田、人。　祭、元部通韻——桀、怛。

婉兮孌兮，總角丱兮。未幾見兮，突而弁兮。

婉孌，疊韻，年少而美好貌。

總角，兒童髮飾。總聚額兩邊披的頭髮，狀如兩個羊角，稱爲總角。　丱（guàn 貫），形容總角的形狀。説文：「丫，羊角也，象形。」丫字古省作卝，而丱是卝的俗字。

未幾，不久。

突而，突然。　弁（biàn 辨），戴冠。弁是帽子，這裏用作動詞。古代男子年二十而冠，表示已成年。

韻讀：元部——婉、孌、丱、見、弁。

盧令

【題解】

這是一首贊美獵人的詩。春秋時代，人們愛好田獵，反映在風詩裏，有騶虞、叔于田、大叔于田、還及此篇。毛序對以上諸詩均有美刺之説，指此詩刺齊襄公「好田獵畢弋，而不修民事」。後人多引國語、管子、左傳、公羊傳等記載以證成之。但詩中稱譽之意甚明，縱使是描寫齊襄公出獵，亦是贊美之而非譏刺之。釋詩當從本文，決不可囿於「變風變雅」之説而强索詩旨。此詩每章只有兩句，章與章之間也只變換二、三字，可能是順口溜一類的民歌。這種質直而複唱的詩句，反映了民歌早期粗拙的風格。孫鑛批評詩經贊此詩「澹語却有風致」，澹則澹矣，風致却並不出衆。舊時文人奉三百篇爲圭臬，他們的評論難免有過譽之處。

盧令令，其人美且仁。

盧，黑色的犬，獵狗。戰國策：「韓國盧，天下之駿犬也。」令令，象聲詞，狗頸下套環的響聲。三家詩令作鏻，作獜，作泠，皆字異而音同。

其人，指獵人。仁，和藹友好。

韻讀：真部——令、仁。

盧重環，其人美且鬈。

重環，大環中套一個小環，也稱子母環。

鬈（quán 權），勇壯。鄭箋：「鬈，當讀爲權，權，勇壯也。」據馬瑞辰考證，權是攫字之訛，攫是拳字異體，即「拳勇」之意。

韻讀：元部——環、鬈。

盧重鋂，其人美且偲。

重鋂（méi 梅），大環中套兩個小環。毛傳：「鋂，一環貫二也。」

偲（cāi 猜），多才。説文：「偲，彊力也。」段玉裁注：「（毛）傳曰：『偲，才也。』箋云：『才，多才也。』許云彊力者，亦取才之義引申之。才之本義，艸木之初也。故用其引申之義。」

韻讀：之部——鋂（謨其反）、偲。

敝笱

【題解】

這是諷刺齊國文姜的詩。毛序：「敝笱，刺文姜也。齊人惡魯桓公微弱，不能防閑文姜，使至淫亂，爲二國患焉。」齊文姜是齊襄公的妹妹，嫁給魯桓公爲妻。但她却同其兄襄公私通，魯桓公也因此被齊人殺死。文姜的兒子魯莊公即位之後，文姜還是不斷往齊國跑。齊人看不慣她這種亂倫的醜行，便寫了這首詩。後人對這首詩是諷刺魯桓公還是魯莊公多有争論，朱熹認爲是刺莊公，清儒陳啟源毛詩稽古編、胡承珙毛詩後箋又駁之，認爲是刺桓公。其實從詩意來看，主要是針對文姜本人。毛序「齊人惡魯桓公微弱」云云，是推本之論。由於魯桓公的放縱，使文姜更加肆無忌憚地爲禽獸之行，這從笱敝魴逸的興句中也能看出。詩學女爲引戴震説云：「笱所以取魚，敝笱則取之不能制之。即以本詩辭義求之，其爲桓公明矣。」他的分析比較中肯。

詩中用了「如雲」、「如雨」、「如水」三個誇張性的明喻來比文姜侍從人員的衆多盛大。後人在文學創作中以雲、雨、水喻衆多的真是不可勝數，所以我們今天看來覺得不甚新鮮。但處在文學發展早期的詩經時代，能作此比擬，則應當説是很生動的創意。劉勰文心雕龍比興篇云：「比類雖繁，以切至爲貴……物雖胡越，合則肝膽。」詩經中的比喻能抓住不同事物的共同點，比得貼切，給人鮮明的形象感，所以爲後世大量地襲用，體現了它旺盛的生命力。

敝笱在梁，其魚魴鰥。齊子歸止，其從如雲。

敝，破敗。　笱（gǒu苟），竹製的捕魚籠。　梁，魚梁。在河中用石塊築成堤壩，中留空缺，把笱嵌在空處，魚游進去就出不來了。

魴鰥（guān關），鯿魚和鯤魚。三家詩鰥作鯤，今名草魚。

齊子，指文姜。　歸，回齊國去。　止，語尾助詞。

韻讀：文部——鰥（音昆）、雲。

敝笱在梁，其魚魴鱮。齊子歸止，其從如雨。

鱮（xù序），鰱魚。

韻讀：魚部——鱮、雨。

敝笱在梁，其魚唯唯。齊子歸止，其從如水。

唯唯，魚兒自由自在地游動貌。陸德明經典釋文：「唯唯，韓詩作遺遺，言不能制也。」

韻讀：脂部——唯、水。

載驅

【題解】

這是一首寫齊女嫁魯的詩。毛序認爲是齊人刺襄公與文姜淫亂的詩。三家詩齊説認爲是「襄嫁季女，至于蕩道。齊子旦夕，留連久處（易林屯之大過）。」王先謙列舉春秋記載，「莊二十二年冬，公如齊納幣。」「二十四年夏，公如齊逆女。秋，公至自齊。八月，丁丑，夫人姜氏入。」他認爲這些齊女嫁魯的記載便是詩的背景。按魯莊公到齊國去親迎是在夏天；到了秋天，自己一個人回來了，並未接到新娘。一直到八月，齊哀姜才進入魯境，時間相隔幾個月。這是什麽緣故呢？公羊傳説出了原因：「其言入何？難也。其書日何？難也。其難奈何？夫人不僂，不可使入，與公有所約，然後入。」何休注：「約，約遠媵妾也。」原來哀姜對魯莊公不放心，要他允諾給予專房之寵才肯進門。詩便是描寫這位新嫁娘在魯國邊境遲遲不入的情景。

此詩首章四句，有兩句用疊字（有蕩，即蕩蕩）。後三章每章四句，有三句用疊字。詩經中用疊字來狀物、摹聲的，真是比比皆是。劉勰文心雕龍物色篇：「灼灼狀桃花之鮮，依依盡楊柳之貌，杲杲爲出日之容，瀌瀌擬雨雪之狀，喈喈逐黄鳥之聲，喓喓學草蟲之韻。」他所舉的例子，都是詩經中運用得較成功的疊字，所以劉勰評論道：「寫氣圖貌，既隨物以宛轉；屬采附聲，亦與心而徘徊。」就是說，形容景物，既要寫出物的神氣形貌，又要揉進作者的感情心境。但是這首詩疊字的應用，同劉勰「隨物宛轉，與心徘徊」的要求似還有距離。我們覺得詩中之所以用了這麽多疊字，恐怕同當時配合樂曲有關。雖然詩經樂譜已經失傳，但我們不妨想象拖長了聲調歌唱的效果，豈不是把哀姜那種故意拖拖拉拉的神態活畫出來了嗎？

載驅薄薄，簟茀朱鞹。魯道有蕩，齊子發夕。

載，語首助詞，無義。　薄薄，象聲詞，車輪轉動聲。毛傳：「薄薄，疾驅聲也。」　簟（diàn店），竹席。毛傳：「簟，方文席也。」孔疏：「簟字從竹，用竹爲席，其文必方，故云方文席也。」　茀（fú扶），車簾。毛傳：「車之蔽曰茀。」　朱鞹（kuò擴），染紅的獸皮製的車蓋。這樣的車子，是當時諸侯所乘，名爲路車。

有蕩，即蕩蕩，平坦。

齊子，指哀姜。她是齊襄公最小的女兒，嫁給魯莊公。　發，旦、早。王先謙集疏：「韓説曰：發，旦也，齊子旦夕，猶言朝見暮見，即久處之義。」按這二句意爲，齊國到魯國的道路是平坦的，爲什麽哀姜久久不入魯境？ 因爲她一路上同莊公早夜在講條件，所以就誤了結婚的時間。

韻讀：魚部——薄（音蒲入聲）、鞹（音枯入聲）、夕（音徐入聲）。

四驪濟濟，垂轡濔濔。魯道有蕩，齊子豈弟。

驪（lí離），黑色的馬。 濟濟，整齊貌。

濔濔（nǐ你），柔軟貌。濔是䩉的假借字。玉篇：「䩉，轡垂貌。」

豈（kǎi凱）弟，闓圛的假借，據陳喬樅考證，爾雅釋言：「闓圛，發也。」舍人注：「闓明發行也。」王先謙集疏：「謂齊子留連久處之後，至開明乃發行耳。」

韻讀：脂部——濟、濔、弟。

汶水湯湯，行人彭彭。魯道有蕩，齊子翱翔。

汶水，水名，流經齊、魯二國，即今山東省的汶河。 湯湯（shāng傷），水勢盛大貌。

彭彭，行人盛多貌。

翱翔，遊逛。這裏指不進魯國。

韻讀：陽部——湯、彭（音旁）、蕩、翔。

汶水滔滔，行人儦儦。魯道有蕩，齊子遊敖。

儦儦（biāo 標），來回行走貌。

敖，古遨字。遊敖，即遨遊，與翱翔同義。

韻讀：幽、宵部通韻——滔、儦、敖。

猗嗟

【題解】

這是贊美一位貌美藝高射手的詩。王先謙集疏：「春秋莊公四年冬，及齊人狩于禚。故齊人賦之。」陳奐傳疏：「吴惠士奇春秋説云：莊四年春二月，夫人姜氏饗齊侯于祝丘。其年冬，公及齊人狩于禚。齊有猗嗟之詩，爲莊公狩而作也。」他們都相信猗嗟詩中所描寫的主人公是魯莊公。這時，他大約是一位十七歲的青年，已經當了四年的魯侯。毛序：「猗嗟，刺魯莊公也。齊人傷魯莊公有威儀技藝，然而不能以禮防閑其母，失子之道，人以爲齊侯之子焉。」序的依據是「展我甥兮」及「以禦亂兮」二句。這二句微寓刺意，諷刺他樣樣都好，只是忘記報父之仇，不能制止母親與襄公私通。這樣，詩旨就是以美爲刺了。可作參考。

這是一首寫貌圖神很出色的詩。對射手的容貌舞姿，詩中都描繪一種動態的美。如「美目揚兮，巧趨蹌兮」，同衛風碩人中千古傳頌的名句「巧笑倩兮，美目盼兮」完全同一機杼，刻畫出一位顧盼有神、栩栩如生的形象。對莊公射技的描寫，則又有不同。第一章「射則臧兮」是虚寫，第二章「終日射侯，不出正兮」是實寫，第三章「射則貫兮，四矢反兮」是特寫，層層遞進，推到讀者面前的鏡頭一個比一個具體細微，使讀者對他神乎其技的歎美，也逐步達到高峰。方玉潤說：「描摹莊公，如見其人。」很能體會詩的妙筆。

猗嗟昌兮！頎而長兮，抑若揚兮。美目揚兮，巧趨蹌兮。射則臧兮！

猗嗟，猶吁嗟，贊歎之詞。陳奂傳疏：「猗嗟，疊韻。」昌，美盛貌。

頎(qí祈)而，即頎然，身材高長貌。古人以男女身材高大爲美。

抑，懿的假借字，美好。韓詩作卬。馬瑞辰通釋：「按懿、抑古通用。抑詩外傳作懿是也。釋詁、詩烝民傳皆曰：懿，美也。」抑若，即抑而、抑然。古而、若、然三字通用。揚，韓詩作陽，曰：「眉上曰陽。」皮錫瑞經學通論：「陽者，陽明之處也。今俗呼額角之側亦謂『太陽』，即同此義。然則自眉以及額角，皆得爲陽也。」按這句是贊美射手額頭的美好。

揚，睁眼貌。禮記：「揚其目而視之。」王先謙集疏：「瞻視清明，其美自見。」

趨，快步走。蹌(qiàng嗆)，快步走的姿態。毛傳：「蹌，巧趨貌。」説文：「蹌，動也。」

則，法則。下章的「舞則」同。射則意即射藝。説文：「則，等畫物也。」段注：「引申之爲法則，假借之爲語詞。」臧，好、熟練。

韻讀：陽部——昌、長、揚、揚、蹌、臧。

猗嗟名兮！美目清兮，儀既成兮。終日射侯，不出正兮。展我甥兮！

名，明的假借字。昌盛。韓詩作顯。馬瑞辰通釋：「名、明古通用，名當讀明，明亦昌盛之義。……三章首句皆贊美其容貌之盛大。」

儀，射儀，射手在射箭之前先表演射法的各種姿態。成，完備。

侯，箭靶。

正，置於箭靶正中的圓形小白布，亦名「的」或「鵠」。射箭以中「的」爲上。這兩句是形容射手射技的高明。

展，誠，確實。甥，外甥。鄭箋：「容貌技藝如此，誠我齊之甥。言誠者，拒時人言齊侯之子。」朱熹詩集傳：「言稱其爲齊之甥，而又以明非齊侯之子，此詩人之微辭也。按春秋桓公二年，夫人姜氏至自齊。六年九月，子同生。即莊公也。十八年，桓公乃與夫人如齊，則莊公誠非齊侯之子也。」

韻讀：耕部——名、清、成、正、甥。

猗嗟孌兮！清揚婉兮，舞則選兮。射則貫兮，四矢反兮。以禦亂兮！

變，壯美。毛傳：「變，壯好貌。」

清揚婉兮，眉清目秀。見野有蔓草注。

選，讀去聲，韓詩作纂，整齊。按古代射箭活動包括跳舞的項目。韓詩云：「言其舞則應雅樂也。」這句意爲，跳舞的步伐與音樂的節奏整齊合拍。

貫，射中。陳奂傳疏：「貫，今串字，古作毌，作貫者，假借字。貫，訓中。」

反，反復。韓詩作變。這裏指反復地射。將第一次射中的箭拔去再射，共射四次，每次都射中第一次所中的地方，這比「不出正」更難。鄭箋：「反，復也。禮射三而止，每射四矢，皆得其故處，此之謂復。」

禦，抵抗。這句意爲，以他的才能足以抵抗外侮。歷來詩經研究者很多人認爲這句也是詩人的微辭，諷刺魯莊公貌美藝高，但忘記了報父仇。莊公的父親桓公被齊襄公派人暗殺，而莊公却又娶了襄公的女兒爲妻，所以後人懷疑詩中有諷刺之意。

韻讀：元部——變、婉、選、貫、反、亂。

魏　風

魏風共七篇。周初封同姓于魏，到周惠王十六年，即公元前六六一年，被晉獻公所滅。全部魏詩都是魏亡以前，即春秋時代的作品。

魏在今山西芮城東北。土地乾涸，物産稀少，人民生活比其他地區更苦，正如朱熹所説：「其地陋隘而民貧俗儉。」魏風多半是諷刺、揭露統治階級的詩歌，風格較爲一致。葛屨中已經體會到詩歌的戰鬭作用。碩鼠的作者已經幻想着無剥削的樂土。伐檀的作者已經意識到剥削與被剥削的生産關係。在兩千五百年前，人們有這樣深刻的覺醒，真是不容易。魯詩説：「履畝税（農民除了要種公田交勞役、地租税之外，還要交私田所産十分之一的實物税）而碩鼠作。」魏風富于戰鬭性，可能是和魏地較早向人民征收雙重税有關。

葛屨

【題解】

這是一位縫衣女奴諷刺所謂「好人」的詩。詩僅兩章，塑造了兩個對立的形象：一個是受凍挨餓、疲乏不堪的縫衣女，一個是衣飾華貴、傲慢褊狹的貴婦人，反映了階級地位的差異和生活的懸殊。毛序：「葛屨，刺褊也。魏地陿隘，其民機巧趨利，其君儉嗇褊急，而無德以將之。」三家詩無異義。這是將「纖纖素手」的縫衣女同「宛然左辟」的貴婦人當作一個人看待，于詩意顯然相違。朱熹詩集傳：「此詩疑即縫裳之女所作。」這是正確的。

這首詩全篇用賦體，首章叙寫縫衣女含辛茹苦地爲「好人」縫製衣裳，二章寫「好人」挑剔作態的傲慢樣兒，前後對照，褒貶分明。　這同國風中其他各篇多作重章疊唱的結構也有所不同。　尤其篇末點明「是以爲刺」的作詩宗旨，更爲他詩所罕見。　所以方玉潤評曰：「明點作意，又是一法。」唐代白居易作秦中吟，于世上事「聞見之間有足悲者，因直歌其事」。　其中如「奪我身上暖，買爾眼前恩」（重賦）、「如何奉一身，直欲保千年」（傷宅）、「是歲江南旱，衢州人食人」（輕肥）、「豈知閿鄉獄，中有凍死囚」（歌舞）、「一叢深色花，十户中人賦」（買花）、「寄語家與國，人凶非宅凶」（凶宅）等等，都是采用兩相對照的方法，而且大聲疾呼，毫不隱微。　這同葛屨筆法相彷彿，而思想的深度當然是後來居上。

糾糾葛屨，可以履霜？　摻摻女手，可以縫裳？　要之襋之，好人服之。

糾糾，糾纏交錯貌。　葛屨（jù據），夏布鞋，只能夏天穿。　嚴粲詩緝：「葛屨既敝，而以繩糾纏之，糾而復糾，行於霜雪寒冱之地，言其苦也。」

可，何的假借字。

摻摻，韓詩作纖纖，摻是纖的假借字，形容女子雙手的柔弱纖細。

要，同褄，繫衣的帶子。　古人在衣襟上綴短帶以繫衣，相當于現在的紐扣。　襋（jí急），衣領。　要、襋本來都是名詞，這裏作動詞用，即提帶、提領的意思。

好人，美人。　姚際恒詩經通論：「好人猶美人，指夫人也。」按這句稱「好人」帶有刺意。　這二句意爲，縫衣女一手提衣帶，一手提衣領，將衣服拿給「好人」穿。

韻讀：陽部——霜、裳。　之部——襋、服（扶逼反）。

好人提提，宛然左辟，佩其象揥。維是褊心，是以爲刺。

提提，魯詩作媞媞，安詳貌。爾雅釋訓：「媞媞，安也。」郭璞注：「好人安詳之容。」宛然，轉身貌。辟，通「避」。左辟，向左閃開。按這句，三家詩作「宛如左僻」。佩，戴。　象揥（ㄊ替），象牙簪子。朱熹詩集傳：「揥所以摘髮，用象爲之，貴者之飾也。」這三句意爲，那「好人」裝腔作勢地不理睬，還把身子扭向旁邊，自顧自地佩着象牙簪子。維，魯詩作惟，因爲。　是，這個，指「好人」，代名詞。　褊心，心胸狹窄。說文：「褊，衣小也。」段玉裁注：「引申爲凡小之稱。」是以，「以是」的倒文。是，指這首詩，代詞。　刺，諷刺。

韻讀：支部——提、辟、揥、刺。

汾沮洳

【題解】

這是一首贊美勞動者才德的詩。春秋時代勞動人民地位極低，有的仍然是農奴。詩人將這位從事採菜的「賤者」與「公路」等達官貴族相比，而且褒前者而抑後者，這是頗不尋常的。只有勞動人民的口頭歌唱，才會有這樣熱愛同類的詩句。毛序：「汾沮洳，刺儉也。其君子儉以能勤，刺不得禮也。」認爲這是貴族躬自採菜，儉而過度。韓詩外傳：「君子盛德而卑，虚己以受人，旁行不流，應物而不窮，雖在下位，民願戴之，雖欲無尊得乎哉！」魏源詩古微：「據外傳之言，蓋歎沮澤之間有賢者隱居在下，採蔬自給。然其才德實出乎在位公行、公路之上。……蓋春秋時晉官皆貴游子弟，無材世禄，賢者不得用，用者不必賢也。」二説相比較，韓詩顯然比毛詩來得切近詩意。這首詩同葛屨、碩鼠、伐檀一樣，都富有鬬争性，不但在魏風中，便是在整部詩經中也算得上傑出的詩篇。

章首「彼汾沮洳，言采其莫」二句，朱熹標爲興體，其實這是詩人目見的賦句。詩人描寫一位采菜的勞動者，並用了誇張（美無度）、比喻（美如英、美如玉）的手法來贊美他的高尚品德。末句忽然提出「公路」、「公行」、「公族」來作對比。雖然短短一句便陡然煞住，但詩人似將他的褒貶愛憎情緒全部傾注在這一句中，給讀者以回味的餘意。這首詩中不自覺地運用了誇張、比喻、頂真、反襯等修辭格，雖然還很粗糙，但中國文學的滔滔長河，畢竟是從這些涓涓細流發源的。

彼汾沮洳，言采其莫。彼其之子，美無度。美無度，殊異乎公路！

汾，水名，在今山西中部。　沮洳（jù rù巨入），水旁低濕處。

言，語首助詞。　莫，野菜名。陸璣詩草木鳥獸蟲魚疏：「莫，莖大如箸，赤節，節一葉，似柳葉，厚而長，有毛刺。……始生可以爲羹，又可生食。五方通謂之酸迷。」

彼、之，都是第三人稱代名詞，爲了加重語氣，所以重複地説，這裏指采菜的人。王先謙集疏：「之子，指採菜之賢者。」其（𬼂記），句中助詞，無義。

度，尺寸。陸德明經典釋文：「度，丈尺也。」無度，猶不可衡量。鄭箋：「是子之德，美無有度，言不可尺寸。」「美無度」句下重複「美無度」，即頂真的修辭格。

殊，同異。説文：「殊，死也。」段注：「死罪者身首分離，故曰殊死。引申爲殊異。」乎，同於。陳奂傳疏：「殊亦異也。乎，猶於也。」公路，與下章的公行、公族都是當時的官名。公路是管理魏君路車的官員，公行是管理兵車的，公族是管理宗族事務的。這些官員都以貴族子弟充任，其職位、俸禄均世襲，即所謂「無材世禄」者。

韻讀：魚部——洳、莫、度、度、路。

彼汾一方，言采其桑。彼其之子，美如英。美如英，殊異乎公行。

方，同旁。一方，指在汾水旁邊一個地方。

英，花朵。俞樾群經平議：「英，讀如『顔如舜英』之英。」

韻讀：陽部——方、桑、英（音央）、英、行（音杭）。

彼汾一曲，言采其藚。彼其之子，美如玉。美如玉，殊異乎公族。

曲，水流彎曲處。

蕢（xù 續），藥名，又稱澤瀉，可入藥，亦可作菜。

韻讀：侯部——曲、蕢、玉、玉、族。

園有桃

【題解】

這是一首没落貴族憂貧畏譏的詩。人家稱他爲「士」，可能是一位知識分子。他没落了，窮得没有飯吃，只好摘園中的桃棗充饑。春秋時候，魏國實行勤儉政策，這對士的生活來説，不免也受到影響，因而引起了他的感傷，便歌唱起來。他譏刺時政，不滿現實。别人指責他驕傲反常，自以爲是。他覺得無人能理解自己，精神上異常痛苦，只能用丢開一切、什麽都不想的辦法來尋找解脱。詩反映了當時魏國「士」的經濟地位和思想情況。

此詩與王風黍離、兔爰同一格調，都是所謂「悲愁之詞」。詩以園桃興起，急接「心之憂矣」一句，點明主題。然後句句圍繞「憂」字，慷慨悲涼，大有「世人皆醉，而我獨醒」之慨。詩中全無描狀摹態、模山範水之筆，但胸臆的抒發一波三折，深沉而又痛切，所以姚際恒評曰：「詩如行文，極縱横排宕之致。」

園有桃，其實之殽。心之憂矣，我歌且謠。不知我者，謂我「士也驕。彼人是哉，子曰何其！」心之憂矣，其誰知之？其誰知之，蓋亦勿思！

實，桃實，桃子。之，是。殽，燒好的菜，這裏作動詞「吃」用。朱熹詩集傳：「殽，食也。」這二句意爲，園裏有桃樹，我吃了它的果實。

歌，謠，有樂調配唱的叫作歌，無樂調配唱的叫作謠。這裏的歌謠是泛稱歌唱，並無配樂與否的區別。

士，古代下級官僚或知識分子的通稱。也，語中助詞。

彼人，指執政者。是，正確。

子，你，指那位士。其，語助詞。何其，什麽緣故。按這四句的意思各家注釋各不相同，今從林義光詩經通解説，林氏曰：「不知我者之言也，言彼在位者所行良是，而子譏之，果何故乎？」

蓋，「盍」的假借字，是「何不」的合音。亦，語助詞。這兩句意爲，我心中的憂愁無人了解，何不丢開了不去想它。

韻讀：宵部——桃、殽、謠、驕。之部——哉（音兹）、其、矣、之、之、思。

園有棘，其實之食。心之憂矣，聊以行國。不知我者，謂我「士也罔極。彼人是哉，子曰何其！」心之憂矣，其誰知之？其誰知之，蓋亦勿思！

棘，酸棗樹。

行國，行遊國中。朱熹詩集傳：「聊，且略之辭。歌謠之不足，則出遊於國中而寫憂也。」

罔極，無常。這裏指違反常道。見氓注。

韻讀：之部——棘、食、國（古逼反，入聲）、極、哉、其、矣、之、之、思。

陟岵

【題解】

這是一首征人思家的詩。毛序：「陟岵，孝子行役，思念父母也。國迫而數侵削，役乎大國，父母兄弟離散，而作是詩也。」所説與詩意基本相符。無休止的勞役，連睡覺的時間都没有，使征人難免聯想到死亡，他只希望能在死亡綫上掙扎到回家鄉。詩反映了當時勞役生活的痛苦和勞動人民對統治者征役無已的極度憎恨。

詩的藝術手法極爲巧妙。詩人在役地思家，但他不直説自己的望鄉之情，却想象着父母兄長在家中想念他的情景。這樣的表達法，反映出一種極迫切、極深厚、極苦澀、又極難排解的心情。方玉潤詩經原始云：「人子行役，登高念親，人情之常。若從正面直寫己之所以念親，縱千言萬語，豈能道得盡？詩妙從對面設想，思親所以念己之心與臨行勗己之言，則筆以曲而愈達，情以婉而愈深，千載之下讀之，猶足令羈旅人望白雲而起思親之念，況當日遠離父母者乎？」他這一段分析，正點出其中三昧。這種手法，錢鍾書先生稱之爲「分身以自省，推己以忖他；寫心行則我思人乃想人必思我。」後世詩人用此意者非常普遍，如白居易望驛臺：「兩處春光同日盡，居人思客客思家。」韋莊浣溪紗：「夜夜相思更漏殘，傷心明月凭闌干，想君思我錦衾寒。」龔自珍己亥雜詩：「一燈古店齋心坐，不是雲屏夢裏人。」遣詞造境都越出越精，然其機杼則同陟岵無異，這就是風詩幾乎篇篇有創意的可貴之處。

陟彼岵兮，瞻望父兮。父曰：「嗟予子！行役夙夜無已。上慎旃哉，猶來無止！」

陟，登上。見卷耳注。　岵（hù户），無草木的山。毛傳：「山無草木曰岵。」唐語林施士丐曰：「山無草木曰岵。所以言『陟彼岵兮』，言無可怙也。以岵之無草木，故以譬之。」　父曰，這句以下均是詩人想象他父親在家中說的話。下章「母曰」、「兄曰」等語皆同。　已，停止。這句意爲，服役日日夜夜没有休息的時間。按魯詩無已作毋已，義與毛詩異。　上，魯詩作「尚」，是正字。庶幾，表示希望。　慎，謹慎。含有「保重」之意。　旃（zhān 毡），之、焉的合音，指示代名詞。這句意爲，希望保重你自己啊。　猶來，還是歸來。　止，停留、滯留。朱熹詩集傳：「猶可以來歸，無止於彼而不來也。」

韻讀：魚部——岵、父。　之部——子、已、哉、止。

陟彼屺兮，瞻望母兮。母曰：「嗟予季！行役夙夜無寐，上慎旃哉，猶來無棄！」

屺（qǐ起），有草木的山。毛傳：「山有草木曰屺。」

季，小兒子。侯人傳：「季，人之少子也。」

無寐，没有睡覺的時間。

棄，拋棄。毛傳：「母尚恩也。」陳奂傳疏：「母尚恩以釋經之無棄，言不棄母也。」

韻讀：之部——屺、母（滿以反）。脂部——季、寐、棄。

陟彼岡兮，瞻望兄兮。兄曰：「嗟予弟！行役夙夜必偕，上慎旃哉，猶來無死！」

偕，一起。毛傳：「偕，俱也。」朱熹詩集傳：「言與其儕同作同止，不得自如也。」

韻讀：陽部——岡、兄（虚王反）。脂部——弟、偕（音几）、死。

十畝之間

【題解】

這是一群採桑女子呼伴同歸的歌唱。毛序云：「刺時」，姚際恒詩經通論云：「此類刺淫之詩」，這兩種説法於詩意相去皆甚遠，毫無根據。朱熹詩集傳：「賢者不樂仕於朝，而思與其友歸於農圃。」他倒是看出了一點意味，但是古代採桑是婦女的勞動，如豳風七月：「女執懿筐，遵彼微行，爰求柔桑。」所以賢者招隱之説總不如採桑女呼伴同歸之解來得直截，更合於詩旨。詩僅兩章六句，却勾勒出一派清新恬淡的田園風光。夕陽斜暉，透過碧緑的葉片照進桑林。忙碌了一天的採桑姑娘，準備回家了。她們唱着歌兒，互相呼喚，結伴同歸。歌聲中摻着一絲疲乏，但又充滿了輕鬆感。人漸漸走遠了，歌聲却彷彿仍裊裊不絶地在林子裏迴轉。這首詩同芣苢一樣都是反映婦女採摘勞動的民歌，但芣苢表達的是忙碌的快樂，這首詩表達的是休息的輕鬆，情調並不相同。讀這首詩，不禁想起陶淵明「晨興理荒穢，帶月荷鋤歸。道狹草木長，夕露沾我衣」的詩句。雖然作者身份各異，但詩中那股閑適自在的氣韻，則令人有一脉相承之感。

十畝之間兮，桑者閑閑兮，行與子還兮。

十畝之間，指房屋牆邊或附近種桑麻之處。十畝是約數，不是確數。馬瑞辰通釋：「古者民各受公田十畝，又廬舍各二畝半，環廬舍種桑麻雜菜，孟子所謂『五畝之宅，樹牆下以桑』。……凡爲田十二畝半，詩但言十畝者，舉成數耳。」

桑者，詩經中寫採桑的勞動多由婦女擔任，桑者當是採桑女。閑閑，寬閒貌。經典釋文作閒閒。段玉裁説文解字注：「閒者，稍暇也，故曰閒暇。今人或以閑代之。」

行，且、將要。漢書揚雄傳「行睨陔下與彭城」，顔師古注：「行，且也，意且欲往覩也。」子，王先謙集疏：「子謂同去之人。」還，同「旋」，廣雅：「還，歸也。」

韻讀：元部——閒、閑、還。

十畝之外兮，桑者泄泄兮，行與子逝兮。

泄泄（yì異），毛傳：「泄泄，多人之貌。」按三家詩作詍或呭，皆訓爲多言。多言由於多人，故與多人之貌義相近。

逝，往。王引之經義述聞：「此詩『行與子還』、『行與子逝』，猶言且與子歸、且與子往也。」

韻讀：祭部——外（音月入聲）、泄、逝（時例反，入聲）。

伐檀

【題解】

這是一首諷刺剥削者不勞而獲的詩。一群匠人在黄河邊伐木，爲當老爺的造車，他們邊幹邊唱起了這首歌。詩中明確地提出了不勞而獲和勞而不獲的尖鋭矛盾，對剥削者的寄生生活表達了强烈的憎恨和辛辣的嘲諷，是詩經中鬪争性最强的現實主義作品。毛序：「伐檀，刺貪也。在位貪鄙，無功而食禄。君子不得進仕爾。」序説基本符合詩旨，只是把勞動者與剥削者的對立曲解成是貪鄙的在位者與不得進仕的君子之間的衝突。不過，這一點我們是無法苛求古人的。朱熹詩序辨説：「此詩專美君子不素餐。」他以反毛序爲宗旨，但是對這首詩的解釋却遜於前賢。

詩中「不稼不穡，胡取禾三百廛兮？不狩不獵，胡瞻爾庭有縣貆兮？」這四句詩，毫不掩飾地表露了作者的情感。詩人以反詰式的設問手法，把他們心中的憤怒宣泄得更爲强烈，所以方玉潤評曰：「筆極噴薄有力。」而章末「彼君子兮，不素餐兮」兩句，却又一轉慷慨激昂爲反語式的冷嘲峻刺，點明主旨。一正一反，一熱一冷，這種前後迥異的藝術手法正適宜於表現階級對立的思想内容。讀着這樣嘻笑怒駡的詩歌，我們會深感「温柔敦厚」四個字是無法概括詩風的。

坎坎伐檀兮，寘之河之干兮，河水清且漣猗。不稼不穡，胡取禾三百廛兮？不狩不獵，胡瞻爾庭有縣貆兮？彼君子兮，不素餐兮！

坎坎，伐木聲。魯詩作欿欿，齊詩作轗轗，都是字異聲同的摹聲詞。

寘，即置字，放置。干，河岸。按干的本義是侵犯，這裏假借爲岸字。按這句齊詩「之」作「諸」，「諸」是「之於」的合音。

漣，水面的波紋。毛傳：「風行水成文曰漣。」魯詩作瀾。説文：「大波爲瀾。瀾或从連。」可見瀾、漣本是一字。猗，魯詩作兮，語氣詞。猗、兮古通用。書秦誓「斷斷猗」，大學引作「兮」。

按詩每章的前三句都是興。前二句爲即事起興，第三句爲即景起興。

稼，耕種。　穡，收割。　毛傳：「種之曰稼，斂之曰穡。」按魯詩穡作嗇。

胡，爲何。　廛（chán蟬），農民住的房。　周官地官遂人：「夫一廛，田百畝。」鄭注：「廛，居也。」按此三百廛指三百夫所種田中的收穫。　三百言其多，並非確數。　下章的「三百億」、「三百囷」同。

狩，冬獵。　獵，夜裏打獵。　鄭箋：「冬獵曰狩，宵田曰獵。」此處是泛指。

瞻，望見。　庭，院子。　縣，同「懸」。　貆（huān歡），豬獾。　一種小野獸。

君子，即上文的「爾」，指貪鄙的在位者。

素餐，白喫飯不幹事。　孟子盡心篇：「無功而食謂之素餐。」此處説君子不素餐，是詩人以反語冷嘲。

韻讀：元部——檀、干、漣、廛、貆、餐。

坎坎伐輻兮，寘之河之側兮，河水清且直猗。　不稼不穡，胡取禾三百億兮？　不狩不獵，胡瞻爾庭有縣特兮？　彼君子兮，不素食兮！

輻，車輪中湊集於中心轂上的直木條。　此處指伐檀木爲輻，所以毛傳云：「輻，檀輻也。」

直，水流平直。　毛傳：「直，直波也。」

億，周代以十万爲億，此處指禾把的數目。　鄭箋：「禾秉之數。」

特，指大的野獸。　毛傳：「獸四歲曰特。」

素食，與「素餐」同義。

韻讀：之部——輻、側、直、億、特、食。

坎坎伐輪兮，寘之河之漘兮，河水清且淪猗。不稼不穡，胡取禾三百囷兮？不狩不獵，胡瞻爾庭有縣鶉兮？彼君子兮，不素飧兮！

輪，毛傳：「檀可以爲輪。」

漘（chún 唇），水邊。說文：「漘，水厓也。」

淪，水面的微波。爾雅：「小波爲淪。」

囷（qūn 逡），圓形糧倉，今稱爲囤。毛傳：「圓者爲囷。」

鶉（chún 唇），鳥名，即今之鵪鶉。

飧（sūn 孫），熟食。釋文引字林云：「飧，水澆飯也。」魯、齊詩作湌，是飧的或體字。素飧與「素餐」、「素食」同義，都是泛稱。

韻讀：文部——輪、漘、囷、鶉、飧。

碩鼠

【題解】

這是一首反對剝削過重，幻想美好社會的詩。魯詩說：「履畝稅而碩鼠作（王符潛夫論班禄篇）。」齊詩說：「周之末塗，德惠塞而耆欲衆，君奢侈而上求多，民困於下，怠於公事，是以有履畝之税，碩鼠之詩是也（桓寬鹽鐵論取下篇）。」由此可見詩是爲刺履畝税而作。所謂履畝税，春秋穀梁傳宣公十五年：「初税畝者，非公之去公田，而履畝十取一也。」注：「徐邈以爲除去公田之外，又税私田之十一。」就是説農民除了要出勞役爲公田耕種之外，還要交納私田所産的十分之一爲實物税。這樣的雙重剥削，農民實在難以忍受，就幻想着去尋找一塊理想的樂園。

詩中以借喻的手法，將貪婪的剥削者比作田間大老鼠；又以同碩鼠講話的口氣，再三呼告懇求，充滿了一種無可奈何的怨恨，引起讀者的共鳴與同情。章末忽發奇想，向往着去尋求一處無憂無慮的樂土。但末章最後又說：「樂郊樂郊，誰之永號！」對心目中的伊甸園又感到渺茫悵惘。一波三折，語盡意存，現實主義的題材與浪漫主義的創作方法結合在一起，使這首詩成爲詩經中的名篇。

碩鼠碩鼠，無食我黍！三歲貫女，莫我肯顧。逝將去女，適彼樂土。樂土樂土，爰得我所！

碩，大。馬瑞辰通釋認爲碩是鼫的假借字，碩鼠即鼫鼠，亦通。郭璞爾雅注云：「鼫鼠形大如鼠，頭似兔，尾有毛青黄色，好在田中食粟豆。」

三歲，多年。「三」字不是確數。方玉潤詩經原始：「三歲，言其久也。」貫，魯詩作宦，貫是宦的假借字。國語越語：「與范蠡入宦於吴。」韋昭注：「宦，爲臣隸也。」這裏引申爲「事」，即侍奉、養活之意。女，通「汝」，韓詩正作汝，指剥削者。

莫我肯顧，是「莫肯顧我」的倒文，下章「莫我肯德」、「莫我肯勞」均同。

逝，往。鄭箋：「逝，往也。往矣將去女，與之訣别之辭。」裴學海認爲逝假借爲「誓」，表示堅決，亦通。

適，之、到。樂土，是詩人想象中没有老鼠的幸福樂園，下章「樂國」、「樂郊」與此同意。

樂土樂土，韓詩重句仍作「適彼樂土」。下章「樂國樂國」、「樂郊樂郊」，韓詩均重句作「適彼樂國」、「適彼樂郊」。胡承珙毛詩後箋：「嚴緝云：『連稱樂土者，喜談樂道於彼，以見其厭苦於此也。』今謂古人疊句乃長言嗟歎之意，祇疊樂土二字，尤見悲歌促節，不必改毛從韓。」按胡説甚有理致。

爰，乃、就。所，處所。按所的本義是伐木聲，處所之義是假借爲処字而得。

韻讀：魚部——鼠、黍、女、顧、女、土、土、所。

碩鼠碩鼠，無食我麥！三歲貫女，莫我肯德。逝將去女，適彼樂國。樂國樂國，爰得我直！

德，感德、感激。

直，值的假借字，價值。這句意爲，我的勞動就能得到相應的報酬（從余冠英説）。

韻讀：魚部——鼠、女、女。之部——麥、德、國、國、直。

碩鼠碩鼠，無食我苗！三歲貫女，莫我肯勞。逝將去女，適彼樂郊。樂郊樂郊，誰之永號！

勞，慰勞。

之，往。永，長。號，説文：「號，嘑（呼）也。」段注：「號嘑者，如今云高叫也。」永號，長聲地呼號。這句意爲，有誰去過樂土呢？只有失望地長聲高叫罷了。

韻讀：魚部——鼠、女、女。宵部——苗、勞、郊、郊、號。

唐風

唐風就是晉風。周成王封他的季弟姬叔虞于唐，唐地有晉水，所以後來國號改稱晉。唐風共十二篇。揚之水寫晉昭侯封他叔父成師于曲沃，成師的勢力漸漸超過了晉侯，就有政變的陰謀。左傳桓公二年：「惠公二十四年，晉始亂，故封桓叔于曲沃。」魯惠公二十四年是公元前七四五年，這樣看來，唐風可能産生于東周和春秋之際。

唐國在今山西中部太原一帶，即翼城、曲沃、絳縣、聞喜等地區。自從昭侯分封曲沃後，晉君和成師系統的鬥争足足持續了六七十年，政局動蕩，人民生活不安定，再加上土地貧瘠、物産匱乏，在文學作品上就自然地體現出消極頹唐、失望惆悵的色彩。如蟋蟀、山有樞、杕杜、鴇羽、葛生、采苓等詩，格調都很低沉，符合所謂「思深憂遠」的評價。但也有像椒聊的賀多子，綢繆的賀新婚，情緒歡快明朗，屬於另一種類型。

蟋　蟀

【題解】

這是一首歲暮述懷的詩。作者可能是一位「士」，他感到光陰易逝，應當及時行樂；但另一方面，他又不願徹底墮落，還想着自己的職責，覺得享樂畢竟還是適可而止的好。方玉潤詩經原始：「其人素本勤儉，强作曠達，而又不敢過放其懷，恐耽逸樂，致荒本業。故方以日月之舍我而逝不復回者爲樂不可緩，又更以職業之當修、勿忘其本業者爲志不可荒。無已，則必如彼瞿瞿良士，好樂而無荒焉可也。」他這段分析，對作者的心情頗能體貼入微。這種矛盾的思想，反映了中國幾千年來一部分知識分子典型的心理狀態。

詩歌的邏輯性很强，如「好樂無荒」承「無已大康」而言，「良士瞿瞿」承「職思其居」而言，秩然有序，所以孫鑛批評詩經贊曰：「構法最緊浄。」吴闓生詩義會通贊曰：「詩意精湛之至，粹然有道君子之言。」的確，結構嚴謹，説理清楚，是此詩長處。但是在語言的形象生動方面，則遜於國風中一些精彩的民歌。

蟋蟀在堂，歲聿其莫。今我不樂，日月其除。無已大康，職思其居。好樂無荒，良士瞿瞿。

蟋蟀在堂，蟋蟀本在野外，但隨着寒暑變化經常移動，所以古人將它當作候蟲。豳風七月：「七月在野，八月在宇，九月在户，十月蟋蟀入我床下。」七月説的「在户」，即這裏説的「在堂」。周代建子，以農曆十月爲歲暮，十一月即爲次年正月，在堂指的是農曆九月。

聿，同「曰」，語助詞，含有「遂（就）」意。莫，即暮。其暮猶言「將盡」。孔疏：「時當九月，歲末爲暮，而言歲聿其暮者，言其過此月後，則歲遂將暮耳。」

樂，尋歡作樂。

日月，指光陰。其，句中助詞，無義。除，逝去，去舊更新之意。按除的本義爲「殿陛」。「去舊更新」是引申義。説文段注：「殿陛謂之除。因之凡去舊更新皆曰除，取拾級更易之義也。」

無，通「毋」。已，過度。陳奂傳疏：「已者，甚之詞也。」大，同「泰」。泰康，安樂。這句意爲，不要過分地追求安樂。

職，尚，還要。馬瑞辰通釋：「爾雅釋詁：『職，常也。』常從尚聲，故職又通作尚。秦誓『亦職有利哉』，大學引作『尚亦有利哉』，論衡引作『亦尚有利哉』。……竊謂此當訓尚。」居，處，指自己擔任的職位。這句意爲，還要想到自己的職務。

好，愛好。荒，荒廢。鄭箋：「荒，廢亂也。」

良士，指作者心目中的榜樣。鄭箋：「良，善也。」瞿瞿，驚顧貌，含有警惕之意。毛傳：「瞿瞿然顧禮義也。」這二句意爲，愛好娛樂而不荒廢業務，該像良士那樣時時警戒自己。

韻讀：魚部——莫、除、居、瞿。

蟋蟀在堂，歲聿其逝。今我不樂，日月其邁。無已大康，職思其外。好樂無荒，良士蹶蹶。

逝，流逝。

邁，與上章「日月其除」的「除」同義。毛傳：「邁，行也。」

外，職務以外的事。蘇轍詩集傳：「既思其職，又思其職之外。」

蹶蹶（juě 決），動作敏捷貌。毛傳：「蹶蹶，動而敏于事。」這句意爲，該像良士那樣敏捷勤快。

韻讀：祭部——逝（時例反，入聲）、邁（音蔑）、外（音月入聲）、蹶。

蟋蟀在堂，役車其休。今我不樂，日月其慆。無已大康，職思其憂。好樂無荒，良士休休。

役車，服役的車輛。其休，將要休息，指行役者將回家，這也是歲暮的事。馬瑞辰通釋：

「古者役不踰時。月令：『孟秋乃命將帥。』則孟冬正當旋役之時。采薇詩：『曰歸曰歸，歲亦陽止。』杕杜詩：『日月陽止，女心傷止，征夫遑止。』皆古者歲莫還役之證。」

慆（tāo 滔），滔的假借字。說文：「滔，水漫漫大貌。」馬瑞辰通釋：「大則易失之過，故過又大義之引申也。」這裏的「過」也作「逝去」解。

憂，可憂的事。鄭箋：「憂者，謂鄰國侵伐之憂。」

休休，希望和平的心情。方玉潤詩經原始：「季氏本曰：休休，以安爲念，亦懼意也。」

韻讀：幽部——休、慆（他愁反）、憂、休。

山有樞

【題解】

這是一首諷刺守財奴、宣揚及時行樂的詩。毛序認爲諷刺晉昭公「有財不能用，有鍾鼓不能以自樂，有朝廷不能洒掃」；三家詩認爲「當周公、召公共和之時，成侯曾孫僖侯甚嗇愛物，儉不中禮，國人閔之，唐之變風始作。」從詩的内容來看，確也是厭惡吝嗇成性，提倡放蕩恣縱的歌唱。但是在放浪形骸的外殼裏，却蘊藏着很深的悵惘和空虛的心聲。鍾惺評點詩經云：「行樂之詞，乃以斥（澀）苦之音出之，開後來詩人許多憂生惜日之感。末語促節，便可當一部輓歌。」確是評出了這首詩的特點。

此詩所反映的頹唐心理與前篇蟋蟀的節制心理頗不同，細細對讀，便能體會詞氣抑揚之間，意旨迥别。方玉潤謂蟋蟀爲「謹守見道之人所作」，山有樞爲「莊子委蛻、釋氏本空一流人語」，很有見地。

山有樞，隰有榆。子有衣裳，弗曳弗婁。子有車馬，弗馳弗驅。宛其死矣，他人是愉。

樞，魯詩作藲，都是藲的假借字。今名刺榆。陸璣詩草木鳥獸蟲魚疏：「其針刺如柘，其葉如榆，瀹爲茹，美滑於白榆。」

隰，低窪的地。　榆，落葉喬木，白色者謂之白枌。按這二句是興句，詩人以山隰有木材不能自用，只供他人用，興守財奴有財寶不知享用，等他死了却供别人享受。

曳(yè 夜)，拖。　婁，摟的假借，韓詩正作摟。釋文引馬云：「婁，牽也。」按曳、摟都是穿衣的動作，這裏泛指穿衣。

馳、驅，按古代馳、驅二字有區别，走馬（讓馬快跑）謂之馳，策馬（用鞭子趕馬）謂之驅。但這裏是渾言不别，俱指乘車。

宛，苑的假借字。枯萎。淮南子俶真訓：「形苑而神壯。」高誘注：「苑，枯病也。」　其，句中助詞。

愉，快樂、享樂。這二句意爲，你要是老病死了，這些東西還不都歸别人享用？

韻讀：侯部——樞（昌蓲反）、榆（喻蓲反）、婁、驅（音蓲 qiū）、愉（喻蓲反）。

山有栲，隰有杻。子有廷内，弗洒弗埽。子有鍾鼓，弗鼓弗考。宛其死矣，他人是保。

栲，又名山樗，落葉小喬木，今名臭椿。

杻（niǔ 紐），又名檍，梓屬，高大喬木，木材可作弓弩幹。

廷，通「庭」，院子。　内，指堂室。王引之經義述聞：「廷内，謂庭與堂室，非謂庭之内也。」

埽，同「掃」。

鼓，敲打。　考，攷的假借字。廣雅：「攷，擊也。」

保，占有。朱熹：「保，居有也。」

韻讀：幽部——栲（苦叟反）、杻、埽（音叟）、考（罟叟反）、保（博叟反）。

山有漆，隰有栗。子有酒食，何不日鼓瑟？且以喜樂，且以永日。宛其死矣，他人入室。

漆，漆樹。

且，姑且。　以，用。指上二句飲食作樂。

永，長。這裏作動詞用，是延長之意。朱熹詩集傳：「人多憂，則覺日短，飲食作樂，可以永長此日也。」

韻讀：脂部——漆、栗、瑟、日、室。

揚之水

【題解】這是一首揭發告密詩。據左傳記載，晉昭侯元年（公元前七四五年），昭侯封叔父成師于曲沃，號爲桓叔。昭侯七年，晉大夫潘父與桓叔密謀，作爲内應，發動政變。這次陰謀没有成功，桓叔敗歸曲沃，但昭侯已被殺死。這首詩可能作于潘父與桓叔策劃政變之時。作者或許是個知情者，他跟從桓叔去了曲沃，但又身在曹營心在漢，於是通過詩歌的形式委婉地告了密。

此詩每章都以「揚之水」起興，馬瑞辰通釋説：「此詩揚之水，蓋以喻晉昭微弱不能制桓叔，而轉封沃以使之强大。則有如水之激石，不能傷石而益使之鮮潔。故以『白石鑿鑿』喻沃之盛强耳。」他分析此詩興義與詩旨合。它與王風揚之水、鄭風揚之水同，但這三首詩的主題却各不同，王風揚之水是久戍思歸之曲，鄭風揚之水是叮嚀勸勉之詞，此詩是首鼠兩端之言。在風格上，前二者表現纏綿難解和惶惑不安之情，後者表現矛盾抑鬱的心曲。同是用「揚之水」起興，便是借助這句民間詩歌習語的含義和在韻律節奏上的特點，造成一種沉悶哀怨的氣氛，而引起讀者的共鳴。詩經興法的這種作用，隨着樂譜的散佚而失去了它的藝術魅力，但讀者若仔細吟味，還是能得其餘韻。

揚之水，白石鑿鑿。素衣朱襮，從子于沃。既見君子，云何不樂。

揚之水，悠揚緩慢的流水。

鑿鑿，鮮明貌。

素衣，白繒的内衣。　朱襮(bó博)，紅邊的衣領。陳奐傳疏：「禮唯諸侯中衣則然，大夫用之則爲僭。」潘父是大夫，却穿起諸侯的服飾，所以説他是「叛晉者」。

子，你，指潘父。陳奐傳疏：「子，斥叛晉者也。」　于，往、到。　沃，曲沃。在今山西省聞喜縣東，是桓叔的封地。這位詩人可能是潘父的隨從之一。

君子，鄭箋：「君子謂桓叔。」

云，語助詞。這二句大意爲，潘父見到桓叔，没有不快樂的。暗示兩人結謀反叛。

韻讀：宵部——鑿、襮、沃(烏駁反)、樂。

揚之水，白石皓皓。素衣朱繡，從子于鵠。既見君子，云何其憂。

皓皓，潔白貌。他本作皓皓，是俗字。按皓的本義爲「日出貌」，説文段注：「謂光明之貌也。天下惟潔白者最光明，故引申爲凡白之稱。又改其字从白作皓矣。」

朱繡，紅邊領上畫以五彩花紋。陳奐傳疏：「諸侯冕服，其中衣之衣領，緣以丹朱，畫以黼黼。」

鵠，齊詩作皋，即曲沃。馬瑞辰通釋：「鵠，古通作皋，澤也、皋也、沃也，蓋析言則異，散言則通。三家詩從本字作皋，毛詩假借作鵠，非曲沃之旁別有邑名鵠也。」

云、其，都是語助詞，鑲字以足句。

韻讀：幽部——晧（何瘦反）、繡、鵠（呼瘦反）、憂。

揚之水，白石粼粼。我聞有命，不敢以告人！

粼粼，清澈之貌。按各本作粼粼，蓋與粼粼形近之譌。

命，成命。方玉潤詩經原始：「聞其事已成，將有成命也。」即將有通告全國、發動政變的命令。

不敢以告人，這是以反話來隱晦地告密。嚴粲詩緝：「言不敢告人者，乃所以告昭公。」吴闓生詩義會通：「此巧於告密者，晉昭不悟，奈何！」陳奐認爲：「前二章皆六句，此章四句，殊太短，恐漢初傳之者有脱誤。」按魯詩末章第三句起作「國有大命，不可以告人，妨其躬身。」可證陳説近是。

韻讀：真部——粼、命、人。

椒　聊

【題解】

這是一首贊美婦女多子的詩。毛序和三家詩都説這是詩人寫曲沃桓叔子孫盛大的詩。後代注家多承此説。但朱熹却認爲「此不知其所指」，「此詩未見其必爲沃而作也」，從此便引起後人的懷疑，多不信序説。詩以椒興多子，這是事實。爾雅釋木：「椒、椴、醜、菉。」郭注：「菉，萸（越椒）。子聚生成房貌。」椒多子，漢朝人就將皇后住的房屋稱爲椒房，取其多子吉祥之意。應劭風俗通：「漢官儀，皇后稱椒房，取其蕃實之義也。詩曰：椒聊之實，蕃衍盈升。」後漢書第五倫傳：「竇憲椒房之親。」注：「后妃以椒塗壁，取其繁衍多子，故曰椒房。」聞一多風詩類鈔：「椒聊喻多子，欣婦女之宜子也。」從上述引證和詩的内容來看，似應從聞説。

詩二章，每章六句，上二句和末二句都是興，只有中間二句是寫人。詩經興句多在章首，章末亦起興者很少。詩章末又以椒香遠長起興，非但前後呼應，而且含蘊雋永，有餘音裊裊之感。

椒聊之實，蕃衍盈升。彼其之子，碩大無朋。椒聊且！遠條且！

椒，花椒。果實暗紅色，熟即裂開，味辛而香烈，可入藥及調味。　聊，同菉，亦作朻、梂，草木結成的一串串果實。聞一多風詩類鈔：「草木實聚生成叢，古語叫作聊，今語叫作嘟嚕。」釋文訓聊爲語助詞，是錯誤的。按椒聊爲疊韻。

蕃衍，亦作蔓延。文選景福殿賦、曹子建求通親親表李善注都引詩作「蔓延盈升」。蕃衍與蔓延聲同字通，都是疊韻。　盈，滿。　升，量器名。這二句意爲，花椒樹結的一嘟嚕的子繁盛起來可以裝滿一升。

其，句中語助詞，音忌。

碩，大。陳奐傳疏：「蕃衍、碩大並兩字同義。」　無朋，無比。説那位婦人身體肥碩强壯。古代以婦人豐碩爲美。

且(jū居)，語末助詞。

遠條，條字古與脩字同聲通用，足利古本詩經作「遠脩且」。脩是「長」的意思，指花椒的香氣傳得很遠，即毛傳所謂「言馨之遠聞也」。

韻讀：蒸部——升、朋。　幽部——聊(音流)、條(徒由反)。

椒聊之實，蕃衍盈匊。彼其之子，碩大且篤。椒聊且！遠條且！

匊(jū菊)，掬的古字，兩手合捧。左傳宣公十二年：「舟中之指可掬矣。」杜預注：「兩手曰掬。」

篤，厚實。這裏用來形容婦人肌體的豐滿。

韻讀：幽部——匊、篤、聊、條。

綢繆

【題解】

這是一首祝賀新婚的詩。毛序：「綢繆，刺晉亂也。國亂則昏姻不得其時焉。」生拉硬扯一個刺字，實在太牽强。方玉潤説：「綢繆，賀新婚也。」庶幾近之。不過它和周南桃夭等賀新婚詩有些不同，帶有戲謔調侃的味道，可能是鬧新房一類的歌唱。有人説詩是新郎自作，但細讀詩句，語意不類。錢鍾書管錐編云：「竊謂此詩首章託爲女之詞，稱男『良人』；次章託爲男女和聲合賦之詞，故曰『邂逅』，義兼彼此；末章託爲男之詞，稱女『粲者』。單而雙，雙復單，樂府古題之『兩頭纖纖』，可借以品目。譬之歌曲之『三章法』：女先獨唱，繼以男女合唱，終以男獨唱，似不必認定全詩出一人之口而斡旋『良人』之稱也。」錢先生的説法可爲定論。

全詩充滿喜慶歡快的氣氛，興句以象徵嫁娶的束薪、三星入景，章末以諧謔新婦新郎的呼告、設問作結，把婚禮上熱鬧的場面，賀客豔羨的神態描寫得如在眼前。尤其是「今夕何夕」四字，雖出自旁人之口，却將一對新人羞怯怯、喜滋滋的儀容、心理刻畫得細緻入微，後人稱贊它「是神來句」，倒也不算虛譽。

綢繆束薪，三星在天。今夕何夕，見此良人？子兮子兮，如此良人何？

綢繆，纏綿，緊密纏縛之意。按綢繆爲疊韻，是一個詞。説文段注：「今人綢繆字不分用。」束薪，一捆捆的柴草。「束薪」、「束芻」、「束楚」都用以象徵結婚。見漢廣注。

三星，三是虛數，不是實指。毛傳：「三星，參也。」認爲是指參星，亦通。在天，指星星出現的黃昏，這正是新人結婚、賀客鬧房的時候。古代結婚，壻在黃昏時到女家親迎，禮記經解疏曰：「壻則昏時以迎，婦則因而隨之。故云壻曰昏，妻曰因。」後人將「昏因」二字都添上「女」旁，失其原意。

今夕何夕，賀客鬧新房時故意戲問新人：「今夜是什麼夜晚呀？」

良人，古代婦女稱夫爲良人。儀禮鄭注：「婦女稱夫曰良。」後人稱夫爲郎，郎、良一聲之轉，仍承古義。

子兮，賀客鬧新房時呼新人之詞，猶今之「你啊」。一說「子」爲「嗟嗞」的歎詞，亦可通。

如……何，把……怎麼樣。孔疏：「如何，猶奈何。」按這章是戲謔新娘喜見新郎之詞。

韻讀：真部——薪、天（鐵因反）、人、人。

綢繆束芻，三星在隅。今夕何夕，見此邂逅？子兮子兮，如此邂逅何？

芻，結婚時用來喂親迎馬匹的草料。

隅，天空的東南方。朱熹詩集傳：「昏現之星至此，則夜久矣。」

邂逅，本義是會合，引申爲「悦」，這裏作名詞用，指可愛的人。胡承珙毛詩後箋：「邂逅，會合之意。淮南俶真訓：『孰肯解構人間之事。』高注：『解構，猶會合也。』凡君臣、朋友、男女之會合皆可言之。傳云『解悦之貌』，即因會合而心解意悦耳。」按這章是戲謔新婚夫婦喜悦相見之詞。

韻讀：侯部——芻（釵搜反）、隅（俄薗反）、逅、逅。

綢繆束楚，三星在户。今夕何夕，見此粲者？子兮子兮，如此粲者何？

楚，荆條。

户，房門。朱熹詩集傳：「户必南出，昏現之星至此，則夜分矣。」

粲者，美人。粲，㛤的假借字。説文：「三女爲㛤。㛤，美也。」按這章是戲謔新郎喜見新娘之詞。

韻讀：魚部——楚、户、者(音渚)、者。

杕杜

【題解】

這是一個孤獨的流浪者求助不得的感傷詩。他自傷失去了兄弟，路上雖有不少同行者，却誰也不肯援之以手。毛序：「杕杜，刺時也。君不能親其宗族，骨肉離散，獨居而無兄弟，將爲沃所并爾。」朱熹詩序辨説駁曰：「此乃人無兄弟而自歎之詞，未必如序之説也。況曲沃實晉之同姓，其服屬又未遠乎？」從詩意來看，朱熹是駁得允當的。集傳説：「此無兄弟者自傷其孤特，而求助於人之詞。」他分析詩的主題比較正確。有人説這是一篇乞食者之歌，亦可通。聞一多風詩類鈔：「杕杜喻女之未嫁者。説文：『牡曰棠，牝曰杜。』」按他的説法，這個流浪者竟是一位女子了。

詩兩章，每章末四句全同，是副歌式的複唱。世態炎涼，人情冷暖，使得詩人撫胸扼腕，仰天悲歌，連用兩個激問：爲什麼没有人親近？爲什麼没有人援助？激問是一種在知切情急情況下才使用的特殊修辭。劉勰文心雕龍情采篇説：「昔詩人什篇，爲情而造文。……蓋風雅之興，志思蓄憤，而吟咏情性，以諷其上，此爲情而造文也。」詩人並没有鋪采摛藻，鏤章雕句，而只是爲了宣泄心中難以抑制的孤淒怨憤之感。唯其如此，他的歌聲更能産生震攝人心的魅力。

有杕之杜，其葉湑湑。獨行踽踽，豈無他人？不如我同父！嗟行之人，胡不比焉？人無兄弟，胡不佽焉？

杕（dì第），孤生獨特貌。有杕即杕杕。杜，即召南甘棠的甘棠，又名杜梨、棠梨。

湑湑（xǔ許），樹葉茂盛貌。這二句是反興。詩人見到孤生獨特的甘棠尚且有茂密的樹葉保護它，不禁感慨自己的孤獨無親，還不如杕杜。

踽踽（jǔ矩），孤獨貌。毛傳：「踽踽，無所親也。」

同父，朱熹詩集傳：「同父，兄弟也。」

行，道路。

比，親密。説文：「比，密也。」段玉裁注：「其本義謂相親密也。」這二句意爲，唉，路上的人爲什麼不同我親近呢？

人，作者自指。

佽（cì次），幫助。説文：「佽，便利也。一曰遞也。」段玉裁注：「唐風『胡不佽焉』，傳曰：『佽，助也。』箋云：『何不相推次而助之。』皆遞之意也。」這二句意爲，我是没有兄弟的孤零之人，爲什麽你們不肯幫助我呢？

韻讀：魚部——杜、湑、踽、父。脂部——比、佽。

有杕之杜，其葉菁菁。獨行睘睘，豈無他人？不如我同姓！嗟行之人，胡不比焉？人無兄弟，胡不佽焉？

菁菁（jīng精），樹葉茂盛貌。毛傳：「菁菁，葉盛也。」

睘睘（qióng瓊），魯詩作煢煢，睘、煢都是赹的假借字。説文：「赹，獨行也。」毛傳：「睘睘，無所依也。」

同姓，同胞兄弟。馬瑞辰通釋：「女生曰姓。此詩『同姓』，對前章『同父』而言，又據下文『人無兄弟』而言。同姓，蓋謂同母生者。」

韻讀：耕部——菁、姓。脂部——比、佽。

羔裘

【題解】

這首詩的主題頗難解。毛序：「羔裘，刺時也。晉人刺其在位，不恤其民也。」孔疏云：「北風刺虐，則云『攜手同行』；碩鼠刺貪，則云『適彼樂國』，皆欲奮然而去，無顧戀之心。此則念其恩好，不忍歸他人之國。其情篤厚如此，亦是唐之遺風，言猶有帝堯遺化，故風俗淳也。」照序、疏的説法，是人民雖然譏刺統治者的兇惡，却尚眷念舊情，不忍離去，反映了忠厚的民風。但是我們看詩的每章末二句，分明是反詰斥責之詞，也是「無顧戀之心」的，所以毛、孔之説站不住脚。今人説此篇，有以爲是貴族朋友反目所作，有以爲奴隸諷刺奴隸主貴族的歌唱，有以爲婢妾反抗主人之詩，都可以説得通。聞一多風詩類鈔：「你羔裘豹袖的人，自是對我們傲慢。難道没有別人，非同你好不可？」他將詩譯成散文，用的是女子的口吻。現姑從聞説，解爲貴族婢妾對主人的反抗。

詩共二章，每章僅四句。前二句斥責對方的傲慢，後二句明白告訴對方不要自以爲了不起。乾浄利落，毫不假以辭色，反映出作者爽朗潑辣的性格。

羔裘豹袪，自我人居居。豈無他人？維子之故！

豹袪(qū區)，鑲着豹皮的袖口。這是古代卿大夫的服飾。

自，用是、由是。毛傳：「自，用也。」胡承珙毛詩後箋：「自者，詞之用也。……云此羔裘而豹袪者，我人也。乃用是居居然懷惡不相親比，何也？自我人居居猶言我人自居居，倒裝句耳。」我人，我的人，恐是婢妾對主人的稱呼。　居居，倨倨的假借字，態度傲慢。

維，同「惟」，只有。　子，你，指這個「我人」。　之，語中助詞。　故，婟的假借字。説文：

「嫪，婟也。」段注：「聲類云：婟、嫪，戀惜也。」此處作愛戀、相好解。這二句意爲，難道没有别人，只能同你相好不成！

韻讀：魚部——祛、居、故。

羔裘豹褎，自我人究究。豈無他人？維子之好。

褎，同「袖」。

究究，心懷惡意不可親近的樣子，亦傲慢意。爾雅釋訓：「居居、究究，惡也。」郝懿行爾雅義疏：「此居居猶倨倨，不遜之意。故詩羔裘傳：『居居，懷惡不相親比之貌。』」釋文：「『居又音據』，即倨字之音矣。究、居聲轉爲義，故羔裘傳：『究究，猶居居也。』」

好，愛好。

韻讀：幽部——褎、究、好（呼臾反）。

鴇　羽

【題解】

這是一首農民反抗無休止的徭役制度的詩。毛序：「鴇羽，刺時也。昭公之後，大亂五世。君子下從征役，不得養其父母，而作是詩也。」分析得基本不錯。朱熹詩集傳：「民從征役而不得養其父母，故作此詩。」改君子爲人民，比毛序更爲準確。

方玉潤詩經原始：「不得養親，同此呼天籲地。人不傷心，何煩泣訴！始則痛居處之無定，繼則念征役之何極，終則恨舊樂之難復。民情至此，咨怨極矣！……而詩但歸之於天，不敢有懈王事，則忠厚之心又何切也！」他的前半段文字描繪詩各章的情調氣氛，頗能領悟詩意。但結尾將呼天之句歸於「忠厚之心」，却未免强作解人。史記屈原列傳：「夫天者，人之始也；父母者，人之本也；人窮則反本。故勞苦倦極，未嘗不呼天也；疾痛慘怛，未嘗不呼父母也。」太史公的話，才能真正解釋詩中「悠悠蒼天，曷其有極」的慘痛呼告。而這種呼告帶來的震顫人心的效果，幾千年來也還不曾褪色。

肅肅鴇羽，集于苞栩。王事靡盬，不能蓺稷黍，父母何怙？悠悠蒼天，曷其有所！

肅肅，鳥振翅聲。毛傳：「肅肅，鴇羽聲也。」鴇（bǎo保），野雁。比一般的雁稍大，脚上無後趾，所以不能穩定地棲息在樹上，多棲于平原或湖泊邊。陸璣詩草木鳥獸蟲魚疏：「鴇連蹄，性不樹止。」

集，棲息。説文：「集，群鳥在木上也。」苞，草木叢生。爾雅釋言：「苞，稹。」孫炎注：「物叢生曰苞，齊人名曰稹。」栩（xǔ許），櫟樹。按這二句是興。鄭箋：「興者，喻君子當居安平之處，今下從征役，其爲危苦如鴇之樹止。」

王事，指征役。　靡，没有。　盬（gǔ古），止息。馬瑞辰通釋：「爾雅釋詁：『棲、憩、休、苦，息也。』苦即盬之假借。」

蓺，種植。

怙（hù户），依靠。説文：「怙，恃也。恃，賴也。」

曷，何。　所，處所。這句意爲，何時才有安居的處所。

韻讀：魚部——羽、栩、盬、黍、怙、所。

肅肅鴇翼，集于苞棘。王事靡盬，不能蓺黍稷，父母何食？悠悠蒼天，曷其有極！

棘，酸棗樹。陳奂傳疏：「苞棘，猶叢棘。」

極，盡頭。鄭箋：「極，已也。」這句意爲，何時這種痛苦才算完呢？

韻讀：之部——翼、棘、稷、食、極。

肅肅鴇行，集于苞桑。王事靡盬，不能蓺稻粱，父母何嘗？悠悠蒼天，曷其有常！

行，行列。馬瑞辰通釋：「鴇行，猶雁行也。雁之飛有行列，而鴇似之。」

嘗，俗作嚐。

常，正常。朱熹詩集傳：「常，復其常也。」

韻讀：陽部——行、桑、粱、嘗、常。

無　衣

【題解】

這是一首攬衣感舊的詩。古代製衣的工作多由婦女擔任，這位被稱爲「子」的製衣者，恐是作者的妻子。她爲什麽不在了，是離散了，還是死了，從詩中看不出來。倘是故世，那便是傷逝的詩了。聞一多説：「此感舊或傷逝之作。」他體會詩意比較正確。毛序：「無衣，美晉武公也。武公始並晉國，其大夫爲之請命乎天子之使，而作是詩也。」朱熹詩集傳也以爲是晉武公向周天子要挾封侯之詞。但我們細玩詩的内容和風格，總覺這類講法之無稽，恐皆附會。

此詩二章，每章只有三句，是詩經中最短的詩。實際上這也只是幾句隨口而出的歎息，抒發着心中的思念和惆悵。詩情直露，並没有什麽宛轉的深意。但是姚際恒詩經通論評曰：「起得兀突飄忽。二句只一意，無他襯句，章法亦奇。」吴闓生詩義會通評曰：「起筆超。」這些舊學者腦子裏總是脱不開「宗經」的觀念，把三百篇看成詩的極致。他們的評論也每每刻意求深，把簡樸的句子複雜化了。

豈曰無衣七兮？不如子之衣，安且吉兮！

七，指衣服之多，是虚指，並非實數。下章的「六」同義。這句意爲，難道説我缺少衣服穿？毛傳：「侯伯之禮七命，冕服七章。天子之卿六命，車旗衣服以六爲節。」其意是晉武公向周天子索取侯伯的待遇。但一章曰七，一章曰六，前後索取的等級不同，豈非自相矛盾？顯見得是望文生義。

安，安泰、舒適。吉，美善。

韻讀：脂部——七、吉。

豈曰無衣六兮？不如子之衣，安且燠兮！

燠，暖和。説文：「燠，熱在中也。」亦作奥。

韻讀：幽部——六、燠。

有杕之杜

【題解】

這是一首女子向對方表示好感的詩，聞一多風詩類鈔對詩的戀愛内容作了分析。朱熹詩集傳則認爲是求賢心切的詩。從詩的内容來看，兩家都説得通。毛序以爲是刺晉武公不求賢，非但牽扯晉武公全無根據，而且把詩意也搞顛倒了，所以朱熹批評它「全非詩意」。有人將此詩解爲「乞食者之歌」，認爲，「因杕杜篇分化而來，可視爲同一母題之歌謡」。但我們對看二詩，雖章首興句相同，而全詩風格迥異，恐不能以同調視之。

此詩與杕杜篇同以「有杕之杜」起興，一株孤零零的杜梨樹，引起兩位詩人的感傷，杕杜的作者孑然一身，孤立無援，心中充滿了淒苦哀切的孤獨感；本詩的作者情有所鍾，又不知對方意下如何，不禁泛起一陣甜蜜而略帶悵惘的落寞。這兩條感情綫索的趨向是不同的，只是在「孤單」這一個交叉點上它們會合了，然後又各奔東西，于是便産生了「有杕之杜」的相同興句。但是「孤單」這一感情却包括了不少側面，于是相同的興句便提示了不同的主題。困學紀聞引李仲蒙解釋興義曰：「觸物以起情謂之興，物動情也。」因爲觸物起情，所以同一物可以引起不同的情。我們在欣賞這兩首詩時是可以仔細體會出這種「物同情異」的興法的。

有杕之杜，生于道左。彼君子兮，噬肯適我？　中心好之，曷飲食之！

有杕之杜，見杕杜注。

道左，道路的左邊，古人以東爲左。

噬（shì 誓），魯詩作遾，韓詩作逝，噬、遾都是逝的假借字。　語首助詞，無義。　適，之、來到。

這二句意爲，那位君子可肯到我這裏來。

中心，即「心中」的倒文。　好，愛好、愛戀。

曷，同「盍」，何不。馬瑞辰通釋：「曷訓何，亦爲何不。爾雅：『曷，盍也。』郭注：『盍，何不也。』曷飲食之，謂何不飲食之也。」這句意爲，何不請他喝酒。

韻讀：歌部——左、我。之、幽部通韻——好、食。

有杕之杜，生于道周。彼君子兮，噬肯來遊？中心好之，曷飲食之！

周，右的假借字。韓詩：「周，右也。」

遊，觀看、看望。毛傳：「遊，觀也。」陳奐傳疏：「孟子梁惠王篇：齊景公曰：『吾何脩而可以比於先王觀也？』晏子引夏諺曰：『吾王不遊，吾何以休？』是遊、觀義同也。」

韻讀：幽部——周、遊。之、幽部通韻——好、食。

葛生

【題解】

這是一位婦女悼念丈夫的詩。毛序：「葛生，刺晉獻公也。好攻戰，則國人多喪矣。」鄭箋：「夫從征役，棄亡不反，則其妻居家而怨思。」春秋時代，戰爭頻繁，人民死於兵役是很可能的事。但從詩的内容看，却察不出有從征不歸的痕迹。還是聞一多僅以「悼亡」二字釋詩旨，反顯得謹慎而切實。

這首詩也可爲悼亡詩之祖。陳澧讀詩日録云:「此詩甚悲,讀之使人淚下。」的確,全詩悱惻傷痛的情調,感人至深。前三章抒寫良人已逝,形單影隻的悲哀,一唱三歎,無法排解。潘岳悼亡詩中「展轉眄枕蓆,長簟竟牀空」的意境,庶幾近之。後二章忽然寫到願意死後共歸一處。生前已茫然,相見在黄泉,這是詩人思念到極點的感情的延伸,也是哀痛到極點的心理的變態。我國古典文學作品中,多少有情人難成眷屬,只能相逢於身後的浪漫主義描寫,誰能説不是濫觴於此? 此外,「夏之日」、「冬之夜」兩句,不着一個情字,但我們倘若將元稹悼亡詩中「惟將終夜長開眼,報答平生未展眉」來作注脚,則會感到這六個字中包藴的哀思悲情真不是千言萬語所能道盡。張戒歲寒堂詩話引劉勰云:「情在詞外曰隱。」歐陽修六一詩話引梅堯臣説:「含不盡之意,見於言外。」都是就這種修辭而言。

葛生蒙楚,蘞蔓于野。予美亡此,誰與獨處!

葛,葛藤。　蒙,覆蓋。　楚,荊樹。

蘞(liǎn 臉),草名。同葛藤一樣都是蔓生植物,必須攀緣依附在其他樹上才能生存。　蔓,蔓延。馬瑞辰通釋:「葛與蘞皆蔓草,延於松柏則得其所,猶婦人隨夫榮貴。今詩言『蒙楚』、『蒙棘』、『蔓野』、『蔓域』,蓋以喻婦人失其所依。」馬氏是解釋這二句的興義。有人説這二句描寫了郊外墓景,是即景起興,説亦可通。

予美，猶今言「我的愛人」。陳奐傳疏：「婦人稱夫謂美，猶稱夫謂良。」亡，鄭箋：「亡，無也。言我所美之人無於此。」馬瑞辰通釋：「亡此猶云去此，又如俗云不在此耳。」誰與，誰和我同居？　獨處，孤獨地呆在家裏。有人將這句譯爲「誰伴他孤獨地長眠地下呢」，可備一説。

韻讀：魚部——楚、野（音宇）、處。

葛生蒙棘，蘞蔓于域。予美亡此，誰與獨息！

域，墓地。毛傳：「域，塋域也。」説文：「塋，墓地也。」

息，寢息。

韻讀：之部——棘、域、息。

角枕粲兮，錦衾爛兮。予美亡此，誰與獨旦！

角枕，獸骨做裝飾的枕頭。　粲，同「燦」，鮮麗華美貌。

錦衾，錦製的被子，用於斂屍。同角枕一樣，都是喪具。　爛，燦爛，疊韻。與第一句的「粲」是互文。

獨旦，嚴粲詩緝：「獨旦，獨宿至旦也。」

韻讀：元部——粲、爛、旦。

夏之日，冬之夜。百歲之後，歸于其居！

百歲之後，指死後。按「百歲」是借代的修辭。

居，鄭箋：「居，墳墓也。」

韻讀：魚部——夜（音豫）、居。

冬之夜，夏之日。百歲之後，歸於其室！

室，鄭箋：「室猶冢壙。」也指墳墓。

韻讀：脂部——日、室。

采　苓

【題解】

這是勸人不要聽信讒言的詩。毛序：「采苓，刺晉獻公也。獻公好聽讒焉。」三家無異議。但是方玉潤說：「序謂刺晉獻公好聽讒言，蓋指驪姬事也。然詩旨未露其意，安知其必爲驪姬發哉？」的確，從詩中看不出具體背景，毛序恐怕是牽附其事。

詩三章，每章之間實際上只換了三個字，是一種反復叮嚀，不厭其煩的聲口。它的特點在於興句連用得很巧妙。一、二、三章的「采苓采苓（苦、葑），首陽之巔（下、東）」，從毛傳以來均認爲是興句，但興義何在，衆説紛紜。馬瑞辰通釋曰：「三者（苓、苦、葑）皆非首陽山所宜有，而詩言採於首陽者，蓋故設爲不可信之言，以證讒言之不可聽，即下所謂人之僞言也。……苓爲甘草，而爾雅名爲大苦，則甘者名苦矣。苦爲苦荼，而詩言『堇荼如飴』，則苦者實甘矣。谷風詩『采葑采菲，無以下體』，箋云：『其根有美時，有惡時。』是葑又美惡無定者。詩以三者取興，正以見讒言似是而實非也。」據馬氏説，這三種植物都非山上所應有，而又都具備名實相乖、美惡無定的特點，用來形容讒言的毫無根據和似是而非，可説是穩妥而貼切。詩人體物之細膩和取喻之巧妙，可見一斑。

采苓采苓，首陽之巔。人之爲言，苟亦無信。舍旃舍旃，苟亦無然。人之爲言，胡得焉！

苓，甘草，又名大苦。見簡兮注。

首陽，山名，在今山西省永濟縣南，亦名雷首山，與伯夷、叔齊餓死於洛陽東北的首陽山同名而異地。

爲，通「僞」。爲言，即讒言。陳奂傳疏：「古爲、僞、譌三字同。毛詩本作爲，讀作僞也。爲言，即讒言，所謂小行無徵之言也。」

苟，誠、確實。無，不要。陳奂傳疏：「苟亦無信，誠無信也。亦爲語助。」

舍，同「捨」，丢開。旃（zhān 毡），指示代名詞。廣韻：「旃，之也。」按旃的本義是「旗曲柄」，這裏是假借爲虚詞的「之」。

無然，不正確。陳奐傳疏：「無然，無是也。無是者，無一是者也。」

胡，何。得，取。聞一多風詩類鈔：「得，取也，與『舍』對，言人之僞言不足取也。」

韻讀：真部——苓、苓、巔（德因反）、信。元部——旃、旃、然、言、焉。

采苦采苦，首陽之下。人之爲言，苟亦無與。舍旃舍旃，苟亦無然。人之爲言，胡得焉！

苦，菜名，亦名荼。陸璣：「苦菜生山田及澤中，得霜甜脆而美。」

無與，即「毋以」，不要贊同。毛傳：「無與，勿用也。」陳奐傳疏：「無讀爲毋，與讀爲以，詁訓毋、勿同義，毋謂之勿，無亦謂之勿矣。以、與同義，以謂之用，與亦謂之用矣。」

韻讀：魚部——苦、苦、下（音户上聲）、與。元部——旃、旃、然、言、焉。

采葑采葑，首陽之東。人之爲言，苟亦無從。舍旃舍旃，苟亦無然。人之爲言，胡得焉！

葑，菜名，見谷風注。

韻讀：東部——葑、葑、東、從。元部——旃、旃、然、言、焉。

秦風

秦原來是周的附庸。周宣王時，大夫秦仲奉命誅西戎，兵敗被殺。平王東遷，秦仲之孫襄公派兵護送有功，平王封襄公爲諸侯，秦才正式成爲諸侯國。

秦風共十篇。其中小戎一詩是寫秦襄公伐戎的事。朱熹説：「西戎者，秦之臣子所與不共戴天之仇也。襄公上承天子之命，率其國人往而征之。」這大約是在公元前八百年左右。黄鳥一詩寫的是秦人揭露斥責秦穆公用人殉葬。左傳文公六年：「秦伯任好卒，以子車氏之三子奄息、仲行、鍼虎爲殉，皆秦之良也。國人哀之，爲之賦黄鳥。」這是公元前六二一年左右的事。可見秦風也是東周末至春秋時的作品。

秦原來只占有西犬丘（今甘肅天水）一帶地方，平王東遷後，秦國就擴大到西周王畿和豳地，即今陝西省及甘肅東部。漢書地理志説：「安定、北地、上郡、西河，皆迫近戎狄，修習戰備，高尚氣力，以射獵爲先。故秦詩曰：『在其板屋。』又曰：『王于興師，修我甲兵，與子偕行。』及車轔、四驖、小戎之篇，皆言車馬田狩之事。」馬瑞辰也説：「秦以力戰開國，其以力服人者猛，故其成功也速，其延祚也短；而其蔽也失於黷武而不能自安。是故秦詩車鄰、駟驖、小戎諸篇，君臣相耀以武事，其所美者，不過車馬音樂之好，兵戎田狩之事耳。」可見秦風的基調是充滿尚武精神。

車鄰

【題解】

這是一首反映秦君生活的詩。「寺人」是當時宮中的侍從，掌管國君出入的傳令。據左傳記載，春秋齊有寺人貂，晉有寺人披，都是擔任這個官職的人。詩中的君子，可能即指秦君，因爲別人不會有寺人的官。毛序：「車鄰，美秦仲也。秦仲始大，有車馬禮樂侍御之好焉。」鄭箋：「君臣以閒暇燕飲相安樂也。」據此，後儒都認爲這是「君臣相得」之詩。但是我們細味「阪有漆，隰有栗」的興句，便覺得詩人似乎是一位女性。因爲這類民歌習語，在國風中多用來表示男女雙方的愛情，如簡兮的「山有榛，隰有苓」、山有扶蘇的「山有扶蘇，隰有荷花」等都是。她可能是秦君宮中的一名婢妾。最初因爲没有寺人的傳令，她見不到秦君，只能看到國君的車馬。後來居然見到了秦君，而這位國君又非常隨和，同她並排坐着彈琴鼓瑟，還對他說：「現在不及時行樂，將來就要老死了。」詩的内容反映了秦君生活和思想的一個斷面。

這首詩首章全用賦體，車盛馬壯，侍御傳令，是一派莊嚴氣象。二、三章改用興法，阪桑隰楊之好，鼓瑟鼓簧之樂，逝者其亡之歎，又別是一種及時行樂的歡愉氛圍。兩相對照，反映出秦君身上兼存着「君」的威嚴和「人」的情感的不同側面。方玉潤評曰：「未見時如此嚴肅，既見時如此簡易。」頗能傳這種對比手法之神。

有車鄰鄰，有馬白顛。未見君子，寺人之令。

鄰鄰，魯、齊詩鄰作轔。車行聲。毛傳：「鄰鄰，衆車聲也。」

顛，額頭。白顛，馬額正中有塊白毛。毛傳：「白顛，的顙也。」孔穎達正義引爾雅舍人注曰：

「的，白也。顁，額也。額有白毛，今之戴星馬也。」

寺人，官名，宫内的小臣。亦作侍人。毛傳：「寺人，内小臣也。」鄭箋：「欲見國君者，必先令寺人使傳告之。」周官内小臣云：「掌王后之命。掌王之陰事陰令。」鄭玄注：「陰事，群妃御見之事。」寺人云：「掌王之内人及女宫之戒令。」由此更可證明這位「未見君子」者是女性。這二句意爲，没有見到秦君，因爲還没有得到寺人的傳令。

韻讀：真部——鄰、顛（德因反）、令。

阪有漆，隰有栗。既見君子，竝坐鼓瑟。今者不樂，逝者其耋。

阪（bǎn 板），山坡。漆，漆樹。

隰（xí 習），低洼潮濕的地。

竝，即並字。鼓，彈奏。這句意爲，同秦君並坐彈瑟。何楷詩經世本古義認爲是樂工鼓瑟者並坐，非詩人和秦君並坐。可備一説。

逝者，將來。對上句「今者」（現在）言。俞樾群經平議：「今者謂此日，逝者謂他日也。逝，往也，謂過此以往也。」耋（dié 迭），八十歲。也有説耋是六十或七十歲。這裏泛指老。

韻讀：脂部——漆、栗、瑟、耋（徒一反，入聲）。

阪有桑，隰有楊。既見君子，竝坐鼓簧。今者不樂，逝者其亡。

簧，古樂器名。見君子揚揚注。

亡，死亡。毛傳：「亡，喪棄也。」這二句也是來日無多，及時行樂的意思。

韻讀：陽部——桑、楊、簧、亡。

駟驖

【題解】這是一首描寫秦君打獵的詩。陳子展詩經直解引馬敘倫石鼓爲秦文公時物考：「吴人石中之『中囿孔□』，即秦風駟驖詩之北園，在汧，汧源乃秦襄公故都。」又引郭沫若古刻彙考序：「閱秦風詩序：『駟驖，美襄公也。』則是與石鼓詩乃同時之作。詩云『遊于北園，四馬既閑』，蓋即西畤之後苑矣。」證明這首詩確是秦襄公時（約公元前七七七年之後）的作品。服虔説駟驖和小戎、車鄰都是秦仲時詩，恐不可靠。毛序：「駟驖，美襄公也。始命，有田狩之事、園囿之樂焉。」鄭箋：「始命，始命爲諸侯也。秦始附庸也。」三家無異義。按秦襄公的祖父秦仲在宣王時爲大夫，伐西戎不克，被殺。周幽王被犬戎所殺，周地大部淪陷。秦襄公以兵送平王東遷洛陽，因功被封爲諸侯，遂擁有周西都畿内岐、豐八百里之地。這是詩的社會背景。

這首詩三章全用賦體，首章言將狩之時，二章言正狩之時，三章言狩畢之時，脈絡很清楚。但文字上却不見有什麼驚人的佳句。孫鑛批評詩經曰：「載獫歇驕，元美（王世貞）謂其太拙，余則善其古質饒態。」其實「載獫歇驕」一句，語盡而意亦盡，平淡無味，反映出詩歌發軔時期的簡陋。孫鑛贊其「古質」，未免溢美，還不如弇州山人評爲「太拙」來得實在。

駟驖孔阜，六轡在手。公之媚子，從公于狩。

駟，陳奐傳疏：「駟當作四。四馬曰駟。若下一字爲馬名，則上一字作四，不作駟。……說文引詩作四驖，漢書地理志作四載，載乃戴之誤，而其字皆作四可證。」驖（tiě鐵），毛黑色、毛尖略帶紅色的馬。說文：「驖，馬赤黑色。」孔，甚，非常。阜，肥大。說文：「阜，大陸也。」大陸即高大平正的土山，這是阜的本義。引申之，爲凡大、凡厚、凡多之稱。

轡，馬繮繩。六轡，一馬兩轡，四匹駕車的馬應該有八條轡繩，但兩匹服馬内側的兩條轡繩是繫在御者前面的車身上。而御者手中只拿着兩條服馬的外轡及四條驂馬的内外轡，所以稱作「六轡在手」。

公，指秦君，也即秦襄公。媚子，所寵愛的人，這裏指駕車者。思齊傳：「媚，愛也。」于，往。狩，毛傳：「冬獵曰狩。」

韻讀：幽部——阜、手、狩。

奉時辰牡，辰牡孔碩。公曰左之，舍拔則獲。

奉，供給。　時，是，這個。黄侃經傳釋詞批語：「時、實皆『是』之借。」　辰，時、應時。毛傳：「冬獻狼，夏獻麇，春秋獻鹿豕群獸。」　牡，公獸。這句意爲，獸官驅出應時的野獸以供秦君打獵。

碩，肥大。說文：「碩，頭大也。」引申爲凡大之稱。

左之，胡承珙毛詩後箋：「獸自遠奔突而來，公命御者旋當其左，以便於射耳。」這是說狩獵時野獸從對面奔來，秦君命駕車者將車子駛向獸的左側，于是便可向左邊發箭。

舍，放箭。說文：「舍，市居曰舍。」段玉裁注曰：「引申之，爲凡止之稱。凡止於是曰舍，止而不爲亦曰舍，其義異而同也。」這裏舍作放箭解，便是從「止而不爲」再引申之義。　拔，亦作栝，箭尾。舍拔即放開手指鈎住的箭尾，將箭射出。

韻讀：魚部——碩（音鮽入聲）、獲（音胡入聲）。

遊于北園，四馬既閑。輶車鸞鑣，載獫歇驕。

北園，即秦君狩獵之地。陳奐傳疏：「古者田在園囿中，北園當即所田之地。」這句意爲，狩獵既畢，便在北園遊玩。

閑，熟練。毛傳：「閑，習也。」

輶（yóu 油）車，田獵所用的輕便的車。鄭箋：「輕車，驅逆之車也。」驅逆即驅趕堵截野獸，所以車輛必須輕便。　鸞，當作鑾，車鈴。　鑣（biāo標），馬口銜的勒具，如今之馬嚼。鑾鑣，將鈴掛在馬嚼兩端。說文：「人君乘車，四馬鑣，八鑾鈴。像鸞鳥之聲和則敬也。」

獫（xiǎn險），長嘴巴的獵狗。　歇驕，魯、齊詩作猲獢，短嘴巴的獵狗。張衡兩京賦：「屬車之簉，載獫猲獢。」張銑注：「獫、猲皆狗也。載之以車也。」朱熹詩集傳：「以車載犬，蓋以休其足力也。」

韻讀：元部——園、閑。　宵部——鑣、驕。

小戎

【題解】

這是一位婦女思念她丈夫遠征西戎的詩。史記秦本紀：「襄公二年，戎圍犬丘，世父擊之，爲戎人所虜。七年，西戎與申侯伐周，殺幽王，而襄公將兵救周，戰甚力，有功。十二年，伐戎，而至岐卒。」由此推測，詩大約産生於秦襄公七年至十二年（公元前七七一至前七六六年）這段時間內。毛序：「小戎，美襄公也。備其兵甲以討西戎，西戎方强而征伐不休。國人則矜其車甲，婦人能閔其君子焉。」序文很不通順，意義也模棱兩可，所以方玉潤批評説：「一詩兩義，中間並無遞換，上下語氣全不相貫，天下豈有此文義？」他的駁序很有道理。可是方氏又認爲這是秦襄公懷念出征將士的詩，殊不知「言念君子」、「厭厭良人」等語均是女子口吻，與秦襄公是扯不到一起的。

此詩三章，每章前六句都用賦體，首章寫戰車，二章寫戰馬，三章寫兵器。筆意鋪張，描繪細緻，以見軍容之盛壯，洋溢着陣陣陽剛之氣。方玉潤評曰：「刻畫典奥瑰麗已極，西京諸賦迥不能及，況下此者乎？」雖然未免言過其實，但確道出了這種「鋪采摛文」的特點和對漢賦的影響。同前六句截然相反，每章後四句寫妻子的懷念，纏綿温和，以見相思之深，透露出絲絲陰柔之情。這樣剛柔結合，濃淡互見地寫來，恰如大羹之用鹽梅，越能增加羹味之鮮美。

小戎俴收，五楘梁輈。游環脅驅，陰靷鋈續。文茵暢轂，駕我騏馵。言念君子，温其如玉；在其板屋，亂我心曲。

戎，兵車。小戎，小兵車，兵士所乘。孔疏引六月詩「元戎十乘，以先啓行」，「元，大也。先啓行之車謂之大戎，後啓行者謂之小戎。俴（jiǎn 踐），淺。收，車後横木，即軫（見説文、考工記鄭注、爾雅郭注）。或以爲車四面木，即輿。如陳奂傳疏：「四面束輿之木謂之軫，詩則謂之收。收，聚也，謂聚衆材而收束之也。」按古人登車，必自車後，此句似專指車後横木而言，它較其他三面的横木來得低，所以稱爲淺收。

楘（mù 木），有花紋的皮條，環形，今叫做箍。梁輈（zhōu 舟），車轅。其形狀略帶彎曲，像房屋上的棟梁，又像船，所以叫做梁輈。因爲太長，容易折裂，所以五處用有花紋的皮條箍緊。

游，游移。游環，活動的皮環。驂馬的套繩稱爲靳，靳繩在驂馬背部接出一短帶，帶端繫環，即游環。毛傳：「游環，靳環也。游在背上，所以禦出也。」鄭箋：「遊環在背上，無常處，貫驂之外轡，以禁其出。」秦始皇陵出土銅車馬中驂馬之外轡恰恰從此游環中穿過，與毛、鄭之説若合符契。脅驅，駕具名。裝在服馬脅下的環帶上，是一種對外向兩驂方向探出的棒狀銅突棱物。其作用是防止驂馬過分向裏靠。毛傳：「脅驅，慎駕具，所以止入也。」

陰，車軾前的横板。又名揜軓。靷（yǐn隱），引車前進的皮條。前繫於衡，向後經過車下，繫在車軸上，引車前進。鋈（wù悟）續，白銅製的環。廣雅：「白銅謂之鋈。」胡承珙毛詩後箋：「蓋靷從輿下而出於軓前，以繫於衡，其革不能如此之長，必須爲環以接續之，故曰鋈續。」

文茵，有花紋的虎皮製的車褥子。暢，長。馬瑞辰通釋：「廣雅：『暢，長也。』玉篇暢亦作畼。是知暢即畼字之隸變。説文昜字注：『一曰長也。』暢從昜得聲，故有長義。」轂（gǔ古），車輪中心的圓木，周圍與車輻的一端相接，中有圓孔，用以插軸。戴侗六書故：「輪之中爲轂，空其中，軸所貫也。」長轂的作用是延長輪對軸的支撑面，行車時可更加穩定而避免傾覆。秦始皇陵出土的二號銅車馬轂長三三·五釐米，以二分之一的縮尺比例計算，實物轂長六十七釐米，確算得上是長轂。秦國車制當有相沿之處，故出土銅車馬可爲此詩「暢轂」的有力佐證。

騏，青黑色花紋相間文如博棋的馬。馵（zhù住），左後脚白色的馬。

言，語詞。君子，陳奐傳疏：「君子，謂乘小戎者也。」即指從軍的丈夫。

温，昷的假借字。温柔，温和。説文：「昷，仁也。」鄭箋：「念君子之性温然如玉。玉有五德」（指仁、智、禮、義、信）。説文：「玉，石之美。有五德：潤澤以温，仁之方也。」

板屋，西戎民俗用木板蓋房屋。詩人用來代指西戎，其地在今甘肅一帶。漢書地理志：「天水郡隴西，山多林木，民以板爲室屋。故秦詩曰：『在其板屋。』」

心曲，心竅。馬瑞辰通釋：「説文：『曲，像器受物之形。』心之受事，有如曲之受物，故稱心曲。猶水涯之受水處，亦曰水曲也。」這句意爲，對丈夫的思念攪亂了我的心。

韻讀：幽部——收、輈。侯部——驅（音蓲 qiū）、續、轂、馵（音燭入聲）、玉、屋、曲。

四牡孔阜，六轡在手。騏騮是中，騧驪是驂。龍盾之合，鋈以觼軜。言念君子，温其在邑。方何爲期？胡然我念之。

騮（liú 留），亦作駵，紅黑色的馬。　中，指駕車四馬當中的兩匹服馬。鄭箋：「中，中服也。」

騧（guā 瓜），黑嘴的黄馬。　驪，黑色的馬，亦稱驖。　驂，駕車四馬兩邊的兩匹馬。鄭箋：「驂，兩騑也。」

龍盾，畫龍的盾牌。　合，兩塊盾合在一處置於車上。朱熹詩集傳：「畫龍於盾，合兩載之，以爲車上之衛。必載二者，備破毁也。」

觼（jué 決），有舌的環。　軜（nà 納），驂馬靠裏邊的轡。這句意爲，驂馬内轡的環是用白銅裝飾的。

邑，指西戎的縣邑。毛傳：「在敵邑也。」

方，將。馬瑞辰通釋：「方之言將也。『方何爲期』，猶云『將何爲期』也。」方、將音近而義同。這句意爲，什麽時候將是他的歸期呢？

胡然，爲什麽。陳奐傳疏：「何爲、胡然皆疑問之詞。」

韻讀：幽部——阜、手。中、侵部合韻——中、驂。緝部——合、軜、邑。之部——期、之。

俴駟孔群，厹矛鋈錞。蒙伐有苑，虎韔鏤膺。交韔二弓，竹閉緄縢。言念君子，載寢載興。厭厭良人，秩秩德音。

俴駟，不披甲的四匹馬。馬瑞辰通釋：「釋文：韓詩云：『駟馬不著甲曰俴駟。』韓説是也。管子參患篇曰：『甲不堅密與俴者同實，將徒人與俴者同實。』注：『俴謂無甲單衣者。』又云：『俴，單也。人雖衆，無兵甲則與單人同也。』今按，人無甲謂之俴，馬無甲亦謂之俴，其義正同。」王先謙集疏：「韓則訓俴爲單，謂馬不著甲，以示其驍勇。」

厹（qiú求）矛，武器名，亦作仇矛或酋矛。長一丈八尺，上有三棱鋒刃。錞（duì對），亦作鐓，矛柄的下端。鋈錞，用白銅裝飾的矛端。

蒙，在盾上刻雜羽的花紋。 伐，瞂的假借字，中等大小的盾。 有苑（yūn 氳），即苑苑，花紋美麗的樣子。毛傳：「苑，文貌。」

虎韔（chàng 暢），虎皮製的弓袋。 膺，弓袋的正面。嚴粲詩緝：「鏤膺，鏤飾弓室之膺。弓以後爲背，則以前爲膺。故弓室之前亦爲膺耳。」

交韔二弓，將兩把弓順倒交叉地放在弓袋裏。朱熹詩集傳：「交韔，交二弓於韔中，謂顛倒安置之。必二弓，以備壞也。」

閉，魯詩作⿰革必，齊詩作柲。柲是正字。一種校正弓弩的工具，以竹製成，所以稱竹閉。 緄（gǔn 滾），繩。 縢（téng 騰），捆紮。毛傳：「縢，約也。」這句意爲，將竹閉用繩子捆紮在需要校正的弓上。

載，語助詞。 興，起身。這二句意爲，心中想念丈夫，睡也不是，起也不是。

厭厭（yān 煙），懕的古字。安静。這裏形容君子的文雅嫻静。 良人，好人，女子對丈夫的稱謂。即前面所説的君子。

秩秩，有次序貌。指進退有禮節。説文：「秩，積也。」秩的本義是積禾有次序的樣子，引申爲行爲上的有節度。 德音，好聲譽。

韻讀：文部——群、錞（音純）。 蒸、侵部通韻——膺、弓、縢、興、音。

蒹葭

【題解】

這是一首抒寫思慕、追求意中人而不得的詩。一個深秋的早晨，河邊蘆葦上的露水還没有乾。詩人在這時候、這地方尋找那心中難向人説的「伊人」。伊人彷彿在那流水環繞的洲島上，他左右上下求索，終于是可望而不可得。細玩詩味，好像是情詩，但作者是男是女却無法確定。這首詩的主題歷來衆説紛紜。毛序：「蒹葭，刺襄公也。未能用周禮，將無以固其國焉。」這樣的解釋，即使不算是謬説，至少是過分的曲折晦澀，從詩句中是無法找出「未能用周禮」的影子的。朱熹詩集傳：「言秋水方盛之時，所謂彼人者，乃在水之一方，上下求之而皆不可得。然不知其何所指也。」就詩論詩，難解處則闕疑，非常平實。難怪王照圓詩説評論道：「蒹葭一篇最好之詩，却解作刺襄公不用周禮等語，此前儒之陋，而小序誤之也。自朱子集傳出，朗吟一過，如遊武夷、天台，引人入勝。乃知朱子翼經之功不在孔子下。」自此之後，或以爲襄公求賢尚德之作，或以爲思賢招隱之詞，或以爲朋友想念之吟，或以爲賢人肥遯之詩，大要是没有超出朱熹的範圍。我們認爲是情詩，也是從詩中那種難與人言的思慕情致而推測之。朱善詩解頤：「味其辭，有敬慕之意，而無褻慢之情。」以此來反駁這是思見情人之詞。但是，難道情詩就一定要有「褻慢之情」麽？這類説法雖屬可笑，却反映了許多封建文人思想深處的陰影。

這首詩意境飄逸，神韻悠長，從文學角度來説實在是不可多得的佳作。王照圓云：「小戎一篇古奥雄深，蒹葭一篇夷猶瀟灑。」方玉潤云：「此詩在秦風中氣味絶不相類，以好戰樂鬥之邦，忽遇高超遠舉之作，可謂鶴立雞群，翛然自異者矣。」他們兩位從整體上點出了此詩的風格和特點。詩以「蒹葭蒼蒼，白露爲霜」起興，這是詩人觸景生情的歌唱，非但將深秋早晨淒清明浄的景色寫得很美，而且點明了詩的時間地點。其下「所謂伊人，在水一方」，是虚點其地，似乎近在眼前。古詩十九首：「河漢清且淺，相去復幾許。」意境彷彿近之。然後轉過一筆：「遡洄從之，道阻且長。遡游從之，宛在水中央。」詩人在上下左右地求索，然而遠道阻隔，可望而不可即。真是「盈盈一水間，脈脈不得語」。一個「宛」字，又將實在的處所一筆拎空，所以姚際恒稱贊道：「遂覺點睛欲飛，入神之筆。」全詩不着一個思字、愁字，然而讀者却可以體會到詩人那種深深的企慕和求之不得的惆悵。方玉潤云：「三章只一意，特换韻耳。其實首章已成絶唱。古人作詩，多一意化爲三疊，所謂一唱三歎，佳者多有餘音。此則興盡首章，不可不知也。」方氏的評論，尚有未愜。首章「蒹葭蒼蒼，白露爲霜」，寫的是秋晨露寒霜重之景，二章「蒹葭淒淒，白露未晞」，寫的是旭日初昇，霜露漸融之狀，三章「蒹葭采采，白露未已」，則已是陽光普照，露珠將收的時刻了。三章興句，兼刻畫了詩人追求伊人的時地，渲染出三幅深秋早上河邊不同時間的背景，生動地描寫了等待伊人，由於時間推移而越來越迫切的心情，並非「興盡首章」。細細吟哦，餘音是雋永的。

蒹葭蒼蒼，白露爲霜。所謂伊人，在水一方。遡洄從之，道阻且長，遡游從之，宛在水中央。

蒹葭(jiān jiā兼加)，蒹又稱荻，細長的水草，長成後又稱萑。葭是初生的蘆葦。　蒼蒼，淡青色。秋天的蘆葦葉上凝聚着霜露，因此顔色顯得蒼老。

白露爲霜，陳奂傳疏：「白露爲霜，乃在九月已後。」

伊，是，指示代詞。陳奂傳疏：「伊、維一聲之轉。伊其即維其，伊何即維何，伊人即維人。……維，是也，猶言『是人』也。」

方，旁。一方，猶云一邊。馬瑞辰通釋：「方、旁古通用，一方即一旁也。」

遡洄，逆着河流向上游走。説文：「泝，逆流而上曰泝洄。泝，向也。水欲下違之而上也。」重文作遡，是異體字。但從下面「道阻且長」、「道阻且躋」二句看，詩人尋求伊人是沿着岸邊陸路，而非河中水路。

阻，險阻，障礙。

遡游，沿着河流向下游走。爾雅釋水：「順流而下曰泝游。」

宛，好像，彷彿。

韻讀：陽部——蒼、霜、方、長、央。

蒹葭淒淒，白露未晞。所謂伊人，在水之湄。遡洄從之，道阻且躋。遡游從之，宛在水中坻。

淒淒，濕潤貌。説文：「淒，雲雨起也。」這句意爲，霜露漸漸融化，沾濕了葦葉。

晞(xī希),乾。

湄,水與草交接之處,也就是岸邊。

躋(jī饑),登高。毛傳:「躋,昇也。」

坻(chí遲),水中小沙洲。毛傳:「坻,小渚也。」

韻讀:脂部——淒、晞、湄、躋、坻。

蒹葭采采,白露未已。所謂伊人,在水之涘。遡洄從之,道阻且右。遡游從之,宛在水中沚。

已,止。這句意爲,白露没有完全乾。

涘(sì俟),水邊。

右,毛傳:「右,出其右也。」即道路彎曲之意。

沚(zhǐ止),水中小沙灘。

韻讀:之部——采(此止反)、已、涘、右(音以)、沚。

終南

【題解】

這是一首勸戒秦君的詩。秦襄公戰退犬戎之後,平王東遷,將故都長安一部分土地賜給秦國。史記秦本紀：「平王封襄公爲諸侯，賜之岐以西之地。其子文公，遂收周遺民有之。」這首詩可能就是周的遺民所寫。嚴粲解釋「其君也哉」一句道：「其者，將然之辭。哉者，疑而未定之意。」方玉潤解釋「壽考不忘」一句道：「壽考不忘，則是勸戒也。……君此邦，則必德此民，如山之有木，然後成山之高。君其修德以副民望，百世勿忘周天子之賜也。」嚴、方二氏所析，頗合詩旨。

此詩二章，每章末都用一句非常含蓄的話來表達心中的意思。首章「其君也哉」是設問，意爲「你將是我們的君主嗎？」作爲君主應該怎麽樣呢？那就要秦君自己去思索了。二章「壽考不忘」，不忘什麽呢？也没有説出來。這便是修辭學中的婉曲格，用閃爍其詞的話來透露意思。汪中述學釋三九云：「周人尚文，君子之于言不徑而致也，是以有曲焉。」從這首詩中可以約略看出這種特點。至於爲何不直言勸戒而要轉彎抹角呢？想來總有難言之隱吧。

終南何有？有條有梅。君子至止，錦衣狐裘。顔如渥丹，其君也哉！

終南，山名，亦名南山。主峰在陝西西安城南。

條，即楸樹。朱熹詩集傳：「條，山楸也。皮葉白，色亦白，材理好，宜爲車版。」梅，舊注爲楠木。按下章「有堂」指棠樹，這章可能指梅樹。詩人以終南山宜有條、梅等佳樹，興國君宜有人民的愛戴。

錦衣狐裘，當時諸侯的禮服。陳奂傳疏：「玉藻：『君衣狐白裘，錦衣以裼之。』錦衣狐裘，諸侯之服也。鄭注云：『君衣狐白毛之裘，則以素錦爲衣覆之。』」

渥，塗。丹，韓詩作沼或赭，赤石製的紅色顔料，今名朱砂。這句形容秦君臉色紅潤而有光澤，像塗上丹紅一般。

其君也哉，毛序認爲詩是秦大夫所作。方玉潤反駁説：「秦臣頌君，何至作疑而未定之辭，曰『其君也哉』？此必不然之事。」所以他斷定詩是「周之耆舊」所作。

韻讀：之部——有（音以）、梅（謨其反）、止、裘（音其）、哉（音兹）。

終南何有？有紀有堂。君子至止，黻衣繡裳。佩玉將將，壽考不忘。

紀，杞的假借字。杞柳。堂，棠的假借字。棠梨。三家詩正作杞、棠。

黻（fú弗）衣，青黑色花紋相間的上衣。繡裳，五彩畫成的下裳。這都是當時貴族穿的衣裳。毛傳：「黑與青謂之黻。五色備謂之繡。」

將將，魯詩作鏘鏘，是正字。佩玉相擊的聲音。

考，老。壽考不忘，意爲到老也不要忘記。這是意含勸勉的話。有人訓忘爲止，無疆之意，亦通。

韻讀：之部——有、止。陽部——堂、裳、將、忘。

黃鳥

【題解】

這是秦國人民輓「三良」的詩。左傳魯文公六年：「秦伯任好卒（公元前六二一年），以子車氏之三子奄息、仲行、鍼虎爲殉，皆秦之良也。國人哀之，爲之賦黃鳥。」史記秦本紀：「武公卒……初以人從死，從死者六十六人。……繆公卒……從死者百七十七人，秦之良臣子輿氏三人名曰奄息、仲行、鍼虎，亦在從死之中。秦人哀之，爲作歌黃鳥之詩。」據此，可以瞭解詩的産生年代與背景。從最近發掘的陝西鳳翔雍城秦公一號墓的殉葬來看，被殉者竟多達一百八十二人。秦公一號墓的墓主是秦穆公的四世孫，春秋晚期的秦景公。由此可見殉人之制在秦國變本加厲，越演越烈。十五國風中唯秦風有控訴人殉制度的詩，恐怕不是偶然的。

此詩除了用雙關詞和呼告來渲染悲慘無告的氣氛外，值得一提的是其誇張的修辭。「如可贖兮，人百其身！」人民痛惜好人死於殘酷的殉葬制度，不禁呼天而表示情願死一百次來贖回三良的性命。人只能死一次，決不能死一百次，事實上雖無此事，但感情上却可以有此設想，這正是誇張的特點。劉師培先生在美術與徵實之學不同論一文中說：「唐人之詩，有所謂『白髮三千丈』者，有所謂『白頭搔更短』者，此出語之無稽者也，而後世不聞議其短。則以詞章之文，不以憑虛爲戒，此美術背于徵實之學者二也。……蓋美術以性靈爲主，而實學則以考覈爲憑。」他這段話，指出了文藝和其他學科的差别，藝術的詩張是可以「言過其實」甚至「語出無稽」的。離騷：「亦余心之所善兮，雖九死其猶未悔。」顯然是由「如可贖兮，人百其身」發展而來。

交交黄鳥，止于棘。誰從穆公？子車奄息。維此奄息，百夫之特。臨其穴，惴惴其慄。彼蒼者天，殲我良人！如可贖兮，人百其身！

交交，交是咬的省借字。咬咬，鳥叫聲。黄鳥，黄雀。止，停落、棲止。棘，酸棗樹。黄雀落在棘、桑、楚等小樹上是不得其所，以此興三良的殉葬是不得其死。又一説，棘指緊急，桑指死喪，楚指痛楚，都是音近取義的雙關詞（見馬瑞辰通釋），亦通。

從，從死，即殉葬。穆公，春秋秦國的君主，姓嬴，名任好，春秋五霸之一。

子車奄息，秦國大夫。子車是姓，史記作子輿。

特，匹敵。馬瑞辰通釋：「柏舟詩『實維我特』，傳：『特，匹也。』匹之言敵也，當也。」這句意爲，奄息的才德，可以抵得上一百個人。

穴，墓穴。

惴惴（zhuì 綴），恐懼貌。慄，魯詩作栗，是正字。戰栗，發抖。朱熹詩集傳：「臨穴而惴慄，蓋生納之壙中也。」即今所謂活埋。

殲，殺盡。　良人，善人、好人。

人百其身，願意死一百次來贖他。　鄭箋：「如此奄息之死，可以他人贖之者，人皆百其身，謂一身百死猶爲之，惜善人之甚。」馬瑞辰通釋解這句爲「願以百人之身代之」；俞樾詩經平議也解爲「以百人從死亦所甘也」。比較之下，馬、俞之説不及鄭箋爲妥。

韻讀：之部——棘、息、息、特（徒力反，入聲）。　脂部——穴、慄。　真部——天（鐵因反）、人、身。

交交黄鳥，止于桑。誰從穆公？子車仲行。維此仲行，百夫之防。臨其穴，惴惴其慄。
彼蒼者天，殲我良人！如可贖兮，人百其身！

仲行，奄息的兄弟。

防，陳奐傳疏：「傳讀防爲比方之方。」徐邈云：毛音方，是也。」這句意爲，仲行的才德比得上一百個人。

韻讀：陽部——桑、行（音杭）、行、防。　脂部——穴、慄。　真部——天、人、身。

交交黄鳥，止于楚。誰從穆公？子車鍼虎。維此鍼虎，百夫之禦。臨其穴，惴惴其慄。
彼蒼者天，殲我良人！如可贖兮，人百其身！

鍼（qián 鉗）虎，也是奄息的兄弟。

禦，抵擋。毛傳：「禦，當也。」陳奐傳疏：「禦亂當亂，禦敵當敵，是禦有『當』義。百夫之當，言可當百夫耳。」

韻讀：魚部——楚、虎、虎、禦。　脂部——穴、慄。　真部——天、人、身。

晨風

【題解】

這是一位婦女疑心丈夫遺棄她的詩。毛序：「晨風，刺康公也。忘穆公之業，始棄其賢臣焉。」毛傳：「先君招賢人，賢人往之，駛疾如晨風之飛入北林。」鄭箋：「先君謂穆公。言穆公始未見賢者之時，思望而憂之。」據毛、鄭意，詩每章前四句言穆公思賢，後二句言康公棄賢。這樣解釋，總覺詩意跳躍太遠，有割裂之感。朱熹詩集傳：「此與扊扅（yǎn yí 演移）之歌同意，蓋秦俗也。」所謂扊扅之歌是這樣的：「百里奚爲秦相，堂上樂作。所賃澣婦自言知音。因援琴撫弦而歌曰：『百里奚！五羊皮。憶別離，烹伏雌，炊扊扅。今富貴，忘我爲？』問之，乃其故妻，遂還爲夫婦。」（扊扅即今之門柱）據此，晨風便是婦人思念丈夫以至於怨恨的詩了。方玉潤說：「男女情與君臣義原本相通，詩既不露其旨，人固難以意測。」他的話也有道理。不過從詩本身的情調來看，似乎還是朱熹的説法更切近一些。

吴闓生詩義會通説：「舊評：末句醖藉。」這是依毛序立論。其實，末句口吻是相當直露的，怨艾之氣溢於言表，體現了這位婦女痛苦而無可奈何的心情。又，夫妻而至於淡然相忘，那這對夫妻也是名存實亡的了。從這一點來説，「忘我實多」一句包含了多少痛苦的回憶，也可以稱得上「醖藉」二字了。

鴥彼晨風，鬱彼北林。未見君子，憂心欽欽。如何如何？忘我實多！

鴥（yù玉），鳥疾飛貌。韓詩鴥作鷸。廣韻：「鷸，鳥飛快也。」鴥、鷸聲近通用。晨風，説文作鸇風，即鸇鳥。陸璣詩草木鳥獸蟲魚疏：「鸇似鷂，青黄色，燕頷勾喙，嚮風摇翅，乃因風飛急，疾擊鳩鴿燕雀食之。」

鬱，茂密貌。齊詩作温，魯詩作宛。這二句是詩人用鸇鳥尚知歸林，反興自己的丈夫不思歸家，人不如鳥。

欽欽，憂而不忘之貌。

如何，陳奂傳疏：「如，猶奈也。」如何，即奈何、怎麽辦的意思。

韻讀：侵部——風、林、欽。歌部——何、何、多。

山有苞櫟，隰有六駮。未見君子，憂心靡樂。如何如何？忘我實多！

苞，魯詩作枹，樹木叢生貌。　櫟（ㄧˋ立），樹名。即唐風鴇羽的「栩」，又稱作櫟。六，蓼的借字。聞一多風詩類鈔：「蓼，長貌。」　駮，梓榆，樹皮斑駮。詩人用「山有××，隰有××」的民歌習語反興自己和丈夫的關係不如山隰。

韻讀：宵部——櫟（音勞入聲）、駮、樂。　歌部——何、何、多。

山有苞棣，隰有樹檖。未見君子，憂心如醉。如何如何？忘我實多！

棣，亦名唐棣，郁李，結果紅色如李。

樹，直立貌。　檖，山梨。

韻讀：脂部——棣、檖、醉。　歌部——何、何、多。

無衣

【題解】這是一首秦國的軍中戰歌。王夫之詩經稗疏：「春秋申包胥乞師，秦哀公爲之賦無衣。……『爲之賦』云者，與衛人爲之賦碩人、鄭人爲之賦清人，義例正同。則此詩哀公爲申胥作也。若所賦爲古詩，如子展賦草蟲之類，但言賦，不言爲之賦也。」若據王氏考訂，此詩當爲秦哀公出師救楚所作。但是我們且查檢左傳。文七年：「荀林父爲賦板之三章。」若依王氏義例，則大雅板爲荀林父所作。但在此前，左傳僖五年士蔿曾引板詩。又如左傳昭十二年：「宋華定來聘，通嗣君也。享之，爲賦蓼蕭。」若依王氏義例，則蓼蕭爲此時之作。但在此前，左傳襄二十六年：「國景子相齊侯，賦蓼蕭。」由此可見，王氏自立左傳義例，證明無衣爲哀公所作之説不能成立。從詩的内容看來，亦不似秦王口氣，它應是流傳在民間的戰歌。

王先謙集疏：「漢書趙充國辛慶忌傳贊：山西天水、隴西、安定、北地處勢迫近羌胡，民俗修習戰備，高上勇力鞍馬騎射。故秦詩曰：王于興師，修我甲兵，與子皆行。其風聲氣俗自古而然，今之歌謡慷慨，風流猶存耳。」班固之説，代表齊詩。王先謙又説：「王于興師，于，往也。秦自襄公以來，受平王之命以伐戎。」「西戎殺幽王，于是周室諸侯爲不共戴天之讐，秦民敵王所愾，故曰同讐也。」王氏不但指出了詩的背景、年代，並斷爲「秦民」所作，可供參考。

這首詩可説是反映了秦風的典型風格。同袍同衣，同仇敵愾，慷慨從軍，奮勇殺敵的精神充溢全詩。正如鍾惺所云「有吞六國氣象」。吴闓生認爲此詩「英壯邁往，非唐人出塞諸詩所能及」。雖然不免言過其實，但我們試看唐人「相看白刃血紛紛，死節從來豈顧勛」（高適燕歌行）、「四邊伐鼓雪海湧，三軍大呼陰山動」（岑參輪臺歌奉送封大夫出師西征）等詩句，確會産生一脈相承的感覺。因此，稱無衣爲邊塞詩之祖，倒是不過分的。

豈曰無衣？與子同袍。王于興師，修我戈矛，與子同仇！

袍，長衣。形如斗篷，行軍時白天當衣穿，夜裏當被蓋。同袍，表示友愛互助的意思。王，秦人對秦君的稱呼。于，語助詞。其作用和曰、聿同。或訓「往」，亦通。興師，起兵。修，整治。戈、矛，二者都是古代長柄武器。同仇，韓詩作同讎。王先謙集疏：「秦民敵王所愾，故曰同讎也。」

韻讀：脂部——衣、師。幽部——袍（蒲愁反）、矛、仇。

豈曰無衣？與子同澤。王于興師，修我矛戟，與子偕作。

澤，齊詩作襗。澤是襗的假借字。貼身的內衣。鄭箋：「澤，褻衣，近污垢。」戟，也是古代的長柄武器。作，行動起來。毛傳：「作，起也。」

韻讀：脂部——衣、師。魚部——澤（音徒入聲）、戟（音居入聲）、作（音租入聲）。

豈曰無衣？與子同裳。王于興師，修我甲兵，與子偕行。

裳，下衣、戰裙。甲，鎧甲。兵，總指武器。偕行，陳奐傳疏：「言奉王命而偕往征之也。」

韻讀：脂部——衣、師。陽部——裳、兵（音榜平聲）、行（音杭）。

渭陽

【題解】

這是外甥送舅父的送别詩。詩中寫外甥贈舅父的禮物，有「路車、乘黄」，這都是當時諸侯所用的車馬。毛序認爲，這是秦穆公的兒子康公送晉文公重耳回國時所作（康公的母親是重耳的姊姊，嫁給秦穆公，時人稱她爲秦穆夫人）。王先謙集疏引劉向列女傳（魯詩）和後漢書馬援傳注引韓詩，確認此詩爲康公送晉文公之作，與毛詩合。

此詩方玉潤評爲「詩格老當，情致纏綿，爲後世送别之祖，令人想見攜手河梁時也。」的確，二章「悠悠我思」一句，置於送别的氛圍中，更顯得情真意摯。往復讀之，悱惻動人，體現出作者的無限情懷。杜甫詩：「寒空巫峽曙，落日渭陽情。」儲光羲詩：「停車渭陽暮，望望入秦京。」杜牧詩：「寒空金錫響，欲過渭陽津。」都用此詩典故，可見此詩之動人處，並不在舅甥之誼重，而在於送别之情深。方玉潤列此爲「送别之祖」，是頗有眼力的。

我送舅氏，曰至渭陽。何以贈之？路車乘黄。

舅氏，舅父。因爲舅和甥的姓氏不同，所以稱作舅氏。

渭陽，渭水北岸。渭水流經陝西西安。陳奂傳疏：「水北曰陽。渭陽在渭水北。送舅氏至渭陽，不渡渭也。」

路車，古代諸侯所乘車。　乘黄，四匹黄馬。

韻讀：陽部——陽、黄。

我送舅氏，悠悠我思。何以贈之？瓊瑰玉佩。

悠悠我思，因送舅父而引起對死去的母親的深深思念。毛序：「康公時爲大子，贈送文公于渭之陽，念母之不見也。我見舅氏，如母存焉。」

瓊，形容玉石的美。段玉裁説文解字注：「蓋瓊支爲玉之最美者，故廣雅言『玉首瓊支』。因而引申，凡玉石之美皆謂之瓊。」　瑰，美石。　玉佩，即佩玉。嚴粲詩緝：「曹氏曰：『玉佩，珩、璜、琚、瑀之屬。』」

韻讀：之部——思、之、佩（音邳）。

權　輿

【題解】

這是一首没落貴族回想當年生活而自傷的詩。春秋時代，私田漸多，各國紛紛實行按畝税田。

領主沒落，生活下降。這首詩就是當時社會變革的一種反映。毛序：「權輿，刺康公也。忘先君之舊臣，與賢者有始而無終也。」序所謂刺義皆屬附會，惟「有始而無終」一語頗能領略詩中的情緒。魏源詩古微云：「長鋏歸來乎？食無魚，出無車。權輿詩人其馮諼之流乎？」他將權輿同彈鋏之歌相比。但權輿詩人是昔有而歎今無，馮諼是昔無而求今有，昇沉之感迥異，如何能一體視之？

方玉潤評曰：「起似居食雙題，下乃單承側重食一面，局法變換不測，於此可悟文法化板爲活之妙。」他的評論雖然有八股氣，但由此我們領會到兩章之間結構的變化，確實能使詩意低徊深長而不呆板。

於，我乎！夏屋渠渠，今也每食無餘。于嗟乎！不承權輿！

於，同烏，歎詞。説文：「烏，孝烏也。象形。孔子曰：『烏，盱呼也』，取其助氣，故以爲烏呼。」按烏本爲鳥名，因此烏善舒氣自叫，故假借爲于，小篆作。顏師古匡謬正俗云：「『烏呼』，歎詞。古文尚書悉爲『於戲』字，今文尚書悉爲『烏呼』字，而詩皆云『於乎』字，中古以來文籍皆爲『嗚呼』字。」按古短言曰「於」，長言曰「烏乎」，皆取其助氣之意。下文「于嗟乎」，也是加重語氣的歎詞。這句意爲：唉，我呀！

夏屋，大屋。毛傳：「夏，大也。」方言：「自關而西，秦晉之間，凡物之壯大者而愛偉之，謂之夏。」渠渠，魯詩作蘧蘧。高大貌。王延壽魯靈光殿賦云：「揭蘧蘧而騰湊。」注：「崔駰七依曰：夏屋蘧蘧。高也。音渠。」

承，繼承。權輿，始初。按權輿是虇蕍的假借字。爾雅釋草：「葭，華。蒹，薕。菼，薍。其萌虇蕍。」虇蕍本義爲草木初生的萌芽，如大戴禮：「孟春，百草權輿。」引申爲始初。這句意爲，再不能繼承當初那樣的享受了。

韻讀：魚部——乎、渠、餘、乎、輿。

於，我乎！每食四簋，今也每食不飽。于嗟乎！不承權輿！

簋（guǐ鬼），古代盛飯的食器。圓形，用木製成，或用竹、銅。

韻讀：幽部——簋（音九）、飽（博叟反）。魚部——乎、輿。

中國古典文學基本叢書

詩經注析

中册

程俊英
蔣見元 著

中華書局

陳風

陳風共十篇，可能多是東周以後的作品。其中有年代可考者僅株林一篇。據左傳魯宣公九年和十年的記載，知詩中的夏南是夏姬的兒子。夏姬是陳國大夫夏御叔的妻子，生子夏徵舒，字南。陳靈公因夏姬貌美而同她私通，結果被夏南殺死，所以詩人譏刺這個荒淫的君主。宣公十年是公元前五九九年，當春秋中葉。

陳地在今河南省淮陽、柘城及安徽省亳縣一帶，土地廣平，無名山大川。陳風多半是關於戀愛婚姻的詩，這和該地人民崇信巫鬼的風俗有密切關係。漢書地理志說：「周武王封舜後嬀滿於陳，是爲胡公，妻以元女大姬。婦人尊貴，好祭祀，用史巫，故其俗巫鬼。陳詩曰：『坎其擊鼓，宛丘之下。亡冬亡夏，值其鷺羽。』又曰：『東門之枌，宛丘之栩。子仲之子，婆娑其下。』此其風也。」崔述讀風偶識：「今陳風首二篇（指宛丘、東門之枌）即以奢蕩爲事，則其政事可知已矣。且三百篇之中亦有言佚樂者矣——還之言今矣，然不過好田獵耳；山有樞言及時行樂矣，然不過酒食衣服以自適耳——未有若陳俗之專以遊蕩爲事者也。」以上二說，均可說明陳地的詩風。

宛丘

【題解】 這首詩寫一個以巫爲職業的舞女。說文：「巫，祝也。女能事無形，以舞降神者也。」詩中的「子」就是這樣一個巫女。鄭玄詩譜云：「大姬無子，好巫覡禱祈、鬼神歌舞之樂，民俗化而爲之。」說明陳國民間風俗愛好跳舞，巫風盛行，所以她不論天冷天熱都在街上爲人們祝禱跳舞。巫舞的形式是羽舞，亦稱翳舞、翌舞。用鳥羽製成傘形的翳（亦名翿），拿在手裏，舞時蓋在頭上，像鳥一般。同時敲擊鼓或瓦盆來打拍子，以調節舞步。毛序：「宛丘，刺幽公也。淫荒昏亂，游蕩無度焉。」朱熹詩序辨說：「幽公但以謚惡，故得游蕩無度之詩，未敢信也。」由此他解釋爲「國人見此人常遊蕩於宛丘之上，故叙其事以刺之」。他的意見顯然比毛序的隨意牽合要慎重一些。

此詩三章，首章感情奔放，無論說詩者認爲是譏刺還是愛慕，「洵有情兮，而無望兮」兩句是直截了當地表達了情感，略無微言婉曲之意。而二三章却全用白描手法，不著一情語。似乎詩人頓時收斂了奔流的感情，反過來用冷静的眼光觀察起這個巫女來。宋書謝靈運傳論：「欲使宫羽相變，低昂互節，若前有浮聲，則後須切響。」此詩首章可謂曼聲長咏，而二三章一變爲切響低徊，抑揚頓挫，將感情的起伏表達得很盡致。如果配上詩經原來的樂調，詩聲相彰，一定更加動聽吧！

子之湯兮，宛丘之上兮。洵有情兮，而無望兮！

子，指跳舞的巫女。湯，音義同蕩，楚辭離騷注引詩正作蕩。形容舞姿摇動的樣子。呂覽音初「感於心則蕩乎音」，高誘註：「蕩，動也。」

宛丘，陳國丘名。在陳國都城（今河南淮陽縣）東南。陳奐傳疏：「陳有宛丘，猶之鄭有洧淵，皆是國人遊觀之所。」

洵，信、確實。

無望，没有希望。按這二句的大意，歷來認爲是諷刺那個「子」有淫荒之情，却無威儀可瞻望。而余冠英先生詩經選解釋爲「詩人自謂對彼女有情而不敢抱任何希望」。二説均可通，以余説爲勝。馬瑞辰解爲「望祀」，恐非是。

韻讀：陽部——湯、上、望。

坎其擊鼓，宛丘之下。無冬無夏，值其鷺羽。

坎其，即坎坎。擊鼓聲和擊缶聲。

值，通植，手持。毛傳：「值，持也。」又可以作「插」或「戴」解。顔師古漢書注：「值，立也。」鷺羽，用鷺鷥鳥羽毛製成扇形或傘形的舞具。舞者有時拿在手中，有時插在頭上。

韻讀：魚部——鼓、下（音户上聲）、夏（音户上聲）、羽。

坎其擊缶，宛丘之道。無冬無夏，值其鷺翿。

缶（fǒu否），瓦盆。用作打拍的樂器。朱熹詩集傳：「缶，瓦器，可以擊樂。」翿（dào道），即鷺羽。見君子揚揚注。

韻讀：幽部——缶、道（徒叟反）、翿（徒叟反）。

東門之枌

【題解】這是一首描寫男女相愛、聚會歌舞的情歌。朱熹詩集傳：「此男女聚會歌舞，而賦其事以相樂也。」切合詩意。詩人愛慕子仲家的姑娘。這是一位紡麻的女子，因爲愛好歌舞，甚至放棄了紡麻的日常工作，同情人一起到熱鬧的城市去跳舞。他們由於屢次相會而互相愛慕，最後，詩人用「視爾如荍」的贈語表示熱戀，姑娘也以贈花椒表結恩情。詩不但表現了青年的愛情生活，也反映了陳國男女聚會，歌舞相樂，巫風盛行的特殊風俗。

劉勰文心雕龍體性云：「夫情動而言形，理發而文見，蓋沿隱以至顯，因内而符外者也。」他認爲表現在外的文辭是作者性情的自然流露，而作者的文化教養和環境影響，又陶染了其作品的風格。他將作品的風格分爲八體，即典雅、遠奥、精約、顯附、繁縟、壯麗、新奇、輕靡。東門之枌這首詩，是可以歸入輕靡一類的。三章所寫，俱是輕歌曼舞，男歡女樂的場面。「市也婆娑」、「越以鬷邁」等句子，又給人一種輕浮的感覺。借助劉勰「情性所鑠，陶染所凝」，「各師成心，其異如面」的觀點，我們透過詩句可以看到陳國民風浮蕩的一面。孔子説「詩可以觀」，恐怕也是這個道理。

東門之枌，宛丘之栩。子仲之子，婆娑其下。

東門，陳國的城門，地近宛丘。枌，白榆樹。

栩（xǔ許），柞樹。這二句叙述東門、宛丘一帶樹木繁茂，宜於遊人休息、相會。

子仲，當時的一個姓氏。子，女兒。王先謙集疏：「黄山云：詩『婆娑其下』與『市也婆娑』即是一人。下章言『不績其麻』，則『子仲之子』亦猶『齊侯之子』、『蹶父之子』，明是女子子。」

婆娑，婆本作媻。跳舞盤旋摇擺的樣子。

韻讀：魚部——栩、下（音户上聲）。

穀旦于差，南方之原。不績其麻，市也婆娑。

穀，善。穀旦，吉日，好日子。于，語助詞，無義。差（chāi釵），選擇。鄭箋：「差，擇也。」

原，高而平坦之地。這二句意爲，選一個好日子，同到南邊的平原上去歡聚。

績，紡。

市，街市。朱熹詩集傳：「既差擇善旦以會于南方之原，於是棄其業以舞於市而往會也。」

韻讀：歌、元部借韻——差（音磋）、原、麻（音摩）、娑。

穀旦于逝，越以鬷邁。視爾如荍，貽我握椒。

逝，往。這句意爲，趁好日子前往歡聚。

越以，發語詞。陳奐傳疏：「越讀同粤。爾雅：『粤，于也。』采蘩、采蘋、擊鼓皆云『于以』，此云『越以』，皆合二字爲發語之詞。」鬷（zōng 宗），數，屢次。邁，往、去。毛傳：「鬷，數（shuò 碩）。邁，行也。」這句意爲，屢次去聚會處遊玩。

荍（qiáo 橋），植物名，亦名錦葵。花紫紅色或白色，帶深紫色條紋。這句是作者對女子表示愛慕，説「你美得像一朵錦葵花」。

貽，贈送。握椒，一把花椒。這是女子對情人表示恩情的贈物。屈原離騷：「巫咸將夕降兮，懷椒糈而要之。」王逸注：「椒，香物，所以降神。」據此，這位子仲家的姑娘可能兼作巫女。她跳舞時帶着花椒降神，順便就用這當作贈送情人的禮物。

韻讀：祭部——逝（時例反，入聲）、邁（音蔑）。　幽部——荍（音求）、椒（音啾）。

衡門

【題解】

這是一首没落貴族以安於貧賤自慰的詩。毛序：「衡門，誘僖公也。願而無立志，故作是詩以誘掖其君也。」朱熹詩序辨説反駁説：「僖者，小心畏忌之名，故以爲願無立志，而配以此詩。不知其爲賢者自樂而無求之意也。」方玉潤詩經原始反駁説：「僖公，君臨萬民者也。縱願而無立志，誘之以夫焉而進於道也可，奈何以無求世之志勸之？豈非所誘反其所望乎？」朱、方已將毛序的錯誤分析得很透徹，無需詞費了。郭沫若中國古代社會研究説：「這首詩也是一位餓飯的破落貴族作的。他食魚本來有吃河魴河鯉的資格，……但是貧窮了，吃不起了。他娶妻本來有娶齊姜、宋子的資格，但是貧窮了，娶不起了。娶不起、吃不起，偏偏要説兩句漂亮話，這正是破落貴族的根性。」他從社會發展的角度分析詩的主題，非常精辟。

這首詩同衛風考槃一樣，是所謂「隱逸詩」。但兩者的風格又有所不同。考槃詩人自道其樂，清新脱俗，比之陶淵明的「采菊東籬下，悠然見南山」，差可彷彿。衡門詩人降格求次，稱心易足，比之陶淵明的「谷風轉凄薄，春醪解飢劬。弱女雖非男，慰情聊勝無」，亦稱同調。不過五柳先生從正面着筆，給人澹泊敦厚之感；衡門詩人則以設問成章，在知足長樂的口氣中，總難免透露出一絲酸意。詩序說：「詩者，志之所之也。在心爲志，發言爲詩。」豈虛言哉！

衡門之下，可以棲遲。泌之洋洋，可以樂飢。

衡門，毛傳：「横木爲門，言淺陋也。」衡是横的假借。王引之經義述聞：「門之爲象，縱而不横。……竊疑衡門、墓門亦是城門之名。」亦通。

棲遲，疊韻，又作西遲、栖遲、棲遟，遊逛休息之意。按西的本義爲「鳥在巢上，象形」。引申爲西方之西，棲爲西之或體。說文：「日在西方而鳥棲，故因以爲東西方之西。」故漢嚴發碑曰：「西遲衡門。」栖爲棲之異體，漢蔡邕焦君讚作：「栖遲偃息。」王先謙集疏：「此賢人棲遲泌丘之上，居室不蔽風雨，横木爲門，若漢申屠蟠之因樹爲屋，簞食瓢飲，不改其樂，自道如此。」

泌（ㄅㄧˋ必），本義是泉水疾流之貌。泉水傳：「泉水始出，毖然流也。」後來作爲陳國泌邱地方的泉水名。　洋洋，泉水盛大貌。

樂飢，魯、韓詩樂作療。鄭箋：「飢者見之可飲以𤻲飢。」𤻲、療同字。說文：「𤻲，治也。或作療。」療飢即充飢的意思。按毛傳訓樂飢爲「樂道忘飢」。孔疏申鄭箋，謂：「飢久則爲渴，得水則亦小𤻲。」黄焯先生詩疏平議宗毛，認爲「非惟水不可以𤻲飢，即詩意本無謂賢者飲之之事也」。

因斥孔疏爲「强申其義」。錢鍾書先生管錐編則引宋書江湛傳：「家甚貧約。……牛餓，馭人求草，湛良久曰：『可與飲！』」以爲頗類衡門詩意，而贊孔疏爲「平實近人」。黄先生從經學角度治詩，不忘詩經「美教化移風俗」的作用。錢先生以文學尺度談詩，着眼於人情物理、詩意深淺。我們今天把詩經作爲中國第一部詩歌總集來欣賞，自然應持文學的眼光，就詩論詩。這是怎樣讀詩經的一個重要方法，在此略加闡述。

韻讀：脂部——遲、飢。

豈其食魚，必河之魴？豈其取妻，必齊之姜？

魴，即鯿魚。當時人認爲它和鯉魚是最上等的魚。埤雅：「里語曰：洛鯉伊魴，貴於牛羊。」取，古「娶」字。

姜，齊國貴族的姓。齊姜，齊國姓姜的貴族女子，這裏是代稱。下章「宋子」同。

韻讀：陽部——魴、姜。

豈其食魚，必河之鯉？豈其取妻，必宋之子？

子，宋國貴族的姓。這二章是詩人用食魚不必選擇魴鯉，比娶妻不必選擇貴族。是聊以自慰的話。

韻讀：之部——鯉、子。

東門之池

【題解】

這是一首男女相會的情歌。作者是男的，他所追求的可能是一位在東門外護城河中浸麻織布的女子。毛序：「東門之池，刺時也。疾其君子淫昏，而思賢女以配君子也。」崔述讀風偶識駁曰：「漚麻漚苧，絶不見有淫昏之意。即使君果淫昏，亦當思得賢臣以匡正之，何至望之女子？」他正確地指出了毛序窒礙不通的地方。朱熹詩序辨説解此詩爲「淫奔之詩」，當然是出於衛道者的陳腐。但他在詩集傳中定此詩爲「男女會遇之詞」，則是頗實事求是的。

關於此詩的藝術特點，吳闓生説：「愈淡愈妙。」方玉潤説：「辭意淺率，終非佳構。」這首詩三章一意，寫得很平淡，這是很明顯的。但這樣的平淡到底好不好呢？劉衍文、劉永翔文學的藝術認爲：「淡有淡的美，淡有淡的情趣；但淡而仍須有妝，淡而無妝，就淺露、枯瘠，變成淡而無味了……總之，濃淡之筆，總在『相宜』二字，相宜的話，淡固可，濃亦可，濃淡配合調匀亦未始不可；不相宜的話，濃固不可，淡亦何嘗就可，濃淡配合不匀更其不可。」他們的意見，是對重淡輕濃的傳統美學觀點的修正，但却是極爲公允的修正。就這首詩而論，便是淡得不相宜，淡得没有餘味，經不得咀嚼。風詩多半是樸質平淡的，但淡得工致、淡得雋永的詩不在少數。兩相比較，自可得其高下。所謂「愈淡愈妙」，實在是誤人不淺的偏見。

東門之池，可以漚麻。彼美淑姬，可與晤歌。

池，毛傳：「池，城池也。」馬瑞辰通釋：「古者有城必有池，孟子『鑿斯池也，築斯城也』是也。池皆設于城外，所以護城。」

漚，浸泡。說文：「漚，久漬也。」這二句是詩人以他們相聚之地和所見之物起興。

淑姬，據陳奂傳疏考訂，淑字是叔字之誤。叔，排行第三。姬，姓。「彼美叔姬」，猶有女同車稱「彼美孟姜」。孔疏：「美女而謂之姬者，以黄帝姓姬，炎帝姓姜，二姓之後，子孫昌盛。其家之女美者尤多，遂以姬、姜爲婦人之美稱。成九年左傳引逸詩云：『雖有姬、姜，無異憔悴』，是以姬、姜爲婦人之美稱也。」聞一多風詩類鈔申之云：「姬姜二姓是當時最上層的貴族，二姓的女子必最美麗而華貴，所以時人稱美女爲叔姬、孟姜。」可見此詩的「叔姬」是美女的代稱，不是詩人所追求的女子的真名，好像後世稱美女爲「西子」一樣。

晤，相對。毛傳：「晤，遇也。」孔疏：「傳以晤爲遇，亦爲對偶之義。」按晤是遻的假借字。說文：「遻，相遇驚也。」晤歌，即對唱。

韻讀：歌部——池（音沱）、麻（音摩）、歌。

東門之池，可以漚紵。彼美淑姬，可與晤語。

紵（zhù 住），又名苧麻，其纖維採製爲麻，精者可以織爲夏布，在我國種植極廣。

晤語，對話，相對討論。大雅公劉：「于時言言，于時語語。」毛傳：「直言曰言，論難曰語。」這裏的「語」即指「論難」而言。

韻讀：魚部——紵、語。

東門之池，可以漚菅。彼美淑姬，可與晤言。

菅（jiān 肩），蘆荻一類的草。其莖浸漬剥取後可以搓繩，用來編草鞋。

晤言，這裏的「言」指「直言」而言，談天的意思。

韻讀：元部——菅、言。

東門之楊

【題解】

這是寫男女約會久候不至的詩。毛序：「東門之楊，刺時也。昏姻失時，男女多違。親迎，女猶有不至者也。」士昏禮有「壻親迎，俟于門外。從車二乘，執燭前馬」的記載，恐即毛序所本。但詩中看不出爽約的是男子還是女子，何以見得一定是親迎而女不至呢？朱熹對毛序略加改造地説：「此亦男女期會而有負約不至者，故因其所見以起興也。」這樣解釋就比較圓通了。也有人認爲這是「朋友之間負約不至」，「不必爲男女期會」。所論當然也不能説錯，不過我們看歐陽修的生查子：

「去年元夜時，花市燈如晝。月上柳梢頭，人約黄昏後。今年元夜時，月與燈依舊。不見去年人，淚濕春衫袖。」詞中亦無一字涉及男女，但又有誰解釋爲朋友爽約，又有誰懷疑這寫的不是男女戀情呢？東門之楊所表現的情調雖不及生查子那樣明顯，但還是能够體會得出的。解釋爲男女約會而久候不至，並不至離題太遠。

此詩以寫景爲主，前二句寫所約之地，後二句寫所約之時，藉景物烘托感情，表現出一種焦急不安的心理。啟明星閃爍着，長夜將盡，可是約好黄昏來的情人却連影兒都不見。「明星煌煌」、「明星晢晢」二句，正是很自然地映襯出這種感情。杜甫醉時歌：「清夜沉沉動春酌，燈前細雨檐花落。但覺高歌有鬼神，焉知餓死填溝壑。」後人評爲「清夜以下，神來氣來」。「神」和「氣」主要便是來自這種高超的映襯的描寫，特别是「燈前細雨檐花落」這一句話的妙語傳神，使人既生沉郁悲憤之情，又起縱蕩淋漓之感（見劉衍文、劉永翔文學的藝術）。東門之楊當然不能同杜甫詩相比，但其對景物的映襯寫法則有相同之處。

東門之楊，其葉牂牂。昏以爲期，明星煌煌。

牂牂（zāng 髒），枝葉茂盛貌。齊詩作將將，牂是將的假借字。爾雅：「將，大也。」大、盛義近，所以毛傳説：「牂牂然盛貌。」

昏，黄昏。期，約會。説文：「期，會也。」段玉裁注：「會者，合也。期者，要約之意，所以爲會合也。」

明星，指啓明星。天快亮時出現於東方天空。　煌煌，亦作皇皇，明亮貌。

韻讀：陽部——楊、牂、煌。

東門之楊，其葉肺肺。昏以爲期，明星晢晢。

肺肺（pèi配），枝葉茂盛貌。按肺是巿的假借字。説文：「巿，艸木盛巿巿然。讀若輩。」詩經中還有小雅的淠淠、大雅的旆旆，都是巿的假借字。

晢晢（zhé哲），毛傳：「晢晢猶煌煌也。」説文：「晢，昭晢，明也。」段玉裁注：「昭、晢皆从日，本謂日之光。引申之爲人之明哲。」此處還是用本義，不過借指星光。

韻讀：祭部——肺（丕吠反）、晢（音折去聲）。

墓門

【題解】這是一首諷刺不良統治者的詩。毛序：「墓門，刺陳佗也。陳佗無良師傅，以至於不義，惡加於萬民焉。」據左傳桓公五年記載，陳桓公生病時，陳佗殺太子免。桓公死後，他自立爲君，陳國大亂，國人離散。後來蔡國出兵殺死陳佗，總算把亂子平息下來。這便是詩的背景。但毛序也還有不正確的地方。蘇轍詩集傳：「桓公之世，陳人知佗之不臣矣，而桓公不去，以及於亂。是以國人追咎桓公，以爲桓公之智不能及其後，故以墓門刺焉。」方玉潤由此得出結論：「詩非刺佗無良師傳，乃刺桓公不能去佗耳。」這樣解釋就比毛序更符合詩意了。劉向列女傳、王逸楚辭注都記載了春秋時陳國人民引用這首詩的事實，可見它在當時民間頗爲流行。

詩經中的興法，還兼起比喻襯托的作用。此詩以荊棘惡木和鴞鳥惡禽起興，但又很明顯地用來比喻「夫也不良」的那個「夫」。荊棘應該斫去，鴞鳥必須警惕，詩人以此來諷刺無行的陳佗，含蓄而不晦澀，使人了然於心。陳奐傳疏說：「比者，比方于物，蓋言興而比已寓焉矣。」就是說明這種興兼比的手法。

墓門有棘，斧以斯之。夫也不良，國人知之。知而不已，誰昔然矣？

墓門，毛傳：「墓門，墓道之門。」朱熹闡發道：「墓門凶僻之地，多生荊棘。」馬瑞辰通釋：「天問王逸注曰：『晉大夫解居父聘吳，過陳之墓門。』墓門，蓋陳之城門。」也可通。　棘，酸棗樹，有刺。

斯，劈斫。　毛傳：「斯，析也。」

夫，那個人。　即指陳佗。

不已，不制止、不糾正。陳奐傳疏：「已，止也。國人皆知之，知之而不能救止也。」

誰昔，爲「昔誰」的倒文。然，這樣。這四句的大意，蘇轍解釋道：「夫指佗也。佗之不良，國人莫不知之者。知而不之去，昔者誰爲此乎？」按此句的「誰」，指桓公。三家詩訓誰昔爲「疇昔」，亦通。

韻讀：支部——斯、知。之部——已、矣。

墓門有梅，有鴞萃止。夫也不良，歌以訊之。訊予不顧，顛倒思予。

梅，楚辭王逸注引作「棘」。馬瑞辰通釋：「棘、梅二木，美惡大小不相類，非詩取興之旨。古梅杏之梅，古文作楳。與棘形相近，蓋棘譌作楳。」是這句「梅」字應訂正作「棘」。魯詩正作棘。鴞（xiāo 蕭），亦作梟，貓頭鷹。鳴聲很難聽，古人以爲不祥之鳥。萃，集、停息。説文：「萃，艸貌。」段玉裁注：「易象傳曰：『萃，聚也。』此引申之義。」止，語尾助詞。訊（suì 碎），告誡、警告。魯、韓詩訊亦作誶。爾雅釋詁：「誶，告也。」王念孫廣雅疏證：「訊字古讀若誶，故經傳二字通用。」之，「止」的訛字，魯、韓詩之作止。戴震毛詩聲韻考：「廣韻六至引詩『歌以誶止』，然則此句止字與上句止字相應爲語詞。」

訊予，即「予訊」，倒文成義。

顛倒，指國家紛亂。陳奐傳疏：「顛倒，亂也。」這二句意爲，我作詩警告你，你却不理睬；等到國家出了亂子，再想起我的忠告，就來不及了。

韻讀：脂、文部借韻——萃、訊。 魚部——顧、予。

防有鵲巢

【題解】

這是擔憂有人離間自己情人的詩。毛序：「防有鵲巢，憂讒賊也。宣公多信讒，君子憂懼焉。」他第一句說對了詩的主題，但又把「陳宣公信讒」附會上去，沒有什麼根據，似不可從。朱熹詩集傳說：「此男女之有私，而憂或間之之辭。」從詩意來體會，勝於毛說。吴闓生詩義會通引舊評：「非必真有侜之者，寫柔腸曲盡。」這是從心理描寫的角度來評論這首詩，確實頗有眼光。詩經的心理描寫是很原始、很粗糙的，但畢竟是一種創造。「心焉惕惕」一句，將猜疑、嫉妒、焦慮、思念等感情交織在短短的四個字中，內涵是十分豐富的，餘味也十分綿長。

防有鵲巢，邛有旨苕。誰侜予美？心焉忉忉！

防，堤壩。

邛（qióng窮），土丘。 旨，甘美。 苕（tiáo條），蔓生植物，一名鼠尾、凌霄，生在低濕的地上。馬瑞辰通釋：「鵲巢宜於林木，今言防有，非其所應有也。不應有而以爲有，所以爲讒言也。苕生於下濕，今詩言邛有者，亦以喻讒言之不可信。」他這樣解釋首二句的興意是正確的。

侜（zhōu周），欺誑、挑撥。古時稱作「侜張」，即今天所謂「胡謅」。美，所美之人，指作者的情人。韓詩美作娓，釋文：「娓，美也。」字異而義同。

忉忉，憂愁貌。

韻讀：宵部——巢、苕、忉。

中唐有甓，邛有旨鷊。誰侜予美？心焉惕惕！

唐，古時朝堂前或宗廟内的甬道。中唐即唐中，也就是庭中之路。甓（pì譬），磚瓦。鷊（yì益），韓詩作虉，魯詩、齊詩作虉。鷊和虉都是虉的假借。雜色小草，美如錦綬，故又名綬草。今名鋪地錦。按這二句也是興，平坦的甬道不宜有磚瓦，土丘不宜生鋪地錦，均喻讒言之不可信。

惕惕，擔心憂懼貌。又爾雅：「惕惕，愛也。」郭璞注云：「詩云『心焉惕惕』，韓詩以爲説人，故言愛也。」

韻讀：支部——甓、鷊、惕。

月　出

【題解】

這是一首月下懷人的詩。毛序：「月出，刺好色也。在位不好德，而説美色焉。」這首詩「好色」的意味當然是明顯的，但説是譏刺就很勉强了。朱熹詩集傳：「此亦男女相悦而相念之辭。」他的分析就比較平實。

這首詩在句法、用詞和韻律三方面都頗有特點。句法上每章四句，前後三句都是上二字雙，下一字單；第三句上一字單，下二字雙，錯綜變化，節奏抑揚，脱盡板滯之感。用詞上除了「月」、「人」、「心」三個名詞、「出」一個動詞和「兮」一個語氣詞之外，其餘都是形容詞，而且這些形容詞在詩經中多不經見，可能是較多地保留了陳國方言的痕跡。通過這些詞的應用，活脱地描繪出一個月下美人的形象，風神摇曳，綽約多姿；而且抒發了詩人幽思牢愁，固結莫解的情懷。韻律上是通篇句句押韻，而且一韻到底（幽、宵部通韻），加上疊韻詞彙的運用，委婉概括的麗詞美和繁音促節的韻律美相得益彰，讀起來真有賞心悦目的感受，難怪被後人推爲三百篇中情詩的傑構。

月出皎兮，佼人僚兮，舒窈糾兮，勞心悄兮。

皎，形容月光潔白明亮。説文：「皎，月之白也。」

佼，又作姣，佼是姣的假借字。美好。佼人，美人。段玉裁説文解字注：「姣謂容體壯大之好也。史記：『長姣美人。』」 僚，嫽的假借字。美麗。古代方言叫「釗」，現代漢語稱「俏」，都是異字同義。舒，舒緩、遲慢。形容女子舉止嫻雅婀娜。毛傳：「舒，遲也。」馬瑞辰通釋解釋舒爲發聲字，亦通。 窈糾（yǎo jiǎo 咬絞），疊韻，形容女子體態的苗條。胡承珙毛詩後箋：「史記司馬相如傳：『青虯蚴蟉於東箱。』正義云：『蚴蟉，行動之貌也。』又『驂赤螭青虯之蚴蟉蜿蜒。』蚴蟉、幽蟉皆與窈糾同。即洛神賦所謂『矯若游龍』者也。」

勞心，也就是憂心。 悄，深憂貌。陳奐傳疏：「邶柏舟、出車篇皆云『憂心悄悄』。重言曰悄悄，單言之則曰悄也。」

韻讀：幽、宵部通韻——皎、僚、糾、悄。

月出皓兮，佼人懰兮，舒懮受兮，勞心慅兮。

皓，本義是形容日光，此處借以形容月光的明亮。説文：「皓，日出貌。」經文作皓，是俗字。

懰（liú 留），妖媚。按懰是嬼的假借字。埤蒼：「嬼，妖也。」廣韻：「嬼，美好。」馬瑞辰通釋：「妖亦好也。」

懮（yōu 幽）受，疊韻，形容女子行步舒徐婀娜。玉篇：「懮受，舒遲之貌。」

慅（cǎo草），憂愁不安貌。説文：「慅，動也。」段玉裁注：「月出『勞心慅兮』，常武『徐方繹騷』，傳曰：『騷，動也。』此謂騷即慅之假借字也。二字義相近，騷行而慅廢矣。」

韻讀：幽部——皓（何叟反）、懰、受、慅（此叟反）。

月出照兮，佼人燎兮，舒夭紹兮，勞心慘兮。

照，這裏當形容詞用，光明貌。

燎，漂亮貌。朱熹詩集傳：「燎，明也。」

夭紹，疊韻，也是形容女子體態輕盈。胡承珙毛詩後箋：「文選西京賦：『要紹修態。』注：『要紹，謂嬋娟作姿容也。』南都賦：『要紹便娟。』要紹皆與夭紹同。」

慘，據戴震毛鄭詩考正，慘字是懆字之訛。今字作躁。憂愁而煩躁不安貌。説文：「懆，愁不安也。」按此詩三章，每章都是前三句描繪月下美人的嫵媚，最後一句抒發作者個人的心情，句法奇妙。

韻讀：宵部——照、燎、紹、慘。

株林

【題解】

這是諷刺陳靈公和夏姬淫亂的詩。毛序：「株林，刺靈公也。淫乎夏姬，驅馳而往，朝夕不休息焉。」據左傳宣公九年、十年記載，夏姬是鄭穆公的女兒，嫁給陳國大夫夏御叔，生子夏徵舒，字南。夏姬貌美，陳靈公和陳大夫孔寧、儀行父都和她私通。後來陳靈公被夏徵舒殺死，陳國也爲楚所滅。史記陳世家亦詳述此事。序説與史傳記載合，所以是可信的。陳靈公於魯宣公十年被殺，此詩當作於他被殺之前，大約公元前六〇〇年至前五九九年。

劉勰文心雕龍諧隱曰：「讔者，隱也。遯辭以隱意，譎譬以指事也。」有些事情不便直言，需要隱約其辭地表示，繞着彎子來説話。這在修辭學上稱爲婉轉。陳靈公到株林去找夏姬，詩人却説他是去找夏南；但緊接着又説他不是去找夏南。去找誰呢？始終没有明説，不過讀者從這種閃爍其辭中足够明白詩人之所指了。方玉潤有一段分析：「蓋公卿行淫，朝夕往從所私，必有從旁指而疑之者。即行淫之人亦自覺忸怩難安，故多隱約其辭，故作疑信言以答訊者，而飾其私。詩人即體此情爲之寫照，不必更露淫字而宣淫無忌之情已躍然紙上，毫無遁形，可謂神化之筆。」方氏所云「神化之筆」，即指「隱約其辭」而言。

胡爲乎株林？從夏南？匪適株林，從夏南。

株，陳國邑名，在今河南省西華縣西南，夏亭鎮北。是夏姬兒子夏徵舒的封邑。　林，郊外。株林與下章株野對文。古代林、野有别，林較野離邑更遠些。説文：「邑外謂之郊，郊外謂之野，野外謂之林。」

從，跟從、追逐。夏南，夏徵舒字南。馬瑞辰通釋：「上二句詩人故設爲問辭，若不知其淫於夏姬者，以爲從夏南遊耳。」

匪，非、不是。　適，往、去。　馬瑞辰通釋：「下二句當連讀，謂其非適株林從夏南也。言外見其實淫於夏姬，此詩人立言之妙。」

韻讀：侵部——林、南（奴森反）、林、南。

駕我乘馬，説于株野。乘我乘駒，朝食于株。

我，陳奂傳疏：「我，我靈公也。」這是詩人假託陳靈公口氣。　乘（shèng 勝），古代一車四馬爲一乘。

説（shuì 税），後作税，停息。

乘，前一「乘」字是動詞，駕車。　駒，陳奂傳疏：「駒當依釋文作驕。乘驕，四馬皆驕也。漢廣傳云：『五尺以上曰驕。』」

朝食，吃早飯。王先謙集疏：「靈公初往夏氏，必託爲遊株林。自株林至株野，乃税其駕。（舍馬乘駒。傳『大夫乘駒』，箋『變易車乘』。）然後微服入株邑，朝食于株邑。此詩乃實賦其事也。」

韻讀：魚部——馬（音姥 mǔ）、野（音宇）。　侯部——駒（音鈎）、株（知蓲反）。

澤陂

【題解】

這是一首懷人的詩。毛序：「澤陂，刺時也。言靈公君臣淫於其國，男女相説，憂思感傷焉。」序説的最後兩句頗能體會詩意。至於前面幾句的牽合美刺、附會時事，那是毛序的老毛病，也毋須多析。朱熹認爲「此詩大旨與月出相類」，聞一多認爲「荷塘有遇，悦之無因，作詩自傷」。他們兩位的分析有助於我們更細緻地理解詩的意境。

詩中「有美一人，碩大且卷。……碩大且儼」等句，描寫出一個豐肌高大的女子形象。錢鍾書先生管錐編云：「按太平御覽卷三六八引韓詩作『碩大且㜮』，薛君曰：『㜮，重頤也。』『碩大』得『重頤』而更親切着實。大招之狀美人曰：『豐肉微骨，調以娱只』；再曰：『豐肉微骨，體便娟只』；復曰：『曾頰倚耳』，王逸註：『曾，重也。』詩之言『㜮』，正如楚辭之言『曾頰』。唐宋畫仕女及唐墓中女俑皆曾頰重頤，豐碩如詩、騷所云。劉過浣溪紗云：『骨細肌豐周昉畫，肉多韻勝子瞻書，琵琶弦索尚能無？』徐渭青籐書屋文集卷十三眼兒媚云：『粉肥雪重，燕趙秦娥。』古人審美嗜尚，此數語可以包舉。」在我國古代，存在着以豐滿壯碩爲美和以婀娜苗條爲美的兩種不同的審美觀，而在詩經時代，顯然是前一種審美觀占上風，如衛風以「碩人」稱莊姜，小雅車舝以「碩女」稱季女，這種現象倒是頗令人感興趣的。

彼澤之陂，有蒲與荷。有美一人，傷如之何？寤寐無爲，涕泗滂沱。

澤，池塘。陂(bēi 悲)，池塘邊的堤岸。

蒲，蒲草，可以編蓆。荷，這裏指荷葉，與下文的「蓮」指蓮蓬，「菡萏」指荷花各有不同。後來這三個名稱和「芙蕖」、「夫容」都可通用。詩人在池塘邊見蒲草有荷相伴，適遇一位女子，因以起興。蒲喻男，荷喻女(從鄭箋説)。

傷，魯、韓詩作陽，傷是陽的假借字。爾雅：「陽，予也。」是第一人稱代詞。如之何，即奈他何。韓詩如作若。這二句意爲，這位漂亮的姑娘，叫我怎麽辦才好？

寤寐，醒着和睡着，指不斷思念。無爲，没有辦法達到目的。

涕，眼淚。泗，鼻涕。涕泗，疊韻。滂沱，一時涕泗俱下貌。按滂沱本義是多雨貌，這裏是引申義。

韻讀：歌部——陂(音波)、荷、何、爲(音訛)、沱。

彼澤之陂，有蒲與蕑。有美一人，碩大且卷。寤寐無爲，中心悁悁。

蕑，魯詩作蓮，蓮蓬。鄭箋：「蕑，當作蓮。蓮，芙蕖實也。」

卷，婘的省借字，釋文：「卷，本又作婘。」漂亮、美好。毛傳：「卷，好貌。」

悁悁（yuān冤），憂鬱貌。王先謙集疏：「悁悁，蓋悲哀不舒之意。」

韻讀：元部——蕑、卷、悁。

彼澤之陂，有蒲菡萏。有美一人，碩大且儼。寤寐無爲，輾轉伏枕。

菡萏（hàn dàn汗但），荷花。

儼，韓詩作嬌。儼是嬌的假借字。薛君韓詩章句：「嬌，重頤也。」重頤即今所謂「雙下巴」。

輾，魯詩、韓詩作展。輾轉，翻來覆去。見關雎注。朱熹詩集傳：「輾轉伏枕，卧而不寐，思之深且久也。」

韻讀：侵、談部通韻——萏、儼、枕。

檜風

檜，左傳、國語作鄶，漢書地理志作會。檜風只有四篇。

檜地在今河南省密縣東北，與鄭國爲近鄰。朱熹詩集傳：「其君妘姓」，據史記記載，檜國在東周初年（公元前七六九年）爲鄭桓公所滅。韓非子和劉向説苑都有記述鄭桓公伐檜的事。可見檜風全爲西周時作品。

檜國很小，歷史上的記載也很少。左傳襄公二十九年記述吴公子季札論詩，有「自鄶以下無譏焉」的話，可見檜風在春秋時便不受重視。從現存的四首詩中，看不出檜風有什麽特點。隰有萇楚表現着濃重的悲觀厭世的色彩，匪風情調也十分低沉，可能都是亡國之音吧。

羔裘

【題解】

這是一首懷人的詩。作者很想念那位穿着羊皮袍、狐皮袍的大夫，但由於某種原因又無法達到目的，心中很憂傷，便唱出了這首詩。毛序：「羔裘，大夫以道去其君也。國小而迫，君不用道，好潔其衣服，逍遥遊燕，而不能自强於政治，故作是詩也。」語屬傅會，似不可從。聞一多風詩類鈔認爲羔裘是「女欲奔男之辭」。「中心是悼」即王風大車「畏子不敢」之意。但大車明言「畏子不奔」，當然可據此確定詩的主題。此詩「中心是悼」，只反映一種傷感的情懷，何以見其必有欲奔之心？聞説未免聯想得太過分了一點。

懷人之詩，多有即景起興者，而此詩全用賦體。每章首二句通過鮮潔光潤的羔裘狐袍，逍遥遨遊的自在態度，將作者心目中的大夫描寫得英俊瀟灑。就是爲了這樣一個人，作者想念得憂傷不已。經前二句的鋪墊，後二句就有了着落。這種詩雖出於自然，非刻意雕鑿，但也可以看出語句間的呼應頗具構思之巧。蔡絛西清詩話：「歐公語人曰：『修在三峽賦詩云：春風疑不到天涯，二月山城未見花。若無下句，則上句不見佳處，並讀之，便覺精神頓出。』」歐陽永叔這幾句自評的話，於這首詩也頗適用的。

羔裘逍遥，狐裘以朝。豈不爾思？勞心忉忉。

羔裘、狐裘，都是大夫的服裝。平時穿羔裘，進朝穿狐裘。毛傳：「羔裘以遊燕，狐裘以適朝。」逍遥，任意遊逛之意。陳奂傳疏：「燕者，安也。傳以遊燕釋逍遥，序云逍遥遊燕，此四字同義。」楚辭九章王逸注：「逍遥，遊戲也。」

忉忉，心情憂勞貌。見甫田注。

韻讀：宵部——遥、朝、忉。

羔裘翱翔，狐裘在堂。豈不爾思？我心憂傷！

翱翔，與「逍遥」同意。按翱翔的本義爲鳥的回飛，引申爲人的遨遊。

堂，公堂。大夫朝見君主的地方。這首詩中「在堂」就是「在朝」的意思。

韻讀：陽部——翔、堂、傷。

羔裘如膏，日出有曜。豈不爾思？中心是悼！

膏，油脂。

有曜，即曜曜。形容日光。古代的皮袍，毛向外，太陽光照在上面，閃閃發亮，像塗了油一樣。這兩句是倒句。

悼，哀痛。毛傳：「悼，動也。」陳奂傳疏：「動，古慟字。」

韻讀：宵部——膏、曜、悼。

素冠

【題解】

這是一首悼亡詩。一位婦女，見到丈夫遺容憔悴，心爲之碎，表示寧可伴着他一起死。毛序：「素冠，刺不能三年也。」這是因見到「素冠」、「素衣」等字眼而傅會到守喪三年上去。但素衣是當時人的常服，論語云：「素衣霓裘素韠。」孟子云：「許子冠素。」士冠禮云：「主人玄冠朝服緇帶素韠。」而士喪禮却無素冠、素衣、素韠的記載。由此可證毛序的望文生義。

此詩悼亡，正值撫屍而慟之際，與葛生的悼亡已在墓草青青之時不同。這是迸發的、肝腸俱裂的傷痛，而非那種深長的、綿綿難絶的哀思，所以感情顯得非常强烈。體現在文字上，每章三句，短促而激烈。章章遞進，始而心情憂傷，繼而願與同歸，終而誓同生死。一種難以抑止的悲愴之情使人爲之動容。

庶見素冠兮，棘人欒欒兮。勞心慱慱兮！

庶，庶幾，幸而。按庶的本義是「屋下衆」，這裏是引申義。　素冠，白帽子。素冠與下章的素衣、素韠都是死者穿戴的服飾。

棘，古「瘠」字，瘦削。呂覽任地：「棘者欲肥，肥者欲棘。」高誘注：「棘，羸瘠也。」　欒欒（luán 鸞），魯詩作臠臠，是正字。説文：「臠，臞也。」毛傳：「欒欒，瘠貌。」都是形容體枯肌瘦的樣子。

慱慱（tuán 團），憂苦不安貌。毛傳：「慱慱，憂勞也。」

韻讀：元部——冠、欒、慱。

庶見素衣兮，我心傷悲兮。聊與子同歸兮！

聊，願。　子，你，指死者。　同歸，這裏是同死的意思。

韻讀：脂部——衣、悲、歸。

庶見素韠兮，我心蘊結兮。聊與子如一兮！

韠（bì 必），亦名韍或蔽膝，古人的服飾。用皮製成，長方形，上窄下寬，似今之圍裙。

蘊結，雙聲，憂鬱不解。說文：「蘊，積也。」唐石經初刻即作藴，藴是俗字。如一，即同生同死之意。朱熹詩集傳：「與子如一，甚于『同歸』也。」

韻讀：脂部——韠、結、一。

隰有萇楚

【題解】

這是一首没落貴族悲觀厭世的詩。檜國在東周初年被鄭國所滅，此詩大約是檜將亡時的作品。方玉潤詩經原始：「此必檜破民逃，自公族子姓以及小民之有室有家者，莫不扶老攜幼，挈妻抱子，相與號泣路歧，故有家不如無家之好，有知不如無知之安也。而公族子姓之爲室家累者則尤甚。」郭沫若中國古代社會研究：「這種極端的厭世思想在當時非貴族不能有，所以這詩也是破落貴族的大作。自己這樣有知識罣慮，倒不如無知的草木！自己這樣有妻兒牽連，倒不如無家無室的草木！做人的羨慕起草木的自由來，這懷疑厭世的程度真有點樣子了。」方氏分析了詩的社會背景，郭氏分析了詩的内容和作者的身份，均合詩旨。而毛序云：「隰有萇楚，疾恣也。國人疾其君之淫恣，而思無情慾者也。」這實在有點牛頭不對馬嘴了。

隰有萇楚所反映的這種情調，對後代的詩文影響很大。錢鍾書先生管錐編舉出許多例子，如元結系樂府壽翁興:「借問多壽翁,何方自修育? 唯云順自然,忘情學草木。」姜夔長亭怨:「樹若有情時,不會得青青如許。」杜甫哀江頭:「人生有情淚霑臆,江水江花豈終極。」鮑溶秋思之三:「我憂長於生,安得及草木。」韋莊臺城:「無情最是臺城柳,依舊煙籠十里堤。」戴敦元餞春:「春與鶯花都作達,人如木石定長生。」這種憂生之嗟延續了幾千年,在詩歌的意境中別具一種低徊暗淡的美。但是「天若有情天亦老,人間正道是滄桑」,人生總應該是前進的。欣賞三百篇時,我們還是不要受這首詩感染的好。

隰有萇楚,猗儺其枝。夭之沃沃,樂子之無知!

萇楚,即羊桃,獼猴桃。攀援藤本植物,果實可食。

猗儺,雙聲,音義同「婀娜」,魯詩作「旖旎」,一語之轉。柔美貌。

夭,少好、嫩美。按夭的本義是變曲。説文:「夭,屈也。从大象形。」這是像植物萌芽初生、尚未挺直之形,引申爲植物少壯之貌,如周南桃夭「桃之夭夭」。之,語氣詞,作用同「兮」。

沃沃,少嫩漂亮貌。毛傳:「沃沃,壯佼也。」孔疏:「言其少壯而佼好也。」

樂,歡喜。此處作動詞用,含有「羨慕」之意。子,指萇楚。無知,没有知覺、没有感情。

毛序云:「思無情慾者也。」解「知」爲「情慾」。鄭箋申之,解「知」爲「妃匹」之「匹」。都是拘執於二、三章的「無室」、「無家」而言,不可從。這句大意是憂患太深,反而羡慕草木的無知無覺。

韻讀：支部——枝、知。

隰有萇楚，猗儺其華。夭之沃沃，樂子之無家！

無家，與下章的「無室」，都是没有妻兒拖累之意。錢鍾書管錐編：「室家之累，於身最切，舉示以概憂生之嗟耳。」

韻讀：魚部——華（音乎）、家（音姑）。

隰有萇楚，猗儺其實。夭之沃沃，樂子之無室。

實，果實。胡承珙後箋：「華實皆附于枝，枝既柔順，則華實亦必從風而靡，雖概稱猗儺不妨。」

韻讀：脂部——實、室。

匪風

【題解】

這是一位遊子思鄉的詩。有人説，作者是從西方流落到東方檜國的人。有人説，作者是離開檜國到東方去的人。現在無從考證，只得存疑。毛序：「匪風，思周道也。國小政亂，憂及禍難，而思周道焉。」序説周道爲周之政令，但從「顧瞻周道」一句來看，序説未免牽强。朱熹詩集傳：「周道，適周之路也。」比毛序來得通順。

前人評此詩，都讚它「起得飄忽」、「起勢超忽」，這是説前兩句賦體突兀而起，渲染出一幅畫圖：風起塵揚，車馬疾駛，飄零異鄉，難抑歸思。而末章反用興法，將思歸之情襯托得淋漓透徹，風致極勝。岑參逢入京使：「故園東望路漫漫，雙袖龍鍾淚不乾。馬上相逢無紙筆，憑君傳語報平安。」其情其景，真有與匪風如出一轍者。由此可以看出詩經在創造詩的意境方面確有發軔開源的作用。

匪風發兮，匪車偈兮。顧瞻周道，中心怛兮。

匪，彼、那個。王念孫廣雅疏證：「匪當爲彼。『匪風發兮，匪車偈兮』，猶言彼風之動發發然，彼車之驅偈偈然。」按匪的本義是一種竹製的盛器。訓匪爲彼是音近而假借。　發，即發發，風聲。

偈（jié 竭），即偈偈，韓詩外傳作揭揭，車馬疾駛貌。韓詩伯兮傳：「偈，疾驅貌。」

周道，大路。馬瑞辰通釋：「周之言錭。廣雅：『錭，大也。』周道又爲通道，亦大道也。凡詩周道，皆謂大路。」

怛（dá 達），憂傷。這三句意爲，望着那條平坦的大路，使我心中十分憂傷。

韻讀：祭、元部通韻——發（音廢入聲）、偈、怛。

匪風飄兮，匪車嘌兮。顧瞻周道，中心弔兮。

飄，飄風，即旋風，毛傳：「迴風爲飄。」這裏用來形容風勢迅猛旋轉。嘌（piāo 飄），快速。説文：「嘌，疾也。」弔，悲傷。按弔的本義是「有死喪而問之」，悲傷是引申義。

韻讀：宵部——飄、嘌、弔。

誰能亨魚？溉之釜鬵。誰將西歸？懷之好音。

亨，古與「烹」通用。

溉，本字應作摡，洗滌。説文：「摡，滌也。」　釜，鍋子。　鬵（xún 尋），大鍋。這二句意爲，誰能燒魚，我願意替他洗鍋子。這是興句，以興起下二句。　懷，遺、送。毛傳：「懷，歸也。」歸有饋義，即送的意思。這二句意爲，誰將向西回故鄉去，我想托他送個平安的好消息給家裏。

韻讀：侵部——鬵、音。

曹風

曹風共四篇。其中候人一詩，毛序、朱熹、嚴粲、方玉潤都認爲是刺曹共公的。左傳僖二十八年春，晉文公伐曹。「三月丙午，入曹。數之以其不用僖負羈而乘軒者三百人也。」這同毛序的「共公遠君子而好近小人」以及詩中的「三百赤芾」都可以互相印證。如此推測，候人當作於晉文公入曹，即公元前六三二年以前。下泉一詩，王先謙集疏引齊詩：「下泉苞稂，十年無王。荀伯遇時，憂念周京（易林）。」他斷爲詩是美荀躒之作。何楷詩經世本古義：「左傳魯昭公三十二年，天王使告于晉：『天降禍于周，俾我兄弟並有亂心，以爲伯父憂。我一二亲昵甥舅，不皇啟處，于今十年。』自春秋昭二十二年王子朝作亂，至三十二年城成周爲十年，與易林『十年無王』合。荀伯即荀躒也。」他們的考證都有可信之處。晉師統帥荀躒納周敬王于成周，在魯昭公時。可見曹風產生於春秋時期。

曹地在今山東省西南部菏澤、定陶、曹縣一帶地方，位于齊晉之間，是一個小國。春秋時代，群雄紛爭，小國的地位朝不保夕。蜉蝣的歎人生之須臾，下泉的感今昔之盛衰，恐怕便是曹國朝野的共同心理。

蜉蝣

【題解】這是一首歎息人生短促的詩。蜉蝣是一種小昆蟲，它雖然有「衣裳楚楚」、「采采衣服」的華麗外表，但朝生而暮死。詩人用它比喻人生雖然可愛，其實是很短促的。毛序：「蜉蝣，刺奢也。昭公國小而迫，無法以自守，好奢而任小人，將無所依焉。」毛序是將「衣裳楚楚」、「采采衣服」等解釋爲比喻曹昭公的奢侈。方玉潤駁曰：「蓋蜉蝣爲物，其細已甚，何奢之有？取以爲比，大不相類。天下刺奢之物甚多，詩人豈獨有取於掘土而出、朝生暮死之微蟲耶？」從方氏之説我們可以看出，毛序是將詩的興意理解錯了。蜉蝣的朝生暮死，好似人們的「生年不滿百」，都逃不出死亡的歸宿，所以詩人感到憂傷。至於這是没落貴族的哀歎，還是知識分子的感慨，没有明確的史料依據，也難以臆斷。

困學記聞引李仲蒙對詩經興法的解釋云：「觸物以起情謂之興，物動情也。」這種解釋是比較確切的。觸物起情，或者説觸景生情，這是作者的心理活動。這種心理活動的信息能否通過興句準確地傳達給讀者，是没有一定把握的，因爲相同的景物可以引起不同的情感。即如這首詩，毛序的理解與我們的理解便明顯不同，朱熹詩集傳：「此詩蓋以時人有玩細娱而忘遠慮者，故以蜉蝣爲比而刺之。」他將興句解釋爲比，當然是錯的，但他對這兩句喻意的理解，則提供了第三種解釋。前人有「詩無達詁」之説，在某種意義上也可以説是「興無達詁」。鍾嶸詩品序云：「文已盡而意有餘，興也；……若專用比興，患在意深，意深則詞躓。」便是説興意的難解。

蜉蝣之羽，衣裳楚楚。心之憂矣，於我歸處。

蜉蝣，古作浮游，疊韻，小昆蟲名。形似天牛而小，翅薄而透明，在空中飛舞，但朝生而暮死，生命極短促。

楚楚，鮮明貌。這裏是形容蜉蝣的羽翼。三家詩楚作𪓬，説文：「𪓬，會五采鮮貌。」這是本字，楚是假借字。

於，即「與」。歸處，指死去。與葛生篇「歸于其居」、「歸于其室」同義。下章的「歸息」、「歸説(shuì 稅)」也是此意。馬瑞辰通釋：「於之言與也，凡相於者，猶相與也，如孟子：『麒麟之於走獸』之類，於，即與也。憂蜉蝣之於我歸處，以言我將與浮游同歸也。」

韻讀：魚部——羽、楚、處。

蜉蝣之翼，采采衣服。心之憂矣，於我歸息。

采采，猶粲粲，華麗貌。陳奐傳疏：「傳『采采衆多』，謂文采之衆多也。」

韻讀：之部——翼、服(扶逼反，入聲)、息。

蜉蝣掘閱，麻衣如雪。心之憂矣，於我歸説。

掘，穿。三家詩掘作堀。説文：「堀，突也。」突與穿義近。閱，通「穴」。宋玉風賦「空穴來風」，莊子作「空閱來風」。掘閱，穿穴。據陸璣詩草木鳥獸蟲魚疏，蜉蝣的幼蟲在陰雨中穿穴而出地面，變爲成蟲。

麻衣，指蜉蝣的羽翼。這是借代的手法。如雪，形容蜉蝣羽翼的鮮潔。

韻讀：祭部——閲、雪、説。

候人

【題解】

這是一首譏刺新貴的詩。郭沫若中國古代社會研究：「這當然是譏誚那暴發户纔做了貴族的人。這些由奴民伸出頭來的人，在舊社會的耆舊眼裏看來，當然説他不配的。」毛序：「候人，刺近小人也。共公遠君子，而好近小人焉。」郭先生和毛序的説法從正反兩面基本點明了詩旨。左傳僖公二十八年，晉文公「入曹，數之以不用僖負覊而乘軒者三百人也」。詩説「三百赤芾」，與左傳記載相合。晉文公入曹，在周襄王二十年，即公元前六三二年。候人一詩當作於這以前。聞一多高唐神女傳説之分析一文認爲候人説的是「一個少女派人去迎接她所私戀的人，没有迎着」。聞先生的見解非常新穎，尤其對第四章的解釋頗爲通順。不過，如果一個少女想與她的情人幽會，却派了肩扛着戈殳武器的漢子去迎接，豈不要把情人嚇跑了麽？所以我們對聞先生的詩旨分析還是期期以爲不可。録之以供讀者諸君參考。

國風一般皆以興句發端，以引起所咏之詞。此詩首章用賦體，將作者同情和譏誚的人物對比地表達出來。二、三章反而改用興法，以鵜鶘之不捕魚，喻那些暴發户之不稱職。末章又改用比法，以虹霓來比喻新官兒頤指氣使的氣焰。章法靈活多變，無重疊之感，這是候人的特點。

彼候人兮，何戈與祋。彼其之子，三百赤芾。

候人，掌管迎送賓客的小官。周禮候人：「若有方治，則帥而致于朝。及歸，送之于竟（境）。」國語周語：「敵國賓至，關尹以告，行理以節逆之，候人爲導。」這裏似以候人爲屈居下位的賢者。

何，齊詩作荷。舉起。毛傳：「何，揭也。」戈、祋（duì隊），都是古代的武器。戈長六尺六寸。祋亦作殳，長八尺四寸，竹製的杖器，上端裝有八棱的觚，用以擊人。

其（jì記），韓詩作己，語助詞，無義。之子，指下句戴赤芾的那些新貴。

赤芾（fú扶），韓詩芾作紱，又通作韍，亦名韠。紅皮製的蔽膝。毛傳：「大夫以上，赤芾乘軒。」是古代大夫以上的官，才能戴紅皮蔽膝和坐軒車。曹共公時，任命了三百個新大夫，作者就是諷刺這些人。

韻讀：祭部——祋（丁吠反）、芾（方吠反）。

維鵜在梁，不濡其翼。彼其之子，不稱其服。

維，發語詞。下章首同。鵜（tí啼），鵜鶘，水鳥，身高，白色，嘴極長大，捕魚爲食。孔疏引陸璣義疏云：「鵜，水鳥，形如鶚而極大，喙長尺餘，直而廣，口中正赤，頷下胡大如數升囊。」梁，捕魚築的壩。

濡（rú 儒），沾濕。這二句意爲，鵜鶘棲在魚梁上，但却不沾濕翅膀，這是不正常的。這二句含比作用的興句，旨在引起下二句，以比喻小人在位，也是不正常的。

稱（chèn 趁），適合。按稱的本義是衡器，俗作秤。稱意、適合是後起義。鄭箋：「不稱者，言德薄而服尊。」

韻讀：之部——翼、服（扶逼反，入聲）。

維鵜在梁，不濡其咮。彼其之子，不遂其媾。

咮（zhòu 宙），韓詩作噣，古咮、噣聲同。鳥嘴。鵜鶘以長嘴捕魚，不可能不沾濕嘴，所以「不濡其咮」也是反常的，興意與上章同。

遂，終于、久長。媾（gòu 垢），厚遇。毛傳：「媾，厚也。」媾、厚疊韻。這句意爲不能久享國君優厚的待遇。按媾的本義是「重婚」（按重婚意思是重疊交互爲婚姻，猶今言親上加親，不是再婚的意思），厚是引申義。鄭箋：「遂猶久也。不久其厚，言終將薄於君也。」

韻讀：侯部——咮、媾。

薈兮蔚兮，南山朝隮。婉兮孌兮，季女斯飢。

薈、蔚，雙聲，本義是草木茂盛貌，這裏用來形容虹雲昇騰的景色。毛傳：「薈、蔚，雲興貌。」南山，曹國山名。在山東曹州濟陰縣東二十里。隮（jī機），虹。朝隮，釋名：「虹，……朝日始昇而出見也。」婉、孌，疊韻，年少美好貌。毛傳：「婉，少貌。孌，好貌。」季女，少女。以季女喻賢者，即上文候人之屬。一説以季女指候人之女。可通。斯，語助詞。

韻讀：脂、祭部通韻——薈、蔚、隮、飢。元部——婉、孌。

鳲鳩

【題解】

這是讚美在位的統治者的詩。毛序：「鳲鳩，刺不壹也。在位無君子，用心之不壹也。」毛序解釋此詩是「以美爲刺」，或按陳啟源毛詩稽古編的説法是「援古刺今」。但是詩中毫無刺意，反多溢美之詞，所以朱熹説這是「美詩」，陳喬樅詩三家遺説考也説：「魯詩説尸鳩之義，詞無譏刺。」方玉潤由此推測是讚美曹國創始者振鐸之詩，陳子展由此推測是候人詩中那批「三百赤芾」的人歌功頌德之詩。兩相比較，似乎陳先生的話更有情致一些。

複疊的修辭是詩經藝術手法最突出的一個特徵，其表現的形式，有疊字、疊詞、疊句、疊章的變化。疊字如「桃之夭夭，灼灼其華」。疊詞如「委蛇委蛇」、「采薇采薇」。疊句如本詩的各章都重複歌唱「其儀一兮」、「其帶伊絲」、「其儀不忒」、「正是國人」，將「淑人君子」的形象渲染得更加鮮明，他是有言行一致、服飾端正、儀態不差、領導國人的風度。四個疊句緊接在「淑人君子」句下，是每章中的關鍵所在，使歌功頌德的意味更爲强烈，給讀者的印象也更爲深刻。如果配上亡佚的樂譜歌唱起來，想必效果更佳。

鳲鳩在桑，其子七兮。淑人君子，其儀一兮。其儀一兮，心如結兮。

鳲（shī 尸）鳩，即布穀鳥。春秋時有鳲鳩養子平均的傳説。左傳昭公十七年：「鳲鳩氏，司空也。」杜預注：「鳲鳩平均，故爲司空，平水土。」毛傳：「鳲鳩之養其子，朝從上下，莫（暮）從下上，平均如一。」

七，七是虚數，言其多。詩人以鳲鳩平均撫養其幼鳥，興「淑人君子」的德行專一。

淑，善。君子，這裏指在位的人。

儀，言行。胡承珙毛詩後箋：「禮記緇衣：『子曰：下之事上也，身不正，言不信，則義不壹，行無類也。』……其末引詩云：『淑人君子，其儀一也。』然則儀一謂執義如一。」

結，固結。毛傳：「言執義一則用心固。」這二句意爲，君子的言行是一致的，他的用心又是很堅定的。

韻讀：脂部——七、一、一、結。

鳲鳩在桑，其子在梅。淑人君子，其帶伊絲。其帶伊絲，其弁伊騏。

梅，梅樹。馬瑞辰通釋：「梅當爲梅杏之梅，以下『在棘』、『在榛』類之，知皆小樹，不得爲梅枏也。」作者以鳲鳩的小鳥長大後飛到梅樹上，興「淑人君子」的德澤廣被。

帶，大帶。伊，是。絲，白絲。鄭箋：「大帶用素絲，有雜色飾焉。」

弁，皮帽。騏，有黑色條紋的白馬。這裏是以騏的花紋來形容皮帽的飾色，所以毛傳云：「騏，騏文也。」按這一章是讚美「君子」的服飾。

韻讀：之部——梅（謨其反）、絲、絲、騏。

鳲鳩在桑，其子在棘。淑人君子，其儀不忒。其儀不忒，正是四國。

忒（tè特），偏差。説文：「忒，更也。」段玉裁注：「凡人有過失改革謂之忒。」

正，領導。毛傳：「正，長也。」四國，各國。

韻讀：之部——棘、忒（他力反，入聲）、忒、國（古逼反，入聲）。

鳲鳩在桑，其子在榛。淑人君子，正是國人。正是國人，胡不萬年！

國人，全國的老百姓。

胡，何。朱熹詩集傳：「胡不萬年，願其壽考之辭也。」

韻讀：真部——榛、人、人、年（奴因反）。

下泉

【題解】

這是曹人讚美晉國荀躒納周敬王於成周的詩。何楷詩經世本古義根據易林蠱之歸妹云：「下泉苞稂，十年無王。荀伯遇時，憂念周京。」認爲「此詩當爲曹人美晉荀躒納敬王於成周而作」。他又據春秋魯昭公二十二年王子朝作亂，至三十二年城成周爲十年，與易林「十年無王」相合，證明易林的話是可靠的。魏源詩古微以「詩迄於陳靈」的舊説爲依據，否定何楷説。但這一舊説本不可靠，魏默深以此爲推論的前提，邏輯上就站不住脚。據左傳及史記記載，魯昭公二十二年，周景王死，太子壽先卒，王子猛立。王子朝作亂，攻殺猛，尹氏立王子朝。王子丐居于狄泉，即詩之下泉（亦名翟泉，在今洛陽東郊）。後來晉文公派大夫荀躒攻子朝而立猛弟丐，是爲敬王。詩當作於周敬王入成周以後，即在公元前五一六年後。這是詩經中時間最晚的一首詩。至于讚美晉荀伯，爲什麽詩列在曹風呢？馬瑞辰説：「美荀躒而詩列曹風者，（左傳）昭二十五年：『晉人爲黄父之會，謀王室，具戍人。』二十七年：『會扈，令戍周。』三十二年：『城成周。』曹人蓋皆與焉。故曹人歌其事也。」

這首詩一唱三歎，格調十分低沉，寒泉浸稂，歎念周京，真有不勝今昔盛衰之感。末章却將筆調一轉，陰雨膏苗，芃芃其盛，寫出一派生氣勃勃的景象。這種欲揚先抑、欲張先弛的布局，將作者的感情表現得詳略分明，隱顯得當。反面的襯托和正面的渲染都恰到好處，收到了「善附者異旨如肝膽」（劉勰文心雕龍附會）的效果。

洌彼下泉，浸彼苞稂。愾我寤歎，念彼周京。

洌（liè列），寒冷。按洌應作冽。嚴粲詩緝：「列旁三點者，從水也，清也、潔也。旁二點者，從冰也，寒也。」按七月「二之日凜冽」，大東「有冽氿泉」，皆作冽，無作洌者。下泉，出自地下的泉水。亦名狄泉。

苞，叢生。稂（láng郎），生而不結實的粱，莠一類的草。這二句意爲，地下流出寒冷的泉水，淹泡着稂根，使它濕腐而死。詩人用它興王子朝作亂，周京受害。

愾（kài欬），魯詩作慨，韓詩作嘅。歎息貌。寤，醒着。

周京，周天子的都城。公羊傳：「京師者何？天子之所居也。京者何？大也。師者何？衆也。」下章的「京周」、「京師」和「周京」同義，倒文以協韻。這二句意爲，醒過來就歎氣，懷念着周天子的都城。這是詩人感傷周京曾被王子朝占據。

韻讀：元部——泉、歎。　陽部——稂、京。

洌彼下泉，浸彼苞蕭。愾我寤歎，念彼京周。

蕭，蒿草。爾雅：「蕭、萩。」郝懿行義疏：「今人所謂荻蒿也。或云牛尾蒿。」

韻讀：元部——泉、歎。　幽部——蕭（音修）、周。

洌彼下泉，浸彼苞蓍。愾我寤歎，念彼京師。

蓍（shī 師），蒿一類的草。陳奂傳疏：「淮南子説山篇：『上有叢蓍，下有伏龜。』是蓍爲叢生之草矣。」

韻讀：元部——泉、歎。　脂部——蓍、師。

芃芃黍苗，陰雨膏之。四國有王，郇伯勞之。

芃芃（péng 蓬），茂盛貌。

膏，本義是油，這裏作動詞，滋潤。

郇，與「荀」通。郇伯指晉大夫荀躒。　勞，勤勞、努力。　之，指納周敬王於京師的事。聞一多風詩類鈔：「四方諸侯之所以有王者，以郇伯勤勞之之故也。」

韻讀：宵部——苗、膏、勞。

豳風

豳（bīn彬），亦作邠。豳風共七篇。破斧説「周公東征」，東山説「我徂東山，慆慆不歸」，「自我不見，于今三年」，這可能是隨周公東征的士卒在歸途中的歌唱。平王東遷，豳地爲秦所有，可見豳風全部都產生於西周，是國風中最早的詩。最早的詩却置於國風的最末，這是什麽緣故呢？左傳襄公二十九年，有吴公子札觀周樂的記載。其中豳風的排列次序在齊風之後，秦風之前。這顯然是因爲豳地後爲秦有，兩國之風在音樂聲調上有淵源相承之故。襄公二十九年當公元前五四四年，在孔子正樂之前。論語子罕：「子曰：『吾自衛反魯，然後樂正，雅頌各得其所。』」這是魯哀公十一年（公元前四八四年）的事，距公子札觀樂已經有六十年了。孔子正樂，調整了詩的篇章次序。將豳風壓國風之卷，當出於孔子之手。爲什麽要作這樣的調整？古樂已失，我們無從作進一步論證，但周禮某些記載倒提供了一些信息。周禮籥章：「掌土鼓豳籥。中春，晝擊土鼓，歈豳詩以逆暑。……凡國祈年于田祖，歈豳雅，擊土鼓以樂田畯。國祭蜡，則歈豳頌，擊土鼓以息老物。」鄭玄注：「豳詩，豳風七月也。豳雅亦七月也。豳頌亦七月也。」七月是風詩而周禮却并稱之爲雅頌，胡承珙毛詩後箋解釋道：「籥章言豳詩者，正謂豳風以其詩固風體也。其謂豳雅、豳頌者，則又以詩入樂，各歌其類，合乎雅頌故也。」據此，可知七月雖屬風詩，但它又可以在不同的場合配上雅、頌的樂調來歌唱。這種「全篇備風、雅、頌之義，籥章歈之以一時而共三用」的特殊作用，或許正是孔子將豳風置於國風之末的原因。讓這樣的詩歌在風與雅、頌之間起承上啟下的橋梁作用，實在是很相宜的。

豳地在今陝西栒邑、邠縣一帶地方，爲周人祖先公劉首先開發。周人是重視農業的民族，所以豳詩多帶有務農的地方色彩。除七月外，東山等詩中也有明顯的痕跡。漢書地理志：「昔后稷封斄，公劉處豳，太王徙岐，文王作酆，武王治鎬，其民有先王遺風，好稼穡，務本業，故豳詩言農桑衣食之本甚備。」這幾句話，說出了豳詩的特點。

七月

【題解】

這是一首農事詩，描寫農民一年四季的勞動過程和生活情況。毛序：「七月，陳王業也。周公遭變，故陳后稷先公風化之所由，致王業之艱難也。」據此，後人多認爲這是周公所作。但崔述豐鎬考信録說：「玩此詩醇古樸茂，與成、康時詩皆不類。……然則此詩當爲大王以前豳之舊詩，蓋周公述之以戒成王而後世因誤爲周公所作耳。」方玉潤詩經原始：「豳僅七月一篇所言皆農桑稼穡之事。非躬親隴畝，久於其道者，不能言之親切有味也如是。周公生長世冑，位居冢宰，豈暇爲此？且公劉世遠，亦難代言。此必古有其詩，自公始陳王前，俾知稼穡艱難，並王業所自始，而後人遂以爲公作也。」崔、方二位的分析頗爲中肯。這樣一篇規模宏大的農事詩，決不是哪一個天才所能成就。其中有古代的農謡，有豳地的民歌，應是集腋成裘的作品。而且決非一朝一夕所能成就，必然有一個積年累月的流傳過程。至於最後由誰將它整理成現在這個樣子，是周公，還是其他的人，倒是無關宏旨的。

七月的偉大，在於其史料價值。研究古代社會性質的，研究古代農業發展狀況的，甚而至於研究古代氣候的衆多學者，都可以從中挖掘出許多寶貴的材料。儘管對這些史料的認識有見仁見智之異，而其真實性則是無可置疑的。在這方面的價值，十五國風中無出其右者。但是，從文學藝術的角度來看，七月並不見得有什麽强烈的迷人魅力。前人對七月稱頌備至，説它「無體不備，有美必臻。晉唐後陶謝王孟韋柳田家諸詩從未見臻此境界」。説它「神妙奇偉，殆有非言語形容所能曲盡者」。説它「洵天下之至文」、「真是無上神品」。這些讚詞，未免過分，顯得缺少發展的眼光。我們覺得倒是崔述一段話值得注意。他説：「讀七月，如入桃源之中，衣冠樸古，天真爛漫，熙熙乎太古也。」的確，不着意構築，信口而出，天真純樸，這便是七月的特點。至於它的章法，不少前賢苦心孤詣地加以探尋，却始終未能歸於一説。這個事實，不正能從反面證明，它其實並没有什麽奇妙的章法嗎？如果我們明白，七月起於古代詩歌發展的萌芽期，中經民間口頭流傳，最後由太師整理成篇，就不難理解這種各章參差錯互、頭緒不易捉摸的現象了。總之，七月是一首傑出的農事詩，但也僅僅是一首農事詩。

七月流火，九月授衣。一之日觱發，二之日栗烈。無衣無褐，何以卒歲？三之日于耜，四之日舉趾。同我婦子，饁彼南畝，田畯至喜。

七月，夏曆七月。流，這裏指行星在天空的位置向下移動。毛傳：「流，下也。」火，星名，即心宿二，亦稱大火。每年夏曆五月的黄昏，此星出現在天空南方，方向最正，位置最高。六月以後，就偏西向下行了。這詩説明，早在上古，我國人民對行星移動和季節變化的相互關係便有所認識。

九月，夏曆九月。授衣，把裁製冬衣的工作交給婦女們去做。毛傳：「九月霜始降，婦功成，可以授冬衣矣。」馬瑞辰通釋：「凡言『授衣』者，皆授使爲之也。此詩授衣，亦授冬衣使爲之。蓋九月婦功成，絲麻之事已畢，始可爲衣。非謂九月冬衣已成，遂以授人也。」

一之日，指周曆正月的日子，即夏曆的十一月。周代建子，夏代建寅，所以周曆正月當夏曆的十一月。下文「二之日」、「三之日」、「四之日」均指周曆而言，分别當夏曆的十二月、正月和二月。夏曆三月則不作「五之日」，只稱爲「春」。從詩中夏、周兩種曆法並用的現象，可以看出全詩在民間經過長時期的流傳過程。觱（bì必）發，疊韻，寒風觸物的聲音。

栗烈，雙聲，説文引詩作凓冽，是正字。寒氣刺骨貌。

褐（hè賀），本義是麻編織的襪子。這裏泛指粗布衣服，即所謂「賤者之服」。説文：「褐，編枲韤。一曰粗衣。」

卒，終。這句意爲，靠什麽來度過寒冬呢？

于，爲。這裏指修理。毛傳：「于耜，始修耒耜也。」耜（sì四），金屬的犁頭。

舉趾，齊詩作止，是正字。舉足下田，開始春耕。毛傳：「民無不舉足耕矣。」

同，會合、邀約之意。　我，農夫自稱。

饁（yè夜），送飯。毛傳：「饁，饋也。」南畝，胡承珙毛詩後箋：「古之治田者，大抵因地勢水勢而爲之。其在南者，謂之南畝。」這裏泛指田地。

田畯（jùn俊），亦稱田大夫，奴隸主派設的監工農官。由此可見當時還處於奴隸社會階段。

喜，通饎，吃飯菜。鄭箋：「喜，讀爲饎。」

韻讀：脂部——火（音毁）、衣。　祭部——發（音廢入聲）、烈、褐、歲（音雪入聲）。之部——耜、趾、子、畝（滿以反）、喜。

七月流火，九月授衣。春日載陽，有鳴倉庚。女執懿筐，遵彼微行，爰求柔桑。春日遲遲，采蘩祁祁。女心傷悲，殆及公子同歸。

春日，指夏曆三月。　載，則。有人訓「始」，亦通。　陽，天氣暖和。鄭箋：「陽，温也。」

有，詞頭，無義。　倉庚，黄鶯。以上二句寫物候。

懿，深。説文：「懿，嫥久而美也。」深是引申義，故朱熹詩集傳訓爲「深美」。

遵，沿着。　微行（háng 杭），小路。　孟子盡心篇：「五畝之宅，樹牆下以桑，匹婦蠶之。」所以毛傳釋微行爲「牆下徑」。

爰，於是。　柔桑，嫩桑葉。

遲遲，形容春日舒長貌。　廣雅：「遲遲，長也。」

蘩，草名，又名白蒿。　一説蘩可飼幼蠶；一説蘩可製蠶箔；一説以蘩水洗蠶子，使之易出。以上三説，未知孰是。　祁祁，形容採蘩的女子衆多。

殆，怕。　公子，指豳公的兒子。　這句意爲，怕被公子帶回家去。　這便是「女心傷悲」的原因。反映了奴隸社會奴隸人身不自由的現象。　鄭箋：「悲則始有與公子同歸之志，欲嫁焉。」訓公子爲豳公的女兒，歸爲嫁，亦通。

韻讀：脂部——火、衣。　陽部——陽、庚（音岡）、筐、行（音杭）、桑。　脂部——遲、祁、悲、歸。

七月流火，八月萑葦。　蠶月條桑，取彼斧斨，以伐遠揚，猗彼女桑。　七月鳴鵙，八月載績。載玄載黄，我朱孔陽，爲公子裳。

萑（huán 寰）葦，荻草和蘆葦，可以製蠶箔。　這句省略動詞割取和收藏。　毛傳：「豫畜萑葦，可以爲曲也。」

蠶月，養蠶的月份，指夏曆三月。　條，韓詩作挑，條是挑的假借字。修剪。

斨（qiāng 槍），柄孔方形的斧。　陳奐傳疏：「傳：『斨，方銎。』斧孔曰銎，方孔者則曰斨也。」

遠揚，指過長過高的桑樹枝。

猗（yī 伊），掎的假借字。牽拉。　女桑，嫩桑葉。　古以「女」代「小」，如稱小牆爲「女牆」，小桑爲「女桑」。　胡承珙毛詩後箋：「蓋女桑枝弱，不伐其條，但牽引使曲而采之。」

鵙（jú 局），唐石經作鶪，是本字。　鳥名，又名伯勞。

績，紡織。

載，語助詞，無義。　玄，黑中帶紅。　這句意爲，紡織品所染的顏色有玄有黃。

朱，深紅色。　孔，非常。　陽，鮮明。　毛傳：「陽，明也。」

韻讀：脂部——火、葦。　陽部——桑、斨、揚、桑、黃、陽、裳。　支部——鵙、績。

四月秀葽，五月鳴蜩。　八月其穫，十月隕蘀。　一之日于貉，取彼狐貍，爲公子裘。　二之日其同，載纘武功。　言私其豵，獻豜于公。

秀，不開花而結實。　葽（yāo 腰），草本植物，今名遠志，可入藥。

蜩（tiáo 條），蟬。

其，將要。　這句意爲，八月裏各種農作物將要收穫了。

隕，墜落。　蘀（tuò 拓），落葉。説文：「艸木凡皮葉落陊地爲蘀。」

于，往。　貉（hé 鶴），獸名。似狐而尾較短。這句意爲，十一月就去打貉子。這與下二句「取彼狐狸，爲公子裘」是寫私人打獵。

同，會合。馬瑞辰通釋：「同之言會合也，謂冬田大合衆也。」

纘，繼續。毛傳：「纘，繼功事也。」武功，指田獵之事。以上二句寫大規模的集體打獵。

言，語首助詞，無義。　私，用如動詞，指私人占有。　豵，本義是一歲的小豬，此處疑泛指小獸。

豜（jiān 堅），三歲的大豬，此處疑泛指大獸。　公，公家。從這章可以看出當時的生産和分配方式。

韻讀：幽、宵部通韻——葽、蜩。　魚部——穫（音胡入聲）、蘀（音兔入聲）。　之部——狸、裘（音其）。　東部——同、功、豵、公。

五月斯螽動股，六月莎雞振羽。七月在野，八月在宇，九月在户，十月蟋蟀入我床下。穹窒熏鼠，塞向墐户。嗟我婦子，曰爲改歲，入此室處。

斯螽（zhōng 終），亦名螽斯，今名蚱蜢。　動股，斯螽以翅摩擦發聲，古人誤以爲以腿摩擦。

莎雞，蟲名，即紡織娘。　振羽，以翅摩擦發聲。

宇，屋簷。此處指屋簷下。

蟋蟀入我床下，這四句都是寫蟋蟀，但是直到第四句才出現主語蟋蟀，這在修辭上稱爲「探下省略法」。描寫蟋蟀的鳴聲由遠而近，以見天氣逐漸寒冷。方玉潤評曰：「其體物微妙，又何精緻乃爾。」

穹，打掃。　窒，堵塞。這裏借指堵塞在房屋角落裏的灰塵垃圾。　熏鼠，用烟熏趕老鼠。

向，朝北的窗。冬天要把它塞起來。説文：「向，北出牖也。」　墐（jìn近），用泥塗抹。古代北方農户多編柴竹爲門，冬天需塗泥塞縫，以禦寒風。毛傳：「墐，塗也。庶人蓽户。」禮記儒行注：「蓽門，荆竹織門也。」

嗟，感歎詞。

曰，韓詩作聿，發語詞。　改歲，更改年歲，指過年。　這章繼十月之後便説到過年，因爲夏曆十一月當周曆正月，改歲是指周曆而言。

處，居住。這二句意爲，爲的快要過年了，都進那屋子裏去住吧。馬瑞辰通釋：「聿爲改歲，猶言歲之將改，乃先時教戒之語，非謂改歲然後入室也。……漢書食貨志：『春令民畢出於野，冬則畢入於邑。』引豳詩爲證。蓋以詩『同我婦子，饁彼南畝』，此春畢出在野也。『嗟我婦子，曰爲改歲，入此室處』，此冬則畢入於邑也。」

韻讀：魚部——股、羽、野（音宇）、宇、户、下（音户上聲）、鼠、户、處。

六月食鬱及薁，七月亨葵及菽。八月剥棗，十月穫稻，爲此春酒，以介眉壽。七月食瓜，八月斷壺，九月叔苴。采荼薪樗，食我農夫。

鬱，即唐棣，又名郁李，小枝纖細的小灌木。果實酸甜可食。　薁（yù郁），野葡萄。結紫黑色漿果，可食。

亨，同「烹」，煮。　葵，蔬菜名，今名莧菜。李時珍本草綱目：「古者葵爲五菜之主……古人種爲常食。」　菽，大豆。

剥，撲的假借字。敲打。杜甫又呈吴郎：「堂前撲棗任西鄰，無食無兒一婦人。」即與此「剥棗」同意。

穫稻，割稻。棗和稻都是釀酒的原料。

春酒，冬天釀酒，經春始成，故稱春酒。

介，幫助。鄭箋：「介，助也。」　眉壽，人老了，眉毛會變長，叫做秀眉，所以稱長壽爲眉壽。酒能活血，所以詩人認爲有助於長壽。

斷，采摘。　壺，瓠的借字，葫蘆。

叔，拾取。　苴（jū居），麻籽。

荼，苦菜。　薪，這裏作動詞「燒」用。　樗（chū初），臭椿。吃苦菜，燒臭椿，以見農夫生活之艱難。

食（sì四），養活。

韻讀：幽部——薁、菽、棗（子叟反）、稻（徒叟反）、酒、壽。　魚部——瓜（音孤）、壺、苴、樗、夫。

九月築場圃，十月納禾稼。黍稷重穋，禾麻菽麥，嗟我農夫，我稼既同，上入執宫功，晝爾于茅，宵爾索綯。亟其乘屋，其始播百穀。

場，打穀場。　圃，菜圃。　古人一地兩用，春夏爲圃，秋冬爲場。

納，收藏。

黍，糜子，今名小米。　稷，高粱。　均見黍離注。　重（tóng童），三家詩作種，即穜字，先種後熟的穀。　穋（lù路），三家詩作稑，後種早熟的穀。

禾，粟。

同，聚攏、集中。

上，同「尚」，還需要。　執，服役。　功，事。　宫功指爲貴族修建宫室。

晝，白天。　爾，語助詞。　于，取。　這句意爲，白天就去拾取茅草。

宵，夜晚。　索，這裏作動詞「搓」用。　綯，繩。　王引之經義述聞：「索者，糾繩之名。綯即繩也。索綯猶言糾繩。」

亟，同「急」，趕快。　乘，登上。

其始，將要開始。這二句意爲，趕快爬上屋頂去修理一下，一到春天，就又要開始播種各類穀物了。

韻讀：魚部——圃、稼（音故）。之、幽部通韻——穋、麥。東部——同、功。幽部——茅、綯。侯部——屋、穀。

二之日鑿冰冲冲，三之日納于凌陰。四之日其蚤，獻羔祭韭。九月肅霜，十月滌場。朋酒斯饗，曰殺羔羊。躋彼公堂，稱彼兕觥，萬壽無疆！

冲冲，鑿冰的聲音。毛傳：「冰盛水腹，則命取冰於山林。」

凌陰，藏冰的地窖。毛傳：「凌陰，冰室也。」這二句意爲，嚴冬到山谷中去鑿冰，取來藏在冰窖裏（以備夏天用）。

蚤，同「早」，齊詩、魯詩均作早。這裏指早朝，是古代一種祭禮儀式。

羔，小羊。獻上羔羊和韭菜以祭祖，這是古代開窖取冰前的儀式。禮記月令：「仲春，天子乃鮮（獻）羔開冰，先薦寢廟。」

肅霜，即肅爽，雙聲，形容秋天氣候清朗（見王國維觀堂集林肅霜滌場説）。

滌場，即滌蕩，雙聲，形容深秋樹木蕭瑟狀（亦從王國維説）。

朋酒，兩壺酒。毛傳：「兩樽曰朋。」　斯，句中助詞。　饗，在一起飲酒。　曰，同「聿」，發語詞。

躋，登。　公堂，毛傳：「公堂，學校也。」古代的學校又稱鄉學，不但用於教育，也是公衆集會、舉行儀式的場所。

稱，偁的假借字。舉起。　兕觥，古代一種犀牛角的酒杯。　萬壽，齊詩作受福。　無疆，無限。　按這句是飲酒的鄉人互相祝賀的詞。陳啟源毛詩稽古編：「蓋七月詩歷言豳民農桑之事，於其畢也，終歲勤動，乃得斗酒相勞。」又引劉瑾曰：「古器物銘所謂『用蘄萬年』、『用蘄眉壽』、『萬年無疆』之類，皆爲自祝之辭。」

韻讀：中、侵部合韻——沖、陰。　幽部——蚤（子叟反）、韭。　陽部——霜、場、饗、羊、堂、觥（音光）、疆。

鴟　鴞

【題解】

這是一首禽言詩。全詩以一隻母鳥的口氣，訴説她過去被猫頭鷹抓走小鳥，但依然經營巢窩，抵禦外侮，並抒寫她育子修巢的辛勤勞瘁和目前處境的困苦危險。這當然是一首有寄托的詩，但所指何人何事，不得而知。毛序：「鴟鴞，周公救亂也。成王未知周公之志，公乃爲詩以遺王，名之曰鴟鴞焉。」這顯然是根據尚書金縢的記載。金縢云：「周公居東二年，則罪人斯得。于後，公乃爲詩以貽王，名之曰鴟鴞。王亦未敢誚公。」史記魯世家也有類似的記載，再加上孔子、孟子都提到此詩，所以後人深信不疑。但是金縢經近人考證已定爲僞作，因此周公作鴟鴞之説未必可信。詩的具體喻意，還是闕疑爲好。

此詩通篇用興法，並含有寄托的意義，這種手法在詩經中是罕見的。只有小雅鶴鳴一篇，其象徵手法，和此詩相仿。此後，從屈原美人香草開始，這種「文小指大」、「類邇義遠」的寄托的表現手法，在詩歌中是越來越常見了。漢樂府的雉子班、烏生、蛺蝶行、枯魚過河泣等，以及賈誼的鵩鳥賦、禰衡的鸚鵡賦，都以禽言詩的形式，反映了壓迫者的殘酷與被壓迫者的悲憤。其後曹植的美女篇、吁嗟篇、野田黄雀行、七步詩等，也都是通首寄托的。到了唐代，最典型的是杜甫的佳人：「絶代有佳人，幽居在空谷。自云良家子，零落依草木。……但見新人笑，那聞舊人哭？在山泉水清，出山泉水濁。……摘花不插髮，采柏動盈掬。天寒翠袖薄，日暮倚修竹。」這首詩寫空谷佳人的悲慘命運和高潔品格，實際是寄托自己的身世之感。這種比興手法，在後代詩歌中蔚爲大觀，溯其源流，似可將鴟鴞作爲濫觴。由此可見這首詩在詩歌發展史上的重要地位。

鴟鴞鴟鴞，既取我子，無毁我室。恩斯勤斯，鬻子之閔斯！

鴟鴞（chī xiāo 吃囂），鳥名，今名貓頭鷹。王逸楚辭注：「鴟鴞，貪鳥也。」詩人以它比喻壞人。室，居室，這裏指鳥巢。

恩，魯詩作殷。鄭箋：「殷勤於稚子。」是恩勤即殷勤，辛苦之意。斯，語助詞。鬻，通「鞠」，爾雅釋言：「鞠，稚也。」故鬻子即稚子，小孩子。有人訓鬻爲育，亦通。閔，病困。這二句意爲，我辛辛苦苦地撫養孩子，可這孩子還是遭到病困（指被鴟鴞抓走）。

韻讀：文部——恩、勤、閔。

迨天之未陰雨，徹彼桑土，綢繆牖户。今女下民，或敢侮予！

迨，及，趁着。

徹，撤的假借字，剥取。土，韓詩作杜，是正字。桑杜，桑根。

綢繆，纏縛。牖户，窗門。這裏指鳥巢的破洞。這二句意爲，趁着天還没有下雨，剥下桑皮桑根來修繕鳥巢。

女，即「汝」。下民，鳥棲樹上，指樹下的人類爲下民。

或敢侮予，誰還敢來欺侮我。

韻讀：魚部——雨、土、户、予。

予手拮据，予所捋荼，予所蓄租，予口卒瘏。曰予未有室家！

拮据，雙聲，過度疲勞而手指僵硬。玉篇：「拮据，手病也。」

捋，用手勒取。　荼，蘆、茅的穗。

蓄，積聚。　租，蒩的假借字。説文：「蒩，茅藉也。」「捋荼」和「蓄租」相對成文，意爲捋取茅穗，積聚起來墊鳥巢。

卒，音義同「悴」。悴瘏（tú 屠），口病。馬瑞辰通釋：「卒瘏與拮据相對成文。卒當讀爲顇，字通作悴。卒瘏皆爲病。」

曰，同「聿」，發語詞。這句意爲，巢還没有修好。

韻讀：魚部——据、荼、租、瘏、家（音姑）。

予羽譙譙，予尾翛翛。予室翹翹，風雨所漂摇。予維音嘵嘵！

譙譙（qiáo 樵），釋文：「字或作燋。」羽毛枯焦貌。馬瑞辰通釋：「人面之焦枯曰醮顇，鳥羽之焦殺曰譙譙，其義一也。」

翛翛（xiāo 消），脩脩字之譌，唐石經作脩。鳥羽乾縮貌。毛傳：「翛翛，敝也。」

翹翹，高聳危險貌。毛傳：「翹翹，危也。」

漂摇，疊韻，指巢被風吹雨打而摇晃。

予維，當作「維予」。維，發聲詞。　嘵嘵（xiāo 消），恐懼的叫聲。毛傳：「嘵嘵，懼也。」

韻讀：幽、宵部通韻——譙、翛、翹、搖、嘵。

東山

【題解】

這是一位久從征役的士兵在歸途中思家的詩。毛序："東山，周公東征也。周公東征三年而歸，勞歸士，大夫美之，故作是詩也。"但從詩的内容來看，"勞歸士"和"大夫美之"的説法均不可信。正如崔述豐鎬考信録所説："此篇毫無稱美周公一語，其非大夫所作顯然；然亦非周公勞士之詩也。細玩其詞，乃歸士自敍其離合之情耳。"唯詩的背景同周公東征確有聯繫，詩人可能就是這次東征的參加者。馬瑞辰通釋認爲這位士兵參加的是周公伐奄的戰争，證據比較充足(因文長不録)。

這首詩敍室家離合之情誠摯深切，最足感人。通篇表現的是歸途中征夫的綿綿思緒，情感的跳躍和遞進構成了聯繫整部作品的中心綫索。回首征役的淒苦——思念家鄉的田園——想象妻子的灑掃待歸——追憶新婚的幸福，仿佛由四支情調各異的曲子匯成一首抑揚頓挫的樂章，思緒漸趨具體，感情漸趨激烈。曲曲道來，情波疊起，音調鏗鏘。尤其是"我徂東山，慆慆不歸。我來自東，零雨其濛"，這四句詩在每一章的章首重複出現，形成了感傷主題的反復詠歎，爲詩人感情的起伏、思緒的游蕩設置了特定的氛圍。而每章末尾的收勒之筆，也牢牢地駕馭了感情的潮流，把現實與想象，感情與理智交織在一起。一顆飽經滄桑的心就在這收縱開闔、反復嗟歎中呈現在讀者面前，使我們和他一起辛酸、感慨。這首詩繪景如畫，抒情如見，悲喜悵懼，浮想聯翩，錯綜歌唱得天衣無縫，實在是三百篇中的佳構。後世許多名句，如「近鄉情更怯，不敢問來人」，「遥憐小兒女，未解憶長安」，「夜闌更秉燭，相對如夢寐」，「曉鏡但愁雲鬢改，夜吟應覺月光寒」，都可以從東山中找到影子。王漁洋推崇它「寫閨閣之致，遠歸之情，遂爲六朝唐人之祖」（漁洋詩話），誠非虚語。

我徂東山，慆慆不歸。我來自東，零雨其濛。我東曰歸，我心西悲。制彼裳衣，勿士行枚。蜎蜎者蠋，烝在桑野。敦彼獨宿，亦在車下。

徂（cú 殂），往。東山，亦名蒙山，在今山東省曲阜縣。殷商時在奄國境内，是詩人遠征之地。

慆慆（tāo 滔），三家詩作滔滔，亦作悠悠。長久。陳奂傳疏：「三年，故云言久也。」零，齊、韓詩作霝，魯詩作蘦，落。説文：「霝，雨零（落）也，詩曰：『霝雨其濛。』」按霝、零古今字，蘦，借字。其濛，即濛濛，微雨貌。

西悲，想起西方而悲傷。西方是詩人的家鄉，他在東方戰地剛聽説要回家，心裏便不免懷念家鄉而悲傷。

制，製的古字。縫製。裳衣，馬瑞辰通釋：「蓋制其歸途所服之衣，非謂兵服。」

士，同「事」，從事。　行，行陣，指打仗。　枚，一根像筷子一樣的短棍。行軍時人和馬都將它銜在口中，以免説話或嘶鳴而暴露行踪。　鄭箋：「無行陣銜枚之事。」

蜎蜎（yuān 冤），軟體動物蠕動之貌。　蠋，蜀的俗字，三家詩正作蜀，蟲名。青色，形似蠶。司馬彪莊子注：「蠋，豆藿中大青蟲。」

烝，久。　鄭箋：「久在桑野，有似勞苦者。」這是詩人觸物起興，不免産生三年征戰勞苦的感慨。

敦（duī 堆），身體蜷縮成團貌。

車下，指睡在兵車下。　這二句以典型的例子，極言從軍之苦。

韻讀：元部（與下三章遥韻）——山。　脂部（與下三章遥韻）——歸。　東部——東、濛。脂部——歸、悲、衣、枚。　魚部——野（音宇）、下（音户上聲）。

我徂東山，慆慆不歸。我來自東，零雨其濛。果贏之實，亦施于宇。伊威在室，蠨蛸在户。町畽鹿場，熠燿宵行。亦可畏也？伊可懷也。

果贏（luǒ 裸），疊韻。亦名栝樓、瓜蔞，蔓生葫蘆科植物。

施（yì 易），蔓延。　宇，屋簷。

伊威，亦作蛜蝛，今名地鼈蟲。　陸璣毛詩草木鳥獸蟲魚疏：「在壁根下，甕底土中生，似白魚者。」

蠨蛸（xiāo shāo 蕭梢），疊韻。一名喜蛛，一種長脚的小蜘蛛。陸璣云：「此蟲來著人衣，當有親客至，有喜也。」唐權德輿詩云：「昨夜裙帶解，今朝蟢子飛。鉛華不可棄，莫是藁砧歸？」與此詩同意。詩人想象家中喜蛛出現，曲折而細膩地表達了歸心如箭的心情。

町畽（tǐng tuǎn 挺團上聲），雙聲。有禽獸踐跡痕跡的空地。鹿場，鹿群棲息之地。

熠燿（yì yào 意耀），雙聲。閃閃發光貌。説文：「熠，盛光也。燿，照也。」宵行，螢火蟲。李時珍本草綱目：「螢火有一種長如蠶，尾後有光，無翼，……亦名宵行。」馬瑞辰通釋：「熠燿爲螢光，與町畽爲鹿跡相對成文……宵行與鹿場對文。」這二句是詩人想象家鄉田園荒蕪的景象。

伊，是、這。這二句意爲，這樣荒涼的景象，難道不可怕嗎？但這畢竟是自己的家園，還是可懷念的呵！

韻讀：元部（與上章遥韻）——山。脂部（與上章遥韻）——歸。東部——東、濛。脂部——實、室。魚部——宇、户。陽部——場、行（音杭）。脂部——畏、懷（音回）。

我徂東山，慆慆不歸。我來自東，零雨其濛。鸛鳴于垤，婦歎于室。灑埽穹室，我征聿至。有敦瓜苦，烝在栗薪。自我不見，于今三年。

鸛（guàn 灌），水鳥，形似鷺，又似鶴。垤（dié 疊），土堆。文選注引韓詩：「鸛，水鳥也。巢處知風，穴處知雨，天將雨而蟻出壟土，鸛鳥見之，長鳴而喜。」婦，指詩人的妻子。從這句到章末「于今三年」，都是詩人想象妻子深閨盼夫歸的情景。灑埽，打掃房間。穹窒，見七月注。我征，我的征人。這是借用妻子的口吻。聿，語助詞。有敦，即敦敦，團團。音義與首章「敦彼獨宿」的「敦」相同。瓜苦，即苦瓜。栗，韓詩作蓼（liǎo了），即蓼字。苦菜。苦菜的薪柴上久久地結着苦瓜，象征着征人的妻子三年來苦苦地支撑着家庭，又苦苦地盼望着夫歸。所以毛傳説：「言我心苦，事又苦也。」自我不見，征人之妻自謂不見夫君。「不見」下省略賓語。

韻讀：元部（與上章遥韻）——山。脂部（與上章遥韻）——歸。東部——東、濛。脂部——垤、室、窒、至。真部——薪、年（奴因反）。

我徂東山，慆慆不歸。我來自東，零雨其濛。倉庚于飛，熠燿其羽。之子于歸，皇駁其馬。親結其縭，九十其儀。其新孔嘉，其舊如之何？

倉庚，黄鶯。

于歸，出嫁。以下四句是詩人回想當初同妻子結婚的情景。

皇，魯詩作騜，毛色黄白的馬。駁，毛色紅白的馬。這都指當年親迎的馬。

親，指妻子的母親。　縭（ㄌ離），女子的佩巾。古代風俗，母親要親自給出嫁的女兒結縭。毛傳：「母戒女，施衿結帨。」結縭即結帨。

九十，虛數，形容結婚時禮節繁多。　儀，儀式、禮節。

新，指新婚。　孔，很、非常。　嘉，美滿。

舊，長久，指久別之後。崔述讀風偶識：「此當寫夫婦重逢之樂矣，然此樂最難寫，故借新婚以形容之。……凡其極力寫新婚之美者，皆非爲新婚言之也，正以極力形容舊人重逢之可樂耳。新者猶且如此，況於其舊者乎！一句點破，使前三章之意至此醒出，真善於行文者。」

韻讀：元部（與上章遥韻）——山。　脂部（與上章遥韻）——歸。　東部——東、濛。　脂部——飛、歸。　魚部——羽、馬（音姥 mǔ）。　歌部——縭（音羅）、儀（音俄）、嘉（音歌）、何。

破斧

【題解】

這是隨周公東征的士卒喜獲生還的詩。周滅殷後，武王將殷地分爲三部，命自己的兄弟管叔、蔡叔、霍叔各領一部。封紂子武庚爲諸侯，受三叔的監視。武王死，子成王立，年幼，由武王同母弟周公攝政。後來武庚糾合管、蔡和東方殷商舊屬國奄、姑蒲及徐夷、淮夷起兵反周。周公率兵東征，殺武庚和管叔，放蔡叔，滅熊、盈等十七國，遷殷遺民至洛陽。這便是破斧詩的背景。毛序以爲是「美周公」之作，但細玩全詩，看不出贊美周公之意。聞一多風詩類鈔：「破斧，東征士卒喜生還也。」於詩意較合，今從之。周公東征在周成王三年（公元前一一一三年），此詩當作於這以後不久。

此詩三章，每章只換三個字，是重章疊唱式的詩篇。章法比較簡單，但情緒比較激昂。那些士兵跟着周公去打仗，兵器都打缺損了，可見戰爭之激烈。而最後總算敵國平定了，總算從死神的陰影下逃脱出來了，其歡快慶幸的心情，非一唱三歎的形式是不能盡情宣泄的。毛詩序云：「情動於中而形於言，言之不足，故嗟歎之；嗟歎之不足，故永歌之；永歌之不足，不知手之舞之、足之蹈之也。」這些士兵，可以説是到了「手舞足蹈」的地步了。我們讀着詩，不難想象他們在班師路上邊走邊唱的情景。粗獷、率直、歡快，是破斧的特點，與前一篇東山的細膩、委婉、惆悵恰成鮮明的對比。同是戰爭題材，却能反映出迥異的情調，更使人感到詩經的絢麗多彩。

既破我斧，又缺我斨。周公東征，四國是皇。哀我人斯，亦孔之將。

缺，打缺了口。斨，方孔的斧。見七月注。破斧缺斨，表現了戰爭的激烈。

周公，即姬旦，周武王的弟弟。

四國，毛傳釋四國爲管、蔡、商、奄，但當時周公所征服的小國有十數個之多，詩恐是舉大者而言。朱熹詩集傳訓爲「四方之國」，泛指天下，亦通。皇，同「惶」，恐懼。這句意爲，天下諸侯都攝于軍威而感到恐懼。

哀，可憐。詩人回憶殘酷的戰争，陣亡的同伴，久别的家人，都是可哀可憐的。我人，兵士們自稱。從詩意玩味，這是一首集體的歌唱。斯，語尾助詞。

孔，很、非常。將，大、好。毛傳：「將，大也。」前人都解釋這句爲歌頌周公之大德，但聯繫上句，這裏應解釋爲慶幸生還之詞，即今日所謂「命大福大得很」（見燕京學報黎錦熙詩經之字研究）。

韻讀：陽部——斨、皇、將。

既破我斧，又缺我錡。周公東征，四國是吪。哀我人斯，亦孔之嘉。

錡（qí其），有三齒的鋤。陳喬樅詩三家遺説考：「釜之有足者名錡，鏵之有齒者亦名錡。今世所用鋤猶有三齒、五齒者，蓋即是物。」

吪（é俄），魯詩作訛。感化。毛傳：「吪，化也。」

嘉，美好。與下章「亦孔之休」的「休」同義。這二句意爲，可憐我們這些人，運氣還算是好的。下章末二句也是此意。

韻讀：歌部——錡（渠何反）、吪、嘉（音歌）。

既破我斧，又缺我銶。周公東征，四國是遒。哀我人斯，亦孔之休。

銶（qiú求），木柄的鍬。胡承珙毛詩後箋：「銶亦臿類，蓋起土之物……臿鍬不殊。」

遒，揫的假借字。收束、約束。説文：「揫，束也。」

韻讀：幽部——銶、遒、休。

伐柯

【題解】

這是一首寫求婚方法的詩。詩人以伐柯比喻娶妻。毛序認爲此詩是「美周公也」，實在牽强得太過分。無論後人怎樣曲爲解釋，没有哪一説是令人信服的。此詩首章四句與齊風南山全同，由此看來，很可能是民間的歌謡，經文人加工後選入國風。

此詩在比喻的運用上頗爲形象。要砍出一根斧柄，必須用斧頭；要娶一個妻子，必須請媒人。按「媒」是女之爲人求女者。使媒求婦，同執柯伐柯，都是以同類求同類，所以詩人以它作比。這個比喻非但貼切，而且生動，所以後世人們便稱爲人做媒爲「伐柯」或「作伐」。詩經創立的新意，一直流傳了兩千多年，可見其生命力之强。

伐柯如何？匪斧不克。取妻如何？匪媒不得。

柯，斧柄。

匪，通「非」。　克，能够。　鄭箋：「伐柯之道，唯斧乃能之。此以類求其類也。」

取，通「娶」。

媒，媒人。古代設有「媒氏」的官職，由婦女擔任。

韻讀：之部——克（枯力反，入聲）、得（丁力反，入聲）。

伐柯伐柯，其則不遠。我覯之子，籩豆有踐。

則，法則、標準。這二句意爲，要砍一根製斧柄的木頭，它的樣子就是手中的斧柄，不必遠求。

覯，遇見。　之子，朱熹詩集傳：「指其妻而言。」

籩（biān 編），竹製的獨足碗，古人用來盛果品。　豆，篆文作豆，象形字，木製的獨足碗，上有蓋，古人用來盛肉類。籩和豆都是古人宴會和祭祀用的器皿。　有踐，即踐踐，排列整齊貌。毛傳：「踐，行列貌。」這二句意爲，我遇見稱心的姑娘，就擺設宴會娶她過來。

韻讀：元部——遠、踐。

九　罭

【題解】

這是一首主人留客的詩。毛序：「九罭，美周公也。周大夫刺朝廷之不知也。」有什麽根據呢？什麽根據也没有。豳風七篇，毛序把它們統統歸到周公名下。不是周公所作，便是稱美周公，也不管詩意有没有同周公相聯繫的可能。由於毛序的影響深遠，害得後世崇毛者曲意廻護，反毛者竭力攻訐，紛紛揚揚，不亦樂乎。以致許多對詩經極有研究的學者把精力徒然花在這種無謂的争論上，實在可惜。鑒於毛序去古未遠，我們雖不能全然不顧。但「就詩論詩」總是最基本的原則。討論詩旨畢竟還得從詩篇本文着眼，没有必要過多地在毛序上兜圈子。聞一多風詩類鈔：「這是燕飲時，主人所賦留客的詩。」極合詩旨。

詩人以「九罭」自況，以「鱒魴」、「鴻飛」興客人，既形象生動，又不失幽默之感，爲全詩增色不少。尤其末章連用三個「兮」字句，曼聲長咏，依依惜别之情和殷殷攀留之狀如在目前，使人深感主客間的真摯情意。唐人送别詩有「勸君更盡一杯酒，西出陽關無故人」之句，與此詩有異曲同工之妙。

九罭之魚，鱒魴。我覯之子，衮衣繡裳。

九罭（yù 域），網眼細密的魚網。九是虚數，言網眼之多。毛傳：「九罭，緵（zōng 宗）罟小魚之網也。」

鱒，細鱗赤眼，屬鯉科。魴，鯿魚。鱒、魴都是較大的魚，用細密的網去捕大魚，它們就逃不脱了。主人以此表示留客之殷勤。

之子，指客人。

衮（gǔn 滾）衣，畫着龍的圖案的上衣。毛傳：「衮衣，卷龍也。」孫詒讓周禮正義：「卷龍者，謂畫龍於衣，其行卷曲。」　繡裳，畫五彩的裙。按這身衣服是古代貴族的禮服。

韻讀：陽部——魴、裳。

鴻飛遵渚，公歸無所。於女信處！

鴻，鴻鵠。段玉裁毛詩小箋：「鴻鵠即黄鵠也。黄鵠一舉知山川之紆曲，再舉知天地之圜方，最爲大鳥。」　遵，沿着。　渚，水中小洲。毛傳：「鴻不宜遵渚也。」這是以大鳥不宜沿着小沙洲飛，興下句「公歸無所」。

公，指客人。　無所，没有一定的處所。

女，此地。陳奐傳疏：「女，猶爾也。爾，此也。」此地即指主人的家。　信，兩個晚上叫做信。毛傳：「再宿曰信。」信處，住兩夜。下章「信宿」同。這二句意爲，您回去也没有地方住，還是在我家再住兩夜吧。

韻讀：脂部——飛、歸。　魚部——渚、所、處。

鴻飛遵陸，公歸不復。於女信宿！

陸，陸地。毛傳：「陸非鴻所宜止。」

不復，不再回來。

韻讀：脂部——飛、歸。　幽部——陸、復、宿。

是以有衮衣兮，無以我公歸兮，無使我心悲兮！

有，藏。聞一多風詩類鈔：「有，藏之也。」這句意爲，（因爲要留客）所以藏起了您的衮衣。漢書陳遵傳：「遵嗜酒，每大飲，賓客滿堂，輒關門，取客車轄投井中，雖有急，終不得去。」此詩的藏衮與陳遵的投轄同一機杼，都是殷勤留客之舉。

以，使。戰國策秦策：「向欲以齊事王。」以齊即使齊。無以，猶今言「不讓」。

韻讀：之部——以、以、使。　脂部——衣、歸、悲。

狼跋

【題解】

這是諷刺貴族公孫的詩。這位公孫到底是誰？毛序認爲是周公，毛傳認爲是成王，最早的兩種解釋便有矛盾，後人更是歧説紛出。我們認爲，詩雖有史料價值，但終究不是史。公孫的具體指謂，無關宏旨。更何況前人之説，多據尚書金縢。金縢僞書，何足爲憑？問題倒是這首詩究竟是刺還是美。毛序以爲「美周公」，但後人覺得章首以老狼跋胡疐尾的窘醜之態起興，緊接着却歌頌周公的進退得宜，未免不倫不類，於是想方設法爲之彌合。如陳啟源毛詩稽古編：「詩以狼爲興，但取其跋胡疐尾，爲進退兩難之喻，初不計其物之善惡也。」孫鑛批評詩經：「反興正承，意旨與他篇稍有不同。然跋胡疐尾，周公之跡固近之。第狼非佳物，所以人多致疑。……總是反意爲比，要自無害耳。」反興正承，是美詩説的主要論據。但我們遍觀國風諸篇，雖有反興之法，如鶉之奔奔以鶉鵲尚居有常匹，反興衛君荒淫亂倫，鶉鵲之不如；又如相鼠以相鼠尚且有皮，反興統治者無恥苟得，相鼠之不如。所謂反興，皆如此類，從未見有以醜興美者，狼跋何得例外？所以我們細玩詩意，定此爲刺詩。高亨先生詩經今注認爲「碩膚」即「石甫」，是諷刺幽王時的虢石甫。此説頗新奇，但没有其他證據，我們還是不敢贊同。

這首詩的藝術手法，有些近乎召南羔羊，是比較隱蔽的冷嘲。也有些近乎鄘風君子偕老，末句以設問點出刺意。均有形象、幽默之妙。

狼跋其胡，載疐其尾。公孫碩膚，赤舄几几。

跋，踐踏、踩着。胡，老狼頷下垂着的肉袋。朱熹詩集傳：「胡，頷下懸肉也。」載，同「再」，又。疐（zhì至），韓詩作躓，二字相通。脚踩。説文：「疐，礙不行也。」毛傳：「老狼有胡，進則躐其胡，退則跲其尾。進退有難，然而不失其猛。」詩人以老狼走路的姿態與公孫進退維谷的狼狽處境。

公孫，當時對貴族的稱呼，與七月詩中的「公子」性質略同，當也是豳公的後代。　碩，大。　膚，肥胖。馬瑞辰通釋：「膚當讀如『膚革充盈』之膚。碩膚者，心廣體胖之象。」　赤舄（ㄒㄧˋ細），以金爲飾的紅鞋，亦稱金舄，是貴族配衮衣禮服穿的鞋，與平日穿的履不同。　几几，鞋尖彎曲貌。陳奐傳疏：「傳云『几几，絇貌』者，屨人注云：『絇謂之拘，箸舄屨之頭，以爲行戒。』士冠禮注云：『絇之言拘也，以爲行戒。狀如刀衣鼻，在屨頭。』……衮冕赤舄之絇以金爲飾，其狀則几几然也。」

韻讀：魚部——胡、膚。　脂部——尾、几。

狼疐其尾，載跋其胡。公孫碩膚，德音不瑕？

德音，這裏指品德名譽。　瑕，瑕疵。這句是設問，意爲「他的品德名譽難道没有毛病嗎？」

韻讀：魚部——胡、膚、瑕（音胡）。

二雅

雅是周首都鎬京一帶地區的樂調名，左傳魯昭公二十年：「天子之樂曰雅。」雅本爲一種樂器名，孳乳而爲樂調之名。故程大昌曰：「雅，樂歌名也。」雅有大小之别，正如孔穎達正義所説：「詩體既異，音樂亦殊。」鄭樵六經奥論指出：「律有小吕、大吕，則歌有大雅、小雅，宜有别也。」惠周惕詩説：「大小二雅，當以音樂别之，不以政之大小論也，如律有大小吕。」他們都以音樂的觀點來説明大雅和小雅的區别，比較正確。由此可見：風、雅之别，就像現在地方調和京調一樣，非常明顯。大雅共三十一篇，都是西周盛時之作。小雅共七十四篇（除去笙詩有目無詩六篇），它産生的時間最長，從西周到東周都有，以厲、宣、幽時代爲最多。它們的作者，多數是周王朝上層人物，少數是人民作品。這些民歌，可能由于産生于首都，且用雅樂譜曲，故列於雅。雅詩的産生地，在鎬京、雒邑。雅詩的内容比較複雜，其中有周族史詩、種族戰争詩、諷刺詩、民歌、戀歌、農事詩、貴族宴會享樂等生活詩、祭祀詩、歌功頌德詩和其他，是周代社會、家庭的一面鏡子。

小雅

鹿鳴

【題解】

這是貴族宴會賓客的詩。毛序：「燕群臣嘉賓也。既飲食之，又實幣帛筐篚以將其厚意，然後忠臣嘉賓得盡其心矣。」他認爲是周王燕群臣的詩，可備參考。鄭玄、孔穎達、朱熹均從序説。史記十二諸侯年表：「仁義陵遲，鹿鳴刺焉。」太平御覽五百七十八引蔡邕琴操：「鹿鳴者，周大臣之所作也。王道衰，君志傾，留心聲色，内顧妃后，設酒食嘉肴，不能厚養賢者，盡禮極歡，形見於色。大臣昭然獨見，必知賢士幽隱，小人在位，周道陵遲自以是始。故彈琴以風諫，歌以感之，庶幾可復。」魯詩和御覽均以鹿鳴爲刺詩，但與全詩氣氛不合，今不取。至於詩的確切寫作年代則不可考。或曰作於周成王時，或曰作於康王時，都是没有根據的。當時詩皆入樂，後來將鹿鳴等篇的樂調在舉行鄉飲酒禮、燕禮等宴會上歌唱。據臧琳經義雜記考證，鹿鳴的樂調，在魏武帝（曹操）時，有杜夔者，還能歌唱此調。

全詩三章，首章言奏樂，二章言飲酒，末章則並奏樂、飲酒而言之。從情緒上説，是一章比一章親近，從氣氛上説，是一章比一章熱烈，至末章則達到「和樂且湛」的高潮，層次十分清晰。王夫之薑齋詩話：「始而欲得其歡，已而稱頌之，終乃有所求焉，細人必出於此。鹿鳴之一章曰『示我周行』，二章曰『視民不恌，君子是則是傚』，三章曰『以燕樂嘉賓之心』，異於彼矣。此之謂大音希聲。希聲，不如其始之勤勤也。」他雖然是評論詩的精神境界，但我們亦可從中悟出詩人結構布局的妙處。

呦呦鹿鳴，食野之苹。我有嘉賓，鼓瑟吹笙。吹笙鼓簧，承筐是將。人之好我，示我周行。

呦呦（yōu 幽），字亦作𡂞、𣢕，鹿叫的聲音。説文：「呦，鹿鳴聲也。」

苹，藾蒿。爾雅釋草：「苹，藾蕭。」郭注：「今藾蒿也，初生亦可食。」陸璣疏：「葉青白色，莖似箸而輕脆，始生香可生食，又可蒸食。」毛傳訓苹爲萍。據爾雅，萍是水中浮萍。鹿不食浮萍，毛傳誤，故鄭箋易爲藾蕭。按這二句爲起興，陳奂傳疏：「鹿鳴食野草，以興君燕群臣。」

嘉，善。嘉賓，佳客。

鼓，動詞，彈。鼓瑟，彈瑟。笙，樂器名，用竹和匏製成。王先謙集疏：「魯説曰：笙長四寸，十三簧，像鳳之身也。」

簧，笙中的舌片。楚辭九歎王逸注：「笙中有舌曰簧。」按笙爲管樂，共十三管，每管有簧，故或謂笙爲簧。毛傳：「簧，笙也，吹笙而（則）鼓簧矣。」

承，捧上。鄭箋：「承猶奉也。」奉即捧之古體。　筐，盛幣帛的竹器，亦稱作篚，不同於采蘋中盛菜的筐。毛傳：「筐，篚屬，所以行幣帛也。」　將，送。這句意爲，捧着盛幣帛的筐贈送賓客。

人，指客人。　好我，愛我。

示，告。　周行，正道。按卷耳「寘彼周行」的周行指大路，是本義。此處引申爲處事所應遵循的正道。孔疏引王肅云：「夫飲食以饗之，琴瑟以樂之，幣帛以將之，則能好愛我。好愛我，則示我以至美之道矣。」這幾句話説明了本章的大意。

韻讀：耕部——鳴、苹、笙。　陽部——簧、將、行（音杭）。

呦呦鹿鳴，食野之蒿。我有嘉賓，德音孔昭。視民不恌，君子是則是傚。我有旨酒，嘉賓式燕以敖。

蒿，菊科植物，亦名青蒿、香蒿。爾雅：「蒿，菣。」陸璣云：「蒿，青蒿也。荆豫之間、汝南、汝陰皆云菣。」

德音，于省吾澤螺居詩經新證謂此處本應作「德言」，「即人内在之德性與外在之言語」。其説可從。鄭注鄉飲酒禮釋作「明德」，舊注多從之，實則未當。　昭，明。這句是贊美客人有光明的品德和言語。

視，鄭箋：「古示字也。」三家詩正作示。　恌（tiāo 挑），魯詩作偷，左傳昭十年及説文引詩皆作佻。偷薄，不厚道的意思。孔疏引左傳服注：「示民不愉薄也。」佻、愉正字，恌、偷俗字。

君子，指一般貴族。是，代詞，指嘉賓。則，則法，榜樣。傚，三家詩或作效，效法，學習。朱熹詩集傳：「言嘉賓之德音甚明，足以示民使不偷薄，而君子所當則效。」式，語助詞，無義。燕，安適。末章末句「以燕樂嘉賓之心」毛傳：「燕，安也。」有人訓燕爲宴，指宴會，亦通。敖，舒暢快樂。馬瑞辰通釋：「爾雅舍人注云：『敖，意舒也。』凡人樂則意舒，是知敖有樂意。『嘉賓式燕以敖』，猶南有嘉魚詩『嘉賓式燕以樂』，車舝詩『式燕且喜』、『式燕且譽』也。」

韻讀：宵部——蒿、昭、恌、傚、敖。

呦呦鹿鳴，食野之芩。我有嘉賓，鼓瑟鼓琴。鼓瑟鼓琴，和樂且湛。我有旨酒，以燕樂嘉賓之心。

芩，蒿類。孔疏引陸璣云：「莖如釵股，葉如竹蔓，生澤中下地鹹處，爲草貞實，牛馬亦喜食之。」馬瑞辰通釋：「傳：『芩，草也。』釋文引説文云：『芩，蒿也。』按：今本説文亦作『芩，草也』。當從釋文所引訓蒿爲是。首章『食野之苹』爲藾蕭，即藾蒿。三章『食野之芩』，亦蒿屬。正與二章『食野之蒿』相類。足證古人因物起興每多以類相從。」

湛（dān 眈），本字爲媅，説文：「媅，樂也。」盡興的意思。或假借作耽。常棣七章末句釋文引韓詩：「耽，樂之甚也。」按湛、耽都是媅的假借字。

燕，安。馬瑞辰通釋：「燕樂，猶上言式燕以敖耳。」他又說：「此詩三章，文法參差，而義實相承。首章前六句言我之敬賓，後二句言賓之善我。二章前六句即承首章人之好我言，後二句乃言我之樂賓。三章即接言賓之樂，後二句又申我之樂賓，以明賓之樂實我有以致之也。」他概括地說明了各章的大意。

韻讀：侵部——芩、琴、琴、湛（都森反）、心。

四牡

【題解】

這是出使官吏思歸的詩。毛序：「勞使臣之來也。」姚際恒詩經通論說：「試將此詩平心讀去，作使臣自咏極順，作代使臣咏極不順。亦因『作歌』句橫隔其間也。」按詩中明言「是用作歌」，表明詩的作者即使臣自己，不是慰勞使臣的君主。毛序的附會，蓋由於左傳襄公四年所載穆叔的話：「四牡，君所以勞使臣也。」不知這裏所謂使臣，乃穆叔自稱。大約當時采集此詩後，配樂作譜，遂用於慰勞使臣，而儀禮中燕禮、鄉飲酒禮亦歌此詩。

王夫之薑齋詩話云：「無論詩歌與長行文字，俱以意爲主。意猶帥也。無帥之兵，謂之烏合。……

煙雲泉石，花鳥苔林，金鋪錦帳，寓意則靈。」後來詩人，多苦心煉意，而詩經則因爲處於文學的早期，幾乎篇篇都是創意之作。如此詩五章，反復感歎「豈不懷歸，王事靡盬」，「不遑將父，不遑將母」。思歸不得養之意既立，「四牡騑騑」的賦句和「翩翩者鵻」的興句便都能含情蓄義，充滿了詩人風塵仆仆的辛勞和進退維谷的矛盾心理。毛傳云：「思歸者，私恩也。靡盬者，公義也。」鄭箋：「無私恩，非孝子也。無公義，非忠臣也。」闡發詩意很透徹。而後世「忠孝不能兩全」之意，或以此詩爲濫觴。

四牡騑騑，周道倭遲。豈不懷歸？王事靡盬，我心傷悲。

四牡，駕車的四匹公馬。　騑騑（fēi 非），馬疲貌。毛傳：「行不止之貌。」廣雅：「疲也。」行不止則必疲。

周道，大路（從朱熹説）。毛傳謂「岐周之道也。」亦通。　倭遲，即逶迤，易林旅之漸用此句作逶迤，疊韻。道路曲折遥遠貌。説文：「逶迆，衺去貌。」此是本義。毛傳：「歷遠之貌。」此是引申義。釋文引韓詩作「逶夷」。文選西征賦注引韓詩又作「威夷」。漢書地理志注引作「郁夷」。按倭遲、倭夷、逶迤、威夷、郁夷古音都相近，故通用。

韻讀：幽部——牡、道（徒叟反）。　脂部——騑、遲、歸、悲。

四牡騑騑，嘽嘽駱馬。豈不懷歸？王事靡盬，不遑啓處。

嘽嘽（tān 灘），毛傳：「喘息之貌。馬勞則喘息。」説文云：「嘽，喘息也。詩曰：嘽嘽駱馬。」又云：「痑，馬病也。詩曰痑痑駱馬。」是三家詩亦作「痑」。駱馬，身白、尾黑的馬。説文：「駱，馬白色黑鬣尾也。」

不遑，没有閒暇。毛傳：「遑，暇。」啓處，猶言在家休息。毛傳：「啓，跪。處，居也。」啓是跽之假借，小跪。居爲尻之假借，説文：「尻，處也，从尸得几而止。」亦安坐之義。古人席地，坐時兩膝着地，臀部貼於足跟；臀部不着足跟爲跪；跪而聳身直腰爲跽。

韻讀：脂部——騑、歸。魚部——馬（音姥 mǔ）、盬、處。

翩翩者鵻，載飛載下，集于苞栩。王事靡盬，不遑將父。

翩，説文：「翩，疾飛也。」鵻（zhuī 追），鴿。陸璣：「今小鳩也。」毛傳稱爲「夫不」，今名勃姑。皆取其鳴聲爲名。

載，句首爲發語詞，句中載訓又。此句意爲飛上又飛下。

集于句，見鴇羽注。

將，毛傳：「將，養也。」按將與養古同聲，桑柔鄭箋：「將，猶養也。」

韻讀：魚部——下（音户上聲）、栩、盬、父。

翩翩者鵻，載飛載止，集于苞杞。王事靡盬，不遑將母。

止，停止。按這章和上章首三句都是起興，馬瑞辰通釋：「左氏昭十七年傳：『祝鳩氏，司徒也。』孔疏引樊光曰：『祝鳩，夫不，孝，故爲司徒。』是知詩以鵻取興者，正取其爲孝鳥，故以興使臣之不遑將父、不遑將母，爲鵻之不若耳。」

杞，爾雅郭注：「今枸杞也。」莖、葉及子均可入藥。

韻讀：之部——止、杞、母（滿以反）。

駕彼四駱，載驟駸駸。豈不懷歸？是用作歌，將母來諗。

四駱，陳奐傳疏：「四駱，四馬皆駱也。」

載，語首助詞，這裏含有勉力之義。驟，奔跑。説文：「馬疾步也。」駸駸（qīn 侵），馬疾馳貌。説文：「馬行疾也。」

是用，爲「用是」的倒文。用，因。是，此。用是，即因此。

來，語中助詞，作用同「是」。王引之經義述聞：「來，猶是也。」諗，念之假借，古諗和念同音。想。王先謙集疏：「言我惟養母是念。」

韻讀：侵部——駸、諗。

皇皇者華

【題解】

這是一位使者外出調查情況、采訪意見的詩。詩是使者所作，詩中之「我」是使者的自稱。舊説認爲送征夫之詞，毛序：「君遣使臣也。送之以禮樂，言遠而有光華也。」這一解釋可能是由於對左傳襄公四年「皇皇者華，君教使臣」一語的附會，其錯誤與解四牡爲「勞使臣之來」相同。春秋時代統治者常於宴會時使樂工歌唱鹿鳴、四牡、皇皇者華三詩，如儀禮鄉飲酒禮、燕禮所載及左傳襄公四年「晉侯饗叔孫穆叔」等。但這只是取其音樂，或賦詩斷章取義表達自己外交意見及態度而已，與詩之本義無關。陳廷傑説：「此爲使臣之詞，博咨民隱，欲以達下情。」他分析此詩的主題，大致不錯。

這首詩同召南小星一樣，都是使臣在外出途中所作，但兩者反映的情緒不同，前者充滿信心，後者怨嗟不已。而前者這種自信是通過重章疊唱的形式表現出來的，二至五章每章只換三四個字，反復吟咏，歌唱馬兒的高駿，歌唱繮繩的稱手，對自己出訪民間的任務，充滿了自信和責任感。疊章在詩經中屢見不鮮，而以一唱三歎式的低調居多。惟此詩疊章用詞明麗，格調高朗，迴環反復的疊唱向讀者展示了一幅意氣風發的出使圖卷。

皇皇者華，于彼原隰。駪駪征夫，每懷靡及。

皇皇，色彩鮮明貌。皇、煌，古今字。毛傳：「皇皇，猶煌煌也。」説文：「煌煌，煇也。」 華，古花字。

原，高的平原。 隰，低濕之地。毛傳：「高平曰原，下濕曰隰。」按詩首二句爲興，毛傳：「忠臣奉使，能光君命，無遠無近，如華不以高下易其色。」

駪駪（shēn 身），毛傳：「駪駪，衆多之貌。」説文：「駪，馬衆多貌。」此爲本義。引申爲形容人衆多之貌。楚辭招魂王逸注引詩作「侁侁」，是魯詩作「侁」。國語晉語、列女傳、説苑引作「莘莘」，是韓詩作「莘」。 征夫，使者。毛傳：「征夫，行人也。」按春秋時臨時派遣出使者稱「使人」、「行人」。此句言使者隨從甚衆。陳奂傳疏：「言從使臣者衆多，所謂卿行師從也。」

每，經常。一切經音義廿五引三蒼：「每，數也。」 懷，思，擔心。 靡及，不及。朱熹詩集傳：「懷，思也。其所懷思，常若有所不及矣。」和烝民「每懷靡及」同義。

韻讀：魚部——華（音乎）、夫。 緝部——隰、及。

我馬維駒，六轡如濡。載馳載驅，周爰咨諏。

駒，小馬。釋文：「駒本亦作驕。」説文：「馬高六尺爲驕。詩曰：『我馬維驕。』」馬瑞辰通釋：「驕與駒雙聲，古蓋讀驕如駒，以與濡、驅、諏合韻。後人據音以改字，遂作駒耳。」

如，而。　濡，潤澤。見羔裘注。

周，普遍、廣泛。朱熹：「周，徧。」　爰，于。　咨，訪問。左傳襄公四年：「訪問于善爲咨。」　諏（zōu 鄒），了解事物的情況。左傳：「咨事爲諏。」國語：「咨才爲諏。」才即事的假借。内傳、外傳意思是一樣的。

韻讀：侯部——駒（音鈎）、濡（汝藍反）、驅（音藍 qiū）、諏。

我馬維騏，六轡如絲。載馳載驅，周爰咨謀。

騏，青黑色花紋的馬。見小戎注。

如絲，形容四馬六轡的調匀。淮南子修務訓高誘注：「六轡四馬如絲，言調匀也。」

謀，商討。左傳：「咨難爲謀。」國語：「咨事爲謀。」

韻讀：之部——騏、絲、謀（謨其反）。

我馬維駱，六轡沃若。載馳載驅，周爰咨度。

駱，見四牡注。

沃，柔潤。　若，同然，語詞。沃若，見氓注。

度（duó 鐸），斟酌，指某事如何做方合宜。國語：「咨義爲度。」

韻讀：魚部——駱（音盧入聲）、若（音如入聲）、度。

我馬維駰，六轡既均。載馳載驅，周爰咨詢。

駰，毛色黑白相間的馬。毛傳：「陰白襍毛曰駰。」按「陰」古與「幽」通，隰桑傳：「幽，黑色也。」

均，調勻。毛傳：「均，調也。」

詢，究問，含有調查研究之意。左傳、國語並云：「咨親爲詢。」究問於親戚。按後四章「咨」與「諏」、「謀」、「度」、「詢」連用，雖各有專義，但渾言之，只是使臣遍到各處訪問商討的意思。

韻讀：真部——駰、均、詢。

常棣

【題解】

這是宴會兄弟的詩。方玉潤詩經原始：「良朋、妻孥未嘗無助於己，然終不若兄弟之情深而相愛也。故曰『凡今之人，莫如兄弟』。」此即本詩的中心思想。關於詩的作者，舊説有二：一，成王時周公所作。國語：「周文公之詩曰：『兄弟鬩於牆，外禦其侮。』」二，厲王時召穆公虎所作。左傳僖二十四年：「召穆公思周德之不類，故糾合宗族於成周，而作詩曰：『常棣之華，鄂不韡韡。凡今之人，莫如兄弟。』」毛序謂「閔管、蔡之失道，故作常棣也。」亦以爲周公所作。漢書杜鄴傳：「夫戚而不見殊，孰能無怨？此棠棣、角弓之詩所爲作也。」杜以棠棣與角弓均爲刺詩，是西漢亦有以爲召穆公所作者。其後韋昭、孔穎達等以爲是周公作詩，召公歌詩。都是調和之論。崔述洙泗考信録：「詩云：『死喪之威，兄弟孔懷。』又云：『喪亂既平，既安且寧。』皆似中衰之後，不類初定鼎時語。況作亂者，管、蔡兄弟也。以殷畔者，管、蔡兄弟之親其所疏而疏其所親也。而此詩反云『兄弟急難，良朋永歎』，『兄弟外禦其侮，良朋烝也無戎』，語語與其事相反，何邪？」崔氏據詩的内容證明其非周公時代作品，語甚有理。左傳認爲厲王時代召虎的創作，這很可能。

此詩歌唱兄弟之間的感情，首章以棠棣之花起興，形象鮮明。「凡今之人，莫如兄弟」二句，直接點明主題。二、三、四章説明在危難關頭惟兄弟最可信賴，以强烈的對比給人深刻的印象。第五章忽然反跌一層，感歎和平環境中兄弟反不如朋友。末三章筆調又重新揚起，大寫兄弟和睦的快樂。全詩筆意抑揚曲折，前五章繁絃促節，多慷慨激昂之音；後三章輕攏慢撚，有洋洋盈耳之趣。在風格上也是變化多姿的。

常棣之華，鄂不韡韡。凡今之人，莫如兄弟。

常棣，亦作棠棣、唐棣，古訓爲夫栘，亦單稱栘，即今之鬱李。薔薇科，落葉小灌木，果實比李小，可食。有紅白兩種。何彼襛矣之唐棣和晨風之棣即赤棣。采薇「維常之華」之常、此篇之常棣即白棣。馬瑞辰、陳奐等人均有考釋。余冠英曰：「詩人以常棣的花比兄弟，或許因其每兩三朵彼此相依，所以聯想。」

鄂，盛貌。毛傳：「鄂猶鄂鄂然華外發也。」説文引作萼，段玉裁注謂當作咢。不，語詞，無義。王引之經傳釋詞：「鄂不韡韡，猶言夭之沃沃。」韡韡，鮮明貌。毛傳：「韡韡，光明也。」韡是煒的假借字，藝文類聚引韓詩正作煒。玄應一切經音義引説文：「煒，盛明皃也。」又于省吾新證：「鄂不，猶言胡不、遐不。鄂、胡、遐三字，就聲言之並屬淺喉，就韻言之並屬魚部。『常棣之華，鄂不韡韡』猶出車的『彼旟旐斯，胡不旆旆』。」可備一説。

韻讀：脂部——韡、弟。

死喪之威，兄弟孔懷。原隰裒矣，兄弟求矣。

威，通畏。毛傳：「威，畏。」

孔，甚、最。懷，思念，關懷。劉向列女傳：「君子謂聶政姊仁而有勇，不怯死以滅名。詩云：『死喪之威，兄弟孔懷。』言死可畏之事，唯兄弟甚相懷也。」

原隰，見皇皇者華注。裒（póu 抔），魯詩作捊，玉篇：「捊，引聚也。」

求，毛傳：「言求兄弟。」按這兩句意爲，人們因災難之事聚於原隰，只有兄弟在患難之中，就會關懷尋覓。

韻讀：脂部——威、懷（音回）。幽部——裒、求。

脊令在原，兄弟急難。每有良朋，況也永歎。

脊令，水鳥，亦名鶺鴒、雝渠。大如燕雀，毛色黑白相間。常在水邊覓食昆蟲。朱熹詩集傳：「脊令飛則鳴，行則揺，有急難之意，故以起興。」在原，水鳥在原，失其常處，比兄弟有患難。急。搶救，動詞。難，患難。急難，毛傳：「言兄弟之相救於急難。」

每，爾雅：「每，雖。」

況，本作兄，後作況，意爲增益。毛傳：「況，兹。」陳奂傳疏：「兄、況，古今字。兹、滋亦古今字。」此二句意爲，人在患難之中，雖有好友，亦不過增加他們長歎一聲罷了。含有只有同情沒有行動的意思。

韻讀：元部——原、難、歎。

兄弟鬩于牆，外御其務。每有良朋，烝也無戎。

鬩（xì細），争吵。左傳僖二十四年杜注：「鬩，訟争貌。」于牆，在牆内。外，指對外。御，同禦，抵抗。務，侮之假借。左傳僖公二十四年和國語周語引詩御作禦，務作侮。

烝，終久。戎，幫助。毛傳：「戎，相。」相即助。這二句意爲，雖有好友，終久沒有什麽實際幫助。

韻讀：無韻。

喪亂既平，既安且寧。雖有兄弟，不如友生。

喪亂，死喪禍亂。

友生，即友人。馬瑞辰通釋：「生，語詞也。唐人詩『太瘦生』及凡詩『何似生』、『作麼生』、『可憐生』之類，皆以生爲語助詞，實此詩及伐木詩『友生』倡之也。」録以備考。陳奂傳疏：「上三章曰死喪，曰急難，曰外務，朋友不如兄弟。此章言喪亂既平之後兄弟不如朋友者，愈以見兄弟之當親。喪亂既平，既安且寧，即行燕兄弟内相親之禮，以下三章皆是也。第五章爲承上起下之詞。」

韻讀：耕部——平、寧、生。

儐爾籩豆，飲酒之飫。兄弟既具，和樂且孺。

儐，陳列。韓詩作賓，經典中兩字常互用。　爾，你。　籩（biān 邊），古祭祀、燕享盛果品、乾肉等器皿，形如豆，用竹編成。　豆，象形字。古盛肉器，高脚有蓋，木製成。見東門之墠注。之，猶是。語中助詞。　飫，韓詩作醧（yù 御），是本字。飫爲醧之假借字。馬瑞辰通釋：「以古音讀之，醧與豆、具、孺韻正協，作飫則聲入蕭宵部。」毛傳訓爲「私」，指家宴。説文：「醧，宴私之飲也。」宴私，即私宴，大抵是宗族間一種比較不拘禮節的燕飲。

具，通俱。既具，已經都來齊。

和樂，是一個詞。皇侃論語義疏：「和即樂也。」王先謙集疏：「詩言和樂，即兄弟怡怡和順而樂之義。」　孺，相親。爾雅：「孺，屬也。」李巡注：「骨肉相親屬也。」這章寫燕飲兄弟之樂。

韻讀：宵、侯部通韻——豆、飫、具（渠晝反）、孺（汝晝反）。

妻子好合，如鼓瑟琴。兄弟既翕，和樂且湛。

好合，好讀去聲。和妻子相親愛相配合。鄭箋：「好合，志意合也。合者，如鼓琴瑟之聲相應和也。」

翕（xī吸），毛傳：「翕，合也。」和睦的意思。

湛（dān耽），亦作耽，皆媅之假借。釋文引韓詩作沈：「樂之甚也。」盡歡之義。見鹿鳴注。

這章以妻子之相親襯托兄弟亦應相親。含有二者不可偏廢的意思。

韻讀：緝部——合、翕。　侵部——琴、湛（都森反）。

宜爾室家，樂爾妻帑。是究是圖，亶其然乎？

宜爾室家，見桃夭注。　爾，指兄弟。　室家，指夫婦。

樂（lē勒），喜歡。　帑，魯詩作孥，俗字。子女。毛傳：「帑，子也。」

究，深思。　圖，考慮。毛傳：「究，深。圖，謀。」

亶（dǎn膽），確實。毛傳：「亶，信也。」　其，指「宜室家，樂妻帑」。　然，如此。　這章爲宴會兄弟時的祝辭。

韻讀：魚部——家（音姑）、帑、圖、乎。

伐　木

【題解】

這是一首宴享朋友故舊的詩。毛序：「伐木，燕朋友故舊也。」黄柏詩疑辨證：「細玩此詩，專言友生之不可求，求字乃一篇大主腦。」他指出了詩的中心思想。三家詩認爲這是刺詩，文選李善注引韓詩：「伐木廢，朋友之道缺，勞者歌其事。詩人伐木自苦其事，故以爲文。」蔡邕正交論：「周德始衰，頌聲既寢，伐木有鳥鳴之刺。」但從詩文看來，並無怨刺之意。至於詩的作者和寫作年代均無可考。鄭箋以爲是周王之詩，孔疏申鄭，認爲是詠文王之事。後代竟有人斷詩爲文王所自作，都没有根據。焦循毛詩補疏説得好：「文王幼時何曾爲農？又何伐木之有？」的確，由詩中所用伐木、鳥鳴的比興來看，疑此詩含有民歌的成分，而爲貴族所修改和采用。

詩中「伐木丁丁，鳥鳴嚶嚶」、「出自幽谷，遷于喬木」等對偶句，結構整齊，變化和諧，雖然處於對偶的初級階段，但是由此也顯得更加樸實自然。李翺答朱載言書説：「古人能極于工而已，不知其辭之對與否也。」很中肯地説出了詩經對偶句情趣天然、不假雕琢的優點。此外，詩中還使用了排比的手法，三章「有酒湑我，無酒酤我。坎坎鼓我，蹲蹲舞我」，兩句一排，一共兩排，在整齊中又有參差錯落之致，將親朋歡宴的氣氛渲染得很熱鬧。漢代辭賦家賈誼的鵩鳥賦、禰衡的鸚鵡賦便運用這種手法，不過表現得更加精緻了。

伐木丁丁，鳥鳴嚶嚶。出自幽谷，遷于喬木。嚶其鳴矣，求其友聲。相彼鳥矣，猶求友聲；矧伊人矣，不求友生？神之聽之，終和且平。

丁丁（zhēng争），象聲詞。亦作朾。毛傳：「丁丁，伐木聲也。」按這句是詩人當前所作的事，是含賦義的興。

嚶嚶，鳥鳴聲。鄭箋：「嚶嚶，兩鳥聲也。」

幽谷，深谷。毛傳：「幽，深。」

遷，昇。説文：「遷，登也。」喬，高。喬木，高樹。毛傳：「喬，高也。」

嚶其，即嚶嚶。按首六句都是興，言鳥自低處飛上高處尋求伙伴。陳奐傳疏：「伐木丁丁，一興也。鳥鳴嚶嚶以下，又一興也。鳥遷喬木而不忘幽谷之鳥，以興君子居高位而不忘下位之朋友。」

相，看。

矧(shěn審)，何況。　伊，是，這。

神之，之字爲語助詞，無義。

終，既。這二句意爲，神明聽到此事，會賜給你和平的幸福。辭意與小明「神之聽之，式穀以女」、「神之聽之，介爾景福」略同。馬瑞辰通釋：「爾雅釋詁：『神，慎也。慎，誠也。』神之，即慎之也。聽之，謂能聽從是言也。」可備一說。這章寫鳥求友聲，比人必需求朋友。

韻讀：耕部——丁、嚶、鳴、聲、聲、生、聽、平。　侯部——谷、木。

伐木許許，釃酒有藇。既有肥羜，以速諸父。寧適不來，微我弗顧。於粲洒埽，陳饋八簋。既有肥牡，以速諸舅。寧適不來，微我有咎。

許許(hǔ虎)，象聲詞。或作滸滸，皆「所」之假借。説文：「所，伐木聲也，从斤，户聲。詩曰：『伐木所所』。」毛傳：「許許，柹(fèi肺)貌。」説文：「柹，削木朴也。朴，木皮也。」可見許許是鋸樹皮的聲音。説文段注：「丁丁，刀斧聲。所所，鋸聲。」

釃(shī師)，濾，做酒時用筐濾酒去其糟。毛傳：「以筐曰釃。」　有藇(xù序)，即藇藇，三家詩亦作醑醑，形容酒味美。玉篇：「藇，酒之美也。」

羜(zhù苧)，出生不久的小羊。毛傳：「羜，未成羊也。」

速，召，邀請。　諸父，對同姓長輩的通稱。

寧，寧可。　適，湊巧。這句意爲，寧可諸父湊巧有他事不能來。

微，無，不要。毛傳：「微，無也。」 顧，念。鄭箋：「寧召之適自不來，無使言我不顧念也。」

於（wū烏），歎詞。 粲，毛傳：「粲，鮮明貌。」陳奐傳疏：「鮮明，猶言清浄也。」此句言把宴會廳堂打掃得乾乾浄浄。

陳，陳列。 饋，食物。 簋（guǐ軌），圓形的盛食器。按八簋是貴族宴會很隆重的禮節。據儀禮聘禮公食大夫禮，諸侯燕群臣及他國的使臣皆八簋。毛傳：「天子八簋。」是周王的宴會也用八簋。

牡，此處指公羊。

諸舅，對異姓長輩的通稱。

咎，過錯。毛傳：「咎，過也。」這章寫宴長輩。

韻讀：魚部——許、藇、羜、父、顧。 幽部——埽（音叟）、簋（音韭）、牡、舅、咎。

伐木于阪，釃酒有衍。籩豆有踐，兄弟無遠。民之失德，乾餱以愆。有酒湑我，無酒酤我。坎坎鼓我，蹲蹲舞我。迨我暇矣，飲此湑矣。

阪，山坡。說文：「坡者曰阪。」

有衍，即衍衍，豐滿貌。陳奐傳疏：「衍謂多溢之美也。」

籩豆有踐，見伐柯注。

兄弟，指同輩的親友。　無遠，不要疏遠。

失德，喪失朋友的交誼。有人訓爲喪失恩德，如漢書宣帝紀引詩，顔注：「人無恩德不相飲食。」亦通。

餱（hóu 侯），説文：「餱，乾食也。」乾餱即乾糧，如今之餑餑、餅乾。　愆，過錯。朱熹詩集傳：「乾餱，食之薄者也。言人之所以失朋友之義者非必有大故，或但以乾餱之薄不以分人，而至於有愆耳。」

湑，用溲箕過濾酒。毛傳：「以藪曰湑。」藪即籔之借字，今人叫做溲箕。釃酒是用盛飯的筐濾糟，其器較細；湑酒用洗米的溲箕濾糟，其器較粗。籔和筐都是用竹片編成的。

酤，毛傳：「一宿酒也。」指一宿即熟的酒，如今之酒釀，是有渣的酒。説文：「一曰買酒也。」但不知小雅時代是否有賣酒的商賈。按此二句爲倒裝，湑我即我湑，酤我即我酤。

坎坎，有節奏的擊鼓聲。王先謙集疏：「坎坎者，擊鼓之聲。與舞之節奏相應，故釋文引説文云：『舞曲也。』説文引詩作竷。」按坎爲竷之假借，古音讀若逢。坎，古音讀若空，同部。

蹲蹲（cún 存），舞步合樂的姿態。毛傳：「舞貌。」魯詩作墫。按此二句亦倒裝。即我爲之擊鼓坎坎然，我爲之興舞蹲蹲然。聞一多歌與詩認爲：「我」同兮，讀如啊，語氣詞。亦通。

迨，及、趁。鄭箋：「及（趁）我今之閒暇，共飲此湑酒。欲其無不醉之意。」這章寫宴兄弟。

韻讀：元部——阪、衍、踐、遠、愆。　魚部——湑、酤、鼓、舞、暇（音户）、湑。

天保

【題解】

這是一首臣子祝頌君主的詩。毛序：「天保，下報上也，君能下下以成其政，臣能歸美以報其上焉。」序以此詩爲臣下所作，當然不錯；如果一定認爲君先有賜於臣，臣然後以此作報，則未免主觀。鄭箋：「下下，謂鹿鳴至伐木皆君所以下臣也。臣亦宜歸美於王，以崇君之尊而福禄之，以答其歌。」這種説法更不正確，孔疏已提出異議，他説：「詩者，志也。各有吟詠。六篇之作，非是一人，而已（以）此爲答上篇之歌者，但聖人示法，義取相成。比鹿鳴至伐木於前，此篇繼之於後以著義，非故答上篇也。」姚際恒詩經通論説這是「臣致祝於君之詞」，似可從。至於詩的寫作時代，朱熹説：「文王時周未有先王者，此必武王以後所作也。」頗有見地。

鍾惺評點詩經云：「前後九如字，筆端鼓舞，奇妙。」詩人爲了歌功頌德，連用九個比喻，這種用多種喻體來形容、説明本體的方法，稱爲博喻。廣泛的連續的取譬形式，説明了詩人想象、聯想的豐富。以高山大川、日月松柏爲喻體，也顯得極有氣象。後世以「天保九如」爲祝頌之辭，可見其藝術效果。

天保定爾，亦孔之固。俾爾單厚，何福不除。俾爾多益，以莫不庶。

保定，安定。鄭箋：「保，安。」　爾，您，指君主。陳奐傳疏：「通篇十『爾』字，皆指君上也。」

亦、之，皆語助詞，無義。　孔，甚。　固，毛傳：「固，堅也。」這句意爲「王位堅固得很」。

俾，使。　單，毛傳：「厚也。」陳奐傳疏：「單厚與下文多益皆合二字成義，謂受福之厚益。」魯詩作亶，亶本字，單假借字。

除（zhù 注），賜予。馬瑞辰通釋：「除、余古通用。爾雅『四月爲余』，小明詩箋作『四月爲除』，是其證也。余、予古今字，余通爲予我之予，即可通爲賜予之予。『何福不除』，猶云何福不予。」

多益，益亦爲多，二字同義，指多福。

以，語助詞，無義。　庶，衆多、富庶。毛傳：「庶，衆也。」莫不庶，指物産豐富。孔疏：「每物衆多，是安定汝，王位甚堅固也。」

韻讀：魚部——固、除、庶。

天保定爾，俾爾戩穀。罄無不宜，受天百禄。降爾遐福，維日不足。

戩（jiǎn 剪）穀，幸福。毛傳：「戩，福。穀，禄。」禄亦是福。郝懿行爾雅義疏：「福禄二字，若散文，禄即是福。」

罄，毛傳：「盡也。」所有。　宜，原義爲安。説文：「宜，所安也。」引申爲合適。這句意爲你的所有一切，没有不好、不合適的。

百禄，百是虛數，許多。禄，説文：「禄，福也。」

遐福，長遠的幸福。鄭箋：「遐，遠也。」

維，同惟。惟的本義爲思、考慮。此處有惟恐義。　日，日日、每天。　維日不足，每天惟恐降福不够。王先謙集疏：「此章承上『何福不除』言。」

韻讀：侯部——穀、禄、足。

天保定爾，以莫不興。如山如阜，如岡如陵，如川之方至，以莫不增。

興，鄭箋：「興，盛也。無不盛者，使萬物皆盛，草木暢茂，禽獸碩大。」

阜，土山。

陵，山嶺。爾雅釋地：「高平曰陸，大陸曰阜，大阜曰陵。」李巡注：「高平謂土地豐，正名爲陸，土地獨高大名曰阜，最大名爲陵。」這四個比喻形容物産的委積豐盛，山、岡爲一類；言其高；阜、陵爲一類，言其大。

川之方至，謂漲水時節。鄭箋：「川之方至，謂其水縱長之時也。萬物之收皆增多也。」王先謙集疏：「此章承上『以莫不庶』言。」

韻讀：蒸部——興、陵、增。

吉蠲爲饎，是用孝享。禴祠烝嘗，于公先王。君曰卜爾，萬壽無疆。

吉，毛傳：「吉，善。」此處指選擇好日子。蠲（juān 捐），圭之借，魯詩作圭，清潔。此處指祭祀前齋戒沐浴使之清潔。饎，或作喜、糦、羑，皆異體字。毛傳：「饎，酒食也。」是，這，指饎。是用，倒文，用這。孝享，獻祭。説文：「享，獻也，象進熟物形。」爾雅：「享，孝也。」孝、享雙聲，二字同義。

禴（yuè 月）祠烝嘗，四時宗廟的祭名。毛傳：「春曰祠，夏曰禴，秋曰嘗，冬曰烝。」董仲舒春秋繁露四祭篇：「古者歲四祭。四祭者，因四時所生熟而祭其先祖父母也。」

公，鄭箋：「公，先公，謂后稷至諸盩。」諸盩，太王之父。先王，指太王以下的周祖先。按周自文王始稱王，追尊古公亶父爲太王，季歷爲王季，故自諸盩以上稱先公。

君，毛傳：「君，先君也。」按古代祭祀，以生人扮神象，名爲「尸」，作爲祭祀的具體神象，可代神講話。「君曰」即尸傳達神的話。卜，給。卜爾，給你。毛傳：「卜，予也。」馬瑞辰通釋：「釋詁：『畀，予也。』畀與卜雙聲，卜訓予者，或即畀之假借。」

韻讀：陽部——享、嘗、王、疆。

神之弔矣，詒爾多福。民之質矣，日用飲食。群黎百姓，徧爲爾德。

弔，降臨。毛傳：「弔，至。」馬瑞辰通釋：「按説文：『𨑩，至也。』弔即𨑩之省借字。」

詒，通貽，遺、送。

質，朱熹詩集傳：「質，實也。言其質實無僞，日用飲食而已。」

日，日日。　用，以。以上二句意爲，人民誠實，只是每日以飲食爲滿足罷了。

群黎，衆民。尚書堯典傳：「黎，黑也。民首皆黑，故曰黎民。」　百姓，百官。國語楚語觀射父曰：「民之徹官百。王公之子弟之質能言能聽徹其官者，而物賜之姓，以監其官，是爲百姓。」（韋昭注：「百姓，百官，受氏姓也。」）意謂：治理人民的官有百。貴族的子弟有好的品質，又稱職的，國王就照他的職務而賜他姓，以守其官，這就是百姓。此詩百姓與群黎對舉，正指人民和貴族而言。到孔子的時候，論語說：「修己以安百姓。」他所說的百姓，才指人民大衆而言。

徧，同遍。　爲，音義同訛，感化。馬瑞辰通釋：「爲當讀如『式訛爾心』之訛。訛，化也。徧爲爾德，猶云徧化爾德也。爲與化古皆讀如譌，故爲、訛、化古並通用。」此二句意爲，人民和貴族都被你的美德所感化。

韻讀：之部——福（方逼反，入聲）、食、德（丁力反，入聲）。

如月之恒，如日之昇，如南山之壽，不騫不崩。如松柏之茂，無不爾或承。

恒（gēng更），本義爲粗繩。按恒是緪的省借。釋文：「恒亦作緪。」説文：「緪，大索也。一曰急也。」絙亦省作絚。九歌王逸注：「絚，急張絃也。」此處引申爲「月上弦之貌」。故毛傳曰：「恒，弦。」鄭箋：「月上弦而就盈，日始出而就明。」鄭氏説明了首二句的喻義。

騫（qiān 牵），山的虧損。毛傳：「騫，虧也。」崩，山的崩壞。

或，助詞，無義，用於賓語的提前。無不爾或承，即無不承爾。承，繼承。鄭箋：「如松柏之枝葉常茂盛，青青相承無衰落也。」鄭氏説明了末二句的喻義。

韻讀：蒸部——恒、昇、崩、承。幽部——壽、茂。

采　薇

【題解】這是一位戍邊兵士，在返鄉途中所作的詩。毛序以爲是文王遣戍役之詩。序云：「采薇，遣戍役也。文王之時，西有昆夷之患，北有玁狁之難，以天子之命，命將率，遣戍役，以守衛中國。故歌采薇以遣之。出車以勞還，杕杜以勤歸也。」清人崔述、姚際恒、方玉潤等都反對此説。從詩的語言風格來看，確不似周初作品，很像國風中的民歌。至於詩的寫作年代，三家詩認爲是周懿王時詩，史記周本紀：「懿王之時王室遂衰，詩人作刺。」漢書匈奴傳：「周懿王時王室遂衰，戎狄交侵，暴虐中國，中國被其苦。詩人始作，疾而歌之曰：『靡室靡家，玁允之故。』『豈不日戒，玁允孔棘。』」崔述豐鎬考信録云：「漢書以爲懿王之世『詩人疾而歌之』，史記稱懿王時『詩人作刺』，似亦指此而言。則是漢時齊、魯諸家説詩皆如此也。今玩其詞，但有傷感之情，絕無慰藉之語，非惟不似盛世之音，亦無一言及天子之命者，正與史、漢之言相符。然則齊、魯説此篇者必有所傳而然，非妄撰也。但謂爲懿王之世，則經傳皆無明文。」方玉潤亦謂詩「以戍役歸者自作爲近是。至作詩世代，或以爲文王時，或以爲宣王時，更或謂季歷時，都不可考。大抵遣戍時世難以臆斷，詩中情景不啻目前，又何必强不知以爲知耶！」方説近是。

詩的前三章回憶久戍不歸的思家之苦。四、五兩章回憶疆場奔走戰鬭之勞。末章楊柳雨雪數句，以景物烘托情感，使情感融化於景物之中。王夫之薑齋詩話説：「『昔我往矣，楊柳依依。今我來思，雨雪霏霏。』以樂景寫哀，以哀景寫樂，一倍增其哀樂。」楊柳依依是春光明媚之景，但值此大好時光却要從軍遠戍，越覺百般淒涼。雨雪霏霏是冬日肅殺之象，而歷盡艱難生死終能安然歸來，更生無限欣慰。這種以相反的景物來襯托感情的寫法，往往能收到更强的藝術效果。這幾句詩所以能千古傳誦，道理也就在此。

采薇采薇，薇亦作止。曰歸曰歸，歲亦莫止。靡室靡家，玁狁之故。不遑啟居，玁狁之故。

薇，豆科植物，今名野豌豆苗，見草蟲注。士兵采它充饑。

作，毛傳：「作，生也。」指薇菜冒出地面。止，語氣詞，無義。按這二句是興，詩人見薇又生，觸動他回憶往事的心情。

莫，暮的本字。歲暮，一年將盡之時，指歲末。這二句意爲，説要回家了要回家了，但已歲暮而仍不能實現。歲暮之感由上句「薇作」引出。詩人運用疊詞，表示思歸心情迫切和思歸不得的苦悶。

靡，無。　室、家，指妻子。詩人終年遠戍，與妻子遠離，有家等於無家。

玁狁（xiǎn yǔn 險允），亦作獫狁。我國古代北方的少數民族。毛傳：「北狄也。」鄭箋：「北狄，今匈奴也。」按玁狁殷商稱爲「葷粥」，秦漢稱匈奴，隋唐爲突厥。總謂之北狄。

不遑，無暇。　啟，跪。　居，坐。「不遑啟居」與四牡和本詩第三章之「不遑啟處」同義。末四句將不能安居休息的原因歸於玁狁的侵陵，表現了詩人同仇敵愾的精神。

韻讀：脂部——薇、薇、歸、歸。　魚部——作（音租入聲）、莫（音模入聲）、家（音姑）、故、居、故。

采薇采薇，薇亦柔止。曰歸曰歸，心亦憂止。憂心烈烈，載飢載渴。我戍未定，靡使歸聘。

柔，指薇菜的柔嫩。鄭箋：「柔謂脆脕之時。」

烈烈，説文：「烈，火猛也。」此處形容憂心如焚。

戍，駐守。　定，安定。説文：「定，安也。」這句指駐守的地點還未安定。

使，指使，委託的意思。　聘，探問。　毛傳：「聘，問也。」孔疏：「言我方戍于北狄，未得止定，無人使歸問家安否。所以憂也。」孔穎達釋這二句詩的含義，比較正確。

韻讀：脂部——薇、薇、歸、歸。　幽部——柔、憂。　祭部——烈、渴（音朅入聲）。　耕部——定、聘。

采薇采薇，薇亦剛止。曰歸曰歸，歲亦陽止。王事靡盬，不遑啟處。憂心孔疚，我行不來。

剛，硬，指薇菜莖葉由柔嫩變得老了。

陽，陽月，指夏曆四月以後。　漢書五行志引左氏說，謂周六月、夏四月爲正陽純乾之月。豳風七月云「春日載陽」，即夏三月始陽，四、五月亦屬於陽月。　又爾雅云：「十月爲陽」，舊說多從之。但北方十月已入冬季，薇菜亦已枯萎；自首章之薇作至二章之薇柔，歷時並不太久，自二章之柔至三章之剛似亦不至有半年之久。　且下章提到常華之盛，則此章似非詠孟冬之事。　從漢書引左氏說爲是。

盬（gǔ古），休止。　靡盬，無休止。　見鴇羽注。

疚（jiù舊），痛苦。　毛傳：「疚，病。」　孔，甚。　孔疚，非常痛苦。

來，回家。　不來，不歸。　毛傳：「來，至。」按來爲⿰來矣之省借。　爾雅：「不⿰來矣，不來也。」即釋此詩。　朱駿聲說文通訓定聲：「古本當作⿰來矣，闕其右半。　詩凡來字，傳皆不著訓，獨此訓至，是毛本作秩無疑。」這二句與下杕杜「匪載匪來，憂心孔疚。期逝不至，而多爲恤」義同。以上三章皆言思歸之情。

韻讀：脂部——薇、薇、歸、歸。陽部——剛、陽。魚部——盬、處。之部——疚（音記）、來（音吏）。

彼爾維何？維常之華。彼路斯何？君子之車。戎車既駕，四牡業業。豈敢定居，一月三捷。

彼，那些。爾，薾的假借字，三家詩正作薾。花盛開貌。説文：「薾，華盛貌。詩曰：彼薾維何。」維，是。維何，是什麽。常，常棣，詳常棣注。鄭箋：「此言彼爾者乃常棣之華，以興將率（帥）車馬服飾之盛。」路，同輅。高大的車，將帥作戰時用的車，亦名戎車。書疏引爾雅舍人注：「路，車之大也。」朱熹詩集傳：「路，戎車也。」斯，語詞，含有「是」意。馬瑞辰通釋：「斯何，猶維何也。」君子，指將帥。

戎車，兵車。周代戰争用車戰。按司馬法：兵車一乘，馬四匹，甲士十人，步兵十五人。甲士身穿戴盔甲，三人立車上，稱爲甲首。其餘甲士七人，在車旁步行。步兵十五人隨在車後。另有步兵五人保護輜重車。計一輛兵車共有三十人。

四牡，駕兵車的四匹雄馬。　業業，高大雄壯貌。毛傳：「業業然壯也。」

三捷，三，虛數，指多次。　捷，勝利。毛傳：「捷，勝也。」

韻讀：魚部——華（音呼）、車。　葉部——業、捷。

駕彼四牡，四牡騤騤。君子所依，小人所腓。四牡翼翼，象弭魚服。豈不日戒？玁狁孔棘。

騤騤（kuí 逵），馬强壯貌。毛傳：「騤騤，彊也。」

依，憑靠。這裏指乘立在車上。陳奐傳疏：「君子所依，謂依於車中者也。依猶倚也。」

小人，指兵士。　腓（féi 非），隱蔽。鄭箋：「腓當作芘。此言戎車者戍役之所芘倚。」按芘、腓爲庇之借，古腓、芘、庇音相近。陳喬樅三家詩遺説考：「爾雅釋言：『庇，蔭也。』舍人曰：『庇，蔽也。』（左傳文公十七年正義引）芘、庇字通，桑柔箋『人庇蔭其下者』釋文云『本亦作芘蔭』，雲漢箋『我無所庇蔭處』釋文云『本亦作芘蔭』，是字通之驗。釋言庇蔭之訓正釋此詩芘字，魯文作芘，箋蓋據以改毛。」小人所腓，兵士以車爲掩護。

翼翼，行止整齊熟練貌。毛傳：「翼翼，閑也。」爾雅：「閑，習也。」謂訓練有素。這句雖寫馬，實寫戰陣整齊。

象弭（mǐ 米），兩端用象骨裝飾的弓。爾雅釋器：「弓有緣者謂之弓，無緣者謂之弭。」儀禮既夕禮疏引孫炎注：「緣謂繁束而漆之，弭謂不以繁束，骨飾兩頭者也。」蓋古代弓的兩端用絲線纏繞，然後用漆塗上，叫做緣。不纏絲線，只用象骨裝飾的弓叫做弭。　魚服，用鯊魚皮製的箭袋。服，箙之省借。周禮司弓矢鄭注：「箙，盛矢器也。」胡承珙後箋：「按今刀鞘諸飾，多以其皮爲之，斑駁如沙石，最堅。此所稱沙魚是也。」

日戒，每天戒備。

孔棘，非常緊急。棘，急的借字。鄭箋：「戒，警勑軍事也。孔，甚。棘，急也。言君子小人豈不日相警戒乎？誠日相警戒也。玁狁之難甚急。」

韻讀：脂部——騤、依、腓。　之部——翼、服（扶逼反，入聲）、戒（音棘入聲）、棘。

昔我往矣，楊柳依依。今我來思，雨雪霏霏。行道遲遲，載渴載飢。我心傷悲，莫知我哀。

往，指從軍。

楊柳，蒲柳。爾雅：「楊，蒲柳。」胡承珙後箋：「爾雅祇以柳爲大名，曰檉，曰旄，曰楊，其種各異。古人言楊柳者，謂名楊之柳。其通稱爲楊柳者，乃後世辭章家之言耳。」　依依，柳枝茂盛而隨風飄拂貌。馬瑞辰通釋：「韓詩薛君章句曰：『依依，盛貌。』毛詩無傳。據車舝詩『依彼平林』傳：『依，茂木貌。』則依依亦當訓盛，與韓詩同。依、殷古同聲，依依猶殷殷，殷亦盛也。」

來，歸來。　思，語助詞，無義。「來思」與首句「往矣」對文。

雨雪，下雪。雨，作動詞用。霏霏，雪花紛飛貌。按詩人以楊柳代春，雨雪代冬，以具體代抽象，不自覺地運用了借代修辭，加上摹形疊詞依依、霏霏，使讀者產生形象逼真的美的感受。

行道，道路。遲遲，毛傳：「遲遲，長遠也。」指道路的長遠。或釋作緩慢，亦通。參看邶風谷風「行道遲遲」注。

韻讀：之部——矣、思。脂部——依、霏、遲、飢、悲、哀（音衣）。

出車

【題解】

這是一位出征將士凱旋歸來所作的詩。毛序以爲是周文王勞還帥之作，當然不可信。漢書匈奴傳：「宣王興師，命將以征伐之（指匈奴），詩人美大其功，曰『薄伐玁狁，至于太原』，『出車彭彭，城彼朔方』。」漢書古今人表又將南中列於宣王世。王先謙集疏認爲此詩與六月同爲宣王時詩，三家詩説是有根據的。王國維觀堂集林鬼方昆夷玁狁考云：「出車咏南仲伐玁狁之事，南仲亦見大雅常武篇……今焦山所藏鄦惠鼎云『司徒南中入右鄦惠』，其器稱『九月既望甲戌』，有月日而無年，無由知其爲何時之器。然文字不類周初，而與召伯虎敦相似，則南仲自是宣王時人，出車亦宣王時詩也。徵之古器，則凡紀玁狁事者，亦皆宣王時器。……周時用兵玁狁事，其見於書器者，大抵在宣王之世，而宣王以後即不見有玁狁事。」王氏證以鐘鼎文，更可信。至於詩的作者，從詩中看來，可能是一位隨從南仲出征的將士。

詩的後三章，采用了不少民歌的句子。如：「昔我往矣，黍稷方華。今我來思，雨雪載塗。」是襲用采薇末章的。「喓喓草蟲，趯趯阜螽。未見君子，憂心忡忡。既見君子，我心則降。」是襲用國風草蟲的。「春日遲遲，卉木萋萋。倉庚喈喈，采蘩祁祁。」是節取國風七月的。由此可以看出，貴族文人向民歌吸取營養，豐富提高自己創作的這一歷史事實，實開後世集句之風。晉傅咸作集經詩——集論語、集毛詩、集周易、集左傳（見漢魏六朝百三名家集），清黃唐堂的香屑集等，皆從此出。

我出我車，于彼牧矣。自天子所，謂我來矣。召彼僕夫，謂之載矣。王事多難，維其棘矣。

出，推出。

于，往。　牧，遠郊。爾雅：「邑外謂之郊，郊外謂之牧。」此二句大意是，我推出兵車，到養馬的遠郊把馬套到車上。毛傳：「出車就馬于牧地。」

自，從。　天子，指周王。　所，處所。

謂，使。馬瑞辰通釋：「廣雅：『謂，使也。』謂我來，即使我來。下文『謂之載』，即使之載也。」此二句大意是，從天子那裏傳下命令，使我前來出征。

僕夫，毛傳：「御夫也。」即駕車的人。謂之載矣，使他們載上將士、輜重。維，發聲詞。陳奐傳疏：「維，發聲。凡言維其，其也。維以，以也。維此，此也。維彼，彼也。維何，何也。維皆發聲。」其，指玁狁。棘，同急，緊急。

韻讀：魚部——車、所、夫。之部——牧（明逼反，入聲）、來（音吏）、載（音稷入聲）、棘。

我出我車，于彼郊矣。設此旐矣，建彼旄矣。彼旟旐斯，胡不旆旆？憂心悄悄，僕夫況瘁。

郊，近郊，亦指放牧地。國語周語：「國有郊牧」，韋昭注：「國外曰郊牧，放牧之地。」設，陳列。旐（zhào兆），畫有龜蛇圖案的旗。建，樹立。旄，干旄，一種飾有氂牛尾的旗竿。見干旄注。旟（yú魚），畫有鷹隼圖案的旗。毛傳：「鳥隼曰旟。」斯，語氣詞。胡，何。不，語中助詞，無義。旆旆（pèi沛），旗下飾帛下垂貌。毛傳：「旆旆，旒垂貌。」朱熹詩集傳釋爲旗幟飛揚貌，亦通。悄悄，憂貌。見邶風柏舟注。況瘁，痛苦憔悴。馬瑞辰通釋：「說文：『況，寒水也。』因通爲寒苦之稱。苦亦病也。況、瘁皆爲病。」朱熹詩集傳：「彼旗幟者，豈不旆旆而飛揚乎？但將帥方以任大責重爲憂，而僕夫亦爲之恐懼而憔悴耳。」按以上兩章，爲詩人假設南仲的口氣歌唱的。

韻讀：宵部——郊、旐、旄、旐、悄。　脂、祭部通韻——旆、瘁。

王命南仲，往城于方。出車彭彭，旂旐央央。天子命我，城彼朔方。赫赫南仲，玁狁于襄。

南仲，亦作南中、張仲，宣王時大將。六月鄭箋：「張仲，吉甫之友，其性孝友。」城，築城，作動詞用。方，當時朔方的一個地名。陳奐傳疏：「在今甘肅平涼附近。」方即六月「侵鎬及方」之方，鎬、方皆地名。此處是確指，下句「城彼朔方」是泛指。毛傳：「方，朔方近玁狁之國也。」六月鄭箋：「鎬也方也，皆北方地名。」

出車，魯詩作出輿。彭彭，説文段注謂彭即「騯」之假借，四馬壯盛貌。旂，畫有雙龍圖案的旗。毛傳：「交龍爲旂。」央央，音義同英英，毛傳：「央央，鮮明也。」

朔方，毛傳：「朔方，北方也。」

赫，本義爲火赤貌，引申爲形容威名顯赫貌。朱熹詩集傳：「赫赫，威名光顯也。」襄，除，消滅。毛傳：「襄，除也。」釋文：「本或作攘。」按襄爲攘之假借字。齊詩、魯詩均作攘。

以上兩章，也是詩人假設南仲的口氣抒述的。

韻讀：陽部——方、彭（音旁）、央、方、襄。

昔我往矣，黍稷方華。今我來思，雨雪載塗。王事多難，不遑啟居。豈不懷歸，畏此簡書。

華，古花字，指秀穗。陳奂傳疏：「黍稷不榮而實，不爲華。華猶秀也。」按黍稷方華爲借代修辭，代初夏季節。

雨雪載塗，雪下滿了路塗。　載，滿。與大雅生民「厥聲載路」之載同義。　塗即途之假借，指征途。陳奂傳疏：「『黍稷方華』著城方之始，『雨雪載塗』著伐戎之始。」按這句代歲暮嚴冬，亦借代修辭。

簡書，盟書。左傳閔公元年狄人伐邢，管仲引此二句詩云：「簡書，同惡相恤之謂也。請救邢以從簡書。」據此，疑宣王時諸侯之間有關於抵禦玁狁的盟書，稱爲簡書。劉熙釋名：「盟，明也，告其事於神明也。有不信者，神降之禍，諸國將共伐之。」所以詩人説，「畏此簡書」。按以上兩章是詩人自己叙述的。

韻讀：魚部——華（音乎）、塗、居、書。

喓喓草蟲，趯趯阜螽。未見君子，憂心忡忡。既見君子，我心則降。赫赫南仲，薄伐西戎。

喓喓草蟲六句，見草蟲注。鄭箋：「草蟲鳴，阜螽躍而從之，天性也。」按這二句是興，詩人見此，觸動了她思夫之情。

薄伐西戎，虢季子白盤：「博伐玁狁。」薄即博之借，博从干，亦含伐義。或訓「薄」爲發語詞，亦通。此句言南仲在伐北方玁狁勝利以後，又乘勝進攻西戎。此爲晚秋季節。

韻讀：中部——蟲、螽、忡、降（户冬反）、仲、戎。

春日遲遲，卉木萋萋。倉庚喈喈，采蘩祁祁。執訊獲醜，薄言還歸。赫赫南仲，玁狁于夷。

遲遲，白天日長貌。七月毛傳：「遲遲，舒緩也。」

卉（huì 諱），草。揚雄方言：「東越楊州之間，名草爲卉也。」萋萋，茂盛貌。

倉庚，見七月注。喈喈，見葛覃注。

祁祁，衆多貌，見采蘩注。陳奐傳疏：「倉庚、采蘩，二月時也。」

執訊獲醜，虢季盤：「執噝五十」，不𡢁段：「折首執噝」，訊即噝之今字，噝字形象繫縛之人，故爲俘虜義。醜，説文：「可惡也，从鬼，酉聲。」引申以指敵衆。陳奐以此句獲字爲馘（guó 國）之假借，他説：「此篇獲字無傳，蓋義見皇矣也。皇矣傳云：『馘，獲也。不服者殺而獻其左耳曰馘。』彼傳釋馘爲獲，則此詩獲字即爲馘之假借。」按執、獲均爲動詞，執訊言俘生，獲醜言殺死。陳説近是。

薄言，發語詞。還，音義同旋。陳奐傳疏：「還歸，與上文懷歸兩歸字相應。」

夷，平定。毛傳：「夷，平也。」按以上兩章，是詩人假設南仲妻口氣歌唱的。朱熹詩集傳：「此言將帥之出征也，其室家感時物之變而念之，以爲未見憂之如此，必既見然後心可降耳。然此南仲，今何在乎？方往伐西戎而未歸也。」朱氏分析末二章的章旨最爲確切。

韻讀：脂部——遲、萋、喈（音飢）、祁、歸、夷。

杕杜

【題解】

這是一位婦女思念久役丈夫的詩。方玉潤説：「此詩本室家思其夫歸而未即歸之詞。」毛序以爲是文王勞還役之詩，恐不可信。疑杕杜原來是一首民歌，後爲統治者所采，配以雅樂，作爲慰勞出征歸來的將士時彈奏的樂章，後來編詩者將它列於小雅一類，這是可能的。桓寬鹽鐵論繇役篇：「古者無過年之繇，無踰時之役。今近者數千里，遠者過萬里，歷二期長子不還，父母憂愁，妻子詠歎，憤懣之恨，發動於心；慕思之積，痛於骨髓。此杕杜、采薇之所爲作也。」三家詩説還是比較接近事實。

詩共四章，前三章都是思婦想象之詞。首章由季節的變遷，想象戰事應該結束。二章想象暮春丈夫應在歸途。三章想象丈夫離家已近，不日可歸。然丈夫終于久期而不至。四章叙述詩人在無可奈何中而詢問卜筮，得到吉兆。她一天天地盼望丈夫歸來，只是在想象、卜筮中追求美的生活。詩僅短短的四章，將作者思夫而久待不歸的心情，曲折而淋漓盡緻地表達了出來。鍾惺云：「詩以物紀時，妙筆，後人不能。」足見詩人不僅富於想象，形象思維也很豐富。

有杕之杜，有睆其實。王事靡盬，繼嗣我日。日月陽止，女心傷止，征夫遑止。

杕杜，特立孤生的棠梨樹。見國風杕杜注。

有睆（huǎn 緩），即睆睆，結實衆多漂亮貌。按説文無睆字，疑爲睆之譌。毛傳：「睆，實貌。」大東「睆彼牽牛」傳：「明星貌。」此處形容果實衆多漂亮之狀。實，果實。按這二句是興，是反興役夫在外不如杕杜。陳奂傳疏：「有睆其實，喻子孫衆多也。其葉萋萋，喻室家盛也。皆天性之事。今役夫在外，不得盡天性，是杕杜之不如也。」

靡盬，無休止。見鴇羽注。

嗣，續。繼嗣，此處有延長歸期之義。馬瑞辰通釋：「此詩戍役，蓋以春行，至杕杜成實，已近秋時。過期不返，故曰繼嗣我日。」

日月陽止，舊説以爲指十月，但北方夏曆十月，樹木亦當凋零，與杕杜結實時節不合，疑指夏秋之間。

遑，暇。　止，語氣詞。此句意爲，戰事該結束，征夫可能閒暇了。

韻讀：魚部——杜、盬。　脂部——實、日。　陽部——陽、傷、遑。

有杕之杜，其葉萋萋。王事靡盬，我心傷悲。卉木萋止，女心悲止，征夫歸止。

萋萋，枝葉茂盛貌。指次年春時。

萋，同萋萋。作者由甘棠枝葉茂盛而見到百草衆木的萋萋，引起了她思夫之情。歸止，應該歸來了。希望之詞。

韻讀：魚部——杜、盬。　脂部——萋、悲、萋、悲、歸。

陟彼北山，言采其杞。王事靡盬，憂我父母。檀車幝幝，四牡痯痯，征夫不遠。

陟，登。

言，發語詞。　杞，枸杞。朱熹詩集傳：「登山采杞，則春已暮，而杞可食矣。蓋託以望其君子，而念其以王事詒父母之憂也。」

檀車，毛傳：「檀車，役車也。」征夫所乘之車。檀木堅，古人用它製輪，故稱。　幝幝（chǎn闡），破舊貌，毛傳：「幝幝，敝貌。」釋文引韓詩作緂緂，音同。廣雅：「緂緂，緩也。」馬瑞辰通釋：「物敝則緩，義正相通。」

痯痯（guǎn管），疲病貌。毛傳：「罷（疲）貌。」

征夫不遠，這句是思婦猜測之辭，車敝馬疲，征夫服役日久，他或許歸期不遠了。姚際恒詩經通論：「末三句，想像甚妙。」

韻讀：之部——杞、母（滿以反）。　元部——幝、痯、遠。

匪載匪來，憂心孔疚。期逝不至，而多爲恤。卜筮偕止，會言近止，征夫邇止。

匪載匪來，匪，通非。言征夫不載於車，亦不歸來。

疚，病。這說我憂愁的心很難過。

期，指歸期。逝，往，已過。不至，不到來。魯詩期作胡，逝作誓。期逝不至，言思婦計算歸期已過而征夫猶不歸來。

恤，憂思。毛傳：「恤，憂也。」而多爲恤，是倒裝句，即「而恤爲多」，以憂愁爲多。

卜筮，以甲骨占吉凶叫做卜，以蓍草占吉凶叫做筮。偕，俱，指卜筮俱用。朱熹詩集傳引范氏曰：「以卜筮終之，言思之切而無所不爲也。」止，語氣詞。

會言近止，綜合卜、筮的結果，都説征夫已近。鄭箋：「會，合。合言于繇爲近。」

邇，近。征夫邇止，是作者的話，詩人見卜筮的卦兆都吉，那麽，丈夫的歸期確實不遠了。

韻讀：之部——載（音稷）、來（音吏）、疚（音記）。脂部——至、恤、偕（音几）、邇。

魚麗

【題解】這是貴族宴會的詩。毛序：「魚麗，美萬物盛多能備禮也。文武以天保以上治内，采薇以下治外。始於憂勤，終於逸樂。故美萬物盛多可以告於神明矣。」序認爲這是文王、武王時的詩歌，没有什麼根據。從詩的語言看來，並不像周初的作品。詩反映了當時統治者不勞而食及物質享受的情況。儀禮鄉飲酒禮和燕禮都唱這詩。它的樂章，被後人所襲用。

詩經多四字句，每章句數亦多相同。但此詩在句式、章法上頗有特點，前三章每章四句，且四句中集二字、三字、四字三種句式；後三章又一變爲每章二句。這可能同所配的樂曲有關。我們現在雖然不復看到樂譜，但上口吟誦起來，仍能體會前三章的文字參差錯落，其間似跳躍着一股感謝主人盛宴款待的歡樂氣息。後三章節奏放慢，曼聲駘蕩，又彷佛洋溢着酒醉飯飽、鼓腹而歌的滿意心情。再配上華麗的旋律，真可説將貴族生活的豪華渲染得淋漓盡致了。

魚麗于罶，鱨鯊。君子有酒，旨且多。

麗，毛傳：「麗，麗歷。」（今本歷上無麗字，據陳奐傳疏補。）麗歷雙聲，狀魚的跳動。陳奐傳疏：「言魚在罶録録歷歷然也。」　罶（liǔ 柳），捕魚的竹籠，亦名笱，口大頸狹，腹寬而長。捕魚時放在水中魚梁上，魚能入而不能出。

鱨（cháng 嘗），孔疏引陸璣云：「一名黄頰魚。」釋文引陸璣云：「今江東呼黄鱨魚。」按黄頰魚形狀很像黄魚，惟肉較老。　鯊，爾雅：「鯊，鮀。」郭注：「今吹沙小魚，體圓而有黑點文。」孔疏引陸璣云：「魚狹而小，常張口吹沙。」這可能即今所謂泥鰍。

君子，指主人。　旨，味美。　按前三章都是前二句言魚，後二句言酒。馬瑞辰通釋：「『旨且多』，『多且旨』，『旨且有』，自專指酒言之。」

韻讀：幽部——罶、酒。　歌部——鯊（音娑）、多。

魚麗于罶，魴鱧。君子有酒，多且旨。

魴，今名鯿魚。　鱧（lǐ禮），今名黑魚。　毛傳：「鱧，鯇也。」陳藏器本草拾遺：「鯇魚似鯉，生江湖間。」

韻讀：幽部——罶、酒。　脂部——鱧、旨。

魚麗于罶，鰋鯉。君子有酒，旨且有。

鰋（yǎn偃），今名鮎魚。　毛傳：「鰋，鮎也。」

有，朱熹詩集傳：「有，猶多也。」旨且有猶旨且多，變文以協韻。

韻讀：幽部——罶、酒。　之部——鯉、有（音以）。

物其多矣，維其嘉矣。

物，指宴會席上所陳列的山珍海味等食物。　其，那樣。下同。

維，發語詞，此處含有「是」意。　嘉，善，美好。

韻讀：歌部——多、嘉（音歌）。

物其旨矣，維其偕矣。

偕，齊備。豐年毛傳：「偕，徧也。」徧與俱意同。說文：「偕，俱也。」

韻讀：脂部——旨、偕（音几）。

物其有矣，維其時矣。

有，與三章「旨且有」的「有」同義。

時，時鮮，指每個季節新出的新鮮食物。鄭箋：「得其時。」按胡承珙毛詩後箋認爲時與嘉、偕同義。頍弁「爾酒既旨，爾殽既時」，傳云：「時，善也。」王引之經義述聞：「廣雅曰：『皆，嘉也。』皆與偕古字通。」他們將嘉、偕、時都訓爲「善」，可備一說。

韻讀：之部——有、時。

南有嘉魚

【題解】

這也是一首貴族宴饗的詩，與魚麗性質略同。不過魚麗全篇都是稱頌主人酒殽的豐盛，此篇則主要歌唱賓客的歡樂。詩稱「君子」、「嘉賓」，作者可能是主賓以外的第三人，古者宴會多奏樂，此詩疑爲當時樂工的作品。

此詩前兩章用賦法，後兩章改用興體。從文字上來看是變格，從樂調上來聽便可能是變奏。

據儀禮鄉飲酒禮，這首詩是在宴會上歌唱的，可見其音樂的意義更甚於文學的意義，所以方玉潤説它的文詞「無甚深意」。

南有嘉魚，烝然罩罩。君子有酒，嘉賓式燕以樂。

南，指南方長江、漢水一帶大川。毛傳：「江漢一帶魚所産也。」　嘉魚，好魚。鄭箋：「言南方水中有善魚。」有人説，嘉魚，是一種魚名。恐非詩意。

烝，衆，多。　罩罩，韓詩作淖，魚群游貌。下章汕汕義略同。毛傳訓爲捕魚器。馬瑞辰通釋：「罩罩、汕汕皆疊字形容之詞，不得訓爲捕魚器。説文引詩『烝然鯙鯙』，不言其義。據説文：『汕，魚游水貌。』引詩『烝然汕汕』。則罩罩亦當同義。釋文引王肅云：『烝，衆也。』罩罩、汕汕蓋皆衆魚游水之貌。」林義光詩經通解訓烝爲進，罩爲摇，亦通。

式，語助詞。　燕，鳥名，此處爲宴的假借字，指宴飲。　以，同而，且的意思。

韻讀：宵部——罩、樂。

南有嘉魚，烝然汕汕。君子有酒，嘉賓式燕以衎。

汕汕，魚游貌。解見上章。古文或作䲦。石鼓文：「澫（瀨）有小魚，其游䲦䲦。」

衎（kàn看），毛傳：「衎，樂也。」

韻讀：元部——汕、衎。

南有樛木，甘瓠纍之。君子有酒，嘉賓式燕綏之。

樛（jiū 糾）木，彎曲的樹。毛傳：「木下曲曰樛。」見樛木注。甘瓠（hù 户），甜葫蘆，可供食用，蔓生植物。纍，纏繞。毛傳：「纍，蔓也。」以上二句是興，詩人見甘瓠纏繞在曲木上，聯想賓主的團結。這是含有比義的興。綏，鄭箋：「綏，安也。」之，語氣詞，其作用和下章「思」字同。

韻讀：脂部——纍、綏。

翩翩者鵻，烝然來思。君子有酒，嘉賓式燕又思。

翩翩，鳥飛翔貌。鵻，鳥名。見四牡注。烝，衆。思，語氣詞，無義。下句同。以上二句是興，詩人見成群的鵻鳥飛翔而來，聯想宴會中衆多嘉賓來參加。又，即右，亦作侑、宥，勸酒。馬瑞辰通釋：「又，即今之右字。古右與侑、宥並通用。彤弓詩毛傳：『右，勸也。』……此詩『嘉賓式燕又思』，『又』當即侑之假借，猶侑可通作右與宥耳。」思，語氣詞。

韻讀：之部——來（音吏）、又（音異）。

南山有臺

【題解】

這是爲統治者頌德祝壽的詩。朱熹詩集傳：「此亦燕饗通用之樂歌。……所以道達主人尊貴之意，美其德而祝其壽也。」舊説這是周王樂得賢人的詩。毛序：「南山有臺，樂得賢也。得賢則能爲邦家立太平之基矣。」但從詩的内容看來，並不見有「得賢」之意。第三章云：「民之父母」，它可能是歌頌周王的詩，但不知所指何王。今從朱説。

詩共五章，每章首兩句都是含比義的興。鄭箋：「興者，山之有草木以自覆蓋，成其高大。喻人君有賢臣以自尊顯。」他正確地説明了五章的興義。每章後四句都是歌功頌德和祝壽之詞，只有末章的末句「保艾爾後」爲祝其後繼有人。詩經中這些下祝上之詩，開後世文人所作的慶祝權貴的詩文和諛墓的碑銘文體。無庸諱言，這是詩經所起的消極作用。

南山有臺，北山有萊。樂只君子，邦家之基。樂只君子，萬壽無期。

臺，通薹，一種多年生草本植物，今名簑衣草。爾雅釋草：「臺，夫須。」孔疏引陸璣義疏云：「舊説夫須，莎草也，可爲蓑笠。」都人士有「臺笠緇撮」，可見臺確是用來編織蓑笠的草。

萊，今名米莧。一種草本植物，古亦名釐、藜。馬瑞辰通釋：「萊、釐、藜三字古同聲通用……萊草多生荒地，後遂言萊以概諸草。」孔疏引陸璣云：「萊，草名，其葉可食，今兗州人蒸以爲茹。」樂，開心。只，語氣詞，無義。按襄二十四年及昭十三年左傳引這句詩，皆作「樂旨君子」，「旨」和「只」都是語氣詞，其作用如「哉」。君子，此處指被頌祝的周王。

基，毛傳：「基，本也。」邦家之基，國家的根本。

韻讀：之部——臺（徒其反）、萊（音釐）、基、期。

南山有桑，北山有楊。樂只君子，邦家之光。樂只君子，萬壽無疆。

光，光榮。

萬壽無疆，見七月注。

韻讀：陽部——桑、楊、光、疆。

南山有杞，北山有李。樂只君子，民之父母。樂只君子，德音不已。

杞，陳奐傳疏以爲即枸杞，而非杞柳。他說：「本草注謂枸杞有高一、二丈者，疑即此也。」民之父母，這是作者對周王的阿諛之詞。魯詩作「愷悌君子，民之父母」。這可能是當時媚上的習語。洞酌亦有「豈弟君子，民之父母」之句。禮記大學：「詩云：『樂只君子，民之父母。』民之所好好之，民之所惡惡之，此之謂民之父母。」後人多沿用這句諛詞。

德音，好名譽。于省吾訓爲德言，亦通。已，止。不已，不絕。

韻讀：之部——杞、李、子、母（滿以反）、子、已。

南山有栲，北山有杻。樂只君子，遐不眉壽？樂只君子，德音是茂。

栲，山樗。

杻，檍樹。均見山有樞注。

遐，何，怎麽。王引之經傳釋詞：「遐，何也。遐不，何不也。」眉壽，長壽。老人眉中有豪毛秀出，叫做秀眉。毛傳：「眉壽，秀眉也。」秀眉是老人的表徵。秀眉亦稱豪眉。七月傳：「眉壽，豪眉也。」

茂，美麗。還毛傳：「茂，美也。」

韻讀：幽部——栲（苦叟反）、杻、壽、茂。

南山有枸，北山有楰。樂只君子，遐不黄耇？樂只君子，保艾爾後。

枸（jǔ舉），又名枳枸。果實古名木蜜，今名羊桃。孔疏引陸璣義疏云：「枸樹高大似白楊，有子著枝端，大如指，長數寸，噉之甘美如飴，八月熟。」

楰（yú俞），苦楸，今名女貞。孔疏引陸璣云：「其樹葉木理如楸，山楸之異者，今人謂之苦楸是也。」

黄耇（gǒu苟），長壽。毛傳：「黄，黄髮也。」爾雅釋詁舍人注：「老人髮白復黄也。」耇，説文：「耇，老人面凍黎若垢。」謂臉上生黑色老皮如浮垢。黄髮和老皮都是老人的壽徵，故引申爲長壽。

保艾爾後，毛傳：「艾，養。保，安也。」後，後人，指子孫後代。馬瑞辰通釋：「據毛傳先艾後保，似經文原作『艾保爾後』。」疑是。這句意爲撫養、保護你的子孫後代。

韻讀：侯部——枸、楰（余漚反）、耇、後。

蓼蕭

【題解】

這是諸侯在宴會中祝頌周王的詩。詩序：「蓼蕭，澤及四海也。」後人批評它「有序若無序，何若無序之爲妙」。因爲毛序的説明實在太空洞了。朱熹詩集傳説：「諸侯朝於天子，天子與之燕，以示慈惠，故歌此詩。」嚴粲詩輯説：「蓼蕭，諸侯答湛露、彤弓之歌。」二説均無確據。吴闓生詩義會通説：「據詞當是諸侯頌美天子之作。」他根據詩的内容分析主題，比較正確。孔疏及陳啟源毛詩稽古編認爲是周公輔成王時的詩，乃根據序語而附會其説，恐不足信。

此詩實際上是一種諛詞，但它在四章中的結構倒值得借鑒。首章「燕笑語兮，有譽處兮」是實寫宴會情景，先渲染出一片和睦親密的氣氛。二、三章「爲龍爲光」、「宜兄宜弟」則是虚寫，既稱頌周天子的令德，又自占了身份，可謂恰到好處。末章拓開一筆，又以實寫描繪天子車乘，場面弘大，把歌頌的意義又提高了一層。似有「九天閶闔開宫殿，萬國衣冠拜冕旒」的氣象。這種虚實相間的寫法同主題配合得很默契。

蓼彼蕭斯，零露湑兮。既見君子，我心寫兮。燕笑語兮，是以有譽處兮。

蓼（lù陸），本義爲辛菜，此處爲又長又大貌。蓼彼，即蓼蓼。毛傳：「蓼，長大貌。」蕭，香蒿。見采葛注。斯，語氣詞。

零，霝的借字。定之方中毛傳：「零，落也。」零露見野有蔓草注。湑，本義爲濾過的酒，引申爲形容清瑩貌。

君子，指周天子。

寫，俗作瀉，傾吐。説文段注：「按凡傾吐曰寫，故作字、作畫皆曰寫。」我心寫兮，毛傳：「輸寫其心也。」意謂心中的話都傾吐了。陳奂傳疏：「經言寫，傳言輸寫，此以雙字釋單字，輸亦寫也。」

燕，燕飲。鄭箋：「天子與之燕而笑語。」

譽處，安樂。蘇轍詩集傳曰：「譽、豫通。凡詩之譽皆言樂也。」按孫子兵法「優游暇譽」，譽亦作樂用。 處，安。 禮記檀弓：「何以處我？」鄭注：「處，安也。」這二句意爲，大家在宴會中有說有笑，所以會場裏含有安樂的氣氛。 一說譽即與之借，「與處」乃古人常語。 于省吾詩經新證：「二詩皆言相見之後，情乎意愜，無寂寞之憂，故云『是以有與處兮』。」亦通。

韻讀：魚部——湑、寫（音湑）、語、處。

蓼彼蕭斯，零露瀼瀼。既見君子，爲龍爲光。其德不爽，壽考不忘。

瀼瀼（ráng 攘），露水盛多貌。 毛傳：「露蕃貌。」

爲，是。 龍，毛傳：「龍，寵也。」說文段注：「毛詩蓼蕭傳曰：龍，寵也。謂龍即寵之假借也。」爲寵爲光，即爲寵光，光榮的意思。第二個「爲」是襯字。 此歌頌天子的煊赫。 易林恒之蹇：「蓼蕭露瀼，君子龍光。 鳴鸞噰噰，福祿來同。」可證。

爽，差錯。 說文段注：「爽本訓明，明之至而差生焉，故引申訓差也。」見氓注。

忘，亡之假借。不忘，沒有止期。 這句即長壽無期之意。

韻讀：陽部——瀼、光、爽、忘。

蓼彼蕭斯，零露泥泥。既見君子，孔燕豈弟。宜兄宜弟，令德壽豈。

泥泥，讀去聲，露濕貌。 毛傳：「泥泥，霑濡也。」

孔燕豈弟，鄭箋：「孔，甚。 燕，安也。」 豈弟，同愷悌，和樂平易。 說文段注：「豈、愷二字互相假借。」見載驅注。

宜，適合。宜兄宜弟，形容君子對來朝諸侯之間的關係融洽，故毛傳訓爲「爲兄亦宜，爲弟亦宜」。

令德，美德。　豈同愷，樂。壽豈，長壽快樂。此句頌君子既有美德，又長壽快樂。

韻讀：脂部——泥、弟、弟、豈。

蓼彼蕭斯，零露濃濃。既見君子，鞗革沖沖，和鸞雝雝，萬福攸同。

濃濃，毛傳：「濃濃，厚貌。」

鞗（tiáo條）革，鞗，鋚之假借，銅製馬勒的裝飾。革，勒的省借，即馬勒。陳奐傳疏：「鞗當作鋚。革古文勒。說文云：『鋚，轡首銅也。』『勒，馬頭絡銜也。』『銜，馬勒口中也。』是轡之絡馬首者謂之勒，勒關馬口者謂之銜。勒，以革爲之，故字從革。勒絡馬首所垂之轡其上飾謂之鋚。鋚以金爲之。說文曰銅，銅即金也。」按石鼓文作鋚勒，頌鼎作攸革。　沖沖，鋚下垂貌。毛傳：「沖沖，垂飾貌。」說文段注：「此涌摇之義。」

和、鸞，都是鈴。掛在車軾（車前横木）上的稱「和」，掛在鑣（馬銜的兩端，馬口的兩旁）上的稱「鸞」。毛傳：「在軾曰和，在鑣曰鸞。」　雝雝，本爲鳥鳴的摹聲詞，此處形容鈴聲的和諧。

攸，所。　同，聚。賈誼新書容經篇：「登車則馬行，馬行則鸞鳴，鸞鳴而和應。聲曰和，和則敬。故詩曰『和鸞雝雝，萬福攸同』。言動有紀度則萬福之所聚也。」賈氏敘述了這二句的詩義。

韻讀：東、中部通韻——濃、沖、雝、同。

湛露

【題解】

這是周王宴請諸侯的詩。毛序：「湛露，天子燕諸侯也。」是正確的。左傳魯文公四年記寧武子說：「昔諸侯朝正于王，王宴樂之，于是賦湛露，則天子當陽，諸侯用命也。」左傳的記載可能是毛序所本。

詩共四章，前二章寫勸酒，後二章爲褒美。語氣和善，尤其是「不醉無歸」一句，毫無朝廷君臣間莊嚴肅穆的氣氛，給人一種親切感。這類詩的創作，無非是爲了增添一點宴會的熱烈情調，並沒有什麽深意。後人釋詩，却偏要强索寓意，大談「君恩愈寬，臣心愈謹，乃可免愆尤而昭忠敬，詎可恃寵而失儀乎」！這種腐朽的説教，是封建文人的大弊，必須徹底揚棄的。

湛湛露斯，匪陽不晞。厭厭夜飲，不醉無歸。

湛湛，今作沈，俗作沉。露水濃厚貌。毛傳：「湛湛，露茂盛貌。」陳奂傳疏：「湛從甚聲，茂盛與甚義相近。」　斯，語氣詞。

陽，通暘。説文：「暘，日出也。」　晞，乾。　按這首詩上二句都是興。　這章以湛露非陽不晞興夜飲不醉不歸（從朱熹説）。

厭厭，安樂貌。　魯詩作懕，厭爲懕之省借。　説文：「懕，安也。詩曰：『懕懕夜飲。』」釋文：「韓詩作愔愔，和悦之貌。」　夜飲，晚上喝酒，古人稱爲「燕私」。　孔疏：「楚茨：『備言燕私』，傳曰：『燕而盡其私恩。』明夜飲者，亦君留而盡私恩之義，故言燕私也。」

不醉無歸，這是勸酒之詞。

韻讀：脂部——晞、歸。

湛湛露斯，在彼豐草。厭厭夜飲，在宗載考。

豐草，茂盛的草。毛傳：「豐，茂也。」詩人以湛露落在豐草上，興夜飲在宗廟祭享之時。

宗，姚際恒詩經通論：「宗，宗廟也。大雅鳧鷖亦云『既燕于宗』。聘、享皆于廟，則燕亦在廟也。」　載，則。　考，祭享。　鄭箋：「載之言則也。考，成也。」按「考」在此處訓成，總覺語法不順。林義光詩經通解：「考，祭享也。彝器言享孝者亦作享考。如仲殷父敦：『朝夕享考宗室。』叔皮父敦：『用享考于叔皮父。』遲盨：『用享考于姑公。』是也。亦有單言考者，如師奎父鼎：『追考于烈仲。』是也。此詩『在宗載考』，即享考宗室之義。」林氏根據金文，考訓祭享，最得詩旨。

韻讀：幽部——草（此叟反）、考（苦叟反）。

湛湛露斯，在彼杞棘。顯允君子，莫不令德。

杞棘，枸杞和酸棗樹。按此章「杞棘」無傳，陳奂傳疏：「四月『隰有杞桋』傳：『杞，枸檵也。桋，赤棘也。』杞棘猶杞桋矣。」詩人以湛露落在杞棘好樹上，興君子之有好酒德。

顯允，顯，光明；允，誠信。孔疏：「顯允，明信之君子。」于省吾詩經新證：「允應讀作駿，訓大。駿从夋聲，夋从允聲，故通借。凡典籍中的駿字，金文通作畯。」于氏據金文訓允爲偉大，亦通。

君子，指諸侯。

令德，好品德，此處指酒德。見蓼蕭注。

韻讀：之部——棘、德（丁力反，入聲）。

其桐其椅，其實離離。豈弟君子，莫不令儀。

桐、椅，皆樹木名。見定之方中注。

離離，果實多而下垂貌。猶今言累累。毛傳：「離離，垂也。」詩人以桐椅果實離離之美盛，興君子之令儀。

令儀，美好的舉止。朱熹詩集傳：「令儀，言醉而不喪其威儀也。」

韻讀：歌部——椅（音阿）、離（音羅）、儀（音俄）。

彤弓

【題解】

這是周王賞賜有功諸侯後舉行宴會時所唱的詩。毛序：「彤弓，天子錫有功諸侯也。」左傳文公四年載衛寧武子聘魯，文公與之宴，爲賦彤弓。武子曰：「諸侯敵王所愾而獻其功，王于是乎賜之彤弓一，彤矢百，玈弓矢千，以覺（明）報宴。今陪臣來繼舊好，君辱貺之，其敢干大禮以自取戾？」左傳之文或爲毛序所本。天子賜諸侯弓矢之事亦數見於銅器銘文，如宜侯矢簋記康王賜宜侯矢「彩弓一，彩矢百，旅弓十，旅矢千。」可證武子之語不虛。左傳僖二十八年載「晉侯獻楚俘于王，王賜之彤弓一，彤矢百，旅弓矢千。」又襄八年：「季武子賦彤弓，宣子曰：『我先公文公，獻功于衡雍，受彤弓于襄王，以爲子孫藏。』」昭十年：「彤弓虎賁，文公受之。」周王以弓矢等物賞賜有功諸侯，這可能是西周到春秋時代的一種制度。

此詩語言簡鍊而準確，故能表達出主人賞賜功臣禮節的隆重，受賞者應該重視珍惜這份禮物，將弓矢保藏起來，因爲這份禮物不是輕易賞賜人的。主人由衷真摯地賞賜和喜愛爲國效勞的功臣，在一個早上很快地就舉行盛大宴會招待他。這些，都只用幾個字就繪聲繪色地描摹出主人熱愛功臣的心情。朱熹詩集傳引東萊呂氏曰（見呂祖謙呂氏家塾讀詩記）：「『受言藏之』，言其重也。弓人所獻，藏之王府以待有功，不敢輕與人也。『中心貺之』，言其誠也。中心實欲貺之，非由外也。『一朝饗之』，言其速也。以王府寶藏之弓，一朝舉以畀人，未嘗有遲留顧惜之意也。」他的分析，指出了此詩的語言能將主人心理活動都襯托出來，使讀者留有深刻的感受。

彤弓弨兮，受言藏之。我有嘉賓，中心貺之。鐘鼓既設，一朝饗之。

彤（tóng同）弓，用紅色漆成的弓。毛傳訓爲「朱弓」。荀子大略：「天子雕弓，諸侯彤弓，大夫黑弓，禮也。」　弨（chāo超），放鬆的弓弦。毛傳訓爲：「弛貌。」嚴粲詩緝：「賜弓不張。」意爲天子賜功臣的弓，是没有張開的。

言，語中助詞。　藏，藏於祖廟。

貺，賞賜。毛傳：「貺，賜也。」按説文無貺字，古通況。爾雅釋詁：「況，賜也。」馬瑞辰通釋認爲：廣韻：「況，喜也。」「中心貺之」，貺亦訓喜，與下文「中心喜之」、「中心好之」同義。亦通。

鐘鼓，古代大宴會必奏樂。　設，陳列。

一朝，整個上午。陳奐傳疏：「一朝，猶終朝也。」　饗，一種隆重盛大招待賓客的宴會。鄭箋：「大飲賓曰饗。」

韻讀：陽部——藏、貺、饗。

彤弓弨兮，受言載之。我有嘉賓，中心喜之。鐘鼓既設，一朝右之。

載，裝在車上，此處作動詞用。鄭箋：「出載之車也。」

喜，歡喜。毛傳：「喜，樂也。」

右，通侑，勸酒，或以爲以禮物助歡。胡承珙後箋：「上言鐘鼓既設，則右、醻明是饗時之事。右之、醻之，當主侑幣、醻幣爲義。左傳莊十八年：『虢公、晉侯朝王，王饗醴，命之侑，皆賜玉五穀、馬三匹。』僖二十五年：『晉侯朝王，王饗醴，命之侑。』僖二十八年：『晉侯獻楚俘于王，王饗醴，命晉侯宥。』是則饗醴本有侑幣，王禮或更有玉與馬。」説亦可通。

韻讀：之部——載（音稷）、喜、右（音以）。

彤弓弨兮，受言櫜之。我有嘉賓，中心好之。鐘鼓既設，一朝醻之。

櫜（gāo 高），放入弓袋，作動詞用。毛傳：「櫜，韜也。」

好，讀去聲。喜愛。

醻，同酬，敬酒。朱熹詩集傳：「醻，報也。飲酒之禮，主人獻賓，賓酢主人，主人又酌自飲，而遂酌而飲賓，謂之醻。」

韻讀：幽部——櫜（姑愁反）、好（呼叟反）、醻。

菁菁者莪

【題解】

這是一位作者深受貴族的培植與賞賜，寫這首詩來表示學有榜樣和喜悦的心情。毛序：「菁菁者莪，樂育才也。君子能長育人材，則天下喜樂之矣。」徐幹中論藝紀篇：「先王之欲人之爲君子也，故立保氏，掌教六藝。……詩曰：『菁菁者莪，在彼中阿。既見君子，樂且有儀。』美育人才，其猶人之于藝乎。」後代一直以「菁莪」作爲育賢才的典故。王先謙集疏：「徐用魯詩，所説詩義乃魯訓也。古者育材之法備于此矣。齊、韓無異議。」是三家詩和毛序同。按尚書泰誓：「天佑下民，作之君，作之師。」周禮地官：「保氏掌諫王惡而養國子以道，乃教以六藝。」是古代君師不分、官師不分之證。詩中的「君子」，可能指國王或保氏之類的貴族。這位君子，能有百朋之賜，而且有儀，詩義自明。按銅器銘文中多記賜貝之事，如何尊記成王賜宗小子何貝卅朋。此詩第三章的錫朋，亦係貴族對下屬的賞賜。至於朱熹詩集傳認爲「此亦燕飲賓客之詩」。陳啟源毛詩稽古編批評他説：「朱子釋子衿、菁菁者莪二詩皆不從小序，而自立新説。及作白鹿洞賦，中有曰：『廣青衿之疑問。』又曰：『樂菁莪之長育。』門人問其故。答曰：『舊説亦不可廢。』……今人奉集傳爲繩尺，束注疏而不觀，此末學之陋，非朱子之本懷也。」陳氏指出朱熹定此詩主題和白鹿洞賦用典的矛盾，這是對的。至於認爲子衿亦爲教育性質的詩，是錯誤的。因爲他没有掌握「就詩論詩」和對序「擇善而從」的原則。近人有以此詩爲戀愛詩歌者，則相去遠矣。

詩前三章皆以菁莪起興，以表達對「君子」栽培的感激。末章忽然换以楊舟浮沉起興，初不得其解。後見范處義詩補傳云：「自謂多士之材，如以楊爲舟，可用以濟。始者未見君子，懼其不見用；今既見君子，我心不復有私憂過計也。」方覺其興義之確切。興法是觸物起情，作者原有「懼不見用」的想法，所以會導致起興之物的改變。細細體會，可以看出其心情的微妙變化。

菁菁者莪，在彼中阿。既見君子，樂且有儀。

菁菁，毛傳：「盛貌。」韓詩作蓁蓁。文選靈臺詩李注：「韓詩曰：蓁蓁者莪。薛君曰：蓁蓁，盛貌。」馬瑞辰通釋：「據説文：『菁，韮華也。』『蓁，草盛貌。』則當以蓁爲正字，菁爲假借字。」莪，蘿蒿。爾雅：「莪，蘿。」陸璣義疏：「莪，蒿也。一名蘿蒿。生澤田漸洳之處，葉似邪蒿而細科，生三月中。莖可生食，又可蒸，香美，味頗似蔞蒿。」李時珍本草綱目稱爲抱娘蒿，今名因陳。中阿，毛傳：「阿中也。大陵曰阿。」阿即大土山。按這二句是興，毛傳：「君子能長育人材，如阿之長莪菁菁然。」下二章同。

儀，法式，榜樣。説文：「儀，度也。」段注：「度，法制也。」按大雅文王：「儀刑文王」，刑今作型，訓式。儀刑，法式。意與此同。樂且有儀，覺得開心而且有了榜樣。主語是作者。嚴粲詩輯：

「詩中『既見君子』二十有二，見於九詩，其接句皆述喜之情，謂見君子者喜，非所見者喜也。」

韻讀：歌部——莪、阿、儀（音俄）。

菁菁者莪，在彼中沚。既見君子，我心則喜。

沚，水中小洲。中沚，毛傳：「中沚，沚中也。」

韻讀：之部——沚、子、喜。

菁菁者莪，在彼中陵。既見君子，錫我百朋。

陵，大土山。中陵，毛傳：「中陵，陵中也。」陳奂傳疏：「中阿，阿中。中沚，沚中。中陵，陵中。皆倒句以就韻。」

錫，賜。　朋，上古人以貝殼作貨幣，五貝爲一串，兩串爲一朋。説見王國維觀堂集林説玨朋。

韻讀：蒸部——陵、朋。

汎汎楊舟，載沉載浮。既見君子，我心則休。

汎汎，即泛泛。船飄流貌。見柏舟注。　楊舟，楊木製的船。

載，通再，又。　載沉載浮，船起伏漂流貌。陳奂傳疏：「末章又以舟之載物，興君子之用人材。」

休，喜。朱駿聲説文通訓定聲：「休，假借爲喜，休、喜一聲之轉。爾雅釋言：『休，慶也。』廣雅釋詁：『休，喜也。』」按國語周語：「爲晉休戚」，韋昭注：「休，喜也。」亦訓休爲喜。

韻讀：幽部——舟、浮、休。

六　月

【題解】

這是叙述、贊美宣王時代尹吉甫北伐獫狁獲得勝利的詩。毛序：「六月，宣王北伐也。」他簡要正確地叙述了詩的主題。漢書韋元成傳劉歆曰：「周室既衰，四夷並侵，獫狁最强，于今匈奴是也。至宣王而伐之，詩人美而頌之曰：『薄伐獫狁，至于太原。』」可見三家詩亦無異議。至於詩的作者，可能是吉甫班師回來後，宴請諸友時在座者即興之作。姚際恒詩經通論云：「此篇則係吉甫有功而歸，燕飲諸友，詩人美之而作也。」方玉潤詩經原始云：「蓋吉甫成功凱還歸燕私第，幕府賓客歌功頌烈，追述其事如此。故末以孝友之張仲陪筆作收，與上文武字相應，且以見賓客之賢，是私燕作法。」他們的見解是正確的。

作者塑造了能文能武的吉甫形象。描寫他抵抗六月入侵的玁狁，表現了緊張着急的神態；對待這次戰事，表現認真嚴肅的心理；每日行軍三十里，積極抗拒外侮；表現他是爲了幫助領袖匡救、安定祖國。這種愛國主義的精神，是寫「能文」。四牡、比物，寫馬。戎車、軒輊，寫車。織文，寫徽。央央，寫旗。常服、我服，寫軍服。元戎，寫先啟行的敢死隊——都是寫軍容之盛。焦穫、鎬、方、涇陽，寫玁狁深入侵略之地和氣燄之盛。吉甫帶領兵士居然把敵人逐出大原，取得勝利。是寫「能武」。故被詩人歌頌爲萬國諸侯的模範。吴闓生詩義會通引舊評云：「通篇俱摹寫『文武』二字，至末始行點出。『吉甫燕喜』以下，餘霞成綺，變卓犖爲紆徐。末贊張仲，正爲吉甫添豪。」所謂添豪，正是描摹了吉甫團結「諸友」的性格。

六月棲棲，戎車既飭。四牡騤騤，載是常服。玁狁孔熾，我是用急。王于出征，以匡王國。

六月，古代兵法慣例，夏天不出兵。但因玁狁侵邊事急，故於六月出兵。鄭箋：「記六月者，盛夏出兵，明其急也。」　棲棲（xī 西），同栖栖，往來不停而匆忙貌。論語憲問：「微生畝謂孔子曰：『丘何爲是栖栖者與？』」文選班固答賓戲：「棲棲遑遑，孔席不煖。」李注：「棲遑，不安居之意也。」

戎車，兵車。　飭（chì 赤），整治，修理。毛傳：「飭，正也。」

四牡，見四牡注。　騤騤（kuí 逵），馬强壯貌。

載，裝載。　常服，將領作戰時通常穿的衣服。鄭箋：「戎車之常服，韋弁服也。」左傳閔公二年梁餘子養曰：「帥師者有常服矣。」杜注：「韋弁服，軍之常也。」所謂韋弁服，據孔穎達詩疏考證，認爲將帥的上衣和帽都以淺赤獸皮製成，下裳和鞋都是白色的。他據周禮：「司服云：『凡兵事韋弁服。』注云：『韋弁，皮弁。以韎韋爲弁，又以爲衣。』周禮又云：『韋弁，皮弁，服皆素裳白舄』。」

熾，本義爲火烈，引申爲勢盛。毛傳：「熾，盛也。」

是，此，這。　用，因。是用，倒文，因此。　急，緊急出兵。按桓寬鹽鐵論引這句詩作「我是用戒」。謝靈運征賦作「我是用棘」。爾雅釋言：「悈，急也。」淮南子高注：「悈，急也。」馬瑞辰通釋云：「悈、急、戒、悈、棘等字皆同聲，故通用。棘又通革。」

于，同曰、聿，語助詞。爾雅釋詁：「于，曰也。」

匡，救助。馬瑞辰通釋：「匡當讀爲『匡撫寡君』之匡。匡者助也。『以匡王國』猶云以佐天子也。」按匡的本義爲筥，説文：「匡，飯器，筥也。」段注：「匡之引申假借爲匡正。小雅『王于出征，以匡王國。』傳曰：『匡，正也。』蓋正其不正曰匡。」毛傳訓正，亦含救助之義。

韻讀：脂部——棲、騤。緝、之部通韻——飭、服（扶逼反，入聲）、熾、急、國（古逼反，入聲）。

比物四驪，閑之維則。維此六月，既成我服。我服既成，于三十里。王于出征，以佐天子。

比，讀去聲。同，統一。　物，指馬。比物，統一馬的力氣和毛色。毛傳：「物，毛物也。」周禮夏官校人鄭注：「毛，馬齊其色。物，馬齊其力。」　四驪，四匹純黑駕兵車的馬。説明齊色齊力。

閑，訓練。　維，是。　則，法則。本義爲「籌劃物」，説文段注：「籌劃物者，定其差等而各爲介畫也。今云科則是也。介畫之，故從刀，引申之爲法則，假借之語詞。」此句言將士馴馬，使之合於法則，爲行軍前作準備。毛傳：「則，法也。言先教戰然後用師。」

服，戎服，軍衣。

于，往。古時師行一日三十里。毛傳：「師行三十里。」陳奐傳疏：「漢書賈捐之、陳湯、王吉傳及白虎通義喪服篇並云師行三十里，與傳同。」

韻讀：之部——則（音稷入聲）、服、里、子。　耕部——成、征。

四牡脩廣，其大有顒。薄伐玁狁，以奏膚公。有嚴有翼，共武之服。共武之服，以定王國。

脩廣，高大。毛傳：「脩，長。廣，大也。」

顒（yóng 喁），大頭大腦貌。説文：「顒，大頭也。」引申凡大皆稱顒，故毛傳云：「顒，大貌。」「其大有顒」猶「顒顒其大」，與「有蕡其實」、「有晥其實」句法相同，特倒裝以協韻。

以奏膚公，以成大功。毛傳：「奏，爲。膚，大。公，功也。」

有嚴有翼，即嚴嚴翼翼，威嚴而謹慎貌。毛傳：「嚴，威嚴也。翼，敬也。」朱熹詩集傳：「言將帥皆嚴敬以共武事也。」

共，釋文：「王、徐音恭。」共、恭古通用。　服，鄭箋：「事也。」説文亦訓事。馬瑞辰通釋：「軍事以敬爲主。左氏傳所謂『不共是懼也』。共武之服即言敬武之事，正承上『有嚴有翼』言之。嚴、翼皆恭也。」

定，安定。鄭箋：「定，安也。」

韻讀：東部——顒、公。之部——翼、服、服、國。

玁狁匪茹，整居焦穫。侵鎬及方，至于涇陽。織文鳥章，白旆央央。元戎十乘，以先啟行。

匪，非。茹，柔弱。廣雅：「茹，柔也。」這句意爲，玁狁不是柔弱的。

整，整隊。居，處，居住。孔疏：「整齊而處者，言其居周之地，無所畏憚也。」焦穫，魯詩作焦護，古澤名。爾雅郭注：「今扶風池陽縣瓠中是也。」故地在今陝西省涇陽縣西北。

鎬（hào 浩），孔疏引王肅以爲即周之鎬京，在今陝西省西安西南。又引王基以爲非鎬京，而是北方別一地。據末章「來歸自鎬」及漢書陳湯傳劉向謂「千里之鎬猶以爲遠」，似以後說爲長。方，亦地名。見出車注。

涇陽，涇水北岸。鄭箋：「來侵至涇水之北。」水北曰陽。陳奐傳疏：「甘肅省平涼西南有漢涇陽故城，或即此地。」朱熹詩集傳：「言其深入爲寇也。」

織，本義是「作布帛的總名」。織爲識之假借。據馬瑞辰通釋考證：「按周官司常賈疏兩引詩皆作『識文鳥章』，識爲正字，今作織者，假借字。或通作幟。」織文，標識，徽號。指兵士衣服背後縫有紅布的徽記。鄭箋：「織，徽織也。」 鳥章，將帥的旗，上面畫有鳥隼的圖案。毛傳：「鳥章，錯革鳥爲章也。」爾雅釋天孫炎注：「錯，置也。革，急也。畫急疾之鳥于縿也。」 文、章，皆指花紋。

白，帛的假借，魯詩正作帛。 旆（pèi配），旗下端的飄帶。毛傳：「白旆，繼旐者也。」 央央，魯詩作英英，毛傳：「央央，鮮明貌。」見出車注。

元戎，大戰車。毛傳：「元，大也。夏后氏曰鉤車，殷曰寅車，周曰元戎。」毛用司馬法文。陳奐傳疏：「司馬法：『兵車一乘，甲士十人。』然則甲士二五爲一乘，十乘百人，即甲士百人。」

啟，開，指衝開敵陣。 行（háng杭），行伍，指敵人的隊伍。以先啟行，史記三王世家裴駰集解引韓詩章句：「元戎……名曰陷軍之車，所以冒突，先啟敵家之行伍也。」按如今之前鋒敢死隊。

韻讀：魚部——茹、穫。 陽部——方、陽、章、央、行（音杭）。

戎車既安，如輊如軒。四牡既佶，既佶且閑。薄伐玁狁，至于大原。文武吉甫，萬邦爲憲。

安，安穩。指駕御兵車適調安穩。

輊，車頂前低後高如輊之貌。 軒，車頂前高後低如軒之貌。鄭箋：「戎車既安，從後視之如摯（通蟄、輊），從前視之如軒，然後適調也。」詩人用軒輊二字寫兵車的高低俯仰自如，並未因戰爭而損壞。

佶，整齊貌。毛傳：「佶，正也。」

閑，馴習。胡承珙後箋：「上二句言車之善，下二句言馬之善。車以平均適調爲善，馬以整齊馴習爲善。佶者，整齊；閑者，馴習。」

大原，地名。顧炎武日知録謂在今甘肅平涼，胡渭禹貢錐指謂在今寧夏固原附近，陳奂謂在平涼北、固原東。三人所説的地相差不遠。但決非山西的太原。這句指出驅逐敵人而不窮追。

文武吉甫，毛傳：「吉甫，尹吉甫也。有文有武。」

萬邦，非確數，指衆多的諸侯國。憲，本義爲敏，引申爲法，榜樣。朱熹詩集傳：「吉甫，尹吉甫，此時大將也。憲，法也。非文無以附衆，非武無以威敵。能文能武，則萬邦以之爲法矣。」

韻讀：元部——安、軒、閑、原、憲。

吉甫燕喜，既多受祉。來歸自鎬，我行永久。飲御諸友，炰鱉膾鯉。侯誰在矣，張仲孝友。

燕，宴飲。喜，歡喜。鄭箋：「吉甫既伐玁狁而歸，天子以燕禮樂之，則歡喜矣。」

祉，毛傳：「福也。」指受天子賞賜之福。按這兩句寫吉甫曾爲周王所燕。姚際恒詩經通論曰：「末章云：『吉甫燕喜，既多受祉。』則是前此已行之矣。」

我行永久，指在歸途上走了很久。故劉向謂「千里之鎬猶以爲遠」。

御，進。毛傳：「御，進也。」飲御，倒文，指進酒。

炰（páo 袍）鱉，清蒸甲魚。炰，缹之假借。大雅韓奕孔疏：「案字書：『炰，毛燒肉也。』『缹，烝也。』服虔通俗文曰：『燣煮曰缹。』然則炰與缹別。而此及六月云炰鱉者，音皆作缹。」陳奂以爲孔所引字書即説文，今説文佚缹字。馬瑞辰認爲：「缹當即烰字之變體，説文：『烰，烝也。』與孔疏引字書正合。」鱉無毛，故知炰爲缹之借。　膾鯉，細切的鯉魚。按這章後四句寫吉甫宴請諸友。炰鱉膾鯉都是進御於諸友的佳殽。

侯，發語詞。毛傳：「侯，維也。」

張仲，人名，當時的大臣，吉甫的朋友。毛傳：「張仲，賢臣也。善父母爲孝，善兄弟爲友。」孔疏引李巡云：「張，姓。仲，字。其人孝，故稱孝友。」孝友是對張仲的稱頌。按歐陽修集古録和薛氏鐘鼎款識並載有張仲簠銘。易林小過之未濟：「六月、采芑，征伐無道。張仲季叔，孝友飲酒。」是參加這次宴會的諸友，還有張仲之弟，老三、老四。

韻讀：之部——喜、祉、久（音己）、友（音以）、鯉、矣、友。

采芑

【題解】

這是叙述、贊美宣王時方叔南征荆蠻的詩。毛序：「采芑，宣王南征也。」三家無異議。漢書韋元成傳劉歆議文、陳湯傳劉向上疏都引末章「嘽嘽焞焞」以下數句，謂記宣王時事。關於詩的時代没有異議。此詩與出車、六月、江漢、常武都反映了宣王時代的民族戰爭。馮沅君詩史將這幾篇和生民、公劉、綿、皇矣、大明共十篇合稱爲「周的史詩」。詩史說：「此詩叙宣王時方叔伐蠻荆之事。方叔是一個很有謀畫的大將，帶着三十萬的兵士，征伐荆州一帶的蠻民。那時北方的玁狁已經平復，故南方的蠻民也震於其威而畏服了。」她扼要地介紹了詩的内容。

此詩與前篇六月爲班師凱歌不同，是一篇出師前的檄文。詩四章，前三章皆言王師軍容之盛，大將節制之嚴，無一字及荆蠻，但爲後面文字起了鋪墊作用。末章方入正題，針對荆蠻，令其歸服。方玉潤詩經原始說：「全篇前路閒閒，後乃警策動人，然制勝全在先爲不可勝以待敵之可勝，故不戰而已屈人之師。」他指出了詩篇布局的效果。

薄言采芑，于彼新田，于此菑畝。方叔涖止，其車三千，師干之試。方叔率止，乘其四騏，四騏翼翼。路車有奭，簟茀魚服，鉤膺鞗革。

芑（qǐ起），一種野菜。今名苦蕒菜。孔疏引陸璣義疏云：「芑，似苦菜也。莖青白色，摘其葉白汁出，肥，可生食，亦可蒸爲茹。」朱熹詩集傳：「芑，宜馬食，軍行采之，人馬皆可食也。」新田，休耕二年的田地。毛傳：「田一歲曰菑，二歲曰新田，三歲曰畬。」菑（zī緇），休耕一年的田地。畝，同田。以上三句是興。陳奂傳疏：「案新、菑爲休耕之田，至畬而出耕。新田菑畝中得有芑菜可采，以喻國家人材養蓄之以待足用。凡軍士起於田畝，故詩人假以爲興。下章同。」

方叔，人名，周宣王的大臣，出征荆蠻的主帥。毛傳：「方叔，卿士也，受命而爲將也。」按卿士是古代三公中之執政者。　涖，來到。説文：「竦，臨也。」竦、涖通。俗作莅。毛傳：「涖，臨。」止，語氣詞。下同。

其車三千，描寫出征將士之多。朱熹詩集傳：「法當用三十萬衆。蓋兵車一乘，甲士三人，步兵七十二人，又二十五人將重車在後，凡百人也。然此亦極其盛而言，未必實有數也。」

師，衆，指兵士。　干，盾。指武器。馬瑞辰通釋：「此詩干，當讀干戈之干，謂盾也。」　之，是。　試，用。指練習。

率，衛的借字，今作帥，統帥。鄭箋：「率此戎車士卒而行也。」

翼翼，見采薇注。

路車，將帥所坐的大兵車。見采薇注。　奭（shì 式），毛傳：「赤貌。」陳奐傳疏、王先謙集疏及段玉裁説文注都認爲奭是赫之假借。説文：「赫，火赤貌。」有赫即赫赫。載驅傳：「諸侯之路車有朱革之質而羽飾。」是路車有赤飾。

簟茀（diàn fú 店弗），遮蔽車箱後面的竹席。見載驅注。　魚服，服亦作箙，鯊魚皮製的箭袋。見采薇注。王夫之詩經稗疏認爲魚服是用鮫魚或沙魚皮蒙的車箱，因爲這幾句詩都是寫方叔的車馬。説亦可通。

鉤膺，指馬胸前的皮帶，有絲條下垂爲飾（即樊纓），其上又有青銅飾物。鉤，一種青銅飾物。膺，胸。革帶在馬胸前，故謂之膺。毛傳：「鉤膺，樊纓也。」陳奐傳疏：「人之纓結頷下，馬之纓結胸前。小戎傳：『膺，馬帶也。』纓即馬帶，以革爲之，緐下垂，其上有鉤金以爲飾。」鞗革，見蓼蕭注。

韻讀：之部——芑、畝（滿以反）、止、試、止、騏、翼、奭、服（扶逼反，入聲）、革（音棘）。真部——田（徒人反）、千（音親）。

薄言采芑，于彼新田，于此中鄉。方叔涖止，其車三千，旂旐央央。方叔率止，約軝錯衡，八鸞瑲瑲。服其命服，朱芾斯皇，有瑲葱珩。

鄉，處所。中鄉，即鄉中。毛傳：「鄉，所也。」馬瑞辰通釋：「廣雅：『所，居也。』古者公田爲居，廬舍在內，環廬舍種桑麻雜菜。小雅所云『中田有廬』也。中鄉當指中田有廬言之。傳訓鄉爲所，亦以所爲居也。」

旂旐央央，見出車注。

約，纏束。　軝（qí其），車轂（車輪中心套在軸上的部分）。約軝，用皮革纏束兵車的長轂，並塗以紅漆。毛傳：「軝，長轂之軝也，朱而約之。」可參閱周禮考工記輪人。　錯，塗上金色花紋。　衡，車轅前端的横木。錯衡，塗上金色花紋的轅端横木。
鸞，車鈴，見駟驖注。八鸞，一馬二鸞，四馬八鸞。　瑲瑲，鈴聲。摹聲詞。釋文：「瑲，本
作鎗。」
服，穿。動詞。　命服，周王所賜的禮服，隨爵位的高低而不同，分爲九等。
朱芾（fú弗），朱色的蔽膝。芾，通韍，魯詩作紼。蔽膝，約似今之圍裙，但較窄，用皮製成。
毛傳：「朱芾，黄朱芾也。」意謂方叔之芾，其色淺於天子的純朱。斯干鄭箋：「天子純朱，諸侯黄
朱。」　斯，語助詞。　皇，通煌。斯皇，即煌煌，光輝貌。毛傳：「皇猶煌煌也。」
有瑲，即瑲瑲，佩玉聲。毛傳：「瑲，珩聲也。」　葱珩（héng恒），葱緑色的佩玉。傳：「葱，蒼
也。」古代玉佩，上端爲珩，長方形，因其形横，横、衡古通，故三家詩作衡。珩下左右各繫璜一、中
繫衝牙一；璜、衝牙之上珩之下又貫以蠙珠、琚、瑀等物。説文：「珩，佩上玉也。」朱熹詩集傳：
「禮，三命赤芾葱珩。」這種裝飾，是官位高的標識。

韻讀：之部——芑、止、止、服。　真部——田、千。　陽部——鄉、央、衡（音杭）、瑲、皇、珩（音杭）。

鴥彼飛隼，其飛戾天，亦集爰止。方叔涖止，其車三千，師干之試。方叔率止，鉦人伐鼓，陳師鞠旅。顯允方叔，伐鼓淵淵，振旅闐闐。

鴥(yù聿)，疾飛貌。　隼(sǔn損)，鷂鷹一類的鳥。　爾雅舍人注：「隼，鷂之屬也。」

戾，傳：「至也。」

集，說文：「群鳥在木上。」引申爲聚集。　爰，而。　止，止息，休息。以上三句是興，詩人以鷹隼的飛翔集息，喻方叔軍隊的進攻、止息有方。

鉦人伐鼓，這是互文，即鉦人擊鉦，鼓人伐鼓。古代練兵，擊鉦則動，擊鼓則靜。毛傳：「伐，擊也。鉦以靜之，鼓以動之。」鄭箋：「鉦也，鼓也，各有人焉。言鉦人伐鼓，互言爾。」鉦，說文：「鐃也。似鈴，柄中，上下通。」形狀很像現在的鐘。鉦人，疑爲古代官名。

陳師鞠旅，這句也是互文。鄭箋：「二千五百人爲師，五百人爲旅。」此處師旅並舉泛指軍隊。陳，陳列。鞠，毛傳：「告也。」向軍隊誓師。

顯允，見湛露注。

淵淵，毛傳：「鼓聲也。」打鼓表示進軍。

振旅，毛傳：「入曰振旅，復長幼也。」按鄭玄等釋爲戰事止息而歸，疑非是。古代練兵亦有振旅之事。左傳隱公五年臧僖伯曰：「春蒐夏苗，秋獮冬狩，皆于農隙以講事也。三年而治兵，入而振旅，歸而飲至，以數軍實，昭文章，明貴賤，辨等列，順少長，習威儀也。」又春秋莊公八年：「甲午治兵。」左傳：「治兵于廟，禮也。」公羊傳：「出曰祠兵，入曰振旅，其禮一也，皆習戰也。」左傳杜注：「入曰振旅，治兵禮畢，整衆而還。振，整也。旅，衆也。」大約振旅時有排列長幼之事，故毛傳云「復長幼也」。　闐闐（tián 田），鼓聲。韓詩作嗔，齊詩作鞫，字異音同，都是摹聲詞。

韻讀：真部——天（鐵因反）、千。　之部——止、止、試、止。　魚部——鼓、旅、鼓、旅。真部——淵（一均反）、闐（徒人反）。

蠢爾蠻荊，大邦爲讎。方叔元老，克壯其猶。方叔率止，執訊獲醜。戎車嘽嘽，嘽嘽焞焞，如霆如雷。顯允方叔，征伐玁狁，蠻荊來威。

蠢，愚蠢，無知的舉動。朱熹詩集傳：「蠢者，動而無知之貌。」　蠻荊，對南方楚人的蔑稱。陳奐、王先謙等都認爲此章兩「蠻荊」是「荊蠻」之誤倒。古書引詩皆作荊蠻。毛傳釋爲「荊州之蠻」。可見毛詩亦原作「荊蠻」。

大邦，大國，指周王朝。

元老，對周王朝三公、卿士的稱呼。玉篇一部引韓詩：「元，長也。」毛傳：「五官之長出于諸侯，曰天子之老。」

克，能。　壯，宏大。　猶，同猷，韓詩、魯詩均作猷。謀略。鄭箋：「猶，謀也。謀，兵謀也。」

執訊獲醜，見出車注。

嘽嘽（tān 攤），兵車行軍聲。

焞焞（tūn 吞），原意爲光明，引申爲車盛貌。傳：「焞焞，盛也。」魯詩作推推，漢書韋玄成傳載劉歆議引詩「嘽嘽推推」。段玉裁説文注以漢書推字爲軘字之誤。玉篇：「軘，車盛貌。」

征伐玁狁，陳奐傳疏：「案詩章末正言方叔率師南征荆蠻而因及征伐玁狁者，六月伐玁狁，其時方叔爲上公，折衝禦侮，雖遣賢臣尹吉甫，而帷幄主謀，總在方叔運籌之内，故守衛中國，功必歸焉。易林離之大過并云：『六月、采芑，征伐無道。張仲、方叔，克勝飲酒。』據焦（延壽）説，方叔與張仲類列，則六月所云『飲御諸友』中有方叔矣。方叔未嘗北伐，此爲得其實。」

蠻荆來威，即威服荆蠻。來，語中助詞，含有「是」義，用於動賓倒裝句。這種句法詩經中常見，如邶風谷風「伊余來塈」、小雅四牡「將母來諗」等都是。

韻讀：幽部——讎、猶、醜。　脂部——雷、威。

車攻

【題解】

這是敘述周宣王朝會諸侯於東都舉行田獵的詩。毛序：「宣王内脩政事，外攘夷狄，復文、武之境土；脩車馬，備器械，復會諸侯于東都，因田獵而選車徒馬。」古代天子田獵，是一種軍事演習，往往含有向諸侯顯示武力的意義。墨子明鬼篇：「周宣王合諸侯而田於圃，車數萬乘。」與序説合。

王先謙集疏：「易林履之夬云：『吉日、車攻，田弋獲禽。宣王飲酒，以告嘉功。』班固東都賦：『嘉車攻』，用此經文。皆齊詩說。魯韓無異義。」可見三家詩亦同序說。

此詩的特點，是叙述描寫貴族大規模的打獵場面，言簡意賅。首先叙述準備工作：修整車馬，打獵的目的地。次述清點隨從的人，參加會同的諸侯。他們的服飾位次，射箭的工具、射御的技術，射畢的收穫和嚴肅氣象，都描繪出來了。最後贊美宣王會同的成功。内容複雜，僅僅用四句八章歌唱，運用概括而濃縮的語言，繪聲繪色地復現於眼前。作者確是一位大手筆。春秋時候，秦獻公十一年至汧游獵，作石鼓文（據唐蘭先生石鼓年代考），其中詞句多因襲車攻，如「吾馬既工，吾馬既同」等。方玉潤詩經原始也說：「馬鳴二語，寫出大營嚴肅氣象，是獵後光景。杜詩『落日照大旗，馬鳴風蕭蕭』本此。」可見此詩的魅力。

我車既攻，我馬既同。四牡龐龐，駕言徂東。

車，指田車。攻，修理堅固。説文：「攻，擊也。」這是本義。爾雅：「攻，善也。」善讀如繕，修理的意思。攻又通鞏，故毛傳訓「堅」。陳奐傳疏：「瞻卬傳：『鞏，固也。』攻、鞏聲義相近。」

同，搞整齊。毛傳：「同，齊也。……田獵齊足尚疾也。」指選擇、調配好每乘車的馬匹。

龐龐，馬强盛高大貌。説文：「龐，高屋也。」段注：「謂屋之高者也，故字從广。引申之爲凡高大之稱。小雅：『四牡龐龐』，傳曰：『龐龐，充實也。』」按充實即强盛高大之意。

言，助詞，作用略同「而」。　徂東，往東。毛傳：「東，雒邑也。」王先謙集疏：「雒在鎬東。成王作邑于雒，謂之王城，大會諸侯。宣王中興，復往會焉。」按雒今作洛，在今河南省洛陽市。　這章叙述將往東都。

韻讀：東部——攻、同、龐（音龍）、東。

田車既好，四牡孔阜。東有甫草，駕言行狩。

田車，獵車。田通畋，打獵。　好，指修理準備好。

阜，强壯高大。

甫草，有二説：一訓廣大豐茂的草地。傳：「甫，大也。」文選東都賦注引韓詩：「東有圃草」，薛君章句：「圃，博也。有博大之茂草也。」是韓、毛字異而義同。一訓爲地名，鄭箋：「甫草者，甫田之草也。鄭有甫田。」周禮職方氏：「河南曰豫州，其澤藪曰圃田。」宣王的時候，沒有鄭國，圃田屬東都畿内，所以宣王到那裏打獵。以上二説，似以鄭箋爲長。蓋其地或本名甫，因周王之田，而遂名圃田。舊址在今河南省中牟縣西。

狩，燒草打獵。爾雅：「火田爲狩」，郭注：「放火燒草獵亦爲狩。」按冬獵亦曰狩。下章：「之子于苗」，苗爲夏獵，據毛傳及陳奐考證，認爲宣王這次會同諸侯，可能是在夏天。這句的狩，當依爾雅及郭注爲是。這章叙述將往狩於圃田。

韻讀：幽部——好（呼叟反）、阜、草（此叟反）、狩。

之子于苗，選徒囂囂。建旐設旄，薄狩于敖。

之子，指周王。于，往。苗，夏天打獵。毛傳：「夏獵曰苗。」選，通算，數、清點的意思。徒，士卒。囂囂（áo敖），形容聲音嘈雜，摹聲詞。毛傳：「囂囂，聲也。維數車徒者爲有聲也。」陳奂傳疏：「至天子出田獵無讙譁之聲，傳意固以有聲對章末無聲言，作相應法也。」有人訓爲「閒暇之貌」，似非詩旨。旐，畫着龜蛇的旗。見采芑注。旄，飾有旄牛尾的旗。見干旄注。薄，發語詞。敖，山名，在圃田澤西，今河南省滎陽縣東北。按薄狩有作「搏獸」者，誤。文選東京賦、水經濟水注、後漢書安帝紀注等引詩皆作薄狩。這章叙述清點士卒到敖山打獵。

韻讀：宵部——苗、囂、旄、敖。

駕彼四牡，四牡奕奕。赤芾金舄，會同有繹。

奕奕，馬行迅疾而從容貌。説文：「驛，馬行徐而疾。詩曰：四牡驛驛。」奕和驛古音相近，奕是驛的假借。又巧言「奕奕寢廟」傳：「奕奕，大貌。」韓奕「奕奕梁山」傳同。若訓大，則與上兩章

「四牡龐龐」「四牡孔阜」同義，亦通。按這一句寫諸侯來會。

赤芾，紅色蔽膝。見候人注。舃（ㄒㄧˋ昔），底子特别厚的鞋。釋名：「複其下曰舃。舃，腊也。行禮久立，地或泥濕，故複其末下使乾腊也。」金舃，用銅做裝飾的鞋。孔疏：「加金爲飾，故謂之金舃。」按赤芾金舃都是諸侯的制服。

會同，會合諸侯，是古代諸侯朝見天子的專稱，亦見論語。周禮大宗伯、毛傳皆云：「時見曰會，殷見曰同。」孔疏：「會、同對文則别，散則義通。會者交會，同者同聚。理既是一，故論語及此連言之。」　有繹，繹繹，陳列有次序貌。陳奂傳疏：「案大會同，於宫壇之上，皆有陳列之位。正義云：『有陳於會同之位，言各以爵之尊卑，陳列於其位次者』是也。」這章叙述諸侯來會，朝於東都。

韻讀：魚部——奕（音余入聲）、舃（音胥入聲）、繹（音余入聲）。

決拾既佽，弓矢既調。射夫既同，助我舉柴。

決，射箭拉弦時所用的扳指，套在右手大拇指上，用象牙或獸骨製成。　拾，射箭時的護臂，套在左臂上，用皮製成，又稱臂韝。周禮繕人鄭玄注：「詩家説，或謂決謂引弦彄也。拾謂韝捍也。」玄謂：決，挾矢時所以持弦飾也，著右手巨指。韝扞，著左臂裏，以韋爲之。」　佽，毛傳：「利也。」便利、順手。三家詩作次，故鄭箋以相次比釋佽。或謂佽即齊之假借，佽、齊古音同部，謂決、拾已齊備。亦通。

調，調和。鄭箋：「謂弓强弱與矢輕重相得。」

射夫，指參加會同的諸侯。　同，合攏、成對，指比賽射箭者找到對手。陳奐傳疏：「同，猶合也。既同，言已合耦也。」

舉，取。柴，魯詩作㧘。齊詩、韓詩作𠱁。柴是𠱁之誤字。説文、玉篇、廣韻引詩皆作𠱁。堆積的死禽獸。這章叙述諸侯既會而打獵。

韻讀：支、脂部通韻——佽、柴。東部——調（音同）、同。

四黄既駕，兩驂不猗。不失其馳，舍矢如破。

四黄，四匹黄色的馬。

兩驂，古用四匹馬駕車，中間兩匹叫做服馬，兩邊兩匹叫做驂馬。猗，通倚，偏斜。毛傳：「言御者之良也。」

不失其馳，孟子滕文公引此句，趙注：「言御者不失其馳驅之法。」

舍，今作捨。舍矢，放箭。如，而。王引之經傳釋詞：「如破，而破也。」破，中，射穿。陳奐傳疏：「言其中之速也。」這章贊美諸侯射御的才能。

韻讀：歌部——駕（音過）、猗（音阿）、馳（音佗）、破。

蕭蕭馬鳴，悠悠旆旌。徒御不驚，大庖不盈。

蕭蕭，馬鳴聲。

悠悠，旌旗輕飄慢動貌。毛傳：「言不讙譁也。」孔疏：「言王之田獵，非直射良御善，又軍旅齊肅，唯聞蕭蕭然馬鳴之聲，見悠悠然旆旌之狀，無敢有讙譁者。」

徒御，是一個詞彙，指徒步拉車的士卒，亦名輦。説文：「輦，人輓車也。」王念孫廣雅疏證：「輦之言連也。連者，引也。引之而行曰輦。以其徒行而引車，故亦曰徒御。」不，語助詞。下句同。

驚，警之假借，機警。孔疏：「相警戒也。」

庖，厨房。大庖，指宣王的厨房。盈，滿。這章叙述獵畢和收獲。

韻讀：幽部——蕭（音修）、悠。耕部——鳴、旌、驚、盈。

之子于征，有聞無聲。允矣君子，展也大成。

之子，指周王。于，往。征，行。此處指周王田獵歸來。

有聞無聲，但聞車馬之行而無讙譁之聲。朱熹詩集傳：「聞師之行不聞其聲，言至肅也。」

允矣兩句，允、展同義，真，確實。爾雅釋詁：「允、展，信也。」又「展、允，誠也。」君子，指周王。大成，成大功。這兩句是對周王的贊頌，説周王確實能成其大功。這章贊美宣王此次會同諸侯的成功。

韻讀：耕部——征、聲、成。

吉日

【題解】

這是叙寫周宣王田獵的詩。毛序：「吉日，美宣王田也。」按車攻是田於東都，這首詩是田於西都。場面、氣象都不及車攻那樣宏大瑰麗。陳奐傳疏説：「昭三年左傳：『鄭伯如楚，子産相。楚子享之，賦吉日。既享，子産乃具田備。』案此吉日爲出田之證。車攻會諸侯而遂田獵，吉日則專美宣王田也。一在東都，一在西都。」陳氏扼要地叙述了詩的主題、田獵地點、産生時間，並指出和車攻的異同。

詩共四章，一、二兩章叙寫獵前，三、四兩章叙寫打獵。末章末二句叙寫獵後。結構嚴整，井井有條。詩經中不論哪一類歌曲，不論作者是貴族或人民，作品的内容，總是來源於人們現實生活的。本詩的作者，可能又是田獵的參加者，他真實地描述了這次打獵現實生活的過程，才會形成如此完整的結構，這決不是偶然的。

吉日維戊，既伯既禱。田車既好，四牡孔阜。升彼大阜，從其群醜。

維，是。戊，古人以天干、地支相配計日。這裏指戊辰日。朱熹詩集傳：「以下章（吉日庚午）推之，是日也，其爲戊辰與？」古人迷信，認爲戊辰是師祭和馬祭的吉利日子。伯，本作百，禡（mà駡）之假借。師祭。説文：「師行所止，恐有慢其神，下而祀之曰禡。」説文繫傳引詩作「既禡既禂」。禱和禂聲近通用。説文：「禂，禱牲，馬祭也。」這句意爲，已經舉行軍神祭和馬祖祭了。

從，追逐。群醜，指群獸。

韻讀：幽部——戊、禱（多叟反）、好（呼叟反）、阜、阜、醜。

吉日庚午，既差我馬。獸之所同，麀鹿麌麌。漆沮之從，天子之所。

庚午，戊辰的次日爲己巳，第三天爲庚午。

差，毛傳：「擇也。」選擇。説文：「差，貳也，左不相值也。」這是本義。段注：「吉日傳曰：『差，擇也。』其引申之義也。」

同，鄭箋：「同，猶聚也。」

麀（yōu攸）鹿，母鹿。亦泛稱母獸。毛傳：「鹿牝曰麀。麌麌（yǔ語），衆多也。」説文：「麀，牝鹿也。」段注：「按引申爲凡牝之稱，大雅靈臺傳曰：『麀，牝也』。」按牝指母獸。

漆、沮，古二水名，屬於西都，在今陝西省境内。從，驅逐，指驅逐禽獸。

所，處所，地方。毛傳：「漆、沮之水，麀鹿所生也。從漆、沮驅禽而致天子之所。」

韻讀：魚部——午、馬（音姥mǔ）、麌、所。東部——同、從。

瞻彼中原，其祁孔有。儦儦俟俟，或群或友。悉率左右，以燕天子。

中原，原中，指原野。

祁，毛傳：「祁，大也。」指原野廣大。有，豐富。指鹿群之多。

儦儦俟俟，儦儦，疾走貌。俟俟，緩行貌。毛傳：「趨則儦儦，行則俟俟。」文選西京賦李善注引韓詩薛君章句作「駓駓騃騃」。説文：「俟，大也。」引詩作「伾伾俟俟」。馬瑞辰通釋：「蓋韓詩作駓駓者，假借字。作騃騃者正字。毛傳作儦儦者正字，作俟俟者假借字也。」

或群或友，三三兩兩地結伴。毛傳：「獸三曰群，二曰友。」

悉，盡，完全。率，驅逐。胡承珙後箋：「率有驅義，六朝人每以驅率連文。」林義光詩經通解：「率猶驅也。東京賦：『悉率百禽，鳩諸靈囿。』悉率二字即本毛詩。」左右，指從宣王的左邊右邊。

燕，通宴，樂。朱熹詩集傳：「以樂天子。」這二句意爲，從左從右完全驅逐獸群以娱樂天子，等待他的射箭。

韻讀：之部——有（音以）、俟、友（音以），右（音以）、子。

既張我弓，既挾我矢。發彼小豝，殪此大兕。以御賓客，且以酌醴。

張弓，拉開弓弦。

挾，挾持。挾矢，左拇指拓弓，右拇指鉤弦，而以兩手的食指和中指挾持箭。儀禮鄉射：「凡挾矢，於二指之間橫之。」鄭注：「二指謂左右手之第二指，此以食指、將指挾之。」

發，發箭。豝（bā巴），母豬。說文：「豝，牝豕也。」

殪（yì意），射死。兕（sì似），形如野牛的動物。說文：「如野牛，青色，其皮堅厚可製鎧。」按發彼二句是互文。發而殪彼小豝，發而殪此大兕。皆謂一發即死，文字上形成一聯工整的對偶。

御，進。指將豝兕烹好進獻賓客。賓客，鄭箋：「謂諸侯也。」

且，姑且。以，用來。酌，飲。酌醴，下酒。醴，甜酒。說文段注：「如今江東人家之白酒。」

韻讀：脂部——矢、兕、醴。

鴻鴈

【題解】

這是流民自敘悲苦的詩，可能是一首民歌。舊說以爲是周宣王安撫流民的詩。毛序：「鴻鴈，美宣王也。萬民離散，不安其居，而能勞來還定安集之，至于矜寡，無不得其所焉。」分析原文，説頗牽强。朱熹詩集傳：「流民以鴻鴈哀鳴自比而作此歌也。」又説：「今亦未有以見其爲宣王之詩。」他認爲詩的産生時代也不能確定。朱氏的見解是正確的。

此詩以鴻鴈起興，很切合流民的身份。我們不妨設想一下，在貧瘠的曠野上，一群流民茫然無目的地徘徊着，貧窮困苦的生活折磨得他們幾乎麻木了。忽然，灰蒙蒙的天際飛來一群大雁，拍打着翅膀，急急地降落在沼澤中，像在尋找着棲身之地。一聲聲哀哀的雁叫引起了流民們淒苦的共鳴，於是情不自禁地唱出了這首歌。「哀鴻」二字從此便成爲流民的代詞，沿用了二千年。可見準確、形象的語言，其生命力是無窮的。

鴻鴈于飛，肅肅其羽。之子于征，劬勞于野。爰及矜人，哀此鰥寡。

鴻，大鴈。見説文段注。鴈，雁之假借。説文：「雁，雁鳥也。鴈，鵝也。」鴈、雁二字本義不同。

肅肅，鳥飛時拍羽聲。按這二句是興，詩人以鴻雁肅羽而飛，興流民遠行的劬勞。之子，朱熹詩集傳：「流民自相謂也。」征，遠行。

劬勞，勞累、辛苦。説文：「劬，勞也。」

爰，發語詞。矜，本作矜。矜人，窮苦的人。爾雅釋言：「矜，苦也。」此句實即哀及矜人之義。

哀，可憐。鰥寡，雙聲。指男女老而無配偶者，在窮民中尤爲可憐。孟子：「老而無妻曰鰥，老而無夫曰寡。」

韻讀：魚部——羽、野（音宇）、寡（音古）。

鴻鴈于飛，集于中澤。之子于垣，百堵皆作。雖則劬勞，其究安宅。

中澤，澤中。

于，爲，做。垣，牆。于垣，築牆。

百，指其多，非確數。堵，牆。古代築牆用夾板，中實以土。板長一丈（或曰八尺、六尺），寬二尺。用板向上築，共五板，則成長一丈、高一丈的牆，稱爲一堵。作，起，指建築。這句意爲，許多座牆一齊建築起來。

究，終。宅，説文：「宅，人所託居也。」這裏作動詞居住用。朱熹説：「流民自言鴻鴈集于中澤，以興己之得其所止而築室以居，今雖勞苦而終獲安定也。」他説明了這章的大意和興義。

韻讀：魚部——澤（音徒入聲）、作（音租入聲）、宅（音徒入聲）。

鴻鴈于飛，哀鳴嗸嗸。維此哲人，謂我劬勞。維彼愚人，謂我宣驕。

嗸嗸（áo 熬），亦作嗷、謷，鳥哀鳴聲。詩人以鴻雁之哀鳴嗸嗸，興自己的不平而作歌。

維，同惟，只有。哲人，智者，通情達理的人。

宣驕，驕奢。王引之經義述聞：「宣驕與劬勞相對成文。劬，亦勞也。宣，亦驕也。……宣爲侈大之意，宣驕，猶言驕奢。非謂宣示其驕也。」按毛傳訓宣爲「示」，恐非詩意。朱熹説：「流民以鴻雁哀鳴自比而作此歌也。知者聞我歌，知其出于劬勞。不知者謂我閒暇而宣驕也。」

韻讀：宵部——嗸、勞、驕。

庭燎

【題解】

這是描寫諸侯早朝於天子的詩。舊説以爲是宣王時代的作品，毛序：「庭燎，美宣王也，因以箴之。」王先謙集疏：「易林頤之損：『庭燎夜明，追古傷今。陽弱不制，陰雄坐戾。』此齊説。陳喬樅云：『列女傳，宣王嘗夜卧晏起，后夫人不出房。姜后脱簪珥待罪于永巷。使其傅母通言于王曰：妾之不才，至使君王失禮而晏朝，以見君王樂色而忘德也，敢請婢子之罪。宣王曰：寡人不德，實自生過，非夫人之罪。遂復姜后，而勤于政事。早朝晏退，卒成中興之名。宣王中年怠政，而庭燎詩作。脱簪之諫，當在此際。』愚按：陳氏引列女傳姜后事，以證易林之説，是魯齊説合。所謂陰雄罪戾者，殆即不出房之后夫人。宣王能納諫改過，所以爲賢。而庭燎之詩，亦不爲徒作矣。」可見三家詩説與毛序同。方玉潤認爲此詩乃周王所自作，並無確據。鄭箋：「諸侯將朝，宣王以夜未央之時問夜早晚。」他以爲來朝者是諸侯，蓋據三章「言觀其旂」之語，周禮謂旂是諸侯所建，鄭説甚是。作者可能是宮庭中的一員。

這首詩通篇賦體，全用白描手法。尤其是每章均用設問句起首，突兀而起，將讀者一下子帶進早起視朝的氛圍中去。方玉潤評曰：「起得超妙。」指出它起筆新穎的特點。

夜如何其？夜未央。庭燎之光。君子至止，鸞聲將將。

夜，指夜色。如何，什麽時候的意思。其（jī基），語尾助詞，亦作己。夜如何其，這是作者的設問，意謂夜色如何，是什麽時辰了。

央，盡。楚辭離騷「時亦猶其未央」王逸注：「央，盡也。」或訓中，亦通。

燎，毛傳：「大燭。」用麻、稭等紮成。庭燎，在宮庭中燃起的火炬。

君子，指諸侯等大臣。止，語氣詞。

鸞，亦作鑾，鈴，此當爲旂上之鈴。爾雅釋天：「有鈴曰旂。」林義光：「金文如無叀鼎、頌敦、豆閉敦、揚敦，皆言錫鸞旂。此詩三章云『言觀其旂』，而采菽、泮水亦皆以鸞聲與旂並言，則鸞爲旂上之鸞，非車上之鸞也。毛以鸞爲鸞鑣，失之。」將將，鈴聲。釋文：「本或作鏘。」

韻讀：陽部——央、光、將。

夜如何其？夜未艾。庭燎晣晣。君子至止，鸞聲噦噦。

艾，盡，與央同義。王念孫廣雅疏證：「夜未艾猶言夜未央耳。襄九年左傳：『大勞未艾』杜注云：『艾，息也。』哀二年傳『憂未艾也』，宣十二年傳『憂未歇也』，歇、息、艾者皆已也。」

晣晣（zhì制），魯詩作晳。明亮貌。毛傳：「晣晣，明也。」

噦噦（huì諱），鈴聲。三家詩作鉞鉞。

韻讀：祭部——艾、晣、噦。

夜如何其？夜鄉晨。庭燎有煇，君子至止，言觀其旂。

鄉，向的假借字，亦作嚮。朱駿聲説文通訓定聲：「説文：『鄉，國離邑民所封鄉也。』假借爲向。」鄉晨，即近晨。

有煇，即煇煇。明貌。説文：「光也。」段注：「析言之，則煇、光有别。朝旦爲煇，日中爲光。」按煇指較暗淡之光。禮記玉藻：「揖私朝，煇如也。登車則有光。」此句指夜近晨燭將盡的時候。

言，語助詞。觀，看見。旂，見出車注。按上兩章寫大臣自遠而來，唯聞其鈴聲，此章則寫已見其旂，表示天色已明，是早朝的時候。

韻讀：文部——晨、煇（音熏）、旂（音芹）。

沔　水

【題解】

這是憂亂畏讒而誡友的詩。關於此詩的主題，後代詩家，説各不一。有以史事證實的，有涉及鬼魅的，臆測附會，恐不足信。毛序：「規宣王也。」王先謙集疏：「三家未聞。」朱熹不采序説，詩集傳説：「此憂亂之詩。」頗合詩旨。因爲他是依據詩的内容去分析的。至於詩的産生時代，亦不可考。高亨詩經今注：「這首詩似作于東周初年，平王東遷以後，王朝衰弱，諸侯不再擁護。鎬京一帶，危機四伏。作者憂之，因作此詩。」高説可供參考。

吴闓生詩義會通引舊評云：「暮鼓晨鐘，發人深省。」寺院鐘鼓聲，悠遠深長，莊嚴肅穆，但同時又是周而復始，單調劃一，在情調上同這首詩實在相去甚遠，不知何以會有此比喻。此詩三章，初因亂不止而憂父母，繼以國事不安而憂不止，終以憂讒畏譏而告諸友，筆端跳躍不停，無跡可尋，反映了作者因禍亂而心緒不寧的心理狀態。如果要用一句話來形容它，還是樂記所謂「其哀心感者，其聲噍以殺」來得恰當。

沔彼流水，朝宗于海。鴥彼飛隼，載飛載止。嗟我兄弟，邦人諸友。莫肯念亂，誰無父母？

沔(miǎn免),水滿貌。沔彼,即沔沔。毛傳:「沔,水流滿也。」按沔本爲水名,説文段注:「詩之沔,爲『濔』之假借。」

朝宗,本義是諸侯朝見天子。周禮大宗伯:「春見曰朝,夏見曰宗。」後來借指百川入海。尚書禹貢:「江漢朝宗于海。」

鴥彼飛隼,鴥,鳥疾飛貌。隼,鷹屬。見采芑注。

載,再。載飛載止,又飛翔又停止。按以上四句都是興,詩人見流水尚可朝宗於海,飛隼尚有所止,興自己的處境不如水、隼。

兄弟,指周王同姓的諸侯。

邦,本義是諸侯受封的地域,引申爲國。邦人,國人。指周王異姓的諸侯。按兄弟和邦人諸友都是嗟歎同情的對象。舊説認爲是「莫肯念亂」的主語,恐非詩意。

念,止。馬瑞辰通釋:「念與尼雙聲,尼,止也。故念亦有止義。莫肯念亂,猶言莫肯止亂也。」莫肯念亂,指執政者不肯止亂。

誰無父母,言亂之既生,有父母的人,更加憂愁,他們將受到顛沛流離之苦。潛夫論釋難篇:「且夫一國盡亂,無有安身。詩云:『莫肯念亂,誰無父母?』言將皆爲害。然有親者,憂將深也。」王符解釋這兩句詩,最得詩旨。

韻讀: 脂部——水、隼(音壐)、弟。　之部——海(音喜)、止、友(音以)、母(滿以反)。

沔彼流水，其流湯湯。鴥彼飛隼，載飛載揚。念彼不蹟，載起載行。心之憂矣，不可弭忘。

湯湯（shāng 傷），鄭箋：「波流盛貌。」

揚，高飛貌。毛傳：「言無所定止也。」陳奐傳疏：「高注淮南子精神篇云：『飛揚不從軌度也。』與傳言『無所定止』義合。」以上四句是詩人以流水動蕩、隼飛無止，興自己憂愁禍亂而坐立不安的心情。

不蹟，不循法度。爾雅釋訓：「不蹟，不道也。」郭注：「言不循軌蹟也。」蹟即迹之異體，説文：「迹，步處也。」本義爲足迹，引申爲循。

載起載行，坐立不安貌。朱熹詩集傳：「言憂念之深，不遑寧處也。」

弭，毛傳：「弭，止也。」忘，借爲亡，已。按「弭忘」是一個詞，不可弭忘，即不能壓住憂愁的意思。陳奐傳疏：「國語周語：『至于今未弭。』賈逵注云：『弭，忘也。』是忘亦弭也。」

韻讀：脂部——水、隼。　陽部——湯、揚、行（音杭）、忘。

鴥彼飛隼，率彼中陵。民之訛言，寧莫之懲！我友敬矣，讒言其興。

率，沿。鄭箋：「率，循也。」中陵，陵中。詩人以飛隼循陵，興己不自由，不如飛隼。朱熹詩集傳：「疑當作三章，章八句。卒章脱前兩句耳。」朱説近是。

訛言，詐僞之言，謠言。鄭箋：「訛，僞也。」説文無訛字，引詩作譌。

寧，乃（用楊樹達詞詮説）。懲，毛傳：「懲，止也。」敬，警的借字。警惕的意思。此句猶言：提高警惕吧，我的朋友。讒言，挑撥離間的話。其興，將起。其，時間副詞，將。興，起。這二句是作者勸誡朋友的話。

韻讀： 蒸部——陵、懲、興。

鶴鳴

【題解】此詩通篇用比興的手法，抒寫招致人才爲國所用的主張。荀子儒效篇：「君子隱而顯，微而明，辭讓而勝。詩云：『鶴鳴于九皋，聲聞于天』，此之謂也。」是先秦時代對詩的喻意已作了解説。毛序：「鶴鳴，誨宣王也。」鄭箋：「教宣王求賢人之未仕者。」序與箋均認爲是宣王時代的作品，未知何據。

陳奂傳疏説：「詩全篇皆興也，鶴、魚、檀、石，皆以喻賢人。」按國風豳風鴟鴞，是一首民歌。詩人以鴟鴞（貓頭鷹）象徵統治者，以小鳥象徵被統治被壓迫者。全詩都運用比興手法，小鳥對兇惡的貓頭鷹講話，統治者、被統治者和詩人都没有出場。鶴鳴詩人吸取民歌鴟鴞的營養，加以發展，用四種東西象徵隱士。這種通篇比興的藝術手法，在詩經中雖只有兩篇，但對後世的詩壇，影響特別大。屈原的橘頌，漢樂府中的枯魚過河泣、禽言詩；曹植的七步詩；左思的詠史；郭璞的遊仙；李白的蜀道難；杜甫的佳人；李商隱的無題。都是通篇運用比興，繼承詩經鴟鴞、鶴鳴的創作方法，託以寓意。但在具體運用上，又前進發展了一步。

鶴鳴于九皋，聲聞于野。魚潛在淵，或在于渚。樂彼之園，爰有樹檀，其下維蘀。它山之石，可以爲錯。

鶴，此處喻隱居的賢人。　皋，澤之假借。九皋，曲折的水澤。釋文引韓詩：「九皋，九折之澤。」九是虛數，泛言其多，並非實指。　按古書引此句詩多無「于」字。

野，郊外。聲聞于野，比喻他的品德、學問的名聲，人們都會瞭解的。毛傳：「言身隱而名著也。」鄭箋：「九，喻深遠也。鶴在中鳴焉，而野聞其鳴聲。興者，喻賢人雖隱居，人咸知之。」

潛，深藏。　淵，深水。

渚，水中小洲。這裏與淵對舉，指小洲旁的淺水。詩人以魚之或在淵或在渚，喻賢者的或隱或仕。孔疏：「以魚之出没，喻賢者之進退。」孔訓最中旨。

樂，喜愛。　園，有牆，種樹的場所。將仲子傳：「園，所以種木也。」這裏象徵國家。

爰，發聲詞。　檀，堅韌珍貴的樹木，可以製車。　樹檀，檀樹，倒文協韻。　這裏比賢人。

其，指檀樹。　蘀，檡的假借，又名梬（yǐng 影）棗、軟棗，一種矮樹，比喻小人。　馬瑞辰通釋：「下章穀爲木名，則此章蘀亦木名，不得泛指落木。　王尚書（王引之）經義述聞：『蘀，疑當讀爲檡。廣雅：梬棗，檡也。……夏官繕人釋文：檡一音徒落反，與蘀相近，故借蘀爲檡。』其説甚確。」

它山之石，指别國的賢人。　鄭箋：「它山，喻異國。」

錯，厝的假借字，説文及淮南子引詩均作厝。　刻玉的硬質石。　毛傳：「錯，石也，可以琢玉。」説文段注：「玉至堅，厝石如今之金剛鑽之類，非礪石也。」以上二句比喻别國的在野賢人，也可以琢磨國事，搞好時政。

韻讀：魚部——野（音宇）、渚、蘀（音徒入聲）、石（音蜍入聲）、錯（音粗入聲）。　元部——園、檀。

鶴鳴于九皋，聲聞于天。　魚在于渚，或潛在淵。　樂彼之園，爰有樹檀，其下維穀。　它山之石，可以攻玉。

穀，木名。　孔疏引陸璣云：「荆楊人謂之穀，中州人謂之楮。」古人用它的樹皮作紙。　毛傳：「穀，惡木也。」這裏喻小人。

攻，治。　攻玉，治玉。　琢磨玉器的意思。

韻讀：真部——天（鐵因反）、淵（一均反）。元部——園、檀。侯部——穀、玉。

祈父

【題解】這是一位王都衛士斥責司馬的詩。毛序："祈父，刺宣王也。"鄭箋："此勇力之士責司馬之辭也。"序與箋都認爲是宣王時代的作品，朱熹不信序説，詩集傳説："序以爲刺宣王之詩，説者又以爲宣王三十九年，戰于千畝，王師敗績于姜氏之戎，故軍士怨而作此詩。……但今考之詩文，未有以見其必爲宣王耳。"朱氏按詩的內容看不出它是宣王時代的創作，確有見地。

詩共三章，每章開首都呼祈父，抒寫詩人不平之氣。姚際恒詩經通論説："三呼而責之，末始露情。"鍾惺古詩歸説："三呼祈父，已見其不聰矣。"姚、鍾二氏都指出了此詩呼告修辭的作用。

祈父！予王之爪牙。胡轉予于恤？靡所止居。

祈，圻之假借，尚書酒誥："圻父薄違。"左傳引詩亦作圻父。圻爲邊境，亦作畿。祈、圻、畿三字通。父，魯詩作甫，古男子的尊稱。祈父，官名，亦稱司馬。掌管保衛邊境的軍隊。

予王之爪牙，鄭箋："我乃王之爪牙。"爪牙喻守衛之士。予，韓詩作"維"，訓是。爪牙，本是鳥獸藉它示威保衛自己的。詩人借爪牙代衛士，是「借代」的修辭。

胡，何，爲什麽。　轉，移、調動。　恤，毛傳：「憂也。」指憂患的處所。

所，處所。　止居，居住。這二句意爲，你爲什麽調動我到那可憂的境地，使我没有安身的住所。

韻讀：魚部——父、牙（音吾）、居。

祈父！予王之爪士。胡轉予于恤？靡所厎止。

爪士，虎士，衛士。馬瑞辰通釋：「按爪士猶言虎士，周官：『虎賁氏屬有虎士八百人』，即此。説苑雜事篇曰：『虎豹愛爪』，故虎士亦云爪士。虎賁爲宿衛之臣，故以移於戰争爲怨耳。傳訓士爲事，失之。」

厎（zhǐ紙），止、至、終了的意思。爾雅釋詁：「厎，止也。」郝懿行義疏：「釋言云：『厎，致也。』致亦爲至。書：『乃言厎可績』，馬融注：『厎，定也。』定亦爲止。詩：『靡所厎止，伊于胡厎』，傳、箋並云：『厎，至也。』」

韻讀：之部——士、止。

祈父！亶不聰。胡轉予于恤？有母之尸饔。

亶，毛傳：「誠也。」確實。　不聰，猶不聞，不瞭解下情。林義光詩經通解：「不聰，謂不聞人民疾苦。」

有母，指離家時母親還有。之，則，就。尸，陳列。饔，同飧，韓詩作雍，熟飯。指回家時母親已死，就陳列熟飯祭祀。陳奐傳疏：「有母之尸饔，有母二字當逗讀，『之』猶則也。言我從軍以出，有母不得終養，歸則惟陳饔以祭，是可憂也。」韓詩外傳：「往而不可還者，親也。至而不可加者，年也。是故孝子欲養而親不待也。木欲直而時不待也。是故椎牛而祭墓，不如雞豚逮親存也。」下引詩曰：「有母之尸饔。」孔疏引許慎五經異義：「『有母之尸饔』，謂陳饔以祭，志養不及親。」此是古義，比較可信。

韻讀：東部——聰、饔。

白駒

【題解】這是一首別友思賢的詩。蔡邕琴操：「白駒者，失朋友之所作也。」曹植釋思賦：「彼朋友之離別，猶求思乎白駒。」蔡、曹都指出了這是一首別詩。余冠英詩經選：「這是留客惜別的詩。前三章是客未去而挽留，後一章是客已去而相憶。」他分析的章旨，似可從。毛序：「白駒，大夫刺宣王也。」謂作於宣王時代。蔡邕琴操說：「衰亂之世，君無道，不可匡輔，依違成風，諫不見受。國士咏而思之，援琴而長歌。」按宣王爲中興之主，晚年雖然昏庸，但社會並未衰亂。此詩可能産生於厲、幽時代。毛序説是刺宣王，恐不可從。

此詩的藝術特點，是形象鮮明。詩中有兩個形象：一位是主人，一位是客人。這位客人，品德如玉般的純潔高貴，才能宜爲公爲侯。可是，他生於衰亂之世，君無道，既不可匡輔，又不肯依違。所以産生了遯世之心。這位主人，待客熱情，把客人騎的馬拴住，希望能在他家逍遥一天。並且勸他不要産生獨善其身的享樂、避世思想。別後還希望這位如玉的客人再回來，或和他通訊，表現着依依不捨的心情。這使我們幾千年後的讀者，覺得人物栩栩如生。

皎皎白駒，食我場苗。縶之維之，以永今朝。所謂伊人，於焉逍遥。

皎皎，潔白貌。　駒，小馬。朱熹詩集傳：「駒，馬之未壯者。謂賢者所乘也。」

場，菜園。陳奐傳疏：「場、圃同地，場即圃也。」見七月注。　苗，據下文藿，此處或指豆苗。

縶，用繩子拴住馬足。説文：「馽，絆馬足也。」縶、馽古同字。　維，把馬韁繩繫在樹上。毛傳：「維，繫也。」

永，盡。姚際恒注山有樞「且以永日」句：「猶云盡此一日也。」釋永爲盡。按永有終、盡之義，如易訟初六：「不永所事」。以永今朝，以盡今朝，留客之辭。下章「以永今夕」同。

伊人，這人。指朋友，白駒的主人。

於，在。於焉，在此，在這裏，指在主人家。玉篇：「焉，猶是也。」逍遥，亦作消摇，優游自得貌。鄭箋：「逍遥，游息。」

韻讀：宵部——苗、朝、遥。

皎皎白駒，食我場藿。縶之維之，以永今夕。所謂伊人，於焉嘉客。

藿，豆葉。

嘉客，快樂地作客。爾雅釋詁：「嘉，樂也。」

韻讀：魚部——藿（音呼入聲）、夕（音徐入聲）、客（音枯入聲）。

皎皎白駒，賁然來思。爾公爾侯，逸豫無期。慎爾優游，勉爾遁思。

賁，通奔，馬快跑貌。賁然來思，奔得來了。馬瑞辰通釋：「釋文：『賁，徐音奔。』奔、賁古通用。詩『鶉之奔奔』表記、吕氏春秋引詩俱作賁賁是也。考工記弓人鄭注：『奔猶疾也。』賁然，蓋狀馬來疾行之貌。」按馬説是也。近年出土漢簡中亦多借賁作奔之例。思，語氣詞。末句同。

爾，你，指詩人的朋友，即「伊人」。公、侯，古爵位名。爾公爾侯，胡承珙後箋：「謂爾宜爲公也，爾宜爲侯也，何爲逸樂無期以反也。如此，於愛賢留賢之意乃合。」

豫，説文：「豫，象之大者。」這是本義。段注：「引申之，凡大皆稱豫。故淮南子云『市不豫價』。大必寬豫，故事先而備謂之豫。寬大則樂，故釋詁曰：『豫，樂也。』」逸豫，安樂。無期，没有期限。

慎，謹慎。說文謹和慎二字互訓。　優，本義爲饒爲倡，引申爲優游、遨游之意。慎爾優游，慎重考慮你的出游。

勉，免的假借字。　遁，逃，逃避現實生活。說文：「遁，遷也；一曰逃也。」此句意爲，打消你遯世的念頭。

韻讀：之部——思、期、思。

皎皎白駒，在彼空谷。生芻一束，其人如玉。毋金玉爾音，而有遐心。

空，穹的假借。空谷，深大的山谷。文選班固西都賦、陸璣苦寒行注引韓詩作「在彼穹谷」。爾雅釋詁：「穹，大也。」指伊人已去，隱於空谷。

生芻，餵馬的青草。這句是詩人表示等待朋友回來。

其人，指騎白駒的伊人。　如玉，形容友人的品德像玉那樣的純潔美麗。

金玉，是貴重之物，這裏作「珍惜」動詞用。毋金玉爾音，意爲别珍惜你的音訊。王先謙集疏：「金玉者，珍重愛惜之意，恐其别後不通音問。」

遐，遠。遐心，疏遠我的心。

韻讀：侯部——駒、谷、束、玉。　侵部——音、心。

黄鳥

【題解】這是一位流亡異國者思歸的詩。朱熹詩集傳：「民適異國，不得其所，故作此詩。」這是正確的。當時人民言論不自由，故詩人託黄鳥以起興，其作用和魏風碩鼠同。語言質樸，感情充沛，可能是一首民歌。龔橙詩本誼將黄鳥、我行其野、谷風、蓼莪、都人士、采緑、隰桑、緜蠻、瓠葉、漸漸之石、苕之華、何草不黄十二篇列爲「西周民風」，這是對的。還有采薇、大東等詩也是民歌，他漏掉了。毛傳在經「此邦之人，不可與明」下，釋爲「不可與明夫婦之道」。在「復我諸兄」下，釋爲「婦人有歸宗之義」。易林乾之坎亦有「黄鳥來集，既嫁不答。念我父母，思復邦國」之文。是毛傳和齊詩都認爲婦人所作，不知有何根據？或因下篇我行其野爲棄婦之辭而附會其説吧。郭沫若在中國古代社會研究中説：「黄鳥就是瓦雀，這和秏子是一樣，也就和坐食階級是一樣，没有一個地方是没有的。痛恨本國的碩鼠逃走了出來，逃到外國來又遇着有一樣的黄鳥。天地間哪裏有樂土呢？倦於追求的人，他又想逃回他本國去了。」他的分析，最合詩旨。

詩每章首三句是興，借黄鳥代剥削者。和魏風碩鼠借碩鼠代剥削者一樣。借代形式很多，這是以具體代抽象的修辭。詩人以具體的黃鳥，代抽象的剥削者，所謂抽象，指剥削者的性質、狀態、關係、作用等而言。黃鳥性質是好吃糧食的鳥，其狀態是偷吃，貪而畏人。它是農民最討厭的鳥，這些都是剥削者的特徵。用它代剥削者，在詩中起了形象而使人憎恨的作用。

黃鳥黃鳥，無集于穀，無啄我粟。此邦之人，不我肯穀。言旋言歸，復我邦族。

黃鳥，黃雀，好吃糧食。喻剥削者。

穀，木名，亦名楮。見鶴鳴注。

不我肯穀，「不肯穀我」的倒文。即不肯養我。廣雅：「穀，養。」甫田詩「以穀我士女」鄭箋亦訓穀爲養。

言旋言歸，二「言」字都是語助詞。旋和還通，回轉。

復，返。鄭箋：「言我復反也。」邦，國。族，農村家名。周禮秋官大司寇：「四閭爲族」，注：「百家也。」

韻讀：侯部——穀、粟、穀、族。

黃鳥黃鳥，無集于桑，無啄我粱。此邦之人，不可與明。言旋言歸，復我諸兄。

粱，高粱。

明，音義同盟，信用。鄭箋：「明當爲盟，信也。」這句連上句説：這個國家的人，不可和他們講信用。

諸兄，諸位同輩。

韻讀：陽部——桑、粱、明（音芒）、兄（虚王反）。

黄鳥黄鳥，無集于栩，無啄我黍。此邦之人，不可與處。言旋言歸，復我諸父。

栩（xǔ 許），柞樹，又名櫟。結子名橡，可製皂。

黍，黄米，又名小米。見黍離注。

處，相處。這句意爲，不可和他們相處。

諸父，本指伯父叔父，這裏泛稱諸位長輩。

韻讀：魚部——栩、黍、處、父。

我行其野

【題解】

這是一位遠嫁異國而被遺棄的婦女的詩。易林巽之豫：「黄鳥採蓄，既嫁不答。念吾父兄，思復邦國。」鄭箋：「男女失道，以求外昏，棄其舊姻而相怨。」是漢人多認爲這是棄婦詩。詩中「不思舊姻，求爾新特」也是婦人口吻。朱熹詩集傳：「民適異國，依其婚姻而不見收卹，故作此詩。」按婚姻古有二義：一爲夫、婦之父相稱爲婚姻，如爾雅：「婿之父爲姻，婦之父爲婚。」一爲男女嫁娶之事，如白虎通嫁娶篇：「婚者，昏時行禮，故曰婚。姻者，婦人因夫而成，故曰姻。」朱熹依前一説釋詩之「昏姻」，恐非詩旨。

這是一首民歌，詩人是一位勞動婦女，她走到野外，遇着野地上長着茂盛的惡木臭椿，惡菜僻藍、蔓茅，想到自己嫁人不淑，而作此詩。孔疏引王肅云：「行遇惡木，言己適人遇惡人也。」他指出了這詩的藝術特點。詩人以遇惡木象徵遇惡人，不自覺地運用了象徵的藝術手法。象徵是和詩人的意和情相融合，它隱藏着作者的思想感情，通過作者的想象來表現的。劉勰文心雕龍神思篇所謂「神與物游」，物色篇説：「寫氣圖貌，既隨物而宛轉；屬采附聲，亦與心而徘徊。」他指出了物和神、物和心的關係，也就是説，象徵和詩人思想感情想象三者是不可分割的。我行其野每章的首二句，正起了這種作用。

我行其野，蔽芾其樗。昏姻之故，言就爾居。爾不我畜，復我邦家。

蔽芾（fèi費），樹木初生枝葉茂盛貌。見甘棠注。樗，臭椿，見七月注。毛傳訓樗爲惡木，下章訓蓫爲惡菜，末章訓葍爲惡菜，其義同。

昏姻，即婚姻，詳題解。

言，發語詞，無義。　就，從，跟。　爾，指丈夫。

畜，毛傳：「畜，養也。」按畜亦訓愛，孟子：「畜君者，好君也。」見谷風注。二訓均可通。這句是倒文，即「爾不畜我」。下同。

復，返。　邦家，家鄉。

韻讀：魚部——野（音宇）、樗、居、家（音姑）。

我行其野，言采其蓫。昏姻之故，言就爾宿。爾不我畜，言歸斯復。

蓫（zhú 逐），齊詩作蓄，蓫之别名。一種多年生草本植物，下有根，如蘿蔔，今名僻藍，可食。齊民要術引陸璣云：「蓫，今人謂之羊蹄，似蘆菔，莖赤。煮爲茹，滑而不美，多噉令人下痢。揚州謂之羊蹄，幽州謂之蓫，一名蓨。」

言、斯，皆語助詞。這句和上章「復我邦家」同義。

韻讀：幽部——蓫、宿、畜、復。

我行其野，言采其葍。不思舊姻，求爾新特。成不以富，亦衹以異。

葍（fú 福），一種多年野生蔓草，亦名葍茅。齊民要術引陸璣云：「河東、關内謂之葍，幽兖謂之燕葍，一名爵弁，一名藑，根正白，著熱灰中温噉之。饑荒可蒸以禦饑。漢祭甘泉或用之。其華有兩種，一種莖葉細而香，一種莖赤有臭氣。」按這句的葍，指有臭氣的一種，毛傳所謂惡菜。

思，魯詩作惟，義同。　舊姻，魯詩作因，詩人自稱。馬瑞辰通釋：「舊姻，即棄婦，自稱其家舊爲夫所因也。」

特，配偶。鄘風柏舟傳：「特，匹。」馬瑞辰：「新特，謂新婦。特，當讀『實維我特』之特，毛傳訓匹是也。新特，猶新昏也。」

成，誠的假借字，確實。論語顔淵篇引詩正作誠。這句意爲，你確實不是因爲她有錢。

祇，只。　異，喜新厭舊，對我有異心的意思。朱熹詩集傳：「言爾不思舊姻而求新匹也，雖實不以彼之富而厭我之貧，亦祇以其新而異於故耳。」

韻讀：之部——葍（方逼反，入聲）、特（徒力反，入聲）、富（方備反）、異。

斯干

【題解】

這是歌頌周王宫室落成的詩。毛序：「斯干，宣王考室也。」漢書劉向傳載向上疏云：「宣王賢而中興，更爲儉宫室，小寢廟。詩人美之，斯干之詩是也。」揚雄將作大匠箴：「詩咏宣王，由儉改奢。」是漢代今古文學者都認爲詩是宣王時代的作品，或有所據。

這首詩的語言，多用疊字。古人又稱之爲重言。詩人以秩秩寫澗，以幽幽寫山，描繪了新居的地勢。閣閣摹束板聲，橐橐摹夯土聲，噲噲摹兒哭聲。殖殖形容庭院的平正，噲噲形容白天室内的明亮，噦噦形容夜間室内的陰暗。用得都很準確、生動、形象，有聲有色，使詩歌增加了魅力。王筠著毛詩重言一書，認爲詩經詩人運用重言極多，不限於二字的重疊，凡和、其、彼、有、斯等虚詞結合者，其作用和重言相同。如「静女其姝」，即「静女姝姝」；「嘒彼小星」，即「嘒嘒小星」；「有覺其楹」，即「覺覺其楹」；「朱芾斯皇」，即「朱芾皇皇」。他的分析是正確的。一般疊字，都是由單音變過來的，單音節的一個「依」字，如「依彼平林」，拖長了聲音念，就變成了依依，如「楊柳依依」。單音節的一個「坎」字，如「坎其擊鼓」，拖長了聲音念，就變成了「坎坎鼓我」。斯干詩人不自覺地運用疊字修辭手法，加上第四章的四個連比句，以物象屋，被後人推爲「古麗生動，孟堅（班固）兩都賦所祖」。誠非過譽。

秩秩斯干，幽幽南山。如竹苞矣，如松茂矣。兄及弟矣，式相好矣，無相猶矣。

秩秩，水流貌。秩，本義爲積。説文段注：「積之必有次序成文理，是曰秩，斯干傳曰：『秩秩，流行也。』引申之義也。」　斯，語中助詞，兼有「之」（的）的作用。　干，澗之假借。采薇傳：「山夾水曰澗。」按這二句是寫建築的地勢，毛傳標曰「興也」。這是錯誤的。故朱熹標爲賦。

幽幽，毛傳：「深遠也。」　南山，即今陝西境内之終南山。

如，含有「有」的意思，不是比喻。姚際恒詩經通論：「如竹苞二句，因其地所有而詠之。王雪山曰：『如，非喻，乃枚舉焉爾。』此善于解虛字也。」王說是。　苞，與茂同義。

式，發語詞。

猶，欺詐。猶與猷古通用。方言：「猷，詐也。」廣雅：「猶，欺也。」這章叙述宮室地勢風景的美好，目的在於家族的和睦共處。

韻讀：元部——干、山。　幽部——苞（布瘦反）、茂、好（呼叟反）、猶。

似續妣祖，築室百堵，西南其户。爰居爰處，爰笑爰語。

似，本義爲像。這裏是嗣之假借。毛傳：「似，嗣也。」似續，繼承。　妣，本義爲亡母，禮記曲禮：「生曰父、曰母、曰妻，死曰考、曰妣、曰嬪。」此處是泛指女性祖先。　妣祖，先祖先妣。

百堵，見鴻鴈注。　此處形容建築房室的衆多。

西南其户，毛傳：「西鄉（向）户南鄉户也。」指東邊的室有向西開的門，北邊的室有向南開的門。當然也有西室的東向户，文不具。

爰，於是、在這裏。　爰居爰處，在這裏居住。　下句同。　鄭箋：「爰，於也。於是居，於是處，於是笑，於是語，言諸寢之中皆可安樂。」這章叙述建築新居是爲了繼承先人之志。

韻讀：魚部——祖、堵、户、處、語。

約之閣閣，椓之橐橐。風雨攸除，鳥鼠攸去，君子攸芋。

約，捆紮。毛傳：「約，束也。」　閣閣，象聲詞，用繩索縛築板發出聲。考工記匠人鄭注引詩作格格，鄭據韓詩。

椓（zhuó 啄），說文：「椓，擊也。」這裏指用杵夯土，築牆時用濕土填進夾板裏。　橐橐（tuó 駝），魯詩作㯮，是本字。廣雅：「㯮㯮，聲也。」這裏指夯土聲。

攸，助詞，含有於是的意思。　除和去同義，蟋蟀傳：「除，去也。」這句連上句說：風雨鳥鼠之害都可除去。朱熹詩集傳：「言其上下四旁皆牢密也。」

芋，宇之假借，魯詩作宇。周禮大司徒鄭注引詩作宇。說文：「宇，屋邊也。」引申為庇覆、居住。

韻讀：魚部——閣（音孤入聲）、橐（音吐入聲）、除、去、芋。

如跂斯翼，如矢斯棘，如鳥斯革，如翬斯飛。君子攸躋。

跂，同企，玉篇企字下引詩作企。舉踵而立。　翼，端正貌。論語：「趨進，翼如也。」孔注：「言端好。」　斯，語助詞。這句意為，像人踮起腳跟站着那樣的端正嚴肅。

棘，棱角。毛傳：「棘，棱廉也。」釋文：「韓棘作朸，云：朸，隅也。」字異而義同。　如矢斯棘，宮室的屋簷四角像矢頭那樣正直而有棱角。

革，⿰革羽之假借，翅膀。毛傳：「革，翼也。」釋文：「韓革作⿰革羽，云：⿰革羽，翅也。」説文段注：「毛用古文，假借字；韓用正字，而訓正同。」如鳥斯革，屋宇的高揚像大鳥的翅膀那樣廣闊。

翬（huī揮），雉，野雞，羽毛有彩色，故亦名錦雞。如翬斯飛，宮室的簷阿華麗高峻，像錦雞那樣展翅高飛。按以上四「如」，都是詩人以物象取喻，形容宮室建築的特色和美麗。

君子，指周王。躋（jī基），登上。毛傳：「躋，昇也。」這句指宮室地基高而有階，故用「躋」字形容。但君子尚未入室。

韻讀：之部——翼、棘、革（音棘）。脂部——飛、躋。

殖殖其庭，有覺其楹。噲噲其正，噦噦其冥。君子攸寧。

殖殖，平正貌。毛傳：「殖殖，言平正也。」庭，泛指庭院。古庭分前庭、中庭、後庭，説文：「庭，宮中也。」段注：「宮者，室也。室之中曰庭。」這指中庭。玉篇：「庭，堂階前也。」這指前庭。伯兮：「焉得諼草，言樹之背」，「背」指後庭。

有覺，即覺覺。高大而直貌。楹，説文：「楹，柱也。」指堂前的兩楹。

噲噲（kuài快），明亮貌。正，白天。鄭箋：「噲噲，猶快快也。正，晝也。」

噦噦（huì慧），幽暗貌。冥，黑夜。鄭箋：「噦噦，猶煟煟也。冥，夜也。」以上二句言建成的宮室晝則明亮，夜則幽暗，日夜都很合適。

寧，安，安居。寫君子已經入室。以上三章寫建築宮室，都是爲了君子舒適居住。

韻讀：耕部——庭、楹、正、冥、寧。

下莞上簟，乃安斯寢。乃寢乃興，乃占我夢。吉夢維何？維熊維羆，維虺維蛇。

莞（guān官），通萑，一種多年生草木植物，莖圓，廣雅稱爲葱蒲，可織席。説文：「莞，草也，可以作席。」段注：「莞，蓋即今席子草。」此處指莞草編的席。簟（diàn店），竹葦製的席。説文：「簟，竹席也。」古人席地而坐，宮室落成之後，下鋪蒲席，上鋪竹葦席。禮記内則注：「簟，席之親身也。」

乃，於是。

興，早起。鄭箋：「興，夙興也。」

維，是。下二句同。維何，是什麽。

羆（pí皮），獸名。似熊而高大，猛而多力。

虺（huǐ毁），毒蛇。細頸大頭，身有花紋，長約七八尺的大蛇。

韻讀：侵部——簟（徒稔反）、寢。蒸部——興、夢。歌部——何、羆（音波）、蛇（音陀）。

大人占之：維熊維羆，男子之祥。維虺維蛇，女子之祥。

大人，對占卜官吏的敬稱。周禮春官有「太卜」之官，掌卜筮與占夢之事。

祥，本義爲福。這裏指吉兆。朱熹詩集傳：「熊羆，陽物在山，强力壯毅，男子之祥也。虺蛇，陰物穴處，柔弱隱伏，女子之祥也。」

韻讀：歌部——羆、蛇。　陽部——祥、祥。

乃生男子，載寢之牀，載衣之裳，載弄之璋。其泣喤喤，朱芾斯皇，室家君王。

載，則，就。　牀，像現在的小矮桌，長方形。鄭箋：「男子生而臥于牀，尊之也。」蓋古人席地，坐睡都在地上，惟尊者得臥於牀。

衣，穿。　裳，圍裙。古人服飾，上曰衣，下曰裳。用大人的裳將孩子裹起來。

弄，玩。給男孩玩璋。　璋，古代貴族朝聘、祭祀等典禮所用玉製的禮器。毛傳：「半珪爲璋。」

喤喤，小兒洪亮的哭聲。

朱芾，魯詩芾作紼，朱紅色的蔽膝，這是天子、諸侯的禮服。見采芑注。　斯皇，煌煌，光明貌。鄭箋：「皇，猶煌煌也。芾者，天子純朱，諸侯黄朱。室家，一家之内。宣王將生之子，或且爲諸侯，或且爲天子，皆將佩朱芾煌煌然。」

室家，指周室周家。　君，諸侯。王，天子。

韻讀：陽部——牀、裳、璋、喤、皇、王。

乃生女子，載寢之地，載衣之裼，載弄之瓦。無非無儀，唯酒食是議，無父母詒罹。

載寢之地，鄭箋：「卧于地，卑之也。」

裼（ㄊㄧˋ替），包小兒的被。毛傳：「裼，褓也。」漢書宣帝紀孟康注：「緥，小兒被也。」緥爲正字。褓，俗字。釋文引韓詩作褅，云：「齊人名小兒被爲褅。」說文引詩作褅。褅，即褅之或體。裼爲褅之假借。

瓦，紡磚。古代紡線用的陶製紡錘。毛傳：「瓦，紡塼也。」說苑雜言：「子不聞和氏之璧乎？價重千金，然以之間紡，曾不如瓦磚。」可見古代人用瓦磚捲線。給女孩玩紡磚，希望她長大後勤習紡績的事。

無非無儀，非，說文：「非，韋（違）也。」無非，不違命，順從公婆丈夫等家人的意旨。儀，通議，度，計劃。無儀，不要擅自計劃事。馬瑞辰通釋：「儀又通作議，昭六年左傳：『昔先王議事以制。』王引之曰：『議讀爲儀，儀，度也。制，斷也。謂度事之輕重以爲制斷也。』今按婦人從人者也，不自度事以自專制，故曰無儀。」

議，商討。這句意爲婦女只要商量酒飯等家務事。

詒，通貽，說文：「貽，遺也。」留給。　罹（ㄌㄧˊ離），憂愁。孔疏：「言能恭謹不遺父母憂也。」

韻讀：歌、支部通韻——地（音惰）、裼（音唾）、瓦（音卧）、儀（音俄）、議（音俄）、罹（音羅）。

無羊

【題解】

這是歌頌貴族牲畜蕃盛的詩。毛序：「無羊，宣王考牧也。」這當然不足盡信。漢代今文學者對此詩的解釋已不可考。詩共四章，首章言統治者牛羊之多。次章寫牛羊動態及牧人形象。三章寫牧人及牛羊的夕歸。四章叙牧人的夢境及占卜。

此詩的藝術特點，在於狀物之妙。王士禎漁洋詩話云：「小雅無羊之『或降于阿，或飲于池，或寢或訛。爾牧來思，何蓑何笠，或負其餱。』『麾之以肱，畢來既升。』字字寫生，恐史道碩、戴嵩畫手擅場，未能如此極妍盡態也。」姚際恒評中間兩章云：「此兩章是群牧圖，或寫物態，或寫人情，深得人物兩忘之妙。」方玉潤説：「其體物入微處，有畫手所不能到。」此詩體物之工，爲清代批評家所推崇，認爲它是詩經中傑作之一。

誰謂爾無羊？三百維群。誰謂爾無牛？九十其犉。爾羊來思，其角濈濈。爾牛來思，其耳濕濕。

維，是，爲。鄭箋：「誰謂汝無羊？今乃三百頭爲一群。」按三百是虚數，猶言數百。

九十，亦虛數，泛言其多。　犉，肥大的牛。爾雅：「牛七尺爲犉。」毛傳訓「黃牛黑脣爲犉」，亦通。

來思，思爲語氣詞，無義。下同。

濈濈（ㄐㄧˊ輯），衆多聚集貌。毛傳：「聚其角而息濈濈然。」説文：「濈，和也。」段注：「毛意言角之多，蓋言聚而和也。如輯之訓聚兼訓和。」釋文：「濈本亦作戢。」御覽引詩正作戢。爾雅：「戢，聚也。」

濕濕，牛反芻時耳扇動貌。毛傳：「呞而動其耳濕濕然。」釋文：「呞，本又作䶜，亦作齝。」郭注爾雅「牛曰齝」云：「食已復出嚼之也。」

韻讀：文部——群、犉。　緝部——濈、濕。

或降于阿，或飲于池，或寢或訛。爾牧來思，何蓑何笠，或負其餱。三十維物，爾牲則具。

或，有的。下同。　降，下來。　阿，丘陵。

訛，通吪，毛傳：「訛，動也。」釋文：「韓詩作譌，譌，覺也。」按訛當作吪，通譌。譌，同㾓。韓詩釋覺，是對「寢」字而言。動則見覺醒，韓、毛字異而意同。

牧，牧畜的奴隸。

何，通荷，擔負，此處引申爲披戴。毛傳訓揭，見候人注。　蓑，蓑衣。按蓑是俗字，本字爲衰。說文：「衰，草雨衣，秦謂之萆。萆，雨衣，曰衰衣。」笠，斗笠，所以避暑。

餱，乾糧。

三十維物，三十，虛數，泛言多。物，指牲畜的毛色。毛傳：「異毛色者三十也。」陳奐傳疏：「鄭司農注犬人云：『物，色也。』穆天子傳：『收皮効物』，郭注云：『物，謂毛色也。』即引此詩。」

具，具備。爾牲則具，各種毛色的牲口你就具備。據説古代不同的祭祀要用不同毛色的牲畜，見周禮地官牧人。

韻讀：歌部——阿、池（音沱）、訛。侯部——餱、具（渠晝反）。

爾牧來思，以薪以蒸，以雌以雄。爾羊來思，矜矜兢兢，不騫不崩。麾之以肱，畢來既升。

以，取。薪，粗柴。蒸，細柴。或以薪蒸爲牧草，但於古書中無據。

以雌以雄，雌、雄都指禽獸。牧畜之奴隸還須兼做採薪、捕獵之事。鄭箋：「此言牧人有餘力則取薪蒸、搏禽獸以來歸也。」

矜矜、兢兢，堅持恐走失之貌。

騫，虧損，零星走失。馬瑞辰通釋：「騫本馬腹縶陷之稱，引申通爲虧損之稱。」崩，本義爲「山壞」，引申爲散群。林義光詩經通解：「騫，虧也。崩，壞散也。小失曰騫，全失曰崩。不騫不崩，言群羊馴謹相隨，無走失之患也。」

麾，假借作揮。肱，手臂。毛傳：「肱，臂也。」畢、既二字同義，盡、完全。升，登。毛傳：「升，升入牢也。」畢來既升，指羊群完全回來入圈。

韻讀：蒸部——蒸、雄、兢、崩、肱、升。

牧人乃夢：衆維魚矣，旐維旟矣。大人占之：衆維魚矣，實維豐年。旐維旟矣，室家溱溱。

維，與。見楊樹達詞詮。下句同。

旐，于省吾新證認爲旐字應讀作兆。金文吴方彝「翢旐」，孫詒讓古籀拾遺稱「此旐字當即所謂大白之旗也」。説文旝字下引詩「其旝如林」，今本大明旝作會。然則旐之通兆與此同例。古籍謂十億或萬億曰兆，引申之則爲衆多之泛稱。楚辭惜誦「衆兆之所讎」，王注謂：「兆，衆也。」衆、兆雙聲疊義。古之疊義連語往往分用。此詩「維」爲句中助詞，本謂所夢的是魚之衆與旟之多。衆魚爲豐年之徵，兆旟爲室家繁盛之驗。按，于説甚有理。旟，畫鷹隼的旗。説文：「旟，錯革鳥其上，所以進士衆。」

大人，指掌占夢的官，見斯干注。

實，是、這。陳奂傳疏：「實當作寔，寔，是也。」維，爲。

溱溱，魯詩作蓁蓁，溱與蓁通，又通增。毛傳：「溱溱，衆也。」鄭箋：「子孫衆多也。」

韻讀：魚部——魚、旟、魚、旟。　真部——年（奴因反）、溱。

節南山

【題解】

這是周大夫家父斥責執政者尹氏的詩。左傳昭公二年：「季武子賦節之卒章。」十月之交鄭箋：「節刺師尹不平。」大戴記衛將軍文子盧辯注：「小雅節之四章。」是古代只以「節」名篇。毛序：「節南山，家父刺幽王也。」序認爲詩是幽王時代的作品。或因正月、十月之交等作於幽王時代，故推而及之。此詩可能產生於西周，有首句「節彼南山」爲證。姚際恒謂南山即終南山，東遷以後不可能詠終南山，姚氏這一推斷是對的。宋歐陽修詩本義、明季明德詩說解頤、何楷詩經世本古義等都説此詩爲東周桓王時代的作品，其主要根據是春秋魯桓公十五年（周桓王二十三年）有「家父來求車」一語。但這一可能孔穎達已於正義中提出不同意見，他認爲春秋之前古人同名者甚多，如左傳文公十一年有富父終甥，哀公三年有富父槐；吴子壽夢之後又有太子壽夢；公子光之父名諸樊，光之子亦名諸樊。鄭有兩子孔，晉有兩士匄，衛、宋俱有公孫朝，鄭、衛俱有公孫揮等等。證明此詩之家父與桓王時之家父亦爲兩人。可見歐陽修等人之説不能成立。家父，漢書古今人表作「嘉父」，列於宣王時代，蓋漢代今文學者以此詩爲宣王時代之作，亦可備一説。至於詩的主題，胡承珙毛詩後箋說:「許白云詩鈔曰:此詩刺王用尹氏,前九章惟極言尹氏之罪,而卒章以言歸之王心,則輕重本末自見。其所以刺尹氏者,大要有二事,爲政不平而委任小人也。」他又說:「詩詞專責尹氏,而刺王之旨自在言外。」今從胡說。

陳喬樅云:「箋釋『不弔昊天,不宜空我師』云:『不善乎昊天,愬之也。』此詩屢言昊天,如『昊天不庸』、『昊天不惠』。又『不弔昊天,亂靡有定』,及此『昊天不平』,皆呼天而愬之詞。」他這段話,正指出了此詩的藝術特點。詩人撇了對話的聽者或讀者,突然直呼話中的天或物來說話的,叫做呼告。它產生於詩人情感激烈的時候,不知不覺對不在面前的意象,當着有生命的東西,以呼告的形式和它說話。詩歌中常見呼天呼父母的詞句,司馬遷史記屈原列傳說:「夫天者,人之始也。父母者,人之本也。人窮則反本,故勞苦倦極,未嘗不呼天也。疾痛慘怛,未嘗不呼父母也。」他指出呼告中呼天產生的原因,是切合人們生活中的實際情況。從老天爺啊老天爺大聲疾呼中,我們不是强烈地感受到了詩人走投無路而憤怒到快要爆發的情緒嗎?

節彼南山,維石巖巖。赫赫師尹,民具爾瞻。憂心如惔,不敢戲談。國既卒斬,何用不監。

節,巀之假借,節彼,即節節。高峻貌。釋文:「節,又音截。」說文:「巀,巀嶭山也。」段注:「巀嶭、嵯峨語音之轉,本爲山峻貌,因以爲山名也。」南山,終南山。見閻若璩四書釋地南山。巖巖,毛傳:「積石貌。」馬瑞辰通釋:「據說文:『巖,崖也。』『礹,石山也。』則巖巖乃礹礹之假借。」按首二句是起興，喻師尹地位的高貴顯赫。

赫赫，毛傳：「顯盛貌。」 師尹，毛傳：「師，大師，周之三公也。尹，尹氏，爲大師。」陳奂傳疏：「尹氏本官名，武王時尹佚爲之，有功，後子孫因以官族。」他又説：「周公以冢宰兼大師，大公以司馬兼大師，皇父以司徒兼大師，是大師爲三公之兼官矣。」

民具爾瞻，人民都看着你。 毛傳：「具，俱。瞻，視。」

惔（tán 談），燒，毛傳：「惔，燔也。」釋文：「韓詩作炎。」説文於惔下引詩亦作炎，於羙下引詩作羙。 馬瑞辰謂作羙者毛詩，此惔字當爲羙之誤。 因惔的本義訓憂，「憂心如憂，爲不詞矣」。馬説是。

戲談，戲謔談論。 鄭箋：「畏汝之威，不敢相戲而言語，疾其貪暴，脅下以刑辟也。」

國，指國運。 卒，盡，完全。 斬，斷，斷絶。 國既卒斬，國運已到完全斷絶的地步。

何用，何以。 監，瞰的假借，看。 説文：「瞰，視也。」釋文：「監，又作瞰。」這句意爲，何以看不見呢？ 這章言尹氏之失民望。

韻讀：談部——巖、瞻、惔、談、斬、監。

節彼南山，有實其猗。 赫赫師尹，不平謂何？ 天方薦瘥，喪亂弘多。 民言無嘉，憯莫懲嗟。

有實其猗，形容山坡廣大。 王引之經義述聞：「詩常例，凡言有蕡其實、有鶯其羽、有略其耜、有捄其角，末一字皆實指其物。有實其猗文義亦然也，猗疑當讀爲阿。猗、阿二字通用。」又曰：「實，廣大貌。閟宮篇『實實枚枚』，傳曰：『實實，廣大也。』有實其阿者，言南山之阿實然廣大也。」按阿，山坡。詩人以山上有廣大不平的山坡，以興師尹的不平。馬瑞辰通釋：「爾雅：『偏高曰阿丘。』阿爲偏高不平之地，故詩以興師尹之不平耳。」

謂何，云何。這句是倒文，言尹氏爲政爲什麽不均平？

薦，屢次。瘥（cuó 嵯），本義爲病愈。引申爲瘟疫疾病。三家詩作嵯。陳奂傳疏：「説文：嵯，殘薉田也。引詩作薦嵯，與争田之訟説合。」

弘，大。此句意爲，死亡亂離的事又廣又多。

嘉，善。此句意爲，人民對師尹没有一句好話。

憯（cǎn 慘），本義爲痛，這裏是朁的假借。説文：「朁，曾也。」曾，還。懲，警戒。嗟，句末語助詞（從王引之經傳釋詞説）。這句意爲，尹氏還不知警戒啊。這章言尹氏爲政不平，不顧天怒民怨。

韻讀：歌部——猗（音阿）、何、瘥、多、嘉（音歌）、嗟（子何反）。

尹氏大師，維周之氐。秉國之均，四方是維，天子是毗，俾民不迷。不弔昊天，不宜空我師。

維，是。氐，通柢，魯詩作底，樹木的根。爾雅：「柢，本也。」郭注：「謂根本。」按這句是隱喻的修辭。

秉，掌握。　均，鈞之假借，漢書律曆志引作鈞。本義爲量名，説文：「鈞三十斤也。」後遂通以爲「平均」之稱。故鄭箋云：「持國政之平。」

四方，指全國。　是，這，指四方。　維，繫，引申爲維持。

毗，荀子宥坐引詩作痺，皆埤之假借。釋文：「王作埤。」説文：「埤，增也。增，益也。」輔助的意思。天子是毗，言尹氏職在輔助天子。

俾，使。　迷，迷惑。鄭箋：「使民無迷惑之憂。」以上四句是詩人對尹氏的希望。

不弔，不淑，不善。林義光通解：「不弔，不淑也。金文叔字皆借弔字爲之。叔、弔雙聲旁轉，故淑亦通作弔。襄十六年左傳『旻天不弔』鄭衆注周禮大祝引作『閔天不淑』。書費誓『無敢不弔』，史記魯世家作『無敢不善』。」　旻天，泛指上天。這句意爲，不善的上天。鄭箋：「不善乎旻天，愬之也。」是呼告的修辭。

空，困窮。毛傳：「空，窮也。」　師，衆民。鄭箋：「不宜使此人居尊官困窮我之衆民也。」這章言太師是周王朝的根本，爲政當均平，責任重大。

韻讀：脂部——師、氏、維、毗、迷、師。　真部——均、天（鐵因反）。

弗躬弗親，庶民弗信。弗問弗仕，勿罔君子。式夷式已，無小人殆。瑣瑣姻亞，則無膴仕。

躬、親二字同義，言尹氏不親自管理政事。庶民弗信，陳奐傳疏：「今君子不能躬率庶民，則庶民於上之言不肯信從矣。」問，咨詢。仕，事，此處指任之以事。罔，欺罔。君子，指在位貴族中之賢者。與上句庶民相對。姚際恒通論：「以君子而弗咨詢之，弗仕使之，是誣罔君子也，故戒其『勿』。」式，語助詞。夷，平，消除。已，止，制止。指消除、制止上面不合理的事。馬瑞辰通釋：「夷謂平其心，即下章『君子如夷』也。已謂知所止，即下章『君子如屆』也。」殆，危。毛傳：「無以小人之言至于危殆。」瑣瑣，渺小淺薄貌。姻，壻之父曰姻。亞，兩壻相謂曰亞。即後代所謂連襟。姻亞，這裏指裙帶關係。膴（wǔ武），厚。膴仕，指高官厚禄。鄭箋：「瑣瑣婚姻妻黨之小人，無厚任用之置之大位。」

這章言尹氏任用小人及有裙帶關係者。

韻讀：真部——親、信。之部——仕、子、已、殆（徒里反）、仕。

昊天不傭，降此鞠訩。昊天不惠，降此大戾。君子如屆，俾民心闋。君子如夷，惡怒是違。

傭，公平。毛傳：「傭，均。」釋文：「韓詩作庸，庸，易也。」按庸爲傭之省借，易爲平易，義與毛同。

鞫，窾之假借，窮、極。　訩，凶之假借，凶咎。這句意爲，降此極大禍亂。馬瑞辰通釋：「鞫者窾之假借，說文：『窾，窮也。』又『趜，窮也。』並以雙聲取義。說文：『窮，極也。』訩當讀如『日月告凶』之凶，謂凶咎也。鞫凶猶言極凶，與大戾同義，故皆爲天所降。」

惠，仁愛。

戾，惡，鄭箋：「戾，乖也。」大戾和上句鞫訩同義。

君子，指師尹。　如，如果。　届，止。　指停止暴虐之政。

民心，即指下句惡怒之心。爲互文。　闋（què 却），平息。言師尹如果能停止其暴政，則人民憤怒之心即可平息。馬瑞辰通釋：「爾雅釋詁：『艐，至也。』孫炎曰：『艐古届字。』釋言：『届，極也。』極、至同義，至亦爲止。詩言君子如届，届謂得所止，猶上章『式已』也。上得所止，則民之心亦知所息矣。」

夷，平。指爲政公平。

惡怒，指人民憎惡和憤怒的情緒。　違，消除。毛傳：「違，去也。」這是說尹氏如果爲政公平，人民對他的憎惡憤怒就會消除了。這章言尹氏如果爲政公平，可消天變人怒。

韻讀：東部——傭、訩。　脂部——惠、戾、届（音既）、闋（苦穴反）、夷、違。

不弔昊天，亂靡有定。式月斯生，俾民不寧。憂心如酲，誰秉國成？不自爲政，卒勞百姓。

靡，無。定，止。這句意爲，禍亂並没有止息。

式，語助詞。斯，是、這，指禍亂。此承上句言，每月都有禍亂發生。故下句云「俾民不寧」。

酲（chéng 呈），酒醉而不醒。毛傳：「病酒曰酲。」

成，平治。國成，指平治國政。毛傳：「成，平也。」馬瑞辰通釋：「秉國成即執國政也。」按「國成」與三章之「國均」同義。齊詩「誰」下有「能」字。此句意爲，誰能掌握國政的平治呢？

政，齊詩作正，義同。不自爲政，言尹氏委政小人，有執政之名，無爲政之實。

卒，瘁的借字，瘁勞，勞苦。這章言尹氏不但不能消除天變，且生禍亂，使人民不寧。

韻讀：耕部——定、生、寧、酲、成、政、姓。

駕彼四牡，四牡項領。我瞻四方，蹙蹙靡所騁。

項，琟之假借，肥大。領，頸。項領，指馬久駕不行，馬頸有肥大的病。

蹙蹙，局縮不伸貌。靡所騁，無處馳騁。這章以馬喻己懷才不得用的苦悶。又胡承珙後箋引詩鈔謂此章「言欲遁無所往」，則是離騷「欲遠集而無所止」之意，亦通。

韻讀：真、耕部通韻——領、騁。

方茂爾惡，相爾矛矣。既夷既懌，如相醻矣。

方，正。時間副詞。　茂，盛，强烈。　爾，指尹氏之流。　惡（wù誤），憎惡，指統治者内部彼此意見有矛盾。

相，讀去聲，鄭箋：「相，視也。」以上二句意爲，當你們互相憎惡正强烈的時候，他看你就像一枝殺人的長矛。

夷，平，指心平氣和。　懌，悦。

醻，同酬，勸酒。鄭箋：「言大臣之乖争本無大讎，其已相和順而悦懌，則如賓主飲酒相醻酢也。」這章寫小人之交，實刺尹氏。

韻讀：魚部——惡、懌（音余入聲）。　幽部——矛、醻。

昊天不平，我王不寧。不懲其心，覆怨其正。

覆，反。　正，正諫他的人。末二句言尹氏不懲改其邪心，反而怨恨諫正他的人。朱熹詩集傳：「尹氏之不平，若天使之，故曰『昊天不平』。若是，則我王亦不得寧矣。然尹氏猶不自懲創其心，乃反怨人之正己者，則其爲惡，何時而已哉！」這章言尹氏拒諫。

韻讀：耕部——平、寧、正。

家父作誦，以究王訩。式訛爾心，以畜萬邦。

家父，三家詩家作嘉，作詩者的自稱。毛傳：「家父，大夫也。」陳奐傳疏：「食采于家，以邑爲氏者也。十月之交篇有家伯，或是家父之族；春秋周桓王時有家父，或即家父之後歟？何注公羊傳云：『家，采地。父，字。』是也。」　誦，諷諫。說文：「諷，誦也。誦，諷也。」此處泛指作詩以爲諷諫。

究，追究。　王訩，王朝凶惡的根源，指尹氏。

式，發語詞。　訛，吪的假借，改變。爾雅釋言：「訛，化也。」　爾，指國王。　詩人希望國王能改變任用尹氏的心。

畜，養，安撫的意思。　萬邦，指四方各諸侯國。朱熹詩集傳引東萊呂氏（呂祖謙）曰：「篇終矣，故窮其亂本，而歸之王心焉。致亂者雖尹氏，而用尹氏者，則王之心蔽也。」這章言任用尹氏禍國殃民的責任應歸於國王。

韻讀：東部——誦、訩、邦（博工反）。

正　月

【題解】　這是周大夫怨刺幽王、憂國憂民、自傷孤立無援的詩。毛序：「正月，大夫刺幽王也。」三家無異議。詩中有「赫赫宗周，褒姒威之」二語。朱熹詩集傳：「時宗周未滅，以褒姒淫妒讒諂而王惑之，知其必滅周也。」陳啟源稽古編：「國語：幽王三年三川震，伯陽父料周之亡不過十年；又鄭桓公爲周司徒，謀逃死之所；史伯引檿弧之謡、龍漦之讖，決周之必弊，其期不及三稔。然則周之必亡，而亡周之必爲褒姒，當時有識之士固已明知之，且明言之矣。……篇中所云具曰予聖，及旨酒、嘉肴、有屋、有穀等語，顯是荒君亂臣奢縱淫佚、燕雀處堂之態。若犬戎一亂，玉石俱焚，此輩已血化青燐，身膏白刃，尚得以富貴驕人哉！」朱、陳二氏據詩的內容及有關史料，斷其作於幽王後期、西周將亡之時，説似可從。

正月詩人生於幽王喪亂時代，君主荒淫，小人居位，犬戎侵陵，民生凋敝。作者可能是一位大夫，但不被重用。孔穎達評曰：「詩人明得失之迹，見微知著，以褒姒淫妬，知其必滅周也。」明得失、見微知著二語，指出了他有先見之明。王引之説：「言棄輔則爾載必輸，不棄則絶險可濟；商事如是，治國可知。」他指出了詩人的政治才能。他處於是非不明、賢不肖不分、虺蜴當道、謡言四起的險惡環境中，他同情人民，看出了社會上貧富的懸殊，小人生活的腐化和人民的不幸，嗟歎生之不辰，孤獨無援，謹慎小心，憂傷苦悶。不自覺地塑造了一位憂國憂民、畏讒畏譏的失意官吏形象。他善於運用比喻的藝術手法，歌唱胸中的鬱結。以烏鴉落在誰屋，比人們將流離失所。以叢林中都是不成材的小木，比小人充滿朝廷。以説高岡大陵是卑小的，比小人顛倒是非。以在高山厚地上不敢不彎腰小步走路，比在虐政下人們不得不謹慎小心。以虺蜴比害人的統治者，以特苗比賢才的自己。以野火方揚尚不易撲滅，反比赫赫宗周會被褒姒所滅。以車喻國，以載物喻治國，以輔喻賢臣，以顧僕喻政治措施。詩人多譬善喻，是本詩的藝術特徵。李仲蒙説：「索物以託情謂之比，情附物也。」正月詩人所索之物，都很確切恰當，將其複雜的思想感情附於物上，使此詩生動而富於説服力。

正月繁霜，我心憂傷。民之訛言，亦孔之將。念我獨兮，憂心京京。哀我小心，癙憂以痒。

正月，周之正月即夏曆十一月，此時降霜，乃屬正常。舊説以正月爲夏曆四月。毛傳：「正月，夏之四月。」鄭箋：「夏之四月，建巳之月，純陽用事，而霜多急恒寒若之異，傷害萬物，故心爲之憂傷。」此是漢代陰陽家言，不足爲據。古書無以正月爲四月者。孔疏引左傳昭公十七年文以證成傳説，那是對原文的曲解。近人高亨詩經今注認爲：「經文與傳文『正』均當作『四』，形似而誤。」按四古作亖，因形似而誤作正，這是很可能的。繁，毛傳：「繁，多也。」訛言，僞言，謡言。訛，譌之俗字。説文引詩作譌。亦，助詞，無義。孔，很。之，用如今「得」。將，大。亦孔之將，猶言「大得很」，形容謡言之盛。獨，孤獨。鄭箋：「言我獨憂此政也。」京京，憂愁無法解除貌。

癙，亦作鼠，雨無正曰：「鼠思泣血。」鼠憂，鬱悶。　以，而。　痒，創傷。説文：「痒，瘍也。瘍，創也。」這句意爲，鬱悶而受了創傷。　這章言天時失常謡言流行，引起詩人的憂愁苦悶。

韻讀：陽部——霜、傷、將、京（音姜）、痒。

父母生我，胡俾我瘉？　不自我先，不自我後。　好言自口，莠言自口。　憂心愈愈，是以有侮。

胡，何，爲什麽。　俾，使。　瘉（yù 玉），痛苦。

自，在。　這二句意爲，亂政爲何不出於我之前，或居於我之後，而偏發生於我的時代。　朱熹詩集傳：「疾痛故呼父母，而傷己適丁是時也。」

莠，毛傳：「醜也。」馬瑞辰通釋謂莠即醜之假借。　莠言，壞話。　這二句意爲，好話壞話都從人的口中説出，没有一定的是非。

愈愈，愈即癒之假借。　煩悶貌。　亦作瘐。

以，因。　是以，因此。　這句意爲，因我之憂而受小人欺侮。　這章言生不逢時，謡言可畏。

韻讀：侯部——瘉（余掫反）、後、口、口、愈（余掫反）、侮（無掫反）。

憂心惸惸，念我無禄。　民之無辜，并其臣僕。　哀我人斯，于何從禄？　瞻烏爰止，于誰之屋？

惸惸，釋文：「本又作煢。」毛傳：「憂意也。」

禄，説文：「禄，福也。」朱熹詩集傳：「無禄，猶言不幸爾。」

無辜，無罪。　臣、僕，奴隸。　馬瑞辰通釋：「古以罪人爲臣僕。　詩云『并其臣僕』，謂使無罪者并爲臣僕，在罪人之列。」

并，讀去聲，俱、都。

哀，可憐。　我人，我們。　斯，語氣詞。

何，指何人。　這句意爲，我們將從什麽人接受爵禄？

瞻，視。　烏，烏鴉。　爰，助詞。　止，棲止。　詩人以烏鴉不知棲止在誰家屋上，比喻自己不知結局如何。　錢鍾書管錐編引張穆㞕齋文集云：「二語深切著明，烏者，周家受命之祥：春秋繁露同類相動篇引尚書傳言：『周將興之時，有大赤烏銜穀之種而集王屋之上者，武王喜，諸大夫皆喜。』凡此皆古文泰誓之言，周之臣民，相傳以熟。　幽王時天變疊見，訛言朋興，詩人憂大命將墜，故爲是語。」是詩人以烏象徵周王朝，可備一説。　這章是詩人自傷不幸，憂民憂國。

韻讀：侯部——禄、僕、禄、屋。

瞻彼中林，侯薪侯蒸。　民今方殆，視天夢夢。　既克有定，靡人弗勝。　有皇上帝，伊誰云憎？

中林，林中。

侯，維、是。　薪，粗柴。　蒸，細柴。　指林中没有大材。　鄭箋：「林中大木之處而唯有薪蒸，喻朝廷宜有賢者而但聚小人。」

方殆，指人民正處於生活危險的困境。天，指周幽王。　夢夢，昏暗糊塗貌。說文：「夢，不明也。」齊詩作芒芒，夢與芒一音之轉。既，終。　克，能够。　定，止。　指能止亂。有皇，即皇皇，偉大。伊、云，都是語助詞。　誰憎，即「憎誰」，倒文協韻。按以上四句的主語是「有皇上帝」。馬瑞辰通釋：「言天如有止亂之心，則此訛言之小人無不能勝之者。乃天能勝人而不肯止亂，不知天意果誰憎乎？」這章言幽王昏暗，人民危殆，只有呼天以洩憤。

韻讀：蒸部——蒸、夢、勝、憎。

謂山蓋卑，爲岡爲陵。民之訛言，寧莫之懲。召彼故老，訊之占夢，具曰「予聖」，誰知烏之雌雄？

蓋，盍之假借，何、怎麼。下章同。陳奂傳疏：「蓋讀同盍。鄭注檀弓『蓋，皆當爲盍』，群經音辨『蓋音盍』是也。爾雅：『曷，盍也。』廣雅：『曷、盍，何也。』『謂山蓋卑』，言山何卑也。『謂天蓋高，謂地蓋厚』，言天何高地何厚也。三『蓋』字並與『何』字同義。」這二句意爲，小人顛倒黑白，説「山怎麼那樣低啊」，其實却是高岡大陵，證明謠言之不實。馬瑞辰通釋：「（爾雅）釋山曰：『山脊，岡。」釋地曰：『大陵曰阜。』天保詩『如岡如陵』、易『升其高陵』皆以岡陵喻高。詩意蓋謂訛言以山爲卑，而其實乃爲高岡，爲高陵。以證其言之不實。故繼以『民之訛言，寧莫之懲』。」

寧，乃、却。　懲，止、制止。

召，召集。　故老，元老、老前輩。

訊，詢問。　占夢，朱熹詩集傳：「占夢，官名，掌占夢者也。」按召與訊是互文。意謂召集元老與占夢之官而詢問之。

聖，精明。説文：「聖，通也。」尚書洪範傳：「於事無不通謂之聖。」與「聖人」義異。這句意爲故老、占夢都説自己最精明，但有誰真能辨别謡言的是非呢？烏之雌雄是比喻，以烏鴉的外貌相似，很難辨别他到底是公是母，比謡言的是非難辨。這章言謡言不止，是非不辨，無人制止。

韻讀：蒸部——陵、懲、夢、雄。

謂天蓋高，不敢不局。謂地蓋厚，不敢不蹐。維號斯言，有倫有脊。哀今之人，胡爲虺蜴。

蓋，見上章注。

局，釋文：「本又作跼。」傴僂，彎着腰走，惟恐天墜之貌。

蹐，輕輕下脚地小步走路。説文：「蹐，小步也。」並引此句詩。三家詩作趚，説文㚈部：「趚，側行也。」引詩作趚。

維，發語詞。　號，呼號，叫喊。　斯，此。　斯言，指前兩句。胡承珙後箋：「按斯言緊承上兩謂字。」

倫，道理。毛傳：「倫，道也。」　脊，迹之假借。春秋繁露深察名號篇引詩作迹。按倫、迹同義，有倫有脊，很有道理的意思。

虺蜴，此有兩釋。一以虺蜴爲一物。孔疏引陸璣云：「虺蜴一名蠑螈，水蜴也，或謂之蛇醫，如蜥蜴，青緑色，大如指。」一以虺蜴爲二物。虺，蛇類。蜴，亦作蜥，今名蠍子。都是有毒的動物。朱熹詩集傳：「哀今之人，胡爲肆毒以害人，而使之至此乎？」按「此」字即指前四句。這章言處於亂世，權貴害人，不得不謹慎小心。

韻讀：支部——蹐、脊、蜴。

瞻彼阪田，有菀其特。天之抓我，如不我克。彼求我則，如不我得。執我仇仇，亦不我力。

阪（bǎn 板）田，崎嶇不平山坡上的田，貧瘠之田。

菀，鬱之假借，茂盛貌。有菀，即菀菀。　特，特出，指特出的苗。詩人以阪田中特出的苗，比自己是特出的人才。

抓（yuè 月），抈之假借。挫折。説文：「抈，折也。」

克，制勝。這二句意爲，上天折磨我，好像唯恐不能制伏我。

彼，指周王。　則，語末助詞。鄭箋：「王之始徵求我，如恐不得我。」

執，執持，掌握。　仇仇，扤扤的假借。　緩，執物不堅固貌。力，力用，重用。亦不我力，即不重用我。禮記緇衣引此章後四句，鄭注：「言君始求我，如恐不得。既得我，執我仇仇然不堅固，亦不力用我，是不親信我也。」這章言懷才不遇，不被重用。

韻讀：之部——特（徒力反，入聲）、克（枯力反，入聲）、則（音稷入聲）、得（丁力反，入聲）、力。

心之憂矣，如或結之。今茲之正，胡然厲矣。燎之方揚，寧或滅之。赫赫宗周，褒姒威之！

或，有人。　結，繩索打的疙瘩，今名結子。孔疏：「言我心之憂矣，如有結之者，言憂不離心，如物之纏結也。」

茲，此。　正，政，政治。

胡然，爲什麽這樣。　厲，癘之假借，惡、壞。桑柔、瞻卬傳並云：「厲，惡也。」朱熹詩集傳：「正，政也。厲，暴惡也。言我心之憂如結者，爲國政之暴惡也。」

燎，放火燒野地的草木。説文：「燎，放火也。」　揚，盛。方揚，正在旺盛。

寧，乃、豈、難道。這二句意爲，當野火正揚盛的時候，難道會有人能用水撲滅它。毛傳：「滅之以水也。」

赫赫，顯盛貌。見節南山注。　宗周，指周的都城鎬京。宗，主。鎬京爲天下所宗，故稱宗周。

褒姒，褒國女子，幽王寵妃。　烕，古滅字。左傳昭元年引這句詩正作滅。毛傳：「褒，國也。姒，姓也。有褒國之女，幽王惑焉而以爲后，詩人知其必滅周也。」馬瑞辰通釋：「詩人蓋謂燎之方揚，似無有滅之者，而乃或以水滅之；以喻赫赫宗周似無有烕之者，而一褒姒竟烕之也。」這章言幽王荒淫，惑於褒姒，宗周必將滅亡。

韻讀：脂、祭部通韻——結、厲、滅、烕。

終其永懷，又窘陰雨。其車既載，乃棄爾輔。載輸爾載，將伯助予。

終，既。　其，語助詞。　永，深長。　懷，憂。　永懷，深憂。

窘，毛傳：「困也。」　陰雨，是比喻。陳奐傳疏：「陰雨，以喻所遭多難。」二句意爲，既已憂傷又困於陰雨。

車，載貨物的大車。　既，已經。　載，裝載貨物。

輔，車箱兩旁的板。陳奐傳疏：「輔者掩輿之版。大東傳：『箱，大車之箱也。』方言：『箱謂之輫。』爾雅：『棐，輔也。』棐與輫通。大車掩版置諸兩旁可以任載。今大車既重載矣，而又棄其兩旁之版則所載必墮。此其顯喻也。……車之有輔，輿國之有輔臣。」

載，語首助詞，含有「則」意。和上「其車既載」讀去聲者音義不同。　輸，墮，掉下來。

將（qiāng 槍），請。　伯，長、大哥。古代對男子的敬稱，這裏指賢人。鄭箋：「輸，墮也。棄汝車輔則墮汝之載，乃請長者見助。以言國危而求賢者已晚矣。」這章詩人以行車的安危比喻求賢輔國應該及時。

韻讀：魚部——雨、輔、予。

無棄爾輔，員于爾輻。屢顧爾僕，不輸爾載。終踰絶險，曾是不意。

員（yùn 云），益、增加。　輻，車輪上的直木。這句意爲，加粗你的車輻。有人説，輻即車箱下面鈎着車軸的木頭，名伏兔。亦通。

屢，數、一再地。　顧，照顧。　僕，駕車的僕夫。

踰，越過。這句意爲，如遵照以上辦法去做，終究能够越過最危險的境地。

曾，乃、竟。　是，代詞，指上述辦法。　不意，不放在心上。鄭箋：「汝曾不以是爲意乎？以商事喻治國也。」這章以商業行車比喻治國，要依靠賢臣輔佐，始能渡過險境。

韻讀：之部——輻（方逼反，入聲）、載（音稷入聲）、意。

魚在于沼，亦匪克樂。潛雖伏矣，亦孔之炤。憂心慘慘，念國之爲虐。

沼，池。

匪，非。　克，能。這二句意爲，魚在池裏，也不能快樂。

潛，深藏。　潛雖伏矣，倒文，猶「雖潛伏矣」。陳奐傳疏：「潛，深也。伏，伏於淵也。」

孔，甚。　炤，明。禮記中庸引詩作昭。此二句意爲，魚雖深藏地伏在淵中，仍舊很明顯地被人所見。比喻自己難逃禍亂。

慘慘，懆懆的假借，猶戚戚，憂慮不歡貌。

念，想到。這句意爲，想到國裏有人搞暴虐的政治。　這章言國政暴虐，自己難逃禍患。

韻讀：宵部——沼、樂、炤、虐。

彼有旨酒，又有嘉殽。洽比其鄰，昏姻孔云。念我獨兮，憂心慇慇。

洽，協之假借。洽、協雙聲。左傳僖公二十二年、襄公二十九年引這二句詩皆作協。説文：「協，同衆之和也。」融洽的意思。　比，親密。　鄰，近，指和他親近的人。

昏姻，姻親，裙帶關係。　云，周旋。説文：「云，象回轉之形。」毛傳訓云爲旋，是引申之義。

慇（yīn殷），疾痛貌。説文：「慇，痛也。」這章寫當權者花天酒地，朋比爲姦，而我獨以國事爲憂。

韻讀：幽、宵部通韻——酒、殽。　文、真部通韻——鄰、云、慇。

佌佌彼有屋，蔌蔌方有穀。民今之無禄，天夭是椓。哿矣富人，哀此惸獨。

佌佌（cǐ此），毛傳：「佌佌，小也。」小人卑小猥瑣貌。説文引這句詩作囟囟，云：「小貌。」字異而義同。

蔌蔌，毛傳：「蔌蔌，陋也。」小人鄙陋醜惡貌。　方有穀，釋文：「方穀，本或作方有穀，非也。」戴震毛鄭詩考正、陳奐傳疏、馬瑞辰通釋皆以爲當從釋文作方穀，無「有」字。馬瑞辰：「詩蓋以『佌佌彼有屋』，與『民今之無禄』相對。以『蔌蔌方穀』，與『天夭是椓』相對。」方，正、正有。穀，穀物、糧食。此二句意爲，彼猥瑣鄙陋的小人有屋有穀，正享富貴。

無禄，無福，不幸。

天夭，天災。後漢書蔡邕傳章懷注引詩作「天天」，蜀石經亦作「夭夭」。形似天而誤，訓爲美盛貌，義較勝。椓，説文：「椓，擊也。」言人民不幸，雖夭夭美盛而不免受讒言的打擊。

哿（kě可），毛傳訓可，嘉、快樂。王引之經義述聞：「哿與哀相對爲文，哀者憂悲，哿者歡樂也。言樂矣，彼有屋之富人；悲哉，此無禄之惸獨也。」

惸，通煢，和獨同義。惸獨，指孤獨者。這章以在位的小人、富人的生活和人民、孤獨者的不幸命運作對比，表現了詩人哀矜的心情。

韻讀：侯部——屋、穀、禄、椓、獨。

十月之交

【題解】

這是西周一位没落貴族諷刺朝政的詩。毛序：「十月之交，大夫刺幽王也。」他諷刺幽王寵褒姒，用小人，致有天災人禍。自述自己與皇父的矛盾及不平。詩反映了西周末年的政治情況與自然災異，可作中國古代史、天文學史的資料來讀。漢書古今人表將皇父、家伯等數人列於幽王之後，孔疏認爲韓詩此篇亦次於正月與雨無正之間，是漢代今文學家對此詩的產生時代亦無異義。但鄭箋云：「當爲刺厲王。」鄭氏所據大約是中候擿雒貳等緯書，似不足信。詩首章有關於日食的記載，梁虞劆首次推定此次日食在幽王六年（公元前七七六年），據清代和現代一些學者，如阮元、陳遵嬀等推算，發現幽王六年即公元前七七六年九月六日的一次日食，正與詩所載日期相符。這已被世界上多數天文學家所承認，且斷爲是世界上有年代可考的最早一次的日食記載，由此可證詩產生於幽王六年無疑，鄭說誤。

據詩的內容，作者可能是一位没落貴族。他頗具才華，以第三章而言，寫得很出色。國語周語說：「西周三川皆震。」漢書翼奉傳：「十月之交篇，知日蝕地震之效。」這是用散文敘述這次地震事件的。詩人如何描寫「地震」這一抽象概念呢？他用「百川沸騰，山冢崒崩。高岸爲谷，深谷爲陵」四句來形容，使人感到具體、準確、鮮明、生動，說明了詩人形象思維的豐富。姚際恒說：「寫得直是怕人。」簡短的一句評語，確實指出了作者藝術手腕的高明和讀者的感受。

十月之交，朔月辛卯，日有食之，亦孔之醜。彼月而微，此日而微。今此下民，亦孔之哀。

十月，鄭箋：「周之十月，夏之八月也。」　交，日與月相會，指日食或月食。毛傳：「之交，日月之交會。」

朔月,「月朔」的倒文,初一日。幽王六年周曆十月初一,即辛卯日。有的本子作「朔日」者誤。

有,又。阮元揅經室一集詩十月之交四篇屬幽王説:「梁虞劆,隋張胄元,唐傅仁均、一行,元郭守敬並推定此日食在周幽王六年,十月建酉,辛卯朔日入食限,載在史志。今以雍正癸卯上推之,幽王六年十月辛卯朔正入食限。」

孔,很。之,得。醜,凶惡。毛傳:「惡也。」這二句意爲,太陽又食了,凶惡得很。與末句「亦孔之哀」謂可憐得很句法相同。

微,昏暗不明。鄭箋:「微,謂不明也。彼月則有微,今此日反微,非其常,爲異尤大也。」

下民,指天空下面的人民。鄭箋:「君臣失道,災害將起,故下民亦甚可哀。」這章説日月食是不祥之兆,是人民的悲哀。

韻讀:幽部——卯、醜。脂部——微、微、哀(音衣)。

日月告凶,不用其行。四國無政,不用其良。彼月而食,則維其常。此日而食,于何不臧!

告凶,指日月食。鄭箋:「告天下以凶亡之徵也。」魯詩告作鞫,古鞫、告通。

用,由。行,軌道。這句意爲,日月没有循着正常的軌道運行。

四國,四方之國,指諸侯。無政,没有善政。

良，賢良的官吏。鄭箋：「四方之國無政者，由天子不用善人也。」

而，猶「之」。　食，魯詩作蝕。食是蝕的假借。劉熙釋名：「日月虧曰蝕，稍小侵虧，如蟲食草木之葉也。」

維，齊詩作惟，是。　常，平常。古人以爲月食是平常之事。馬瑞辰通釋：「考春秋經書日食三十有六，而月食則不書，此古人重日食而輕月食之證。」

于何，如何。　臧，善、吉利。孔疏：「猶言一何不善，爲不善之大。」俞樾群經評議：「于即吁字。于何不臧，猶云吁嗟乎何其不臧。」俞訓于爲吁，可備一説。這章説日月食是由於國無善政不用賢人。日食尤爲不祥。

韻讀：陽部——行（音杭）、良、常、臧。

爗爗震電，不寧不令。百川沸騰，山冢崒崩。高岸爲谷，深谷爲陵。哀今之人，胡憯莫懲。

爗爗（yè葉），閃閃，電光盛貌。説文段注：「凡光之盛曰爗。」　震電，雷電。毛傳：「震，雷也。」

寧，安。　令，善。鄭箋：「雷電過常，天下不安，政教不善之徵。」

沸騰，河水涌起溢出。毛傳：「沸，出。騰，乘也。」

冢，山頂。　崒，碎的假借。馬瑞辰通釋：「碎崩與沸騰相對成文，即碎崩之假借。」

高岸二句，謂高岸崩陷而成深谷，深谷隆起而成丘陵，形容地震的强烈。國語周語：「幽王二年西周三川皆震。是歲也，三川（涇、渭、洛）竭，岐山崩。」與詩所言相符，二年疑爲六年之誤。胡，何。憯（cǎn 慘），朁之假借，曾、怎。胡憯，怎麽。懲，止。莫懲，不止。這句連上句説：今之執政者怎麽不制止惡政。這章言地震的産生起於惡政。

韻讀：真部——電（杜信反）、令。蒸部——騰、崩、陵、懲。

皇父卿士，番維司徒，家伯維宰，仲允膳夫，棸子内史，蹶維趣馬，楀維師氏。豔妻煽方處。

皇父（同甫），人名。陳奐據國語鄭語，疑皇父即周幽王所寵之大臣號石父。卿士，官名。六卿之長，總管政事，類似後代的宰相。

番，姓。齊詩作皮，韓詩作繁。釋文：「本或作潘。」古代番音波，與皮（古讀如婆）、繁、潘音近，故通用，後作樊。廣韻：「周宣王封仲山甫於樊，後因代焉。」維，是。下句同。司徒，官名，掌管土地、人口的長官。

家伯，人名。宰，官名，掌管國家的典籍。

仲允，人名。齊詩作中術。膳夫，官名，掌管國王飲食的長官。

棸（zōu 鄒），姓，齊詩作掫。子，尊稱。内史，掌管司法、人事的長官。

蹶，姓。齊詩作蟨，可能是周宣王時蹶父之後，以字爲氏。趣馬，掌管王的馬。

楀(jǔ矩),姓,齊詩作萬,魯詩作踽,皆同音假借字。 師氏,官名,掌管教育,教導國王和貴族子弟。

豔,美色,魯詩作閻,齊詩作剡。馬瑞辰通釋:「閻、剡皆豔字之同音假借。」豔妻,指褒姒。煽,熾盛,火熱。魯詩作扇,韓詩作傓。 方,正。 處,居。言褒姒受寵甚盛正居於王之左右。或以「方處」訓「並居」,言褒姒與上七人都是紅人,並居顯位。亦通。這章説小人居位,豔妻受寵,他們主宰國家的大事。

韻讀:之部——士、宰(音梓)、史。 魚部——徒、夫、馬(音姥mǔ)、處。

抑此皇父,豈曰不時?胡爲我作,不即我謀?徹我牆屋,田卒汙萊。曰「予不戕,禮則然矣」。

抑,歎詞,同噫。鄭箋:「抑之言噫。」

豈,難道。 曰,語中助詞。 時,適時。指不在農隙的時候役使人民。馬瑞辰通釋:「時當讀爲『使民以時』之時。下言『田卒汙萊』,是奪其民時之證。豈曰不時,言其使民役作不自以爲不時也。」

胡爲,「爲胡」的倒文,爲何、爲什麽。 作,役作。 我作,亦倒文,即「作我」,役使我工作。即,就、接近。 謀,商量。 我謀,和我商量。鄭箋:「女何爲役作我,不先就與我謀?」

徹，通撤，拆掉。

卒，盡、完全。　汙，洿的假借，積水。說文：「洿，濁水不流也。」　萊，荒蕪。陳奐傳疏：「此謂田盡不治則下者積水，高者薉草矣。」這是皇父强迫詩人服役的後果。

曰，說。　予，皇父自稱。　戕，傷害。鄭箋：「戕，殘也。我不殘敗女田業。禮，下供上役，其道當然，言文過也。」

禮，指奴隸社會的禮法，其中最主要的爲等級制度。奴隸主有支配農奴的特權，即鄭玄所說的「下供上役」。　則然，就是這樣。這二句是記皇父語。這章責皇父建設自己的采邑，役使作者，毁拆詩人的房屋，還强詞奪理，文過飾非。

韻讀：之部——時、謀（謨其反）、萊（音釐）、矣。

皇父孔聖，作都于向。擇三有事，亶侯多藏。不憖遺一老，俾守我王。擇有車馬，以居徂向。

孔，很。　聖，聰明。這是反語諷刺。

都，公卿的采地。周禮載師鄭注：「家邑，大夫之采地。小都，卿之采地。大都，公之采地。」

作，建設。作都，建設采地。　向，地名。據左傳，東周畿内有二向，一爲隱公十一年桓王與鄭之邑，在今河南省濟源縣西南。一爲襄公十一年諸侯伐鄭師於向，在今河南省尉氏縣西南。濟源之向，周初爲蘇子邑，桓王與鄭，尚繫之蘇忿生，其前不得别封他人。則皇父所都當爲尉氏之向。

詳王先謙集疏。

擇，選擇。　三有事，三個有司，指三卿。孔疏：「三卿者，依周制而言，謂立司徒兼冢宰之事，立司馬兼宗伯之事，立司空兼司寇之事。」

亶（dǎn 膽），信、確實。　侯，維、是。　藏，蓄。　多藏，多財產，指有糧食有奴隸的人。　顧炎武日知録云：「王室方騷，人心危懼。皇父以柄國之大臣而營邑於向，於是三有事之多藏者隨之而去矣，庶民之有車馬者隨之而去矣。蓋亦知西戎之已偪，而王室之將傾也。」

憖（yìn 印），願、肯。　遺，留下。　一老，一個老臣，指作者自己。

俾，使。　守，守衛。　這二句意爲，皇父選擇朝廷三卿同往向邑，不願留下一個老臣，使他守衛國王。

以居徂向，居，語助詞，無義（用馬瑞辰通釋、楊樹達詞詮説）。徂，往。　又于省吾新證：「以居徂向即徂向以居，特倒文以與藏、王爲韻耳。」此二句，鄭箋亦訓居爲居住，他説：「擇民之富有車馬者以往居于向也。」均可通。　這章説皇父因鎬京不安，經營向邑，選擇位高財富的官吏同往。

韻讀：陽部——向、藏、王、向。

黽勉從事，不敢告勞。無罪無辜，讒口囂囂。下民之孽，匪降自天。噂沓背憎，職競由人。

黽(mǐn 敏)勉,魯詩作密勿,陳奐傳疏:「黽勉、密勿一聲之轉。」努力。見谷風注。告勞,自訴勞苦。

囂囂(áo 敖),衆口毁謗攻擊貌。陳奐傳疏:「釋文引韓詩作嗸嗸,(漢書)劉向傳作嗷嗷,潛夫論賢難篇作敖敖,字並通。」

下民,蒼天下的人們。孽,災害。

噂(zǔn 撙),聚。沓(tà 踏),合。背,背後。憎,憎恨。朱彬經傳考證:「屈原天問:『天何所沓』,王逸注:『沓,合也。』詩言小人之情,聚則相合,背則相憎。」

職,只。毛傳:「職,主也。」競,争。陳奐傳疏:「由,從也。『由人』與『自天』對文。職競由人,言不從天降,而主從人之競爲惡也。」這章説自己勤於王事,無罪受讒。人們災害,是惡人所造成。

韻讀:宵部——勞、囂。真部——天(鐵因反)、人。

悠悠我里,亦孔之痗。四方有羨,我獨居憂。民莫不逸,我獨不敢休。天命不徹,我不敢傚我友自逸。

悠悠,憂思深長貌。里,憂思。爾雅釋詁:「悝,憂也。」郭注引詩「悠悠我悝」。玉篇:「瘇,病也。」引詩作「悠悠我瘇」。按瘇同里都是悝的假借。

亦，發語詞。　痗（mèi妹），痛苦。　孔之痗，痛苦得很。

羨，餘，指有餘於財。

居，語助詞。　這句意爲，我一人單獨發愁。

逸，安逸。　和下句「休」字對文。

不徹，毛傳：「徹，道也。」陳奂傳疏：「爾雅釋訓：『不遹、不蹟、不徹，不道也。』傳釋徹爲道正本爾雅。　天命不道，謂天之令不循道而行，遂有日食震電之變。」

傚，效法，學習。　我友，指皇父等七人。　姚際恒通論：「我友自逸，皆指七子輩也。」　自逸，自求安逸。　這章以自己的憂國、勞累和七子的自求安逸作對比，堅持勤勉爲國以應天變。

韻讀：之部——里、痗（滿備反）。　幽部——憂、休。　脂、祭部通韻——徹、逸。

雨無正

【題解】

這是一位暬御大夫諷刺幽王及群臣誤國的詩。　胡承珙後箋根據詩中「曾我暬御」之句，毛傳以「侍御」訓暬御，斷此詩作者爲侍御，周王親近之臣，不是小官。　至於詩的寫作時代，向有三説：一、認爲是幽王時代的作品，毛序：「雨無正，大夫刺幽王也。」二、認爲是東周時代的作品，朱熹詩集傳：

「或曰，疑此亦東遷後詩也。」三、認爲是厲王時代的作品，鄭箋：「亦當爲刺厲王，王之所下政令甚多而無正也。」經後世學者研究探討，斷爲它是幽王時代的創作。其理由大致如下：一、周宗既滅，宗周爲天下所宗，有可宗之道，幽王昏亂，棄其可宗之道，諸侯不朝，謂之既滅，非謂周已滅亡。二、「正大夫離居」，指那時的官吏爲自己打算，紛紛逃亡，如皇父出居於向。三、「謂爾遷于王都」，上古遷字有二義：一個指遷出，一個指遷回。這句是詩人希望逃亡者遷回王都。以上解釋，可糾正後二說之誤。詩的篇名爲什麼叫做「雨無正」呢？歸納起來，約有四說：一、毛序：「雨，自上下者也，衆多如雨，而非所以爲政也。」鄭箋孔疏從之。二、朱熹詩集傳引劉元城云：「嘗讀韓詩有雨無極篇，序云：『雨無極，正大夫刺幽王也。』至其詩之文，則比毛詩篇首多『雨無其極，傷我稼穡』八字。」朱熹又說：「愚按劉說似有理，然第一二章本皆十句，今遽增之，則長短不齊，非詩之例。」三、吕祖謙東塾讀詩記引董氏曰：「韓詩作雨無極，正大夫刺幽王也。（韓詩）章句曰：無，衆也。書曰：『庶草繁蕪。』說文曰：『蕪，豐也。』則雨衆多者，其爲政令不得一也。故爲正大夫之刺。」韓詩章句以無爲蕪之假借，訓衆，蓋謂政治如雨之蕪。四、歐陽修詩本義說：「古之人于詩多不命題，而篇名往往無義例。其或有命名者，則必述詩之意，如巷伯、常武之類是也。今雨無正之名，據序所言，與詩絶異，當闕其所疑。」姚際恒通論亦云：「此篇名雨無正，或誤，不必强論。」按以上四說，毛序、韓詩都很牽强，年代久遠，史無旁證，歐、姚二氏的闕疑態度，是可取的。

此詩起句閎壯而又奇峻，末章收語陡峭，暗藏機鋒。一起一收十分醒目，全詩的精神便被提起來了。

浩浩昊天，不駿其德。降喪饑饉，斬伐四國。旻天疾威，弗慮弗圖。舍彼有罪，既伏其辜。若此無罪，淪胥以鋪。

浩浩，廣大貌。　昊天，皇天。

駿，同峻，毛傳：「駿，長也。」經常的意思。　德，恩惠。　這句意爲，上天對人恩惠不經常。

喪，死亡。　饑饉，毛傳：「穀不熟曰饑，蔬不熟曰饉。」這句意爲，上天降下死亡饑荒的災難。

斬伐，摧殘。　四國，四方之國，泛指天下。

旻天，當作昊天。陳奐傳疏：「旻天當依定本作昊天。此篇三言皆作昊天，作旻者因小旻、召旻致誤。逸周書祭公篇亦云『昊天疾威』，可證。」　疾威，暴虐。馬瑞辰通釋：「廣雅：『暴，疾也。』疾、威二字平列。朱子集傳云：『疾威猶言暴虐。』是也。」按詩人以昊天代周王，是言論不自由的反映。

弗，魯詩作「不」。　慮、圖，同義，考慮。指周王不考慮臣民的有罪無罪。

舍，今作捨。棄。此處指放過。

伏，隱匿。　辜，罪。指周王隱瞞有罪者的罪狀。王引之經義述聞：「伏者，藏也，隱也。凡戮有罪者，當聲其罪而誅之。今王之舍彼有罪也，則既隱藏其罪而不之發矣。蓋惟其欲舍有罪之人，是以匿其罪狀耳。」

淪，陷（從朱熹説）。三家詩作勳或薰。　胥，鄭箋：「胥，相。」鋪，痛之假借，韓詩作痛，後漢書蔡邕傳李注引詩亦作痛。病，痛苦。這句意爲，無罪的人相陷於痛苦之中。這章言上天降災，國王刑罰不平。指出周王朝天災人禍的形勢。

韻讀：之部——德（丁力反，入聲）、國（古逼反，入聲）。　脂部——威、罪、罪。　魚部——圖、辜、鋪。

周宗既滅，靡所止戾。正大夫離居，莫知我勩。三事大夫，莫肯夙夜。邦君諸侯，莫肯朝夕。庶曰式臧，覆出爲惡。

周宗，馬瑞辰通釋認爲：「周宗」當是「宗周」之誤倒。宗周指王室言之，周宗則指周之同姓。左傳昭公十六年引詩正作宗周。宗周，指西周鎬京。　既，就要。孔疏引王肅云：「其道已滅，將無所止定。」

戾，定。　靡所止戾，無處定居。

正，長官。　正大夫，指天子六卿，即冢宰、司徒、宗伯、司馬、司寇、司空。　離居，離群索居，言大官們都離開王都而散居各處。

勩（yì異），亦作肄，左傳昭十六年引詩作肄。杜注：「肄，勞也。」肄是勩的同音假借。勞苦。

三事大夫，指天子的三公。陳奐傳疏：「十月之交及常武所云三事，諸侯三卿也。此云三事，天子三公也。」按周以太師、太傅、太保爲三公。

夙夜，早晚。言不肯早起晚睡地操勞國事。

邦君，即諸侯。陳奐傳疏：「三公大夫，言内也。邦君諸侯，言外也。」

朝夕，鄭箋：「不肯晨夜朝暮省王也。」馬瑞辰通釋：「按朝夕與夙夜對言。成十二年左傳：『百官承事，朝而不夕。』謂朝朝于君而不夕見也。故箋言『朝暮省王』，非泛言朝夕也。」

庶，庶幾。爾雅釋言：「庶，幸也。」表示希望。曰，語中助詞。式，用。臧，善。覆，反。這二句意爲，我本希望他們能改過爲善，誰知反而出去爲惡。這是斥責離居的諸臣。

這章言幽王處於衆叛親離境地，大臣避禍，多離開都城。

韻讀：脂、祭部通韻——滅、戾、勩。魚部——夜（音豫）、夕（音徐入聲）、惡。

如何昊天，辟言不信。如彼行邁，則靡所臻。凡百君子，各敬爾身。胡不相畏？不畏于天？

如何，怎麽辦。如何昊天，呼天之詞。鄭箋：「如何乎昊天，痛而愬之也。」

辟言，合於法度的話。毛傳：「辟，法也。」不信，不被國王所聽信。

行邁，遠行。

臻，至。靡所臻，不知走到什麽地方去，指没有目的地。鄭箋：「我之言不見信，如行而無所至也。」這是詩人以此比喻幽王不聽正言。

凡百君子，指在位者，如正大夫、三事大夫、邦君諸侯等。

敬，戒慎，儆惕。言大官們各人都爲自己打算。

胡，爲什麽。　不相畏，言不相畏禍。方玉潤詩經原始：「百爾君子雖各潔其身，不相畏禍，而獨不畏於天乎？」這章責王不聽正言，大臣不畏天命。

韻讀：真部——天（鐵因反）、信、臻、身、天。

戎成不退，饑成不遂。曾我暬御，憯憯日瘁。凡百君子，莫肯用訊。聽言則答，譖言則退。

戎，兵、戰爭。　成，指戰爭已成，下句的成，指饑饉已成。　不退，犬戎還未退出鎬京。

遂，終止。廣雅釋詁：「遂，竟也。」

曾，則、只有。　暬（xiè 泄）御，近侍之臣。如後世侍中、常侍之類的大官。陳奂傳疏：「暬當從唐石經作暬，從執聲。楚語『居寢有暬御之箴』韋注云：『暬，近也。』嵩高『王命傅御』傳：『御，治事之官也。』然則此暬御當是近臣之治事者。毛以侍御訓暬御，則當爲左右親近之臣。故末章傳云：『遭亂世，義不得去。』其非小官可知。」

憯憯（cǎn 慘），唐石經作慘慘。憂傷貌。　瘁，釋文：「或作悴。」憔悴。此句意爲，因國事而日益憔悴。

訊，當作誶（suì歲），戴震毛鄭詩考正：「訊乃誶字轉寫之譌。誶，告；訊，問。聲義不相通借。」魯詩正作誶。鄭箋：「訊，告也。衆在位者無肯用此相告語者。」謂衆在位者皆不肯以戎、饑之事告王。

聽言，順從動聽的話。　答，漢書賈山傳、新序雜事篇引詩皆作「對」，對、答雙聲義通。傳以「進」釋答字，與下文退字對言，進用的意思。

譖言，諫言。馬瑞辰通釋：「廣韻：『譖，毀也。』毀猶謗也。古以諫言爲誹謗，故堯有誹謗之木。譖言即諫言也。」這二句意爲，衆在位者之所以不肯以真情告訴國王，在於王對順耳的話就進納，對直諫的話就斥退。這章言外患與饑饉日甚，諸臣不敢諫諍，己獨憂傷憔悴。

韻讀：脂、文部通韻——退、遂、瘁、訊、退。

哀哉不能言，匪舌是出，維躬是瘁。哿矣能言，巧言如流，俾躬處休。

不能言，指不能説話者，即詩人自己。與下「能言」者對文。

匪，不是。　是，這，表示動賓倒置，與下章「巧言如流」對文。　出，疑爲拙的省借，拙劣。

維，是。　躬，自身。　瘁，鄭箋：「病也。」與下章「俾躬處休」對文。以上三句意爲，可憐啊，不能言的人，這不是口舌笨拙，而是忠言逆耳，使我陷於憂病的處境。爲詩人憤激之詞。

哿，可、嘉、樂。哿矣，開心呀。見正月注。與上「哀哉不能言」對文。能言，指能言者，諂媚的小人。

巧言如流，毛傳：「巧言從俗，如水流轉。」俾，使。休，美，美好的處境，如賞賜爵禄等。這章詩人以不能言者與能言者對比，諷刺昏主厭惡忠臣喜歡諛佞。

韻讀：脂部——出、瘁。幽部——流、休。

維曰于仕，孔棘且殆。云不可使，得罪于天子。亦云可使，怨及朋友。

維，發語詞。于，往。仕，做官。棘，通急，緊張。鄭箋：「急也。」殆，危險。這二句意爲，説起去做官，真是太緊張而且危險。

云，所謂。使，爾雅釋詁：「從也。」朋友，指賢者。王引之經義述聞：「此言王之出令不正，我言『不可從』則得罪于天子。言『可從』則是助君爲惡，必怨及朋友矣。」這章言做官和諫諍之難。

韻讀：之部——仕、殆（徒里反）、使、子、使、友（音以）。

謂爾遷于王都，曰予未有室家。鼠思泣血，無言不疾。昔爾出居，誰從作爾室？

謂，説。　爾，指正大夫等離居者。　遷，搬回。　于，到。　王都，鎬京。

曰，這是詩人叙述離居者不願遷回王都的答辭。他們推託王都没有室家。　室家，此指房屋家業。

鼠，癙的省借，憂傷。見正月注。　思，語中助詞。　泣血，形容極度憂傷。馬瑞辰通釋：「説苑權謀篇曰：『下蔡成公閉門而哭，三日三夜，泣盡而繼以血。』是泣而淚盡真有流血者。因通言泣之甚者爲泣血。」

無言，每句話。　疾，通嫉。這句意爲，每句話没有不引起離開王都的人的嫉恨。

作室，造房。因爲出居者以没有房屋爲理由，不肯遷回，詩人便責問他們，從前你出居的時候，誰跟着你去造房屋呢？這章詩人勸説出居者遷回王都，仍被拒絶。

韻讀：魚部——都、家（音姑）。　脂部——血、疾、室。

小旻

【題解】

這是諷刺周王不能采納善謀（好政策）的詩。朱熹詩集傳：「大夫以王惑於邪謀不能斷以從善，而作此詩。」吴闓生詩義會通：「此篇以謀猶回遹爲主，而剴切反復言之，最見志士憂國忠悃勃鬱之忱。所謂回遹者，非必有姦邪不軌之行，第謀臧不用，不臧覆用，臧則具違，不臧具依，發言盈庭而莫執其咎，邇言是争，築室道謀，斯則詩之所謂回遹矣。」此詩毛序謂刺幽王，鄭箋謂刺厲王。按它次於正月、十月之交、雨無正之後，十月之交確實是寫幽王六年日食的事，可證此詩或爲幽王時代的作品。至於詩題小旻之義，朱熹詩集傳引蘇氏（蘇轍詩經傳）曰：「小旻、小宛、小弁、小明四詩皆以『小』名篇，所以别其爲小雅也。其在小雅者謂之小，故其在大雅者謂之召旻、大明，獨宛、弁闕焉，意者孔子删之矣。雖去其大而其小者猶謂之小，蓋即用其舊也。」蘇氏之言似屬有理，然孔子删詩之説，經後人考證，已經否定，因此這個問題還是闕疑吧。

首章「謀猶回遹」一句貫串全篇，主題鮮明，結構完整。末章全用比喻，以暴虎、馮河僅危及一身，比喻政策邪僻將禍及全國。以臨深淵、履薄冰比喻自己戰戰兢兢恐怕國家敗亡的心理。感情真摯，語言形象，爲此詩生色不少。

旻天疾威，敷于下土。謀猶回遹，何日斯沮！謀臧不從，不臧覆用。我視謀猶，亦孔之邛。

旻（mín民）天，上天。爾雅釋文：「秋爲旻天。」郭璞注：「旻，猶愍也，愍萬物雕落。」疾威，暴虐，見雨無正注。

敷，毛傳：「敷，布也。」下土，人間，與「旻天」對文。

謀猶，猶、猷古通。爾雅釋詁：「猷，謀也。」謀、猶二字同義，都是「政策」的意思。　回遹，邪僻不正。毛傳：「回，邪；遹，僻。」齊詩遹作穴，韓詩作鴥或泬。古音遹讀如穴，它和鴥、泬都是同音通假。

沮，停止。

臧，善。謀臧，好的政策。

覆，反，反而。

邛（qióng窮），毛傳：「邛，病也。」這二句意爲，我看現在的政策弊病大得很。

韻讀：魚部——土、沮。東部——從、用、邛。

潝潝訿訿，亦孔之哀。謀之其臧，則具是違。謀之不臧，則具是依。我視謀猶，伊于胡底。

潝潝（xì細），當面互相附和貌。訿訿（zǐ紫），背後互相詆毀貌。方玉潤詩經原始引曹氏粹中曰：「潝潝然相和者，黨同而無公是；訿訿然相毀者，伐異而無公非。」按韓詩潝作翕，魯詩作翕或歙。蓋翕爲正字，潝、歙爲假借字。魯詩訿作呰，呰爲正字。

具，今作俱，完全。　是，這，指謀。　違，反對。

伊，發語詞。　胡，何。　底，至。這句意爲，將使國家走到什麼地步？鄭箋：「謀之善者，俱背違之。其不善者，依就之。我視今君臣之謀道，往行之將何所至乎？言必至于亂。」

韻讀：脂部——哀（音衣）、違、依、底。

我龜既厭，不我告猶。謀夫孔多，是用不集。發言盈庭，誰敢執其咎？如匪行邁謀，是用不得于道。

厭，厭煩。

不我告，即「不告我」的倒文。猶，鄭箋：「猶，圖也。卜筮數而瀆龜，龜靈厭之，不復告其所圖之吉凶。」按箋訓猶爲圖，圖即謀。古人認爲卜筮不可反復多次。易蒙卦辭：「初筮告，再三瀆，瀆則不告。」

謀夫，謀士。這句説參加獻謀的人員很多。

是用，「用是」的倒文，因此。末句同。集，韓詩作「就」，成就。陳奂傳疏：「韓詩外傳引詩『是用不就』，就、集一聲之轉。傳訓集爲就者，正以集爲就之假借，即讀音如就也。」

發言，指對政策提意見。盈庭，充滿朝廷。

執，持，負的意思。咎，罪，這裏指責任。鄭箋：「謀事者衆，訩訩滿庭而無敢決當是非。事若不成，誰云己當其咎責者。」

匪，彼。行，道路。邁，遠行。謀，商量、請教。

是用，用是，因此。這句意爲，因此不能問得所應走的道路。按左傳襄公八年引此二句，杜

注：「匪，彼也。行邁謀，謀于路人也。不得于道，衆無適從也。」

韻讀：幽部——猶、咎、道（徒叟反）。

哀哉爲猶，匪先民是程，匪大猶是經。維邇言是聽，維邇言是争。如彼築室于道謀，是用不潰于成。

匪，非。下句同。　先民，古人。毛傳：「古曰在昔，昔曰先民。」　程，效法。

大猶，大道，正確的道理。　經，行，遵循。馬瑞辰通釋：「經，朱彬謂當訓行，是也。孟子『經德不回』趙注：『經，行也。』匪大猷是經，猶云匪大道是遵循耳。」

邇言，淺近的話。　是，語中助詞。　聽，聽取。

争，争論。就淺近的話而争論。

築室，建築房屋。　于道謀，在道路上向過往的人請教。

潰，遂、達到。馬瑞辰通釋：「潰即遂之假借，潰、遂古聲近通用。」　成，成功。

韻讀：耕部——程、經、聽、争、成。

國雖靡止，或聖或否。民雖靡膴，或哲或謀，或肅或艾。如彼泉流，無淪胥以敗。

靡止，不大。毛傳：「靡止，言小也。」馬瑞辰通釋：「傳以靡止爲小，則止宜訓大矣。抑詩『淑慎爾止』傳：『止，至也。』爾雅：『晊，大也。』釋文：『晊本又作至。』易『至哉坤元』猶言『大哉乾元』

也。止與至同義，至爲大，則止亦爲大矣。」

或，有的。下同。聖，通達。説文：「聖，通也。」這二句意爲，國雖不大，有通達事理的，有不達事理的。

膴（wǔ五），本義爲大臠，引申爲大、多。釋文引韓詩作「靡腜，猶無幾何」。按腜即膴之假借，腜、膴古音相近。

哲，聰明。齊詩作悊。謀，智謀，指善於謀畫。

肅，恭敬嚴肅。艾，治理。按艾即乂之假借，乂古文作⿱辟乂。説文：「⿱辟乂，治也。」此三句意爲，人民雖不多，但有明哲的，有善謀的，有恭肅的，有善治的。書洪範：「五事：一曰貌，二曰言，三曰視，四曰聽，五曰思。貌曰恭，言曰從，視曰明，聽曰聰，思曰睿。恭作肅，從作乂，明作哲，聰作謀，睿作聖。」詩辭或由此而來。

如彼泉流，詩人用泉水滔滔流逝，比喻周王不用賢才，國運無可挽回。

淪胥，相率。見雨無正注。這二句意爲，不要像泉水滔滔流而不返，無論賢愚，大家都相率而入於敗亡。

韻讀：之部——止、否（方鄙反）、謀（謨其反）。祭部——艾、敗。

不敢暴虎，不敢馮河。人知其一，莫知其他。戰戰兢兢，如臨深淵，如履薄冰。

暴虎，空手打虎。毛傳：「徒搏曰暴虎。」

馮（píng平）河，徒步渡河。毛傳：「徒涉曰馮河。」

「人知其一」二句意爲，人們都知暴虎馮河的危險，而不知更有危於暴虎馮河的。言外之意，指暴虎馮河僅危及一身，而謀猶回遹則禍及全國，人們反而不知。

戰戰兢兢，恐懼戒慎貌。

臨，面對着。毛傳：「如臨深淵，恐墜也。」

履，踏着。毛傳：「如履薄冰，恐陷也。」以上三句，是詩人看見朝廷的謀猶回遹，恐怕國將敗亡，産生了如臨深履薄之感。

韻讀：歌部——河、他（音佗）。　蒸部——兢、冰。

小宛

【題解】

這是没落貴族處於亂世，和兄弟相戒，希望免禍的詩。朱熹詩集傳曰：「此大夫遭時之亂，而兄弟相戒以免禍之詩。」他正確地叙述了詩的主題。毛序：「小宛，大夫刺幽王也。」既籠統而又無據。朱熹評之曰：「此詩之詞最爲明白，而意極懇至。説者必欲爲刺王之言，故其説穿鑿破碎，無理尤甚。」可謂一針見血之論。國語晉語：「秦伯(穆公)賦鳩飛。」韋注認爲鳩飛即小宛。是此詩在春秋時代又名鳩飛。

此詩多用比興：第一章詩人見鳴鳩尾短形小，但能高飛摩天，興自己位低志大，願繼祖先父母的德業。第三章採取雙興的形式，以原中有菽，庶民皆可任意採摘；螟蛉有子，亦可被蜾蠃抱持而去，興權勢財富皆無常主，只有謹慎有德的子孫才能繼承保有它。第四章以鶺鴒之載飛載鳴，興兄弟之遠行。第五章以桑扈之循場啄粟自活，興窮苦寡財的自己將陷於牢獄的失所。是反義的興。末章連用三個比喻，以鳥之集木、如臨深谷、如履薄冰，寫自己處亂世懼禍的心情。姚際恒説：「中原二句，螟蛉二句，此雙比法，亦奇。」其實，他章的比興，也都如實地反映了作者複雜的心理活動，均奇。

宛彼鳴鳩，翰飛戾天。我心憂傷，念昔先人。明發不寐，有懷二人。

宛，小貌。馬瑞辰通釋：「考工記函人『視其鳴孔，欲其惌也』鄭司農注：『惌，小孔貌。』惌與宛義亦同。」鳴鳩，又名鶻鵰、鶌鳩、鶻鵃。爾雅郭注：「似山雀而小，短尾，青黑色，多聲。今江東亦呼爲鶻鵃。」陳奂傳疏：「舊説及廣雅云斑鳩，非也。斑鳩，鳩之大者。」

翰，高。戾，厲的假借字，附。馬瑞辰通釋：「戾者，厲之假借，文選卷一李善注引韓詩作翰飛厲天，云：『厲，附也。』厲天，猶俗云摩天耳。」按以上二句是興，比喻自己位雖低而志向高大。

先人，祖先。

明發，二字同義，醒。賈誼新書先醒篇：「辟猶俱醉而獨先發也。」漢書鄒陽傳：「發悟于心。」晏子諫篇：「景公飲酒三日而後發。」廣雅釋詁：「明，覺，發也。」是發亦訓爲醒。

二人，朱熹詩集傳：「二人，父母也。」

韻讀：真部——天（鐵因反）、人、人。

人之齊聖，飲酒温克。彼昏不知，壹醉日富。各敬爾儀，天命不又。

齊，敏捷。　聖，明智。爾雅釋言：「疾，齊，壯也。」郭注：「壯，壯事，謂速也。」王引之經義述聞：「『齊聖』，聰明睿智之稱，與下文『彼昏不知』相對。　齊者，知慮之敏也。史記五帝紀『幼而徇齊』，索隱引大戴禮作叡齊，一作慧齊，皆明智之稱也。」

飲酒温克，鄭箋：「飲酒雖醉，猶能温（蘊）藉自持以勝。」温，蘊之假借，蘊藉、含蓄。克，勝、自我克制。

昏，愚昧。　不知，指愚昧無知的人。

壹，魯詩作一，語首助詞，無義。　富，甚，指飲食更多。朱熹詩集傳：「彼昏然而不知者，則一于醉而日甚矣。」

敬，警的假借，戒慎。　儀，威儀。

又，復、再。朱熹詩集傳：「言各敬謹爾之威儀，天命已去，將不復來，不可以不恐懼也。時王以酒敗德，臣下化之，故此兄弟相戒，首以爲説。」

韻讀：之部——克（枯力反，入聲）、富（方備反）、又（音異）。

中原有菽，庶民采之。螟蛉有子，蜾蠃負之。教誨爾子，式穀似之。

中原，原中、田野中。菽，大豆，此處訓藿，豆葉。毛傳：「菽，藿也。」馬瑞辰通釋：「戰國策言韓地民之所食，大抵豆飯藿羹。藿對豆言是爲豆葉。文選李善注引説文：『藿，豆之葉也。』詩但言菽，傳知其不爲豆而爲藿者，蓋因豆皆有主，惟葉任人采，其主不禁。」

螟蛉（míng líng 明零），説文作螟蠕，桑蟲。

蜾蠃（guǒ luǒ 果裸），説文作蠣蠃，疊韻。細腰蜂。負，持、抱。鄭箋：「蒲盧取桑蟲之子負持而去，煦嫗養之以成其子。」這是舊時傳説，故後世稱養子爲螟蛉子。經近世昆蟲學家研究，認爲螟蛉即螟蟲，以植物爲食料的害蟲。蜾蠃，小黄蜂，今名寄生蜂。蜾蠃取螟蟲等的幼蟲貯於己巢，用尾刺注毒液於螟蛉體内，使之昏迷，作爲自己幼蟲的食料。

式，語助詞。穀，善。似，嗣之假借，繼承。以上二句意爲，教誨你的孩子們，好好繼承祖德。

韻讀：之部——采（此止反）、負（房以反）、似。

題彼脊令，載飛載鳴。我日斯邁，而月斯征。夙興夜寐，毋忝爾所生。

題，題的假借，視、看。見廣雅。魯詩作相，也是看的意思。脊令，魯詩作鶺鴒，一種小鳥名，見常棣注。蓋古代以脊令比兄弟，故常棣以脊令之在原，喻兄弟之在急難；此詩以脊令之飛鳴，喻兄弟之遠行。

日，日日、每天。斯，語助詞。邁，遠行，指行役。

而，你，指兄弟。月，月月。征，遠行。

夙興夜寐，早起晚睡，言無時不在操勞。

忝，辱沒。毛傳：「忝，辱也。」爾所生，指父母。朱熹詩集傳：「我既日斯邁，則汝亦月斯征矣。言當各務努力，不可暇逸取禍，恐不及相救恤也。夙興夜寐，各求無辱于父母而已。」

韻讀：耕部——鳴、征、生。

交交桑扈，率場啄粟。哀我填寡，宜岸宜獄。握粟出卜，自何能穀？

交交，毛傳：「小貌。」桑扈，一種小鳥。爾雅作桑鳸，亦名竊脂，似鴿而小，今名斑鴿。

率，循，沿着。場，農場。馬瑞辰通釋：「詩意以桑扈之率場啄粟爲有以自活，興填寡之身罹岸獄爲失其所。」

填寡，窮苦寡財的人。填，釋文引「韓詩作疹。疹，苦也。」王先謙集疏：「韓蓋以疹爲瘨之借字。説文：『瘨，病也。』雲漢釋文：『瘨，韓詩亦作疹。』古以病苦互訓。廣雅釋詁：『病，苦也。』苦，窮也。』然則韓詩疹、苦之訓，其義當爲窮苦。」寡，寡財之人。

宜，殆，大概、恐怕。楊樹達詞詮謂「宜」爲語首助詞，無義。馬瑞辰通釋謂宜是「且」之誤。竊疑此二宜字當訓「殆」，有將然之義。左傳成公二年：「異哉，夫子有三軍之懼，又有桑中之喜，宜將竊妻以逃者也。」又成公六年：「士貞伯曰：鄭伯其死乎！視流而行速，不安其位，宜不能久。」此詩之宜字當與左傳上二句之宜字同訓爲大概。岸，犴之假借，地方上的牢獄。釋文：「韓詩作犴，云：鄉亭之繫曰犴，朝廷曰獄。」這二句意爲，可哀呀，我們這些窮苦寡財的人，大概將陷于刑獄。故下句接言占卜以求自免。

握粟出卜，馬瑞辰通釋：「此有二義：一謂以粟祀神。説文：『糈，祭具也。』繫傳曰：『楚辭，懷椒糈而要之。糈，祭神之精米也，故字從米。祭神，故從示。』……一謂以粟酬卜。説文：『貞，卜問也，从卜，貝以爲贄。』繫傳引詩『握粟出卜』，云：『古者求卜必用貝，握粟其至微者也。』……今按二義本自相通，蓋始用糈米以享神，繼即以之酬卜。」

自，從。有人訓爲語詞，亦通。何，什麽方法。穀，善。此處指能得到吉利而擺脱困境。

韻讀：魚部——扈、寡（音古）。侯部——粟、獄、卜、穀。

温温恭人，如集于木。惴惴小心，如臨于谷。戰戰兢兢，如履薄冰。

温温，毛傳：「温温，和柔貌。」　恭人，恭謹守禮的人。
如集于木，如鳥之棲于樹，恐怕掉下來。　毛傳：「恐隊（墜）也。」
惴惴，恐懼戒慎貌。　小心，當心。
如臨于谷，好像面臨着深谷。　毛傳：「恐隕也。」
戰戰二句，鄭箋：「衰亂之世，賢人君子雖無罪猶恐懼。」他總結了全章的大意。
韻讀：侯部——木、谷。　蒸部——兢、冰。

小弁

【題解】

這是被父放逐的兒子訴苦的詩。孟子告子下：「小弁之怨，親親也。親親，仁也。」又說：「小弁，親之過大者也。親之過大而不怨，是愈疏也。愈疏，不孝也。」孟子距詩經時代較近，其言當可信。關於詩的作者，漢代却有古、今文學的不同。毛序：「小弁，刺幽王也。大子之傅作焉。」毛傳：「幽王取申女生大子宜咎，又説褒姒，生子伯服，立以爲后，而放宜咎，將殺之。」毛序認爲宜臼傅作，毛傳認爲太子自作。今文學則以爲是宣王時代，尹吉甫之子伯奇爲後母所譖，遭父放逐而作。班固漢書馮奉世傳讚：「讒邪交亂，貞良被害，自古而然。故伯奇放流，屈原赴湘；小弁之詩作，離騷之辭興。」趙岐孟子章句亦云：「小弁，小雅之篇，伯奇之詩也。伯奇仁人而父虐之，故作小弁之詩。」漢代文獻中言及伯奇之事者甚多，如漢書武五子傳載武帝時壺關三老茂上書曰：「孝己被謗，伯奇放流，骨肉至親，父子相疑。」易林訟之大有：「尹氏伯奇，父子生離。」巽之觀：「伯奇流離，恭子憂哀。」今文家以此詩爲伯奇所作，另有所據。胡承珙後箋：「孟子『親之過大』一語，可斷其爲幽王太子宜臼之詩。」今從胡説。毛序認爲是太子傅作，姚際恒通論：「詩可代作，哀怨出於中情，豈可代乎？況此詩尤哀怨痛切之甚，異於他詩者。」姚的駁斥，非常中肯。聞一多詩經通義認爲：「小弁篇本妻不見答之詩。」可參閲，以備一説。

這首詩哀怨痛切，令讀者爲之動容，所以前人稱讚它是「情來之調」，是「情文兼到之作」。它能產生如此强的藝術魅力，主要得力於兩方面的原因。其一是全詩布局的精巧。第三章是全詩中心，點明了失去雙親而無所歸依的哀痛主題。前面的一二兩章先以呼天自訴總起，接寫去國景象的觸目驚心，爲第三章入題渲染了氣氛。第四五六七共四章反復申言被放逐的原因和由此造成的痛苦，但四五兩章用興和比正面抒寫心中的憂苦，六七兩章却用興和比反跌形容父親的寡恩，用意雖同而章法却有變化，可謂整中有散，正中寓奇。方玉潤讚它「離奇變幻，令人莫測」，雖然未免過譽，但流動的章法使全詩更顯得鬱勃頓挫則是肯定的。其二是詩人鍊字的警拔。即如「我心憂傷，惄焉如擣」的「惄」和「擣」兩個字，將無法形容的憂傷形容得細緻入微。我們仔細玩味，會覺得這兩個字實在無可移易，難怪錢鍾書先生以「驚心動魄，一字千金」讚之。

弁彼鸒斯，歸飛提提。民莫不穀，我獨于罹。何辜于天，我罪伊何？心之憂矣，云如之何！

弁（pán盤），快樂貌。弁彼，即弁弁。按弁爲昪之假借。説文：「昪，喜樂貌。」鸒（yù預），鳥名，又名卑居，比烏鴉小而下白。爾雅：「鸒，鵯居。」郭注：「雅烏也，小而多群，腹下白。」斯，語氣詞。

提提（shí時），⿰羽氏⿰羽氏的假借。毛傳：「群飛貌。」按這二句是興，詩人以烏鴉不祥之鳥，還能快樂地歸飛，而自己却無罪見逐，連烏鴉都不如。

民，人們。穀，善。指生活得好。

于，在。罹（lí離），憂患。朱熹詩集傳：「民莫不善，而我獨于憂，則鸒斯之不如也。」

辜，罪。天，指君父。

伊，是。這句意爲，我是什麽罪？

云，發語詞。如之何，怎麽辦。

韻讀：支部——斯、提。歌部——罹（音羅）、何、何。

踧踧周道，鞫爲茂草。我心憂傷，惄焉如擣。假寐永歎，維憂用老。心之憂矣，疢如疾首。

踧踧（dí敵），平坦貌。説文：「踧踧，行平易也。」周道，大道。

鞫（jū居），塞住。爲，被。茂草，茂盛的草。陳奂傳疏：「通達之大道，其平易踧踧然，今爲茂草所塞。」

惄（nì溺），憂慮。焉，同然。如擣，像杵般在舂搗。韓詩作疛，呂氏春秋盡數篇高誘注：「疛，跳動也。」

假寐，打瞌睡。鄭箋：「不脱冠衣而寐曰假寐。」永歎，長歎。

維，發語詞。用，因。維憂用老，因憂而衰老。

疢（chèn趁），本義爲熱病，此處泛指煩憂。如，而。疾首，即首疾，頭痛病。這句意爲，因憂傷而頭痛。

韻讀：幽部——道（徒叟反）、草（此叟反）、擣（多叟反）、老（音柳）、首。

維桑與梓，必恭敬止。靡瞻匪父，靡依匪母。不屬于毛，不罹于裏。天之生我，我辰安在？

維，發語詞。桑與梓，指桑樹和梓樹，是古人宅旁常種的樹。馬瑞辰通釋：「懷父母，覩其樹因思其人也。至後世，以桑梓爲故里之稱。」恭敬，桑梓是父母所種，見物而思及親人，故必對它尊敬。毛傳：「父之所樹，己尚不敢不恭敬。」止，語氣詞。

靡，無。　瞻，敬仰。　匪，非。

依，依戀。這二句意爲，做兒子的没有不敬仰父親、依戀母親的。

屬，連。　毛，表。指衣外，此處詩人以表比父。　　裏，指衣内，此處以裏比母。這二句意爲，己既被逐於父，母親申后又被棄，是不得依靠父母。

罹，唐石經作離。阮元校勘記謂作罹者誤，當依唐石經。離，麗之假借，附。

辰，時，命運。朱熹詩集傳：「無所歸咎，則推之于天曰：豈我生時不善哉，何不祥至是也？」

韻讀：之部——梓、止、母（滿以反）、裏、在（才里反）。

菀彼柳斯，鳴蜩嘒嘒。有漼者淵，萑葦淠淠。譬彼舟流，不知所届。心之憂矣，不遑假寐。

菀（wǎn宛，又yù鬱），菀彼，即菀菀。菀柳傳：「菀，茂木貌。」説文段注：「假借爲鬱字也。」斯，語氣詞。

蜩（tiáo條），蟬。　嘒嘒（huì惠），蟬鳴聲。

有漼（cuǐ璀），即漼漼，毛傳：「漼，深貌。」

萑葦，蘆葦，見七月注。　淠淠（pèi配），朩朩的假借，草木繁密茂盛貌。鄭箋：「柳木茂盛則多蟬，淵深則旁生萑葦。言大者之旁無所不容。」

舟流，陳奂傳疏：「喻太子放逐。」

屆，至。見節南山注。詩人以舟流不知所至，比自己不知流落到什麽地方去。

遑，暇。不遑，顧不得。

韻讀：脂、祭部通韻——嘒、淠、屆（音既）、寐。

鹿斯之奔，維足伎伎。雉之朝雊，尚求其雌。譬彼壞木，疾用無枝。心之憂矣，寧莫之知。

斯，語助詞。奔，指奔從其偶。

伎伎，四足速行貌。馬瑞辰通釋：「伎伎實速行之貌。詩言維足伎伎，蓋言鹿善從其群，見前有鹿，則飛行以奔之。與雉求其雌取興正同。」

雉，野雞。雊（gòu構），雉鳴聲。以上四句是詩人以鹿奔求群雉鳴求雌，比自己不如鹿雉。

壞木，病木。毛傳：「壞，瘣也。謂傷病也。」説文引詩作瘣木，壞爲瘣之假借。

用，因。疾用無枝，因病而無枝。

寧，曾、却。之，語中助詞。知，瞭解。指君父却不瞭解。王先謙集疏：「言鹿、雉尚有群侶，己病自内發，無人相助，猶傷病之木無枝葉相扶。故雖心憂而曾無知我者，徒自傷耳。」

韻讀：支部——伎、雌、枝、知。

相彼投兔，尚或先之。行有死人，尚或墐之。君子秉心，維其忍之。心之憂矣，涕既隕之。

相，視。　投，掩捕。　鄭箋：「視彼人將掩兔，尚有先驅走之者。」

行，道路。

墐，齊詩、韓詩作殣，爲本字。　埋葬。

君子，指父。　秉心，居心。

維，是。　其，那樣。　忍，殘忍，狠毒。　之，語氣詞。

隕（yǔn 允），墜，落下。

韻讀：文部——先（思刃反）、墐、忍、隕。

君子信讒，如或醻之。君子不惠，不舒究之。伐木掎矣，析薪扡矣。舍彼有罪，予之佗矣。

或，有人。　醻，同酬，敬酒。　孔疏：「如有人以酒相醻，得即飲之。」

惠，愛護。

舒，徐，慢慢。　究，考察。　朱熹詩集傳：「曾不加惠愛，舒緩而究察之。」

掎（jǐ 己），用繩拉住樹梢，使樹砍完後慢慢倒下來。　馬瑞辰通釋：「今伐木者懼其猝踣，其木杪多用繩以牽曳之，即伐木掎巔之遺制。」

析薪，劈柴。　扡（chǐ 齒），唐石經作杝。　阮元校勘記謂當依唐石經。　順着木柴的紋理劈。

鄭箋：「杝謂觀其理也。必隨其理者，不欲妄挫折之。以言今王之遇太子，不如伐木析薪也。」

予，我。　佗（tuó 駝），加。言捨彼有罪的讒人而唯加罪於我。

韻讀：幽部——疇、究。　歌部——掎（音哿）、扡（音佗）、佗。

莫高匪山，莫浚匪泉。君子無易由言，耳屬于垣。無逝我梁，無發我笱。我躬不閲，遑恤我後？

浚，深。

由，於。爾雅釋詁：「繇，於也。」繇、由古通用。無易由言，不要輕易於發言。

屬（zhǔ主），貼着。　垣，牆。這句指貼耳在牆上的竊聽者。胡承珙後箋：「詩言無高而非山，無浚而非泉，山高泉深莫能窮測也，以喻人心之險猶山川。君子苟輕易其言，耳屬者必將迎合風旨而交構其間矣。」

無逝我梁四句：見邶風谷風注。按末四句可能是民間習語，故亦被詩人所採用。

韻讀：元部——山、泉、言、垣。　侯部——笱、後。

巧言

【題解】

這是諷刺周王聽信讒言，放任讒人禍國的詩。毛序：「巧言，刺幽王也。大夫傷於讒，故作是詩也。」作者可能是一位受壓抑不得志的官吏。胡承珙後箋云：「詩以『悠悠昊天』發端，而取五章之『巧言』名篇。蓋讒人之言非巧不入，詩人所深惡也。大夫傷於讒者，非獨一己傷困於讒，謂大夫傷聽讒言之亂政，故其詞屢言『亂』，而深望君子能察而止之。」按此詩共六章，前三章刺王，後三章刺讒人。言「亂」者十，言「君子」者七，可見其中心思想所在。

巧言詩人喜用「對喻」，這種比喻雖其實質與作用和明喻一樣，但在形式上却不用「如」、「若」等字，是明喻的略式。它有兩種情形：一種是比喻在前，一種是比喻在後。比喻在前的，如詩的第五章的前四句：「荏染柔木，君子樹之。往來行言，心焉數之。」王先謙認爲前兩句是比喻下兩句。比喻在後的，如第四章的後四句：「他人有心，予忖度之。躍躍毚兔，遇犬獲之。」高誘認爲後二句是比喻上二句。句式整齊，喻意明顯，既有説服力，又給人以美的感受。

悠悠昊天，曰父母且！無罪無辜，亂如此幠。昊天已威，予慎無罪。昊天泰幠，予慎無辜。

悠悠，遥遠貌。昊天，泛指上天。

曰，發語詞，同聿。且（jū居），語氣詞。按這二句是詩人在極悲傷中呼告天和父母之詞。

幠（hū呼），本義爲覆，引申爲大。朱熹詩集傳：「悠悠昊天，爲人之父母，胡爲使無罪之人遭亂如此其大也。」

昊天，指周王。　已，太、甚。　鄭箋：「已、大皆言甚也。」　威，暴虐。

慎，誠、確實。下句同。　列女傳王章妻傳引此二句云：「言王爲威虐之政，則無罪而遘咎也。」

泰，同太，釋文作太。　憮又引申爲傲慢，泰憮，太傲慢。

韻讀：魚部——且、辜、憮、憮、辜。　脂部——威、罪。

亂之初生，僭始既涵。亂之又生，君子信讒。君子如怒，亂庶遄沮。君子如祉，亂庶遄已。

僭（jiàn見），一切經音義引作譖，譖是正字，僭爲假借字。說文：「譖，愬也。」訴說別人的壞話。　既，已經。　涵，容納，接受。　朱熹詩集傳釋此章前四句云：「言亂之所以生者，由讒人以不信之言始入而王涵容不察其真僞也。亂之又生者，則既信其讒言而用之矣。」

如，如果。　怒，指怒斥讒言。

庶，庶幾，差不多。　遄，疾、很快。　沮，制止。　鄭箋：「君子見讒人，如怒責之，則此亂庶幾可疾止也。」

祉，喜。　毛傳：「祉，福。」陳奐傳疏：「福亦喜也。　遄已猶遄沮也。　宣十七年左傳：『范武子曰：吾聞之，喜怒以類者鮮，易者實多。詩曰：君子如怒，亂庶遄沮。君子如祉，亂庶遄已。君子之喜怒，以已亂也。』左傳喜詁祉與毛傳福詁祉義同。」

已，停止。　朱熹詩集傳：「見賢者之言，若喜而納之，則亂庶幾遄已矣。」

韻讀：談部——涵、讒。魚部——怒、沮。之部——祉、已。

君子屢盟，亂是用長。君子信盜，亂是用暴。盜言孔甘，亂是用餤。匪其止共，維王之邛。

屢盟，指周王與諸侯間屢次達成盟約。盟多則無信。左傳桓公十二年引君子曰：「苟信不繼，盟無益也。詩云：『君子屢盟，亂是用長。』無信也。」

是用，是以，因此。長，增長。

盜，此處將讒人比作盜賊。

暴，猛烈。

孔甘，甚美、很甜。

餤（tán談），本義爲進食，引申爲加劇。

止，達到。共，音義同供，指供職。朱熹詩集傳：「然此讒人不能供其職事，徒以爲王之病而已。」

維，爲，造成。邛（qióng窮），毛病、過失。

韻讀：陽部——盟（音芒）、長。宵部——盜、暴。談部——甘、餤。東部——共、邛。

奕奕寢廟，君子作之。秩秩大猷，聖人莫之。他人有心，予忖度之。躍躍毚兔，遇犬獲之。

奕奕，高大貌。寢，宮室。廟，宗廟。禮記月令「寢廟畢備」鄭注：「凡廟，前曰廟，後曰寢。」孔疏：「廟是接神之處，其處尊，故在前。寢，衣冠所藏之處，對廟而卑，故在後。」

君子，此處指周初建國的君主武王、成王。　作，造、興建。

秩秩，遠大明智貌。　三家詩作𢦔𢦔，說文：「𢦔，大也。从大，𢦏聲，讀若詩『𢦔𢦔大猷』。」

猷，謀略，此處指國家的政策。

聖人，創作的人，此處指周公等輔佐之臣。　莫，謨之假借，齊詩正作謨。　毛傳：「莫，謀也。」

計劃。

他人，指讒人。　有心，指別有居心。

忖（cǔn 寸）度，測度、推測。　陳奐傳疏：「釋文：『忖本又作寸。』寸古刌字。　說文：『刌，切也。』刌度言案切測度也。」

躍躍（tì 惕），狡兔往來跳躍逃匿其跡貌。　三家詩作趯趯，音義均同。　毚（chán 讒）兔，毛傳：「狡兔也。」戰國策楚策引這二句詩，高注：「躍躍，跳走也。　毚，狡也。　喻狡兔騰躍以爲難得也。　或時遇犬獲之，喻讒人如毀傷人，遇明君則治女罪也。」朱熹詩集傳認爲犬是詩人自喻：「反復比興，以見讒人之心我皆得之，不能隱其情也。」亦備一說。

韻讀：魚部——作（音租入聲）、莫（音模入聲）、度、獲（音胡入聲）。

荏染柔木，君子樹之。　往來行言，心焉數之。　蛇蛇碩言，出自口矣。　巧言如簧，顏之厚矣。

荏染，柔弱貌。毛傳：「柔意也。」説文：「栠，弱貌。　姌，弱長貌。」荏染即栠姌。　柔，善。　柔木指善木。　故毛傳以椅、桐、梓、漆釋善木。

往來，無定貌。　行，道路。　言，指謡言。　此句猶今云道路上的流言蜚語。

心，此處指詩人的心。　數，説文：「計也。」引申作審，辨别的意思。　王先謙集疏：「樹木必由我心擇而取之，行言亦必由我心審而出之，非可苟也。」

蛇蛇（yí 夷），誇誇其談地欺人貌。　馬瑞辰通釋：「蛇蛇，即訑訑之假借。　廣雅：『訑，欺也。』玉篇：『訑，詭言也。』蛇蛇蓋大言欺世之貌。」　碩言，説大話。　鄭箋：「碩，大也。　大言者，言不顧其行，徒從口出，非由心也。」

簧，樂器名。　巧言如簧，花言巧語像吹笙簧那樣動聽。

顔，臉皮。　此句是譏刺讒人臉皮太厚了。

韻讀：侯部——樹（殊掫反）、數（音藪）、口、厚。

彼何人斯，居河之麋。　無拳無勇，職爲亂階。　既微且尰，爾勇伊何？　爲猶將多，爾居徒幾何？

何人，什麽人。　鄭箋：「斥讒人也。」　斯，語氣詞。

麋，湄之假借，魯詩正作湄，水邊。　毛傳：「水草交謂之麋。」爾雅：「水草交爲湄。」爲傳所本。

拳，捲之假借，勇力，和下勇字同義。馬瑞辰通釋：「捲亦爲勇，古人不嫌語複，猶之『無罪無辜』，辜亦爲罪耳。」

職，祇、只。　階，階梯。

微，癥之假借。小腿生瘡。　尰，三家詩作瘇，今作腫。脚上浮腫。鄭箋：「此人居下濕之地，故生微尰之疾。人憎惡之，故言女勇伊何，何所能也？」

猶，通猷，欺詐。方言：「猷，詐也。」　將，且。馬瑞辰通釋：「爲猶將多，言其爲欺詐且多也。」

居，語助詞。　徒，黨徒，指同伙。　幾何，多少。這句意爲，你能有多少同夥呢？

韻讀：脂部——麋、階（音飢）。　東部——勇、尰。　歌部——何、多、何。

何人斯

【題解】

這是一首同事絶交詩。毛序：「何人斯，蘇公刺暴公也。暴公爲卿士而譖蘇公焉，故蘇公作是詩以絶之。」這是古文説。淮南子精神訓：「延陵季子不受吴國而訟閒田者慙矣。」高注：「訟閒田者，虞、芮及暴桓公、蘇信公是也。」這是今文説。他們都以此詩爲蘇公刺暴公之作。後世研究詩經者多從此說。如孔疏：「蘇公，蘇忿生之後。成十一年左傳曰：『昔周克商，使諸侯撫封，蘇忿生以温爲司寇。』則蘇國在温。杜預曰：今河内温縣。」胡承珙後箋：「路史，暴辛公采地，鄭邑也。一云隧。成十七年左傳云『楚侵鄭及暴隧』，是暴一名暴隧，春秋時鄭地也。其地在今懷慶府原武縣境，與温接壤。」朱熹詩集傳雖依此意解釋，但又說：「舊說於詩無明文可考，未敢信其必然耳。」這種闕疑態度是可取的。

詩人和「何人」的矛盾及絶交的原因，毛序、鄭箋以爲何人在周王前進讒言，使他失職。三家詩以爲二人因争田而争吵。從詩的内容看來，它確是一首表示絶交的詩。前四章指出何人其心孔艱，誰爲此禍？不入我門，不入唁我，不見其身，其爲飄風，行蹤詭秘，怪其不來見。五六兩章責其從朝廷還時亦過門不入。第七章詩人作了今昔的對比，從前是兄弟般的知交，現在要出三物詛咒。第八章叙作詩的原因。尚書舜典說：「詩言志，歌永言。」詩是抒寫人們的思想感情的，歌是歌詠其義而長其言（尚書傳語）。有人評末二章云：「此是極恨處。」詩人如何洩恨呢？詛咒、作歌。憤怒之情，溢於言表。昭明文選所録之嵇康與山巨源絶交書、劉峻廣絶交論，可能受此詩影響，但都不够坦率。

彼何人斯，其心孔艱。胡逝我梁，不入我門？伊誰云從？維暴之云。

彼，那，指詩人所絶交的人。何人，詩人故作設問之詞。斯，語氣詞。王先謙集疏：「人即下章『二人從行』之一人。明知其人而言彼何人者，深惡之。」艱，難。孔艱，很難測。王先謙集疏：「謂其心深而甚難察。」胡，爲什麽。逝，往，經過。鄭箋：「逝，之也。」梁，魚梁。伊，發語詞。云，助詞。誰從，他聽從誰的話。維，是。暴，指暴公。云，話。毛傳：「云，言也。」這句意爲，這人是聽從暴公的話。

韻讀：文部——艱（音根）、門、云。

二人從行，誰爲此禍？胡逝我梁，不入唁我？始者不如今，云不我可。

二人，指暴公和他的朋友。鄭箋：「二人者謂暴公與其侶也。」從行，互相跟隨地走。指去見周王。

爲，造成。禍，指作者被周王責備。鄭箋：「誰作我是禍乎？時蘇公以得譴讓也。」唁，慰問，此處指慰問遭王譴責事。孔疏：「疑其譖己而内慙。」

始者，往日。

云，説。可，同哿，嘉、好的意思。不我可，不以我爲可，指不稱職。朱熹詩集傳：「女始者與我親厚之時，豈嘗如今不以我爲可乎？」

韻讀：歌部——禍、我、可。

彼何人斯，胡逝我陳？我聞其聲，不見其身。不愧于人？不畏于天？

陳，正房到庭院門的甬道。爾雅釋宮：「堂塗（途）謂之陳。」孫炎注：「堂下至門之徑。」

聲，指詩人聽見暴公來訪的聲音。胡承珙後箋：「凡通問皆可謂之聲，聞其聲不見其身者，蓋通問而不請見也。」這是一種敷衍的禮節，不是誠意的拜訪。

于人，對人。這句意爲，「對人你不感到慚愧嗎？」下句「于天」意同。王先謙集疏：「爾行蹤如此詭秘，不愧於人之指目乎？不畏於天之監察乎？所以深責之也。」

韻讀：真部——人、陳、身、人、天（鐵因反）。

彼何人斯，其爲飄風。胡不自北？胡不自南？胡逝我梁？祇攪我心。

飄風，暴風。毛傳：「飄風，暴起之風。」詩人用它比暴公。

自，在。這二句指暴風爲什麽不在北方，也不在南方，而偏在我家颳呢？

祇，適、恰好。朱熹詩集傳：「自北自南，則與我不相值也。今則逝我之梁，則適所以攪亂我心而已。」

韻讀：侵部——風、南（奴森反）、心。

爾之安行，亦不遑舍。爾之亟行，遑脂爾車。壹者之來，云何其盱。

爾，指暴公。　安行，徐行、慢走。

不遑，顧不得。　舍，停下車休息。

亟，通急。

脂，膏、車油。此處作動詞用，加油。陳奐傳疏：「安徐而行，不暇舍息。亟疾而行，又暇脂車。言何人之行疾徐莫測。」

壹者，往日、從前。陳奐傳疏：「壹者猶言乃者。高誘注呂氏春秋知節篇云：一猶乃也。乃者謂曩日也。」　來，指前逝梁逝陳的事。

云，發語詞。　盱（xū 虛），憂傷。胡承珙後箋：「曰憂曰病，皆承上文攪我心而言。」

韻讀：魚部——舍（音舒）、車、盱。

爾還而入，我心易也。還而不入，否難知也。壹者之來，俾我祇也。

還，指暴公從周王朝庭回來。　入，進，指進詩人的家門。

易，通懌，喜悦。陳奐傳疏：「釋文引韓詩作施。施，善也。毛、韓字異而意同。」

否，語助詞。陳奐傳疏：「否，古作不。（王引之）釋詞云：『不，語詞。』否難知，難知也。言其心孔艱，不可測也。」

俾，使。　祇，疷的假借，痛苦。毛傳：「祇，病也。」

韻讀：支部——易、知、祇。

伯氏吹壎，仲氏吹篪。及爾如貫，諒不我知。出此三物，以詛爾斯。

伯，大哥。　仲，二哥。　壎（xūn 熏）、篪（chí 池），皆古樂器名。毛傳：「土曰壎，竹曰篪。」壎爲陶器，爾雅釋樂郭注：「塤（壎）燒土爲之，大如鵝子，鋭上平底，形如稱錘，六孔。小者如雞子。」篪是竹管，形如笛。爾雅郭注：「篪以竹爲之，長尺四寸，圍三寸，一孔上出，徑三分，横吹之。小者尺二寸。」鄭箋：「伯、仲，喻兄弟也。我與女恩如兄弟，其相應和如壎篪，以言俱爲王臣，宜相親愛。」

及，與、和。　如貫，像一條繩子穿在兩個錢上那樣的親密。鄭箋：「我與女俱爲王臣，其相比次如物之在繩索之貫也。」

諒，信、真。　知，友好。不我知，「不知我」的倒文，待我不友好。

三物，豬、犬、雞。左傳隱公十一年：「鄭伯使卒出豭，行出犬、雞以詛射潁考叔者。」

詛（zǔ 祖），詛咒。求神降禍於仇人。　斯，語氣詞。

韻讀：支部——篪、知、斯。

爲鬼爲蜮，則不可得。有靦面目，視人罔極。作此好歌，以極反側。

蜮（yù 域），一名短狐。古代傳説中一種能含沙射影使人生病的動物。説文：「蜮，短狐也，似鼈，三足，以氣射害人。」

不可得，指鬼和蜮都是無形的，不可得見的怪物。

靦（tiǎn 舔），人面可見貌。有靦，即靦靦。鄭箋：「姡然有面目，女乃人也。」視，示之假借，表示。罔極，没有准則。見氓注。這二句意爲，你儼然是人的面目，顯示於人的却是行爲没有准則。

好，善。好歌，善意的詩歌。

極，窮、深究。反側，指反復無常者。毛傳：「反側，不正直也。」陳奂傳疏：「書洪範云：『無反無側，王道正直。』無反側謂之正直，反側謂之不正直，此傳義之所本也。」

韻讀：之部——蜮、得（丁力反，入聲）、極、側（音淄入聲）。

巷伯

【題解】這是寺人孟子因讒受刑，發洩憤怒的詩。毛序：「巷伯，刺幽王也。寺人傷於讒，故作是詩也。巷伯，奄官也。」序説當可信。詩以「巷伯」名篇，而篇中無巷伯之名，陳奂傳疏云：「周禮無巷伯之官，唯襄九年左傳『令司宮、巷伯儆宮』與此詩巷伯同。左傳以巷伯次司宮，猶周禮之寺人次内小臣。杜預云『巷伯即寺人』，當是賈、服舊注。巷伯即經所謂寺人孟子也。」由此可見，巷伯即寺人孟子的官名，故篇名巷伯。

「示現」的藝術手法是將實際上不見不聞的事物，寫得如聞如見。所謂不見不聞，或者已經過去，或者還在未來，或者是作者想象的景象。都是作家想象活動表現得最活躍的。示現有三種形式：一是追求過去的，即再造的想象，如桑中，詩人追述昔日和情人的戀愛，甜蜜的回憶使他沉浸在幸福之中，似乎情人的邀約、期會、送行的情景又出現在面前了。二是預言未來的，即創造的想象，如東山。「鸛鳴于垤，婦歎于室。洒埽穹室，我征聿至。」一位久役甫歸的戰士，他人還在歸途中，但心早已到了家裏。他想象着鸛鳥在土堆上叫喚，妻子在房裏歎息，做好一切打掃房子等的準備，正焦急地等待丈夫歸來。三是純屬懸想的，即現實生活中並不存在的，如本詩的第六章。作者對一向造謠誣陷的讒人憤恨異常，他設想這壞人一定會得到惡報，那個壞蛋壞到連豺狼老虎都不願意吃他，壞到連極北的不毛之地都不肯接受他，只好把他交給老天爺去治了。這種懸想是奇特罕見的。雖然現實生活中不可能有這種情況，但無比强烈的憎恨，使詩人産生了這樣的奇想，而讀者的印象也更加深刻了。

萋兮斐兮，成是貝錦。彼譖人者，亦已大甚。

萋，韓詩作緀，錯雜貌。斐，花紋。毛傳：「萋斐，文章相錯也。」陳奂傳疏：「文章爲斐，文章相錯爲萋斐。萋、錯雙聲爲訓。説文：『緀，帛文貌。』引詩『緀兮斐兮』。緀本字，萋假借字。」

萋、斐疊韻。

貝，貝殻。此處指貝形的花紋。錦，錦緞。織成貝形花紋的錦緞。以上二句是興，比喻讒人羅織别人的罪狀。

譖人者，誹謗人的壞蛋。

亦，發語詞。已，太。大，今作太。已、大、甚三字同義，加重語氣。這二句意爲，誹謗者壞得太過分了。

韻讀：侵部——錦、甚。

哆兮侈兮，成是南箕。彼譖人者，誰適與謀？

哆（chǐ齒），通誃，魯詩正作誃。張口貌。侈，張大貌。哆、侈疊韻。

箕，星名。南箕，南方的箕星。箕有四星成梯形，底小口大。詩人用它起興，象徵譖人。

適，悦。馬瑞辰通釋：「適，悦也。此詩蓋極言讒人之可惡，誰悦與之謀耳。」

韻讀：之部——箕、謀（謨其反）。

緝緝翩翩，謀欲譖人。慎爾言也，謂爾不信。

緝緝（qī七），三家詩作咠咠，本字。竊竊耳語貌。翩翩，花言巧語貌。馬瑞辰通釋：「説文：『咠，聶語也。聶，附耳私小語也。』緝緝即咠咠之假借。説文：『諞，便，巧言也。』翩翩即諞諞之假借。詩言緝緝者，言之密也。翩翩者，言之巧也。」

慎，謹慎。説文：「慎，謹也。」爾，指讒人。

信，真實。朱熹詩集傳：「譖人者自以爲得意矣，然不慎爾言，聽者有時而悟，且將以爾爲不信矣。」

韻讀：真部——翩（音繽）、人、信。

捷捷幡幡，謀欲譖言。豈不爾受？既其女遷。

捷捷，三家詩作唼唼，通倢。便倢多言貌。幡幡，反復翻動貌。

受，接受。

既，既而、終於。女，汝。遷，轉移，指聽者把憎惡被讒者的心，終於轉移到憎惡造謠誹謗的你身上。王先謙集疏：「言倉卒之間豈不受爾之讒言而憎惡他人，既而知汝言不誠，亦將遷憎惡他人之心，轉而憎惡汝矣。」

韻讀：元部——幡、言、遷。

驕人好好，勞人草草。蒼天蒼天！視彼驕人，矜此勞人！

驕人，指得意的讒人。好好，魯詩作旭旭，快樂貌。陳奂傳疏：「爾雅：『旭旭，憍也。』釋文郭音呼老反，是旭旭即好好之異文。」

勞人，失意的人，指被讒者。　草草，即慅慅之假借，魯詩作慅慅，憂愁貌。陳奐傳疏：「草讀爲慅，假借字也。月出：『勞心慅兮』，重言曰慅慅。」

視，察看。

矜，憐憫。王先謙集釋：「呼天即訴王也。欲其視察彼驕人，而矜憫此勞人。」

韻讀：宵部——驕、勞。　幽部——好（呼叟反）、草（此叟反）。　真部——天（鐵因反）、天、人、人。

彼譖人者，誰適與謀？取彼譖人，投畀豺虎。豺虎不食，投畀有北。有北不受，投畀有昊。

這章首二句，是重複第二章的後二句，表達其憎恨的心情。

投，丟棄。　畀（bì必），給予。

有，名詞詞頭。下「有昊」同。　有北，毛傳：「北方寒涼而不毛。」指沙漠地帶。

有昊，指昊天。鄭箋：「付與昊天，制其罪也。」

韻讀：魚部——者（音渚）、虎。　之部——謀（謨其反）、食、北（音逼入聲）。　幽部——受、昊（呼叟反）。

楊園之道，猗于畝丘。寺人孟子，作爲此詩。凡百君子，敬而聽之。

楊園，園名，在王都之側，其地低下。

猗，加、靠在、連接。畝丘，丘名，其地高。指往楊園的道路，靠在畝丘上。按這二句是興，朱熹詩集傳：「楊園，下地也。畝丘，高地也。以興賤者之言，或有補於君子也。」

寺人，閹人、宦官。孟子，寺人的名。

爲，陳奐傳疏：「爲亦作也。作爲此詩，言作此詩也。」

凡，一切。百，虛數，衆多的意思。君子，指當時的執政大官。

敬，儆的假借，儆惕。聽，聽取、採納。

韻讀：之部——丘（音欺）、子、詩、子、之。

谷風

【題解】

舊説多認爲谷風是怨朋友相棄之詩。毛序：「天下俗薄，朋友道絶焉。」後世詩經研究者觀其與邶風谷風詩題相同，用語亦相近，疑其爲棄婦之詩，且引後漢書陰皇后紀爲證。光武詔書云：「吾微賤之時，娶于陰氏。因將兵征伐，遂各别離，幸得安全，俱脱虎口。『將恐將懼，維予與女。將安將樂，女轉棄予。』風人之戒，可不慎乎！」漢代距古較近，光武以谷風爲棄婦詞，當可信。此詩風格絶類國風，故龔橙詩本誼以爲谷風與黄鳥、我行其野、蓼莪、都人士、采緑、隰桑、緜蠻、瓠葉、漸漸之石、苕之華、何草不黃等篇皆西周民風。其實，小雅中之民風，豈止這幾篇，采薇、大東難道不是嗎？大雅、頌裏何嘗没有含有民風的成分呢？

此詩藝術特色，在於運用層遞的修辭。由於丈夫可與共禍難，不可共安樂的事變發展，愈演愈甚，詩人的情緒波動也隨之遞深。故詩共三章，雖只一意，而有層層遞進之妙。什麽叫層遞？陳望道修辭學發凡説：「層遞是將語言由淺及深，由低及高，由小及大，由輕及重，逐層遞進地排列起來的一種辭格。」嚴粲詩緝説：「首章，興也。來自大谷之風，大風也。又習習然連續不斷，繼之以雨，喻連變恐懼之時，猶後人以震風淩雨喻不安也。當處變之時，且恐且懼，維予與女，同其憂患。及得志之後，且安且樂，女反棄我，交道薄矣。次章，頹，暴風也。不斷之風，又加以暴風，喻事變愈甚。恐懼之時，則置我於心而不忘；安樂之時，則棄我如遺物，不復省存也。末章，大風摧物，維戴土之石山崔嵬獨存，而其山之草木無不萎死矣。喻大患難也。此時賴朋友以濟，今豈可忘我共患難之大德而思我小怨乎？」嚴氏雖以此詩的主題爲諷刺可與共禍患難、不可與共安樂者，但却指出了它的遞進藝術特色。

習習谷風，維風及雨。將恐將懼，維予與女。將安將樂，女轉棄予。

習習，連續不斷的風聲。　谷風，來自山谷的大風。　維，是。按以上二句是興，詩人見風雨交加，聯想自己生活的突變。

將，方、當。第二個「將」字是襯字。陳奐傳疏：「將猶方也。」恐懼，指患難不安定的年月。

維，獨。與，本義爲「黨與」，引申爲好、愛的意思。馬瑞辰通釋：「『與』與『棄』對言。恐懼時獨我好汝，以見昔之厚。安樂時汝轉棄予，以見今之薄。」

轉，反而。

韻讀：魚部——雨、女、予。

習習谷風，維風及頹。將恐將懼，寘予于懷。將安將樂，棄予如遺。

頹，從空中而下的旋風，又名焚輪。爾雅釋天：「焚輪謂之頹。」孫炎注：「迴風從上下曰頹。」

寘，同置，放。鄭箋：「寘，置也。置我于懷，言至親己也。」

遺，忘記。鄭箋：「如遺者，如人行道，遺忘物，忽然不省存也。」

韻讀：脂部——頹、懷（音回）、遺。

習習谷風，維山崔嵬。無草不死，無木不萎。忘我大德，思我小怨。

維，獨。崔嵬，山高峻貌。陳奐傳疏：「崔嵬，山顛巉巖之狀。」

無草二句，言草木都受風的摧殘，没有不死或枯萎的。比喻受丈夫的摧殘。

大德，大好處，指能與丈夫共患難。

小怨，小缺點。

韻讀：脂、元部合韻——嵬、萎、怨。

蓼莪

【題解】

這是一首人民苦於兵役，悼念父母的詩。作者深痛自己久役貧困，不能在父母生前盡孝養之責。毛序：「民人勞苦，孝子不得終養爾。」鄭箋：「二親病亡之時，時在役所，不得見也。」王先謙集疏：「釋訓：『哀哀、悽悽，懷報德也。』郭注：『悲苦征役，思所生也。』爾雅正釋此詩之旨。是魯說以蓼莪爲困於征役，不得終養而作。」可見三家詩説與毛序、鄭箋同。

詩共六章。首二章前二句是興，詩人自恨不如抱娘蒿，而是散生無用的蒿、蔚。因而聯想父母生已的劬勞、勞瘁。第三章指出人子不能終養父母的罪魁禍首。第四章用了「生」、「鞠」、「拊」、「畜」、「長」、「育」、「顧」、「復」、「腹」九個形象的動詞，來形容九個「我」字。極概括的短短六句詩，便將父母愛子之情鈎勒得活龍活現。第五、六兩章，首二句是含賦作用的興，詩人生活在南山險峻、暴風呼嘯的艱苦行役中，聯想別人都生活得很好，而自己獨行役而不能終養父母的不幸。渲染了一幅孤子思親、無可挽回的悲慘圖。這種生動意象語言，感動了後世無數的讀者。朱熹詩集傳：「晉王裒以父死非罪（裒父王儀被司馬昭所殺），每讀詩至『哀哀父母，生我劬勞』，未嘗不三復流涕，受業者爲廢此篇。詩之感人如此。」胡承珙後箋：「晉王裒，齊顧歡，並以孤露讀詩至蓼莪哀痛流涕。唐太宗生日，亦以生日承歡膝下，永不可得，因引『哀哀父母，生我劬勞』之詩。」可見此詩感人之深。嚴粲詩輯：「嗚呼！讀此詩而不感動者，非人子也。」文學即人學，即使幾千年後之讀者，也可能産生同樣感受的。

蓼蓼者莪，匪莪伊蒿。哀哀父母，生我劬勞。

蓼蓼（lù陸），長大貌。莪，蒿類，俗名抱娘蒿。

匪，非，不是。伊，是。馬瑞辰通釋：「莪蒿即茵陳蒿之類，常抱宿根而生，有子依母之象，故詩人借以取興。李時珍云『莪抱根叢生，俗謂之抱孃（娘）蒿』是也。蒿與蔚皆散生，故詩以喻不能終養。」

哀哀，悲傷悔恨的歎詞。

劬勞，辛勤勞苦。見凱風注。

韻讀：宵部——蒿、勞。

蓼蓼者莪，匪莪伊蔚。哀哀父母，生我勞瘁。

蔚，一種散生的蒿，又名牡蒿。

勞瘁，勞累憔悴。

韻讀：脂部——蔚、瘁。

缾之罄矣，維罍之恥。鮮民之生，不如死之久矣！ 無父何怙？ 無母何恃？ 出則銜恤，入則靡至。

缾，亦作瓶，盛水或酒的器皿。　罄（qìng 慶），盡、空的意思。　維，是。　罍，大肚小口的酒罈。　詩人以缾喻父母，罍喻子，缾罄罍恥喻父母死而己獨生爲可恥。　左傳昭公二十四年載子大叔對范獻子曰：「詩曰：『缾之罄矣，惟罍之恥。』王室之不寧，晉之恥也。」亦從此意闡發。

鮮（xiǎn 險）民，寡民、孤子。

怙、恃，都是依靠的意思。

出，出門，指離家服役。　銜，含。　恤，憂愁。

入，進門，指回家。　靡，無。　至，親人。　說文：「親，至也。」

韻讀：之部——恥、久（音己）、恃。　脂部——恤、至。

父兮生我，母兮鞠我。拊我畜我，長我育我，顧我復我，出入腹我。欲報之德，昊天罔極！

鞠，育之假借，養。

拊，與撫通，撫摸。説文：「拊，揗也。」段注：「揗者，摩也。」畜，嬸之假借，好、愛。孟子：「畜君者，好君也。」

長，讀上聲。作動詞「喂大」用。育，教育。

顧，説文：「還視也。」引申爲看視、照顧。復，覆的假借，庇護的意思。

腹，抱在懷裏。于省吾新證：「古聲有重脣無輕脣，故古讀腹爲抱。書召誥：『夫知保抱攜持厥婦子。』抑：『借曰未知，亦既抱子。』這是西周典籍對於子言保抱或抱之證。」

之，代詞，指父母。

罔極，無常，没有準則。這是詩人呼天怨恨不得終養父母之詞。

韻讀：幽部——鞠、畜、育、復、腹。之部——德（丁力反，入聲）、極。

南山烈烈，飄風發發。民莫不穀，我獨何害！

烈烈，厲或嵐之假借，山高峻貌。毛傳：「烈烈然至難也。」胡承珙後箋：「至難者，義當如行路難、蜀道難之難。禮祭法注：『厲山氏，炎帝也，起於厲山。或曰烈山氏。』然則烈烈爲山之高峻。」

飄風，暴起之風。見何人斯注。發發，毛傳：「疾貌。」鄭箋：「發發然寒且疾也。」

穀，善、幸福，指能養父母。

害，災害。朱熹詩集傳：「民莫不善，而我獨何爲遭此害也哉！」

韻讀：祭部——烈、發（音廢入聲）、害（胡例反，入聲）。

南山律律，飄風弗弗。民莫不穀，我獨不卒！

律律，爲硉硉之借字，山勢突起高聳貌。陳奐傳疏：「玉篇有硉字，云『硉矶，危石』。文選七發『上擊下律』注云：『律當爲硉。』是律、硉同字，故傳云律律猶烈烈也。」

弗弗，大風急促揚塵貌。猶今云「呼呼」。

卒，終。鄭箋：「卒，終也。我獨不得終養父母。」

韻讀：脂部——律、弗、卒。

大東

【題解】

這是東方諸侯國臣民諷刺西周王室剥削、奴役的詩。毛序：「大東，刺亂也。東國困於役而傷於財，譚大夫作是詩以告病焉。」他認此詩爲譚大夫作，或有所據。漢書古今人表有譚大夫，周時譚國，在今山東歷城縣東南。公元前六四八年爲齊國所滅。有人説，詩産生於幽王時，有待考證。從詩的内容看來，作者可能是一位精通星象的文人。他過去原是東方的貴族，因此，他較一般勞動人民更富有文化知識。後來遭受西周王室的壓迫盤剥，實質上已淪爲西方人的奴隸。由於地位的轉變，他思想感情也隨着轉變了，借着歌唱來揭露、批判統治者的罪惡，提出沉痛的控訴，發洩其怨憤之情。

詩經中賦、比、興的藝術手法，這首詩都用到了。首章首二句「有饛簋飧，有捄棘匕」，是興，詩人看見當貴族時用的碗勺，不禁聯想今日淪爲小人後生活的痛苦。陳奐稱它做陳古而言今的興法，巧妙地烘托出詩人「今不如昔」的情緒，也反映了他原是一位貴族的身份。「如砥」與「如矢」是比，以具體的砥比周道平坦，具體的矢比周道筆直，使之更爲形象化了。其它地方，賦、比、興錯綜運用，説明詩人對這些手法已經是得心應手，非常熟練。從第五章後四句起至末，是他面臨社會上「君子」與「小人」兩種生活的懸殊，不禁有感於懷，仰觀天象，展開了幻想的翅膀：天漢閃閃發光，但照不到人影，不能起水鏡作用。啟明、長庚有助日之名，而無實光。一天更位七次的織女，看不到織出什麼布帛出來。牽牛不能供我駕車之用，畢星不能助我獵兔之勞。箕星不能揚糠粃，斗星不能舀酒漿。它們高高在上有名無實，都不能解除東方人們所受的痛苦。這些天上的繁星，都變成了地上剥削者的投影，是象徵、擬人的，幻想式的，浪漫主義的，來自詩人深厚的現實生活的基礎。不僅如此，這些繁星，簡直是嗜血成性的吃人者的形象：箕星拖着它的舌頭，好像張嘴吃人。斗星高舉其柄，好像榨取東人的血汗。引導我們進入「環譬以託諷」的藝術境界，好像言有盡而意無窮，耐人尋味。所以我們説：大東已經含有現實主義與浪漫主義相結合的創作方法的因素。不過，他是不自覺罷了。屈原離騷，李白歌行，杜甫長篇，多受其影響。

有饛簋飧，有捄棘匕。周道如砥，其直如矢。君子所履，小人所視。睠言顧之，潸焉出涕。

有饛(méng蒙)，即饛饛，滿貌。毛傳：「饛，滿簋貌。」簋，圓形食器。飧(sūn孫)，泡飯。說文：「飧，水澆飯也。」

有捄(qiú求)，捄捄，曲而長貌。棘，酸棗樹。棘匕，酸棗木製的飯匙。可取飯，亦可取肉或羹。這二句是興。詩人看見家中當貴族時的舊物，不禁聯想過去飲食是那樣豐足，而現在是被搜括得杼柚其空。

周道，大道，可通西周之道。砥(dǐ底)，磨刀石。如砥，指道路的平坦。

君子，指西周貴族。履，行走。

小人，指東方人民。視，看。

睠(juàn眷)，回頭貌。顧，看。

潸(shān山)，流淚貌。按上句「言」、這句「焉」，均與「然」字通用。朱熹詩集傳：「今乃顧之而出涕者，則以東方之賦役，莫不由是(周道)而西輸於周也。」

韻讀：脂部——匕、砥、矢、履、視、涕。

小東大東，杼柚其空。糾糾葛屨，可以履霜。佻佻公子，行彼周行。既往既來，使我心疚。

小東大東，指東方各諸侯國。離周京遠的稱大東，稍近的稱小東。惠周惕詩說：「小東大東，言東國之遠近也。魯頌『逐荒大東』，箋：『大東，極東也。』遠言大，則近言小可知矣。」

杼（zhù柱），布機上的梭子。說文：「杼，機持緯者。」柚，軸的假借。釋文：「本又作軸。」置經綫的部件。說文：「勝，機持經者。」段注：「勝即軸也。謂之軸者，如車軸也。」這裏用杼柚代織布機上的布帛。意謂東國的布帛被西人搜刮空空。其空，即空空。

糾糾，繩索纏繞貌。葛屨，夏布製的鞋，夏季所穿。言東人貧困，深秋還穿夏天的破葛鞋。可，「何」的假借。履，踩。

佻佻，輕佻貌。公子，指西周的貴族。

行，走。周行（háng杭），大道，即上章的周道，通往西周那條公路。

既，又。馬瑞辰通釋：「既往既來，謂數數往來，疲於道路。」

疚，憂慮不安。

韻讀：東部——東、東、空。陽部——霜、行（音杭）。之部——來（音吏）、疚（音記）。

有洌氿泉，無浸穫薪。契契寤歎，哀我憚人。薪是穫薪，尚可載也。哀我憚人，亦可息也。

有洌，即洌洌，寒涼的樣子。毛傳：「洌，寒意也。」氿（guǐ軌）泉，從旁側流出的泉水。劉熙釋名：「氿，軌也，狹而長如車軌也。」

浸，濕。無浸，不要弄濕。穫，收割。毛傳：「穫，艾（刈）也。」穫薪，已經砍下的薪柴。這二句是興，嚴粲詩緝：「穫薪以供爨，必曝而乾之，然後可用；若浸之於寒洌之泉，則濕腐而不可爨矣。喻民當撫恤之，然後可用；若用之以暴虐之政，則窮悴而不能勝矣。」

契契，憂苦貌。　寤歎，不能入睡而歎息。

憚，癉的假借。釋文：「字亦作癉。」勞苦。

上一薪字，鄭箋訓「析」，作動詞用，劈砍的意思。　是，此、這。

載，裝載，指裝在車上，把它運走，避免被水浸濕。　按這二句是比喻，比下二句「可憐我們勞苦的人，也該可以休息啊」。

韻讀：元部——泉、歎。　真部——薪、人、薪、人。　之部——載（音稷入聲）、息。

東人之子，職勞不來；西人之子，粲粲衣服。舟人之子，熊羆是裘；私人之子，百僚是試。

子，子弟、青年。　東人之子，東方諸侯的子弟們。

職，主、只。　勞，服勞役。　來，勑的假借，慰問。

西人，指周人。陳奐傳疏：「周在西，故以西人爲京師人。」

粲粲，鮮明華麗貌。

舟人，周人。鄭箋：「舟當作周。」按古書周與舟有互借例，如説苑立節之華舟，左傳襄二十三年作華周，考工記總目「作舟以行水」，鄭注：「故書舟作周。」皆音近互借。

裘，鄭箋：「裘當作求。」熊羆是求，指打獵。古書裘、求有互借例，如孟子萬章樂正裘，漢書古今人表作樂正求。羔裘序，釋文謂「裘字或作求。」于省吾新證：「周人之子，熊羆是求，係指田獵言之。」

私人，小人，指下層的人。揚雄方言：「私，小也。」

僚，執勞役者。百僚，各種奴隸。左傳昭公七年：「大夫臣士，士臣皂，皂臣輿，輿臣僚，僚臣僕，僕臣臺。」杜注：「僚，勞也，供勞事也。」試，任用。

韻讀：之部——子、來（音吏）、子、服（扶逼反，入聲）、子、裘（音忌）、子、試。

或以其酒，不以其漿。鞙鞙佩璲，不以其長。維天有漢，監亦有光。跂彼織女，終日七襄。

或，有人，指東人。第三句「鞙鞙佩璲」蒙上省略「或以」二字，亦指東人。

漿，澆薄的酒。

鞙，琄之假借。釋文：「字或作琄。」琄琄狀玉之美。馬瑞辰通釋：「容之好曰娟娟，佩之美曰琄琄，其義一也。」　璲，瑞玉，可以爲佩。朱熹詩集傳：「言東人或饋之以酒，而西人曾不以爲漿。東人或與之以鞙然之佩，而西人曾不以爲長。」

維，發語詞。　漢，毛傳：「天河也。」後世亦稱雲漢、銀河。

監，鑑的古字，今作鏡，古人用大盆盛水，以照人影。如書酒誥所謂「人無于水監」，到戰國始用青銅製鏡。這句意爲天河雖有光，但不能照見人影。

跂，忮之假借。說文：「忮，頃也。詩曰：忮彼織女。」段注：「頃者，頭不正也。隅者，陬隅不正而角。織女三星成三角，言不正也。」織女，星宿名，共有三星。孔疏：「三星鼎足而成三角，望之跂然，故（毛傳）云『隅貌』。」

終日，指從朝至暮。襄，移動。一晝夜共有十二時辰，織女星每個時辰移位一次。七襄，指織女星自卯至酉移動七次位置。毛傳：「襄，反也。」胡承珙後箋：「反即更也。此傳言反者，亦謂從旦至暮七更其次。」

韻讀：陽部——漿、長、光、襄。

雖則七襄，不成報章。睆彼牽牛，不以服箱。東有啟明，西有長庚。有捄天畢，載施之行。

報，反復。指梭引綫反復織布。章，文章，指布上的花紋，此處用它代布帛。毛傳：「不能反報成章也。」陳奂傳疏：「報亦反也，反報猶反復。」詩人以天上星星之有名無實，刺剥削者徒居高位，虛有其名而無同情人民之實。此章及下章，皆本此意。

睆（huǎn緩），明亮貌。牽牛，星名，又名何鼓。非後世二十八宿之牛宿。爾雅：「何鼓謂之牽牛。」何鼓三星在天河北，織女三星在天河南，隔河相對。

服，負，指牛駕車。易繫辭：「服牛乘馬。」　箱，車箱。毛傳：「大車之箱也。」此處指大車。

啟明、長庚，皆指金星。金星在日旁，唯朝日將昇或夕陽初下時能見。朝稱啟明，夕稱長庚。毛傳：「日旦出謂明星爲啟明，日既入謂明星爲長庚。」

有捄，即捄捄，彎而長貌。　畢，畢星，八星組成，形狀像捕兔的長柄網。毛傳：「畢所以掩兔也。何嘗見其可用乎？」

載，則。　施，置。　行，道路。這句意爲，就設置在道路上面。

韻讀：陽部——襄、章、箱、明（音芒）、庚（音岡）、行（杭）。

維南有箕，不可以簸揚。維北有斗，不可以挹酒漿。維南有箕，載翕其舌。維北有斗，西柄之揭。

箕，箕宿四星成梯，形如簸箕。

簸揚，説文：「簸，揚米去康（糠）也。」

北斗，星名，共六星組成斗形，因它在箕星之北，故稱北斗，非極星附近之北斗。孔疏：「箕、斗並在南方之時，箕在南而斗在北，故言南箕、北斗也。」

挹，用勺舀酒。　韓詩外傳：「言有其位無其事也。」

翕，吸。　馬瑞辰通釋：「翕、吸音同通用，故箋訓爲引。玉篇引詩正作『載吸其舌』。箕四星，二爲踵二爲舌，其形踵狹而舌廣，故曰載翕其舌，以見其主於收斂也。」揭，高舉。朱熹詩集傳：「言南箕既不可以簸揚糠粃，北斗既不可以挹酌酒漿，而箕引其舌，反若有所吞噬，斗西揭其柄，反若有所挹取於東。」王先謙集疏：「下四句與上四句雖同言箕斗，自分兩義。上刺虛位，下刺斂民也。」

韻讀：陽部——揚、漿。　祭部——舌、揭。

四月

【題解】　這是一位大夫在外行役，過時不得歸祭，抒述其悲憤憂亂心情的詩。毛序：「四月，大夫刺幽王也。在位貪殘，下國構禍，怨亂並興焉。」語意含糊，不切詩旨。徐幹中論譴交：「古者行役，過時不反，猶作詩怨刺，故四月之篇稱『先祖匪人，胡寧忍予』。」按詩述及夏、秋、冬三個時序，又有江漢、南國之語，可見其行役之久，歷地之廣。朱善詩解頤：「或以爲行役，或以爲憂亂。以詩考之，由夏而秋，由秋而冬，則見其經歷之久。由西周而南國，由豐鎬而江漢，則見其跋涉之遠。此行役之證也。『先祖匪人，胡寧忍予？』則無所歸咎之辭。『亂離瘼矣，爰其適歸？』則無所逃避之辭。此憂亂之證也。……然則是詩也，蓋大夫行役而憂時之亂，懼及其禍之辭也。」朱説近是。

詩人長期行役，備受寒氣暴風的侵襲，再加江漢泉水等景物的觸動，使他不免起了傷時傷己之感，所以形成每章首二句都是比興的風格。陳奂説：「詩凡八章，各自爲興。〈傳〉不言興者，略也。」這是正確的。其中有含賦作用的興，如「秋日淒淒，百卉俱腓」，蕭瑟的秋景，與亂離中的悲涼心情頗爲融洽。也有含反義的興，如「滔滔江漢，南國之紀」，看到長江漢水尚且能够統領制約南方的衆多小河流，而朝廷却只能聽任天下混亂，真是比江河還不如，更覺感慨繫之。這些比興，都運用自如，可見詩人有較高的文化修養。

四月維夏，六月徂暑。先祖匪人，胡寧忍予！

四月，此詩所説的四月、六月皆指夏曆。　維，是。

徂，往，到。徂暑，是「暑徂」的倒文。二句意爲四月已是夏季，至六月就到盛暑。按以上二句是興，鄭箋：「四月立夏矣，至六月乃始盛暑。興人爲惡亦有漸，非一朝一夕。」

匪，非。匪人，不是外人。王夫之稗疏：「其云『匪人』者，猶非他人也。頍弁之詩曰：『兄弟匪他。』義與此同。猶言『父母生我，胡俾我瘉』也。」

胡寧，何爲，爲什麼。　忍予，忍心讓我在外受苦難。

韻讀：魚部——夏（音户）、暑、予。

秋日淒淒，百卉具腓。亂離瘼矣，爰其適歸。

淒淒，秋風寒涼貌。

卉，草。　腓，痱之假借。毛傳：「病也。」指草木枯萎。　按以上二句是興，鄭箋：「涼風用事而百草皆病，興貪殘之政行，而萬民困病。」

亂離，喪亂離散。　瘼，毛傳：「病。」痛苦。謂喪亂離散使人痛苦。　按「瘼矣」韓詩作「斯莫」，魯詩作「斯瘼」。

爰，于何，在什麽地方。　其，語助詞。　適，往。這句謂何處可往歸？

韻讀：脂部——淒、腓、歸。

冬日烈烈，飄風發發。民莫不穀，我獨何害？

烈烈，冽冽的假借，寒冷刺骨貌。　鄭箋：「烈烈，猶栗烈也。」魯詩作栗栗。

飄風，暴風。　發發，風疾貌。　按以上二句是興，鄭箋：「言王爲酷虐慘毒之政，如冬日之烈烈矣。其亟急行於天下，如飄風之疾也。」

民莫二句，見蓼莪注。

韻讀：祭部——烈、發（音廢入聲）、害（胡例反，入聲）。

山有嘉卉，侯梅侯栗。廢爲殘賊，莫知其尤。

嘉，善。　卉，此處泛指草木。　嘉卉，好的草木。　文選思玄賦李注：「卉，草木凡名也。」

侯，毛傳：「維也。」是。三家詩正作維。按以上二句是興。鄭箋：「山有美善之草，生於梅栗之下，人取其實蹂踐而害之，令不得蕃茂。喻上多賦歛，富人財盡，而弱民與受困窮。」

廢，爾雅釋詁：「大也。」馬瑞辰認爲廢即⿱大弗之假借，說文：「⿱大弗，大也。」殘賊，指做摧殘損害別人的事。

尤，過錯。鄭箋：「言在位者貪殘，爲民之害，無自知其行之過者。」

韻讀：之部——梅（謨丕反）、尤（音怡）。

相彼泉水，載清載濁。我日構禍，曷云能穀？

相，看。

載，又。按以上二句是興，王先謙集疏：「泉水本清，受染則濁。喻行役構禍，不能自潔也。」

日，每天。構禍，遇禍。馬瑞辰通釋：「爾雅釋詁、說文並曰：『遘，遇也。』構者遘之假借。構禍猶云遇禍也。」

曷，何，指何時。云，語中助詞。穀，善。以上二句意爲，我每天在遭害，什麽時候才能得到好生活？

韻讀：侯部——濁、穀。

滔滔江漢，南國之紀。盡瘁以仕，寧莫我有。

滔滔，大水貌。江漢，長江與漢水。南國，指南方各條河流。　紀，綱紀。這二句意爲，長江漢水所容納的南國各條河流，它們都受江漢的制約。這是起興，王先謙集疏：「詩人行役至江漢合流之地，即水興懷，言江漢爲南國之綱紀，王朝反不能爲天下之綱紀也。」

盡瘁，憔悴。馬瑞辰通釋引王引之謂盡瘁雙聲字，與憔悴同義，勞病的意思。以，同而。仕，通事，從事王朝的職務。

寧，乃。有，通友，親善。這二句意爲，我雖盡力勞苦國事，却得不到上級的親信。

韻讀：之部——紀、仕、有（音以）。

匪鶉匪鳶，翰飛戾天。匪鱣匪鮪，潛逃于淵。

匪，彼。下同。鶉（tuán 團），或作鷻。説文：「鷻，鵰也。」鳶（yuān 淵），老鷹。翰，高。戾，至。按這章詩人全用比興手法。陳奂傳疏「傳云『鵰鳶，貪殘之鳥也』者，以喻貪殘之人處於高位。」

鱣（zhān 毡），鯉魚。鮪（wěi 委），鱘魚。都是大魚。陳奂傳疏：「鱣、鮪大魚，能逃處淵者，以喻今民不能逃避禍害，是大魚之不如矣。」

韻讀：真部——天（鐵因反）、淵（一均反）。

山有蕨薇，隰有杞桋。君子作歌，維以告哀。

蕨、薇，兩種野菜名。見草蟲注。

杞，枸杞。木名。桋，赤楝。木名。爾雅「白者楝」郭注：「赤楝樹葉細而岐鋭，皮理錯戾，好叢生山中。」按以上二句是興，陳奂傳疏：「蕨薇之菜，杞桋之木，山隰足以覆養而有之。以喻在位之人不能恩育，萬民病困，草木之不如。」

君子，作者自稱。

維，是。以，用，指利用這首詩。告哀，訴説自己行役、憂亂的悲哀。

韻讀：脂部——薇、桋、哀（音衣）。

北山

【題解】

這是一位士子怨恨大夫分配工作勞逸不均的詩。毛序：「北山，大夫刺幽王也。役使不均，已勞於從事，而不得養其父母焉。」序謂詩旨爲刺役使不均則確，謂大夫所作則不確。姚際恒通論：「此爲爲士者所作以怨大夫也，故曰『偕偕士子』，曰『大夫不均』，有明文矣。」姚説是。按當時人分十等，左傳：「天有十日，人有十等。王臣公，公臣大夫，大夫臣士，……」這是統治階級内部的等級，大夫是士的頂頭上司。這首詩，正反映當時統治階級的內部矛盾。

這首詩末三章連用六個對比，把大夫與士之間苦樂不等、勞逸不均的情況，充分顯示出來了，富於説服力。對比是把兩種相反的事物，並列在一起，使彼此的特點更加突出。這種辭格，詩經中是常見的。對比和排比、對偶有交錯的現象，如排比中的「表反正」，對偶中的「反對」，都包含着對比的内容。不過排比以字同意同爲經常情況，不一定有矛盾的内容，對偶在字面上更講究兩兩相對，避免重複，没有對比這樣可以自由伸縮，也不要求兩兩相對。詩的作者是一位受壓抑的士，胸中充滿了憤慨不平之氣，一定要把這苦樂不均的現象發洩出來，便不覺地運用了對比的方法。沈德潛説詩晬語云：「鴟鴞詩連下十『予』字，蓼莪詩連下九『我』字，北山詩連下十二『或』字。情至，不覺音之繁、辭之複也。」他指出了構成這種藝術形式的感情因素。尤其是六個對比之後，全詩戛然煞住，結束在情感爆發的最高點上，更具有强烈的震撼力和不盡的餘音。

陟彼北山，言采其杞。偕偕士子，朝夕從事。王事靡盬，憂我父母。

陟，登。

言，發語詞。杞，枸杞。按這二句是興，詩人以登山采杞，以喻勞於從事。

偕偕，强壯貌。説文：「偕，彊也。」士子，詩人自稱。

靡盬，無休止。見鴇羽注。

韻讀：之部——杞、子、事、母（滿以反）。

溥天之下，莫非王土。率土之濱，莫非王臣。大夫不均，我從事獨賢。

溥，通普。先秦古書引此句詩皆作普。孟子趙注：「普，徧。」首二句的大意是：天下所有的地域，没有不是周王的領土。

率，沿。毛傳：「率，循。」或訓「自」，亦通。濱，涯、水邊。孔疏：「古先聖人謂中國爲九州。其有瀛海環之。濱是四畔近水之處。言率土之濱，舉其四方所至之内，見其廣也。」以上二句大意是：四海之内所居住的人，没有不是周王的臣民。

賢，本義爲「多財」，引申爲多。王夫之詩經稗疏：「小爾雅云：我從事獨賢，勞事獨多也。賢之訓多，與射禮某賢于某若干純之賢同義。」

韻讀：魚部——下（音户上聲）、土。真部——濱、臣、均、賢。

四牡彭彭，王事傍傍。嘉我未老，鮮我方將。旅力方剛，經營四方。

彭彭，亦作騯騯，馬不得休息貌。毛傳：「彭彭然不得息，傍傍然不得已。」

傍傍，旁旁之假借，人不得休息貌。廣雅：「彭彭旁旁，盛也。」

嘉，嘉許、稱讚。

鮮，善、稱許。鄭箋：「嘉、鮮皆善也。」將，毛傳：「壯也。」鄭箋：「王善我年未老乎？善我方壯乎？何獨久使我也？」

旅，膂之省借，筋力。王念孫廣雅疏證云：「大雅桑柔云『靡有旅力』，秦誓云『旅力既愆』，周語云『四軍之衆，旅力方剛』，義並與膂同。膂、力一聲之轉，今人猶呼力爲膂力，古之遺語也。」方，正。剛，强。

經營，奔走勞作的意思。這二句意爲，大夫説我體力正强，可以奔走四方。

韻讀：陽部——彭（音旁）、傍、將、剛、方。

或燕燕居息，或盡瘁事國。或息偃在牀，或不已于行。

或，有的人。燕燕，魯詩作宴宴，安閒貌。居息，居家休息。

盡瘁，憔悴、勞病。見四月注。

偃，躺卧。

已，止。不已，不停。行，道路。按末三章皆言役使之不均。

韻讀：之部——息、國（古逼反，入聲）。陽部——牀、行（音杭）。

或不知叫號，或慘慘劬勞。或棲遲偃仰，或王事鞅掌。

叫號，毛傳：「叫，呼。號，召也。」孔疏：「不知叫號者，居家用逸，不知上有徵發呼召。」這説執政者過着安閒舒適生活，不知下層人民被奴役呼召的痛苦。

慘慘，憂慮不安貌。釋文：「字又作懆懆，憂慮貌。」

棲遲，陳風衡門傳：「游息也。」偃仰，僵卧。馬瑞辰通釋：「偃仰猶息偃、媅樂之類。二字同義，偃亦仰也。」

鞅掌，勤於王事、倉皇忙碌貌（用胡承珙毛詩後箋、馬敘倫莊子義疏説）。

韻讀：宵部——號、勞。陽部——仰、掌。

或湛樂飲酒，或慘慘畏咎。或出入風議，或靡事不爲。

湛（dān 耽）樂，沉溺、過度享樂。湛，亦作媅、耽，皆酖之假借。説文：「酖，樂酒也。」咎，罪過。畏咎，怕犯錯誤。

風，放。風議，發議論。馬瑞辰通釋：「釋名：風，放也。言放散也。廣雅亦曰：風，放也。放議猶放言也。」出入風議，謂光發議論不作事。

爲，作、幹。靡事不爲，指什麼勞苦的事都要做。

韻讀：幽部——酒、咎。歌部——議（音俄）、爲（音訛）。

無將大車

【題解】

這是一位没落貴族感時傷亂之作。他很曠達，認爲憂能傷人，很不值得，便唱出了這首短歌。

毛序：「無將大車，大夫悔將小人也。」荀子大略引此詩云：「言無與小人處也。」易林井之大有：「大輿多塵，小人傷賢。皇父司徒，使君失家。」他們都認爲是後悔推薦小人的詩。從詩的内容看來，不見有悔「所樹非人」之意，百憂的内容，亦未明説。姚際恒通論云：「此賢者傷亂世，憂思百出，既而欲暫已，慮其甚病，無聊之至也。」陳廷傑詩序解云：「殆詩人感時傷亂之作。」姚、陳二家之説近是。易林提到皇父，他是幽王時人，見十月之交，此詩當産生於幽王時。故王先謙集疏説：「箋以爲厲王，非也。」

這首短詩只三章，每章中只换幾個字，和國風相似。但這幾個字的變化很有層次，第一章「塵」，指推大車會惹塵土。「疷」，指多憂會生病。都是籠統地形容。第二章的「冥冥」，形容塵土遮蔽上空，使人看不清。「熲」，形容憂愁使人心煩意亂，會患心臟病。比上章更具體。第三章的「雝」，形容塵土蔽塞路途，比上章遮空來得更大。「重」，指憂愁會使人發浮腫病，比上章心臟病更重。塵、冥冥、雝，疷、熲、重，章章遞進，以見推大車、多憂愁後果的嚴重。使人感到層遞藝術手法之妙。

無將大車，祇自塵兮。無思百憂，祇自疷兮。

將，拤之假借，用手扶車。鄭箋：「將，猶扶進也。」大車，牛拉的貨車。孔疏：「冬官車人爲車有大車，鄭云：大車，平地任載之車，其車駕牛。」它與王風大車中大夫所乘的大車不同。

衹，只。　塵，此處作動詞用，謂沾上塵土。

百，虚數。百憂，指許多可憂之事。

疷（zhěn 疹），應從唐石經作疧。痛苦。

韻讀：真、支部通韻——塵、疧。

無將大車，維塵冥冥。無思百憂，不出于熲。

冥冥，昏暗不明貌，此處指塵土蔽空。鄭箋：「冥冥者，蔽人目明，令無所見也。」

熲（gěng 耿），同耿。不出于熲，指心中戒懼不安，無法排除。即心臟病。馬瑞辰通釋：「熲音義與耿正同。邶柏舟『耿耿不寐』傳：『耿耿猶儆儆也。』禮少儀注：『熲，警枕也。』儆、警説文並訓戒。不出于熲即謂不出于儆戒之中。」

韻讀：耕部——冥、熲。

無將大車，維塵雝兮。無思百憂，衹自重兮。

雝，通壅。釋文：「字又作壅。」指遮蔽路途。鄭箋：「雍猶蔽也。」

重，同腫，浮腫病。左傳成六年：「於是有沈溺重膇之疾。」杜注：「重膇，足腫。」

韻讀：東部——雝、重。

小　明

【題解】這是一位官吏自述久役思歸及念友的詩。毛序：「小明，大夫悔仕於亂世也。」陳廷傑駁之云：「顧自悔其出仕，乃反勉人以『靖共』，恐詩人之意不若是之矛盾焉。」陳説甚是。篇名「小明」，鄭箋：「名篇曰小明者，言幽王日小其明，損其政事，以至於亂。」蘇轍詩經傳認爲區別於大雅之大明，故名小。衆説紛紜，莫衷一是，只得闕疑。

小明詩人原是一位貴族，可他已淪爲到「艽野」的荒涼邊疆服役，吃盡苦頭，唱出了這首詩。在字裏行間，詩人描繪了他在役所所表現的複雜心理活動。他苦於久役，感到政事多，很勞累，生活受了毒害，但毫無辦法，只是心憂罷了。他很想回家，但又怕統治者給他「罪罟」、「譴怒」、「反覆」，只得忍耐留在那裏。他思念朋友，想得「涕零如雨」、「睠睠懷顧」、「興言出宿」，但無辦法能和他一起安居，只得告以處世之道。以上三種心理活動，描寫了一個牢騷滿腹而又謹小慎微的官吏形象。但這種心理描寫還是很初級的，只是直接地抒寫，缺少動作、語言、景物等的刻畫。尤其是末二章，遣詞枯燥，像在打官腔。不但與後世的詩歌不可同日而語，便是與小雅中其他名篇如采薇等相比，也遜色不少。讀者細細玩味，自能辨出高低。

明明上天，照臨下土。我征徂西，至于艽野。二月初吉，載離寒暑。心之憂矣，其毒大苦。念彼共人，涕零如雨。豈不懷歸，畏此罪罟。

明明，疊詞，加重語氣，指上天是光明的，能照察人間的事。照臨，居高臨下地照察。按以上二句是詩人向天控訴的話。朱熹詩集傳：「大夫以二月西征，至於歲暮，而未得歸，故呼天而訴之。」

征，行，指行役。　徂，往。徂西，往鎬京的西方。

艽（qiú求）野，毛傳：「遠荒之地。」不是地名。説文：「艽，遠荒也。」段注：「艽之言究也，窮也。」

二月，馬瑞辰認爲當是周正二月，即夏曆十二月。詩作於歲暮，故云「載離寒暑」，馬説爲是。初吉，王引之經義述聞認爲初吉是泛指上旬的吉日。較他説爲長。

載，語首助詞。　離，遭，經歷。　寒暑，因押韻而倒文，應爲「暑寒」，夏天和冬天。

毒，害，指行役的毒害。　大，音義同太。　王先謙集疏：「我心甚憂，如毒藥之苦。」

共，通恭。共人，謙遜恭謹的人，指他的朋友。即四章和五章的「君子」。

涕，淚。　零，落。

懷，思。

罪罟（gǔ古），羅網，指刑罰。馬瑞辰通釋：「説文：『罪，捕魚竹網。』『罟，網也。』秦始以罪易皐。惟此詩罪罟二字平列，猶云網罟，與下章『畏此譴怒』、『畏此反覆』語同。蓋罪字本義。大雅『天降罪罟』義同。」

韻讀：魚部——土、野（音宇）、暑、苦、雨、罟。

昔我往矣，日月方除。曷云其還？歲聿云莫。念我獨兮，我事孔庶。心之憂矣，憚我不暇。念彼共人，睠睠懷顧。豈不懷歸？畏此譴怒。

除，毛傳：「除陳生新也。」日月方除，指夏曆十二月，即上章之二月。馬瑞辰通釋：「除即爾雅『十二月爲涂』之涂。戴震曰：『廣韻：涂，直魚切。與除同音通用。』方以智曰：『謂歲將除也。』」曷，何時。云，語中助詞。其，將。

聿，同曰，皆語中助詞。莫，今作暮。歲暮，指一年將盡。

獨，單獨，指己單獨地服役在荒涼遥遠的地方。

孔庶，很多。鄭箋：「我事獨甚衆，勞我不暇，皆言王政不均，臣事不同也。」

憚，癉的假借。釋文：「亦作癉。」毛傳：「憚，勞也。」這句意爲，使我勞苦而無閒暇的時候。

睠睠，文選李注引詩作眷眷。深切思念、依戀不捨貌。懷顧，懷念朋友而反顧。

此，這，指統治者。譴，譴責。怒，惱怒。這句意爲，畏懼統治者的譴責惱怒。

韻讀：魚部——除、莫、庶、暇（音胡）、顧、怒。

昔我往矣，日月方奥。曷云其還？政事愈蹙。歲聿云莫，采蕭穫菽。心之憂矣，自詒伊戚。念彼共人，興言出宿。豈不懷歸？畏此反覆。

奥(yù玉)，燠的假借，暖。日月方奥，指周正二月。

蹙(cù促)，急促。指王事更加急促，至歲暮而不得歸。

蕭，艾蒿。見采葛注。菽，大豆。鄭箋：「歲晚乃至采蕭穫菽尚不得歸。」

詒，通貽，留下。伊，同繄，這。戚，憂傷，指行役不愉快的事。見雄雉注。

興言，起來。出宿，不能安眠，到外面過夜。鄭箋：「興，起也。夜卧起宿於外，憂不能宿於內也。」

反覆，反復無常，隨便加罪於人。鄭箋：「反覆謂不以正罪見罪。」

韻讀：幽部——奥、蹙、菽、戚(粗育反，入聲)、宿、覆。

嗟爾君子，無恒安處。靖共爾位，正直是與。神之聽之，式穀以女。

嗟，歎詞。

恒，常。朱熹詩集傳：「無以安處爲常，言當有勞時勿懷安也。」

靖，認真。共，恭之省借，禮記緇衣、韓詩外傳引詩皆作恭。敬，負責。這句意爲，應當認真負責地對待你的職位。

與，接近，謂當接近正直之人。神之聽之，前「之」字是襯詞，後「之」字是代詞，代上四句話。式，用。穀，善，指福禄。以，與之假借，給予。謂神將用福禄賜給你。

韻讀：魚部——處、與、女。

嗟爾君子，無恒安息。靖共爾位，好是正直。神之聽之，介爾景福。

嗟爾四句，與上章前四句同義。毛傳：「息猶處也。」安居休息之意。好，愛好。是，此，這。正直，指正直的人。介，助。景，大。指神會幫助你得到大福氣。

韻讀：之部——息、直、福（方逼反，入聲）。

鼓鍾

【題解】

這是一位詩人在淮水上重觀周樂，不禁欣慕古代聖賢創造音樂者的功德。至於此詩作於何代，爲何事所作，今已不可考。毛序：「鼓鍾，刺幽王也。」這是古文説。孔疏引鄭玄中候握河注：「昭王時鼓鍾之詩所爲作。」這是今文説。二者均無確據，所以朱熹説：「此詩之義未詳。」方玉潤詩經原始：「此詩循文案義，自是作樂淮上，然不知其爲何時、何代、何王、何事。小序漫謂刺幽王，已屬臆斷。歐陽氏云『旁考詩、書、史記皆無幽王東巡之事。當闕其所未詳。』玩其詞意，極爲歎美周樂之盛，不禁有懷在昔淑人君子德不可忘，而至於憂心且傷也。此非淮、徐詩人重觀周樂以志欣慕之作，而誰作哉？特史無徵，詩更失考，姑釋其文如此。」兹姑從方氏之説，並據詩的内容，釋其主題如上。

此詩末章寫一次演奏音樂的場面，畫出各種樂器聲音來。有鍾、琴、瑟、笙、磬、雅、南、籥八種的合奏，好像一支樂隊。古人云「金聲玉振」，金指鍾，表示樂始。玉指磬，用以節樂或表示樂止。彈的有琴、瑟；吹的有笙、籥；敲的有鍾、雅、磬；摇的有南。使我們讀後好像參加一次古代交響音樂會，叮叮噹噹，醉入心絃。不怪詩人聽後要歌頌製樂者的功德了。

鼓鍾將將，淮水湯湯，憂心且傷。淑人君子，懷允不忘。

鼓，敲，動詞。將將，鎗鎗的借字。鍾聲，象聲詞。湯湯，同蕩蕩，大水急流貌。淮水，今名淮河，發源於河南桐柏山，經安徽、江蘇兩省入海。淑，善。淑人，美德之人。淑人君子，指前代的創造者，疑指樂師或製樂器者。懷，思念。允，王引之經傳釋詞：「允，語詞。」

韻讀：陽部——將、湯、傷、忘。

鼓鍾喈喈，淮水湝湝，憂心且悲。淑人君子，其德不回。

喈喈，象聲詞。形容鍾聲和諧。王先謙集疏：「説文：『龤，樂和龤也。』此喈即龤之假借。」

湝湝，水流貌。説文：「湝，水流湝湝也。」

回，邪。

韻讀：脂部——喈（音飢）、湝（音飢）、悲、回。

鼓鍾伐鼛，淮有三洲，憂心且妯。淑人君子，其德不猶。

鼛（gāo 高），毛傳：「大鼓也。」淮南子主術訓：「堯舜禹湯文武鼛鼓而食。」高誘注：「鼛鼓，王者之食樂也。」

三洲，三個小島。據後人考證，在歷次大水中，淮河上三個小島，都被淹没。這可能是貴族奏樂的地點。王先謙集疏：「朱右曾云：『水經注：淮水又東爲安豐津，淮東有洲，俗號關洲，通校全淮，惟此有洲，在今霍邱縣北。』陳奂云：『（霍邱）縣東北十五里有大業陂，周二十餘里，人呼水門塘，相傳古名鎮淮洲，陷爲陂。』愚案大水中洲坍漲不常，淮水三洲最古，據朱、陳二説，二洲一已爲陂，另一洲更無可考，古南江併於中江亦其比也。」

妯（chōu 抽），怞之假借。説文：「怞，恨也。詩曰憂心且怞。」悲傷的意思。韓詩作憂心且陶。

猶，瘉之假借。鄭箋：「猶當作瘉。瘉，病也。」缺點。不猶，没有缺點。

韻讀：幽部——鼛（古愁反）、洲、妯、猶。

鼓鍾欽欽，鼓瑟鼓琴，笙磬同音。以雅以南，以籥不僭。

欽欽，象聲詞。

笙，竹製樂器。見君子揚揚注。　磬，玉或石製成的樂器，敲打它表示樂止。　同音，馬瑞辰通釋：「磬以止樂，而樂中之衆聲，皆隨聲而止，故曰同音。」

以，爲、奏。玉篇：「以，爲也。」下句「以籥」同。　雅，樂器名，周官春官笙師鄭司農注：「雅，狀如漆筩而弇口，大二圍，長五尺六寸，以羊韋鞔之，有兩紐疏畫。」這是用手拍打節樂的樂器。見章炳麟大雅小雅説。　南，樂器名，形似鈴。見郭沫若甲骨文字研究釋南。　這兩種樂器名，後來都孳乳爲樂調之名，即二雅與二南。

籥（yuè月），樂器名，似排簫，見簡兮注。　僭，差失、混亂。大雅抑傳：「僭，差也。」按這句應與上句連接，即奏雅、奏南、奏籥，不亂。　這章純寫演奏鍾瑟等各種樂器，表現創造樂器者淑人君子的功德。

韻讀： 侵部——欽、琴、音、南（奴森反）、僭（音祲）。

楚　茨

【題解】

這是周王祭祀祖先的樂歌。詩中的「我」、「孝孫」，都是指周王。它所敍述的典章制度，也都是天子用的。毛序：「楚茨，刺幽王也。政煩賦重，田萊多荒，饑饉降喪，民卒流亡，祭祀不饗，故君子思古焉。」朱熹詩序辨説駁之云：「自此篇至車舝凡十篇……詞氣和平，稱述詳雅，無諷刺之意。序以其在變雅中，故皆以爲傷今思古之作，詩固有如此者。然不應十篇相屬，而絶無一言以見衰世之意也。竊恐正雅之篇有錯脱在此者耳。序皆失之。」吕祖謙東塾讀詩記：「楚茨極言祭祀事神受福之節，觀其威儀之盛，物品之豐，所以交神明，逮群下至於受福無疆者，非德盛政修何以致之！」朱、吕二氏的分析，很有道理。結合詩的内容看來，它可能是西周昭、穆時代的作品，不是厲、幽衰世的詩。何楷詩經世本古義、范家相詩瀋、姚際恒詩經通論、胡承珙毛詩後箋皆持朱、吕之説。

楚茨雖爲祭祀祖先的樂歌，但描寫景物頗爲形象。寫助祭的厨司，容貌恭敬嚴肅，手持着牛羊。有的宰割，有的烹飪，有的燒肉，有的烤肝，有的擺牲，有的捧進。寫參祭的主婦容貌清静恭敬，將菜肴裝進許多碗裏。等神尸吃完酒菜後，迅速敏捷地撤去席上酒盃殘菜。第五章寫神醉尸起，送尸歸神的一幕。末章寫同姓私宴的場面，有聲有色，都很生動。孫鑛説：「氣格閎麗，結構嚴密。寫祀事如儀注，莊敬誠孝之意儼然。有景有態，而精語險句，更層見錯出，極情文條理之妙。」孫氏的評論，道出了以祭祀爲主題的雅詩的共同特點，它們同清新秀麗的風詩在格調上是有明顯區别的。同雅詩中所謂「變雅」的怨憤峻刻也不相同，從而我們可以體會詩經風格的豐富多彩。

楚楚者茨，言抽其棘。自昔何爲？我蓺黍稷。我黍與與，我稷翼翼。我倉既盈，我庾維

億。以爲酒食，以享以祀，以妥以侑，以介景福。

楚楚，繁密叢生貌。　茨，蒺藜。　王先謙集疏：「（爾雅）釋草郭注：『布地蔓生，細葉，子有三角刺。』説文『茨』下云：『以茅葦蓋屋。』『薺』下云：『蒺藜也。』玉篇：『薋，蒺藜也。』是薺正字，魯、毛借字。」

言，發語詞。　抽，拔除。　毛傳：「除也。」　棘，刺。此處指蒺藜上的刺。　馬瑞辰通釋：「爾雅釋草：『茦，刺。』方言：『凡草木刺人，北燕、朝鮮之間謂之茦，自關而西謂之刺，江淮之間謂之棘。』棘爲草名，又爲凡草刺人之通稱。『楚楚者茨，言抽其棘』，棘即茨上之棘，猶『翹翹錯薪，言刈其楚』，楚即薪中之楚也。」

自昔，從古，指從古以來就是這樣開闢田地。　何爲，這是爲什麽呢？

我，主祭者自稱。　蓺，今作藝，種植。　黍、稷，糧食名。見黍離注。按這句是答上句的設問。

與與、翼翼，繁盛貌。　鄭箋：「黍與與，稷翼翼，蕃廡貌。」

庾，用草蓆製的圓形露天穀囤。　毛傳：「露積曰庾。」　維，是。　億，滿。　馬瑞辰通釋：「億，説文作意，云：『意，滿也。一曰十萬曰意。』是億之本義訓滿，與盈同義。王尚書經義述聞曰：『億亦盈也，語之轉耳，此盈字但取盈滿之義，非紀其數，與萬億及秭之意不同。』其説是也。」

以，用。下同。

亨，獻。指獻神。以亨以祀，用它（酒食）來獻神祭祀。

妥，安，安坐。見爾雅釋詁。　侑，勸，指勸進酒食。古代以「尸」代神，在祭祀的時候，主人迎尸，請他安坐在神位上，獻上酒食，請尸吃喝。

以介景福，見小明注。鄭箋：「以黍稷爲酒食，獻之以祀先祖。既又迎尸使處神坐而食之。爲其嫌不飽，祝以主人之辭勸之，所以助孝子受大福也。」方玉潤詩經原始：「首章總冒，先從稼穡言起，由墾闢而有收成，有收成而得享祀，由享祀而獲福禄。蓋力於農事者，所以爲神饗，致其誠也。是祭前一段文字。」

韻讀：之部——棘、稷、翼、億、食、祀、侑（音翼）、福（方逼反，入聲）。

濟濟蹌蹌，絜爾牛羊，以往烝嘗。或剥或亨，或肆或將。祝祭于祊，祀事孔明。先祖是皇，神保是饗。孝孫有慶，報以介福，萬壽無疆。

濟濟，莊嚴恭敬貌。　蹌蹌（qiāng 槍），走路有節奏貌。都是形容助祭者。濟、蹌雙聲。

絜，挈之假借，說文：「挈，縣持也。」此處指拿着。有人訓絜爲潔，亦通。

以，用。　往，去。　烝、嘗，秋祭祖先曰嘗，冬祭祖先曰烝。這裏是泛指祭祀。

或，有的人。下同。　剥，支解宰割。鄭箋：「解剥其皮。」　亨，今作烹。烹調。毛傳：「亨，飪之也。」

肆，陳列。　將，捧進。鄭箋：「有肆其骨體於俎者，或奉持而進之者。」祝，太祝，司儀，掌管祭禮的官員。　祊（bēng崩），宗廟門内旁邊設祭壇的地方。說文作鬃，云：「門内祭，先祖所以彷徨。」孔，很。　明，鄭箋：「猶備也。」指祭祀的禮節很完備。是，代詞，指祊。　皇，通廷，往。信南山鄭箋：「皇之言往也。」神保，祖先神名。朱熹詩集傳：「神保，蓋尸之嘉號，楚辭所謂靈保。」　饗，享受祭祀所獻的酒食。說文段注：「獻於神曰享，神食其所享曰饗。」孝孫，指周王。　慶，說文：「行賀人也。」引申爲有可賀之事，指福祥。方玉潤詩經原始：「二、三章備言牲醴之潔，俎豆之盛，以及從事之人莫不敬謹將事，是以神降之福。是初祭二大段。」

韻讀：陽部——蹌、羊、嘗、亨（音滂）、將、祊、明（音芒）、皇、饗、慶（音羌）、疆。

執爨踖踖，爲俎孔碩。或燔或炙。君婦莫莫，爲豆孔庶。爲賓爲客，獻醻交錯。禮儀卒度，笑語卒獲。神保是格，報以介福，萬壽攸酢。

爨（cuàn篡），竈。　執爨，掌竈的人，如今之厨師。　踖踖（jí及），敏捷恭謹貌。馬瑞辰通釋：「爾雅：『踖踖，敏也。』踖踖，蓋執爨恭敏之貌。」

俎，古代祭祀時用它盛生肉的禮器。　碩，大。　孔疏：「其爲俎之牲體甚博大。」燔，燒肉。　炙，烤肉。君婦，天子諸侯妻，嫡婦的意思。　鄭箋：「君婦，謂后也。」　莫莫，慔慔的假借，清靜恭敬貌。豆，盛肉器，這裏用它代菜肴。　庶，多，指菜肴品種之多。賓，指賓尸。　客，賓客。獻醻，主人向客人敬酒爲獻，主人自飲一盃，然後敬客爲醻。醻，同酬。卒，盡、完全。　卒度，全合法度。卒獲，盡得宜，完全恰到好處。　于省吾新證謂獲爲矱之假借，矩矱，法度。亦通。格，與佫通。　來到。　方言：「佫，來也。」攸，語助詞。　酢，本義爲客人還敬主人酒。　此處引申爲神對主人的報答。　毛傳：「酢，報也。」

韻讀：魚部——踖（音蛆入聲）、碩（音蜍入聲）、炙（音諸入聲）、莫（音模入聲）、庶、客（音枯入聲）、錯（音粗入聲）、度、獲（音胡入聲）、格（音孤入聲）、酢（音徂入聲）。

我孔熯矣，式禮莫愆。　工祝致告：「徂賚孝孫。苾芬孝祀，神嗜飲食。卜爾百福，如幾如式。既齊既稷，既匡既敕。永錫爾極，時萬時億。」

熯，同謹，恭謹。于省吾新證：「熯即謹之本字。金文覲不从見，勤不从力。女嬃𣪘覲作㚟，宗周鐘勤作㚟。㚟、熯同字，今楷作堇。」

式，發語詞。愆，過失。以上二句意爲，我很恭謹了，但願禮儀没有差失。

工祝，官祝。馬瑞辰通釋：「少牢饋食禮：『皇尸命工祝。』鄭注：『工，官也。』周頌『嗟嗟臣工』毛傳：『工，官也。』皋陶謨百工即百官。工祝正對皇尸爲君尸言之，猶書言官占也。」 致告，轉致告示。孔疏：「致神之意以告主人。」以下九句皆太祝將神的意思告訴周王。

徂，往。 賚（lài賴），賜予。 孝孫，指主祭者周王。這句謂去賜福給周王。

苾芬，猶今云芬芳。説文：「苾，馨香也。芬，草初生香分布也。」 孝，享。孝祀，享祀。爾雅釋詁：「享，孝也。」指祖神享受祭祀。

卜，賜予。毛傳：「卜，予也。」 爾，你，指孝孫。

如，合。 幾，期之假借。毛傳：「幾，期。」如幾，祭祀合乎你所期望的。 式，法度。毛傳：「式，法也。」如式，祭祀合乎法度。

齊，同齋。恭敬嚴肅貌。有人訓速，亦通。 稷，毛傳：「疾。」敏捷。馬瑞辰謂稷是亟的假借。

匡，匡正。 敕，謹飭。陳奐傳疏：「齊、稷、匡、勑皆祭祀肅敬之意。」

錫，賜。 極，至，指最好的福氣。

時，是，指福。　萬、億，虚數，皆極言其多。　方玉潤詩經原始：「四章祝致神語。」是寫正祭。

韻讀：元、文部通韻——熯、愆、孫。　之部——祀、食、福（方逼反，入聲）、式、稷、敇、極、億。

禮儀既備，鍾鼓既戒。孝孫徂位，工祝致告：「神具醉止」，皇尸載起。鼓鍾送尸，神保聿歸。諸宰君婦，廢徹不遲。諸父兄弟，備言燕私。

戒，告。指奏鍾鼓以告禮成。鄭箋：「戒諸在廟中者以祭禮畢。」　徂位，指主人回到原來的西面的位子上。鄭箋：「孝孫往位，堂下西面位。」　具，皆。　醉，這裏指尸醉。　止，語尾助詞。　皇，偉大。　尸，祭祀時代祖先受祭，象徵祖先神靈的人。　載，則、就。　起，起來告辭。　聿，語助詞。　歸，指神也隨着尸回去了。　宰，官名，指冢宰。膳夫是他屬官。周禮膳夫：「凡王祭祀、賓客食，則徹王之胙俎。」孔疏：「言諸宰者，以膳夫是宰之屬官。」　廢，去。　徹，今作撤，退。廢徹，將席上的祭品收去。　不遲，鄭箋：「以疾爲敬也。」　諸父，同姓長輩的泛稱。　兄弟，同姓同輩的泛稱。　備，盡、完全。　言，語助詞。　燕，通宴。燕私，私宴。鄭箋：「祭祀畢，歸（饋）賓客豆俎。同姓則留與之燕。所以尊賓客親骨肉也。」方玉潤詩經原始：「五章神醉尸起，送尸歸神，一往肅穆，敬謹之至。」

韻讀：之、幽部通韻——備、戒（音記）、告、止、起。　脂部——尸、歸、遲、弟、私。

樂具入奏，以綏後禄。　爾殽既將，莫怨具慶。　既醉既飽，小大稽首：「神嗜飲食，使君壽考。孔惠孔時，維其盡之。　子子孫孫，勿替引之。」

具，俱、完全。　孔疏：「祭時在廟燕當在寢，故言祭時之樂皆復來入於寢而奏之。」

綏，安。　指安逸享受福禄。　後禄，鄭箋：「後日之福禄。」

將，美。　指菜味美好。　馬瑞辰通釋：「廣雅釋詁：『將，美也。』爾殽既將，猶頍弁詩爾殽既嘉。」

莫怨，指參加宴會者没有説抱怨的話。　慶，慶賀。　鄭箋：「同姓之臣無有怨者而皆慶君。是其歡也。」

既，已。　言已經喝醉吃飽。

小大，長幼。　稽首，叩頭。　表示向主人告辭。　以下六句爲同姓之臣告辭時的頌辭。　依鄭箋説。

孔惠，很順利。　陳奂傳疏：「孔，甚。　惠，順。　甚順者，無不順。」　時，善。　孔時，很好。　皆指祭祀。

維，同唯，只有。　其，代詞，指主人。　孔疏：「唯君德能盡此順時之美。」

勿，不要。　替，廢止。　引，延長。　之，指祭祀禮節。孔疏：「欲使長行此禮，長得福禄。」方玉潤詩經原始：「卒章入燕族，是祭後一層文字。」

韻讀：侯部——奏、禄。　陽部——將、慶（音羌）。　幽部——飽（博叟反）、首、考（苦叟反）。　真部——盡、引。

信南山

【題解】

這是周王祭祖祈福的樂歌。毛序：「信南山，刺幽王也。不能修成王之業，疆理天下，以奉禹功，故君子思古焉。」按詩中不見有諷刺、思古之意，毛序的話似與主題無涉。姚際恒詩經通論：「此篇與楚茨略同。但彼篇言烝嘗，此獨言烝，蓋言王者烝祭歲也。」姚氏認爲楚茨是周王秋祭和冬祭的樂歌，信南山是冬祭的樂歌。因爲楚茨有「以往烝嘗」一句，信南山有「以烝以享」一句。按詩次章云「雨雪雰雰」，正是冬祭時節。姚説似可信。

這首詩與前一篇楚茨一樣是祭祀詩，但結構上並不相同。孫鑛批評詩經説：「是紀祀事詩，却乃遠從田事説来。首章田，次章雨雪，三章乃及尸賓。」整齊的田畝，調匀的風雨，顯示出一派生氣勃勃的豐收兆頭，而豐收正是祭祀祖宗、祈求保祐的目的。因此雖「遠從田事説來」，看似閒筆，但與祭祀正題却依然關脈緊扣。而且先從寫景入手，在祭祖的肅穆中摻進一絲靈動，反而顯得不那麼板滯。姚際恒便看出了這一點，他説：「上篇鋪敘閎整，敘事詳密；此篇則稍略而加以跌蕩，多閒情別致，格調又自不同。」這種布局，可視爲祭祀詩的變格。

信彼南山，維禹甸之。畇畇原隰，曾孫田之。我疆我理，南東其畝。

信，伸的假借，延伸貌。馬瑞辰通釋：「『信彼南山』與『節彼南山』『倬彼甫田』句法相類。節、倬皆爲貌，則信亦南山貌也。古伸字借作信。」南山，終南山，在今陝西省西安市南。維，是。 甸，治理。毛傳：「甸，治也。」韓詩作陳，陳與甸通。 之，它，指南山四周的田野。畇畇（yún 勻），田地平坦整齊貌。 原、隰，指高地和低地。曾孫，周王主祭者對祖神的自稱，與孝孫同。于省吾新證：「孫對先祖言，皆可稱曾孫。」田，與上句甸字同義。馬瑞辰：「經必上甸下田者，變文以協韻也。」疆，劃定田的大界。 理，劃定田的小界。朱熹詩集傳：「疆者，爲之大界也。理者，定其溝塗也。」

南，南北向。 東，東西向。泛指四方。孔疏：「於土之宜須縱須橫，故或南或東也。」

韻讀：真部——甸（徒人反）、田（徒人反）。 之部——理、畝（滿以反）。

上天同雲，雨雪雰雰。益之以霢霂，既優既渥，既霑既足，生我百穀。

上天，冬天的天空。爾雅：「冬曰上天。」同雲，密聚陰雲。説文：「同，合會也。」雨，作動詞「下」用。雰雰，雪花飄落貌。毛傳：「雰雰，雪貌。豐年之冬必有積雪。」白帖兩引此句作紛紛。

益，加上。霢霂（mài mù麥木），小雨。鄭箋：「陰陽和，風雨時。冬有積雪，春而益之以小雨。」按霢霂爲雙聲。

既，已經。優，瀀之假借，雨水多。渥，潤澤。説文：「瀀，澤多也。詩曰：既瀀既渥。渥，霑也。」按優、渥爲雙聲。

霑，沾的異體字，沾潤。足，浞的假借，濕潤。馬瑞辰通釋：「説文：『霑，雨䨜也。』『䨜，濡也。』足者浞之省借。説文：『浞，小濡貌也。』詩言瀀、渥、霑、足，四者義皆相近，均以言雨澤之霑濡耳。」

韻讀：文部——雲、雰。侯部——霂、渥、足、穀。

疆埸翼翼，黍稷彧彧。曾孫之穡，以爲酒食。畀我尸賓，壽考萬年。

埸（yì易），田界。説文：「大界曰疆，小界曰埸。」翼翼，朱熹詩集傳：「整飭貌。」彧彧（yù玉），茂盛貌。

穡（sè嗇），收獲的莊稼。伐檀毛傳：「斂之曰穡。」

畀（bì閉），給予。　尸，神尸。　賓，客人。指用酒食獻給神尸和賓客。

壽考萬年，這句是主祭者希望神保祐的話。鄭箋：「尊尸與賓所以敬神也。敬神則得壽考萬年。」

韻讀：之部——翼、彧、穡、食。　真部——賓、年（奴因反）。

中田有廬，疆埸有瓜，是剥是菹。獻之皇祖。曾孫壽考，受天之祜。

廬，農民臨時住的房子，建築在公田中。鄭箋：「中田，田中也。農人作廬焉，以便其田事。」

是，這，指瓜。　剥，削。指削瓜皮。　菹（zū租），腌製。

皇祖，君祖。尚書五子之歌傳：「皇，君也。」

祜（hù户），福。

韻讀：魚部——廬、瓜（音孤）、菹、祖、祜。

祭以清酒，從以騂牡，享于祖考。執其鸞刀，以啟其毛，取其血膋。

清酒，清澄的酒。周禮酒正鄭司農注：「清酒，祭祀之酒也。」

從，隨後獻上。　騂，赤黄色。　牡，公牛。　周人尚赤，因此祭祀以騂牡爲犧牲。

鸞，鈴。毛傳：「鸞刀，刀有鸞者。」

以，用它。　啟，割開。　毛，牲口的皮毛。　膋（liáo 聊），脂。膋又作膫。說文：「膫，牛腸脂也。詩曰取其血膫。」鄭箋：「血以告殺。膋以昇臭，合之黍稷，實之于蕭，合馨香也。」按周代祭祀之禮，獻牲血以示新殺。　又取脂膏合上黍稷放在艾蒿上燔燒，使香氣上昇。

韻讀：幽部——酒、牡、考（苦叟反）。　宵部——刀、毛、膋。

是烝是享，苾苾芬芬。祀事孔明，先祖是皇。報以介福，萬壽無疆。

是，（用）這，代上章的酒、牛等。　烝，冬祭。　享，獻、上供。　苾苾芬芬，即「苾芬」的疊詞，形容用脂膏合上黍稷艾蒿燒的香氣。按魯詩苾作馥。　「祀事孔明」下四句，均見楚茨注。

韻讀：陽部——享、明（音芒）、皇、疆。

甫田

【題解】

這是周王祭祀土地神、四方神和農神的樂歌。毛序：「刺幽王也，君子傷今而思古焉。」詩中不見有諷刺和思古之意，朱熹詩序辯說云：「此序專以『自古有年』生說，而不察其下文『今適南畝』以下，亦未嘗不有年也。」朱評甚是。鄭箋：「刺者，刺其倉廩空虛，政煩賦重，農人失職。」王先謙集疏引黄山云：「以社者，蔡邕所謂春藉田祈社稷也。以方者，亦邕所謂春夏祈穀於上帝也。御田祖者，班固所謂享先農也。祈甘雨者，皇甫謐所謂時雩旱禱也。皆春夏王者重農所有事。詩歷言之，不必如箋説。」黄説似可從。

這首詩是祭神的樂歌，但除了第三章之外，其他幾章都大談耕作的勤快、主奴的和諧和收穫的豐盛而不及祭祀，然而這些看似外騖的内容實際都是圍繞着祀神這一中心展開的。方玉潤詩經原始評曰：「全篇章法一線，妥貼周密，神不外散。」的確，形式分散而精神内聚，正是這首詩的特點。

倬彼甫田，歲取十千。我取其陳，食我農人。自古有年。今適南畝，或耘或耔，黍稷薿薿。攸介攸止，烝我髦士。

倬（zhuō 卓），廣闊貌。説文：「倬，大也。」　甫田，大田。指公田。齊風甫田傳：「甫，大也。」十千，虛數，指生産多。毛傳：「十千，言多也。」

我，詩人自稱。他可能是周王的農官。　陳，陳舊的糧食。

食（sì 飼），拿東西給人吃。　農人，指耕種公田的農奴。

有年，豐年。鄭箋：「自古豐年之法如此。」

適，往。　南畝，向陽的田，見七月注。這句言周王到南畝去視察。

或，有的人。　耘，除草。　耔，在苗根上培土。按此句與下句皆周王適南畝時所見。

薿薿，茂盛貌。

攸，語助詞。　介、止，皆休息義，指周王在田間休息。林義光通解：「介讀爲愒。説文：『愒，息也。』介古作匄，愒從匄得聲，則介、愒古同音。書酒誥云：爾乃自介用逸。又云：不惟自息乃逸。自介即自息，介亦愒之假借也。」

烝，進，召集的意思。　髦士，俊士、才能過人者，指田畯。王先謙集疏引黄山云：「田畯之畯，釋文『本文作俊』，是傳之以『俊』訓髦，即以髦士爲田畯之官。」按田畯即在田間監督農奴耕種的官。

韻讀：真部——田（徒人反）、千（音親）、陳、人、年（奴因反）。　之部——畝（滿以反）、耔、薿、止、士。

以我齊明，與我犧羊，以社以方。我田既臧，農夫之慶。琴瑟擊鼓，以御田祖，以祈甘雨，以介我稷黍，以穀我士女。

以，用。　齊明，即齍盛。釋文：「齊，本又作齍。」祭器中盛的黍稷，用以祭祀。馬瑞辰通釋：「爾雅釋詁：明，成也。釋名：成，盛也。明爲成即爲盛。傳、箋皆以齊盛釋齊明，正以明爲盛之假借。」

犧羊，牛羊。馬瑞辰通釋：「犧與牲、牷字皆从牛，蓋本專爲牛稱。此詩以犧羊與齊明對，齊明即齍盛，則犧亦當指牛言。」

以，用它。　社，祭土地神。　方，祭四方之神。

慶，賞賜。鄭箋：「臧，善也。我田事已善，則慶賜農夫，謂大蜡之時，勞農以休息之也。」

御（yà 迓），迎祭。　田祖，農神，指神農。

介，助。

穀，養。　士女，男女，此處泛指人民。

韻讀：陽部——明（音芒）、羊、方、臧、慶（音羌）。　魚部——鼓、祖、雨、黍、女。

曾孫來止。以其婦子，饁彼南畝，田畯至喜。攘其左右，嘗其旨否。禾易長畝，終善且有。曾孫不怒，農夫克敏。

曾孫，周王。　止，語氣詞。　孔疏引王肅曰：「曾孫來止，親循畎畝，勸稼穡也。」

以，帶領。　婦子，指農人的婦子。　王肅云：「農夫務事使其婦子並饁饋也。」按鄭箋認爲婦子，指周王的皇后和世子，王肅反對此說，他說：「婦人無閫外之事。又帝王乃躬自食農人，周則力不供，不偏則爲惠不普。」王說甚有理。

饁，送飯。　指農婦給丈夫送飯到南畝。

攘，讓。馬瑞辰通釋：「攘古讓字。此詩攘即揖讓字，謂田畯將嘗其酒食而先讓左右從行之人，示有禮也。」

易，禾苗茂盛貌。馬瑞辰通釋：「易與移一聲之轉。說文：『移，禾相倚移也。』倚移讀若阿那，爲禾盛之貌。」長畝，竟畝、滿田。

終，既。有，多、豐。陳奐傳疏：「有讀『歲其有』之有。」

克，能。敏，敏捷，指農夫幹得又好又快。陳奐傳疏：「言農夫能疾除其田則曾孫不怒也。不怒者，不待趨其耕耨。」

韻讀：之部——止、子、畝、喜、右（音以）、否（方鄙反）、畝、有（音以）、敏（滿以反）。

曾孫之稼，如茨如梁。曾孫之庾，如坻如京。乃求千斯倉，乃求萬斯箱。黍稷稻粱，農夫之慶。報以介福，萬壽無疆。

茨，蒺藜。梁，荆木。于省吾新證：「如梁之梁本應作荆。荆與梁、粱並從刅聲，字本相通。茨本蒺藜，係蔓生密集之草，荆爲叢生之木。詩人詠曾孫之稼，以茨之密集與荆之叢生爲比，係形容禾稼之多。其言曾孫之庾，如坻如京，係形容庾囤之高。」

庾，露天糧囤。見楚茨注。

坻，通阺，山坡。說文：「秦謂陵阪曰阺。」京，高丘。

乃，於是。　求，尋找。　千斯，即千千，下句同。許多的意思。　倉，裝糧的倉庫。箱，車箱，這裏指車，用它運輸糧食。按以上兩句都是形容周王公田收穫之多。慶，賜。言用黍稷稻粱賜給農夫。

介，大。這句言社神、方神、田祖等報周王以大福。

韻讀：陽部——粱、京（音姜）、倉、箱、粱、慶（音羌）、疆。

大田

【題解】

這是周王祭祀田祖而祈年的詩。是研究古代土地制度、農業生産、生産關係等的重要史料。如公田與私田的關係，曾孫與農夫的關係，生産果實分配問題等。小雅中楚茨、信南山、甫田、大田雖爲祭祀樂歌，但内容多寫農業生産，後人將這幾首和頌中之載芟、良耜等稱爲農事詩。毛序：「刺幽王也。言矜寡不能自存焉。」朱熹駁得好：「此序專以『寡婦之利』一句生説。」甚當。

此詩雖爲祭祀樂歌，但其内容主要是描寫農業生産中的選種、修械、播種、除草、去蟲，描摹雲雨景致，烜染豐收景象，純用白描手法，生動地刻畫了公田生産場面。其中人物有農人、婦子、寡婦；有曾孫、田畯，他們的動作，躍躍紙上。方玉潤説：「描摹多稼，純從旁面烘托。閒情别致，令人想見田家樂趣，有畫圖所不能到者。」他確切地指出了本詩的藝術特徵。

大田多稼，既種既戒，既備乃事。以我覃耜，俶載南畝。播厥百穀，既庭且碩，曾孫是若。

大田，義同甫田，即公田。　多稼，多種莊稼。

種，選種。　戒，音義同械，準備農具。　鄭箋：「將稼者必相地之宜而擇其種，季冬命民出五種，計耦耕事，脩耒耜，具田器，此之謂戒。」

乃事，這些事，指上述準備工作。

覃（yǎn 眼），剡的假借。鋭利。　耜，犂頭。

俶，開始。　載，從事、工作。釋文：「俶，始也。載，事也。」

庭，挺直。　俞樾群經平議：「庭讀爲挺。」　碩，大。

是，這，指上句莊稼生得好。　若，順。這句意爲這順了曾孫的心願。

韻讀：之部——戒（音記）、事、耜、畝（滿以反）。　魚部——碩（音蜍入聲）、若（音如入聲）。

既方既皁，既堅既好，不稂不莠。去其螟螣，及其蟊賊，無害我田穉。田祖有神，秉畀炎火。

方，通房，指穀粒初生嫩殼。鄭箋：「方，房也，謂孚甲始生而未合時也。」　皁（zào 皂），穀粒初生而未堅實。　毛傳：「實未堅者曰皁。」

稂（láng郎），又名童粱，不結實的高粱，形似莠草。爾雅：「稂，童粱。」莠（yǒu酉），似苗的雜草，鄭志謂即狗尾草。

螟（míng明）、螣（tè特）、蟊（máo毛）、賊，都是害蟲名。毛傳：「食心曰螟，食葉曰螣，食根曰蟊，食節曰賊。」

穉，今作稚。嫩禾。説文：「幼禾也。」這句意爲不要傷害我田裏的嫩禾。

秉，拿。畀，給。按韓詩作卜，卜畀，亦「付與」的意思。鄭箋：「持之付與炎火，使自消亡。」

以上二句爲詩人希望田祖有靈，助其消滅害蟲。

韻讀：幽部——阜（徂叟反）、好（呼叟反）、莠。之部——螣、賊。脂部——穉、火（音毀）。

有渰萋萋，興雨祁祁。雨我公田，遂及我私。彼有不穫穉，此有不斂穧；彼有遺秉，此有滯穗；伊寡婦之利。

有渰（yǎn掩），即渰渰。毛傳：「渰，雲興貌。」萋萋，齊詩作淒淒。毛傳：「萋萋，雲行貌。」

興雨，吕氏春秋、韓詩外傳等引詩皆作興雲。釋文：「興雨本或作興雲。」按作雲是對的。

祁祁，盛多貌。或訓爲徐密貌，亦通。

雨，作動詞用，指下雨。

遂，遍。私，私田。鄭箋：「古者天主雨於公田，因及私田爾。此言民怙君德，蒙其餘惠。」

鄭認爲私田，是指井田中農民的私田。郭沫若中國史稿：「所謂公田，就是周王分賜給諸侯和百官的井田。諸侯百官得到公田，驅使大批奴隸爲他們耕種。……開闢井田外的荒田，便是所謂私田。」郭認爲私田也是貴族所有的田。二説孰是，有待研究。

彼，代詞，指田的那邊。　穫，收割。　這句意爲那邊有不曾收割的嫩穀。

此，這邊。　斂，收起。　穧，禾捆。

遺，遺失。　遺秉，掉在地上的禾把。

滯，留下。　滯穗，留下來的禾穗。

伊，是。　利，好處。

韻讀：脂部——萋、祁、私、穉、穧、穗、利。

曾孫來止，以其婦子，饁彼南畝，田畯至喜。來方禋祀，以其騂黑，與其黍稷。以享以祀，以介景福。

曾孫來止四句，見甫田注。

來，指曾孫來。　方，正在。　毛奇齡毛詩寫官記：「曾孫之來，本勸農也。然饁食之餘，方且以禋祀爲事。」　禋，潔敬的祭祀。　説文：「禋，絜祀也。」左傳隱十一年杜注：「絜（潔）齋以享，謂之禋祀。」

騂，赤黄色的牛。黑，黑色的豬、羊。這裏用祭牲的毛色，代表牛羊豕三牲。

韻讀：之部——止、子、畞、喜、祀、黑（呼力反，入聲）、稷、祀、福（方逼反，入聲）。

瞻彼洛矣

【題解】

這是讚美「君子」的詩。這位君子，似爲周王。他會諸侯於洛水一帶，作詩者可能是諸侯中之一。朱熹集傳：「此天子會諸侯於東部以講武事，而諸侯美天子之詩。」按詩中叙洛水，作六師，穿韎韐軍服，掛鞞琫佩刀，他可能是東周時代的周王。朱説近是。毛序認爲是刺幽王的詩，鄭箋説是諸侯世子朝見天子，天子讓他擔任軍將卿士，帶領六軍而出。毛、鄭之説，似與詩旨不合。

詩人用「瞻彼洛矣，維水泱泱」，抒寫周王聚會諸侯的地點。用「韎韐有奭」、「鞞琫有珌」，描繪君子的身份形態。用「以作六師」、「保其家邦」，説明聚會的目的。寥寥數語，極形象概括之致。孫鑛云：「姿態乃在韎韐、琫珌兩語上。」確指出了此詩藝術特點。

瞻彼洛矣，維水泱泱。君子至止，福禄如茨。韎韐有奭，以作六師。

洛，按洛河有兩處：一、毛傳：「洛，宗周浸溉水也。」此指起源於陝西西北部而流入於渭之洛河。即山海經西山經所謂「白於之山，洛水出於其陽而東流至於渭。」二、朱熹認爲此詩所詠是天子會諸侯於東部的事，則似洛爲源出陝西南部流經河南洛陽附近入黄河的洛河。按古伊、洛字作雒，這詩所謂洛水，當指東部的洛河。

維，其。　泱泱，毛傳：「深廣貌。」

茨，茅草屋頂。鄭箋：「茨，屋蓋也。如屋蓋，喻多也。」

韎（mèi 妹），僅染一次而成的赤黄色的獸皮。　韐（gé 隔），蔽膝。這是天子有兵事時所穿的禮服。周禮司服：「凡兵事，韋弁服。」韎韐屬於韋弁服。　奭，通赩，赤色。有奭，即奭奭，鮮紅貌。

作，起、奮起。　六師，六軍。周禮夏官：「凡制軍，萬有二千五百人爲軍。王六軍。」穀梁襄十一年傳：「古者天子六師。」是六師即六軍。

韻讀：之部——矣、止。　脂部——茨、師。

瞻彼洛矣，維水泱泱。君子至止，鞞琫有珌。君子萬年，保其家室。

鞞（bǐ 比），刀鞘。説文：「鞞，刀室也。」　琫（běng 埄），刀鞘的上飾。毛傳：「上飾也。天子玉琫。」　有珌（bì 必），即珌珌，玉飾花紋美麗貌。戴震毛鄭詩考正：「鞞琫有珌，猶上章『韎韐有奭』。奭，赤貌。珌，文貌。」

家室，猶下章「家邦」，國家的意思。

韻讀：之部——矣、止。　脂部——珌、室。

瞻彼洛矣，維水泱泱。君子至止，福禄既同。君子萬年，保其家邦。

既，盡、完全。　同，説文：「合會也。」指福禄的集聚。

韻讀：之部——矣、止。　東部——同、邦(博工反)。

裳裳者華

【題解】

這是周王讚美諸侯的詩。朱熹詩集傳：「此天子美諸侯之辭。」其説或是。魏源詩古微：「裳裳者華，亦諸侯嗣位初朝見之詩，故與瞻洛相次。孔子曰：『于裳裳者華，見賢者世保其禄也。』次瞻洛後，蓋朝於東都所作。」魏氏指出了詩的産生年代。

詩共四章，每章均用疊句表示强調。第一章「我心寫兮」，表示見到「之子」的歡愉，寓有歡迎之意。第二章「維其有章矣」，讚美他們有才華，是主人對客人的口吻。第三章「乘其四駱」，指出賞賜他們以車馬，表示慶祝。末章「維其有之」，鼓勵他們能取用賢人爲左右輔弼，繼承君位。運用四個疊句，不但每章的章旨更加鮮明，主題更爲突出，且帶有誠懇感情的色彩。尤其值得一提的是末章，疊詞疊句層出，有長聲曼詠，一唱三歎之致。方玉潤説這一章「似歌非歌，似謡非謡，理瑩筆妙，自是名言」，他指出了全詩的精華所在。

裳裳者華，其葉湑兮。我覯之子，我心寫兮。我心寫兮，是以有譽處兮。

裳，同常。魯詩、韓詩正作常。裳裳，堂堂之假借，花鮮明貌。孔疏：「言彼堂堂然光明者華也。」　華，今作花。

湑（xǔ許），毛傳：「盛貌。」按似上二句是興，陳奂傳疏：「興者，以華葉之盛，喻賢者功臣其世澤之茂盛，亦如華葉之裳裳湑湑然。」

我，天子自稱。　覯，見。　之子，蓋指前來朝見的諸侯。

寫，猶瀉，憂愁消除，舒暢的意思。

是以，「以是」的倒文，因此。下同。　譽，通豫，安樂。　譽處，安樂相處。

韻讀：魚部——華（音呼）、湑、寫（音湑）、寫、處。

裳裳者華，芸其黄矣。我覯之子，維其有章矣。維其有章矣，是以有慶矣。

芸其，即芸芸，黄盛貌。　黄，指花色黄。　按這二句也是興，陳奂傳疏：「首章言華又言葉，下章不言葉，略也。」

維，是。　其，代詞，他，指諸侯。末章同。　章，文章，指有才華。

慶，喜慶，指有賞賜的喜慶。

韻讀：陽部——黄、章、章、慶（音羌）。

裳裳者華，或黄或白。我覯之子，乘其四駱。乘其四駱，六轡沃若。

或，有的。這二句，詩人以興人才多種多樣。

駱，黑鬃黑尾的白馬。

六轡，見皇皇者華注。　沃若，沃然，光澤貌。

韻讀：魚部——白（音蒲入聲）、駱（音盧入聲）、駱、若（音如入聲）。

左之左之，君子宜之。右之右之，君子有之。維其有之，是以似之。

左，和下句的右，指左右輔弼，君子的幫手。馬瑞辰通釋：「左之右之，宜從錢澄之説（田間詩學）謂左輔右弼。」　之，語氣詞。

宜，安定。説文：「宜，所安也。」　之，指左右輔弼。

君子，有人説，即上三章的「之子」。有人説是古之明王。均可通。　有，取。廣雅：「有，取也。」有之，言取用他們。

似，嗣的假借，繼承。這是周王鼓勵諸侯，能取用左右輔弼的賢人，所以諸侯才能繼承其先祖的君位。

韻讀：歌部——左、宜（音俄）。之部——右（音以）、有（音以）、有、似。

桑扈

【題解】

這是周王宴會諸侯的詩。朱熹詩集傳：「此亦天子燕諸侯之詩。」王質詩總聞：「當是諸侯來朝，而歸國餞送之際，美戒兼同。」説與朱同。朱鶴齡詩經通義：「今按『之屏之翰，百辟爲憲』，即『維周之翰，四國于蕃』（崧高），『文武吉甫，萬邦爲憲』（六月）也。從朱説甚安。」他們都是根據詩的内容立説，不像毛序之望文生義。毛説：「刺幽王也。君臣上下，動無禮文焉。」朱熹駁得好：「此序只用『彼交匪敖』一句生説。」甚切。

陳奂傳疏：「言桑扈之羽翼、首領皆有文采可觀，以喻臣下舉動有禮文。」按詩首章是以桑扈有文采的羽毛，比君子的才華足以受福。次章以桑扈有文采的頸毛，比君子的才華足以安邦。陳氏對兩章内容的理解，與我們雖有出入，但都指出了它是含比義的興的特點。從而抒寫了主人周王對諸侯客人的勸勉之情。突出了詩的主題。第三章，詩人以屏藩、楹柱象徵諸侯保衛、建設國家的重任，語言具體形象，概括雋永，值得後人學習。

交交桑扈，有鶯其羽。君子樂胥，受天之祜。

交交，鳥鳴聲。亦訓爲「小貌」，均通。桑扈，鳥名，亦名布穀、竊脂。均見小宛注。

鶯，文采貌。有鶯，即鶯鶯。毛傳：「鶯然有文章。」按以上二句是興，詩人見布穀鳥的羽毛有文采，聯想諸侯的有才華。

君子，周王對諸侯的稱呼。樂胥，快樂。毛傳：「胥，皆也。」馬瑞辰通釋：「皆、嘉一聲之轉，廣雅釋言：『皆，嘉也。』樂胥猶言樂嘉，嘉亦樂也。」又朱熹詩集傳：「胥，語詞。」楊樹達詞詮亦持此說。按二訓均可通。

祜，鄭箋：「福也。」

韻韻：魚部——扈、羽、胥、祜。

交交桑扈，有鶯其領。君子樂胥，萬邦之屏。

領，鳥頸。

屏，當門的小牆，如今之屏風。爾雅釋宮：「屏謂之樹。」注：「小牆當門中。」這裏借屏爲屏障，言君子是萬邦的屏障，即保衛國家的重臣。

韻讀：魚部——扈、胥。真、耕部通韻——領、屏。

之屏之翰，百辟爲憲。不戢不難，受福不那。

之，是、這。　翰，榦的假借。築牆時支撐兩側的木柱。亦稱楨榦。爾雅釋詁：「楨，榦也。」郭注：「榦，所以當牆兩邊障土者也。」　辟，國君。百辟，指諸侯。　憲，法、典範。　不，語助詞。　戢，通輯，爾雅釋詁：「輯，和也。」　難（nuó 挪），儺的省借。説文、顏氏家訓書證篇引詩皆作儺。説文：「儺，行有節也。」稱讚諸侯既和氣又遵守禮節。　不，語助詞。　那（nuó 挪），多。　陳奂傳疏：「説文：『齊謂多爲夥。』方言：『大物盛多，齊宋之郊、楚魏之際曰夥。』史記陳勝世家：『楚人謂多爲夥。』那與夥同。」

韻讀：元、歌部通韻——翰、憲、難、那。

兕觥其觩，旨酒思柔。彼交匪敖，萬福來求。

兕觥，古酒器名，見卷耳注。　其觩（qiú 求），即觩觩，彎曲貌。釋文：「本或作觓。」旨酒，美酒。　思柔，即柔柔。　陳奂傳疏：「思柔與其觓對文，則其與思皆爲語詞。」柔，嘉、好。馬瑞辰通釋：「柔之義爲嘉。抑之詩曰：『無不柔嘉』，柔亦嘉也。」　彼，通匪，非。　交，儌的假借，言語直而無禮貌，激動的意思。　敖，倨傲。　漢書五行志引詩作「匪交匪傲」，應劭注：「言在位者不儌訐不倨傲也。」　求，聚。　王引之經義述聞：「求，讀與逑同。逑，聚也，謂福禄來聚。」

韻讀：幽部——觩、柔、求。

鴛鴦

【題解】

這是祝賀貴族新婚的詩。鴛鴦匹鳥，秣馬爲古親迎之禮，詩的起興都和新婚有關。何楷詩經世本古義：「以白華之詩證之，其第七章曰：『鴛鴦在梁，戢其左翼，之子無良，二三其德。』是詩亦有『在梁』二語，詞旨昭然。詩人追美其初婚。凡詩言『于飛』者六，其以雌雄連言者，惟『鳳凰于飛』及此『鴛鴦于飛』耳。『乘馬』二章，皆詠親迎之事而因以致其禱頌之意。漢廣之詩曰『之子于歸，言秣其馬』亦同。」姚際恒、方玉潤亦從何説。唯何疑詩爲幽王娶申后而作，證據尚嫌不足。毛序：「刺幽王也。思古明王交於萬物有道，自奉養有節焉。」朱熹斥之爲「穿鑿無理」，甚是。

此詩一、二章以鴛鴦匹鳥，興夫婦愛慕之情。三、四章以摧秣乘馬，興結婚親迎之禮。這種帶有象徵意味的興句，它和賀婚詩綢繆的「綢繆束薪，三星在天」的作用是一樣的。這使讀者一望而知其與婚姻主題有關，藝術效果是好的。每章下二句「君子萬年，福祿宜之」是祝辭，其中雖有「遐福」、「艾」、「綏」換字的變化，但皆祝者阿諛權貴之辭。流風所及，後世文人多沿襲之，産生了一些祝頌的乾癟肉麻的詩文。這不能不説是此詩所起的消極作用。

鴛鴦于飛，畢之羅之。君子萬年，福禄宜之。

鴛鴦，據崔豹古今注，此鳥雌雄相守，偶居不離，人得其一，另一則相思而死。故古人把它比作恩愛夫妻。

畢，有長柄的捕鳥小網。　羅，張在地上無柄的捕鳥大網。畢、羅此處皆作動詞捕字用。之，指鴛鴦。

宜，安。馬瑞辰通釋：「按説文：『宜，所安也。』福禄宜之，猶言『福禄綏之』，宜、綏皆安也。二章宜其遐福同義。」按每章後二句皆詩人祝賀君子之辭。

韻讀：歌部——羅、宜（音俄）。

鴛鴦在梁，戢其左翼。君子萬年，宜其遐福。

梁，石壩。見谷風注。

戢，捷的假借，插。釋文引韓詩曰：「戢，捷也，捷其噣于左也。」謂鴛鴦止息時將喙插在左翅下。

遐，長遠。

韻讀：之部——翼、福（方逼反，入聲）。

乘馬在厩，摧之秣之。君子萬年，福禄艾之。

乘馬，四匹馬。　廐，馬棚。

摧，莝（cuò 錯）的假借，割草。鄭箋：「摧，今莝字。」説文：「莝，斬芻。」此處指割草餵馬。秣，餵牲口的糧食，這裏亦作動詞用，指用穀物餵馬。

艾，輔助。爾雅釋詁：「艾，相也。相，輔也。」

韻讀：祭部——秣、艾。

乘馬在廐，秣之摧之。君子萬年，福禄綏之。

綏，鄭箋：「安也。」

韻讀：脂部——摧、綏。

頍　弁

【題解】

這是周王燕兄弟親戚的詩。毛序：「頍弁，諸公刺幽王也。暴戾無親，不能宴樂同姓，親睦九族，孤危將亡，故作是詩也。」舊説多從之。陳廷傑詩序解：「此詩寫王者燕兄弟親戚，其情頗相通。而優柔紆舒，甚有悲涼之概。非涵泳浸漬，何能得其音哉？諸家多拘于大小序之説，刺幽刺厲，輒乖戾不當，以是知三百篇之厄于傳疏。信然。」陳氏指出了詩旨，並批判毛序之誤。

此詩雖爲宴會詩，却描寫了幽王時代國運難保，貴族們樹倒猢猻散的悲觀失望的心理活動。嚴粲詩輯說：「上二章言族人以未見王爲憂，既見王爲喜，其辭猶緩也。末章言周亡無日，族人縱得見王，其能幾乎？當急與族人飲酒相樂於今夕，蓋王今維宜宴而已。言『今夕』，謂未保明日之存亡；言『維宴』，謂天下之事亦無可爲，惟須飲耳。其辭甚迫矣，豈真望王宴樂之哉！」郝敬毛詩原解：「今夕何夕？死喪近矣，而君子惟怡然宴樂。長夜之飲不輟，來朝之事亦可知矣。如後世敵兵四合而帳中夜飲，亡國之慘，千古一轍。……長歌可以當泣，其頍弁之謂乎！」從嚴、郝二氏的分析，可以窺見幽王時貴族們對國家前途的憂慮和及時行樂的灰暗心理。「長歌可以當泣」一語，指出了詩的感染力。

有頍者弁，實維伊何？爾酒既旨，爾殽既嘉。豈伊異人？兄弟匪他。蔦與女蘿，施于松柏。未見君子，憂心奕奕。既見君子，庶幾説懌。

有頍（kuǐ傀），即頍頍，有棱角貌。林義光通解：「按毛大東傳云：『跂』，隅貌。頍猶跂也，謂弁頂尖鋭，其上有隅也。弁篆作𠔁，人象上有隅之形。」弁，帽。此處指皮弁。實，同寔，這，代詞。鄭箋：「實，猶是也。」維，是。判斷詞。伊，語助詞。伊何，爲什麼？鄭箋：「服是皮弁之冠，是維何爲乎？」按以上二句是興，詩人以皮帽戴在人們頭上，喻周王是全國的元首。陳奂傳疏：「僖八年穀梁傳曰：『弁冕雖舊，必加於首；周室雖衰，必先諸侯。』然則王者之在上位，猶皮弁之在人首，故以爲喻也。」

爾，指主人周王。

豈，難道。　伊，是。　異人，别人、外人。

匪，不是。　他，他人。這句意爲我們是兄弟而非他人。

蔦（niǎo 鳥），寄生草，攀緣植物。孔疏引陸璣義疏云：「葉似當盧，子如覆盆子，赤黑甜美。」

女蘿，攀緣植物，附生在大樹上。毛傳：「女蘿，菟絲、松蘿也。」

施，攀延。以上二句是以寄生草和女蘿攀緣松柏，比喻兄弟親戚依賴周王而生存。

君子，指主人周王。

奕奕，心神不定貌。爾雅釋訓：「奕奕，憂也。」

庶幾，差不多。　説，通悦。説懌，歡喜。見静女注。

韻讀：歌部——何、嘉（音歌）、他（音佗）。　魚部——柏（音補入聲）、奕（音余入聲）、懌（音余入聲）。

有頍者弁，實維何期？爾酒既旨，爾殽既時。豈伊異人？兄弟具來。蔦與女蘿，施于松上。未見君子，憂心怲怲。既見君子，庶幾有臧。

期，同其（jī 基），語氣詞。何期，鄭箋：「何其猶伊何也。期，辭也。」

時，善。

怲怲（bǐng丙），毛傳：「憂盛滿也。」

臧，善。有臧，有好處。

韻讀：之部——期、時、來（音吏）。陽部——上、怲（卜光反）、臧。

有頍者弁，實維在首。爾酒既旨，爾殽既阜。豈伊異人？兄弟甥舅。如彼雨雪，先集維霰。死喪無日，無幾相見。樂酒今夕，君子維宴。

阜，多、豐富。

甥舅，此處泛指異姓親戚。

雨雪，下雪。

集，密聚，含有「落」意。維，是。霰，魯詩作霓，雪珠。林義光通解：「按霰之言散，即消散之義。雨雪之先，寒氣未盛，雪下即消，故謂之消雪。霄即消之借字。」以上二句意爲霰是下雪的先兆，但它和雪終久必皆融化，比喻周都的危難，是逐漸形成的，大家都要像雪一樣終必消亡。

無日，不知哪一天。

無幾，没有多少時候。這二句意爲不知道哪一天就死去，我們相見的時間不多了。

維，同惟，只有。宴，安樂。以上二句意爲姑且在今天晚上歡樂喝酒，君子們只有享受着安逸生活。這反映了當時貴族們人生幾何及時行樂思想。

韻讀：幽部——首、阜、舅。　元部——霰、見、宴。

車舝

【題解】

這是一位詩人在迎娶新娘途中的賦詩。他親自駕着馬車，沒有儀仗和隨從，可能是一位「士」。左傳昭二十五年：「叔孫婼如宋迎女，賦車舝。」可證它確是詠新婚的詩。全詩歌頌新娘季女的美，以德爲主。第一章的「德音來括」，第二章的「令德來教」，第三章的「雖無德與女」，末章的「高山仰止，景行行止」，都是歌頌季女品德的美。他們二人的結合，是建築在品德的基礎上的。那時品德的內涵，雖和今天有本質的不同，但遠在詩經時代，尚有取妻以德，是難能可貴的。

車舝詩人駕車親迎季女，心中充溢着喜悅，途中所見所聞，不論是往迎或歸來，都染上了新婚的濃豔色彩。格格的車轄聲也和往時異樣，因爲它是季女出閣要坐的車輛。見平原叢林中栖息着長長錦尾野雞，詩人聯想美麗季女現在仍舊住在父母家。見高崗上長着橡樹，又聯想析薪迎娶。見柔嫩茂密的柞葉，似乎象徵着季女年青貌美。見高山大道，不免聯想季女的品德「如高山之在望，景行之堪追」。接到了新娘，六轡如琴絃般調和。途中一切景物，都染上了新婚季女色彩。也觸動了詩人對這位擅長歌舞的季女如飢如渴相思和敬仰令德的心弦。方玉潤說：「全詩章法皆靈」，是的，首二章寫往迎，末二章寫歸來，每章首二句皆爲比興，第三章爲詩人在途中想像舉行新婚宴會的情景。結構嚴整而又靈動。

間關車之舝兮，思孌季女逝兮。匪飢匪渴，德音來括。雖無好友，式燕且喜。

間關，象聲詞，疊韻。車輪轉動時車轄發出的格格聲。　舝，同轄。車軸兩端的金屬鍵。周時多用青銅製成。

思，發語詞。　孌，愛慕。按孌即戀字，説文：「孌，慕也。」段注：「在小篆爲今之戀，慕也。孌、戀爲古今字。」　季女，少女。　逝，往。指出嫁。

匪，無。這句意爲從此没有如飢似渴般的相思。

德音，即德與言。初文音、言同字。　括，結合的意思。毛傳：「括，會也。」于省吾新證：「精神上所以不飢不渴者，由于有德有言、德才兼備的美貌少女乘車來會的緣故。」

式，發語詞。　燕，通宴，宴飲。

韻讀：祭部——舝（胡例反，入聲）、逝（時例反，入聲）、渴（音揭入聲）、括（音厥入聲）。　之部——友（音以）、喜。

依彼平林，有集維鷮。辰彼碩女，令德來教。式燕且譽，好爾無射。

依彼，即依依，茂盛貌。　平林，平原上的樹林。有，詞頭。　集，棲息。　維，是。　鷮（jiāo驕），野雞類的鳥，其尾可用作裝飾品。說文：「鷮，長尾雉，走且鳴。」按以上二句是興，陳奐傳疏：「平林之有鷮，以喻賢女之在父母家也。」

辰，善、美貌。　碩女，身材高大的女子，指季女。古代以身材高大爲美。令德，美德。這句指有美德的季女來教導我。

譽，通豫。歡樂。

好，愛。　射（yì亦），通斁。厭足。見葛覃注。此句言愛你永不淡漠。

韻讀：宵部——鷮、教。　魚部——譽、射（音豫）。

雖無旨酒，式飲庶幾。雖無嘉殽，式食庶幾。雖無德與女，式歌且舞。

庶幾，林義光通解：「願望之詞。願其飲食歌舞。」此四句謂雖無美酒嘉殽，但希望你在宴會上能吃喝些。

與，相與、相配。　女，你，指季女。此二句言我雖没有美德和你相配，但希望你在宴會上歌舞一番。按此章皆詩人在途中想像宴會時勸季女飲食歌舞之詞。

韻讀：幽、宵部通韻——酒、殽。　脂部——幾、幾。　魚部——女、舞。

陟彼高岡，析其柞薪。析其柞薪，其葉湑兮。鮮我覯爾，我心寫兮。

析，劈開。　柞，樹名，亦名橡、櫟。馬瑞辰通釋：「按漢廣有刈薪之言，南山有析薪之句，豳風之伐柯與娶妻同喻，詩中以析薪喻昏姻者不一而足。」　湑（xǔ許），枝葉茂盛貌。按上二句是興，詩人以登高析薪，興比娶妻，點明詩的主題。下一句以橡葉的柔嫩茂盛，比季女的年青貌美。

鮮，好。　覯，媾合。鄭箋：「鮮，善。覯，見也。」

寫，同瀉，宣洩。指心中的相思得以宣洩而感到舒暢。見竹竿注。

韻讀：真、陽部通韻——岡、薪。　魚部——湑、寫（音湑）。

高山仰止，景行行止。四牡騑騑，六轡如琴。覯爾新昏，以慰我心。

仰，仰望。　止，釋文：「仰止，本或作仰之。」于省吾新證詩經中止字的辨釋謂此二止字皆之字之訛，良是。篆文之作㞢，與止字形近而譌。

景行，大路。與高山對文。第二個行字是動詞。這是詩人親迎歸來途中，仰望高山、走着大路而即景起興，以高山大道比喻美德的季女，表示對她的敬仰愛慕。

騑騑，馬走不停貌。

如琴，六轡像琴絃那樣整齊調和。

昏，同婚。新婚指季女。

以，因而。慰，安慰。這句意爲因而使我的心得到安慰，不至如飢似渴般的相思了。

韻讀：陽部——仰、行（音杭）。侵部——琴、心。

青蠅

【題解】

這是斥責讒人害人禍國的詩。關於詩的時代與作者約有二說：一、何楷、王先謙根據焦延壽易林豫之困：「青蠅集藩，君子信讒，害賢傷忠，患生婦人」之語，認爲此詩是刺幽王信褒姒之讒，而害忠良。所謂忠良，乃指太子宜臼等。二、王應麟困學紀聞引袁孝政釋的劉子，謂此詩爲衛武公信讒而作。王先謙反對此説，他説：「衛武公王朝卿士，詩又爲幽王信讒而刺之，所以列於小雅。若武公信讒而他人刺之，其詩當入衛風矣。即此可證明其誤。」這個反駁是頗有道理的。

陳子展先生詩經直解引羅願爾雅翼云：「君子之於讒也初蓋易之，至於亂之又生，而後君子信其讒。故首章但云『毋信讒言』。至其二章，則已交亂在外四國。至其三章，則雖同心如我二人者，亦不能相有（友）。其始輕之而不忌，皆如此蠅矣。」他這幾句話，指出了詩人以青蠅起興之意，層層遞進，使人逐步感到信讒的後果，有由淺及深之妙。

營營青蠅，止于樊。豈弟君子，無信讒言。

營營，象聲詞。蒼蠅來回飛的聲音。

樊，籬笆。毛傳：「藩也。」齊詩作藩。易林、漢書武五子傳、論衡商蟲皆引作藩。魯詩作蕃，見史記滑稽列傳。韓詩作棥，見説文引此句詩。

豈弟，平易近人。見載驅注。

韻讀：元部——樊、言。

營營青蠅，止于棘。讒人罔極，交亂四國。

棘，酸棗樹。

讒人，魯詩「人」作「言」。　罔極，無止。鄭箋：「極猶已也。」

交，俱、都。　四國，四方諸侯之國。以上二句意爲讒人的爲害没有止境，他把四方諸國都攪亂了。

韻讀：之部——棘、極、國（古逼反，入聲）。

營營青蠅，止于榛。讒人罔極，構我二人。

榛，一種叢生小灌木，果實如栗，名榛子，可食。

構，釋文引韓詩：「亂也。」此處指離間。　二人，有人説，指詩人自己與聽讒言者。有人説，指幽王與申后。

韻讀：真部——榛、人。

賓之初筵

【題解】

這是諷刺統治者飲酒無度失禮敗德的詩。毛序：「賓之初筵，衞武公刺時也。」後漢書孔融傳李注引韓詩：「衞武公飲酒悔過也。」易林大壯之家人：「舉觴飲酒，未得至口，側弁醉酗，拔劍斫怒。武公作悔。」是漢代古、今文皆以詩爲衞武公所作，或有所根據。史載衞武公入相，在周平王世。毛序認爲刺幽，恐非。方玉潤說：「武公初入爲王卿士，難免不預其宴。既見其如此無禮，而又未敢直陳君失，只好作悔過用以自警，使王聞之，或以稍正其失，未始非詩之力也。古人教人，以言教不如以身教；臣子事君，以言諫不如以身諫。武公立朝，正己以格君非，雖曰悔過，實以譎諫意耳。毛、韓二說，原未嘗錯。」方氏的分析，可供參考。

全詩採用前後對比的方法。前兩章描寫大射燕飲的場面，是以正面事物作爲襯托。雖然在全詩來説是副綫，但鋪敘詳備，落筆濃古，越是寫得典雅莊重，同後面的對比作用也越顯得强烈。尤其是開首四句，勾勒出井井有條的宴會場面，開局便有一種宏敞的氣勢。姚際恒評曰：「閱至後，方知此起四句之妙。」可見詩人布局的匠心。此外，詩人對醉態的描摹也是極其精彩的。三章「屢舞僊僊」是初醉之貌，四章「屢舞僛僛」是甚醉之狀，「屢舞傞傞」則是極醉之態。三句「屢舞」，一層進一層，由淺入深；再加上「舍其坐遷」，「亂我籩豆」，「側弁之俄」等點綴，真是活畫出一幅醉客圖來，可稱得上「窮形盡相」了。

賓之初筵，左右秩秩。籩豆有楚，殽核維旅。酒既和旨，飲酒孔偕。鍾鼓既設，舉醻逸逸。大侯既抗，弓矢斯張。射夫既同，獻爾發功。發彼有的，以祈爾爵。

筵，竹席。古代席地而坐，設筵于地，人坐在筵上。初筵，賓客初入坐的時候。此處筵，作動詞用。

左、右，指筵席的東、西。堂上的宴，主人坐于東，客人坐于西。秩秩，肅敬而有秩序貌。籩、豆皆古代食器名。見東門之墠、常棣注。有楚，即楚楚，行列整齊貌。殽，盛于豆中的魚肉蔬菜。核，盛于籩裏的乾果。毛傳：「殽，豆實也。」鄭箋：「豆實，菹醢也。籩實有桃梅之屬。」維，是。旅，臚的假借，陳列。

和旨，醇和甜美。

偕，齊一。孔偕，指禮節態度都很齊一。鄭箋：「衆賓之飲酒又威儀齊一，言主人敬其事而衆賓肅慎。」

醻，同酬，敬酒。舉醻，泛指舉杯勸酒。　逸逸，同繹繹。敬酒往來不斷貌。毛傳：「往來次序也。」

侯，箭靶。古人射箭，以獸皮或布製成侯，張于木架，侯上加圓形或方形布塊，叫做「的」、「質」、「鵠」或「正」，射者以中「的」爲勝。儀禮鄉射記：「凡侯，天子熊侯，白質。諸侯麋侯，赤質。大夫布侯，畫以虎豹。士布侯，畫以鹿豕。凡畫者丹質。」大侯，亦名君侯，是最大的侯。　抗，舉、豎起。

斯，語中助詞。　張，指弓絃搭上箭。

射夫，射手，指參加射藝比賽者。　同，會齊。這爲了選擇比賽的對手。

獻，奏、表現。　爾，你。　發，射。　功，本領。鄭箋：「獻猶奏也。射者乃登射，各奏其發矢中的之功。」

發，發箭。　彼，那個。　有，詞頭。　的，即侯中的布塊。

祈，求。　爾，指比賽對手。　爵，古代一種酒器名，此處代酒。按射禮，負者飲酒，即鄭箋所謂「射之禮，勝者飲不勝」。相當于現在所謂罰酒。姚際恒說：「此章言唯射乃飲酒也。」

韻讀：魚部——楚、旅。　脂部——旨、偕（音几）。　脂、祭部通韻——設、逸。　陽部——抗、張。　東部——同、功。　宵部——的（音貂入聲）、爵。

籥舞笙鼓，樂既和奏。烝衎烈祖，以洽百禮。百禮既至，有壬有林。錫爾純嘏，子孫其湛。其湛曰樂，各奏爾能。賓載手仇，室人入又。酌彼康爵，以奏爾時。

籥，古管樂器名，似今之排簫。籥舞，文舞，執籥而舞。毛傳：「秉籥而舞，與笙鼓相應。」

樂，各種樂調。　和奏，指樂調和跳舞協和伴奏。

烝，進，指進樂。　衎（kàn看），娱樂。　烈，功業。　烈祖，指創業的先祖。　鄭箋：「奏樂和，必進樂其先祖。」

以，用它。　洽，配合。　百禮，指祭祀的各種禮節儀式。

至，完備。

壬，大。　林，盛多而整齊。　有壬有林，即壬壬、林林，形容百禮盛大整齊貌。　戴震毛鄭詩考證：「此以形容百禮既至，壬壬然盛大，林林然多而不亂。」

錫，賜。　爾，你，指主人，即主祭者。　純嘏（gǔ古），大福。　鄭箋：「純，大也。　嘏謂尸與主人以福也。」

湛（dān丹），喜悦。

其、曰，語助詞。　樂，歡樂。

奏，獻。　此句言子孫各獻其射箭的技能。

載，則、就。　手，取、選擇。　仇，匹偶，指比賽射箭的對手。

室人，主人。　入又，爲「又入」之倒文，指又加入發射以陪來賓。　毛傳：「手，取也。室人，主人也。主人請射于賓，賓許諾，自取其匹而射。主人亦入于次，又射以耦賓也。」陳奂傳疏：「賓與室人對稱，故傳以室人爲主人。」

酌，斟。　康，大。　康爵，大杯。　賈誼弔屈原賦「斡棄周鼎而寶康瓠」史記集解曰：「康瓠，大瓠。」義與此同。

奏，進、獻。　時，善，指善射者。　即向射中者致賀的意思。　馬瑞辰通釋：「詩何以云以奏爾時？　蓋飲不中者以致罰，正所以進中者以致慶耳。」姚際恒通論：「此章言唯祭乃飲酒也。」按前二章以賓客之守禮與後二章寫失禮相對照。

韻讀：魚部——鼓、祖。　脂部——禮、至。　侵部——林、湛（都森反）。　之部——能（奴吏反）、又（音異）、時。

賓之初筵，温温其恭。　其未醉止，威儀反反。　曰既醉止，威儀幡幡。　舍其坐遷，屢舞僊僊。
其未醉止，威儀抑抑。　曰既醉止，威儀怭怭。　是曰既醉，不知其秩。

温温，鄭箋：「柔和也。」　其，那樣。　恭，恭敬謹慎。　這兩句是總結前兩章的話。

止，語氣詞。　下同。

威儀，態度舉止。　反反（fān番），昄昄的假借，舉止謹慎莊重美好貌。　釋文引韓詩正作昄昄。毛傳：「反反，云重慎也。」

幡幡，輕佻無禮貌。

舍，同捨，棄。　坐、遷，指當坐當遷之禮。　馬瑞辰通釋：「古者飲酒之禮取觶、奠觶皆坐。又凡禮盛者坐卒爵，其餘則皆立飲，又有升降、興拜、復席、復位諸禮，皆可以『遷』統之。舍其坐遷，蓋謂舍其當坐當遷之禮耳。」

屢，多次。屢舞，屢次起舞。　僊僊，同蹮蹮，舞姿輕盈貌。

抑抑，懿懿的假借，美麗慎密貌。

怭怭（bì必），三家詩作佖佖，輕薄媟慢貌。

秩，毛傳：「常也。」指常禮，宴會規矩的意思。　姚際恒通論：「以下三章皆言飲酒之失也。」

韻讀：之部——止、止、止、止。　元部——反、幡、遷、僊。　脂部——抑、怭、秩。

賓既醉止，載號載呶。亂我籩豆，屢舞僛僛。是曰既醉，不知其郵。側弁之俄，屢舞傞傞。

既醉而出，並受其福。醉而不出，是謂伐德。飲酒孔嘉，維其令儀。

載，又。　號，號叫。　呶（náo撓），喧嘩、吵鬧的意思。

僛僛（qī欺），欹之假借，醉舞身體歪歪斜斜貌。　毛傳：「舞不能自正也。」

郵，過失。鄭箋：「郵，過。」説文段注謂郵是「尤」的假借。

側弁，歪戴着帽。 俄，歪斜貌。 鄭箋：「傾貌。」

傞傞（suō 娑），三家詩作姕姕，醉舞盤旋不停貌。

出，指離開宴會。

並，普、遍。 王引之經義述聞：「其字指醉出之賓。並之言普也，徧也。謂衆賓與主人普受此賓之福也。古聲並、普相近。」

伐德，敗德、缺德。 説文：「伐，敗也。」

孔嘉，很美。

令儀，好禮節。 朱熹詩集傳：「飲酒之所以甚美者，以其有令儀耳。」

韻讀：之部——止、僛、郵（音怡）、福（方逼反，入聲）、德（丁力反，入聲）。 宵部——號、呶。 歌部——俄、傞、嘉（音歌）、儀（音俄）。

凡此飲酒，或醉或否。既立之監，或佐之史。彼醉不臧，不醉反恥。式勿從謂，無俾大怠。匪言勿言，匪由勿語。由醉之言，俾出童羖。三爵不識，矧敢多又！

監，酒監，亦名司正，在宴會上糾察禮儀的官。 儀禮鄉射禮鄭注：「爲有解倦失禮，立司正以監之，察儀法也。」

佐，助。史，記事記言的官。宴會時幫助記載酒醉失言的事。馬瑞辰通釋：「古者飲酒，皆立之監，以防失禮。惟老者有乞言之典，更佐以史，少者則否，故云『或佐之史』。監以察儀，史以記言。下文『式勿從謂，無俾大怠』，察儀之事也。『匪言勿言，匪由勿語』，乞言於老者而勉以慎言之詞也。」

臧，善。不臧，不好。朱熹詩集傳：「彼醉者所爲不善而不自知，使不醉者反爲之羞愧也。」

式，發語詞。從，跟着。謂，勸，指勸酒。馬瑞辰通釋：「爾雅釋詁：『謂，勤也。』勤爲勤勞之勤，亦爲相勸勉之勤。勿從謂者，勿從而勸勤之使更飲也。故即繼之以『無俾大怠』耳。」

俾，使。大，同太。怠，怠慢、失禮。

言，訊問。匪言勿言，不該問的不要説。馬瑞辰通釋：「爾雅釋言：『訊，言也。』廣雅：『言，問也。』匪言勿言，上言字當讀爲訊言之言，猶曾子事父母篇『弗訊不言』也。」

由，式、法。匪由勿語，不合理的不要説。馬瑞辰通釋：「方言、廣雅並曰：『由，式也。』式猶法也。匪由勿語，猶孝經『非法不道』也。」

由，從。醉，醉者。

俾，使。童，禿。指不生角。大雅抑傳：「童，羊之無角者也。」羖（gǔ古），有角大公羊。説文：「夏羊牡曰羖。」皆有角。詳見程瑤田通藝録釋蟲。這二句意爲聽從醉者荒唐之言，好像可使生出無角的羖羊。

三爵，古代君臣小宴會，以吃三杯酒爲度。孔疏引春秋傳曰：「臣侍君燕，過三爵，非禮也。」不識，不知道。矧，況且。又，通侑，勸酒。姚際恒曰：「謂三爵之禮亦不識，況敢又多飲乎？」

韻讀：之部——否（方鄙反）、史、耻、怠（徒里反）、識（音志）、又（音異）。魚部——語、羖。

魚藻

【題解】

這是讚美周王建都鎬京飲酒作樂的詩。云「王在鎬」，當是西周的作品。方玉潤詩經原始：「此鎬民私幸周王都鎬而祝其永遠在茲之詞也。」他認爲詩是人民所作。故詩的風格帶有「細民聲口」。張廷傑詩序解：「是篇寫魚之樂，藻蒲相依，悠然自得。蓋興王之在鎬，頗安所居。其體近乎風。」方、張之説，均頗有理，録以備考。

設問在詩經中是常見的一種修辭手法，如桑中：「云誰之思？美孟姜矣。」他思念誰？那美好的孟姜。這是有答案的。伐檀：「不稼不穡，胡取禾三百廛兮？」領主不種田，如何會有三百廛的禾？雖無答案，但人人都知道這是從剥削來的。不論有答案或無答案的設問，都需用二句詩加以渲染。魚藻詩人所歌唱的「魚在在藻」、「王在在鎬」，却在一句中既提出問又作了答，這種設問形式，在詩經中實屬創格。簡短的四字句，却將「魚」和「王」所在的地方——水藻、鎬京速寫出來，好像使人看見水底魚游、首都王樂的一幅景象。

魚在在藻，有頒其首。王在在鎬，豈樂飲酒。

藻，水草名。生水底，葉狹長多皺。見采蘋注。按這句和第三句都是一問一答。鄭箋：「魚何所處乎？處於藻。王何所處乎？處於鎬京。」

有頒（fén 墳），即頒頒。魯詩作賁，假借字。毛傳：「頒，大首貌。」魚首大，則其肥可知。

鎬，鎬京，西周都城，在今陝西省西安市西。都鎬始自武王。

豈，今作愷。豈樂，歡樂。陳奐傳疏：「豈，亦樂也。豈與樂無二義，故一章豈樂，二章樂豈，義並同也。」

韻讀：宵部——藻、鎬。幽部——首、酒。

魚在在藻，有莘其尾。王在在鎬，飲酒樂豈。

有莘（shēn 身），即莘莘。𦍒之異體。魚尾長貌。

韻讀：宵部——藻、鎬。脂部——尾、豈。

魚在在藻，依于其蒲。王在在鎬，有那其居。

蒲，一種水生植物。見揚之水注。

有那（nuó 挪），即那那。盛大貌。桑扈、那傳並云：「那，多也。」鄭箋：「那，安貌。」安逸的意思，亦通。居，居處。

韻讀：宵部——藻、鎬。魚部——蒲、居。

采菽

【題解】

這是讚美諸侯來朝，周王賞賜諸侯的詩。姚際恒通論：「大抵西周盛王，諸侯來朝，加以錫命之詩。」張廷傑詩序解：「此詩寫王者錫諸侯命服頗謙虛，當是諸侯來朝，人君致禮。詩人覩此情景，慨然而賦，于以見盛世之象焉。」姚、張二氏都認此詩作於西周盛世，其説近是。

此詩共五章，除第三章外，其他四章都以山野之物起興，如首章的方筐圓筥採菽忙，二章的檻泉之旁芹菜香，四章的柞樹枝葉密蓬蓬，五章的楊木船兒河中漾，所詠都很清新淡雅，類乎國風；而接着記敘「君子來朝」、「天子所予」的場面，又極莊重華貴，確是雅詩聲口。這種興句和下文風格迥不相侔的形式，方玉潤評爲「事極典重而起極輕微」。他由此認爲詩「非出自朝廷制作，乃草野歌詠其事而已」。雖然方説未必其然，但這種比興手法的變格還是很新奇而有趣的。讀者可將此詩與彤弓對看，更耐咀嚼。

采菽采菽，筐之筥之。君子來朝，何錫予之？雖無予之，路車乘馬。又何予之？玄衮及黼。

菽，大豆。此處指豆葉。釋文：「菽，本亦作叔。」左傳昭十七年「賦采叔」，叔爲假借字，本字爲尗，菽爲今字。天子燕諸侯用牛、羊、豕三牲，皆雜蔬菜以爲羹。牛用菽，羊用荼，豕用薇。

筐、筥，皆竹器。筐方筥圓。見采蘩注。此處皆作動詞盛用。按以上二句是興，詩人見廚司采菽，用筐筥來盛，聯想用它招待來朝的君子。陳奂傳疏：「芼大牢本以待君子之禮，而言興者，因所事而興也。」他指出了此詩即事起興的特點。

君子，毛傳：「謂諸侯也。」按全詩有九「君子」，皆指諸侯。

錫，賜。這句意爲用什麼東西賜給他。

雖無予之，雖然没有什麼東西賜給他。這就是張廷傑所謂的謙虛。

路車，諸侯所坐的車。亦作輅車，公羊傳昭二十五年：「乘大路。」何休注：「禮，天子大路，諸侯路車，大夫大車，士飾車。」乘馬，四匹馬。

玄衮，繪有卷龍的黑色禮服。黼（fǔ甫），刺着白黑相間斧形花紋的禮服。毛傳：「玄衮，卷龍也。白與黑謂之黼。」

韻讀：魚部——筥、予、予、馬（音姥 mǔ）、予、黼。

觱沸檻泉，言采其芹。君子來朝，言觀其旂。其旂淠淠，鸞聲嘒嘒。載驂載駟，君子所屆。

觱（bì 必）沸，泉水涌出翻騰貌。疊韻。　檻泉，爾雅作濫泉，濫，本字；檻，假借字。涌的意思。爾雅云：「濫泉，正出。正出，涌出也。」李巡注：「水泉從下上出曰涌泉。」

言，發語詞。下句同。　芹，水芹菜。　鄭箋：「可以爲菹，亦所以待君子也。」這二句也是即事起興。

旂，古時旗的一種，繪有交龍，上有鈴。周禮司常：「交龍爲旂。」爾雅釋天：「有鈴曰旂。」此處泛指旌旗。　觀旂可以瞭解諸侯的等級。馬瑞辰通釋：「周官：『上公建旂九旒，侯、伯七旒，子、男五旒。』觀其所建旌旂，則諸侯之尊卑等級判焉。故詩曰：『言觀其旂。』」

淠淠（pèi 配），飄動貌。

鸞，同鑾，車鈴。　嘒嘒（huì 會），象聲詞，車鈴聲。

載，則，就。　驂，一車駕三馬（從蘇轍説，下句同）。　駟，一車駕四馬。這句説諸侯乘此驂駟朝見周王。

屆，至，來到。

韻讀：文部——芹、旂（音芹）。　脂、祭部通韻——淠、嘒、駟、屆（音既）。

赤芾在股，邪幅在下。彼交匪紓，天子所予。樂只君子，天子命之。樂只君子，福禄申之。

赤芾，赤色蔽膝，諸侯所服。見候人注。股，大腿，指蔽膝在股之前，下過膝。邪幅，又作邪偪，即今綁腿。用布條斜纏小腿自足至膝。鄭箋：「偪束其脛，自足至膝，故曰在下。」彼交匪紓，荀子勸學篇引作「匪交匪紓」。匪，非、不。交，絞之省借，急躁。紓，緩、怠慢。這句描寫君子禮恭辭順的從容態度。

予，賜予。

只，語助詞。

命，策命。古代帝王對臣下封土、授爵或賞賜，記命令於簡策，然後宣讀。如左傳僖二十六年：「王命尹氏及王子虎、内史叔興父策命晉侯爲侯伯。」之，指諸侯。

申，一再的意思。古代官吏等級，有一命到九命的差别。功愈大者命愈多，故詩人祝其福上加福。毛傳：「申，重也。」

韻讀：魚部——股、下（音户上聲）、紓、予。真部——命、申。

維柞之枝，其葉蓬蓬。樂只君子，殿天子之邦。樂只君子，萬福攸同。平平左右，亦是率從。

維，是。柞，樹名。見車舝注。

蓬蓬，同芃芃，毛傳：「（茂）盛貌。」按以上二句是興，陳奂傳疏：「柞之枝，喻外諸侯。言此者，興諸侯承順天子，天子恩被優渥，如柞葉之蓬蓬然盛也。」

殿，鎮、鎮定安撫。

萬福，指天子所賜的各種福禄。　攸，所。　同，聚。

平平（pián 駢），釋文引韓詩作便便，古平、便聲同。辨別治理貌。平即堯典「平章」、「平秩」之平。毛傳：「平平，辯治也。」　左右，指諸侯的臣下。

亦，發聲詞。　是，此，指左右。　率從，順從。鄭箋：「率，循也。諸侯之有賢才之德，能辯治其連屬之國，使得其所，則連屬之國亦循順之。」

韻讀：東部——蓬、邦（博工反）、同、從。

汎汎楊舟，紼纚維之。樂只君子，天子葵之。樂只君子，福禄膍之。優哉游哉，亦是戾矣。

汎汎，飄流貌。見柏舟注。　楊舟，楊木製的船。

紼（fú 弗），麻製的大繩。　纚，通縭，竹製的大繩。馬瑞辰通釋：「紼蓋以麻爲索，纚蓋以竹爲索，皆所以維舟也。」　維，繫、拴。按以上二句是興，詩人以大繩能拴舟，興周王能維持挽留諸侯。

葵，揆的假借，度、估量。毛傳：「葵，揆也。」指天子能評價諸侯的才德。

膍（pí 皮），釋文引韓詩作肶，厚，指厚賜以福禄。

優游，閒暇自得貌。韓詩外傳引這句詩作「優哉柔哉」。

亦，發語詞。　是，這，指周京。　戾，安定。左傳襄二十九年杜注：「戾，定也。」這句意爲，希望諸侯能安定生活于周京。這是留客之詞，故章首以紼纚維繫楊舟起興。

韻讀：脂部——維、葵、膍、戾。

角弓

【題解】

這是勸告周王朝貴族不要疏遠兄弟親戚而親近小人的詩。漢書劉向傳向上封事云：「幽、厲之際，朝廷不和，轉相非怨。詩人刺之曰：民之無良，相怨一方。」以此詩産生於幽、厲之世，録以備考。毛序：「角弓，父兄刺幽王也。不親九族而好讒佞，骨肉相怨，故作是詩也。」方玉潤評云：「詩中無刺讒語，唯疏遠兄弟而親近小人，是此詩大旨。」他正確地指出了詩的主題。

此詩共八章，前四章多虚寫，後四章多實寫，章法嚴整。方玉潤説：「前四章，疏遠兄弟難保不相怨，而民且傚尤，體多用賦。後四章，親近小人，以至不顧其後而相殘賊，詩純用比。乃篇法變換處。中間以『民之無良』一句綰合上下。」方氏指出了此詩結構的特點。並説明前四章多用賦、後四章純用比的藝術手法，是完全正確的。姚際恒評云：「取喻多奇。」吴闓生詩義會通：「舊評云：光怪陸離，眩人心目」，蓋指「毋教猱升木，如塗塗附」等比喻句而言。

騂騂角弓，翩其反矣。兄弟昏姻，無胥遠矣。

騂騂，説文作觲。調和貌。　角弓，兩端鑲牛角的弓。翩其，即翩翩。翩，偏的假借。説文：「偏，頗也。」段注：「頗，頭偏也。引申爲凡偏之稱。」角弓一旦卸下不用，弓弦就向反面彎曲。按這二句是興，詩人以角弓不可鬆弛，比兄弟昏姻不可疏遠。鄭箋：「喻九族不以恩禮御待之，則使之多怨也。」

兄弟，指同姓。　昏姻，指異姓親戚。

胥，相。説文：「胥，蟹醢也。」這是本義。段注：「蟹者，多足之物，引申假借爲相與之義。」釋詁曰：胥，皆也。又曰：胥，相也。」　遠，疏遠。

韻讀：元部——反、遠。

爾之遠矣，民胥然矣。爾之教矣，民胥傚矣。

爾，鄭箋：「爾，女。女，幽王也。」　遠，指疏遠兄弟。

胥，鄭箋：「皆也。」下句同。魯詩作斯。　然，如此、這樣。

傚，仿傚、模仿學習的意思。魯詩作效。馬瑞辰通釋：「詩以『教』與『遠』對言，遠爲不善，則教當爲善。上二句見民化於不善，下二句言民化於善也。」這章言上行下效。

韻讀：元部——遠、然。　宵部——教、傚。

此令兄弟，綽綽有裕。不令兄弟，交相爲瘉。

令，美、好。指友好。

綽綽，寬宏大量貌。裕，饒餘。這句説友好的兄弟，就會寬宏有餘的相待。

交，互。瘉，詬病、嫉恨。這句説不友好的兄弟，就會互相嫉恨。

韻讀：侯部——裕（余晝反）、瘉（余晝反）。

民之無良，相怨一方。受爵不讓，至于已斯亡。

民，人們。劉向説苑建本篇：「人而無良，相怨一方。民怨其上，不遂亡者，未之有也。」後漢書章帝紀引亦作「人」。

一方，指一方面的人。馬瑞辰通釋：「人之無良，一方之人皆怨之。」

爵，爵位。指接受爵位並不謙讓。

斯，語助詞。亡，通忘。馬瑞辰通釋：「至于已，受爵不讓，亦爲無良，則忘之也。」這章説不良的兄弟，責人而不責己。

韻讀：陽部——良、方、讓、亡。

老馬反爲駒，不顧其後。如食宜饇，如酌孔取。

駒，小馬。這句是比喻，意爲將老臣當小伙子用，讓他挑重擔。鄭箋：「此喻見老人反侮慢之，遇之如幼稚。」

其，他，指老臣。　後，後果。指没有顧念到他的後果。如，如果。　食（sì 飼），給人飯食。　饇（yù 裕），毛傳：「飽也。」酌，喝酒。　孔，多。　取，挹、舀。　這章説如何對待老年兄弟，對宗族之老人不宜怠慢。

韻讀：侯部——駒（音鈎）、後、饇（於晝反）、取（趨晝反）。

毋教猱升木，如塗塗附。君子有徽猷，小人與屬。

毋，同無，不要。　猱（náo 撓），猿猴一類動物，長臂。　升，登。升木，上樹。如，而。　塗，泥漿。塗附，用泥漿塗著。　毛傳：「猱，猨屬。塗，泥。附，著也。」以上二句意爲不要既教猱上樹，又用泥塗樹不使升。按這是比喻，喻君子既欲人向善，又自作壞榜樣。君子，此處指在位者。　徽，美好。　猷，道，指兄弟相親的美好政策。小人，此處指不在位者。　與，從。　屬，連、隨。　鄭箋：「君子有美道以得聲譽，則小人亦樂與之而自連屬焉。」這章言周王應以善行善策教人。

韻讀：侯部——木、附（浮晝反）、屬。

雨雪瀌瀌，見晛曰消。莫肯下遺，式居婁驕。

雨雪，下雪。　瀌瀌，應作麃麃，魯詩、韓詩正作麃。雪盛貌。

見晛（xiàn 現），合二字成義，疊韻。太陽初昇，天氣清明貌。　釋文引韓詩作曣晛，曰：「日出也。」荀子非相篇引詩作晏然，即曣晛之假借。魯詩、韓詩正作曣晛。王應麟詩攷作曣晛。皆見晛之異文。曰，同聿，語助詞。魯詩、韓詩引作聿。消，融化。以上二句是比喻，馬瑞辰：「古者以雪喻小人，以雪之遇日氣而消，喻小人之遇王政之清明而將敗也。」

遺，荀子作隧，魯詩作遂，古遺、隧、遂音同通假。加，待的意思。下遺，謙虛卑下對待人。式，語助詞。居，倨之省借，傲慢。婁，古屢字，屢次。陳奐傳疏：「北門傳云：『遺，加也。』此遺字當亦訓加。婁，數也。莫肯下遺，式居婁驕，言小人之行不肯卑下加禮于人，唯數數驕慢好自用也。」這章和下章是詩人用日出雪消作比，指小人驕慢難於制服。

韻讀：宵部——瀌、消、驕。

雨雪浮浮，見晛曰流。如蠻如髦，我是用憂。

浮浮，毛傳：「猶瀌瀌也。」

流，消化。馬瑞辰：「流與消同義。廣雅：『流，匕也。』匕即化字，謂消化也。」

蠻，毛傳：「南蠻也。」髦，毛傳：「夷髦也。」古書或作髳。蠻、髦皆爲對少數民族的蔑稱，詩人用它比喻無良的小人。

是用，因是、因此。鄭箋：「今小人之行如夷狄而王不能變化之，我用是爲大憂也。」

韻讀：幽部——浮、流、憂。

菀柳

【題解】

這是一位大臣有功而獲罪所作的怨詩。他曾得周王信任，商議過國政，後被撤職流放，因此充滿了不平。毛序：「菀柳，刺幽王也。暴虐無親而刑罰不中，諸侯皆不欲朝。言王者之不可朝事也。」吴闓生詩義會通説：「此詩當爲刺幽之作，序前三語得之，後二語則非。詩中並無不欲朝王及言王不可朝之義，不知作序者從何得此異説。此乃有功獲罪之臣，作此以自傷悼。」吴氏駁序諸侯不欲朝的臆説，並據詩的内容説明主題，最合詩旨。

菀柳詩人善於運用比興藝術手法，首章和次章以枯柳不可止息，興在王朝做官的不可依靠。末章以鳥之高飛至天，尚可測度，興周王變化無常，令人莫測。他曾被國王信任，參加治理國事，忽而被流放邊疆，這種憤懣之情，在比興句中都歌唱出來，發洩其不平之氣。使後世讀者亦掬同情之淚。

有菀者柳，不尚息焉。上帝甚蹈，無自暱焉。俾予靖之，後予極焉。

菀（yùn 運），通苑，白帖引詩作苑。枯病。有菀，即菀菀。淮南子：「形苑而神壯」，高注：「苑，枯病也。」

尚，庶幾、希望。　息，休息。以上二句是興，馬瑞辰通釋：「詩蓋以枯柳之不可止息，興王朝之不可依倚也。」

上帝，此處指周王。朱熹詩集傳：「上帝，指王也。」　蹈，變動。馬瑞辰：「動者，言其喜怒變動無常。」按衆經音義引韓詩作「上帝甚陶」，陶，變也。

暱（nì 逆），親近、接近。毛傳：「暱，近也。」這二句意爲周王變化莫測，不要自己去接近他（以免取禍）。

俾，使。　靖，毛傳：「治。」　之，指國事。意爲使我治理國事。

極，殛的假借，放逐。鄭箋：「王信讒不察功考績，後反誅放我。」

韻讀：幽部——柳、蹈（徒叟反）。　之部——息、暱、極。

有菀者柳，不尚愒焉。上帝甚蹈，無自瘵焉。俾予靖之，後予邁焉。

愒（qì 氣），休息。

瘵（zhài 債），禍害。毛傳：「瘵，病也。」

邁，行。鄭箋：「邁，行也。行亦放也。春秋傳曰：『予將行之。』」按此爲左傳昭公元年文：「予（子產）將行之（子南）。」行，即流放之意。此句義同上章。

韻讀：幽部——柳、蹈。　祭部——愒（音揭）、瘵（音折）、邁（音蔑）。

有鳥高飛，亦傅于天。彼人之心，于何其臻？曷予靖之，居以凶矜？

傅，至、到。這二句是興，意爲鳥的高飛，最高不過飛到天，尚可測度。

彼人，指周王。

臻，至。不知變到什麼地步。鄭箋：「鳥之高飛，極至于天耳。王之心于何所至乎？言其轉側無常，人不知其所屆。」

曷，爲什麼。

居，處，動詞。居以，處以。矜，危。凶矜，凶危之地，指流放地。這二句意爲，爲什麼既讓我治理國家，又處我以凶危之地？

韻讀：真部——天（鐵因反）、臻、矜。

都人士

【題解】

這是一首憶念意中人的詩。關於此詩的主題，歷代學者説各不一，歸納起來，約有三説：一、認爲是刺詩。毛序：「周人刺衣服無常也。」二、認爲它是懷舊之作。朱熹詩集傳：「亂離之後，人不復見昔日都邑之盛，人物儀容之美，而作此詩以歎惜之也。」三、認爲首章是逸詩。王先謙集疏：

「此詩毛氏五章，三家皆止四章。孔疏云：左襄十四年傳引此詩『行歸於周，萬民所望』一句，服虔曰：逸詩也。都人士首章有之。禮緇衣鄭注云，毛詩有之，三家則亡。今韓詩實無此首章。細味全詩，二、三、四、五章士女對文，此章單言士，並不及女，其詞不類。且首章言『出言有章』，言『行歸於周，萬民所望』，後四章無一語照應，是明明逸詩孤章。毛以首二句相類，强裝篇首。觀其取緇衣文作序亦無謂甚矣。」按前二説根據首章立説，似不可從。熹平石經魯詩殘石都人士篇亦無首章，王説可信。茲分析四章詩的内容，確定其主題如上。

此詩有兩個意象：一個是都人士，一個是君子女。君子之女名尹吉，當然是貴族。都人士戴着莎草編的笠、黑布的帽。據士冠禮，緇撮是士所戴的冠，他可能是一位「士」。士和女是什麼關係呢？我們認爲詩中的「我」即都人士，即詩人自己。第二章「謂之尹吉」下，接着便唱「我不見兮，我心苑結」。第三章「我不見兮，言從之邁」。末章「我不見兮，云何盱矣」。從這幾個句子裏，便可體會詩人不見尹吉的苦悶悲傷情懷。他確是一位鍾情的詩人。詩人如何寫尹吉呢？重點是在她的頭髮上着墨。她的頭髮是密直的，兩鬢像蠍尾似的往上翹，翹得自然閒雅。描繪了這位少女不加修飾的天然美。詩人如何寫都人士呢？重點在他的笠帽和冠帶上着墨。莎草的笠，黑布的冠，冠旁塞耳鑲上寶石，冠帶餘餘下垂，像綢條般在飄。描繪了這位年輕書生走路輕盈的美。方玉潤評曰：「寫帶、髮一層，風致翩然，令人神往。」「詩全篇只詠服飾之美，而其人之風度端凝、儀容秀麗自見。」的確，我們今天重讀此詩，覺得這兩位士、女，好像是美的象徵。

彼都人士，狐裘黃黃。其容不改，出言有章。行歸於周，萬民所望。

都人，美人。馬瑞辰通釋：「逸周書大匡解：『士惟都人，孝悌子孫。』是都人乃美士之稱。鄭風『洵美且都』、『不見子都』，都皆訓美。美色謂之都，美德亦謂之都。都人猶言美人也。」狐裘黃黃，古代貴族裘上通常都有罩衫，狐裘上罩黃衫，是諸侯之服。白虎通衣裳篇：「諸侯狐黃」，禮玉藻：「狐裘黃衣以裼之。」黃衣就是黃色罩衫，是諸侯穿的冬衣。黃黃，形容罩衫之色。

容，容貌態度。

章，有系統的辭藻。鄭箋：「其動作容貌既有常，吐口言語又有法度文章。」

行，將。周，鎬京。

望，仰望。按這章是逸詩，說見題解。它的內容，可能是寫諸侯朝周。

韻讀：陽部——黃、章、望。

彼都人士，臺笠緇撮。彼君子女，綢直如髮。我不見兮，我心不說。

臺，通薹，莎草。臺笠，莎草編的草帽。可禦暑與雨。緇，黑色的布。緇撮，黑布製成的束髮小帽。毛傳：「緇撮，緇布冠也。」

綢，䯾的假借。說文：「䯾，髮多也。」如，乃、其。此句猶云其髮密直，形容頭髮的美麗。

韻讀：祭部——撮（音絶入聲）、髮、説。

彼都人士，充耳琇實。彼君子女，謂之尹吉。我不見兮，我心苑結。

充耳，亦名瑱，塞耳。冠兩旁玉石製成的飾物。琇，毛傳：「美石也。」實，琇美貌。鄭箋：「言以美石爲瑱。瑱，塞耳。」

君子，指貴族。君子女，貴族的女兒。

尹吉，鄭箋：「吉讀爲姞，尹氏、姞氏，周室昏姻之舊姓也。」這位尹吉姑娘，可能她的父親姓尹，母家姓姞，如左傳中之狐姬、孔姞。

苑（yù 鬱）結，音義同鬱結。憂鬱難解之意。

韻讀：脂部——實、吉、結。

彼都人士，垂帶而厲。彼君子女，卷髮如蠆。我不見兮，言從之邁。

垂帶，下垂的冠帶。而，古而、如、若通用。鄭箋：「而亦如也。」禮記内則鄭注引詩作垂帶如厲。淮南子氾論訓高注引詩作「若」。厲，與「裂」同音通用。鄭箋：「厲字當作裂。」説文：「裂，繒餘也。」綢布的殘餘，即布條。此處是形容冠帶的垂飾。

卷（quán 權）髮，女子兩鬢旁邊捲曲的短髮。蠆（chài 訍），蝎類。通俗文：「長尾爲蠆，短尾爲蠍。」蝎走時尾部向上翹，詩人用它比捲髮。

言，發語詞。　邁，行、走。以上二句意爲，我見不到她了，如果得見，願意跟隨她一起走。

韻讀：祭部——厲（音列）、蠆（音徹）、邁（音蔑）。

匪伊垂之，帶則有餘。匪伊卷之，髮則有旟。我不見兮，云何盱矣。

匪，非。　伊，是。

有餘，即餘餘，冠帶悠然下垂貌。

有旟（yú于），即旟旟，翹起貌。毛傳：「旟，揚也。」朱熹詩集傳：「言其自然閒美，不假修飾也。」

云，發語詞。　盱，吁的假借，憂傷。見卷耳注。

韻讀：魚部——餘、旟、盱。

采綠

【題解】

這是一位婦女思念她行役丈夫的詩。朱熹詩集傳：「婦人思其君子。」詩序辯説：「此詩怨曠者所自作。」方玉潤：「婦人思夫，期逝不至也。幽王之時，政煩賦重，征夫久勞於外，踰時不歸，故其室思之如此。」朱、方二氏都簡要地説明了詩旨，並指出作者是思婦。嚴粲詩輯：「去時約以五日而歸，今六日而不見，時未久而怨，何也？古者新昏三月不從政。此新昏者之怨辭也。」嚴氏據「六日不至」句，疑詩人爲新婚者，説頗有致。

詩共四章，前兩章是詩人正在採緑採藍時思夫的歌唱。她不説無心採草而説不盈一掬一襜；她不説丈夫逾期不歸而説「予髪曲局」、「六日不詹」。通過這些具體動作和形象的描寫，來表達殷切的思夫之情。吴闓生詩義會通引舊評云：「予髪曲局句接法不測。」我們可以這樣想像：丈夫和她約好五天就回家，這位新婚少婦等了一天，第六天早上去採草，頭髪也無心梳洗。忽然，她記起來了，如醉如癡地奔回家洗頭，生怕丈夫回來看了不像樣。以這種心理活動爲線索去理解「予髪曲局」句，就不會覺得「接法不測」了。當然，思婦將自己的癡情是表現得非常委婉隱曲的。三四兩章中，詩人帶着淒惋的心情展開了想像的翅膀。她想像丈夫如果打獵，我就替他裝弓袋；如果釣魚，我就替他纏釣繩，永不分離。他釣了鯿魚，又釣了鰱魚，魚真多呵！想像是空幻的，然而寫得如聞如見。姚際恒説：「只承釣言，大有言不盡意之妙。」吴闓生説：「三四章歸後著想，真乃腸一日而九迴。結句餘音嫋嫋。」這些評語都道出了詩人想象的奇妙。

終朝采緑，不盈一匊。予髪曲局，薄言歸沐。

終朝，整個早上。見漢廣注。緑，菉的假借。楚辭王逸注引詩作菉。一名王芻。爾雅：「菉，王芻。」郭注：「今呼鴟脚莎。」馬瑞辰據説文以爲菉即可以染黄的藎草。

匊，古掬字。一匊，一捧。毛傳：「兩手曰匊。」以上二句是興，陳奐傳疏：「興者，怨曠之人，自旦及食時以採王芻而不滿兩手，以喻憂思之深。」詩人思夫情深，無心採菉，即事起興，是含賦的興。

局，彎。毛傳：「局，卷也。」曲局，彎曲。她因夫行役，而無心梳洗，致髮捲曲蓬亂。薄言，語助詞。此句薄字含有急忙之意。沐，洗髮。朱熹詩集傳：「言終朝采緑而不盈一匊者，思念之深，不專於事也。又念其髮之曲局，於是舍之而歸沐，以待其君子之還也。」

韻讀：幽、侯部通韻——緑、匊、局、沐。

終朝采藍，不盈一襜。五日爲期，六日不詹。

藍，草名。鄭箋：「染草也。」染青藍色的草。孔疏：「藍可以染青，故淮南子云：青出於藍。」襜（chān 攙），繫在衣服前的遮巾。毛傳：「衣蔽前謂之襜。」説文：「襜，衣蔽前。」段注：「此謂衣，非謂蔽膝也。」

詹，毛傳：「至也。」按五日六日並非確指，此二句泛言約定五天回家，却過期而不返。姚際恒通論：「五日，成言也。六日，調笑之意。言本五日爲期，今六日尚不瞻見，只是過期之意，不必定泥爲六日而詠也。鄭氏（玄）以其不近理，改爲五月六月。吁！何其固也。」

韻讀：談部——藍、襜，詹。

之子于狩，言韔其弓。之子于釣，言綸之繩。

之子，鄭箋：「之子，是子也，謂其君子也。」狩，打獵。言，語助詞。韔（chàng 唱），弓袋，此處作動詞用，指裝進弓袋。綸，釣繩，用絲製成。這裏作動詞纏繞用。之，其。朱熹詩集傳：「言君子若而欲往狩耶，我則爲之韔其弓。欲往釣耶，我則爲之綸其繩。望之切，思之深，欲無往而不與之俱也。」按這章和下章都是思婦設想之詞，陳奐傳疏：「此婦人思夫之不在，而設想之如此。下章又因釣而申說之耳。」

韻讀：蒸部——弓、繩。

其釣維何？維魴及鱮。維魴及鱮，薄言觀者。

維，是。

魴，鯿魚。鱮，鰱魚。均見敝笱注。

觀，多，指魚衆多。者，猶「哉」，語氣詞。鄭箋：「觀，多也。此美其君子之有技藝也。」按釋文引韓詩作「覩」，陳喬樅韓詩遺說考：「釋詁：『觀，多也。』郭注引詩『薄言觀者』，箋說正本雅訓。『覩』義亦得訓多，……諸從言者聲義訓爲衆，然則覩亦有衆義，故與觀之訓多者同也。」此句猶言「釣的魚好多啊」。

韻讀：魚部——鱮、鱮、者（音渚）。

黍苗

【題解】

這是隨從召伯建設申國的人，於完成任務後在歸途中的歌唱。周宣王封他的母舅於申，命召伯虎帶領官兵、徒役，裝載貨物，經營申地，建築謝城，作爲國都。此詩即寫這件事。朱熹詩集傳：「宣王封申伯於謝，命召穆公往營城邑，故將徒役南行，而行者作此。」劉玉汝詩纘緒：「此行者歸而作此詩。其曰我，故知爲行者所作。曰歸哉、歸處，曰成之、有成，故知其歸而作。黍苗爲營謝方畢而歸之詩，崧高爲營謝既成，申伯出封之詩。」二説皆是。

此詩共五章。第二章、第三章寫伕役、士卒因建謝事成而思歸。詩人的語言很簡潔，寫伕役，只用任、輦、車、牛四字；寫士卒，只用徒、御、師、旅四字。但又很形象，二、三章連用十個「我」字，使隨從召伯建謝人員衆多的氣勢，躍躍紙上，讓人好像在朦朧中看見那浩大的工程。召伯營謝工程爲什麼這樣快速成功呢？第四章就説由於有威武的南行群衆，他是能够調動群衆積極性的。第一章就説他慰勞群衆，就像蓬勃的黍苗，得到陰雨滋潤一般。他建謝是爲了宣王報母舅申伯之恩，謝建成了，王心則寧。塑造了召伯忠君愛國、善於發揮群衆力量的大臣形象。陳廷傑詩序解云：「是篇敘召穆公營謝，詞頗藴藉，亦近乎風者，皆宣王全盛時詩。」我們從詩的作者及風格來看，陳氏

「近乎風」的評語，是很恰當的。

芃芃黍苗，陰雨膏之。悠悠南行，召伯勞之。

芃芃（péng 蓬），草木茂盛貌。見載馳注。膏，膏潤。以上二句是興，詩人以陰雨能膏潤黍苗，興召伯能慰勞建設申地的人員。悠悠，長長，路遥遠貌。南行，陳奂傳疏：「謝在周南也。」召伯，召穆公虎。姓姬名虎，封於召國，周初召公奭之後。厲王、宣王、幽王時大臣。陳啟源稽古編：「穆公諫厲王親兄弟，又脱宣王於難，而以子代之。及王立，復爲平淮夷，城謝邑。上能宣布王德，下能慰安衆心。穆公先朝舊臣，年高望重，盡瘁事國，不敢告勞。」見甘棠注。勞，慰問。之，指南行建謝人員。或訓勞爲建謝之勞，亦通。

韻讀：宵部——苗、膏、勞。

我任我輦，我車我牛。我行既集，蓋云歸哉。

我，詩人自稱，可能是隨從召伯的士役。任，背負者。輦，人力拉的車。車，大車，牛拉的車。牛，指牽牛的人。這二句皆指人。鄭箋：「營謝轉運之役，有負任者，有輓輦者，有將車者，有牽傍牛者。」

集，完成。鄭箋：「集猶成也。其所爲南行之事既成。」

蓋，通盍，何不。云，語助詞。歸，指回周。

韻讀：之部——牛（音疑）、哉（音兹）。

我徒我御，我師我旅。我行既集，蓋云歸處。

徒，步行之人，指步兵。御，駕車的人。毛傳：「徒行者、御車者。」師、旅，鄭箋：「五百人爲旅，五旅爲師。」據王引之經義述聞的考證，認爲鄭氏的解釋是錯誤的。他引了一些經書的例子，説明師和旅都是官名，旅卑於師，師又卑於正。姚際恒云：「左傳：君行師從，卿行旅從。則天子之卿與諸侯同，故有師旅也。」他申鄭氏之説，理由充足。

歸處，回去安居。

韻讀：魚部——御、旅、處。

肅肅謝功，召伯營之。烈烈征師，召伯成之。

肅肅，快速貌。小星傳：「肅肅，疾貌。」謝，地名，在今河南信陽。功，通工，工程。

烈烈，威武貌。征，遠行。師，群衆。

韻讀：耕部——營、成。

原隰既平，泉流既清。召伯有成，王心則寧。

原，高平的地。隰，低濕的地。平，治。

清，此處作動詞疏通用。毛傳：「土治曰平，水治曰清。」

寧，安。鄭箋：「召伯營謝邑，相其原隰之宜，通其水泉之利。此功既成，宣王之心則安也。」

韻讀：耕部——平、清、成、寧。

隰　桑

【題解】這是一位婦女思念丈夫的詩。朱熹詩集傳：「此喜見君子之詩。詞意大概與菁莪相類。然所謂君子，則不知其何所指矣。」陳啟源稽古編：「隰桑思君子，猶丘中有麻之思留子也。隰桑詩音節略與風雨同。使編入國風，朱子定以爲淫詩也。」按丘中有麻和風雨都是情詩，可見陳氏是從詩的內容和形式去分析它的主題的。今人余冠英詩經選譯認爲此詩是一個女子的愛情自白。按詩用隰桑起興，可能是婦女所作。劉向列女傳引「既見君子，德音孔膠」兩句詩云：「夫婦人以色親，以德固。」可見他也認爲詩是婦女的作品。

尚書堯典：「詩言志，歌永言。」詩大序：「詩者，志之所之也。在心爲志，發言爲詩。」劉勰文心雕龍明詩篇：「詩者，持也。持人性情。」他們所謂「志」、「性情」，都指思想感情而言。感情是詩歌的要素之一，詩人心有所感觸，便會歌唱起來。隰原詩人思念她外出的丈夫，在採桑的當兒，觸動了她思夫之情，便歌唱起來。她想像見到丈夫，説不盡怎樣的快樂，丈夫的甜言蜜語、熾熱的表愛，怎麽不使她心醉啊！　末章是她幻想向丈夫表愛，對自己説：既然我心在愛他，爲什麽不告訴他呢？我心中愛他，哪一天會忘記他呢？　餘音繞梁，洋溢着真摯至誠的愛的氣氛。使二千多年後的讀者不禁爲之動容。龔橙詩本誼將此詩列入風内，是有其深意的。

隰桑有阿，其葉有難。既見君子，其樂如何！

隰桑，生在低濕地上的桑。低濕的地宜於種桑。　有阿，即阿阿。阿通猗。美盛貌。王先謙集疏：「案有阿即阿阿也。故箋讀爲阿阿。字亦變爲猗猗，見淇奧傳。經中凡累字多參用『有』字，與累字無異。」

有難，即難難。枝葉茂盛貌。陳奂傳疏：「難、儺通。難之爲言那也。釋文：『難，乃多反。』其讀同那。桑扈、那傳：『那，多也。』盛與多同義。阿難連緜字。萇楚曰猗儺，那曰猗那，聲義皆同也。」按採桑養蠶是當時婦女工作之一，詩人即事以起興。

君子，指丈夫。按下二句是詩人在採桑葉時設想之辭。何楷詩經世本古義：「其樂如何，云何不樂，又皆未有是事而假設之語。」

韻讀：歌部——阿、難、何。

隰桑有阿，其葉有沃。既見君子，云何不樂！

有沃，沃沃。傳：「沃，柔也。」柔潤貌。

云，發語詞。

韻讀：宵部——沃、樂。

隰桑有阿，其葉有幽。既見君子，德音孔膠。

幽，黝的假借。葉之肥者呈墨綠色。説文：「黝，微青黑也。」有幽，即幽幽。

德音，于省吾新證詩德音解謂是「德言」之誤，好話的意思。膠，馬瑞辰通釋：「膠當爲儸之省借。方言：『儸，盛也。陳、宋之間曰儸。』廣雅：『儸，盛也。』孔膠猶云甚盛耳。」這句意爲君子的德言甚盛。有人訓膠爲牢固，亦通。

韻讀：幽部——幽、膠（音樛）。

心乎愛矣，遐不謂矣？中心藏之，何日忘之！

遐不，何不、胡不。古遐與何、胡皆雙聲，故通用。謂，告。朱熹詩集傳：「言我心中誠愛君子，而既見之，則何不遂以告之。」

藏，臧之假借，善、愛。鄭箋：「藏，善也。」

韻讀：脂部——愛（音懿）、謂。陽部——藏、忘。

白華

【題解】

這是一首貴族棄婦的怨詩。毛序：「白華，周人刺幽后也。幽王取申女以爲后，又得褒姒而黜申后，周人爲之作是詩也。」朱熹詩集傳：「申后作此詩。」詩序辯説：「此事有據，序蓋得之。但幽后字誤，當爲申后刺幽王也。」他認爲詩的本事是幽王黜申后，不是周人所作，爲申后自作。方玉潤贊成朱説：「此詩情詞悽惋，託恨幽深，非外人所能代。故集傳以爲申后作也。」申后作白華，在其他古籍中，均無旁證，只得存疑，姑定其主題如上。

詩共八章，每章前兩句全用比興，借喻寓怨，傾訴幽恨傷懷之情。姚際恒詩經通論説：「此詩八章，凡八比，甚奇。」方玉潤詩經原始説：「全詩皆先比後賦，章法似複，然實創格。」按邶風凱風四章，也是每章用比。這種民歌形式爲詩人吸收並加以發展，成爲詩經中的創格。通過八比的運用，速寫了詩人純潔、癡情、善良、爽直而兼有歌詠才華的意象，也刻畫了一個負心寡情的「碩人」意象。方玉潤認爲「至今讀之，猶令人悲咽不能自已」，確是很有感染力的。

白華菅兮，白茅束兮。之子之遠，俾我獨兮。

華，同花。菅（jiān 奸），茅的一種，亦名蘆芒。陸璣草木疏：「菅似茅而滑澤無毛，根下五寸，中有白粉者宜爲索。」

束，捆。動詞。按這二句是興，詩人以菅喻自己，菅尚有白茅纏綿地相依，反襯自己還不如菅草。朱熹詩集傳：「蓋言白華與茅尚能相依，而我與子乃相去如此之遠。」

之子，指丈夫。之遠，往遠方，指棄己而去。

俾，使。獨，孤獨無耦。

韻讀：侯部——束、獨。

英英白雲，露彼菅茅。天步艱難，之子不猶。

英英，釋文引韓詩作泱泱，雲白貌。馬瑞辰：「六月云『白旆英英』，英英是白貌。則知此詩英英亦雲之白貌。」

露，此處作動詞滋潤用。這二句是興，詩人看到白雲滋潤菅茅，好像夫婦的相親相愛。對照自己命運的不幸，覺得連菅茅還不如。

天步，猶言命運。

猶，可。不猶，不以我爲可，即待我不好。孔疏引侯苞云：「天行艱難於我身，不我可也。」

韻讀：幽部——茅（音謀）、猶。

滮池北流，浸彼稻田。嘯歌傷懷，念彼碩人。

滮（biāo 標）池，水名。在今陝西西安市西北。水經注渭水：「鎬水又北流，西北注與滮池水合，水出鄗池西而北流入於鎬。」王夫之詩經稗疏：「渟者爲池，行者爲流，自非實有此池爲滮水之源，則言滮不當謂之池，謂之池又不當言流矣。」王説可參考。鄭箋：「池水之澤，浸潤稻田，使之生殖。喻王無恩意於申后，滮池之不如也。」

嘯，亦作歗，嘯歌，號哭而歌。聞一多詩經通義：「白華篇曰『嘯歌傷懷』，謂號哭而歌，憂傷而思也。」

碩人，高大的人，此處指她的丈夫。按詩言碩人可指女子，如碩人；亦可指男子，如簡兮。

韻讀：真部——田（徒因反）、人。

樵彼桑薪，卬烘于煁。維彼碩人，實勞我心。

樵，此處作動詞，砍伐。桑薪，桑樹做的柴火，是較好的柴。

卬，我，女子的自稱。見匏有苦葉注。烘，燎、烤。煁（shén 神），古灶名，不帶鍋而可移動的小灶，亦稱「行灶」或「烓灶」。這句意爲用桑柴烘烤東西而不燒飯菜。孔疏：「桑薪薪之善者，宜以炊爨而養人，今不以炊爨，反燎于煁竈，失其所也，以興幽王聘納彼申國之女，不以爲后，反黜之使爲卑賤之事而已。」

維，通惟，思、想念。

勞，憂、悶。

韻讀：真部——薪、人。　侵部——煁、心。

鼓鍾于宮，聲聞于外。念子懆懆，視我邁邁。

鼓，此處作動詞「敲」用。　宮，爾雅：「宮謂之室。」先秦貴族、庶人之居皆可稱宮，秦代以後始爲帝王居處的專稱。林義光詩經通解：「鍾有叩必聞，喻人之情意必相通感，此言妻之於夫憂念之甚，而夫恨恨然視之，曾不少爲感動，如鼓鍾而不相聞。」

懆懆，憂愁不安貌。亦作慘慘。釋文引説文云：「懆，愁不申也。」今本説文作「愁不安也」。

視，對待。　邁邁，狠怒貌。釋文：「韓詩及説文並作怖怖。韓詩云：『意不説好也。』許（説文）云：『很（狠）怒也。』」

韻讀：祭部——外（音月）、邁（音蔑）。

有鶖在梁，有鶴在林。維彼碩人，實勞我心。

鶖（qiū秋），水鳥。　毛傳：「禿鶖也。」李時珍本草綱目：「禿鶖，水鳥之大者，其狀如鶴而大，青蒼色，長頭赤目，項皆無毛，好啖魚蛇及鳥雛。」　梁，魚梁，攔魚的水壩。鄭箋：「鶖也、鶴也，皆以魚爲美食者也。鶖之性貪惡而今在梁，鶴絜白而反在林。興王養褒姒而餒申后，近惡而遠善。」

韻讀：侵部——林、心。

鴛鴦在梁，戢其左翼。之子無良，二三其德。

鴛鴦，見鴛鴦注。

戢，收斂。指鴛鴦把嘴插在翅膀下休息。馬瑞辰通釋：「詩蓋以鴛鴦匹鳥得其所止，能不貳其偶，以興幽王二三其德，爲匹鳥之不若也。」

無良，指品德不好。

二三其德，前後行爲不一致。見氓注。

韻讀：陽部——梁、良。之部——翼、德（丁力反，入聲）。

有扁斯石，履之卑兮。之子之遠，俾我疧兮。

有扁，即扁扁。毛傳：「扁扁，乘石貌。」按乘石是國王或貴族乘車時所踩的墊脚石。斯，其、這。

履，踩。卑，低下，指乘石。胡承珙後箋：「卑字當屬石言。何氏（楷）古義云：履之卑兮是倒文，言乘石卑下，猶得蒙王踐履。」按這二句是詩人以乘石雖低，猶得丈夫踩踏，比自己不如乘石。

疷，憂病，指相思病。

韻讀：支部——卑、疷。

緜蠻

【題解】 這是一位行役的人道遇一位大臣，他們二人對唱的詩。歷來對此詩的主題説各不一，王質詩總聞：「重臣出行，而下士冗役告勞者也。聞其告勞，而旋生憫心。亦必賢者，是管謝之流也。」據此，細玩詩的内容，斷爲行役者和大臣對唱的詩。有人認爲每章後四句是詩人願望之詞，説亦可通。

此詩三章一意，每章只八句，還是兩人的歌唱。却再現了行役者和大臣的形象。行役者在長途跋涉中的勞瘁，他不能快走，且深怕不能抵達目的地，又累又餓，竟羨慕起郊外的黄雀，能自在地停息在小丘上。它有時飛在曲陂上，有時飛在丘邊上，是多麽自由啊！在這四句歌唱中，我們好像看見一位被迫行役者面容憂鬱，拖着疲憊不堪的身軀站立在眼前。他無意中遇見了一位大臣，這位大臣指手劃脚地給他飲食教誨，解決了他饑餓和苦悶心情，又讓他坐在副車上，解決了他生怕走不到目的地的問題。這位大臣，出行有後車，官位當然不小，却對行役者表示同情，這在詩經時代來説是不多的。當我們讀了後四句詩，也好像有一位大臣形象站立在眼前。簡短的八句，内容却這樣豐富，再加上三章的重唱疊詠，在格調上很類似國風。

「緜蠻黄鳥，止于丘阿。道之云遠，我勞如何！」「飲之食之，教之誨之。命彼後車，謂之載之。」

緜蠻，雙聲，文彩貌。文選景福殿賦李注引韓詩薛君章句：「緜蠻，文貌。」黄鳥，黄雀。丘阿，山坡彎曲處。以上二句是興，陳廷傑詩序解：「殆寫小臣栖栖不遑寧處，而歎其不若鳥之止於丘焉。」

云，句中語助詞。

我，詩人自稱。勞，疲勞。以上四句是行役詩人所唱。

飲、食、教、誨四字都作動詞用。之，代詞，代行役者。

後車，後邊之車。亦名副車。

謂，告。載，裝載。前一「之」字，指後車的御者。後一「之」字，指行役者。這句意爲叫駕後車的御夫裝載這位行役者。以上四句是大臣所唱。

韻讀：歌部——阿、何。之部——食、誨（呼備反）、載（音稷）。

「緜蠻黄鳥，止于丘隅。豈敢憚行，畏不能趨。」「飲之食之，教之誨之。命彼後車，謂之載之。」

丘隅，鄭箋：「丘角也。」

憚，怕的意思。鄭箋：「難也。」

趨，疾行。這二句意爲，我哪裏敢怕走路，而是怕不能快走。

韻讀：侯部——隅（俄謳反）、趨（粗謳反）。之部——食、誨、載。

「緜蠻黄鳥，止于丘側。豈敢憚行，畏不能極。」「飲之食之，教之誨之。命彼後車，謂之載之。」

丘側，鄭箋：「丘旁也。」

極，達到目的地的意思。鄭箋：「至也。」

韻讀：之部——側（音淄入聲）、極、食、誨、載。

瓠葉

【題解】這是下層貴族宴會賓客的詩。毛序：「大夫刺幽王也。上棄禮而不能行，雖有牲牢饔餼不肯用也。故思古之人不以微薄廢禮焉。」朱熹詩序辨説云：「序説非是，此亦燕飲之詩。」王質詩總聞：「當爲在野君子相見爲禮。」結合詩的内容看來，朱、王之説是正確的。詩的作者可能是宴會中的一位客人。

詩首章寫主人採瓠葉燒菜，下三章寫燒烤兔肉下酒，每章末二句寫賓主飲酒，由嘗而獻而酢而酬，菜肴雖甚簡約，但酬酢却很熱烈，表現了賓主之間情緒的快樂。張廷傑詩序解云：「此詩初言瓠葉以爲菹，又以兔侑酒，意雖簡儉，有不任欣喜之狀。」「欣喜之狀」四字，説明了此詩的絃外之音。

幡幡瓠葉，采之亨之。君子有酒，酌言嘗之。

幡幡，風吹瓠葉反復翻動貌。　瓠（hù户），葫蘆。

亨，今作烹。　煮熟。

君子，指主人。

酌，斟酒。　言，助詞，略當于「而」。王先謙集疏：「主人未獻于賓，先自嘗之也。」

韻讀：陽部——亨（音滂）、嘗。

有兔斯首，炮之燔之。君子有酒，酌言獻之。

斯，語中助詞。　首，頭、隻。　量詞。朱熹詩集傳：「有兔斯首，一兔也。猶數魚以尾也。」有人釋爲兔頭，不可通。

炮，亦作炰。帶毛塗上泥在火上煨。見六月注。　燔，去毛在火上燒。見楚茨注。

獻之，主人敬賓酒。

韻讀：幽部——首、酒。　元部——燔、獻。

有兔斯首，燔之炙之。君子有酒，酌言酢之。

炙，用叉子叉着獸肉在火上烤。孔疏：「以物貫之而舉於火上以炙之。」

酢，賓既飲主人所獻酒，又酌而還敬主人。毛傳：「酢，報也。」

韻讀：幽部——首、酒。　魚部——炙（音諸入聲）、酢（音組入聲）。

有兔斯首，燔之炮之。君子有酒，酌言醻之。

醻，今作酬，勸酒。鄭箋：「主人既卒酢爵，又酌自飲，卒爵，復酌進賓。猶今俗之勸酒。」按古人以獻、酢、醻合稱爲一獻之禮，如禮記樂記鄭注曰：「一獻，士飲酒禮。」

韻讀：幽部——首、炮（蒲愁反）、酒、醻。

漸漸之石

【題解】

這是東征兵士慨歎征途勞苦的詩。毛序：「漸漸之石，下國刺幽王也。戎狄叛之，荆舒不至，乃命將率東征，役久病於外，故作是詩也。」鄭箋：「役，謂兵士也。」序箋認爲詩是兵士所作，結合詩的內容和風格看來，他們的話似可信。朱熹詩序辨説認爲：「序得詩意，但不知果爲何時耳。」詩中所説的「東征」是否在幽王時，史乏確證，恐怕還難説。

此詩前二章全用賦體，無非山高路遠，征途勞苦之意。第三章忽下「有豕白蹢，烝涉波矣。月離於畢，俾滂沱矣」四句（白蹄豬豕涉清波，月近畢星雨滂沱），造語奇峭，驚人耳目。於是注家蜂起，有的以爲這四句寫既雨之後，有的以爲狀將雨之前，有的以爲描摹實境，有的以爲虛擬起興。方玉潤分析道：「此必當日實事。月離畢而大雨滂沱，雖負塗曳泥之豕，亦烝然涉波而逝，則人民之被水災而幾爲魚鼈者可知，即武人之霑體塗足，冒險東征，而不遑他顧者更可見。四句只須倒説，則文理自順，情景亦真。詩人造句結體與文家迥異，不可以辭而害意也。」方氏的話，不但對這二句詩，而且對整首詩的理解都是頗有啟發的。

漸漸之石，維其高矣。山川悠遠，維其勞矣。武人東征，不皇朝矣。

漸漸（zhǎn 斬），嶄嶄的假借。釋文：「亦作嶃嶃。」説文無嶄字，通磛。繫傳引詩作磛磛之石。山石高峻貌。

維，是。下句同。　其高，即高高。

勞，遼之假借。其勞，即勞勞，廣闊遼遠貌。鄭箋：「其道里長遠，邦域又勞勞廣闊。」孔疏：

「廣闊遼遼之字，當從遼遠之遼。而作勞字，以古之字少，多相假借。」

武人，陳奐傳疏：「武人，謂將率（帥）也。」

皇，遑的省借。閒暇。朱熹詩集傳：「皇，暇也。言無朝旦之暇也。」朝（zhāo 招），早上。這句意爲，没有閒暇時間，急着去打仗。馬瑞辰：「古者戰多以朝，詩言不遑朝者，甚言其東征急迫，言不暇至朝也。」

韻讀：宵部——高、勞、朝。

漸漸之石，維其卒矣。山川悠遠，曷其没矣。武人東征，不皇出矣。

卒，崒的假借。高峻危險貌。説文：「崒，危高也。」

曷，何，指何時。没，盡頭。傳：「没，盡也。」朱熹詩集傳：「言所登歷，何時而可盡也。」

出，出險。指只知深入敵陣，不計能否生還。朱熹詩集傳：「謂但知深入，不暇謀出也。」

韻讀：脂部——卒、没（音密入聲）、出。

有豕白蹢，烝涉波矣。月離於畢，俾滂沱矣。武人東征，不皇他矣。

蹢（dí 敵），蹄。白蹄，猪本好泥，而今白蹄，可見水災之大。

烝，進。毛傳：「進涉水波。」

離，麗的假借，靠近。論衡説日、明雩兩篇引詩皆作麗。畢，星名，二十八宿中的畢宿。

滂沱，大雨貌。按前二章皆詩人在征途所見之景，此章當亦寫實，以見征人在途中的狼狽。故發於歌詠。

他，指他事，朱熹詩集傳：「此言久役又逢大雨，甚勞苦而不暇及他事也。」

韻讀：歌部——波、沱、他（音佗）。

苕之華

【題解】

這是一位饑民自傷不幸的詩。姚際恒通論：「此遭時饑亂之作，深悲其不幸而生此時也。」語簡意賅，最得詩旨。詩反映了當時饑饉人相食的慘況。

王照圓詩說云：「嘗讀詩至苕之華『知我如此，不如無生』，二語極爲深痛。蓋與『尚寐無訛』、『尚寐無覺』之句（見王風兔爰），同其悲悼也。然苕華芸黄尚未寫得十分深痛，至『牂羊墳首，三星在罶』，真極爲深痛矣，不忍卒讀矣。」王氏的評語使我們可以看到詩的特點，即層層深入。首章只說心中憂傷，次章已感到「不如無生」的悲哀，末章更寫出即使欲生，也無以爲生的絕望。同是寫悲慘，程度却一步一步地加深，讀者的心也隨着一步一步地收緊，終於「不忍卒讀」，終於「太息彌日」，可見其感人之深。

苕之華，芸其黄矣。心之憂矣，維其傷矣。

苕（tiáo條），植物名。又名陵苕、凌霄。陳奂傳疏：「奂在杭州西湖葛林園中見陵苕花，藤本蔓生，依古柏樹，直至樹顛。五六月中花盛黄色，俗謂之即凌霄花。」

芸其，即芸芸，深黄貌。按以上二句是興，詩人感於草花開得黄盛，歎人反憔悴。王引之經義述聞：「詩人之起興，往往感物之盛而歎人之衰。」下章與此同義。

維，是。　傷，悲傷。

韻讀：陽部——黄、傷。

苕之華，其葉青青。知我如此，不如無生。

青青，同菁菁，茂盛貌。

無生，不出生。鄭箋：「己之生不如不生也。」

韻讀：耕部——青、生。

牂羊墳首，三星在罶。人可以食，鮮可以飽。

牂羊，母羊。毛傳：「牂羊，牝羊也。」　墳首，大頭。朱熹詩集傳：「羊瘠則首大也。」羊因饑餓身體瘦小而顯得頭大。

三星，亦名參星，二十八宿之一。這裏泛指星光。　罶，魚簍。見魚麗注。朱熹詩集傳：「罶中無魚而水静，但見三星之光而已。言饑饉之餘，百物彫耗如此。」

鮮，少。王照圓詩説：「人可以食，食人也。鮮可以飽，人瘦也。此言絶痛。」

韻讀：幽部——首、罶、飽（博叟反）。

何草不黄

【題解】

這是一首征夫苦於行役的怨詩。朱熹詩集傳：「周室將亡，征役不息，行者苦之，故作此詩。」是作者即詩中的征夫，服役的勞動人民。

這首詩的末章特别引人矚目，似乎向讀者展示了一組電影結尾的鏡頭：尾毛蓬鬆的狐狸出没在路旁深草叢中，征夫們坐着高高的役車，在漫長的大路上漸漸地遠去……四句純是寫景，然而景中却滲透了無法掩蓋的悲愴氣氛。方玉潤説：「純是一種陰幽荒凉景象，寫來可畏。所謂亡國之音哀以思，詩境至此，窮仄極矣。」景語亦是情語，詩人的思想感情和景物的形態融合在一起，比「哀我征夫」式的直訴胸臆似乎更能扣緊讀者的心弦。

何草不黄？何日不行？何人不將？經營四方。

黄，枯黄。

將，行。詩人以草的枯黄興比征夫的辛勞憔悴。馬瑞辰通釋：「周頌敬之篇『日就月將』，毛傳：『將，行也。』此詩『何人不將』與『何日不行』同義。何日不行言日日行也，何人不將言人人行也。集傳：『將，亦行也。』是也。」

經營，往來。經營四方，往來於各地。

韻讀：陽部——黄、行（音杭）、將、方。

何草不玄？何人不矜？哀我征夫，獨爲匪民。

玄，黑，草枯爛之色。馬瑞辰通釋：「爾雅釋詁：『玄黄，病也。』馬病謂之玄黄，草病亦謂之玄黄，其義一也。」

矜（guān 關），通鰥，無妻者。征夫離家，等於無妻。鄭箋：「無妻曰矜，從役者皆過時不得歸，故謂之矜。」

哀，可憐。

匪，非。匪民，不是人。

韻讀：真部——玄（胡均反）、矜、民。

匪兕匪虎，率彼曠野。哀我征夫，朝夕不暇。

匪，非、不是。或釋作「彼」，亦通。兕，犀牛。見吉日注。

率，循、沿着。曠野，空曠荒野。孔疏：「言我役人非是兕，非是虎，何爲久不得歸，常循彼空野之中，與兕虎禽獸無異乎？」

韻讀：魚部——虎、野（音宇）、夫、暇（音胡）。

有芃者狐，率彼幽草。有棧之車，行彼周道。

有芃（péng 蓬），即芃芃，音義同蓬，狐毛蓬鬆貌。

幽草，深草，草的深處。

有棧，即棧棧，嶘之假借。高貌。馬瑞辰通釋：「有棧之車與有芃者狐皆形容之詞。據説文：『嶘，尤高也。从山，棧聲。』則棧當爲車高之貌。」車，指征夫坐的役車。

周道，大路。

韻讀：魚部——狐、車。　幽部——草（此叟反）、道（徒叟反）。

中國古典文學基本叢書

詩經注析

下册

程俊英
蔣見元 著

中華書局

大雅

文王

【題解】

這是追述周文王德業並告誡殷商舊臣的詩。毛序：「文王受命作周也。」鄭箋云：「受天命而王天下，制立周邦。」王先謙根據今文家説，認爲「文王受命」是指受天命而稱王。陳奐則認爲是指受天子(即殷紂王)之命而作西伯。這兩種説法都有欠缺，原因在於毛序的含糊不清。朱熹詩集傳云：「周公追述文王之德，明周家所以受命而代商者，皆由於此。……文王既没，而其神在上，昭明於天。」清阮元大雅文王詩解云：「指文王在天上，故曰『於昭于天』，非言初爲西伯在民上時也。傳、箋皆非。」朱、阮二氏根據詩的内容，認爲這是對文王的追述稱頌，比毛序、鄭箋和王、陳的説法要來得貼切。至於詩的作者，吕氏春秋古樂篇和後漢書翼奉傳都認爲是周公旦。從詩的口吻來看，倒是可能的。但全詩詞句調暢，用韻流利，尤其是已採用了蟬聯格這樣較成熟的修辭手法，同西周前期樸拙簡陋的詩風(如周頌清廟、烈文等)迥不相類，所以很難想像是出於周公之手，恐是西周晚期的作品。

大雅皆廟堂祭祀樂章，因此總的格調是莊嚴肅穆有餘，靈秀清麗不足。就這首詩而言，孫鑛批評詩經有一段話很能説明問題。他説：「全只述事談理，更不用景物點注，絶去風雲月露之態。詞旨高妙，機軸渾化，中間轉折變換略無痕迹，讀之覺神采飛動，骨勁色蒼，真是無上神品。」孫氏是從正面贊頌其述事談理的「高妙」，但我們如果從反面着眼，便會覺得缺乏形象的説教是無論如何引不起讀者多少美感的。這首詩的長處只在於「機軸渾化」，即布局頗嚴整。在歌頌文王的同時，以殷商的臣服爲襯托，文勢有曲折波瀾；首尾以天命相呼應，將「萬邦作孚」的氣氛渲染得十分莊重。此外，在修辭上創造蟬聯格，章與章、句與句之間，文字相互銜接，前後照應，產生了語意聯貫和音調和諧的效果。這種手法對後世頗有影響，如漢樂府飲馬長城窟行和曹植的贈白馬王彪詩，都繼承了這種修辭格，而且運用得更加純熟和巧妙。

文王在上，於昭于天。周雖舊邦，其命維新。有周不顯，帝命不時。文王陟降，在帝左右。

文王，周文王昌，姬姓。殷紂時爲西伯，建國岐山之下。曾被殷紂囚於羑里。古書稱他「益行仁政，諸侯多歸之。」「三分天下有其二，以服事殷。」文王死後，其子武王發繼位，率領諸侯征伐暴虐的殷紂，戰於牧野，殷紂兵敗自焚，武王取得政權。　在上，在天上。

於（wū烏），美歎聲。　昭，顯現。

舊邦，舊國。周從文王的祖父古公亶父由豳遷岐建國，故稱周爲舊邦。

命，指天命。　維，是。　朱熹詩集傳：「是以周邦雖自后稷始封，千有餘年，而其受天命則自今始也。」

有，詞頭，無義。下句同。　不，通「丕」，大。　顯，光明。

帝，上帝。　時，美好而偉大。　馬瑞辰通釋：「時當讀爲承，時、承一聲之轉。……承者，美大之詞，當讀『文王烝哉』之烝。釋文引韓詩曰：『烝，美也。』」

陟，升。　朱熹詩集傳：「蓋以文王之神在天，一升一降，無時不在上帝之左右，是以子孫蒙其福澤，而君有天下也。」

韻讀：真部——天（鐵因反）、新。　之部——時，右（音以）。

亹亹文王，令聞不已。陳錫哉周，侯文王孫子。文王孫子，本支百世。凡周之士，不顯亦世。

亹亹（wěi尾），勤勉。　毛傳：「亹亹，勉也。」

令聞，好聲譽。　陳奂傳疏：「令聞不已，言善聲聞之悠久也。」

陳，申的假借，重複、一再。　錫，賜。　哉，三家詩作「載」，通「在」。　陳錫哉周即陳錫于周。　朱熹詩集傳：「令聞不已，是以上帝敷錫于周。」

侯，維、是。　這句意爲，接受上帝賜予的是文王的子孫。

本，樹木的根幹，這裏指周人的本宗。　支，枝的古字，樹木的枝葉，這裏指周人的支系。

士，指周王朝的貴族群臣。　毛傳：「士，世禄也。」

不、亦，都是語助詞。　王引之經傳釋詞：「不顯亦世，言其世之顯也。不與亦皆語詞耳。」

韻讀：之部——已、子、子、士。　祭部——世、世。

世之不顯，厥猶翼翼。思皇多士，生此王國。王國克生，維周之楨。濟濟多士，文王以寧。

不，語助詞。世之不顯，世世代代的顯貴。

厥，其。　猶，通猷，謀略。　翼翼，謹慎小心貌。

思，發語詞。　皇，美好。　朱熹詩集傳：「美哉此衆多之賢士，而生於此文王之國也。」

克，能。　這句意爲，王國能够産生衆多賢士。

維，是。　楨，幹，骨幹。

濟濟，威儀光輝貌。

以，因，因此。　寧，安寧。

韻讀：之部——翼、國（古逼反，入聲）。　耕部——生、楨、寧。

穆穆文王，於緝熙敬止。假哉天命，有商孫子。商之孫子，其麗不億。上帝既命，侯于周服。

穆穆，睦睦的假借，莊嚴和善貌。

於，美歎聲。　緝熙，光明，形容文王品德之美。　敬，恭敬負責。　止，語氣詞。

假，大。王先謙集疏：「漢書劉向傳引孔子讀此詩而釋之曰：『大哉天命。』則假宜從爾雅訓大。」

有，臣有，指有殷商的子孫爲臣子。

麗，數目。　不，語助詞。馬瑞辰通釋：「不億即億，猶云子孫千億耳。」

侯，乃，就。　服，臣服。于周服，協韻而倒文，即「服于周」。

韻讀：之部——止、子、子、億、服（扶逼反，入聲）。

侯服于周，天命靡常。殷士膚敏，祼將于京。厥作祼將，常服黼冔。王之藎臣，無念爾祖。

靡常，無常。

殷士，殷商的諸侯。據漢書劉向傳和白虎通義三正篇，這位殷士是指紂王的庶兄微子。

膚敏，「黽勉」的轉語，努力從事助祭的意思。于省吾澤螺居詩經新證：「此詩是說殷士助祭於周，但興亡之感，不能無動於衷，只有俯首就範，黽勉從事而已。……不難理解，當時殷士服殷之冠以助祭於周京，與周人相形之下，榮辱判然，與其譽之爲膚美敏疾之不合乎情理，不如說他們黽勉從事之有符於實際。」

裸（guàn灌），灌祭，酌秬鬯（以鬱金草合黍釀的酒）澆地以獻神的祭祀儀式。　將，舉行。裸將，「將裸」的倒文。　于，往。　京，周王朝的京師。

常，通「尚」，還是、仍然。　服，穿戴。　黼（fǔ甫），殷商禮服，上刺繡白黑相間的花紋。

冔（xǔ許），殷商禮冠。

藎，進。藎臣，進用之臣，指周王所進用的殷商舊臣。

無念爾祖，這句是周人勸戒殷商舊臣棄舊圖新，不要再懷念商人的先祖（參見于省吾新證）。

韻讀：陽部——常、京（音姜）。　魚部——冔、祖。

無念爾祖，聿脩厥德。永言配命，自求多福。殷之未喪師，克配上帝。宜鑒于殷，駿命不易。

聿，述、遵行。

永，長、常。　言，語中助詞。　配命，配合天命。

喪，失去。　師，衆，指人民。

鑒，鏡子。引申爲借鑒。

駿，大。　不易，不容易。按此章及上章針對周王進用的殷商舊臣而言，要他們不要再眷戀自己的先祖，只有努力服事周朝，遵脩品德，配合天命，才能求得衆多福禄。要借鑒殷商的興亡，認識到周朝的天命不是容易得來的。兩章都是勸降戒叛之意。

韻讀：之部——德（丁力反，入聲）、福（方逼反，入聲）。　支部——帝、易。

命之不易，無遏爾躬。宣昭義問，有虞殷自天。上天之載，無聲無臭。儀刑文王，萬邦作孚。

遏，停止、中斷。這二句意爲，天命是不容易長久保有的，只是不要在你們身上就中斷了。　宣昭，宣明、發揚光大。　義，善。義問，即令聞，好聲譽。　有，同「又」。　虞，度、揆度。　殷，依的假借，依從。　于省吾新證：「『有虞殷自天』，應讀作『又虞依自天』。這是說，應宣昭義問，而揆度之以依於天，言事事以天爲準。」　載，事。馬瑞辰通釋：「載、事古音近通用。堯典『有能奮庸熙帝之載』，史記五帝本紀載作事。」　臭，氣息、氣味。　儀，象、法式。　刑，古型字，模範。儀刑二字同義，引申爲效法。　作，則、就。　孚，信、信服。這二句意爲，只要好好效法文王，就能得到萬國諸侯的信服。

韻讀：侵、真部通韻——躬、天。　幽部——臭、孚（房謀反）。

大明

【題解】

大雅中有六首詩，敘述周人從始祖后稷創業至建國的歷史，具有史詩的性質。這首詩便是其中之一。詩敘述王季和太任、文王和太姒結婚以及武王伐紂的事。毛序：「文王有明德，故天復命武王也。」鄭箋：「二聖相承，其明德日以廣大，故曰大明。」但馬瑞辰不同意這樣來解釋篇名，他説：「大明蓋對小雅有小明篇而言。逸周書世俘解：『籥人奏武，王入進萬，獻明明三終。』孔晁注：『明明，詩篇名。』當即此詩。是此詩又以明明名篇，蓋即取首句爲篇名耳。」據馬氏考證，此詩原名明明，應是武王滅殷後所作的樂歌。

本篇在寫作上有兩點是值得注意的。其一是首尾的緊密呼應突出了主旨。全詩的重點是武王伐商，首章却以天命難測和殷商失國領起，側面着墨，隱含主題。二至六章轉而敘述王季與文王的婚事，是鋪敘閒文的筆法。七、八章始實敘伐商而有天下，照應首章之意，使全文神完意足。吴闓生詩義會通評曰：「首章先憑虚慨歎，神理至爲妙遠。天位二句借殷事作指點，以喝起下文，而恰與後半收束處密合無間。」其二是記牧野之戰不乏佳句。「其會如林」四字將殷軍寫得十分强大。而「洋洋」、「煌煌」、「彭彭」，連下三組疊詞，則把周人的軍威渲染得更加雄壯。尤其是以「鷹揚」形容統帥姜尚的神武氣概，使人有難以增減一字之感。我們不禁想起著名的荷馬史詩伊利亞特中描寫特洛亞城下希臘人與特洛亞人的戰鬭，洋洋萬言，窮形盡相。而大明描寫殷、周牧野決戰却只有寥寥數語，粗筆勾劃。風格是迥然不同的，效果也各有千秋。詳盡的能供人細細咀嚼，簡略的可引起聯翩浮想，倒也未必能以詳略來軒輊它們的高下。

明明在下，赫赫在上。天難忱斯，不易維王。天位殷適，使不挾四方。

明明，光明貌。　在下，指在人間。

赫赫，顯盛貌。　在上，指在天上。　陳奐傳疏：「明明、赫赫皆是形容文王之德。在上與在下對文，下爲天之下，則上爲天矣。」

天，指天命。　忱，三家詩作諶，或作訦。都是相信的意思。　斯，語氣詞。

維，是。　韓詩外傳：「言爲王之不易也。」

位，即「立」字，古位、立同字。　適，通「嫡」，指殷王的嫡子紂。

挾，挾有、擁有。　這二句意爲，上天立起一個殷紂的敵人，使他不能再擁有天下（參見于省吾新證）。

韻讀：陽部——上、王、方。

摯仲氏任，自彼殷商。來嫁于周，曰嬪于京。乃及王季，維德之行。大任有身，生此文王。

摯，殷商的屬國名，在今河南汝寧。　仲氏，第二個女兒。　毛傳：「仲，中女也。」　任，姓。國語晉語：「黄帝之子二十五宗，其得姓者十四人，爲十二姓，任其一也。」古代女子姓放在排行後面，與男子先姓後名有區別。

曰，發語詞。　嬪，媳婦。　這裏作動詞用。　京，周的京師。

王季，太王之子，文王之父。

行，行列、等列。朱彬經傳考證：「行，列也。維德之行，猶言德與之齊等。」這二句意爲，太任的品德能與王季相配。

大，同太。大任，即摯仲氏任。有身，懷孕。按身字甲文作，金文作，都像人懷孕而大腹之形。三家詩作娠。

韻讀：陽部——商、京（音姜）、行（音杭）、王。

維此文王，小心翼翼。昭事上帝，聿懷多福。厥德不回，以受方國。

昭，光明。

聿，發語詞。懷，來，招來。

厥，其。回，違反、違背。毛傳：「回，違也。」

方國，周圍各諸侯國。鄭箋：「方國，四方來附者。」

韻讀：之部——翼、福（方逼反，入聲）、國（古逼反，入聲）。

天監在下，有命既集。文王初載，天作之合。在洽之陽，在渭之涘。文王嘉止，大邦有子。

監，監視。在下，指在天下面的人間。

有，詞頭。有命，指天命。集，就，從就。這句意爲，天命已經從殷紂轉移到文王身上。

載，年。初載，指文王即位初年。

作，作成。合，配偶。爾雅：「妃，合也。」配與妃通。

洽（hé合），亦作合或郃，水名。源出陝西省郃陽縣西北。陽，河流的北岸。洽陽即古莘國所在地。

渭，渭水。涘（sì寺），水邊。

止，禮。相鼠毛傳：「止，禮也。」嘉止，嘉禮，即婚禮。

大邦，大國，指莘國。子，女兒。指莘君的女兒，即太姒。

韻讀：緝部——集、合（胡急反，入聲）。之部——涘、止、子。

大邦有子，俔天之妹。文定厥祥，親迎于渭。造舟爲梁，不顯其光。

俔（qiàn欠），好比。說文：「俔，譬諭也。」韓詩作磬，假借字，與俔雙聲通用。妹，少女。這句是稱頌太姒美麗得好似天女。

文，禮文，指「納幣」之禮。祥，吉祥。朱熹詩集傳：「言卜得吉而以納幣之禮定其祥也。」

親迎，陳奐傳疏：「親迎者，重昏（婚）禮也。」古代婚禮之一。婚禮有六：納采、問名、納吉、納徵、請期、親迎。

造舟，將船連接起來。爾雅釋水：「天子造舟。」邢昺疏：「造舟者，比船於水，加版於上，即今之浮橋。」 梁，説文：「梁，水橋也。」

不，發語詞。 光，光輝，指顯示婚禮的光輝。

韻讀：脂部——妹、渭。 陽部——梁、光。

有命自天，命此文王，于周于京。纘女維莘，長子維行，篤生武王。保右命爾，燮伐大商。

于周，在周國。 于京，在周的京師。

纘（zuǎn纂），纘的假借，美好。 廣韻：「纘，好容貌。」 莘（shēn身），古國名，太姒的家鄉。 馬瑞辰通釋：「纘女謂好女，猶言淑女、碩女、静女，皆美德之稱。 詩言莘國有好女，倒其文則曰纘女維莘。」

長子，即長女，指太姒。 行，列、齊等。 維行，義同第二章「維德之行」。 馬瑞辰通釋：「上言維德之行者，言太任德配王季。 此言長子維行，言太姒德等文王也。」

篤，語助詞。 毛傳：「篤，厚也。」馬瑞辰通釋：「尚書凡言大者皆語辭，丕、誕、洪、宏皆大也，亦皆語詞。 詩生民『誕彌厥月』，誕字八見，皆詞也。 按墨子經篇：『厚有所大也。』是厚與大同義，故篤訓厚，亦爲語詞。」

右，音義同「祐」。 命，命令。 爾，指武王。

燮，襲的假借。 左傳：「有鍾鼓曰伐，無曰襲。」這裏襲伐連用，是通稱進攻。

韻讀：真部——天（鐵因反）、莘。　陽部——王、京、行、王、商。

殷商之旅，其會如林。矢于牧野：「維予侯興，上帝臨女，無貳爾心。」

旅，軍隊。

會，旝的假借，三家詩正作旝，旌旗。一説旝是以機械抛石擊敵的武器（見説文）。但詩以「如林」二字形容旝，很難説是發石的機械。

矢，起誓、誓師。　牧野，殷商國都朝歌郊外的地名，在今河南省淇縣西南。

維，發語詞。　予，我，周武王自稱。　侯，是。　興，興起。這句意爲，我周王朝是要興起的。

臨，下臨、監視。　女，汝，指參加誓師的各路軍隊。

貳，有二心。　按這三句是武王誓師時對將士説的話。

韻讀：魚部——旅、野（音宇）、女。　蒸、侵部通韻——林、興、心。

牧野洋洋，檀車煌煌，駟騵彭彭。維師尚父，時維鷹揚。涼彼武王，肆伐大商，會朝清明。

洋洋，廣闊貌。

檀車，檀木所製的堅固戰車。　煌煌，鮮明貌。

駟，「四」字之誤，齊詩作四。　騵，赤毛白腹的馬。　彭彭，强健貌。

維，發語詞。　師，太師，官名。　尚父，即呂尚，其祖先封於呂，姓姜，故後人又稱姜太公。

父，同甫，是古代男子的美稱。

時，是、這。　維，語中助詞。　鷹揚，形容師尚父的勇猛。　毛傳：「如鷹之飛揚也。」

涼，亮的假借，魯、韓詩正作亮。　輔佐。　爾雅：「左右，亮也。」左右即佐佑。

肆，迅疾。　肆伐與第六章「燮伐」義近，魯詩肆作襲。

會，適逢、正好遇上。　清明，韓詩清作瀞，瀞是正字，即淨的古字。　淨明指天氣晴朗。　林義光詩經通解：「會朝清明，言適會早晨清明之時也。　牧誓云：『時甲子昧爽，王朝至于商郊牧野乃誓。』周語泠州鳩言：『武王伐殷，以二月癸亥夜陳未畢而雨。』然則夜陳而朝誓師者，必以遇雨未獲畢陳，至朝而清明，乃復陳之也。」

韻讀：陽部——洋、煌、彭（音旁）、揚、王、商、明（音芒）。

緜

【題解】

這也是周民族的史詩之一。　詩從古公亶父（即太王）遷到岐山敘起，描寫他開國奠基的功業；一直寫到文王能繼承古公遺烈，修建宮室，平定夷狄，外結鄰邦，內用賢臣，使周族日益強大。　毛序：「緜，文王之興，本由太王也。」他概括地敘述了詩的主題。　孟子梁惠王下：「昔者大王居邠，狄入侵之。事之以皮幣，不得免焉；事之以犬馬，不得免焉；事之以珠玉，不得免焉。乃屬其耆老而告之曰：『狄人之所欲者，吾土地也。吾聞之也：君子不以其所以養人者害人。二三子何患乎無君？我將去之。』去邠，踰梁山，邑于岐山之下居焉。邠人曰：『仁人也，不可失也。』從之者如歸市。」孟子的話，同緜的敘述正可互相印證。

從評價敘事詩的角度來看，詩人的筆端可謂開闔自如。首章從周民初興，直寫到太王之世，寥寥數語，便勾勒出一幅歷史長卷。以「緜緜瓜瓞」領起，以「陶復陶穴」作結，娓娓道來，好似漫不經心，却顯得古趣盎然，帶着疏逸的美。五、六、七章寫建立宗廟宮室門社，着意渲染，甚至連夯土的動作、削牆的聲音，都描繪得如聞如見，真可謂歷歷詳備，緊湊細密。如此疏密相間，正如大羹之用鹽梅，點綴得恰到好處。再加上第八章不著痕迹的轉折和末章奇妙的結語，使全詩讀來饒有姿態，顧盼快意。

緜緜瓜瓞，民之初生，自土沮漆。古公亶父，陶復陶穴，未有家室。

緜緜，連綿不絕貌。瓞（dié 蝶），小瓜。説文：「瓞，瓝也。瓝，小瓜也。」這句詩人以瓜藤綿綿不絕興周族由小而大，子孫衆多。

民，指周民族。初生，指周民族開始興起的時候，即公劉之世。

自，從。土，齊詩作杜，水名。沮，徂的假借，到。舊説以沮爲水名，誤。漆，水名。

杜、漆二水均在豳地（今陝西旬邑西）。

古公亶（dǎn 膽）父，文王的祖父，初居豳，後遭狄人侵略，遷至岐山之下，定國號曰周。武王伐紂定天下，追尊他爲太王。古公是號，亶父是名。

陶，冶燒。史記鄒陽列傳：「獨化於陶鈞之上。」索隱引張晏云：「陶，冶也。」此處指用陶冶出來的紅燒土築穴，取其堅固防潮。復，説文引作𥤶，是一種藏穀物的地窖。𥤶穴掘在住穴之内，大穴套小穴。此句應爲「陶穴陶復」，爲協韻而倒文（參見于省吾新證）。

家室，房屋。

韻讀：脂部——瓞、漆、穴、室。

古公亶父，來朝走馬。率西水滸，至於岐下。爰及姜女，聿來胥宇。

來朝，第二天早上。走馬，玉篇引詩作趣馬，走是趣的假借。趣，疾，快。趣馬，馳馬。

率，循、沿着。西，指豳之西。滸（hǔ 虎），水邊，指渭水岸邊。

岐下，岐山之下。岐山在今陝西岐山縣東北。

爰，發語詞，乃。姜女，古公亶父之妻，姓姜，亦稱太姜。

聿，發語詞，與上句「爰」同義。胥，相、視察。宇，居處，指建房的地址。這二句意爲，古公亶父與妻子一起視察新址。劉向新序：「太王愛厥妃，出入必與之偕。」

韻讀：魚部——父、馬（音姥mǔ）、滸、下（音户上聲）、女、宇。

周原膴膴，堇荼如飴。爰始爰謀，爰契我龜：曰止曰時，築室于兹。

周原，岐周的原野。　膴膴，肥沃貌。　韓詩作腜腜，馬瑞辰通釋：「腜與飴、謀、龜、時、兹爲韻。毛詩字雖作膴，其音亦當如腜字，音梅。」

堇（jǐn謹），植物名，野生，亦名苦堇、堇葵，味苦。　荼，苦菜。　飴（yí移），麥芽糖。　邵晉涵爾雅正義：「大雅言周原之美，雖堇荼亦甘如飴爾，非謂荼菜本作甘也。」

爰，乃。　始、謀，都是計劃的意思。　馬瑞辰通釋：「始亦謀也……爾雅基、肇皆訓爲始，又皆訓爲謀，則始與謀義正相成耳。」

契，以刀刻。　龜，龜甲。　占卜時先刻開龜甲，然後放在火上灼燒，看龜甲的裂紋以定吉凶。

曰，發語詞。　止，居住。　時，善、適宜。　頍弁毛傳：「時，善也。」

兹，此地。　這二句是占卜的結果，意爲在這裏築房居住是很適宜的。

韻讀：之部——飴、始、謀（謨其反）、龜、止、時、兹。

迺慰迺止，迺左迺右。迺疆迺理，迺宣迺畝。自西徂東，周爰執事。

迺，同「乃」。　陳奂傳疏：「凡全詩作乃，唯緜、公劉作迺。全篇内迺、乃錯出不一律。」　慰、止，都是居住的意思。　方言：「慰，居也。」吕氏春秋慎大篇：「胼胝不居。」高誘注：「居，止也。」

左、右，謂劃出東西的區域。

疆，劃定疆界。　理，區分田畝的條理。

宣，以耒耜耕田。孔疏：「宣訓爲徧也，發也。天時已至，令民徧發土地，故謂之宣。」　畝，用作動詞，開溝築壟。馬瑞辰通釋：「梓材又曰：『爲厥疆畝。』傳曰：『爲其疆畔畝壟，然後功成。』即此詩『迺畝』也。上言疆理者，定其大界。此又別其畝壟。」

西，指周原的西端。　徂，到。　東，周原的東端。

周，普遍。　爰，語助詞。　執事，執行工作。朱熹詩集傳：「言靡事不爲也。」

韻讀：之部——止、右（音以）、理、畝（滿以反）、事。

乃召司空，乃召司徒，俾立室家。其繩則直，縮版以載，作廟翼翼。

司空，掌管工程建築的官。

司徒，掌管勞動力的官。

俾，使。　立，建立。　室家，指宮室。

繩，繩墨，築牆前用來劃正地基經界。

縮，直。　版，齊詩作板。　縮版，築牆用的兩面直版。　以，因而。　載，通栽，樹立的意思。

按這句是「以載縮版」的倒文，馬瑞辰通釋：「謂樹立其築牆長版也。」

作，造、建築。　廟，宗廟。　翼翼，嚴正貌。

韻讀：魚部——徒、家（音姑）。　之部——直、載（音稷）、翼。

捄之陾陾，度之薨薨。築之登登，削屢馮馮。百堵皆興，鼛鼓弗勝！

捄（jiū 鳩），盛土的籠子。這裏作動詞「鏟土入籠」用。　陾陾（réng 仍），鏟土聲。度（duó 奪），投、填，謂投土在直版内。　薨薨（hōng 哄），填土聲。築，搗土使牆堅實。　登登，搗土聲。屢，應作「婁」，隆高，這裏指土牆隆起之處。　馮馮（píng 平），削平土牆的聲音。百堵，許多土牆。百是虛數。　興，動工。鼛（gāo 高），大鼓，專用於在建築工程中鼓動幹勁，故毛傳云：「言勸事樂功也。」　弗勝，形容參加建築宫室的人員衆多，聲音鼎沸，鼛鼓聲反不能勝過勞動聲。　俞樾群經平議：「百堵皆興，則衆聲並作，鼛鼓之聲轉不足以勝之矣。」

韻讀：蒸部——陾、薨、登、馮、興、勝。

迺立臯門，臯門有伉。迺立應門，應門將將。迺立冢土，戎醜攸行。

臯門，韓詩作高門。　毛傳：「王之郭門曰臯門。」郭門，即城門。有伉（kàng 抗），即伉伉，城門高大貌。　韓詩作閌閌。

應門，毛傳：「王之正門曰應門。」正門，即宮室的大門。

將將（qiāng 槍），魯詩作鏘鏘，莊嚴正大貌。

冢，大。　土，通社。冢土，大土，指大社，祭祀土神的地方。

戎醜，戎狄醜虜。　攸，用、因而。　行，去、往。按此詩先言「作廟翼翼」，後言「迺立冢土」，宗廟與大社均係都邑中建設重點，爲有大事祭告之所。重點建設既經完成，則統治力量愈益加强，故云「戎醜攸行」，言戎狄醜虜因而遁去。下章的「混夷駾矣，維其喙矣」即承此而言（用于省吾説）。

韻讀：陽部——伉、將、行（音杭）。

肆不殄厥愠，亦不隕厥問。柞棫拔矣！行道兑矣，混夷駾矣，維其喙矣。

肆，故、所以。馬瑞辰通釋：「爾雅釋詁：『肆，故也。』又曰：『肆，故，今也。』字各爲義，言肆爲語詞之故，肆與故又皆爲今，非以故今二字連讀。傳、箋並訓爲故今，失之。」　殄（tiǎn 舔），杜絶，消滅。　厥，其，指狄人。　愠（yùn 運），憤怒。

隕，墜、喪失。　厥，指文王。　問，聲問、名譽。這二句意爲，所以文王雖然不能杜絶狄人的憤怒，也並不因爲以大事小而喪失了他的好聲譽。

柞，柞樹，灌木類，叢生有刺。　棫（yù 域），叢生小樹，亦有刺。　拔，拔除乾淨。

兑，道路暢通。毛傳：「兑，成蹊也。」

混（kūn 昆）夷，古種族名，西戎之一，亦作昆夷。　駾（tuì 退），驚駭奔突。毛傳：「駾，突也。」

維其，何其。　喙（huì 諱），同「瘃」，氣短困頓貌。　陳奂傳疏：「文王伐昆夷，奉天子得專征伐之命，故與殷大臣共伐之。」

韻讀：文部——殄（徒謹反）、愠、隕、問。　祭、元部通韻——拔、兑、駾、喙。

虞芮質厥成，文王蹶厥生。予曰有疏附，予曰有先後，予曰有奔奏，予曰有禦侮。

虞、芮，二古國名。虞在今山西平陸縣東北。芮在今山西芮城縣西。　質，評斷、平息。成，平，和平結好。陳啟源毛詩稽古編：「成乃鄰國結好之稱。」毛傳：「虞、芮之君相與争田，久而不平，乃相謂曰：『西伯，仁人也。盍往質焉。』乃相與朝周。入其竟（境），則耕者讓畔，行者讓路。入其邑，男女異路，班白不提挈。入其朝，士讓爲大夫，大夫讓爲卿。二國之君感而相謂曰：『我等小人，不可以履君子之庭。』乃相讓，以其所争田爲閒田而退。天下聞之而歸者四十餘國。」

蹶（guì 貴），動，感動。　生，通「性」。這句意爲，文王感動了虞、芮二君的好争之性，使他們平息争吵。

予，文王自稱，含「我周」之意。　曰，助詞。　疏附，指親近君主、團結同僚的臣子。毛傳：

「率下親上曰疏附。」

先後，指在君主左右參謀政事的臣子。毛傳：「相道（導）前後曰先後。」

奔奏，指爲君主奔走效力宣傳的臣子。毛傳：「喻德宣譽曰奔奏。」

禦侮，指抵禦外侮的武將。毛傳：「武臣折衝曰禦侮。」這章敘文王外和鄰國，内用賢臣。總結全詩「奠基於古公，强盛於文王」的主旨。

韻讀：耕部——成、生。　侯部——附（浮晝反）、後、奏、侮（無晝反）。

棫樸

【題解】這是一首歌頌文王任用賢人，故能郊祭天神後領兵伐崇的詩。毛序：「棫樸，文王能官人也。」王先謙集疏引齊詩説：「天子每將興師，必先郊祭以告天，乃敢征伐，行子之道也。文王受天命而王天下，先郊乃敢行事，而興師伐崇。」毛詩與三家詩的説法不同。我們看詩中「周王于邁，六師及之」等句，顯然是述出征之事；而「髦士攸宜」、「遐不作人」等句，又顯見得是稱頌賢才之用。汪龍毛詩異義云：「國之大事在祀與戎，舉此二者以明賢才之用。」可謂能調停今古文的異同，也符合詩的實際。王質詩總聞認爲詩産生於文王在位的時候，恐爲時過早。

這是一篇歌功頌德的作品，全是稱美之詞，没有什麽生動的形象或精巧的布局。汪龍説：「經之設文，蓋有次第矣。」恐怕也惟有這五章的次序還算整齊。至於朱熹贊爲「文章真箇是盛美，資質真箇是堅實」，方玉潤評曰「以天文喻人文，光焰何止萬丈長耶」，實在是過分的吹捧，是崇拜經典的思想在作祟而已。

芃芃棫樸，薪之槱之。濟濟辟王，左右趣之。

芃芃（péng 蓬），茂盛貌。　棫，見緜注。　樸，木名，棗樹的一種。説文作樸，云：「棗也。」薪，這裏作動詞用，砍柴。　槱（yóu 猶），堆積木柴並點火焚燒。説文：「槱，積火燎之也。」鄭箋：「祭皇天上帝及三辰（日、月、星辰），則聚積以燎之。」

濟濟，儀容莊嚴貌。　辟（bì 璧），君。辟王指周文王。

左右，指周王左右諸臣。　趣，趨的假借，齊詩作趨，快步地走。按這章寫文王與群臣準備柴火祭祀天神。

韻讀：幽、侯部通韻——槱、趣（粗謳反）。

濟濟辟王，左右奉璋。奉璋峨峨，髦士攸宜。

奉，捧。　璋，半珪。珪是玉中最爲名貴者。上圓下方，古人稱爲瑞玉。半珪爲璋。鄭箋：

「祭祀之禮，王祼，以圭瓚。諸侯助祭，亞祼，以璋瓚。」這裏的璋即指璋瓚，是一種玉柄的祭祀用的酒器。

峨峨，盛服莊嚴貌。

髦士，英俊之士，指助祭的諸侯、卿士。　攸，所。　宜，適合。這章寫文王和群臣祭祀天神。

韻讀：陽部——王、璋。　歌部——峨、宜（音俄）。

淠彼涇舟，烝徒楫之。周王于邁，六師及之。

淠（pì譬）彼，即淠淠，船行水中聲。　涇，水名。見谷風注。

烝，衆。　徒，役夫，這裏指船夫。　楫，槳，這裏作動詞，劃船。王先謙集疏：「軍舟浮涇而行，衆徒鼓楫，水聲淠淠然也。」

于，往。　邁，行。

六師，毛傳：「天子六軍。」古代二千五百人爲一師。　及，隨同、跟隨。春秋繁露四祭篇：「周王于邁，六師及之，此文王之伐崇也。」這章寫文王伐崇。

韻讀：緝部——楫、及。

倬彼雲漢，爲章于天。周王壽考，遐不作人。

倬（zhuō 桌）彼，倬倬，廣大貌。　雲漢，銀河。

章，文章，錯綜華美的色彩。　這裏指天上銀河星光燦爛。　這二句是興，象徵周王如銀河在天，受人敬仰。

壽考，長壽。

遐，長遠。　不，語助詞。　作人，培養、造就人材。　左傳成公八年引詩曰：「愷悌君子，遐不作人。」杜預注：「言文王能遠用善人。不，語助。」這章寫文王的德教。

韻讀：真部——天（鐵因反）、人。

追琢其章，金玉其相。　勉勉我王，綱紀四方。

追（duī 堆），雕的假借，魯詩正作雕。　章，外表、氣度。　古人稱之爲「文」。　相，品德，本質。　古人稱之爲「質」。　陳啟源毛詩稽古編：「追琢其章，金玉其相，皆言文王之聖德，正所謂勉勉也。　章，周王之文也。　相，周王之質也。　追琢者其文，比其修飾也。　金玉者其質，比其精純也。」

勉勉，三家詩作亹亹（mèn 門），是正字，勤勉不懈貌。　文王毛傳：「亹亹，勉也。」

綱，本義是魚網上的大繩。　紀，本義是抽出蠶絲的頭緒。　綱舉而目張，紀得而絲治，所以這裏用來比喻治理國家。　這章寫文王文質之美及統治之才。

韻讀：陽部——章、相、王、方。

旱麓

【題解】這是歌頌周文王祭祀祖先而得福的詩。毛序："旱麓，受祖也。周之先祖世修后稷、公劉之業。大王、王季申以百福干禄焉。"所謂"受祖"，即姚際恒所謂"祭祀而獲福"之意。這一類詩，無非是歌功頌德、祈求福佑之詞，同周頌的内容頗相近。不過因爲創作的時代遲於周頌，所以詩都分章，用韻整齊，也常用起興，顯示出形式上的進步。但是在興句的應用上還很生疏笨拙，露出硬湊的痕迹。這首詩共六章，除第四章外，其餘五章首二句皆爲起興。但據我們看，只有四章"鳶飛戾天，魚躍于淵"的興句尚有意趣，其他都十分呆板，起興與下文脱節。這種缺點，在小雅中已得到克服。而發展到國風時代，興句的運用已經十分流利純熟，創造的藝術形象也更優美了。

瞻彼旱麓，榛楛濟濟。豈弟君子，干禄豈弟。

旱，山名，在陝西南鄭縣。王應麟詩地理考引漢書地理志："漢中郡南鄭縣旱山，沱水所出，東北入漢。」　麓，山脚。

榛，樹名，結實似栗而小。　楛（hù户），樹名，似荆而赤。　濟濟，衆多貌。

豈（kǎi凱）弟，亦作愷悌，和易近人。　荀子注：「樂易，歡樂平易也，所謂愷悌也。」　君子，指文王。

干，求。　禄，福。　毛傳：「言陰陽和、山藪殖，故君子得以干禄樂易。」鄭箋：「旱山之足林木茂盛者，得山雲雨之潤澤也；喻周邦之民獨豐樂者，被其君德教。」吕祖謙東萊讀詩記引程氏曰：「瞻彼旱山之榛楛草木，得麓之氣，濟濟茂盛，興此周家之豈弟君子，承其先祖豈弟之道，所以興盛受福也。」諸説對興句的理解迥異，可見大雅這類興句的興義飄忽含糊，以致後人把握不定。

韻讀：脂部——濟、弟。

瑟彼玉瓚，黄流在中。豈弟君子，福禄攸降。

瑟，璱的省借，三家詩作卹，玉潔浄鮮明貌。　玉瓚，即圭瓚，天子祭神時所用酒器，以珪爲柄，區别於上篇棫樸以半珪爲柄的璋瓚。

黄流，陳奂傳疏：「黄即勺，流即酒，故傳云：『流，鬯也。』鬯，秬鬯。　黄流在中，言秬鬯之酒自勺中流出也。」按秬鬯是用黑黍和鬱金香草釀成的酒，用於祭祀降神。

攸，所。　這二句意爲，天賜給文王福禄。

韻讀：中部——中、降（户冬反）。

鳶飛戾天，魚躍于淵。豈弟君子，遐不作人。

鳶（yuān 淵），鷂鷹。　戾，至。

淵，深潭。按這二句興句是以鳶飛魚躍的歡欣，喻君子培育人材的生動活潑。

遐不作人，見上篇棫樸注。

韻讀：真部——天（鐵因反）、淵（一均反）、人。

清酒既載，騂牡既備。以享以祀，以介景福。

既，已。　載，𢦏的假借，陳設。説文：「𢦏，設飪也。」

騂牡，紅色的公牛。周人尚赤，故以毛色赤黄的牛祭祀。　備，具備。

以，用（清酒、騂牡爲祭品）。　享，孝敬（祖先）。

介，求。　景，大。

韻讀：之部——載（音稷）、備、祀、福（方逼反，入聲）。

瑟彼柞棫，民所燎矣。豈弟君子，神所勞矣。

瑟，衆多貌。　柞、棫，均樹名。見緜注。

燎，同「尞」，燒柴祭神。説文：「尞，柴祭天也。」

勞（lào 烙），勞來、保佑。

韻讀：宵部——燎、勞。

莫莫葛藟，施于條枚。豈弟君子，求福不回。

莫莫，茂密貌。葛藟，葛和籐，都是藤本蔓延植物。施（yì 易），韓詩作延，蔓延。條，樹枝。枚，樹幹。鄭箋：「延蔓於木之條枚而茂盛，喻子孫依緣先人之功而起。」回，違。鄭箋：「不回者，不違先祖之道。」

韻讀：脂部——藟、枚、回。

思齊

【題解】

這是歌頌文王善於修身、齊家、治國的詩。毛傳：「思齊，文王所以聖也。」三家詩無異義，可見這確是一首頌聖阿諛的詩。

據江永古韻標準，認爲此詩三、四、五章皆無韻。而且句式長短不一，文字簡古。由此推測，詩的創作可能在周初，與周頌中早期的頌詩年代相近。雅頌中這類詩在藝術上無足取，其原因一方面是由於内容限制，所以達不到國風的清新和小雅的典麗；另一方面也由於詩經還處於詩歌萌芽時期，各種體裁的詩都很不成熟。同樣是歌功頌德之作，發展到唐代便大不同。且看王維和賈至舍人早朝大明宫之作的頷腹兩聯：「九天閶闔開宫殿，萬國衣冠拜冕旒。日色才臨仙掌動，香煙欲傍衮龍浮。」意境恢宏，詞氣雍和。與此詩「雝雝在宫，肅肅在廟」的句子比較，相去自不可以道里計。可見，時代的差距也是至爲明顯的。

思齊大任，文王之母。思媚周姜，京室之婦。大姒嗣徽音，則百斯男。

思，發語詞。　齊，端莊。　大任，即太任，王季之妻，文王之母。

媚，美好，這裏指德行美好。　周姜，即太姜，古公亶父之妻，王季之母。

京室，京師、王室。

大姒，即太姒，文王之妻。　嗣，繼續。　徽音，美好的聲譽。

則，必，一定的意思。　百，虚數，言其多。　斯，語助詞。　馬瑞辰通釋：「百男，特頌禱之詞，猶假樂詩『子孫千億』耳。傳謂『衆妾則宜百子』，失之。」

韻讀：之部——母（滿以反）、婦（芳鄙反）。　侵部——音、男（奴森反）。

惠于宗公，神罔時怨，神罔時恫。刑于寡妻，至于兄弟，以御于家邦。

惠，順從。　宗公，宗廟中的先公，即祖宗。　馬瑞辰通釋：「宗、尊雙聲。宗公即先公也。言其久則曰古公，言其尊則曰宗公。又宗、崇古通用。崇，高也。則宗公猶云高祖，與尊義亦正相近。」這句意爲，文王爲政順從祖先的遺制。

神，指祖宗之神。罔，無。時，所（從王引之經義述聞説）。

恫（tōng通），傷痛。説文：「恫，痛也。一曰呻吟也。」

刑，通型，法。這裏作動詞用，意爲示範。寡妻，嫡妻。胡承珙毛詩後箋：「適（嫡）與庶對，庶爲衆，則適爲寡矣。諸侯一娶九女，八皆爲妾，惟一爲適。」

御，治理。王先謙集疏：「刑寡妻，至兄弟，以御家邦，即身修，家齊，國治之道也。」

韻讀：東部——公、恫、邦（博工反）。脂部——妻、弟。

雝雝在宫，肅肅在廟。不顯亦臨，無射亦保。

雝雝（yōng庸），和睦貌。宫，宫室。朱熹詩集傳：「言文王在閨門之内則極其和。」

肅肅，嚴肅恭敬貌。朱熹詩集傳：「在宗廟之中則極其敬。」

不，語助詞。不顯即顯，指文王的光明顯德。臨，照臨，指臨視人民。

射，通「斁」，厭足。保，保守，指安於現狀。陳啟源毛詩稽古編：「此二句承上雝肅言。雝雝肅肅，此顯德也。然此顯德豈獨在宫廟乎？亦以臨於民上矣。既以顯德臨民，民無厭者亦皆安之。上句言君臨下，下句言民化上，意自相成也。」

韻讀：幽、宵部通韻——廟、保。

肆戎疾不殄，烈假不瑕。不聞亦式，不諫亦入。

肆，故，所以。戎疾，西戎的禍患。不，語助詞。下句同。殄，斷絶。烈，厲的假借，説文作癘：「癘，惡疾也。」瘟疫。假，瘕的假借，即蠱字。漢唐公房碑作「厲蠱不遐」。厲蠱，害人的瘟疫。瑕，與遐同音通用。遠去。王先謙集疏：「言凡如惡病害人者已遐遠矣。」

不、亦，都是語助詞。下句同。聞，聽。這裏指聽到善言。式，用、採用。諫，勸諫。入，採納、接受。王引之經傳釋詞：「兩不字、兩亦字皆語詞。式，用也。入，納也。言聞善言則用之，進諫則納之。」

韻讀：緝、之部通韻——式、入。

肆成人有德，小子有造。古之人無斁，譽髦斯士。

成人，成年人。有德，有好的品德。

小子，兒童。有造，有造就。以上二句是贊美文王的教育。

古之人，指文王。斁(yì亦)，厭足。

譽，有聲譽。髦，俊，出類拔萃。斯士，即指這些成人和小子。王先謙集疏：「言古之人教士無厭斁，故能使斯士皆成爲譽髦也。」于省吾新證認爲譽是與的假借，髦是勉的假借。「譽髦斯士」應讀作「與勉斯士」，應訓爲「以勉斯士」。這是説，古之人勤勞從事而無厭斁，可用以勉勵斯士，即總結經驗，告戒後生之義。按于説亦通。

韻讀：之、幽部通韻——造、士。

皇矣

【題解】

這是周人敘述祖先開國歷史的史詩之一。先寫太王開闢岐山，使昆夷退去；次述王季德行美好，得以傳位給文王。最後描寫文王伐崇伐密的勝利。毛序：「皇矣，美周也。天監代殷莫若周，周世世修德莫若文王。」三家詩無異説。漢代經師分析詩旨專主於文王，不够全面。清代學者如陳奐、馬瑞辰、王先謙主張將第四章「維此王季」，依三家詩改爲「維此文王」，恐怕也都受了毛序的影響。朱熹詩集傳：「此詩敘大王、大伯、王季之德，以及文王伐密伐崇之事也。」還是他的分析來得準確而扼要。

全詩八章，每章十二句，是詩經的周史詩中最長的一篇。文字雖長，敘事雖多，但却井然有序，布局也很見匠心。孫鑛批評詩經曰：「長篇繁敘，規模閎闊，筆力甚馳騁縱放。然却有精語爲之骨，有濃語爲之色，可謂兼終始條理。」他的評論很中肯。詩中如「皇矣上帝，臨下有赫」，「乃眷西顧，此維與宅」，「維此王季，帝度其心」，「帝謂文王，予懷明德」等句，都是所謂「精語」，構成了全詩的主題和骨架，使得詩人歌頌的人物雖多，但「受天命而得天下」的精神始終不散。另外，如第二章的前六句，第六章的前七句，以及第八章的前十句等等，即孫氏所謂「濃語」。詩人以生動的排比，細緻的疊詞，將周人艱苦創業的場面寫得如繪如見；將文王「一怒而安天下之民」的聲勢和周軍的强大無敵渲染得如身歷耳聞。精語立骨，濃語設色，交互參差，全詩的形象就分外豐滿了。

皇矣上帝，臨下有赫。監觀四方，求民之莫。維此二國，其政不獲。維彼四國，爰究爰度。上帝耆之，憎其式廓。乃眷西顧，此維與宅。

皇，光明、偉大。

臨，從高處俯視。　有赫，即赫赫，明亮貌。

監，視察，與「觀」同義。

莫，瘼的假借，魯詩、齊詩作瘼。說文：「瘼，病也。」這裏引申爲疾苦。

維，通惟，魯詩正作惟，想到。　二國，指夏、商。周人多引夏、商的盛衰爲教訓，如尚書召誥：「我不敢不監于有夏，亦不可不監于有殷。」

不獲，指不得民心。

四國，四方的國家，指殷商時各諸侯國，包括周在內。

爰，於是。　究，謀、考慮。　度，審度，辨識。　林義光詩經通解：「究度四國，謂就四方之國而究度之，以求可作民主之人。其究度之者，天也。」

耆，通恉，恉，王符潛夫論引作「恉」，意向。　林義光詩經通解：「恉之言指，謂意之所向也。言上帝究度四國之後，意向于周，以爲可作民主。」

憎，增的假借，增加、擴大。　式廓，規模。　朱熹詩集傳：「苟上帝之所欲致者，則增大其疆境之規模。」

眷，魯詩作睠，回頭看的樣子。陳奐傳疏：「眷，顧貌。」　西顧，指注意西方的岐周。毛傳：「西顧，顧西土也。」

此，此地，指岐周。　維，是。　與，魯詩作予，我。這是詩人假托上帝自謂之詞。　宅，居住。漢書郊祀志載匡衡奏議云：「『乃眷西顧，此維與宅』，言天以文王之都爲居也。」按這二句是表示天意在周，上帝福祐周王之意。

韻讀：魚部——赫（音呼入聲）、莫（音模入聲）、獲（音胡入聲）、度、廓（音枯入聲）、宅（音徒入聲）。

作之屏之，其菑其翳。修之平之，其灌其栵。啟之辟之，其檉其椐。攘之剔之，其檿其柘。帝遷明德，串夷載路。天立厥配，受命既固。

作，槎的假借，砍伐。說文：「槎，衺斫也。」 之，指樹木。 屏，同「摒」，除去。

其，彼，那些。 菑(zì 自)，直立的枯樹。 翳，韓詩作殪，倒在地上的枯樹。 毛傳：「木立死曰菑，自斃爲翳。」

修，修剪。 平，芟平。

灌，灌木。 毛傳：「灌，叢生也。」 栵(lì 例)，烈的假借，方言：「烈，枿餘也。」枿餘即在砍伐過的樹樁上再長出的小枝。

啟，開發。 辟，開闢。

檉(chēng 稱)，檉柳，又名河柳、三春柳，皮絳紅色，枝葉似松。 椐，又名靈壽木，樹節腫大，可作馬鞭、手杖。

攘，除去。 剔，挑選。

檿(yǎn 掩)，又名山桑，可用來作弓幹。 柘(zhè 這)，又名黃桑，葉可以喂蠶。 陳喬樅三家詩遺說考：「檉、椐易生之木，故其地則啟之闢之。 檿、柘有用之材，故其樹則攘之剔之。 如是者，土地既廣，樹木亦茂。」

帝，上帝。 遷，轉移。 明德，品德光明的人，這裏指太王。 這句意爲，上帝的心由殷王身上轉移到周王身上。 胡承珙後箋：「帝遷明德，言天去殷即周。」

串夷，昆夷，亦稱犬戎。 當時太王居豳，犬戎爲患，因而遷到岐山。 載，則，就。 路，露的假借，失敗。馬瑞辰通釋：「方言、廣雅並云：『露，敗也。』詩謂帝遷明德，串夷則瘠敗罷（疲）僡而去，故曰載路。」

厥，其。配，配天的君主。荀子大略篇：「配天而有天下者。」大雅文王：「殷之未喪師，克配上帝。」配上帝也就是配天。

受命，接受天命。固，指國家鞏固。

韻讀：耕部——屏、平。脂、祭部通韻——翳、栵。支部——辟、剔。魚部——椐、柘（音翥）、路、固。

帝省其山，柞棫斯拔，松柏斯兑。帝作邦作對，自大伯王季。維此王季，因心則友。則友其兄，則篤其慶，載錫之光。受禄無喪，奄有四方。

省，視察。山，指岐山。

斯，語助詞。這句見緜注。

兑，直立貌。毛傳：「兑，易直也。」朱熹詩集傳：「言帝省其山，而見其木拔道通，則知民之歸之者益衆矣。」

作，建立。邦，指周國。對，配，指配天的君主。

大伯，即太伯，古公亶父（太王）的長子。據傳太王生三子：長子太伯，次子仲雍，少子季歷

（王季）。季歷生子昌，有才德，太王想讓他繼承王位。太伯和仲雍知道父親的意思，就逃往吴地，讓位于季歷。太王死後，季歷爲君，後傳位給昌，便是文王。這句意爲，周朝的基業自太伯、王季就開始了。

因，古姻字，親熱、仁愛。　友，友愛。毛傳：「善兄弟曰友。」故下句云，就對其兄友愛。

篤，厚、多。　慶，福。

載，乃、就。　錫，賜。　光，光榮。這裏指王位。這三句意爲，王季以友愛的心善待太伯，因而增多了周室的福禄，上天也賜給他光榮的王位。

喪，喪失。

奄，覆蓋、包括。　四方，指天下。

韻讀：祭部——拔、兑。　脂部——對、季。　陽部——兄（虚王反）、慶（音羌）、光、喪、方。

維此王季，帝度其心，貊其德音。其德克明，克明克類，克長克君。王此大邦，克順克比。比于文王，其德靡悔。既受帝祉，施于孫子。

王季，三家詩作文王，非。

度，忖度。

貊（mò陌），韓詩作莫。古貊、莫通用。貊其，即貊貊。按莫爲寞、漠之假借。文選西征賦注引韓詩章句曰：「寞，静也。」爾雅釋言：「漠，清也。」　德音，好名聲。這句意爲，王季的聲譽是清静無瑕的。

克，能够。　明，明辨是非。

類，能區别善惡的種類。

長，能作爲人們的師長。　君，能作爲人們的君主。毛傳：「教誨不倦曰長，賞慶刑威曰君。」

王（wàng旺），稱王統治的意思。　大邦，指周。

順，和順。　比，三家詩作俾，服從。這二句意爲，王季當了周邦的君主，上下都能和順團結，一心服從。于省吾新證：「『王此大邦，克順克比』，二句應有韻。古文字『比』作[illegible]或[illegible]，『从』作[illegible]或[illegible]，二字判然有别，但其構形之反正則無别。由于从、比二字形近，又均反正無别，故易混同。『從』乃『从』之孳乳字。又邦與從疊韻。則此詩本應作『王此大邦，克順克從』，屬詞與韻讀無有不符。」按于説頗有據，録以備考。

比，及、到。

靡悔，無恨。陳奂傳疏：「謂文王之德不爲人恨。」

祉，福，指受天之福。

施（yì易），延續。　孫子，即子孫。

韻讀：侵部——心、音。　之部——悔（音喜）、祉、子。

帝謂文王，無然畔援，無然歆羨，誕先登于岸。密人不恭，敢距大邦，侵阮徂共。王赫斯怒，爰整其旅，以按徂旅，以篤于周祜，以對于天下。

無，毋、不要。　然，如此、這樣。　畔援，齊詩作畔換，韓詩作伴換，字異而意同。專橫暴虐。鄭箋：「畔援，猶跋扈也。」

歆，通欣。歆羨，貪羨。指非分的侵吞別國的貪欲。

誕，發語詞。　先，初。　岸，毛傳：「岸，高位也。」孔疏：「岸是高地，故以喻高位。」

密，密須，古國名，在今甘肅靈臺縣西。尚書大傳：「文王受命三年，伐密須。」恭，順。

距，通拒，抗拒。　大邦，指周國。文王在殷末被封爲西伯，三分天下有其二，故稱大邦。

阮，古國名，在今甘肅涇川縣。　徂，往、到。　共，古國名，在今甘肅涇川縣北。毛傳：「國有密須氏，侵阮，遂往侵共。」

赫怒，勃然大怒。　斯，語助詞。

爰，於是。　旅，軍隊。

按，遏的假借，孟子引這句詩正作遏。阻止。毛傳：「按，止也。」按、遏雙聲。　徂，往。

旅，莒的假借，古國名。孔疏引王肅云：「密人之來侵也，侵阮遂往侵共，遂往侵旅，故王赫斯怒，於是整其師以止徂旅之寇。侵阮徂共文次不便，不得復説旅，故於此而見焉。」

篤，鞏固。　于，猶乎。　孟子引詩無「于」字。　祜（hù戶），福。

對，遂、安定。陳奐傳疏：「將爲遂，遂又爲安。孟子云：『文王一怒而安天下之民。』即其義也。」

韻讀：元部——援、羡、岸。東部——共、邦（博工反）、共。魚部——怒、旅、旅、祜、下（音户上聲）。

依其在京，侵自阮疆。陟我高岡，無矢我陵，我陵我阿；無飲我泉，我泉我池。度其鮮原，居岐之陽，在渭之將。萬邦之方，下民之王。

依，依、殷二字雙聲通用。殷其形容殷殷然强盛之貌。京，周京。侵，寑的假借，息兵，停戰。馬瑞辰通釋：「依其在京是已還兵於周京，則寑自阮疆是追述其息兵於阮疆之始。」矢，陳，這裏指陳兵。按「陟我高岡」至「我泉我池」五句意爲，敵人不敢在我們周地陳兵吃喝。

度，規劃。鮮，通巘，小山。原，平原。按周另有一地名鮮原。但據馬瑞辰考證，該鮮原位于商周邊境，同本詩所説的「居岐之陽，在渭之將」，在地理位置上相去甚遠，文王不可能在此處規劃。陽，山的南面。

渭，水名。見谷風注。　將，側、旁邊。陳奐傳疏：「將之爲言牆也。爾雅：『畢，堂牆。』堂牆爲山厓邊側之名，其水厓邊側亦如是也。」

方，法則、榜樣。

王，歸往。

韻讀：陽部——京（音姜）、疆、岡。　歌部——阿、池（音陀）。　陽部——陽、將、方、王。

帝謂文王，予懷明德，不大聲以色，不長夏以革；不識不知，順帝之則。帝謂文王，詢爾仇方，同爾弟兄；以爾鈎援，與爾臨衝，以伐崇墉。

予，上帝自稱。　懷，歸向、傾向。這裏有贊成、贊賞的意思。　明德，品德高尚的人，指文王。

以，與。下句同。　色，指嚴厲的臉色。鄭玄注禮記中庸云：「言我歸有明德者，以其不大聲爲嚴厲之色以威我也。」

長，崇，遵用。　夏，通榎，夏楚，即榎木和荆條，古人用作教學時的體罰工具。禮記學記：「夏、楚二物，收其威也。」　革，鞭革，也是刑具。尚書舜典：「鞭作官刑。」馬瑞辰通釋引汪德鉞說：「不長夏以革者，不齊之以刑也。夏謂夏楚，朴作教刑也。革謂鞭革，鞭作官刑也。」

不識不知，不知不覺，自然而然。陳奐傳疏：「言文王性與天合。」

順，遵循。　則，法則。

詢，謀，含有商量、徵詢的意思。　仇，匹。　仇方，鄰國。

同，會同。　弟兄，指同姓諸侯國。

鉤援，以雲梯攻城時所用的武器。　馬瑞辰通釋：「六韜軍用篇有飛鉤，長八寸，鉤芒長四寸，梯長六尺以上千百二枚。蓋即此詩之鉤。傳云『鉤，鉤梯』者，謂以鉤鉤梯而上，故又申言之曰『所以鉤引上城者』，非謂鉤即梯也。」

臨，臨車，可居高臨下攻城的戰車。　衝，衝車，可衝擊城牆使潰破的戰車。

崇，古國名。　張守節史記正義引皇甫謐云：「虞、夏、商、周皆有崇國，崇國蓋在豐、鎬之間。」伐崇事見尚書大傳：「西伯既戡耆，紂囚之牖里。散宜生陳寶於紂之庭。紂曰：『非子罪也，崇侯也。』遂遣西伯伐崇。」　墉，城。

韻讀：之部——德（丁力反，入聲）、色（音史入聲）、革（音棘入聲）、則（音稷入聲）。　陽部——王、方、兄（虛王反）。　東部——衝、墉。

臨衝閑閑，崇墉言言。執訊連連，攸馘安安。是類是禡，是致是附，四方以無侮。臨衝茀茀，崇墉仡仡。是伐是肆，是絕是忽，四方以無拂。

閑閑，强盛貌。

言言，高大貌。
執，捉拿。　訊，俘虜。　連連，接連不斷貌。
攸，所。　馘（guó國），割下敵軍屍體的左耳用以計功。毛傳：「馘，獲也。不服者殺而獻其左耳曰馘。」安安，從容不迫貌。王先謙集疏：「左僖十九年傳：『文王聞崇德亂而伐之，軍三旬而不降。退修教而復伐之，因壘而降。』三旬不降，必有拒者，故不能無訊馘也。」
是，於是。　類，禷的假借，出師前祭天。　禡（mà罵），出師後軍中祭天。毛傳：「於内曰類，於野曰禡。」陳奂傳疏：「野是征國之野。先類後禡，依行師之次序也。」
致，送還。馬瑞辰通釋：「致者，致人民土地。説文：『致，送詣也。』送而付之曰致。已克而不取之謂也。」　附，通拊，安撫。
四方，指四方之國。　以，因而。下同。　無侮，不敢欺侮（周國）。
茀茀，强盛貌。
仡仡，同屹屹。高大貌。
肆，突然攻擊。毛傳：「肆，疾也。」
絶、忽，都是消滅、滅絶的意思。
拂，違命，抗拒。釋文引王肅曰：「拂，違也。」
韻讀：元部——閑、言、連、安。　侯、魚部通韻——禡、附（浮晝反）、侮（燕晝反）。　脂部——茀、仡、肆、忽、拂。

靈臺

【題解】

這是記述周文王建成靈臺及遊賞奏樂的詩。毛序:「靈臺,民始附也。文王受命而民樂其靈德,以及鳥獸昆蟲焉。」姚際恒駁他説:「小序謂『民始附』,混謬語。文王以前,民不附乎?大王遷岐,何以從之如歸市也?」毛序這樣分析確實没有説到點子上。陳奐傳疏:「皇矣言伐崇而靈臺即言作豐。於伐崇觀天命之歸,而於作豐驗民心之所歸往,皆文王受命六年中事。」他分析了詩的時代背景,但仍没有觸及主題。孟子梁惠王篇:「文王以民力爲臺爲沼,而民歡樂之,謂其臺曰靈臺,謂其沼曰靈沼,樂其有麋鹿魚鼈。古之人與民偕樂,故能樂也。」就詩論詩,孟子這幾句話才是詩人的真正主旨。

爲了突出「與民偕樂」的中心,詩人採用了正面着筆和側面映襯的兩種寫法。第一章寫人民踴躍爲文王建臺,以見民心歡樂,是正面寫。第三、四、五章轉而描繪鳥獸蟲魚的自由自在,形容鐘鼓音樂的盛大美好,每章都洋溢着一股歡歡喜喜的氣氛。雖然不著一個「民」字,但「與民偕樂」的景象却明白地展現出來了。全詩篇幅短小精練,造語生動活潑,同大雅中其他頌歌的諛詞連篇、枯燥乏味相對照,還是比較好的。

經始靈臺，經之營之。庶民攻之，不日成之。經始勿亟，庶民子來。

經，起，與始同義。經始，開始。　靈臺，臺名，將房子造在高地上，似後世瞭望臺。當時亦名「觀臺」。三輔黃圖：「靈囿在長安西北四十二里，靈臺在長安西北四十里。」按其址在今陝西西安西北。馬瑞辰通釋：「説苑修文篇云：『積恩爲愛，積愛爲仁，積仁爲靈。靈臺之所以爲臺者，積仁也。』廣雅釋詁：『靈，善也。』積仁爲靈，蓋亦訓靈爲善，因有善德而名其臺爲靈臺。」

經，度，測量地基。　上「之」字，是襯字足句。　營，表，建立標記。　下「之」字，指靈臺。

庶民，衆民，普通百姓。　攻，建造。

不日，不限定完工日期。鄭箋：「不設期日而成之，言説（悦）文王之德，勸其事，忘己勞也。」

亟，同急。　這句意爲，文王告訴百姓剛開始工作，不必太着急。

子來，像兒子似地來建築靈臺。朱熹詩集傳：「雖文王心恐煩民，戒令勿急，而民心樂之，如子趣父事，不召自來也。」

韻讀：耕東部通韻——經、營、攻、成。　之部——亟、來（音吏）。

王在靈囿，麀鹿攸伏。麀鹿濯濯，白鳥翯翯。王在靈沼，於牣魚躍。

囿，古代帝王畜養禽獸以供遊覽的園林。馬瑞辰通釋：「古者囿蓋有二：一是田獵之處，一是宴遊之所。雖同是養禽獸，而地之大小不同。趙岐孟子注：『雪宮，離宮之名。宮有苑囿臺沼之飾，禽獸之樂。』所謂囿，皆養禽獸以供玩遊也。此詩靈囿與臺沼並言，其爲玩遊之囿無疑。」

麀（yōu 憂），母鹿。　攸，語助詞。

濯濯（zhuó 濁），肥美貌。

翯翯（hè 鶴），魯詩作皜皜，亦作鶴鶴，同音假借。潔白光澤貌。

沼，池塘。它和囿都在靈臺下，故皆稱曰靈。

於（wū 烏），美歎聲。下兩章同。　牣（rèn 刃），滿。朱熹詩集傳：「魚滿而躍，言多而得其所也。」

韻讀：之部——囿（音異）、伏（扶備反）。　宵部——濯、翯、沼、躍。

虡業維樅，賁鼓維鏞。於論鼓鐘，於樂辟廱。

虡（jù 巨），懸掛鐘磬的木架的直柱子。　業，裝在虡上的横的大版。　維，與、和。下句同。樅，又稱崇牙，業上的一排鋸齒，以懸掛鐘磬。孔疏：「懸鐘磬之處，又以彩色爲大牙，其狀隆然，謂之崇牙。」

賁（fén 焚）鼓，大鼓。　鏞，大鐘。

論，倫的假借，有條理，有次序。這句形容鼓和鐘配合和諧。

樂，快樂，享樂。　辟（bì 壁）廱，文王離宮名。辟即璧，一種正中有孔的圓形玉器。廱是水澤池沼。離宮中有圓的池沼如璧，因而將「辟廱」作爲離宮的名字。這裏的辟廱和漢儒所説的指皇家學校而言的辟廱不同。戴震毛鄭詩考正對此有詳細辨説，可參考。

韻讀：東部——樅、鏞、鐘、廱。

於論鼓鐘，於樂辟廱。鼉鼓逢逢，矇瞍奏公。

鼉（tuó 駝），即揚子鰐，皮堅厚，可以製鼓面。鼉鼓，用揚子鰐魚皮蒙的鼓。逢逢（péng 蓬），魯詩作韸韸，均象聲詞，鼓聲。

矇、瞍，都是古代盲人的專稱。古代樂師常以盲人充任。朱熹詩集傳：「有眸子而無見曰矇，無眸子曰瞍。古者樂師皆以瞽者爲之，以其善聽而審於音也。」公，通功，成功。這句意爲，樂師們奏樂慶祝靈臺落成。

韻讀：東部——鐘、廱、逢、公。

下武

【題解】

這是贊美周武王能繼承先王德業的詩。毛序：「下武，繼文也。武王有聖德，復受天命，能昭先人之功焉。」馬瑞辰解釋道：「按此詩序言『繼文』，與文王有聲序言『繼伐』相對成文。繼伐爲繼武功，則繼文爲繼文德。詩中『世德作求』、『應侯順德』，皆尚文德之事。」他們的分析是不錯的。

這首詩純粹歌功頌德，雖然襲用了頂真的修辭手法，但語言枯燥而呆板，毫無形象可言，只能算詩經中的下品。陳廷傑詩序解：「此頌武王之詩，而祝其萬年受祜者，其體亦類誥。」誥是散文中的一種體裁，可見下武實在不像一首詩。

下武維周，世有哲王。三后在天，王配于京。

下，後，後人。武，繼，繼承。鄭箋：「後人能繼先祖者，維有周家最大。」哲，明智。哲王，指下句的「三后」。后，王。三后，指太王、王季、文王。王，指武王。京，鎬京，周的都城。鄭箋：「此三后既没登遐，精氣在天矣。武王又能配行其道於京，謂鎬京也。」

韻讀：陽部——王、京（音姜）。

王配于京，世德作求。永言配命，成王之孚。

世德，世代積德。作，爲。求，逑的假借，匹配。馬瑞辰通釋：「求當讀爲逑。逑，匹也，配也。作求即作配耳。此言作配於周三王也。言王所以配於京者，由其可與世德作配耳。」

永言配命，見文王注。

成，完成。噫嘻毛傳：「成王，成是王事也。」 孚，誠信、威信。按韓詩外傳釋「成王」爲周成王（武王之子），亦通。

韻讀：幽部——求、孚（房謀反）。

成王之孚，下土之式。永言孝思，孝思維則。

式，法式、榜樣。

言、思，均爲語助詞。

則，以爲法則，效法。毛傳：「則其先人也。」這二句意爲，武王是永遠孝順的，他的孝順表現在學習先人所推行的王道。

韻讀：之部——式、則（音稷入聲）。

媚茲一人，應侯順德。永言孝思，昭哉嗣服。

媚，愛。 茲，此。 一人，指武王。

應，當。 侯，維，語助詞。 順，魯詩作慎，順、慎古通用。鄭箋：「能當此順德，謂能成其祖考之功也。」

昭，光明。 嗣服，後進，即指武王。這句是贊美武王之詞。

韻讀：之部——德（丁力反，入聲）、服（扶逼反，入聲）。

昭茲來許，繩其祖武。於萬斯年，受天之祜。

茲，同「哉」。三家詩正作哉。　來許，與上章「嗣服」同義，也是後進的意思。三家詩許作御。許、御古聲義同，故通用。馬瑞辰通釋：「廣雅許、御並訓進。詩五章皆首尾相承，此特易字以協下韻。哉與茲聲同。來猶後也。後猶嗣也。來許，猶云後進。」　繩，繼承，三家詩作慎，繩、慎雙聲通用。　武，迹。祖武，祖先的足迹，指事業。　於，美歎聲。　斯，語助詞，其作用等於疊字。　萬斯年，即萬萬年。　祜，福。這二句是祝禱武王的話。

韻讀：魚部——許、武、祜。

受天之祜，四方來賀。於萬斯年，不遐有佐。

四方，指諸侯。

不，語首助詞，無義。　遐，遠。這裏指遠方的少數民族。毛傳：「遠夷來佐也。」國語魯語：「昔武王克商，通道於九夷、百蠻，使各以其方賄來貢，使無忘職業。」國語所載即所謂「遠夷來佐」。

韻讀：歌部——賀、佐。

文王有聲

【題解】

這是歌頌文王遷豐、武王遷鎬的詩。毛序：「文王有聲，繼伐也。武王能廣文王之聲，卒其伐功也。」雖然也不算錯，但却顯得空泛。朱熹詩集傳：「此詩言文王遷豐、武王遷鎬之事。」方玉潤詩經原始：「此詩專以遷都定鼎爲言。」他們的分析簡潔而又貼切。從詩經中幾首史詩來看，生民記后稷居邰，公劉述公劉遷豳，緜敘太王遷岐。周人的數次遷徙，在民族日益强大的歷史進程中均可稱是重要的里程碑。此詩所頌的兩次定都，都是周王朝極關鍵的大事，所以亦含有史詩的因素。不過它敘事的分量太輕，着重於稱揚頌美，因此現在通常不將它列在周史詩之中；但反映了重大的歷史事件，則是毫無疑問的。

全詩八章，每章末句都用「烝哉」的歎美詞作結，這在雅、頌中別具一格。方玉潤說：「皆以單句贊詞煞脚，此兩平駢板格也。然八句煞脚中，前兩章言『文王』，後兩章言『武王』；中間四章，二言『王后』，二言『皇王』，則又變矣。」他分析了末句重疊中有變化的妙處。我們設想，即便末句一無變化，但當初配以音樂時，每章末都出現衆口合唱、曼聲長詠的高潮，氣氛一定顯得莊嚴而熱烈，未必會有駢板之感吧！

文王有聲，遹駿有聲。遹求厥寧，遹觀厥成。文王烝哉！

聲，令聞之聲，好名聲。

遹（yù域），同聿、曰，發語詞。陳奂傳疏：「全詩多言曰、聿，唯此篇四言遹。説文：『欥，詮詞也。』引詩『欥求厥寧』。欥字从欠曰，會意，是發聲。當以欥爲正字，曰、聿、遹三字皆假借字。」駿，大。朱熹詩集傳：「文王之有聲也，甚大乎其有聲也。」

厥，其，指人民。　寧，安寧。

厥，其，指周王朝政權。王先謙集疏：「在文王之意，祇求庶民之安，至武王伐紂勝殷，始觀厥成功。」

烝，美。陳奂傳疏：「釋文引韓詩云：『烝，美也。』烝哉，即君哉，美歎詞。」

韻讀：耕部——聲、聲、寧、成。　蒸部——烝（與以下各章遥韻）。

文王受命，有此武功。既伐于崇，作邑于豐。文王烝哉！

受命，受紂命而爲西伯。三家詩以爲受命是指文王受天命，亦通。

武功，鄭箋：「武功，謂伐四國及崇之功也。」

崇，見皇矣注。

豐，亦作酆，在今陝西西安豐水西。史記周本紀：「（文王）伐崇侯虎，而作豐邑，自岐下而徙都豐。」

韻讀：東部——功、豐。

築城伊淢，作豐伊匹。匪棘其欲，遹追來孝。王后烝哉！

伊，爲。　淢（xù序），洫的假借，魯詩、韓詩正作洫，城溝，護城河。

匹，相配。鄭箋：「方十里曰成。淢，其溝也。廣深各八尺。」文王受命而猶不自足，築豐邑之城，大小適與成偶，大於諸侯，小於天子之制。」

匪，非。　棘，三家詩作革，通用，都是急的意思。　欲，釋文作慾，慾望。鄭箋：「此非以急成從己之欲。」

遹、來，語助詞。　追孝，追思孝順已死的祖先。即繼承祖先美德的意思。

王后，君王，指文王。

韻讀：幽、侯部通韻——欲、孝。

王公伊濯，維豐之垣。四方攸同，王后維翰。王后烝哉！

公，同功，王功即王事，指文王的事業。　伊，是。　濯，美大、顯著。

維，是。　垣，牆。陳奐傳疏：「維豐之垣，百堵皆興也。」

攸，語助詞。　同，同心。鄭箋：「城之既成，又垣之立宮室，乃爲天下所同心而歸之。」

翰，幹之假借，楨幹，猶今言主心骨。這句意爲，天下人都以文王爲楨幹。

韻讀：元部——垣、翰。

豐水東注，維禹之績。四方攸同，皇王維辟。皇王烝哉！

豐水，源出今陝西西安西南秦嶺，東北流與渭水合，注入黄河。豐邑即在豐水西岸。維，是。績，功績。鄭箋：「昔堯時洪水，而豐水亦汎濫爲害。禹治之，使入渭東注於河，禹之功也。」

皇，大。皇王，指武王。辟，法則。鄭箋：「豐邑在豐水之西，鎬京在豐水之東。變王后言大王者，武王之事又益大。」方玉潤詩經原始：「以豐水作兩京樞紐。豐水之東即鎬，遞下鎬京無迹。」

韻讀：支部——績、辟。

鎬京辟廱，自西自東，自南自北，無思不服。皇王烝哉！

鎬京，西周的國都，在今陝西西安西，豐水東岸。武王既滅商，自豐遷都于此。辟廱，離宫。見靈臺注。

思，語助詞。無不服，指四方人民没有不歸服武王的。

韻讀：東部——廱、東。之部——北（音逼入聲）、服（扶逼反，入聲）。

考卜維王，宅是鎬京。維龜正之，武王成之。武王烝哉！

考卜維王，是「維王考卜」的倒文。考卜，用龜甲卜卦。尚書盤庚：「卜稽曰，其如台。」考卜即卜稽，所以鄭箋曰：「考猶稽也。」

宅，齊詩作度，都是定居的意思。鄭玄禮記注：「武王卜而謀居此鎬邑。」

維龜正之，是「正之維龜」的倒文。正，貞的假借，卜問。參見于省吾新證。

成，完成（遷鎬的決策）。這章是説武王用龜甲占卜，決定遷都，定居鎬京。

韻讀：陽部——王、京（音姜）。　耕部——正、成。

豐水有芑，武王豈不仕？詒厥孫謀，以燕翼子。武王烝哉！

芑（qǐ起），水芹菜。

仕，事的假借，齊詩正作事。朱熹詩集傳：「鎬京猶在豐水下流，故取以起興，言豐水猶有芑，武王豈無所事乎？」

詒，魯詩作貽，正字。遺，遺留。　厥，其。　孫，訓的假借。訓謀，訓教謀畫，指武王遺戒後王的訓典。

燕，齊詩一作宴，快樂，樂於。　翼，覆翼。　子，應讀爲慈，慈惠。這二句意爲，武王遺其後王以訓謀者，由於武王樂於覆翼慈惠之道（從于省吾新證説）。

韻讀：之部——芑、仕、謀（謨其反）、子。

生民

【題解】

這是周史詩中非常有名的一篇，追述周人始祖后稷的事迹。毛序：「生民，尊祖也。后稷生於姜嫄，文武之功起於后稷，故推以配天焉。」這是不錯的。從次序上來看，應置于周史詩之首。后稷生在上古傳説中的堯舜時代，中國還是原始社會，處于母系氏族制。人們的婚姻關係不固定，孩子知其母而不知其父。兒女都從母親得姓，如姬、姜、姚、姒等古姓都從女旁。由此産生了「感天而生」和「吞卵而生」的傳説。本詩姜嫄「履帝武敏」而懷孕生子的描述，正是這種歷史事實的反映。中華民族是開發農業極早的民族，周人以農立國，詩中描寫后稷的神異主要表現在稼穡方面，可見當時農業的發達程度。

我們稱生民等爲史詩，只是某種角度的借用而已，這五篇詩畢竟有别于古希臘荷馬時代的伊利亞特、奥德賽等長篇巨製的英雄史詩。在漢民族文學史上，我們還没有發現完全意義上的英雄史詩。這同我國古代的政治制度、詩歌的社會功效、民族的審美心理和語言習慣都有密切的關係。歷史與社會的條件不同，所産生的文化藝術自然也不同，我們大可不必惶惶然，以爲這點闕如會有損文化遺産的光輝。同樣，生民等詩也決不因此而減退了它們的藝術魅力。

全詩八章，可分爲三個部分。前三章描述后稷出生的靈異，充滿神話色彩和浪漫情調。詩頌后稷，首章却以姜嫄領起，高唱而入，起勢便覺軒敞，爲後來文章留下廣闊的地步。第四、五、六章記敍后稷善于稼穡及教會周人耕作。雖然着意于后稷的天生聰穎，但落墨處皆是詩人對生活的提煉，筆調轉而爲寫實了。第七、八章鋪陳祭祀場面的熱烈隆重，將人的虔誠與神的感應揉捏在一起，同時閃爍着前兩部分奇譎與平實的光彩。最後以「后稷肇祀」作收，結篇完整，意淳辭質。不但把后稷的英雄形象托到了完美的雲端，而且有承前啟後的作用。「以迄于今」一句幾乎可以包孕周王朝近千年的歷史，筆力之雄健，非同一般。

厥初生民，時維姜嫄。生民如何？克禋克祀，以弗無子。履帝武敏歆，攸介攸止。載震載夙，載生載育，時維后稷。

民，指周族人民。陳奐傳疏：「緜『民之初生』，傳：『民，周民也。』此民亦爲周民。」這句意爲，其初誕生周民族的始祖。

時，是，這。　維，是。　姜嫄，韓詩作姜原，周民族尊爲先妣，是周始祖后稷之母。毛傳説她是古代高辛氏（帝嚳）的妃子，不足信。她可能是原始社會有部氏部落的一位女酋長。

克，能够，善于（第二個「克」字是襯字）。　禋（yīn 因）祀，古代祭祀上帝的一種禮儀。周禮鄭玄注：「禋之言煙，周人尚臭，煙氣之臭聞者。積柴實牲體焉，或有玉帛，燔燎而升煙，所以報陽也。」

弗，祓的假借，三家詩正作祓，祛除災難的祭祀。鄭箋：「弗之言祓也。以祓除其無子之疾而得其福也。」

履，踐踏。帝，上帝。武，足迹。敏，拇的假借，大脚趾。歆，心有所感貌。鄭箋：「時則有大神之迹，姜嫄履之，足不能滿，履其拇指之處，心體歆歆然，如有人道感己者也，於是遂有身。」鄭玄此箋從三家詩今文説，古文説則謂「帝」爲帝嚳，姜嫄之夫。歷來學者聚訟紛紜，莫衷一是。聞一多姜嫄履大人跡考：「上云禋祀，下云履迹，是履迹乃祭祀儀式之一部分，疑即一種象徵的舞蹈。所謂『帝』實即代表上帝之神尸。神舞於前，姜嫄尾隨其後，踐神尸之迹而舞。其事可樂，故曰『履帝武敏歆』，猶言與尸伴舞而心甚悦喜也。舞畢而相攜止息於幽閑之處，因而有孕也。詩所紀既爲祭時所奏之象徵舞，則其間情節去其本事之真相已遠，自不待言。以意逆之，當時實情，祇是耕時與人野合而有身，後人諱言野合，則曰履人之迹，更欲神異其事，乃曰履帝迹耳。」聞先生的分析，可爲定論。

攸，語助詞。介，愒的假借，歇息。説文：「愒，息也。」（從林義光詩經通解説）止，止息。

載，語助詞。震，娠的假借，懷孕。夙，肅的假借，指生活嚴肅，不再和男子交往。

生，分娩。育，哺育。

時維，這是。后稷，姓姬，名棄，周人始祖。「后稷」原爲官名，相傳他是堯舜時負責農耕的官，教會百姓耕種稼穡。

韻讀：元、真部通韻——民、嫄。之部——祀、子、敏（滿以反）、止。之、幽部通韻——夙、育、稷。

誕彌厥月，先生如達。不坼不副，無菑無害。以赫厥靈，上帝不寧。不康禋祀，居然生子。

誕，發語詞。彌，滿。這句意爲，姜嫄懷孕足月。

先生，首生，即第一胎。如，同「而」。達，滑利，順暢。胡承珙毛詩後箋：「說文：『泰，滑也。滑，利也。』生民之達，當與泰同。」

坼（chè 撤），裂開。副（pì 辟），破裂。這句似指產門未破裂。

菑，古「災」字。毛傳：「不坼不副，無菑無害，言易也。凡人在母，母則病。生則坼副菑害其母，橫逆人道。」王充論衡奇怪篇：「后稷順生，不坼不副。不感動母體，故曰『不坼不副』。」按以上三句皆極言后稷出生之順利以見其靈異，帶有傳說的性質。

赫，顯示。靈，靈異。

寧，安。

康，安。

居然，徒然。朱熹詩集傳：「而使我無人道而徒然生是子也。」王先謙集疏：「列女傳言姜嫄履巨人迹，歸而有娠。浸以益大，心怪惡之，卜筮禋祀以求無子。終生子，以爲不祥而棄之云云。正此詩四句之義。蓋姜嫄因赫然有娠以示靈怪之徵，意上帝以己踐其迹不安，而降之罰，故曰『以赫厥靈，上帝不寧』也。己意亦因之不安而禋祀求解。本求無子而終生子，故曰『不康禋祀，居然生子』也。前之潔祀（按即禋祀）求祓無子之疾，後之潔祀求獲無子之庇。至居然生子，以爲不祥而棄之。」

韻讀：祭部——月、達（他折反，入聲）、害（胡例反，入聲）。　耕部——靈、寧。　之部——祀、子。

誕寘之隘巷，牛羊腓字之。誕寘之平林，會伐平林。誕寘之寒冰，鳥覆翼之。鳥乃去矣，后稷呱矣。實覃實訏，厥聲載路。

寘，今作置，棄置。　隘巷，狹窄的小巷。

腓（féi肥），通「庇」，庇護。　字，乳養、喂奶。說文：「字，乳也。」

平林，平原上的樹林。

會，適值、恰好碰上。這句意爲，正好碰上有人在砍樹，不便丟棄。

覆，覆蓋和托墊。毛傳：「大鳥來，一翼覆之，一翼藉之。」

呱，嬰兒哭聲。

實，是，這樣（第二個「實」是襯字）。下同。　覃（tán談），長。　訏（xū虛），大。這句意爲，后稷的哭聲又長又響亮。

載，滿。朱熹詩集傳：「滿路，言其聲之大也。」按這章寫姜嫄無論怎樣丢棄后稷，后稷總是受到各種保護。

韻讀：之部——字、翼。　侵部——林、林。　魚部——去、呱、訏、路。

誕實匍匐，克岐克嶷，以就口食。蓺之荏菽，荏菽旆旆。禾役穟穟，麻麥幪幪，瓜瓞唪唪。

匍匐，手足着地爬行。

克，能。　岐、嶷，都是有知識、懂事的意思。毛傳：「岐，知意也。嶷，識也。」説文段注：「岐者，山之兩岐也，心之開明似之。故曰知意。嶷，説文引詩作㘈。㘈者，心口間有所識也。」

就，求。這句意爲，后稷自己能去找吃的東西。

蓺，同藝，種植。　荏菽，韓詩作戎菽，大豆、黄豆。

旆旆（pèi配），盛長貌。

役，穎的假借，説文兩引這句詩均作穎。禾穎，即禾穗。　穟穟（suì穗），禾穗沉甸下垂貌。

幪幪（měng猛），茂盛貌。

瓞（dié 蝶），小瓜。　唪唪（běng 綳），菶的假借，果實豐碩貌。玉篇：「菶菶，多實也。」

韻讀：之部——匐、嶷、食。　脂、祭部通韻——旆、穟。　東部——幪、唪。

誕后稷之穡，有相之道。茀厥豐草，種之黄茂。實方實苞，實種實褎，實發實秀，實堅實好，實穎實栗。即有邰家室。

穡，稼穡，種植五穀。

相，讀去聲，幫助。有相之道，謂有幫助它們長得更茂盛的方法。

茀，拂的假借，拔除。廣雅：「拂，除也，拔也。」　豐草，長得很盛的野草。

黄茂，嘉穀。馬瑞辰通釋：「墨子明鬼篇：『擇五穀之芳黄以爲酒醴粢盛。』是五穀通可謂之黄。」

方，通「放」，指萌芽剛出土。　苞，莊稼的苗叢生。孫炎爾雅注：「物叢生曰苞。」

種，穀種生出短苗。馬瑞辰通釋：「種當讀如左傳『余髮如此種種』之種。程氏（瑶田）曰『種，出地短』是也。」　褎（yòu 又），禾苗漸漸長高。鄭箋：「褎，枝葉長也。」

發，禾莖舒發拔節。鄭箋：「發，發管時也。」　秀，禾初生穗結實。

堅，穀粒灌漿飽滿。　好，穀粒均匀顔色美好。

穎，本義是禾穗，這裏指禾穗飽滿下垂。毛傳：「穎，垂穎也。」　栗，猶言栗栗，收穫衆多。毛傳：「栗，其實栗栗然。」鄭箋：「栗，成就也。」以上七句都是描述后稷播種五穀後，莊稼由生長、成熟到收穫的過程，以見其耕種方法的成功。

即，往。　有，詞頭，無義。　邰（tái台），亦作台、斄，古代氏族名。其地在今陝西武功縣。家室，意爲居住。　列女傳母儀篇：「堯使棄居稷官，更國邰地，遂封棄於邰，號曰后稷。」這是后稷封邰的傳説。

韻讀：幽部——道（徒叟反）、草（此叟反）、茂、苞（布瘦反）、褎、秀、好（吁叟反）。　脂部——栗、室。

誕降嘉種：維秬維秠，維穈維芑。恒之秬秠，是穫是畝；恒之穈芑，是任是負。以歸肇祀。

降，賜予。　孔叢子執節篇：「詩美后稷，能大教民，種嘉穀以利天下，故詩曰：誕降嘉種。」

維，是。　秬（jù巨），黑黍。　秠（pī披），黍的一種，一個黍殼中含有兩粒黍米。

穈（mén門），穀子的一種，初生時葉純赤，生三四葉後，赤青相間；生七八葉後色始純青。

芑（qǐ起），高粱的一種，初生時苗色微白。

恒，亘的假借，徧、徧地。　恒之，遍地種它。

穫，收割。　畝，堆在田裏。

任，挑。　負，背。

肇，開始。毛傳：「肇，始也，始歸郊祀也。」陳奐傳疏：「祈年以報今秋成熟，而祈來歲再豐也。」

韻讀：之部——秠、芑、秠、畝（滿以反）、芑、負（房以反）、祀。

誕我祀如何？或舂或揄，或簸或蹂。釋之叟叟，烝之浮浮。載謀載惟，取蕭祭脂。取羝以軷，載燔載烈。以興嗣歲。

我，后稷自稱。

舂（chōng 衝），用杵在臼裏搗米。揄（yóu 由），舀的假借，從臼中將搗好的米舀出。

簸，揚棄糠皮。蹂（róu 柔），用兩手反復揉搓米粒。

釋，淘米。叟叟，淘米聲。

烝，同「蒸」。浮浮，蒸飯時熱氣騰騰貌。

謀，計劃。惟，考慮。毛傳：「穀熟而謀，陳祭而卜。」意爲祭祀前對祀事作商議和卜問。

蕭，香蒿，今名艾。脂，牛腸脂油。古時祭祀將牛油塗在艾上，同黍稷一起點燃，取其香氣。

羝（dī 底），公羊。軷（bó 脖），剥，剥羊的皮（從于省吾詩經新證説）。

燔（fán 煩），將肉放在火裏燒炙。毛傳：「傳火曰燔。」烈，將肉串起來架在火上烤。毛傳：

「貫之加於火曰烈。」

興，使興旺。　嗣歲，來年。　胡承珙毛詩後箋：「古人穀熟而祭，遂更祈來歲之事。」

韻讀：幽、侯部通韻——揄、蹂、叟、浮。　脂部——惟、脂。　祭部——軷、烈、歲。

卬盛于豆，于豆于登，其香始升。上帝居歆，胡臭亶時。后稷肇祀，庶無罪悔，以迄于今。

卬，仰的古字，上。　豆，古代盛肉的高脚器皿，有蓋，木製，亦有銅製。于省吾新證：「古人祭祀時，設豆于俎几之上，祭者跪拜於神主之前，執燔烈之肉以上盛于豆，故曰『仰盛于豆』。」

登，盛湯的瓦製祭器，有蓋，亦有銅製。

居，語助詞。　歆，饗，享受祭祀。

胡，大。　臭（xiù秀），香氣。　馬瑞辰通釋：「胡臭，謂芳臭之大。」　亶，確實。　鄭箋：「亶，誠也。」　時，善好。　這句意爲，祭祀飯菜的濃烈香氣確實好聞。

肇祀，開創祭祀之禮。

庶，幸而。　這句意爲，幸而没有得罪於天，遺憾於心的事。

迄，至。　鄭箋：「子孫蒙其福，以至於今。」

韻讀：蒸、侵部通韻——登、升、歆、今。　之部——時、祀、悔（音喜）。

行葦

【題解】

這是寫周統治者和族人宴會、比射的詩。毛序：「行葦，忠厚也。周家忠厚，仁及草木，故能內睦九族，外尊事黄耇，養老乞言，以成其福禄焉。」詩中寫了比賽射箭的場面，但毛序没有提及；詩中不敘「乞言」（徵求善言）之事，毛序却憑空增入，所以朱熹批評它「逐句生意，無復倫理」。但是據左傳隱公三年「雅有行葦、泂酌，昭忠信也」的説法，毛序「周家忠厚」的分析在總體上並没有離譜。三家詩有不同的説法。魯詩：「君聞昔者公劉之行乎？牛羊踐葭葦，惻然爲痛之。」（劉向列女傳）齊詩：「慕公劉之遺德，及行葦之不傷。」（班彪北征賦）韓詩：「公劉慈仁，行不履生草，運車以避葭葦。」（趙曄吴越春秋）他們都引用詩的首句「敦彼行葦，牛羊勿踐履」，認爲這是頌揚公劉的詩。方玉潤説：「衆説雖非詩義，然公劉必有其事，而後人稱之者衆。觀詩引此爲興，未必無因，特以爲美公劉則臆測耳。」他的話頗有理，詩的興句並不一定概括全詩的主旨，還是看作泛言「周家忠厚」的好。

詩中「敦弓既句，既挾四鍭，四鍭如樹」幾句，描寫張弓搭箭，命中靶子的射事，具體而生動，顯示出作者對這類生活素材的熟悉。再如以「黄耇台背」來描摹老人，以「以引以翼」來刻畫敬老場面，筆觸都很細膩形象。不過，這些佳句只是個別的，就全詩而言，並沒有特別值得稱道的地方。

敦彼行葦，牛羊勿踐履。方苞方體，維葉泥泥。戚戚兄弟，莫遠具爾。或肆之筵，或授之几。

敦（tuán團）彼，即敦敦，葦草叢生貌。按王筠毛詩重言將「敦彼」、「依彼」、「鬱彼」等一類詞列入重言，即在形容詞之前或後加一「彼」字，其作用等于疊字。如「嘒彼小星」即「嘒嘒小星」，「彼茁者葭」即「茁茁者葭」。　行（háng杭）道路。　葦，蘆葦。

踐履，踐踏。鄭箋：「敦敦然道旁之葦，牧牛羊者勿使蹴履折傷之。」

方，方才，開始。　苞，蘆葦初生如竹筍的含苞。　體，指蘆葦的莖長成形，如人之有體。

維，發語詞。　泥泥，魯詩作柅，韓詩作苨。按苨爲本字，泥、柅爲假借字。　葦葉柔嫩茂盛貌。

戚戚，親熱貌。

遠，疏遠。　具，通「俱」。　爾，邇的古字，親近。漢書文三王傳引詩「戚戚兄弟，莫遠具爾」，顏師古注：「戚戚，內相親也。爾，近也。言王之族親情無疏遠，皆昵近也。」

肆，陳設。　筵，筵席。

几，矮脚小木桌，老人可用以憑靠身體。鄭箋：「年稚者爲設筵而已，老者加之以几。」

韻讀：脂部——葦、履、體、泥、弟、爾、几。

肆筵設席，授几有緝御。或獻或酢，洗爵奠斝。醓醢以薦，或燔或炙。嘉殽脾臄，或歌或咢。

設席，古人席地而坐，在薦上再加一層或幾層席，以示尊重。毛傳：「設席，重席也。」禮記禮器：「天子之席五重，諸侯之席三重，大夫再重。」

緝，續代，不斷。　御，侍者，古名「敦史」。鄭箋：「兄弟之老者，既爲設重席、授几，又有相續代而侍者，謂敦史也。」

獻，主人向客人敬酒。　酢（zuò坐），客人回敬。

洗，主客獻酢之後，主人再給客人敬酒叫酬；在酬之前，主人先將酒杯洗一洗。　爵，古代青銅製飲酒器，有柱、流、尾、腹、鋬（把手）、三足。　奠，置，指客人飲畢將酒杯放在筵席上。斝（jiǎ甲），古代青銅製貯酒器，圓口，有鋬、兩柱、三足（或四足）。其容量約爲爵之十至二十餘倍。這二句是寫主客互相敬酒。

醓（tǎn坦），拌和着肉醬、鹽、酒等汁水。　醢（hǎi海），肉醬。　以，用。　薦，進獻。

燔，燒肉。　炙，烤肉。

殽，肉類食品。嘉殽，美菜。　脾，膍的假借，牛胃，亦稱牛百葉。　臄（jué決），牛舌。

歌，配着琴瑟的歌唱。　咢（è厄），只擊鼓，不歌唱。毛傳：「歌者，比於琴瑟也。徒擊鼓曰咢。」

韻讀：魚部——席（音徐入聲）、御、酢（音徂入聲）、斝（音古）、炙（音諸入聲）、臄（音渠入聲）、咢（音吾入聲）。

敦弓既堅，四鍭既鈞；舍矢既均，序賓以賢。敦弓既句，既挾四鍭。四鍭如樹，序賓以不侮。

敦弓，即雕弓，在弓幹上畫五彩以爲裝飾。周代天子用敦弓。　既，盡、完全。　堅，指弓硬。

鍭，箭的一種。以金屬爲箭頭，箭尾鑲有羽毛。　鈞，調和，指箭的首尾重量調和。

舍矢，發箭。　既，已經。　均，射中。

序，排列座位的次序。　賢，賢才，指比賽射箭時命中次數最多的人。

句（gōu鈎），彀的假借，張弓引滿。

挾，接，指箭與弓弦相接，即俗所謂的「箭在弦上」。此處指參加比賽的四位射手已將箭加弦上待發。

樹，豎立，指箭已命中，像豎立在靶上一樣。

不侮，不怠慢，態度恭敬。指對射不中的人也不輕慢。朱熹詩集傳：「射以中多爲雋，以不侮爲德。」

韻讀：真部——堅（居辛反）、鈞、均、賢。　侯部——句（音鉤）、鍭、樹（殊晝反）、侮（無晝反）。

曾孫維主，酒醴維醹。酌以大斗，以祈黃耇。黃耇台背，以引以翼。「壽考維祺，以介景福。」

曾孫，貴族主人的稱呼。毛傳：「曾孫，成王也。」王先謙集疏：「三家以此篇爲公劉之詩。」按二説均無確據。　維，是。下句同。　主，主人。

醴，如今之甜酒釀。酒醴，泛指酒。　醹（rú如），酒味醇厚。

酌，斟酒。　斗，枓的假借，取酒器。説文：「枓，勺也。」陳奂傳疏：「酌以大斗者，言挹取酒醴用大枓以注尊中。」

祈，求。　黃耇（gǒu苟），見南山有臺注。這句指長壽。

台，亦作鮐，鮐魚背有黑色花紋。老年人氣衰，背部皮膚暗黑，故稱老人爲台背。

引，引導、指路。　翼，輔助、扶持。這句意爲，宴罷告辭時，有人在老年人前面引路，有人在他身旁扶着走。

壽考，長壽。　祺，吉祥。

介，祈求。　景，大。　這二句是主人頌禱老年人的話。

韻讀：侯部——主（朱謳反）、醹（如謳反）、斗、耇。　之部——背（音逼入聲）、翼、福（方逼反，入聲）。

既醉

【題解】這是祭祀祖先時，工祝代表神尸對主祭者周王所致的祝詞。毛序：「既醉，大平也。醉酒飽德，人有士君子之行焉。」他沒有理解詩的內容。林義光詩經通解說：「此詩爲工祝奉尸命以致嘏於主人之辭。」分析得很對。什麼叫嘏？禮記禮運注：「嘏，祝爲尸致福于主人之辭也。」祝，也就是工祝，專門負責祭祀時傳達神尸的祝福。這篇嘏辭反映出當時統治者最向往的「景福」所包含的內容，因此具有一定的史料價值。

這首詩運用了頂真的修辭手法，有章與章之間的連環式頂真，也有句與句之間的連珠式頂真。在配以樂調的當時，這些頂真句或許能造成一種上接下承，連綿不斷的氣氛；但在樂調已失的今天，頂真句並沒有給這首平板乏味的嘏辭增添多少魅力。小雅楚茨是一首寫祭祀的樂歌，其中不乏生動形象的描繪。但當詩人寫到工祝致告的嘏辭時，同樣也顯出刻板枯燥的呆相來。可見統治者對于嘏辭，只看重賜福納福的實惠，並不在乎語言表達的美感。

既醉以酒，既飽以德。君子萬年，介爾景福。

既，已經。　以、其，二字古通用。下句同。

德，恩惠。

君子，指主祭者周王。下同。　萬年，祝禱長壽之辭。

介爾景福，見上篇注。

韻讀：之部——德（丁力反，入聲）、福（方逼反，入聲）。

既醉以酒，爾殽既將。君子萬年，介爾昭明。

將，通臧，美。

昭明，光明。孔疏：「與之以昭明之道，謂使之政教常善，永作明君也。」

韻讀：陽部——將、明（音芒）。

昭明有融，高朗令終。令終有俶，公尸嘉告。

有融，即融融，連綿不斷貌。馬瑞辰通釋：「謂既已昭明，而又融融不絕，極言其明之長且盛也。」

朗，明。高朗，高明，指很好的名譽。令，善。令終，好的結果。鄭箋：「天既助女以光明之道，又使之長有高明之譽，而以善名終。」

俶，始。朱熹詩集傳：「蓋欲善其終者，必善其始。」

公，君。尸，古人祭祀時，以一人扮作已故祖先或神的形象接受享獻，叫做尸。後世改用畫像而廢尸。周王的祖先是君主，故稱公尸。嘉告，善言。以下各章都是工祝代表尸向主祭者致的嘏辭。

韻讀：中部——融、終。幽部——俶、告。

其告維何？籩豆靜嘉。朋友攸攝，攝以威儀。

維，是。維何，是什麼。下各章同。這句意爲，公尸的善言是什麼？

籩豆，食器。見東門之墠注。靜，靖的假借，善。靜嘉，形容盛在籩豆中的祭品美好。

朋友，指一同參加祭祀的人。假樂毛傳：「朋友，謂群臣也。」攸，語助詞。攝，佐、輔助。這裏指助祭。

威儀，指祭祀時行事進退的儀式（從朱熹中庸「威儀三千」注）。

韻讀：歌部——何、嘉（音歌）、儀（音俄）。

威儀孔時，君子有孝子。孝子不匱，永錫爾類。

孔，甚，非常。　時，善。

有，通「又」。馬瑞辰通釋：「有者，又也。言君子又爲孝子也。」

匱，應作遺，是墜的假借。據金文，「不墜」爲周人常用語，意爲不廢墜。參見于省吾新證。

錫，賜。　類，善。國語周語：「叔向曰：『類也者，不忝前哲之謂也。』」這二句意爲，孝子奮勉不廢墜，則祖先會長遠地賜予他以不辱沒先人的善道。

韻讀：之部——時、子。　脂部——匱、類。

其類維何？室家之壼。君子萬年，永錫祚胤。

壼（kǔn 捆），本義是「宫中道」，宫中道的形狀環繞而整齊，因此引申爲「齊」。這裏用作動詞，意爲齊家，治理家室。這句即禮記大學所謂「家齊而後國治，國治而後天下平」的意思。

祚，釋文作胙，本義是「祭福肉」，引申爲凡福之稱。　胤，嗣，指子孫。陳奂傳疏：「胙胤，胤胙也。永錫胙胤，言長予子孫以福禄也。」

韻讀：文部——壼、允。

其胤維何？天被爾禄。君子萬年，景命有僕。

被，覆蓋、加給。　禄，禄位，指王位。鄭箋：「天覆被女（汝）以禄位，使録臨天下。」

景命，大命，指天命。　僕，奴僕、奴隸（從孔疏説）。

韻讀：侯部——祿、僕。

其僕維何？釐爾女士。釐爾女士，從以孫子。

釐（lí梨），賚的假借，賜予。女士，魯詩作士女，男子和女子，都是指奴隸。按氓「女也不爽，士貳其行」，溱洧「維士與女，伊其相謔」，都是寫青年男女的戀愛，這裏的士女當亦指青年男女奴隸。因爲只有青年男女能使之充當奴隸，老弱者則不堪驅使了。

從，跟隨，延續。孫子，即子孫。這二句意爲，賜給你男女奴隸，直到他們的子子孫孫。

韻讀：之部——士、子。

鳧　鷖

【題解】這是周王繹祭賓尸時所唱的詩。古代天子諸侯祭祀，第一天爲正祭，如既醉所敘。第二天稱繹祭。穀梁傳宣公八年：「繹者，祭之旦日之享賓也。」即爲扮作祖先或神祇的尸設宴，又稱賓尸。鄭箋：「祭祀既畢，明日，又設禮而與尸燕。」他對詩的背景的分析簡明而正確。這篇詩置于既醉之後，是因爲它們的背景既有聯系，又有前後次序的差別。

孫鑛評這首詩爲「滿篇歡宴福祿」。全詩五章，確實充斥着一派大吃大喝，求福求祿的氣氛。

但是，這種籠罩在宗教儀式之下，而又靠酒肉調動起來的歡樂，無論如何不會有自然天成的情趣，更談不上生動感人了。

鳧鷖在涇，公尸來燕來寧。爾酒既清，爾殽既馨。公尸燕飲，福禄來成。

鳧（fú扶），野鴨。陸璣義疏：「大小如鴨，青色，卑脚，短喙。」鷖（yī依），鷗鳥。又名水鴞。涇，徑直，指徑直向前的水流。爾雅：「水直波爲徑。」徑、涇同。公尸，見上篇注。燕，通「宴」，宴飲。寧，安寧，指安寧主人之心。易林大有之夬：「鳧鷖游涇，君子以寧。」爾，指主人周王。朱熹詩集傳：「爾，自歌工而指主人也。」馨，香氣。成，成就、成全。鄭箋：「女酒殽清美，以與尸燕樂飲酒之，故祖考以福禄來成女。」

韻讀：耕部——涇、寧、清、馨、成。

鳧鷖在沙，公尸來燕來宜。爾酒既多，爾殽既嘉。公尸燕飲，福禄來爲。

沙，水邊沙灘。宜，順適。來宜，應順主人的邀請。毛傳：「宜，宜其事也。」

爲，幫助。孔疏：「爲，謂助爲也。論語：『夫子爲衛君乎？……夫子不爲也。』並以『爲』爲『助』。」

韻讀：歌部——沙（音娑）、宜（音俄）、多、嘉（音歌）、爲（音訛）。

鳧鷖在渚，公尸來燕來處。爾酒既湑，爾殽伊脯。公尸燕飲，福禄來下。

渚，水中沙洲。

處，安樂。林義光詩經通解：「處字本義爲依几而立，其引申義爲安樂，故謂安樂爲處。古人多以譽處連言，譽爲豫之借字。爾雅：『豫，樂也。』又云：『豫，安也。』處即豫也。」

湑（xǔ 許），清。湑的本義是濾過的酒，清是引申義。伊，是。脯，乾肉。

下，降臨。

韻讀：魚部——渚、處、湑、脯、下（音户上聲）。

鳧鷖在潨，公尸來燕來宗。既燕于宗，福禄攸降。公尸燕飲，福禄來崇。

潨（cōng 匆），衆水交會之處。説文：「小水入大水曰潨。」

宗，尊敬。鄭箋：「其來燕也，有尊主人之意。」

既燕于宗，宗指宗廟。

崇，重疊、積累。形容福禄之多。

韻讀：中部——潨、宗、宗、降（户冬反）、崇。

鳧鷖在亹，公尸來止熏熏。旨酒欣欣，燔炙芬芬。公尸燕飲，無有後艱。

亹（mén門），山間通水之處，即峽口。漢書地理志顏師古注：「亹者，水流夾山岸深若門也。」來止，說文引詩作來燕，據上四章均云「來燕」，此句亦當作來燕。欣欣，毛傳：「欣欣然樂也。」旨酒怎麼會欣欣地快樂呢？說不可通。俞樾古書疑義舉例：「熏熏、欣欣字當互易。『公尸來止欣欣』，言公尸之和悅也。『旨酒熏熏』，此熏字乃薰之假借。說文：『薰，香草也。』蓋因草之香而引申之，則見香者皆得言薰也。欣、薰字音相同，古書多口授，互倒其文耳。」

燔、炙，見行葦注。芬芬，形容肉食香氣芬芳。

艱，艱難，不幸。毛傳：「無有後艱，言不敢多祈也。」孔疏：「無有後艱，守成而已。不敢更復望福，是所謂能持盈也。」

韻讀：文部——亹、熏、欣、芬、艱（音根）。

假樂

【題解】

這是周王宴會群臣，群臣歌功頌德的詩。毛序以爲「嘉成王」，魯詩以爲美宣王，何楷詩經世本古義認爲美武王，朱熹又認爲是答前篇鳧鷖之詩。這紛紜的衆説怎樣評價呢？方玉潤詩經原始説：「其所用既無考證，詩意亦未顯露，故不知其爲何王，亦莫定其爲何用矣。序云嘉成王，以其詩次成王之世而言也。集傳疑即公尸之答鳧鷖，又以其篇在鳧鷖後而言也。至何玄子更以爲祭武王之詩，則因中庸引詩以證舜，故疑爲下章之武王咏也。皆臆測也，而何可以爲據哉？」他的分析最爲平實中肯，我們不必再添贅詞了。

方氏又説：「此等詩無非奉上美詞，若無『不解于位』一語，則近諛矣。」其實即使有「不解于位」一語，也還是諛得厲害。全篇捧場，毫無足觀。吴闓生詩義會通評末章：「戒王意，就朋友發之，妙遠不測……古聖哲之微旨端在是也。」從露骨的媚意中偏要搜剔出委婉的諷規來，這等説詩，便近乎入魔了。

假樂君子，顯顯令德。宜民宜人，受禄于天。保右命之，自天申之。

假，嘉的假借，左傳、禮記引詩均作嘉。嘉美，贊美。　樂，喜愛。　君子，指周王。　顯顯，齊詩作憲，假借字。光明貌。　令德，美德。　宜，適合。　民，庶民。　人，指在位的貴族。　毛傳：「宜民宜人，宜安民、宜官人也。」　右，齊詩作佑。　命，指天授命。　之，指周王。　禮記中庸引此句並釋之曰：「故大德者必受命。」

申，重複。陳奂傳疏：「申之，言申之以福禄也。」

韻讀：之部——子、德（丁力反，入聲）。 真部——民、人、天（鐵因反）、命、申。

干禄百福，子孫千億。穆穆皇皇，宜君宜王。不愆不忘，率由舊章。

干，祈求。一説「干」字是「千」字之誤，亦通。

千億，虚數，極言其多，是誇張的修辭。王充論衡儒增篇：「百與千，數之大者也。實欲言十則言百，百則言千也。是與書言『協和萬邦』、詩曰『子孫千億』同一意也。」

穆穆，肅敬貌。 皇皇，齊詩作煌煌，光明貌。

君、王，都是動詞，意爲做天下的君王。

愆（qiān千），過失。 忘，糊塗。説文：「忘，不識也。」

率，遵循。 舊章，先王的典章制度。孟子離婁篇引詩釋之云：「遵先王之法而過者，未之有也。」即這二句詩意。

韻讀：之部——福（方逼反，入聲）、億。 陽部——皇、王、忘、章。

威儀抑抑，德音秩秩。無怨無惡，率由群匹。受禄無疆，四方之綱。

威儀，儀容舉止。 抑抑，懿懿的假借，莊美貌。

德音，這裏指政教法令。 秩秩，有條不紊。毛傳：「秩秩，有常也。」

無怨無惡，朱熹詩集傳：「又能無私怨惡以任衆賢。」

匹，類。群匹，群臣。馬瑞辰通釋：「此詩上章『率由舊章』爲法祖，此章『率由群匹』爲從衆。」

綱，本義爲網上大繩，這裏引申爲統領、總管，即指周王。

韻讀：脂部——抑、秩、匹。　陽部——疆、綱。

之綱之紀，燕及朋友。百辟卿士，媚于天子。不解于位，民之攸塈。

之，這。　紀，本義爲理出蠶絲的首端，引申爲治理。棫樸鄭箋：「以網罟喻爲政，張之爲綱，理之爲紀。」這句承上章「四方之綱」言，亦指周王。

燕，宴請。　朋友，指群臣。

辟，君。百辟，衆諸侯。　卿士，周王朝的高級官員。　左傳隱公三年：「鄭武公、莊公爲平王卿士。」杜預注：「卿士，王卿之執政者。」

媚，愛戴。

解，今作懈，怠惰。

攸，所。　塈（xì細），愒的假借，休息。鄭箋：「不解於其職位，民之所以休息由此也。」按這二句是對「百辟卿士」的贊頌，歷來説詩者多有以爲是規戒百官的話，非。

韻讀：之部——紀、友（音以）、士、子。　脂部——位、塈。

公劉

【題解】

這是周人史詩之一，上承生民，下接緜，敘述周人祖先公劉帶領周民由邰遷豳的史績。史記周本紀：「公劉雖在戎狄之間，復修后稷之業，務耕種，行地宜。自漆沮渡渭，取材用。行者有資，居者有蓄積。民賴其慶，百姓懷之，多徙而保歸焉。周道之興自此始，故詩人歌樂思其德。」司馬遷用散文的形式概括了詩的內容。至于詩的創作年代，毛序認爲是「召康公戒成王」而作，方玉潤駁道：「序以此爲召康公作者，蓋因七月既屬之周公，則此詩不能不屬諸召公矣。其有心附會周、召處，明白顯然。」毛序的牽附之意，經方氏點明，昭然若揭。此外，金履祥認爲公劉同七月一樣是豳地舊詩。但根據全詩用韻的流暢，描寫技巧的嫻熟，決非早在殷商時期的豳人所能爲。金履祥說公劉「下視商頌諸作，同一蹈厲」，而商頌恰恰都是春秋時的作品。我們認爲，公劉同七月一樣，都含有豳地舊咏的成分在內，但最後的成詩，至早要到西周後期。

詩人抓住公劉率周人由邰遷豳這一關鍵的歷史事件，分遷徙（第一章）、擇地（第二、三章）、定居（第四、五、六章）三個層次，一一道來，有條有理。對人物和場景的描寫也十分精彩。如第二章「何以舟之？維玉及瑤，鞞琫容刀」，在敘述公劉忙于相地的當口，忽然轉而描摹佩劍之華麗，所謂閑筆涉趣，輕輕一點，便使人物形象更加豐滿鮮明。無怪乎孫鑛贊曰：「似涉無緊要，然風致正在此。」再如第三章「于時處處」四句，疊詞與排比兼用，通過音節的緊凑和往復，將拓荒者熱熱鬧鬧，歡歡喜喜的氣氛烘托得十分强烈。此外，五章的「度其夕陽，豳居允荒」，六章的「夾其皇澗，溯其過澗」，一敘新居之美好，一述人煙之繁密，都寫得風雅疏朗，傳神入畫。這首史詩，與大雅中那些諂君媚神的諛詞，確是不可同日而語的。

篤公劉，匪居匪康。迺埸迺疆，迺積迺倉。迺裹餱糧，于槖于囊。思輯用光，弓矢斯張，干戈戚揚，爰方啟行。

篤，忠誠厚道。馬瑞辰通釋訓篤爲語詞，亦通。　公劉，周人先祖。司馬遷史記一云公劉爲后稷四世孫（周本紀），一云爲十餘世孫（劉敬列傳），恐以後説爲是。釋文引尚書大傳云：「公，爵。劉，名也。」

匪，非，不敢。　康，安樂。按第二個「匪」字是襯字，無義。「匪居康」即「匪康居」，爲協韻而倒文。

迺，同「乃」，于是。　埸（yì 亦），田界。　疆，田的大界。這裏都用作動詞。毛傳：「迺埸迺疆，言修其疆埸也。」

積，亦名庾，露天積糧處。　倉，倉庫。這裏也都用作動詞。王先謙集疏：「邰之民亦有老病而不能行者，則以積倉與之。」

裹，包裝。　餱糧，乾糧。

于，在。　橐（tuó駝），没底的口袋，裝物後，用繩紮住兩頭。　史記陸賈傳索隱引埤倉曰：「有底曰囊，無底曰橐。」

思，發語詞。　輯，團結和睦。　用，以。　光，光榮，顯耀。　毛傳：「言民相與和睦以顯於時也。」

斯，語助詞。　張，設、準備。

干，盾。　戚，斧。　揚，亦名鉞，大斧。　鄭箋：「公劉之去邰，整其師旅，設其兵器。」

爰，于是。　方，開始。　啟行，動身，出發。

韻讀：陽部——康、疆、倉、糧、囊、光、張、揚、行（音杭）。

篤公劉，于胥斯原。既庶既繁，既順迺宣，而無永歎。陟則在巘，復降在原。何以舟之？維玉及瑤，鞞琫容刀。

于，在。　胥，相、視察。　斯，此、這。　原，指豳地的原野。

庶、繁，都是衆多的意思。　鄭箋：「民既衆矣，既多矣。」

順，民心歸順。　宣，民心舒暢。　馬瑞辰通釋：「言民心既順其情，乃宣暢也，故下即言『而無永歎』矣。」

陟，登上。　巘（yǎn 演），小山。　王先謙集疏：「公劉之相此原地也，由原而升巘，復下在原，言反復之，重居民也。」

舟，𠣝的假借，佩帶。　馬瑞辰通釋：「說文：『𠣝，帀徧也。』字通作『周』。　帶周於身，故舟得訓帶。」

維，是。　瑤，華美的石頭，和玉一樣都是腰帶上的飾物。

鞞（bǐng 丙），刀鞘。　琫（běng 鞛），刀鞘上的裝飾。　見瞻彼洛矣注。　容刀，佩刀。　陳奐傳疏：「佩刀以爲容飾，故曰容刀。」

韻讀：元部——原、繁、宣、歎、巘、原。　宵部——瑤、刀。

篤公劉，逝彼百泉，瞻彼溥原；迺陟南岡，乃覯于京。京師之野，于時處處，于時廬旅，于時言言，于時語語。

逝，往。　百泉，泉水衆多之處。　或以百泉爲地名，恐非。

瞻，視，視察。　溥（pǔ 普），廣大。

南岡，陳奐傳疏：「山脊曰岡。　岡即豳山之岡也。　豳山在百泉之南，故曰南岡。」

覯（gòu 够），看見，發現。　京，豳地名。

京師，京邑，後世遂以爲帝王所居都城的專稱。　馬瑞辰通釋：「吴斗南（宋吴仁傑著兩漢刊誤補遺）曰：『京者，地名。師者，都邑之稱。如洛邑亦稱洛師之類。』其說是也。京師連稱始此，後遂以名天子居焉。」 野，郊外。

于時，于是。 處處，居住。

廬，房舍。公羊傳宣公十五年何休注：「在田曰廬。」這裏用作動詞，建房。 旅，衆、大衆。陳奐傳疏：「其時公劉在大地之野爲大衆定廬舍，行井田之法。」

言言、語語，均是重言以見言語之喧譁，猶言「人聲鼎沸」。

韻讀：元部——泉、原。 陽部——岡、京（音姜）。 魚部——野（音宇）、處、旅、語。

篤公劉，于京斯依。蹌蹌濟濟，俾筵俾几。既登乃依，乃造其曹，執豕于牢。酌之用匏，食之飲之，君之宗之。

依，憑依。鄭箋：「公劉之居於此京，依而築宮室。」

蹌蹌（qiāng 槍）濟濟，舉止有禮，從容端莊貌。禮記曲禮：「凡行容，大夫濟濟，士蹌蹌。」

俾，使。 筵，鋪在地上的坐席。這裏用作動詞，使他就席。 几，古代席地而坐時可依靠的小桌。這裏指使他靠几。

既，已經。 登，指登上筵席。 依，指靠着几。

造，三家詩作告，均祰之假借。說文：「祰，告祭也。」 曹，褿的假借，祭猪神。馬瑞辰通釋：「據下云『執豕于牢』，知詩『乃造其曹』謂將用豕而先告祭於豕先。」

執，捉。　牢，猪圈。

酌，斟酒。　之，指賓客。　匏，葫蘆。　葫蘆一剖爲二作酒器，稱匏爵。

君，爲豳地的君主。　之，指公劉。　宗，爲周人的族主。

韻讀：脂部——依、濟、几、依。　幽部——曹（音愁）、牢（盧愁反）、匏（蒲愁反）。　中、侵部通韻——飲、宗。

篤公劉，既溥既長，既景迺岡，相其陰陽，觀其流泉。其軍三單，度其隰原，徹田爲糧。度其夕陽，豳居允荒。

既，已。　溥，廣。　這裏指開墾的土地已經很廣很長。

景，同「影」，靠日影以定方位。　岡，登上山岡。　這裏景、岡都作動詞用。

相，看、視察。　其，指開墾的地區。　陰，山北。　陽，山南。　朱熹詩集傳：「陰陽，向背寒暖之宜也。」

單，禪的假借，輪流代替。　毛傳：「單，相襲也。」俞樾達齋詩説：「三單則何以相襲？疑毛公讀單爲禪。禪者，禪代之義，故云相襲也。三軍所以得相襲何也？爲三軍而用其一軍，使之更番代，故曰三單。」

度（duó奪），測量。　隰原，低平之地。

徹，治。徹田，指開墾田地。　爲糧，生産糧食。

夕陽，山的西面。爾雅：「山西曰夕陽。」

豳居，豳人居住的地方。　允，確實。　荒，廣大。

韻讀：陽部——長、岡、陽、糧、陽、荒。　元部——泉、單、原。

篤公劉，于豳斯館。涉渭爲亂，取厲取鍛，止基迺理，爰衆爰有。夾其皇澗，遡其過澗。止旅迺密，芮鞫之卽。

館，魯詩作觀，館、觀古通。此處作動詞用，指建築館舍。

渭，渭水。　爲，而。　亂，橫流而渡。

厲，同「礪」，粗糙堅硬的磨刀石。　鍛，捶物的大石。　朱熹詩集傳：「言其始來未定居之時，涉渭取材，而爲舟以來往，取厲取鍛，以成宮室。」

止，「之」的訛字，金文「之」字作业，與止（止）易混。之，兹、此。下「止旅乃密」句同。參見于省吾新證。　基，基地。　理，治理。這句意爲，這塊基地于是便得到治理。

爰，於是。　衆，人口衆多。　有，財物富有。

夾，夾岸而住。　皇澗，豳地澗名。

遡，面對。　過澗，亦豳地澗名。

旅，大衆。　密，安定。

芮，汭的假借，水邊向内凹處。　鞫（jū居），阸的假借，三家詩作阸。　阸通垠、泥。　水邊向外凸處。　胡承珙後箋：「凡水相入之處皆曰汭，其會合襟帶必有隈曲，内曲即芮，外曲即鞫。」　之，這，指芮、鞫。　即，就，往就。　孔疏：「此則來者愈衆，並水之内曲、外曲而皆居之。」

韻讀：元部——館、亂、鍛、澗、澗。　之部——理、有（音以）。　脂部——密、即。

泂酌

【題解】　這是歌頌統治者能得民心的詩。　毛序説這是「召康公戒成王」，姚際恒認爲「未有以見其必然」。　三家詩以爲是贊美公劉的詩，可能是因爲它次于公劉之後，但也没有確據。　方玉潤説：「其體近乎風，匪獨不類大雅，且並不似小雅之發揚蹈厲、剴切直陳者。」所謂「近乎風」者，即三章皆用興句開頭，且全詩篇章短小，三章一層意思，反復咏唱而已。　這可能是作者仿效民歌的結果，也可能本是周地民歌，因其頌美之意濃厚而收入大雅。

泂酌彼行潦，挹彼注兹，可以餴饎。　豈弟君子，民之父母。

泂（jiǒng 窘），迥的假借，遠。　酌，舀取。　行，道路。行潦（lǎo 老），路邊積水。
挹，舀。　彼，指行潦。　注，灌。　兹，此，指盛水的器皿。按舀取路邊積水，灌在盛器中澄清後用來蒸飯菜或洗滌器皿，這可能是古代乾旱的西北地區人們的生活習慣，詩人擷取以爲興句。其興意在于，以水在生活中的重要，象徵君子「爲民父母」，在百姓心目中的崇高。

餴（fēn 分），蒸。　饎（chì 赤），酒食。

豈弟（kǎi tì 楷替），亦作愷悌，德行高大。呂氏春秋不屈篇：「詩曰：『愷悌君子，民之父母。』愷者，大也。悌者，長也。君子之德長且大者，則爲民父母。」

韻讀：之部——兹、饎、子、母（滿以反）。

泂酌彼行潦，挹彼注兹，可以濯罍。豈弟君子，民之攸歸。

濯（zhuó 濁），洗。　罍，古酒器，形似壺而大，青銅或陶製成。

攸，所。　歸，歸附。

韻讀：之部——兹、子。　脂部——罍、歸。

泂酌彼行潦，挹彼注兹，可以濯溉。豈弟君子，民之攸塈。

溉，概的假借字，古漆器酒尊。　又，毛傳：「溉，清也。」孔疏：「謂洗之使清潔。」亦通。

塈，休息。　見假樂注。

韻讀：之部——兹、子。　脂部——溉（音既）、塈。

卷阿

【題解】

這是周王與群臣出遊卷阿，詩人陳詩頌王的歌。毛序以爲是「召康公戒成王」，王質詩總聞以爲是頌文王，都是推測之詞。有人引竹書紀年「成王三十三年，遊于卷阿，召康公從」的記載爲證，但竹書紀年有作僞的成分在内，不足盡信。從内容看，這是歌頌周王禮賢求士無疑；至於時代等，只能存疑。

全詩十章，首章以「來遊來歌，以矢其音」領起，末章以「矢詩不多，維以遂歌」收束，首尾呼應，神氣完足。中間八章，敘出遊則祝頌並起，敘求賢則賦興兼用，布局勻稱諧調。單憑這一點，亦可證明這不是周初的創作。從語言的運用上看，雖然以歌頌贊美的諛詞爲主，但也不乏佳句。如第七、八、九章以鳳凰的飛鳴集止起興，喻天子周圍賢才薈萃，形象鮮明而壯美。尤其是第九章，全用比喻，寫高岡朝陽，梧桐生焉，鳳凰則棲於上而鳴，華麗的意境與「天子得人，野無遺賢」的盛況十分吻合；而且妙在「皆用鏤空之筆，不着色」（姚際恒語），確爲全詩添一段靈動飄逸之氣。

有卷者阿，飄風自南。豈弟君子，來游來歌，以矢其音。

有卷（quán全），即卷卷，曲折貌。　阿，大的丘陵。　或疑「卷阿」爲地名，恐非。

飄風，旋風。　按這二句是興，鄭箋：「興者，喻王當屈體以待賢者，賢者則猥來就之，如飄風之入曲阿然。」

豈弟，和氣平易。　君子，指賢人。　毛序：「言求賢用吉士也。」下同。

矢，陳獻。　音，指詩歌。

韻讀：歌部——阿、歌。　侵部——南（奴森反）、音。

伴奐爾游矣，優游爾休矣。豈弟君子，俾爾彌爾性，似先公遒矣。

伴奐，松弛、縱情的意思。形容「游」字。　鄭箋：「伴奐，自縱弛之意也。」　爾，你，指周王。下同。

優游，閑暇自得貌。形容「休」字。

俾，使。　彌，終、盡。　性，同「生」，生命。

似，嗣的假借，魯詩正作嗣，繼承。　先公，先君，指周朝開國的君主文王、武王。　遒，魯詩作酋，終，完成。　爾雅釋詁郭注引這句詩作「嗣先公爾酋矣」。據後文，似從郭注爲是。　這三句意爲，和氣平易的賢人能使你盡自己的一生，繼承祖先的事業並且完成它。

韻讀：幽部——游、休、遒。

爾土宇昄章，亦孔之厚矣。豈弟君子，俾爾彌爾性，百神爾主矣。

土宇，疆土。昄，音義同「版」。昄章，猶版圖。

孔，非常。厚，廣大遼闊。

百神，天地山川的衆神。主，主祭者。按主祭百神也就是當天子。孟子萬章篇：「使之主祭，而百神享之，是天受之。」

韻讀：侯部——厚、主（朱謳反）。

爾受命長矣，茀禄爾康矣。豈弟君子，俾爾彌爾性，純嘏爾常矣。

受命，指周王受天命爲天子。長，久。

茀，通福。茀禄，福禄。康，安康。

純，大。嘏（gǔ古），福。鄭箋：「使女（汝）大受神之福以爲常。」

韻讀：陽部——長、康、常。

有馮有翼，有孝有德，以引以翼。豈弟君子，四方爲則。

馮（píng 憑），輔佐。翼，幫助。這裏皆指賢臣，下句同。

孝，指美德。馬瑞辰通釋：「王尚書曰：『爾雅：善父母爲孝。推而言之，則爲善德之通稱。』此詩有孝有德亦泛言有善有德，不必專指孝親言。」

引，引導。　翼，輔助。行葦鄭箋：「在前曰引，在旁曰翼。」則，法則、榜樣。按這章贊美賢人能輔導周王，因而爲四方諸侯的學習榜樣。

韻讀：之部——翼、德（丁力反，入聲）、翼、子、則（音稷入聲）。

顒顒卬卬，如圭如璋，令聞令望。豈弟君子，四方爲綱。

顒顒（yóng），温和恭敬貌。　卬卬（áng昂），氣宇軒昂貌。

圭、璋，古代玉製禮器。見淇奥、斯干注。這句是詩人以圭、璋比君子品德的高貴。

令，善、好。　聞，聲譽。　望，名望。這三句都是形容賢人。

綱，綱紀、法度。見假樂注。

韻讀：陽部——卬、璋、望、綱。

鳳皇于飛，翽翽其羽，亦集爰止。藹藹王多吉士，維君子使，媚于天子。

鳳皇，即鳳凰。傳説中的神鳥。

翽翽（huì惠），衆多貌。　羽，代指百鳥。

爰，于。　止，棲止，指鳳凰停息之處。按以上三句是興，鄭箋：「鳳皇往飛翽翽然，亦與衆鳥集於所止。衆鳥慕鳳皇而來，喻賢者所在，群士皆慕而往仕也。」

藹藹，衆多貌。毛傳：「藹藹，猶濟濟也。」　吉士，善士，指周王的群臣。

維，同「惟」，只。　君子，指周王。　使，使用。　這句意爲，吉士只聽周王的使用。

媚，愛戴。　鄭箋：「王之朝多善士藹藹然，君子在上位者率化之，使之親愛天子，奉職盡力。」陳啟源毛詩稽古編：「詩十章，凡十言君子，而其六則言豈弟。　箋、疏皆目大臣，即敘所謂賢也。敘所謂吉士，則經文之藹藹吉士、藹藹吉人也。　能信任大賢，處之尊位，則衆賢滿朝矣。」

韻讀：之部——止、士、使、子。

鳳皇于飛，翽翽其羽，亦傅于天。　藹藹王多吉人，維君子命，媚于庶人。

傅，至。　這句意爲，衆鳥亦隨鳳凰飛往天空。

吉人，猶「吉士」。

庶人，平民。

韻讀：真部——天（鐵因反）、人、命、人。

鳳皇鳴矣，于彼高岡。梧桐生矣，于彼朝陽。　菶菶萋萋，雝雝喈喈。

朝陽，山的東面。　因早晨被太陽照亮，故稱朝陽。　姚際恒詩經通論：「詩意本是高岡朝陽，梧桐生其上，而鳳凰棲於梧桐之上鳴焉；今鳳凰言高岡，梧桐言朝陽，互見也。」

菶菶（běng 綳）萋萋，形容梧桐枝葉的茂盛。

雝雝（魯詩、齊詩作噰）喈喈，形容鳳凰鳴聲的和諧。

韻讀：耕部——鳴、生。　陽部——岡、陽。　脂部——萋、喈（音飢）。

君子之車，既庶且多。君子之馬，既閑且馳。矢詩不多，維以遂歌。

庶，衆多。　多，侈的假借，車飾侈麗的意思（從俞樾說）。閑，調順、熟練。　馳，馬疾行。按以上四句是詩人以車馬的庶多閑馳，象徵賢人衆多。不多，「不」是語詞，無義。毛傳：「不多，多也。」維，只。或訓爲發語詞，亦通。　以，爲。　遂歌，遂爲樂官譜成歌曲。毛傳：「王使公卿獻詩以陳其志，遂爲工師之歌焉。」

韻讀：魚部——車、馬（音姥mǔ）。　歌部——多、馳（音沱）、多、歌。

民勞

【題解】

這是一首勸告厲王安民防姦的詩。毛序：「民勞，召穆公刺厲王也。」周厲王是一個暴虐的君主，在位時「賦斂重數，繇役繁多。人民勞苦，輕爲姦宄。强陵弱，衆暴寡，作寇害。故穆公以刺之。」（鄭箋）但是厲王並没有接受召穆公的勸諫，他任用衛巫監謗，將有不滿現實的言論的人都殺死。這種專制暴虐的行徑雖然暫時堵住了人民的口，却征服不了人民的心。公元前八四二年，國人起來造反，襲厲王。厲王出奔于彘（今山西省霍縣）。民勞詩所反映的，就是厲王暴政的一個側面，但用諫戒的語氣出之。

陸德明經典釋文云：「從此至桑柔五篇是厲王變大雅。」前人的正變之説雖然不盡正確。但從詩的風格來説，變雅淒苦憂愁的低調與正雅雍容華貴的高調確實相去很遠。就這首詩而論，全篇是重章疊唱，以「無縱詭隨」（别聽狡詐欺騙話）爲一篇之主，每一章所變换的詞如無良、惽怓、罔極、醜厲、繾綣，則描摹出詭隨小人的種種情狀，章法于整齊中見變化，渲染出一派「國將亂矣」的嚴峻氣氛，充分表達了詩人言切意深的良苦用心。

民亦勞止，汔可小康。惠此中國，以綏四方。無縱詭隨，以謹無良。式遏寇虐，憯不畏明。柔遠能邇，以定我王。

亦、止，都是語助詞。

汔（qì汽），气的假借，今省作乞，乞求。　康，安居。　于省吾新證：「求可以小安，非有希於郅治之隆也，其意婉而諷矣。」

惠，愛。　中國，王畿，周天子直接統治的區域，與下句「四方」相對。

綏，安撫。　四方，指各諸侯國。

無，毋，不要。　縱，應作從，聽從。　陳奂傳疏：「縱，當依左傳作從。箋以『聽』釋從，其字不誤也。」 詭隨，狡詐欺騙的人。 王引之經義述聞：「詭隨，疊韻字，不得分訓。 詭隨，謂譎詐謾欺之人。」

謹，慎防、小心提防。 無良，不好的人，指詭隨。

式，發語詞。 遏，遏止、制止。 寇虐，掠奪暴虐的人，指當時的貪官酷吏。 毛傳：「慎小以懲大也。」馬瑞辰通釋：「此詩每章皆言『詭隨』，而但曰『無縱』，可知其爲小惡。 下文云『以謹』，曰『式遏』，明其惡漸大矣。」按這幾句是希望防微杜漸的意思。

憯（cǎn 慘），曾、乃。 明，禮法。 陳奐傳疏：「明猶法也。 不畏明法即是寇虐。」

柔，懷柔、安撫。 遠，住在遠方的人們，即四方諸侯。 能，親善，相善。 王引之經義述聞：「古者謂相善爲相能。」 邇，住在近處（即王畿之内）的人們。

定，安定。 王，王室，指周王朝政權。

韻讀：陽部——康、方、良、明（音芒）、王。

民亦勞止，汔可小休。 惠此中國，以爲民逑。 無縱詭隨，以謹惛怓。 式遏寇虐，無俾民憂。 無棄爾勞，以爲王休。

逑，聚合。 指人民聚集安居之地。

惛怓（mèn náo 懣撓），當作怋怓，指朝政昏亂。 説文：「怋，怓也。 怓，亂也。」

無，不要。

爾，指當時在位者。　勞，功績。

休，美，美政。鄭箋：「勞猶功也。無廢女（汝）始時勤政事之功，以爲女（汝）王之美。述其始時者，誘掖之也。」

韻讀：幽、宵部通韻——休、逑、怓、憂、休。

敬慎威儀，以近有德。

民亦勞止，汔可小息。惠此京師，以綏四國。無縱詭隨，以謹罔極。式遏寇虐，無俾作慝。

京師，即其他各章中的「中國」，免與下句「國」字重複而换字。

罔極，行爲不正，没有準則。見氓注。

慝（tè特），邪惡。作慝，指做邪惡之事。

敬慎，嚴肅謹慎，此處作動詞用。　威儀，容貌舉止。

近，接近。有德，有道德的人。姚際恒通論：「（三章）末二句，教之以近君子也。」

韻讀：之部——息、國（古逼反，入聲）、極、慝（他力反，入聲）、德（丁力反，入聲）。

民亦勞止，汔可小愒。惠此中國，俾民憂泄。無縱詭隨，以謹醜厲。式遏寇虐，無俾正敗。

戎雖小子，而式弘大。

愒（qì器），休息。

泄，發泄，消除。毛傳：「泄，去也。」這句意爲，可以使人民的憂憤得到發泄。

醜厲，醜惡的人。鄭箋：「厲，惡也。」馬瑞辰通釋：「醜、厲二字同義，醜亦惡也。」

正，政的假借，政事。敗，敗壞。

戎，你。指周厲王。小子，年輕人。

式，作用。鄭箋：「今王女（汝）雖小子自遇，而女（汝）用事於天下甚廣大也。」方玉潤詩經原始：「言女（汝）身雖微而所係甚重，不可不謹，蓋深責之之詞也。」

韻讀：祭部——愒（音揭）、泄、厲（音列）、敗（音别去聲）、大（徒例反）。

民亦勞止，汔可小安。惠此中國，國無有殘。無縱詭隨，以謹繾綣。式遏寇虐，無俾正反。王欲玉女，是用大諫。

有，語助詞。殘，傷害。

繾綣，固結繚繞，這裏指結幫營私。楚辭王逸章句：「緊綣，糾繚也。一作繾綣。」

正反，政事顛覆。

玉，指金玉財富。女，指美女。林義光詩經通解：「玉女，謂財貨與女色也。」又，阮元揅經室集云：「説文金玉之玉無一點，其加一點者，解云：『朽王也。從王有點。讀若畜牧之畜。』詩玉女，玉字當是加點之玉。玉女（汝，下同）者，畜女也。畜女者，好女也。好女者，臣説（悦）君也。

召穆公言：王乎，我惟欲好女，不得不用大諫也。」按阮氏訓玉爲畜，愛護之意。訓女爲汝，亦通。是用，因此。大諫，深切勸告。

韻讀：元部——安、殘、綣、反、諫。

板

【題解】這是借批評同僚爲名來勸告厲王的詩。毛序：「板，凡伯刺厲王也。」三家詩没有大的異議，只是補充説：「刺周王變祖法度，故使下民將盡病也。」（後漢書李固傳）凡伯是周公的後裔，入爲王朝卿士。據魏源詩古微考證，凡伯就是共伯和，當厲王流亡彘地時，諸侯立凡伯爲王。後來厲王死，周宣王立，凡伯就讓出政權，回到自己的封地凡邑去了。他向來被稱頌是一個「有至德」的人，但事實上，政權的遞嬗是否真的如此温良謙和，恐怕不見得。年代久遠，史料匱乏，只能存疑。不過這首詩爲凡伯所作，大概不會有什麽問題。按古本詩經「板」皆作「版」，荀子楊倞注：「大雅版之詩」，可證。

作爲主要的藝術手法之一，比喻在詩經中應用得也是很廣泛的。即如這首詩的第六章，爲了形容「天之牖民」，連用「如壎如篪，如璋如圭，如取如攜」六個明喻，以壎篪樂器的相和，璋圭玉器的相合來説明上天誘導百姓的和諧自然，取喻奇特而喻意貼切。更妙者前二句四個喻體都是實物，後一句兩個喻體「如取如攜」轉而用虚；虚實相間，將本體的形象刻畫得更加鮮明生動。同樣的，第七章「价人維藩」以下六句，也是在衆多的隱喻中空一句，賦比相間，取譬切至，而行文不覺板滯。這位詩人用譬的手法可説是相當嫻熟了。

上帝板板，下民卒癉。出話不然，爲猶不遠。靡聖管管，不實於亶。猶之未遠，是用大諫。

上帝，詩人不敢直稱厲王，以上帝來暗喻他。　板板，魯詩作版版，違反正道貌。

卒癉（cuì dǎn 粹膽），卒是悴的假借，又作瘁，韓詩外傳引作瘁癉，勞病。　癉，釋文：「癉，本又作僤，沈本作亶。」按癉爲正字，僤、亶皆假借字。與「悴」同義。

話，好話。　毛傳：「話，善言也。」　不然，並非如此。

猶，同「猷」，謀，政策。　不遠，没有遠見。

靡聖，眼裏没有聖人。　管管，無所依憑，自以爲是貌。　鄭箋：「王無聖人之法度，管管然以心自恣。」

亶（dǎn 膽），誠信。　鄭箋：「不能用實於誠信之言，言行相違也。」按這句正承上「出話不然」而言。

大諫，見上篇民勞注，方玉潤詩經原始：「前『用大諫』在篇末，此亦『用大諫』在章首也。大旨不殊，而章法略異耳。」

韻讀：元部——板、癉、然、遠、管、亶、諫。

天之方難，無然憲憲。天之方蹶，無然泄泄。辭之輯矣，民之洽矣。辭之懌矣，民之莫矣。

方，正在。　難，災難，指上天正在降下災難。

無然，不要這樣。　憲憲，欣欣的假借，喜悦貌。

蹶，擾亂。毛傳：「蹶，動也。」這裏指上天正在降下社會動亂。

泄泄（yì亦），多嘴多舌貌。亦作呭，説文：「呭，多言也。」

辭，辝的假借，金文「辝」訓「我」，這裏指作者與其同寮。　輯，和，指關係和順。

洽，融洽團結。

懌（yì亦），悦，指關係和悦。

莫，慔的假借，勉力。這四句意爲，我們之間和悦相處，百姓才能融洽勉力。即上行下效之意。這是作者勸戒同寮的話，由此可見他們之間關係並不和諧。見于省吾新證。

韻讀：元部——難、憲。　祭部——蹶、泄。　緝部——輯、洽（胡急反，入聲）。　魚部——懌（音余入聲）、莫（音模入聲）。

我雖異事，及爾同寮。我即爾謀，聽我囂囂。我言維服，勿以爲笑。先民有言：「詢於芻蕘。」

異事，職務不同。

及，與、和。　同寮，同事。　左傳文公七年：「同官爲寮。」

即，往就，接近。　謀，商議。

囂囂（áo 敖），謷謷的假借，釋文引韓詩作嗸嗸，魯詩作敖敖，亦假借字。　傲慢而不願接受人言貌。　鄭箋：「謷謷然不肯受。」

維，是。　服，治，指合理的建議。

笑，嘲笑、戲笑。　陳奐傳疏：「言我言有可說之道，無爲笑也。」

先民，古人。

詢，問，徵求意見。　芻，草。　蕘，柴。　芻蕘代指割草砍柴者，即樵夫。　孔疏：「我有疑事，當詢謀於芻蕘薪采者。　以樵采之賤者猶當與之謀，況我與汝之同寮，不得棄其言也。」

韻讀：之部——事、謀（謨其反）、服（扶逼反，入聲）。　宵部——寮、囂、笑、蕘。

天之方虐，無然謔謔。　老夫灌灌，小子蹻蹻。　匪我言耄，爾用憂謔。　多將熇熇，不可救藥。

虐，暴虐。　與二章「天之方難」同意。

謔謔，嬉笑快樂貌。

老夫，詩人自稱。　禮記曲禮：「丈夫七十自稱老夫。」　灌灌，懽之假借，魯詩正作懽。　猶款款，誠懇貌。

小子，即上章的「同寮」，實指厲王。　蹻蹻，驕傲貌。朱熹詩集傳引蘇氏曰：「老者知其不可，而盡其款誠以告之，少者不信而驕之。」

匪，非。　言，説的話。　耄，年八十曰耄。這裏有「老糊塗」之意。朱熹詩集傳：「耄，老而昏也。」　憂，優的假借。優謔，調笑。見俞樾群經平議。　這二句意爲，不是我説話老糊塗，可你用我的話來開玩笑。

將，實行。　熇熇（hè 賀），魯詩作熇熇，火勢熾盛貌。這裏指慘酷毒害的惡事。　藥，治。救藥，指王政的腐敗，如同病夫不可用藥物來救治。鄭箋：「多行熇熇慘毒之惡，誰能止其禍？」

韻讀：宵部——虐、謔、蹻、耄、謔、熇、藥。

天之方懠，無爲夸毗。威儀卒迷，善人載尸。民之方殿屎，則莫我敢葵。喪亂蔑資，曾莫惠我師。

懠（qí 其），毛傳：「怒也。」

夸毗，卑躬屈膝，諂媚順從。孔疏引孫炎曰：「夸毗，屈己卑身以柔順人也。」

威儀，指君臣之間的嚴肅儀態。　卒，盡、全。　迷，迷亂。

載，則。　尸，神主。孔疏：「尸，謂祭時之尸，以爲神象，故終祭不言。賢人君子則如尸不復言語，畏政故也。」

殿屎（xī西），唸咿的假借，魯詩作唸吚，痛苦呻吟聲。

葵，揆的假借，揆度，猜疑。　莫我敢葵，是「莫敢葵我」的倒文。

蔑，無、末。　資，濟的假借，止息。　見于省吾新證。

曾，乃。　惠，施恩惠。　師，民衆。

韻讀：脂部——懠、毗、迷、尸、屎、葵、資、師。

天之牖民，如壎如篪，如璋如圭，如取如攜。攜無曰益，牖民孔易。民之多辟，無自立辟。

牖（yǒu有），通誘，孔疏：「牖與誘古字通用。」韓詩外傳引這句詩正作誘。誘導。

壎（xūn勛），古代陶製的橢圓形吹奏樂器。　篪（chí池），古代竹製的管樂器。

圭、璋，都是玉製禮品。　孔疏：「半圭爲璋，合二璋則成圭。」毛傳：「如壎如篪，言相和也。　如圭如璋，言相合也。」

攜，提。　按這三句比喻都是形容只要君子善于誘導，人民是會很好地響應的。

曰，語助詞，無義。　益，隘的假借，阻礙。　無益，即没有阻礙。

辟，同「僻」，邪僻，壞事。

無自，無從。　辟，法。　立辟，立法。　鄭箋：「民之行多爲邪辟者，乃女君臣之過，無自謂所建爲法也。」馬瑞辰通釋：「謂邪僻之世，不可執法以繩人。」

韻讀：支部——篪、圭、攜、益、易、辟、辟。

价人維藩，大師維垣，大邦維屏，大宗維翰。懷德維寧，宗子維城。無俾城壞，無獨斯畏。

价，同「介」，魯詩正作介。善。介人，善人。　維，是。下同。　藩，籬笆。

大師，大衆。　垣，牆。

大邦，諸侯中的大國。　屏，屏障。

大宗，周天子同姓的宗族。　翰，楨幹、棟梁。

懷，和、團結。陳奐傳疏：「棠棣傳：『九族會曰和。』」這句意爲，以德行團結賢人民衆和諸侯宗族，就是國家的安寧。

宗子，周王的嫡子。朱熹詩集傳：「言是六者（按即以上六句所言）皆君之所恃以安，而德其本也。有德則得五者之助，不然則親戚叛之而城壞。」

獨，孤獨。　斯，此、這。　畏，可怕。　這二句意爲，你不要使城受到破壞，不要孤立自己，孤立是可怕的。　這章是勸諫周厲王不要造成衆叛親離的局面。

韻讀：元部——藩、垣、翰。　耕部——寧、城。　脂部——壞（音回）、畏。

敬天之怒，無敢戲豫。敬天之渝，無敢馳驅。昊天曰明，及爾出王。昊天曰旦，及爾游衍。

敬，魯詩作畏，敬畏。
戲豫，嬉戲娛樂。
渝，變，指天災。
馳驅，指放縱自恣。毛傳：「馳驅，自恣也。」
昊天，上天。曰，語助詞，下同。明，光明。
及，與。王，往的假借。出王，來往。
旦，與「明」同義。
游衍，游逛。鄭箋：「昊天在上，人仰之皆謂之明，常與女出入往來，游溢相從，視女所行善惡，可不慎乎？」這章是勸諫周厲王要敬畏上天的變怒。

韻讀：魚部——怒、豫。侯部——渝（喻蓝反）、驅（音蓝 qiū）。陽部——明（音芒）、王。元部——旦、衍。

蕩

【題解】

這是詩人哀傷厲王無道，周室將亡的詩。毛序：「蕩，召穆公傷周室大壞也。厲王無道，天下蕩蕩然無綱紀文章，故作是詩也。」詩的第一章託言上帝，二章至末章設爲文王咨嗟指責殷紂之詞，而其意則在刺厲王。厲王監謗，箝制言論，國人道路以目，連召穆公這樣位高權重的老臣也不敢直言無諱，可見極權者的兇惡霸道了。這種不多見的託古諷今詠史的表現手法，自蕩濫觴以來，竟然延續了數千年而不衰，真是中國文學史上的奇觀。

陸奎勳詩學：「文王以下七章，初無一語顯斥厲王，結撰之奇，在雅詩亦不多覯。」孔穎達說：「傷者，刺外之有餘哀也，其恨深於刺也。」他看出了詩的情調。這種恨是恨鐵不成鋼的恨，如「靡不有初，鮮克有終」，是失望中還殘存着希冀的恨，如「殷鑒不遠，在夏后之世」。從這種深沉的感情中孕育出來的詩句，都帶有强烈的感染力，流傳了二千多年，從而産生出一種普遍意義，成爲文壇上常用的成語了。

蕩蕩上帝，下民之辟。疾威上帝，其命多辟。天生烝民，其命匪諶？靡不有初，鮮克有終。

蕩蕩，潒之或體，本爲流水放散之貌，此處引申爲無視禮法、任意驕縱貌。　上帝，託指君王。

辟（bì必），君主。

疾威，貪婪暴虐。鄭箋：「疾，重賦斂也。威，峻刑法也。」

命，政令。下同。　辟，僻的假借，邪僻。

烝，衆。烝民，衆人。

諶（chén 臣），誠信。匪諶，不守信用。陳奐傳疏：「言天生此天下之衆民，何其政教之不誠也？」

靡，無。

鮮，少。克，能。按這二句即有始無終之意，是針對「其命匪諶」而言。

韻讀：支部——帝、辟、帝、辟。中、侵部合韻——諶、終。

文王曰咨，咨女殷商！曾是彊禦，曾是掊克，曾是在位，曾是在服。天降慆德，女興是力。

咨，嗟歎聲。亦作嗞，廣韻：「嗞嗟，憂聲也。」

女，同「汝」，指殷紂。厲王暴虐，作者不敢直言，只能假託周文王批評殷紂的口氣。下各章均同。

曾，乃、竟然。是，這樣。彊，今作强。禦，或作圉。魯詩、齊詩正作圉。彊和禦同義，即彊梁暴虐。

掊（póu 抔）克，聚斂，搜括財物的意思。按彊禦、掊克在這裏都用作名詞。朱熹詩集傳：「强禦，暴虐之臣也。掊克，聚斂之臣也。」

在位，列在官位。凶暴者列於官位，必然窮凶肆虐。

服，任，從事職務。貪婪者從事職務，必然橫征暴斂。孫鑛批評詩經：「明是彊禦在位，掊克在服，乃分作四句，各唤以『曾是』字，以肆其態。」

慆，通滔，倨慢。慆德，倨慢無忌的敗德。方玉潤詩經原始引王安石曰：「彊禦掊克，是謂滔德。」

女，同「汝」，指君王。興，興起，助長。力，力行，努力地做。朱熹詩集傳：「言此暴虐聚斂之臣在位用事，乃天降慆慢之德而害民。然非其自爲之也，乃汝興起此人而力爲之耳。」

韻讀：陽部——商（與以下各章遥韻）。之部——克（枯力反，入聲）、服（扶逼反，入聲）、德（丁力反，入聲）、力。

文王曰咨，咨女殷商！而秉義類，彊禦多懟。流言以對，寇攘式内。侯作侯祝，靡届靡究。

而，汝、你。秉，操持、任用。義類，善類。

懟（duì 對），怨恨。這二句意爲，如果你任用好人，兇暴之臣就有許多怨恨。

流言，謡言。對，對答。鄭箋：「皆流言謗毁賢者。王若問之，則又以對。」

寇攘，盗竊國家資財。式，以、因此。内，入。金文内、入同用。這句意爲，寇盗攘竊之禍也因此而發生了。

侯，有。陳奂傳疏：「侯，維也，猶有也。」作，詛的假借。祝，咒的假借。詛咒，祈求鬼神加禍於敵對的人。尚書正義：「詛祝，謂告神明令加殃咎也。」按作祝是一個詞，中間襯一個「侯」字以足句，侯是襯字。

靡，無。屆，盡。究，窮。鄭箋：「日祝詛求其兇咎無極已。」

韻讀：脂部——類、懟、對、內。幽部——祝、究。

文王曰咨，咨女殷商！女炰烋于中國，斂怨以爲德。不明爾德，時無背無側。爾德不明，以無陪無卿。

女，同「汝」。炰烋（páo xiāo 咆哮），亦作咆哮。疊韻。本義是野獸的吼叫，引申爲驕傲，盛氣凌人。鄭箋：「炰烋，自矜氣健之貌。」中國，即國中。

斂，聚。怨，指兇暴怨怒者。即上章「彊禦多懟」之人。鄭箋：「斂聚群不逞作怨之人謂之有德而任用之。」

不明，無知人之明，不辨善惡。不明爾德，即「爾德不明」的倒文。

時，韓詩作以，所以。無，分不清。背，背叛者，懷貳心的人。側，齊詩作仄。傾仄，指不正派的人。

陪，陪貳，指三公。卿，卿士，指六卿。三公六卿是王朝的重要官職。漢書顏師古注：「不別善惡，有逆背傾仄者，有堪爲卿大夫者，皆不知之也。」

韻讀：之部——國（古逼反，入聲）、德、德、側（音淄入聲）。　陽部——明（音芒）、卿（音羌）。

文王曰咨，咨女殷商！天不湎爾以酒，不義從式。既愆爾止，靡明靡晦。式號式呼，俾晝作夜。

湎，沉溺於酒。釋文引韓詩：「飲酒閉門不出客曰湎。」

義，宜，應該。從，跟着，或訓爲縱，亦通。　式，用。有人訓爲度，亦通。這二句意爲，上天没有讓你酗酒，酗酒是壞事，不應該跟着去做。

愆（qiān 千），過失，犯錯誤。　止，儀態行爲。

靡，無。　明，白天。　晦，晚上。　孔疏：「汝沉湎如是，既已愆過於汝之容止，又無明無晦而飲酒不息。」

式，語助詞。　呼，齊詩作謼，皆嘑之假借字。　號呼，形容酗酒之態。

俾，使，將。　鄭箋：「醉則號呼相傚，用晝日作夜，不視政事。」

韻讀：之部——式、晦（呼鄙反）。　魚部——呼、夜（音豫）。

文王曰咨，咨女殷商！如蜩如螗，如沸如羹。小大近喪，人尚乎由行。內奰于中國，覃及鬼方。

蜩（tiáo 條），蟬。　螗，蟬的一種，亦名蝘。

沸，開水。　羹，菜湯。馬瑞辰通釋：「詩意蓋謂時人悲歎之聲如蜩螗之鳴，憂亂之心如沸羹之熟。」

小大，大小事情。　近，迒的訛字，其，將要的意思。見于省吾新證。　喪，失敗。

人，指君王。　由行，照老樣子做。這二句意爲，凡百事情都將要失敗了，還一意孤行，不知變化。

內，指國內。　奰（bì避），激怒，這裏是「見怒」的意思。　中國，國中。

覃（tán談），延及。　鬼方，遠方。這裏泛指遠方異族，與特指北部鬼方國不同。朱熹詩集傳：「言自近及遠，無不怨怒也。」

韻讀：陽部——商、螗、羹（音岡）、喪、行（音杭）、方。

文王曰咨，咨女殷商！匪上帝不時，殷不用舊。雖無老成人，尚有典刑。曾是莫聽，大命以傾。

匪，非。　時，是、善。

舊，指舊的典章法制。這二句意爲，並非上帝對你不好，是殷紂不采用舊的典章法制。

老成人，舊臣。

典刑，即舊法。鄭箋：「老成人謂若伊尹、伊陟、臣扈之屬。雖無此臣，猶有常事故法可案用也。」

曾，竟然。　是，這些，指上面這些勸諫的話。　莫聽，不肯聽從。

大命，國家的命運。　傾，倒塌。朱熹詩集傳：「乃無聽用之者，是以大命傾覆而不可救也。」

韻讀：之部——時、舊（音忌）。　耕部——刑、聽、傾。

文王曰咨，咨女殷商！人亦有言：「顛沛之揭，枝葉未有害，本實先撥。」殷鑒不遠，在夏后之世。

亦，語助詞。

顛沛，跌倒。這裏指被拔倒的樹木。　揭，高舉，指樹木倒地後根部露出。毛傳：「揭，見根貌。」

撥，敗的假借，列女傳引詩正作敗，毀壞。朱熹詩集傳：「言大木揭然將蹶，枝葉未有折傷，而其根本之實已先絕，然後此木乃相隨而顛拔爾。蘇氏曰：商周之衰，典刑未廢，諸侯未畔，四夷未起，而其君先爲不義以自絕於天，莫可救止，正猶此爾。」

鑒，魯詩作監，鏡子。

夏后，周人稱夏朝爲夏后氏。鄭箋：「此言殷之明鏡不遠也，近在夏后之世，謂（商）湯誅（夏）桀也。後武王誅紂，今之王者何以不用爲戒？」

韻讀：祭部——揭、害（胡例反，入聲）、撥（音鼈）、世。

抑

【題解】

這是周王朝一位老臣勸告、諷刺周王並自我警戒的詩。毛序：「抑，衛武公刺厲王，亦以自警也。」蓋據國語楚語曰：「昔衛武公年數九十有五矣，猶箴儆于國曰：自卿以下至于師長士，苟在朝者，無謂我老耄而舍我，必恭恪于朝，朝夕以交戒我。聞一二之言，必誦志以納之，以訓道我。……於是作懿戒以自儆也。」韋昭注：「昭謂懿詩，大雅抑之篇也。懿讀曰抑。」毛序分析詩旨並不錯，但作者是否衛武公，所刺是否周厲王，却引起後人許多紛争。衛武公即位，距厲王流亡於彘已經三十年，而且詩的作者儼然一個老人，那麼離開厲王之没至少已七、八十年。于是有人以爲是「追刺」，有人以爲是「刺平王」，其實都没有什麼根據。還有一種意見，認爲詩確是刺厲王，而作者則不知何人。我們覺得這方面的争辯並没有多大意義。從詩的内容來看，這一位老臣主要不滿于君主的昏庸驕滿，沉湎酒色，希望他加强自身德行的修養。這一類泛泛的説教，無論施于哪一位年幼昏庸君主都是合適的，因此也就不必刻意深求了。

這是一首强調修德慎行的詩，因此語言的運用説理成分居多，洗煉概括，有的還帶有哲理性，如「白圭之玷，尚可磨也，斯言之玷，不可爲也」，「投我以桃，報之以李」，「匪面命之，言提其耳」等句，在後世廣泛流傳，逐漸演化爲成語。由此可見詩經的語言具有旺盛的生命力，歷二千五百餘年而不衰。

抑抑威儀，維德之隅。人亦有言：「靡哲不愚。」庶人之愚，亦職維疾。哲人之愚，亦維斯戾。

抑抑，嚴密審愼貌。　威儀，容止禮節。

隅，偶的假借，匹配。漢劉熊碑引詩正作「維德之偶」。這二句意爲，審密的容止禮節，是同道德相匹配的。德爲内容，威儀爲德之表現形式，言其表裏相稱。見于省吾新證。

哲，哲人，知識淵博的聰明人。按這句當時的諺語即老子說的「大智若愚」之意。

亦，語首助詞，末句同。　職，主、主要。　維，是，末句同。　疾，毛病。朱熹詩集傳：「夫衆人之愚，蓋有禀賦之偏，宜有是疾，不足爲怪。」

斯，此、這。　戾，罪。鄭箋：「賢者而爲愚，畏懼於罪也。」

韻讀：侯部——隅（俄謳反）、愚（俄謳反）。　脂部——疾、戾。

無競維人，四方其訓之。有覺德行，四國順之。訏謨定命，遠猶辰告。敬愼威儀，維民之則。

無，發語詞。　競，通倞，强。　維，以、由于。魯詩作惟、或伊，義同。　人，指賢人。高誘呂覽求人篇注：「國之强惟在得人。」

四方，指諸侯。　訓，順、順從。　左傳襄二十六年引這句詩作「四方其順之」。

有覺，即覺覺，覺是梏的假借，禮記緇衣引詩正作梏，高大正直貌。

四國，即四方。　順，順從。

訏（xū 虛），大。　謨，謀、計劃。朱熹詩集傳：「大謀，謂不爲一身之謀，而有天下之慮也。」　定，確定。　命，號令。

猶，同「猷」，謀略、政策。　辰，時。　告，宣布。這二句意爲，有宏大的計劃就確定爲號令，有長遠的政策就隨時宣布。

維，是。　則，法則、榜樣。朱熹詩集傳：「敬其威儀，然後可以爲天下法也。」

韻讀：文部——訓、順。　之、幽部通韻——告、則（音稷）。

其在于今，興迷亂于政。顛覆厥德，荒湛于酒。女雖湛樂從，弗念厥紹。罔敷求先王，克共明刑。

今，指詩所寫作的年代。

興，虚的假借，語氣詞。　迷亂，混亂。　于，其。這句是倒文，即其政迷亂。

顛覆，敗壞。　厥，其，指周王。

湛（dān 耽），魯詩、齊詩作沉，韓詩作愖，皆酖的假借。説文：「酖，樂酒也。」荒湛，沉湎。

女，同汝，指周王。　雖，通維，惟，惟獨。陳奂傳疏：「釋詞云：『雖，維也。』古雖、維聲通。書無逸篇云：『惟耽樂之從。』文義正與此同。」　從，從事。

弗，不。　念，思。　紹，繼承。這二句意爲，你只顧着嗜酒玩樂，不想到自己是個王位繼承者。

罔，無，不。　敷，廣泛。　先王，指先王治國之道。

克，能。　共，拱的古字。執，執行。　刑，法。　這二句意爲，不能廣求先王的治國之道，從而執行英明的法度。

韻讀：幽、宵部通韻——酒、紹。　耕、陽部通韻——王、刑。

肆皇天弗尚，如彼泉流，無淪胥以亡。　夙興夜寐，洒埽廷內，維民之章。　修爾車馬，弓矢戎兵，用戒戎作，用逷蠻方。

肆，發聲詞。　尚，保祐。馬瑞辰通釋：「爾雅：『尚，右也。』右通作祐，祐者助也。弗尚，即弗右耳。」

泉流，泉水流去。比喻國運的不可挽回。

無，發聲詞。　淪，率。　胥，相。淪胥，相率、相隨。　以，而。王引之經義述聞：「周之君臣，將相率而底於敗亡也。」

夙，早。夙興，早起。　夜寐，晚睡。見氓注。

洒，韓詩作灑，潑水去塵。　埽，今作掃，掃除地上垃圾。見山有樞注。　廷，庭院。　內，室內。

維，爲，做。　章，法則、模範。

戎兵，武器。　魯詩作戈兵。

用，以。下句同。　戒，戒備。　戎，戰事。　作，起來。

逷（tì剔），魯詩作逖，説文：「逷，古文逖。」剪除，治服。　蠻方，遠方異族。　鄭箋：「女（汝）當用此備兵事之起，用此治九州之外不服者。」

韻讀：陽部——尚、亡、章、兵（音榜）、方。　脂部——寐、內。

質爾人民，謹爾侯度，用戒不虞。慎爾出話，敬爾威儀，無不柔嘉。白圭之玷，尚可磨也；斯言之玷，不可爲也！

質，齊詩作詰，魯詩、韓詩作告。告誡。　鄭箋訓爲平，亦通。　人民，韓詩外傳和鹽鐵論引這句詩均作「民人」。　馬瑞辰通釋：「今毛詩作人民，蓋沿唐石經傳寫之譌。」

謹，謹守、遵循。　侯，君侯。　度，法度。

不虞，不測。　鄭箋：「平女（汝）萬民之事，慎女爲君之法度，用備不臆度而至之事。」

慎，慎重。　出話，發布的教令。

敬，敬重、重視。

柔嘉，妥善。形容「出話」和「威儀」都是好的。

圭，玉器。玷（diàn店），點的假借，說文引作𠛪，云：「缺也。」本毛傳，與三家詩訓「玉上的污點」義異。

斯，這。

爲，救。這四句意爲，玉上的缺陷還可以琢磨掉，說錯了話，就無法挽回了。

韻讀：魚部——度、虞。歌部——儀（音俄）、嘉（音歌）、磨、爲（音訛）。

無易由言，無曰「苟矣，莫捫朕舌」，言不可逝矣。無言不讎，無德不報。惠于朋友，庶民小子。子孫繩繩，萬民靡不承。

易，輕易。由，於。朱熹詩集傳：「言不可輕易其言。」

苟，苟且、隨便。

捫，捂住。朕，我。先秦一般人多自稱朕，到秦始皇才定「朕」爲皇帝的自稱。這二句意爲，不要因爲沒有人捂住我的舌頭，說話就可以馬馬虎虎。

逝，及、追。劉向說苑叢談篇：「口者，關也。舌者，機也。出言不當，四馬不能追也。」

讎，魯詩、韓詩作酬，同音假借字。回答。

德，恩德。　報，報答。這二句意爲，你説好話，人們就用好話回答你。你施恩德於人，人們就會努力工作來報答。

惠，愛。　朋友，指在朝的群臣。

庶民小子，人民及其子弟。鄭箋：「王又當施訓道於諸侯，下及庶民之子弟。」

子孫，此處指周王爲人之子孫。　繩繩，戒慎貌。

承，順從。這二句意爲，只要爲人子孫的周王言行謹慎，那麼人民没有不順從的。

韻讀：祭部——舌、逝。　幽部——讎、報（布瘦反）。　之部——友（音以）、子。　蒸部——繩、承。

視爾友君子，輯柔爾顔，不遐有愆。相在爾室，尚不愧于屋漏。無曰「不顯，莫予云覯」。神之格思，不可度思，矧可射思。

視，看。　友，招待。　君子，與上章「朋友」同，指在朝的群臣。

輯，和。　輯柔，形容和顔悦色。

遐，何。　不遐，豈不。　愆，過錯。　朱熹詩集傳：「言視爾友於君子之時，和柔爾之顔色，其戒懼之意，常若自省曰，豈不至於有過乎？」這三句指在大庭廣衆面前，言行應冠冕堂皇的。

相，看。

尚，通「上」。　屋漏，白天屋裏日光從天窗漏入。孔疏引孫炎云：「當室之白日光所漏入。」意謂在屋内隱蔽之處，還是有日光從天窗漏入。你所作所爲，是否無愧于天？　王先謙集疏：「黄山云：不愧屋漏，即言不愧于神明。神不可知，以天明之，猶言不愧于天。天亦不可知，以日明之。」據黄説，屋漏喻指神明。

無，同毋。　顯，明亮。

云，語助詞。　覯，看見。　這二句意爲，休道屋裏不是明亮之處，我的言行没有人看見。朱熹詩集傳：「此言不但脩之於外，又當戒謹恐懼乎其所不睹不聞也。」

格，至、來到。　思，語氣詞。

度，猜度、揣測。

矧（shěn沈），況且。　射（yì亦），斁的假借，討厭。　這三句意爲，神明的到來是不可預測的，人們怎麼可以厭惡不信呢！

韻讀：元部——顏、愆。　侯部——漏、覯。　魚部——格（音孤入聲）、度、射（音豫）。

辟爾爲德，俾臧俾嘉。淑慎爾止，不愆于儀。不僭不賊，鮮不爲則。投我以桃，報之以李。彼童而角，實虹小子。

辟，修明。　禮王制鄭注：「辟，明也。」　爲，語助詞。　德，德行。

俾，使。　臧、嘉，美善。這二句意爲，修明你的德行，使它盡善盡美。

淑，善。　止，舉止行爲。

愆，過失。　儀，威儀，指禮節。鄭箋：「又當善慎女（汝）之容止，不可過差於威儀。」

僭，差錯。　賊，貳的訛字，也作忒或慝。僭忒，差爽，有過失的意思。見于省吾新證。

鮮，少。這二句意爲，在威儀禮節上没有過失，那是很少不被人們當作學習榜樣的。

投，見木瓜注。鄭箋：「此言善往則善來，人無行而不得其報也。」

童，秃，指無角的羊。　而，以，自以爲。

虹，訌的假借，潰亂。　小子，鄭箋：「天子未除喪稱小子。」這裏指周王。這二句意爲，有的人將没有角的羊硬説成有角，這種人實在是在潰亂你周王朝的政權。

韻讀：歌部——嘉、儀。　之部——賊、則、李、子。

荏染柔木，言緡之絲。温温恭人，維德之基。其維哲人，告之話言，順德之行。其維愚人，覆謂我僭，民各有心。

荏染，堅韌。　柔木，指椅、桐、梓、漆等可做琴瑟樂器的樹木。

言，語首助詞。　緡，安上。毛傳：「緡，被也。」　絲，琴瑟等的弦。

温温恭人，見小宛注。

維，是。　基，根本，引申爲標準。這二句意爲，温文尔雅的人是德行的標準。

維，惟、只有。

話，是詁的訛字。陳奐傳疏：「話，當爲詁字之誤也。釋文引説文作『告之詁言』，云：『詁，故言也。』是陸（德明）所見説文據詩作詁言，可據以訂正。」詁言，古代的好話，古老話。

德，道德，指詁言。　行，實行。這三句意爲，只有明智的人，告訴他古代的好話，就會遵照着去實行。

覆，反而。　僭，錯誤。

民，人們。朱熹詩集傳：「言人心不同，愚智相越之遠也。」

韻讀：之部——絲、基。　侵部——僭（音祲）、心。

於乎小子，未知臧否！匪手攜之，言示之事。匪面命之，言提其耳。借曰未知，亦既抱子。民之靡盈，誰夙知而莫成？

於乎，即嗚呼。魯詩、韓詩正作嗚呼，歎詞。　小子，指周王。

臧，善。　否（pǐ 痞），惡。以上二句責王不知善惡是非。

匪，非，非但。　攜，攙着。

言，語首助詞。　示，指示、指點。以上二句意爲，我不但攙着你，而且還指點你許多事理。

面，當面。　命，教導。

提其耳，形容教誨的認真急切。這説我不但當面教導你，還拉着你的耳朵讓你注意聽。

借，齊詩作藉。借曰，假如説。　未知，没有知識。

既，已經。這二句意爲，假如説你没有知識，可已經是抱上孩子的人了。

民，人們。　盈，盈滿，完美。靡盈，没有一切都好，即有缺點。

夙知，早慧。莫，同暮。暮成，晚年才有成就。這二句意爲，人總是有缺點的，有誰是少年聰明却到晚年才有成就呢？意指青年時代如没有知識，今後就更難有成就了。這是對周王的諷刺。

韻讀：之部——子、否（方鄙反）、事、耳、子。　耕部——盈、成。

昊天孔昭，我生靡樂。視爾夢夢，我心慘慘。誨爾諄諄，聽我藐藐。匪用爲教，覆用爲虐。借曰未知，亦聿既耄！

孔，非常。　昭，明亮。

靡樂，不快樂。以上二句意爲，上天的眼睛非常明亮，瞭解我活着並不快樂。

夢夢（méng蒙），昏昏，糊塗貌。

慘慘（cǎo草），懆懆的假借，魯詩作懆，憂愁煩悶貌。

諄諄，齊詩作忳，同音假借字。教誨不倦貌。

藐藐，齊詩作眊，與藐雙聲通用。魯詩、韓詩作邈，邈爲藐之異體字。輕視忽略貌。這四句是刺周王昏庸拒諫。

虐，謔的假借，戲謔，開玩笑。馬瑞辰通釋：「詩蓋言不用其言爲教令，反用其言爲戲謔耳。」聿，語助詞。耄，老。陳奂傳疏：「假謂王年尚幼，未知其道；宜聽用老臣之言。今反謂其老耄而舍之，是即『聽我藐藐』之意也。」

韻讀：宵部——昭、樂、慘、藐、教、虐、耄。

於乎小子，告爾舊止，聽用我謀，庶無大悔。天方艱難，曰喪厥國。取譬不遠，昊天不忒。回遹其德，俾民大棘！

舊，舊的典章制度。止，語氣詞。

庶，庶幾，含有希望之意。

方，正在。艱難，降下災難。

曰，同聿，韓詩正作聿，發語詞。喪，毀滅。厥，其。

譬，魯詩作辟，古字。取譬，打比方。不遠，指極淺近易懂的事理。

忒（tè特），偏差。這二句意爲，就淺近打個比方，上天的賞罰是不會有偏差的。

回遹（yù玉），邪僻。德，品德。

棘，急的假借，困急，災難。這二句意爲，你如果邪僻成性而不改，就要使人民受大災難了。

韻讀：之部——子、止、謀（謨其反）、悔（音喜）、國（古逼反，入聲）、忒（他力反，入聲）、德（丁力反，入聲）、棘。　元部——難、遠。

桑柔

【題解】

這是芮良夫哀傷周厲王暴虐昏庸，任用非人而終遭滅亡的詩。左傳文公元年秦穆公引這首詩的第十三章，稱爲「芮良夫之詩」。王符潛夫論遏利篇：「周厲王好專利，芮良夫諫而不入，退賦桑柔之詩以諷。」國語和史記也有類似的記載。史有明文，桑柔是芮良夫所作看來是没有問題的。芮良夫是什麽人？鄭箋：「芮伯，畿内諸侯，王卿士也。字良夫。」芮國在什麽地方？陳奂傳疏：「漢書地理志左馮翊臨晉有芮鄉，故芮國。案此周之芮，在河西。今陝西同州府朝邑縣，即周芮伯國。」這首詩作于什麽時候？一般的看法根據史書記載，認爲詩作于周厲王十六年流亡于彘之前。但我們根據詩中有「天降喪亂，滅我立王」的句子，覺得這一説不妥。此外，周厲王在位的最後幾年，暴虐侈傲，得衛巫使監謗者，造成「國人莫敢言，道路以目」的萬馬齊喑的肅殺氣象，而詩中却再三提到「民之貪亂，寧爲荼毒」，「民之罔極，職涼善背」，「民之回遹，職競用力」，可見當時國内已經非常混亂，充滿暴力行爲。這種形勢，也只會出現在人民從沉默中爆發，趕走厲王之後。就詩論詩，其寫作時間定在厲王流彘，共和攝政之後一、二年間，是比較確切的。

這是一首憂時傷亂之作，情調是很低沉的。全詩十六章，反反復復描述國事的紛亂不可收拾，申訴自己心情的憂痛而又無能爲力。從第八章開始，並以「惠君」和「不順」，「聖人」和「愚人」，「良人」和「忍心」一再對比，理想中的君主是何等清明，現實中的昏君却是如此暴虐。百姓遭此荼毒，自己却無能爲力，進退維谷。作者處在極度的矛盾與憂傷之中，所以全詩便體現出沉鬱頓挫的風格。屈原九章中的哀郢、懷沙諸篇，其情調庶幾近之。

菀彼桑柔，其下侯旬，捋采其劉。瘼此下民，不殄心憂。倉兄填兮，倬彼昊天，寧不我矜！

菀（wǎn 碗）彼，即菀菀，茂盛貌。桑柔，「柔桑」的倒文。

其下，指柔桑之下。侯，維，是。旬，魯詩作洵，樹蔭遍布。毛傳：「旬，言陰均也。」

捋（luō 囉），用手脱取樹葉等物。劉，樹葉剥落而稀疏。指桑葉都被採光。按上三句是興，詩人以桑樹被捋採乾淨，使人不得庇蔭，比人民被剥削而受害。

瘼，病、害。

殄（tiǎn 舔），絶。不殄，不絶。鄭箋：「民心之憂無絶已。」

倉兄，愴怳（chuàng huǎng 創晃）的假借，（社會）淒涼紛亂貌。填，通陳，長久。

倬彼，即倬倬，光明貌。

寧，何。　矜，憐憫。不我矜，即「不矜我」的倒文。這一章作者抒發了對人民生活困苦、社會蕭條紛亂的憂愁。

韻讀：幽部——柔、劉、憂。　真部——旬、民、填（徒人反）、天（鐵因反）、矜。

四牡騤騤，旟旐有翩。亂生不夷，靡國不泯。民靡有黎，具禍以燼。於乎有哀，國步斯頻！

騤騤，馬匹奔馳不停貌。

旟旐，畫有鷹隼龜蛇的旗。見斯干注。　有翩，即翩翩，旌旗翻飛貌。這二句描寫軍隊出征。陳奂傳疏：「刺王暴虐，以致累用兵革，無有止息也。」

夷，平息。

泯，亂。　王引之經義述聞：「泯，亂也。承上亂生不夷，故云靡國不亂耳。」

黎，衆。　姚際恒通論：「民靡有黎，猶『周餘黎民，靡有孑遺』之意，以八字縮爲四字，簡妙。」

具，同俱。　以，而。　燼，灰燼。　王引之經義述聞：「黎，衆也。言民多死于禍亂，不復如前日之衆多，但留餘燼耳。」

於乎，即嗚呼。　有哀，即哀哀。重言之，表現詩人哀傷之甚。

國步，國家的命運。　斯，這樣、如此。　頻，危急。這章叙戰争禍亂頻發，人民死亡，國家危急。

韻讀：脂部——騤、夷、黎、哀（音衣）。　真部——翩（音續）、泯、燼、頻。

國步蔑資，天不我將。靡所止疑，云徂何往？君子實維，秉心無競。誰生厲階？至今爲梗。

蔑，無、未。　資，濟的假借，定。這句意謂國家的命運不得安定。將，牂的假借，扶助。馬瑞辰通釋：「猶言天不扶助我耳。」疑，𡉚字之假借，與止同義。定息。云，發語詞。　徂，往。這二句意爲，没有地方可以安身，想走也不知往哪裏去。君子，指當時貴族（包括作者）。　維，惟的假借，想、思考。秉心，存心。　無競，無争，不同人争權奪利。厲階，禍端。梗，災害。朱熹詩集傳：「誰實爲此禍階，使至今爲病乎？蓋曰禍有根原，其所從來也遠矣。」這章寫國家困窮，人心不安，禍根在于厲王。

韻讀：脂部——資、維、階（音飢）。　陽部——將、往、競（其兩反）、梗（音岡上聲）。

憂心慇慇，念我土宇。我生不辰，逢天僤怒。自西徂東，靡所定處。多我覯痻，孔棘我圉。

慇慇，魯詩作隱隱，心痛貌。

土宇，鄉居、家鄉。

辰，時。

僤（dǎn 淡），憚的假借。憚怒，震怒。這二句意爲，我活的不是時候，正好碰上老天發怒。

定處，安身之地。與上章「止疑」同義。

覯，遇到。痻（mín 民），愍之或體，病、災難。這句是「我多覯痻」的倒文，意爲遇見許多災難。

棘，急的假借，緊急。圉（yǔ 雨），邊疆。這句是「我圉孔棘」的倒文，意爲邊疆很吃緊。這章寫家鄉邊疆受敵人侵擾而憂愁。

韻讀：元、文部通韻——慇、辰、痻。魚部——宇、怒、處、圉。

爲謀爲毖，亂況斯削。告爾憂恤，誨爾序爵。誰能執熱，逝不以濯？其何能淑，載胥及溺。

謀，計劃。毖，謹慎。

亂況，禍亂的狀況。斯，則，乃。削，減少。馬瑞辰通釋：「亂況，猶亂狀也。詩蓋言在上者如善其謀，慎其事，亂狀斯能削減耳。」

爾，指周王及當時執政的大臣。　憂恤，憂慮，指憂慮國事。

序，次序，這裏作動詞，排列次序。　爵，官爵。鄭箋：「我語女（汝）以憂天下之憂，教女（汝）以序賢能之爵。」

執，解救。　熱，炎熱，比喻國家遭受的苦難。馬瑞辰通釋：「公羊隱七年傳：『不與夷狄之執中國也。』何注：『執者，治之也。』救亦治也。執熱即治熱，亦即救熱。言誰能救熱而不以濯也。」

逝，發語詞。　濯，沐浴。這裏用以比喻上述爲謀爲毖、憂恤、序爵等救國的辦法。

淑，善。

載，則，就。　胥，相，相率。　溺，淹死。朱熹詩集傳引蘇轍曰：「賢者之能已亂，猶濯之能解熱耳。不然，則其何能善哉？相與入於陷溺而已。」這章表達作者的救國建議。

韻讀：宵部——削、爵、濯、溺。

如彼遡風，亦孔之僾。民有肅心，荓云不逮。好是稼穡，力民代食。稼穡維寶，代食維好。

遡，面向。

亦、之，都是語助詞。　僾（ài愛），氣噎而呼吸不暢貌。鄭箋：「今王之爲政，見之使人唈然，如鄉（向）疾風不能息（呼吸）也。」

肅心，進取心。

荓（pīng乒），使。　云，有。　不逮，不及，不能實行。這二句意爲，人們有進取心，但形勢使他不能實行。

好，喜愛。　是，這。　稼穡，這裏泛指農業勞動。

力民，勤民，使人民出力勞動。　代食，指不事生産而食禄的官僚按例吃人民代耕養活的糧。

寶，珍寶。　此二句意爲，耕種生産是寶，代耕養人是好。　這章批評厲王使人民失望，要他重視農業生産。

韻讀：侵部——風、心。　脂部——僾（音懿）、逮（音悌）。　之部——穡（音史入聲）、食。

幽部——寶（博叟反）、好（呼叟反）。

天降喪亂，滅我立王。降此蟊賊，稼穡卒痒。哀恫中國，具贅卒荒。靡有旅力，以念穹蒼。

立王，陳奐傳疏：「或謂天之所立謂之立王。」這裏指周厲王。這二句是寫國人「相與畔（叛），襲厲王，厲王出奔於彘」的事。

蟊，吃苗根的害蟲。　賊，吃苗莖的害蟲。　這裏泛指天災。　或云蟊賊喻指貪殘之人，亦通。

稼穡，莊稼。　卒，完全。　痒，病。

恫（tōng 通），痛。　中國，國中。

具，都。　贅，連續。毛傳：「贅，屬也。」説文：「屬，連也。」　荒，荒蕪。陳奐傳疏：「具贅卒荒，承上文『降此蟊賊，稼穡卒痒』言之，猶云饑饉薦臻耳。」

旅，膂的假借。膂力，體力。

念，感動。　穹蒼，青天。孔疏引李巡曰：「仰視天形，穹隆而高，其色蒼蒼，故曰穹蒼。」這二句意爲，大家没有盡自己的體力工作，來感動上天。這章説人們不肯盡力，以致天災頻仍，周王被滅。

韻讀：陽部——王、痒、荒、蒼。　之部——賊、國（古逼反，入聲）、力。

維此惠君，民人所瞻。秉心宣猶，考慎其相。維彼不順，自獨俾臧，自有肺腸，俾民卒狂。

維，發語詞。下同。　惠君，通情達理的君主。

瞻，瞻仰。

秉心，持心，存心。　宣，光明。　猶，通猷，通順、通達。馬瑞辰通釋：「方言：『猷，道也。』道之言導。導，通也，達也。秉心宣猶，言其持心明且順耳。」

考，察看。　慎，謹慎選擇。　相，助，指輔佐大臣。

不順，悖理的君主。王先謙集疏：「不順與惠君對舉，不順即不惠也。」

自獨，「獨自」的倒文。　俾，使。　臧，善。　俾臧，使自己過着好生活。　林義光詩經通解：「考慎其相，言不僅求自利，亦必思利人，與下文自獨俾臧相對。　自獨俾臧，使己獨利也。」

卒，盡，完全。　狂，迷惑狂亂。　鄭箋：「自有肺腸，行其心中之所欲，乃使民盡迷惑如狂。」這章通過兩種君主的對比，批評厲王一意孤行。

韻讀：陽部——相、臧、腸、狂。

瞻彼中林，甡甡其鹿。朋友已譖，不胥以穀。人亦有言：「進退維谷。」

瞻，看。　中林，林中。

甡甡（shēn 申），衆多貌。按以上二句是反義的興，馬瑞辰通釋：「説文：『甡，衆生並立之貌。』蓋鹿性旅行，見食相呼，有朋友群聚之象，故詩以興朋友之不相善。」

譖（jiàn 建），僭的假借，互相欺騙而不信任。

胥，相。　以，與。　穀，善。　林義光詩經通解：「言朋友僭僞太過，不能相與以善，不如林中之鹿尚能群居。」

維，是。　谷，鞫的假借，窮、困窘。　韓詩外傳：「申鳴曰：『受君之禄，避君之難，非忠臣也。正君之法，以殺其父，又非孝子也。行不兩全，名不兩立，悲夫！若此而生，亦何以視天下之士哉？』遂自刎而死。詩曰：『進退維谷』。」是韓詩以「進退維谷」爲進退兩難。　阮元以谷爲穀的假借，訓善；嫌二穀相並爲韻，是詩人義同字變之例。于省吾以谷爲「欲」的假借，謂朋友之間進退維其所欲，不以禮法自持，恣意所爲。按阮、于之訓，均可備一説。這章寫朋友關係不好，民風澆薄，聯系上章的君主不惠，所以覺得進退兩難。

韻讀：侵部——林、譖。　侯部——鹿、穀、谷。

維此聖人，瞻言百里；維彼愚人，覆狂以喜。匪言不能，胡斯畏忌？

聖，禮記樂記：「故知禮樂之情者能作，識禮樂之文者能述。作者之謂聖，述者之謂明。明、聖者，述、作之謂也。」聖人，有創造的人。疑指共伯和。

瞻，遠望。　言，句中語助。　百里，指有遠見。　毛傳：「瞻言百里，遠慮也。」

愚人，疑指厲王。

覆，反而。　狂，狂蕩。　以，而。　朱熹詩集傳：「愚人不知禍之將至，而反狂以喜。」

匪，非。　這句是「匪不能言」的倒文。

胡，何，爲什麽。　斯，這樣、如此。　畏忌，害怕顧忌。　國語：「厲王得衛巫，使監謗者，以告，則殺之。國人不敢言，道路以目。」這章追述厲王昏昧，不知國將滅亡，反而狂亂弭謗，箝制言論。

韻讀：之部——里、喜、忌。

維此良人，弗求弗迪；維彼忍心，是顧是復。民之貪亂，寧爲荼毒。

良人，即上章聖人。

求，奢求。迪，干進，向上爬。莊子郭象注：「共和者，周王之孫也。懷道抱德，食封于共。厲王之難，諸侯立之。宣王立，乃廢。立之不喜，廢之不怒。」魯連子：「共伯名和，好行仁義，諸侯賢之。周厲王無道，國人作難，王奔于彘。諸侯奉和以行天子事。十四年，厲王死於彘。共伯使諸侯奉王子靖爲宣王。共伯復歸國于衛。」這些記載可爲此句佐證。

忍心，即上章愚人。

顧，瞻前顧後。復，反復。陳奐傳疏：「彼忍心之人，惟是瞻顧反復無常德也。」

貪亂，貪欲作亂。

寧，胡，爲什麽。鄭箋訓爲安。荼毒，本爲苦菜、毒蟲名，引申爲殘害破壞的行爲。鄭箋：「天下之民苦王之政，欲其亂亡，故安爲苦毒之行相侵暴。」這章寫百姓作亂是因不堪厲王暴政。

韻讀：幽部——迪（音毒入聲）、復、毒。

大風有隧，有空大谷。維此良人，作爲式穀；維彼不順，征以中垢。

有隧，即隧隧，風勢疾速貌。

有空，即空空。白駒毛傳：「空，大也。」按這二句是興。鄭箋：「大風之行，有所從而來，必從大空谷之中，喻賢愚之所行各由其性。」

式，用、以。　穀，善。陳奐傳疏：「言良人之作爲，皆用以善道也。」

不順，即上章「忍心」。

征，往，行。　垢，污濁。中垢，宮中污濁之行。即相鼠所謂「中冓之言」。這章説賢人做好事，惡人做壞事，都出自本性。

韻讀：侯部——谷、穀、垢。

大風有隧，貪人敗類。聽言則對，誦言如醉。匪用其良，覆俾我悖。

貪人，貪財犯法的人。指榮夷公之流。史記周本紀：「厲王即位三十年，好利，近榮夷公。芮良夫諫，不聽，卒以榮公爲卿士，用事。」　敗，殘害。　類，同類，指善人。胡承珙後箋：「傳訓類爲善者，善即爲善類。敗類者，謂貪人能敗善人耳。」

聽言，順從的話。廣雅：「聽，聆，從也。」　對，答話。

誦言，勸告的話。　如醉，像喝醉酒似的昏昏然，不想聽。陳奐傳疏：「聽言指貪人，誦言指良人。王聞貪人聽從之言，則對答如流；而聞良人莊誦之言，則懵然若醉酒不省人事。」

良，指諷諫的良言，亦即誦言。

覆俾，反使。　悖，作亂。陳奐傳疏：「此刺王不用良人而信用此好利之徒，反使我民誖亂若是也。」這章責厲王任用貪利之人，不聽諷諫之言，促成民變。

韻讀：脂部——隧、類、對、醉、悖。

嗟爾朋友，予豈不知而作。如彼飛蟲，時亦弋獲。既之陰女，反予來赫。

嗟，歎呼聲。

予，作者自稱。　而，你。　作，指所做的壞事。　鄭箋：「我豈不知女（汝）所行者惡與（歟）？」

飛蟲，飛鳥。

時，有時。　弋獲，射中捉住。　馬瑞辰通釋：「詩以飛鳥之難射，時亦以弋射獲之；喻貪人之難知，時亦以窺測得之耳。」

既，已經。　之，語助詞。　陰，諳的假借，洞悉、瞭解。　女，汝。

赫，俗作嚇，恐嚇、威嚇。這句是「反來赫予」的倒文。這二句意爲，當我已經知道你的底細之後，你便反過來威嚇我。這章慨歎同僚的行爲不良。

韻讀：魚部——作（音租入聲）、獲（音胡入聲）、赫（音呼入聲）。

民之罔極，職涼善背。爲民不利，如云不克。民之回遹，職競用力。

罔極，無法則。　這裏指作亂。

職，主張。涼，刻薄。善背，慣於背叛統治者。不利，不利于民的事。云，句中助詞。克，勝。這二句意爲，你們做不利于人民的事，用盡殘酷的辦法，好像惟恐不能戰勝人民。回遹（yù玉），邪僻。競，强。用力，任用暴力。這二句意爲，人民的邪僻，主要因你用强硬的暴力。這章言人民以暴力反抗，是由於統治者專事壓迫。

韻讀：之部——極、背（音逼入聲）、克（枯力反，入聲）、力。

民之未戾，職盜爲寇。涼曰不可，覆背善詈。雖曰匪予，既作爾歌。

戾，善。廣雅釋詁：「戾，善也。」職盜爲寇，主張做盜賊造反。涼，諒的假借，誠懇。林義光詩經通解：「諒曰不可者，正告之以不可也。」背，背後。善詈（lì利），大駡。這二句意爲，我誠懇地告訴你所做的事不合理，你反在背後大駡我。曰，句中助詞。匪，誹的假借，誹謗。匪予，誹謗我。

既，終、最終。作爾歌，爲你作歌。陳奐傳疏：「此芮伯自明其歌詩以諷刺厲王也。」這章以點明作詩主旨作結。

韻讀：歌部——可、歌。

雲漢

【題解】

這是周宣王求神祈雨的詩，是所謂「宣王變大雅」的第一篇（其他五篇是崧高、烝民、韓奕、江漢和常武）。周宣王史稱「中興之主」，所以大雅中有關他的六篇詩都是美詩。這首詩記載周宣王仰天求雨的禱詞，目的是要體現它「有事天之敬，有事神之誠，有恤民之仁」，含有贊美的意思。我們今天讀這首詩，當然不是爲了體會其中的「美意」，但是從那些怨痛哀訴的句子中，倒可以約略窺見當時那場旱災的嚴重，就好像從十月之交中可以證實幽王二年陝西毁滅性的大地震一樣。由此可見這首詩還是有史料的價值。詩的作者，毛序説是仍叔。有人據春秋，推算仍叔離周宣王時已一百二十年左右，證明詩非仍叔所作。有人又提出春秋時趙氏世稱「孟」，智氏世稱「伯」，仍氏也可能世稱「叔」，作詩的仍叔是春秋所載仍叔的祖先。其實作者是不是仍叔，無關宏旨。即使考證出確是仍叔所作，我們于他的其他事迹還是一無所知，于詩的理解毫無益處，大可不必糾纏這些細枝末節。

詩以「倬彼雲漢，昭回于天」起首，姚際恒詩經通論評道：「棫樸篇以雲漢喻文章則曰爲章，此以雲漢言旱則曰昭回。」姚氏所説的實際上是一個不同的感情感應出不同的景物的問題。棫樸是歌功頌德之作，作者感情喜悦而高昂，所以眼中的銀河顯得星光燦爛。這首詩是禳災，詩人心裏憂懼而焦急，因此只看見銀河在天空斜轉，水偏偏不肯降落到地上來。王夫之姜齋詩話云：「情、景名爲二，而實不可離。神于詩者，妙合無垠。巧者則有情中景，景中情。」這兩句詩自然談不上「妙合無垠」，但景中有情，景隨情移却是明顯的，所以孫鑛批評詩經稱贊它「最有風味」。

倬彼雲漢，昭回于天。王曰於乎！何辜今之人！天降喪亂，饑饉薦臻。靡神不舉，靡愛斯牲。圭璧既卒，寧莫我聽？

倬彼，即倬倬，浩大貌。　雲漢，銀河。　昭，光明。　回，轉，指銀河在天空斜轉。鄭箋：「時旱渴雨，故宣王夜仰視天河，望其候焉。」　王，指周宣王。厲王子，名静。史載他繼王室衰微之後，修明内政，命秦仲征西戎，尹吉甫伐玁狁，方叔征荆蠻，召虎平淮夷，周室中興。在位四十六年。　於乎，即嗚呼，歎詞。　辜，罪。這句是「今之人何辜」的倒文。　薦，同荐。齊詩正作荐。重復，屢次。毛傳：「薦，重也。」　臻（zhēn 真），至。

靡，無。　舉，祭祀。禮記王制鄭注：「舉，猶祭也。」愛，吝惜。　斯，這些。　牲，犧牲，祭祀用的牛羊豬等。周秦時代，遇到荒年天災，人們就遍求鬼神而祭祀，希望免除災禍。周禮大司徒：「以荒政十有二：……十有一曰索鬼神。」鄭司農注：「索鬼神，求廢祀而修之，雲漢之詩所謂『靡神不舉，靡愛斯牲』者也。」圭、璧，都是玉器，周人用來祭祀。祭天神則堆柴焚玉，祭山神地神則埋玉于山脚或地中，祭水神則沉玉於水，祭人鬼則藏玉。　卒，盡。

寧，何，爲什麼。　我聽，即「聽我」的倒文。這二句意爲，祭祀的圭璧都用完了，爲什麼上天還不肯聆聽我的請求而下雨？

韻讀：真部——天（鐵因反）、人、臻。　耕部——牲、聽。

旱既大甚，蘊隆蟲蟲。不殄禋祀，自郊徂宮。上下奠瘞，靡神不宗。后稷不克，上帝不臨。耗斁下土，寧丁我躬！

大，同太。

蘊，藴的異體，韓詩作鬱，與藴雙聲通用。　暑氣鬱結，猶今云悶熱。　隆，盛，指暑氣隆盛。

蟲蟲，爞爞之省，烔的假借，韓詩作烔，魯詩作爞。　熱氣熏蒸貌。

殄（tiǎn 舔），斷。　禋祀，古代祭天的儀式。見生民注。　這裏泛指祭祀。

郊，郊外，祭祀天神在郊外。　徂，往、到。　宮，宗廟，祭祀祖先在宗廟。

上，指天。　下，指地。　奠，陳列祭品，祭天神時的禮儀。　瘞（yì意），埋藏，將祭品埋入地中，祭地神時的禮儀。

宗，尊敬。毛傳：「國有凶荒，則索鬼神而祭之。」這二句同上章「靡神不舉，靡愛斯牲」一樣，說爲了避免災禍，無論什麽神都去祭祀，反映了古人對天災的恐懼心情。

后稷，周人的始祖。見生民注。　克，勝過。朱熹詩集傳：「言后稷欲救此旱災而不能勝也。」

臨，降臨而保佑人們。

耗，消耗。　斁（dù杜），敗壞。　下土，天下、人間。

寧，何。　丁，遭逢、碰上。毛傳：「丁，當也。」　躬，自身。這句意爲，爲什麽恰恰在我身上碰到這樣的災難。

韻讀：中、傐部合韻——蟲、宫、宗、臨、躬。

旱既大甚，則不可推。兢兢業業，如霆如雷。周餘黎民，靡有孑遺。昊天上帝，則不我遺。胡不相畏？先祖于摧。

推，消除。

兢兢業業，危懼恐慌貌。

霆，霹靂。這句以巨雷比喻旱災的猛烈可怕。

黎民，猶今云百姓。

孑遺，剩下、遺留。王充論衡藝增篇引這二句詩爲夸張藝術手法的例證。

遺（wèi畏），贈送，指賜給食物。有人訓遺爲「存問」，亦通。

相畏，相與畏懼。

于，而。摧，毀滅。這二句意爲，先祖怎麽不相與畏懼呢？如果因饑饉而子孫死盡，祭祖的典禮將從此而毀滅了。

韻讀：脂部——推、雷、遺、遺、畏、摧。

旱既大甚，則不可沮。赫赫炎炎，云我無所。大命近止，靡瞻靡顧。群公先正，則不我助。父母先祖，胡寧忍予！

沮，阻止。

赫赫，乾旱燥熱貌。炎炎，暑氣灼人貌。

云，雲的古字，庇蔭、遮蔽。無所，没有地方。這句意爲，熱得没有地方可以遮蔽。

大命，壽命。止，至，指死亡。毛傳：「大命近止，民近死亡也。」

瞻，視察。顧，顧念。這二句意爲，人們的壽命都快完結了，上天還不肯體察顧念。

群公，指前代諸侯的神。　先正，指前代賢達的神。

父母，指死去父母的神。　先祖，指祖先的神。

胡寧，爲什麽。　忍予，對我忍心。這句意爲，爲什麽這樣忍心對待我的災難而不救。

韻讀：魚部——沮、所、顧、助、祖、予。

旱既大甚，滌滌山川。旱魃爲虐，如惔如焚。我心憚暑，憂心如熏。群公先正，則不我聞。昊天上帝，寧俾我遯！

滌滌，三家詩作蔋蔋，本字，滌滌爲假借字。　光秃枯竭貌。毛傳：「滌滌，旱氣也。山無木，川無水。」

旱魃（bá拔），古代傳說中的旱魔。孔疏：「神異經曰：南方有人，長二三尺，袒身，而目在頂上。走行如飛，名曰魃，所見之國大旱，赤地千里，一名旱母。」陳奂傳疏：「山海經：『大荒之中有山名不句，有黄帝女妭，本天女也。黄帝下之，殺蚩尤。不得復上，所居不雨。』玉篇『妭』下引文字指歸云：『女妭秃無髮，所居之處天不雨也。』」　爲虐，作惡。

惔，炎的假借，三家詩正作炎。　火光升起。

憚，畏、怕。

熏，燒灼。

聞，問的假借，恤問。馬瑞辰通釋：「聞，當讀問，問猶恤問也。」

寧，豈、難道。　俾，使。　遯，今作遁，逃。這二句意爲，上天難道要使我逃避而去嗎？有人訓遯爲困，亦通。

韻讀：文部——川（音春）、焚、熏、聞、遯。

旱既大甚，黽勉畏去。胡寧瘨我以旱？憯不知其故。祈年孔夙，方社不莫。昊天上帝，則不我虞。敬恭明神，宜無悔怒。

黽（mǐn 敏）勉，魯詩作密勿，勉力。見谷風注。　畏去，應讀作畏却，擔憂。這句意爲，雖然努力祈禱而仍有擔憂，恐怕無濟于事。見于省吾新證。

瘨（diān 顛），病，加害。

憯（cǎn 慘），曾、還。陳奐傳疏：「言何病我以旱，曾不知其何故也。」

祈年，向神祈求豐年。周代有祈年的祭祀。噫嘻序：「春夏祈穀于上帝也。」禮記月令：「孟冬，天子乃祈來年於天宗。」　孔夙，很早。

方，祭四方之神。　社，祭土神。甫田毛傳：「社，后土也。方，迎四方氣于郊也。」　莫，同暮，遲。不莫，不晚。

虞，幫助。廣雅釋詁：「虞，助也。」

敬恭，即恭敬。　明神，即神明。

宜，應該。　悔，恨。　這句意爲，神對我應該没有恨怒。

韻讀：魚部——去、故、莫、虞、怒。

旱既大甚，散無友紀。鞫哉庶正，疚哉冢宰。趣馬師氏，膳夫左右。靡人不周，無不能止。瞻卬昊天，云如何里！

散，散漫。　友，有的假借。　紀，法紀。　此句指群臣散漫而没有法紀。

鞫（jū居），貧窮。　庶，衆。　正，長。　庶正，衆官之長。

疚，貧病。　冢宰，官名，相當後世宰相。

趣馬，養馬的官。　師氏，掌管教育的官，同時又負責王宫的守衛。毛傳：「趣馬不秣，師氏弛其兵。」

膳夫，主管天子等飲食的官。　左右，泛指周宣王左右的大臣。

周，賙的假借，救濟。鄭箋：「周，當作賙，王以諸臣困於食，人人賙救之。」這句意爲，以上的大臣没有一人不受周宣王救濟的。

不能，没有能力。　止，停止救助人民。　王肅云：「無不能而止者，其發倉廩，散積聚，有分無，多分寡，無敢有不能而止者，言上下同也。」這幾句説百官都努力救助人民。

印，仰的假借。瞻卬，仰望。

云，發語詞。　里，悝的假借，憂愁。

韻讀：之部——紀、宰(音梓)、右(音以)、止、里。

瞻卬昊天，有嘒其星。大夫君子，昭假無贏。大命近止，無棄爾成！何求爲我，以戾庶正。瞻卬昊天，曷惠其寧！

有嘒，即嘒嘒，微小而衆多貌。是天晴無雨的象徵。

昭，明。　假，通格，至。昭假，禱告的意思。　無贏，没有私心。孔疏引王肅云：「大夫君子，公卿大夫也。昭其至誠於天下，無敢有私贏之而不敷散。」

成，成功。王肅云：「大夫君子所以無私贏者，以民近於死亡，當賑救之，以全汝之成功。」

我，周宣王自稱。

戾，安定。陳奂傳疏：「言今我求雨何獨爲我躬，亦欲以定庶正救災之成功而已。」

曷，何。指何時。　惠，語助詞。吴闓生詩義會通：「曷惠，猶曷維也。」按甲骨文有常用虚詞「叀」，應讀爲「惠」，即此詩「惠」字。這二句意爲，仰望蒼天，何時才能得到安寧？參見裘錫圭閲讀古籍要重視考古資料。

韻讀：耕部——星、贏、成、正、寧。

崧高

【題解】

這是尹吉甫爲申伯送行的詩。毛序：「崧高，尹吉甫美宣王也。天下復平，能建國親諸侯，褒賞申伯焉。」朱熹詩集傳：「宣王之舅申伯出封于謝，而尹吉甫作詩以送之。」兩相比較，毛說迂遠，朱説明瞭，且合詩旨。申伯是厲王妻申后的兄弟，宣王的母舅。周宣王時，申伯來朝，久留不歸。宣王優待母舅，增加他的封地，派召虎爲他建築謝城和宗廟，治理田地邊界，儲備糧食。又派傅御代遷家人。臨行並賜申伯車馬介圭，餞行于郿。宣王的大臣尹吉甫爲此作了這首歌，贈給申伯。

這是一首送行詩，但既不訴離別之情，也没有勖勉之辭，全篇是稱揚贊頌的話，明顯地使人感到有溢美之嫌。結體布局平鋪直敘，也不見什麽波瀾曲折。倒是首章前二句「崧高維嶽，駿極于天」，突兀而起，雄偉峥嶸，氣勢壯闊。杜甫有不少詩的起筆，如「高標跨蒼穹，烈風無時休」（同諸公登慈恩寺塔），「素練風霜起，蒼鷹畫作殊」（畫鷹），「堂上不合生楓樹，怪底江山起煙霧」（奉先劉少府新畫山水障歌）等等，氣概不凡，先聲奪人，同崧高有相彷彿之處。無怪他自命「親風雅」了。

崧高維嶽，駿極于天。維嶽降神，生甫及申。維申及甫，維周之翰。四國于蕃，四方于宣。

崧，三家詩作嵩，嵩高即嵩山，在今河南登封縣。　維，是。　嶽，嵩山是五嶽之一。爾雅釋山：「泰山爲東嶽，華山爲西嶽，霍山（衡山）爲南嶽，恒山爲北嶽，嵩高爲中嶽。」

駿，峻的假借，高大。　初學記、藝文類聚、太平御覽引這二句詩均作峻。　極，至。

維，發語詞。　神，神靈。

甫，讀作吕，國名，這裏指吕侯，其地在今河南南陽縣西。　申，國名，這裏指申伯，其地在今河南南陽縣北。　蔡邕司空楊公碑：「昔在申吕，匡佐周宣。　崧高作誦，大雅揚言。」可見申甫即申吕。

翰，楨幹、棟梁。

于，爲、是。　蕃，韓詩作藩，藩籬、屏障。　鄭箋：「四國有難，則往扞禦之，爲之蕃屏。」

四方，指天下。　宣，垣的假借，圍牆。

韻讀：真部——天（鐵因反）、神、申。　元部——翰、蕃、宣。

亹亹申伯，王纘之事。于邑于謝，南國是式。王命召伯，定申伯之宅。登是南邦，世執其功。

亹亹（wěi 偉），勤勉貌。

王，指周宣王。　纘，繼承。　釋文：「韓詩作踐。」潛夫論（魯詩）引詩作薦。　按纘與踐、薦均雙聲，通用。之，指申伯。朱熹詩集傳：「使之繼其先世之事也。」

前一「于」，爲、建。謝，邑名。孔疏：「申伯先封于申，本國近謝；今命爲州牧，故改邑於謝。」這句意爲，建邑於謝。其地當在今河南唐河縣南。

南國，謝邑在周之南，南國指周南一帶的諸侯。　式，法、榜樣。朱熹詩集傳：「式，使諸侯以爲法也。」

召伯，召虎，亦稱召穆公，周宣王大臣。見甘棠注。

定，確定。　宅，居處，指謝邑。

登，建成。爾雅：「登，成也。」　南邦，指謝邑。

執，遵循、守成。　功，事業。朱熹詩集傳：「言使申伯後世常守其功也。」

韻讀：之部——事、式。　魚部——伯（音補入聲）、宅（音徒入聲）。　東部——邦（博工反）、功。

王命申伯：「式是南邦。因是謝人，以作爾庸。」王命召伯：「徹申伯土田。」王命傅御：「遷其私人。」

因，依靠。　是，這。

作，建起。　庸，墉的假借，城。

徹，治理，指定疆界正賦稅。朱熹詩集傳：「徹，定其經界，正其賦稅也。」土田，田地，指一般無主的荒田。

傅，太傅，官名。御，侍御，侍候周王的官。

私人，大夫的家臣。這二句意爲，周宣王命令太傅和侍御幫助申伯的家臣遷徙到謝邑。

韻讀：東部——邦、庸。真部——田（徒人反）、人。

申伯之功，召伯是營。有俶其城，寢廟既成。既成藐藐。王錫申伯：四牡蹻蹻，鉤膺濯濯。

功，事，指徹土田，築謝城等工作。

營，經營、辦理。

有俶，即俶俶，形容新城完美貌。説文：「俶，善也。」

寢廟，周代宗廟建築分廟和寢兩部分。禮記月令鄭玄注：「凡廟，前曰廟，後曰寢。」

藐藐，華麗貌。

錫，賜。

牡，公馬。蹻蹻，强壯貌。

鉤膺，亦名樊纓，套在馬胸前頸上的帶飾。見采芑注。濯濯（zhuó 濁），光澤貌。

韻讀：耕部——營、城、成。宵部——藐、蹻、濯。

王遣申伯，路車乘馬。我圖爾居，莫如南土。錫爾介圭，以作爾寶。往近王舅，南土是保。

遣，送走。

路車，諸侯坐的一種車。見渭陽注。　乘馬，四匹馬。

我，作者代周宣王自稱。　圖，謀、考慮。　爾，指申伯。　這二句意爲，我考慮你住的地方，沒有比南土更好的了。

介，魯詩作玠，大。　圭，古代玉製禮器，諸侯執此以朝見周天子。

寶，瑞，朝見的信物。

近（ㄐㄧˋ忌），語助詞。　鄭箋：「近，辭也。聲如『彼記之子』之記。」　王舅，申伯是宣王母親申后的兄弟，所以宣王稱申伯爲王舅。　陳奐傳疏：「往近王舅，言王舅往耳。」

保，保守。　指保守好南方謝城之地。

韻讀：魚部——伯、馬（音姥 mǔ）、居、土。　幽部——寶（博叟反）、舅、保（博叟反）。

申伯信邁，王餞于郿。申伯還南，謝于誠歸。王命召伯，徹申伯土疆。以峙其粻，式遄其行。

信，確實。　邁，行。　鄭箋：「申伯之意不欲離王室，王告之復重，於是意解而信行。」

餞，備酒在郊外送行。　郿，地名，在今陝西郿縣東北。

誠，誠心。鄭箋：「謝于誠歸，誠歸于謝。」孔疏：「誠心歸于南國。古之人語多倒，故申明之。誠歸者，決意不疑之詞。」

土疆，邊疆地界。孔疏：「令申伯主國之時，不與四鄰争訟也。」

以，乃、就。峙，具、儲備。粻，糧之或體。糧食。

式，用、以。遄，迅速。鄭箋：「用是速申伯之行。」

韻讀：脂部——郿、歸。陽部——疆、粻、行（音杭）。

申伯番番，既入于謝，徒御嘽嘽。周邦咸喜，戎有良翰。不顯申伯，王之元舅，文武是憲。

番番（bō 波），武勇貌。

徒，徒行者，步兵。御，駕車者，車夫。嘽嘽（tān 灘），衆多貌。

周，全、遍。邦，指謝邑。咸，都。

戎，你。翰，楨幹，這裏指君主。鄭箋：「申伯入謝，偏邦内皆喜曰，女（汝）乎有善君也。相慶之言。」

不，語詞。顯，顯赫。

元，大。元舅，大舅父。

文武，指文才武功。憲，法式。模範。這二句意爲，宣王大舅（即申伯）的文才武功是人們的模範。

韻讀：元部——番、嘽、翰、憲。

申伯之德，柔惠且直。揉此萬邦，聞于四國。吉甫作誦，其詩孔碩，其風肆好，以贈申伯。

柔惠，和順。直，正直。

揉，安撫。

吉甫，尹吉甫，周宣王卿士，伐玁狁有功。誦，歌。

孔，非常。碩，大。鄭箋：「言其詩之意甚美大。」

風，曲調。朱熹詩集傳：「風，聲。」姚際恒詩經通論：「此雅也，而曰其風肆好，則知凡詩皆可稱風，第雅、頌可稱風，風不可稱雅、頌耳。」姚氏將「風」解爲風、雅、頌的「風」，是錯誤的，應從朱說。肆，極。肆好，極好。

韻讀：之部——德（丁力反，入聲）、直、國（古逼反，入聲）。魚部——碩（音蜍入聲）、伯。

烝民

【題解】

這是尹吉甫送别仲山甫的詩。周宣王派仲山甫築城於齊，在他臨行時，尹吉甫作了這首詩贈他。詩中贊揚仲山甫的美德和他輔佐宣王時的盛況。毛序：「尹吉甫美宣王也。任賢使能，周室中興焉。」後人評他「乖戾不切」。朱熹詩集傳：「宣王命樊侯仲山甫築城於齊，而尹吉甫作詩以送之。」較之毛説切近得多了。

這首詩有它特殊的風格。姚際恒詩經通論：「三百篇説理始此，蓋在宣王之世矣。」孫鑛批評詩經：「語意高妙，探微入奧，又別是一種風格，大約以理趣勝。」這類説理性的詩，在三百篇很少見，即便是産生於「宣王之世」之後的國風、小雅，也幾乎没有這類作品。因爲以理語入詩，再如何「高妙」，終嫌枯燥。烝民之所以還可讀得，首先在於並非全篇説理。末二章用賦法描寫仲山甫出行時的情景，雄健的馬匹，勤快的征夫，得得的蹄聲，鏘鏘的鸞鈴，給人一種振奮的感覺。尤其最後四句，語重心長，蘊藉有致。以理語起，以情語結，使全詩免入理障。其次，説理部分用詞精湛，内涵豐富，哲理性和概括性都很强，以致詩中許多詞一直流傳到今天，還活在現代漢語的詞彙中，如「喉舌」、「矜寡」、「强禦」，如「柔茹剛吐」、「小心翼翼」、「明哲保身」、「愛莫能助」等。一首詩中能産生這麼多成語，是不多見的，足證詩人遣詞造句的功力之深。

天生烝民，有物有則。民之秉彝，好是懿德。天監有周，昭假于下。保茲天子，生仲山甫。

烝，衆。

物，事物、物象。　則，法則。胡承珙毛詩後箋：「有物指天，有則指人之法天。」

秉，稟賦。彝，孟子及潛夫論引詩皆作秉夷，夷爲同音假借字。常理。

懿，美。陳奐傳疏：「民之秉好性善也。」

監，觀察。有，詞頭。

昭假，祈禱。

保，保佑。

仲山甫，宣王時大臣，封於樊（今河南濟源縣），排行第二，故亦稱樊仲、樊仲山甫或樊穆仲。這四句意爲，上天觀察周天子，見他虔誠地在下土祈禱，所以保佑他，生下仲山甫作爲輔佐。

韻讀：之部——則（音稷入聲）、德（丁力反，入聲）。魚部——下（音户上聲）、甫。

仲山甫之德，柔嘉維則。令儀令色，小心翼翼。古訓是式，威儀是力。天子是若，明命使賦。

柔，柔和。嘉，美善。維，是。孔疏：「此仲山甫之德如何乎？柔和而美善，維可以爲法則。」

令，美善。儀，儀容、態度。色，臉色。

古，同故，魯詩正作故。説文：「古，故也。从十口，識前言者也。」鄭箋：「故訓，先王之遺典也。」式，效法，以爲榜樣。

威儀，禮節。　力，勤勉、努力。　鄭箋：「力猶勤也。勤威儀者，恪居官次不解（懈）于位也。」

若，順從。

明命，指政令。　賦，敷的假借，頒布。　指天子使他頒布政令。

韻讀：之部——德、則、色（音史入聲）、翼、式、力。　魚部——若（音如入聲）、賦。

王命仲山甫：式是百辟。纘戎祖考，王躬是保。出納王命，王之喉舌。賦政于外，四方爰發。

式，法，榜樣。　百辟，指諸侯。　陳奂傳疏：「式是百辟，爲天下諸侯作式。」

纘，繼承。　戎，你。　考，父親。　祖考，祖先。

躬，身體。　朱熹詩集傳：「王躬是保，所謂保其身體者也。」

出，宣布並施行周王的政令。　納，向周王反映各處的情況、意見。

喉舌，喻指代言人。　周代担任周王代言人的稱内史，略同于唐虞時的納言，秦漢時的尚書。

賦，敷之假借，頒布。　政，政令。　外，首都之外，指諸侯。

四方，各地。　爰，乃。　發，響應，實行。　鄭箋：「以布政於畿外，天下諸侯於是莫不發應。」

韻讀：幽部——考（苦叟反）、保（博叟反）。　祭部——舌、外（音月入聲）、發。

肅肅王命，仲山甫將之。邦國若否，仲山甫明之。既明且哲，以保其身。夙夜匪解，以事一人。

肅肅，齊詩作赫赫，威嚴。

將，執行。毛傳：「將，行也。」

邦國，指國家政事。若，猶惟，語助詞。否（pǐ痞），惡、閉塞。

明，通、疏通。于省吾新證：「言邦國當沉晦之時，仲山甫有以通其閉塞。若否乃古人語例。毛公鼎『虢許上下若否』，言上下隔閡不相融洽也。」

哲，知識淵博。爾雅：「哲，智也。」

以保其身，孔疏：「以此明哲，擇安去危而保全其身，不有禍敗。」

夙夜，早晚。匪，非、不。解，懈的假借，魯詩、韓詩正作懈。松弛、怠惰。

事，侍奉。一人，指周宣王。

韻讀：陽部——將、明（音芒）。真部——身、人。

人亦有言：「柔則茹之，剛則吐之。」維仲山甫，柔亦不茹，剛亦不吐。不侮矜寡，不畏彊禦。

柔，軟。茹，吃。

剛，堅硬。這二句意爲，碰到軟的東西就吃掉，碰到硬的只好吐出來。

維，同惟，只有。

矜，左傳昭公元年引作鰥，老而無妻。寡，老而無夫。

彊禦，漢書王莽傳引作彊圉，强暴凌弱。　孔疏：「不侮不畏即是不茹不吐，既言其喻，又言其實。」以上二句意爲，不欺侮鰥寡，不畏懼强梁。

韻讀：魚部——茹、吐、甫、茹、吐、寡（音古）、禦。

人亦有言：「德輶如毛，民鮮克舉之。」我儀圖之，維仲山甫舉之，愛莫助之。　袞職有闕，維仲山甫補之。

輶（yóu 尤），輕。

鮮，少。　克，能。　舉，舉起。　這裏喻指實行。　鄭箋：「德甚輕，然而衆人寡能獨舉之以行者。」

我，作者尹吉甫自稱。　儀圖，揣度、思索。

愛，薆的假借，隱蔽。　馬瑞辰通釋：「隱者見之不真，凡舉物者皆有形，而德之舉也無形，凡有形者可助，而無形者不可助，故曰『愛莫助之』。」

袞（gǔn 滾），古代王侯所穿繡有龍紋的禮服。　釋名：「袞，卷也，畫卷龍於衣也。」　職，識的假借，偶爾、適值。　俞樾群經平議：「職讀爲識，識猶適也。　袞職有闕者，袞適有闕也。」　闕，破損。　按詩人以袞衣偶有破損，比喻周王偶有缺失，仲山甫能及時勸告補過，説明他能盡大臣的職責。

韻讀：魚部——舉、圖、舉、助、補。

仲山甫出祖，四牡業業，征夫捷捷，每懷靡及。四牡彭彭，八鸞鏘鏘。王命仲山甫，城彼東方。

出，出行。祖，祭祀道路的神。

業業，馬匹高大貌。

征夫，指跟隨仲山甫出行的人。捷捷，韓詩作倢倢。勤快敏捷貌。

每，雖。懷，和。孔疏引王肅云：「仲山甫雖有柔和明知之德，猶自謂無及。」按無及指無及於王事，這是說仲山甫處處戒慎自己的行爲有不够的地方。

彭彭，馬不停蹄貌。

鸞，鑾的假借，繫在馬項下的銅鈴。一馬二鈴，四馬八鈴。鏘鏘，鈴聲。

城，築城。東方，指齊國。齊在鎬京之東。

韻讀：葉、緝部通韻——業、捷、及。陽部——彭（音旁）、鏘、方。

四牡騤騤，八鸞喈喈。仲山甫徂齊，式遄其歸。吉甫作誦，穆如清風。仲山甫永懷，以慰其心。

騤騤（kuí葵），馬不停蹄貌。

喈喈，和諧的鈴聲。

徂，往。　齊，漢書杜欽傳說仲山甫「就封於齊」。經後人考證，認爲封齊之說不足據。王質詩總聞：「據史記齊世家：齊厲王暴虐，齊人殺厲公及胡公諸子等七十人。事在宣王世。築城之命，疑在斯時，蓋出定齊亂也。」其說近是。

式，用，指用這些車馬。　遄，快速。　歸，回到鎬京。這是詩人爲仲山甫送行時所致的希望之詞。

穆，和美。孔疏：「以清微之風化養萬物，故以比清美之詩可以感益於人也。」

永懷，長思。仲山甫想什麼，說各不一：一、作者希望仲山甫能長思吉甫作誦之意。二、他懷念自己的老家樊邑。三、他對遠行日久勞累，很多顧慮。四、他是扶保周宣王的，今當遠離，于心不安。五、對處理齊亂感到困難。以上數說，各言之成理。史缺旁證，未知孰是。結合詩的內容來看，以末二說較有可能。

韻讀：脂部——騤、喈（音飢）、齊、歸。　侵部——風、心。

韓奕

【題解】

這是一首歌頌韓侯的詩。陳廷傑說：「此詩專美韓侯。」短短一句話，就把詩的主題扼要地點明了。毛序：「尹吉甫美宣王也。能錫命諸侯。」以爲作者是尹吉甫。朱熹駁他「未有據」。恐怕毛序是因爲上一首烝民是尹吉甫所作，故此連帶而及，但現在已無法考定了。詩名「韓奕」，取詩中二字爲題。陳奐傳疏：「韓，韓侯。奕，猶奕奕也。宣王命韓侯爲侯伯，奕奕然大，故詩以韓奕命篇。」詩中敘述韓侯朝周，受王册命，周王賞賜他許多貴重物品。他離開鎬京，路經屠邑，抵達蹶里，與韓姞結婚。還描寫了韓地物産豐富，韓姞樂得其所。最後周王任命韓侯爲統率北方諸侯的方伯。

這也是一首諛詩，不過寫得却很生動，並非一味地溢美。全詩敘事脈絡清晰，結構嚴整，其中四、五兩章寫韓侯娶妻和韓地的沃美，連用疊詞，語氣十分活潑，與贊美韓侯的中心内容相映成趣。吴闓生詩義會通極贊其「雄峻奇偉，高華典麗兼而有之」。又引舊評曰：「首章纘戎以下，古奥如尚書，此退之得之以雄百代者。三章忽變清麗，令讀者改觀。四五兩章朝會大文，夾敘昏姻事，豔麗非常。」

奕奕梁山，維禹甸之，有倬其道。韓侯受命，王親命之：「纘戎祖考，無廢朕命。夙夜匪解，虔共爾位。朕命不易，榦不庭方，以佐戎辟。」

奕奕，高大貌。梁山，在今河北省固安縣附近。

甸，治。陳奐傳疏：「章首即以禹治梁山除水災，比況宣王平大亂命諸侯。」

有倬（zhuō 桌），即倬倬，釋文：「倬，明貌。韓詩作晫，音義並同。」按晫爲倬之異體，亦訓爲廣大。這句説從韓到周的道路是廣闊的。

韓侯，春秋前有二韓：一爲姬姓之韓，受封於武王之世，在今陝西韓城縣南，春秋時被晉國所併。一爲武穆之韓，受封於成王之世，武王子封於此。在今河北固安縣東南，即此詩的韓侯（據陳奂傳疏）。受命，受周王的册命。韓侯的父親死了，他繼位初立，來朝于周。周王在宗廟中舉行册命的典禮，將封侯之令寫在簡册上頒發給他。

纘戎祖考，見烝民注。

廢，廢棄。朕，我。

夙夜匪解，見烝民注。

虔，恭敬而有誠意。共，執、執行。位，職位。

不易，不是輕易給的。馬瑞辰通釋：「易，當讀爲難易之易。周頌『命不易哉』，書大誥『爾亦不知天命不易』，讀與此同。」

榦，正，糾正。這裏是征伐的意思。庭，直。不庭，不直，即不臣服于周王。方，方國。陳奂傳疏：「榦不庭方，言四方有不直者則正之，侯伯得專征伐也。」

戎，爾，你。辟，君主。這説來輔佐你的天子。以上七句都是周王册命韓侯的話。

韻讀：真部——甸（徒人反）、命、命、命。幽部——道（徒叟反）、考（苦叟反）。支部——解（音繫）、易、辟。

四牡奕奕，孔脩且張。韓侯入覲，以其介圭，入覲于王。王錫韓侯，淑旂綏章，簟茀錯衡，玄衮赤舄，鉤膺鏤鍚，鞹鞃淺幭，鞗革金厄。

孔，很，非常。　脩，長。　張，大。

覲（jìn近），朝見。

介圭，大圭，玉製禮器。王肅云：「桓圭九寸，諸侯圭之大者，所以朝天子。」桓圭即介圭。

錫，賞賜。

淑，美。　旂，畫有蛟龍的旗。　綏，古通嘉，也是美好的意思（見于省吾新證）。　章，文章，即旗上的花紋。

簟茀，遮蔽車廂的竹蓆。　錯衡，車轅前端橫木，上畫花紋或塗以金色。　按簟茀、錯衡都是諸侯所乘的路車裝飾。

玄衮，畫有龍紋的黑色禮服。　赤舄（xì戲），貴族穿的複底紅鞋。

鉤膺，亦稱樊纓，套在馬胸前頸上的帶飾。　鏤，嵌刻。　鍚（yáng羊），馬額上的刻金飾物。毛傳：「鏤鍚，有金鏤其鍚也。」

鞹（kuò擴），去毛的獸皮。　鞃（hóng弘），綁在車軾中段的獸皮。毛傳：「鞃，軾中也。」

淺幭（miè蔑），毛傳：「淺，虎皮淺毛也。幭，覆式也。」式即軾，車廂前供人倚靠的橫木。淺幭即覆蓋在軾上的虎皮。

鞗（tiáo條）革，馬籠頭。　厄，軛的假借，套在馬頸上用以牽挽的器具。　金厄，以金屬爲裝飾的馬軛。

韻讀：陽部——張、王、章、衡（音杭）、鍚。　支、祭部合韻——幭、厄。

韓侯出祖，出宿于屠。顯父餞之，清酒百壺。其殽維何？炰鼈鮮魚。其蔌維何？維筍及蒲。其贈維何？乘馬路車。籩豆有且，侯氏燕胥。

出祖，見烝民注。

屠，地名。屠與杜古通，即户縣的杜陵，在今陝西西安東。韓侯離開鎬京，中途住宿在屠地。

顯父，人名，今不可考。　餞，設宴送行。　屠是顯父的封邑，所以他爲途經屠地的韓侯餞行。

殽，葷菜。　維，是。

炰（páo袍），蒸煮。　鮮，通斯，析。析魚，膾魚的意思。

蔌（sù速），蔬菜。

筍，竹笋。　蒲，水生，嫩時可食。

乘馬，古時四匹馬爲一乘。　路車，貴族坐的車。

籩，盛乾果的竹器。　豆，盛菜的器，高足。　有且（jū居），即且且，多貌。　又陳奂傳疏：「且，詞也。籩豆有且，言有籩有豆也。」説亦可通。

侯氏，指韓侯。陳奐傳疏：「凡諸侯覲王曰侯氏。」　燕胥，安樂。

韻讀：魚部——祖、屠、壺、魚、蒲、車、且、胥。

韓侯取妻，汾王之甥，蹶父之子。韓侯迎止，于蹶之里。百兩彭彭，八鸞鏘鏘，不顯其光。諸娣從之，祁祁如雲。韓侯顧之，爛其盈門。

取，同娶。

汾王，即周厲王。厲王被國人趕跑，流亡於彘。彘在汾水旁，所以時人稱他爲汾王。　甥，韓侯之妻是厲王的外甥女。

蹶父（guì fǔ 貴甫），周宣王的卿士，姓姞。　子，女兒。

迎，親迎。　止，語氣詞。

里，邑。

兩，輛的假借。陳奐傳疏：「諸侯之子嫁於諸侯，送御（迎）皆百乘。」　彭彭，衆多貌。

鸞，見烝民注。　鏘鏘，鸞鈴聲。

不，丕的假借，大。　顯，顯耀。這句意爲，大大顯耀親迎的光輝。

諸，魯詩作姪。諸娣，衆妾。古代諸侯嫁女，或以女妹或以兄女（姪）陪嫁作妾。毛傳：「諸侯一娶九女，二國媵之。諸娣，衆妾也。」

祁祁，衆多貌。

顧，曲顧。古代貴族男子到女家親迎，有三次回顧的禮節（從孔疏説）。

爛其，即爛爛，燦爛而有光彩貌。形容諸娣。

韻讀：之部——子、止、里。　陽部——彭（音旁）、鏘、光。　文部——雲、門。

蹶父孔武，靡國不到。爲韓姞相攸，莫如韓樂。孔樂韓土，川澤訏訏，魴鱮甫甫，麀鹿噳噳，有熊有羆，有貓有虎。慶既令居，韓姞燕譽。

孔，非常。　武，威武、勇武。　陳喬樅三家詩遺説考根據易林「大夫祈父，無地不涉，爲吾相土，莫如韓樂」，認爲蹶父擔任周朝司馬的官職，掌管軍隊國防，所以有「孔武」之譽。

靡，無。　這句説蹶父經常爲王出使各國，没有哪個諸侯國未曾去過。

韓姞，即韓侯妻。　姓姞，嫁韓侯之後，稱韓姞。　相，讀去聲。看。　攸，所、住處。　鄭箋：「攸，所也。蹶父爲其女韓侯夫人姞氏視其所居，韓國最樂。」

孔樂韓土，即「韓土孔樂」，爲協韻而倒文。

訏訏（xū虛），廣大貌。

魴，鯿魚。　鱮，鰱魚。　甫甫，齊詩作詡詡，魚肥大貌。

麀（yōu幽），母鹿。　鹿，指公鹿。　噳噳（yǔ語），衆多貌。　毛傳：「噳噳然衆也。」

貓，毛傳：「似虎，淺毛者也。」據後人考證，即今之山貓，體型似虎而小。

慶，慶賀。　既，終，終於得到的意思。　令居，好住處。

燕，安。譽，豫的假借，快樂。燕譽，安樂。

韻讀：宵部——到、樂。魚部——土、訏、甫、噳、虎、居、譽。

溥彼韓城，燕師所完。以先祖受命，因時百蠻。王錫韓侯，其追其貊，奄受北國，因以其伯。實墉實壑，實畝實藉。獻其貔皮，赤豹黄羆。

溥彼，即溥溥，廣大貌。

燕，國名。釋文：「北燕國。」按周有二燕：一爲南燕，在今河南汲縣，國君姓姞，傳説爲黄帝之後。一即此北燕，在今北京大興，國君姓姬，召公奭始封於此。師，民衆。完，修葺、建造。朱熹詩集傳：「韓初封時，召公爲司空，王命以其衆爲築此城。」

以，因爲。先祖，指韓國祖先。受命，接受周王的册命爲諸侯。

因，依靠。時，是，這些。百蠻，指北方的少數民族，即所謂北狄者。

其，彼，那個。追、貊（mò陌），都是北狄國名。這二句意爲，宣王賜給韓侯追、貊等國，恢復他祖先的舊職。

奄，包括。受，接受。北國，北方各諸侯國。

因，用。以，爲。伯，長。一方諸侯之長爲方伯。這句意爲，用你做北方地區的方伯。

實，是。墉，城。壑，城壕。墉、壑在這裏都用作動詞，指築城和挖城壕。

畝，開墾田地。　藉，定收賦稅。這二句意爲，韓侯替他的屬國築城開溝，治田收稅。

獻，進貢，指向韓侯進貢。　貔（pí皮），猛獸名，貍類，又名白狐。

赤豹，紅毛黑紋的豹。　赤豹黄羆均指獸皮而言。

韻讀：元部——完、蠻。　魚部——貊（音模入聲）、伯（音補入聲）、壑（音呼入聲）、藉（音咀入聲）。　歌部——皮（音婆）、羆（音波）。

江漢

【題解】

這是敘述周宣王命令召虎帶兵討伐淮夷的詩。　毛序：「江漢，尹吉甫美宣王也。能興衰撥亂，命召公平淮夷。」符合詩的主題，但説是尹吉甫所作，恐係附會。詩前三章寫召公討伐淮夷，經營江、漢之事；後二章寫宣王册命召虎，賞賜土地、圭瓚、秬鬯等；末章寫召公作簋記事。由此，有人懷疑詩本身就是古器物簋的銘文。朱熹提出詩詞同古器物銘「語正相類」。方玉潤干脆認爲江漢就是「召穆公平淮銘器」。郭沫若青銅器時代：「大雅江漢之篇，與世存召伯虎簋銘之一，所記乃同時事。簋銘云：『對揚朕宗君其休，用作列祖召公嘗簋。』詩云：『作召公考，天子萬壽。』文例正同。」有人據此，認爲全詩都是簋銘，作者就是召虎。如果真是這樣，對詩經的形成、青銅器銘文的文學性等諸問題都有很大的意義。

詩以討伐淮夷爲主題，但真正用於寫武功的筆墨却很少，無鋪張威烈的氣勢；倒是反復祝頌召公的功業，鄭重賡揚周王的錫命，歌詠不已，顯得雍容揄揚，詞深意遠。姚範援鶉堂筆記評韓愈平淮西碑曰：「裴度以宰相宣慰，君臣協謀，亦應特書，著度之勳，而主威益隆，此江漢、常武之義也。」他指出了二者的淵源關係。不過韓愈的碑銘酣恣奮動，弘大處和工細處較江漢都能勝過。吴闓生詩義會通認爲「退之平淮西碑祖此，而詞意不及」，實在不是進化的正確觀點。

江漢浮浮，武夫滔滔。匪安匪遊，淮夷來求。既出我車，既設我旟。匪安匪舒，淮夷來鋪。

江，長江。漢，漢水。浮浮，魯詩作陶陶，陶與下句「滔」字古通用。水流盛長貌。毛傳訓爲「衆强貌」。

武夫，指出征淮夷的將士。滔滔，順流而下貌。按王引之經義述聞、陳奂傳疏都認爲這二句當作「江漢滔滔，武夫浮浮」。滔滔，廣大貌。浮浮，衆强貌。現存的詩經各本皆誤。王、陳之説頗可取。

匪，非。安，求安逸。遊，遊樂。

淮夷，當時住在淮水南部的沿岸和近海地方的夷族。胡渭禹貢錐指：「淮夷，今淮、揚二府近海之地皆是。」來，語助詞，含有「是」意（見王引之經傳釋詞）。求，通糾，誅求、討伐。

出車，駕兵車出行。

設，樹起。　旟，畫有鳥隼的旗。

舒，舒適。

鋪，停止。　方言：「鋪，止也。」這裏指駐軍在淮夷境内。

韻讀：幽部——浮、滔（他愁反）、遊、求。　魚部——車、旟、舒、鋪。

江漢湯湯，武夫洸洸。經營四方，告成于王。四方既平，王國庶定。時靡有争，王心載寧。

湯湯（shāng 傷），水勢浩大貌。

洸洸（guāng 光），威武貌。

經營，治理，這裏指討伐。　四方，指各地叛亂的諸侯。　鄭箋：「召公既受命伐淮夷，服之；復經營四方之叛國，從而伐之。」

告成，使人傳達成功（戰勝）的捷報。

平，清平，指平亂。

庶，庶幾，希望之詞。　定，安定。

時，是。　靡，無。

載，則、就。　寧，安寧。

韻讀：陽部——湯、洸、方、王。 耕部——平、定、争、寧。

江漢之滸，王命召虎：「式辟四方，徹我疆土。匪疚匪棘，王國來極。于疆于理，至于南海。」

滸（hǔ虎），水邊。

召虎，召伯，名虎，謚穆公。召南甘棠便是歌頌他的詩。

式，發語詞。 辟，闢的假借，開闢。

徹，治。朱熹詩集傳：「言江漢既平，王又命召公闢四方之侵地，而治其疆界。」

匪，非、不。 疚，病，害。 棘，急的假借，緊張。 這二句意爲，不再有戰争的病害和緊張了。

極，準則。鄭箋：「極，中也。非可以兵病害之也，非可以兵急操切之也，使來於王國受政教之中正而已。」

于，往。 疆，劃分邊界。 理，治理土地。

南海，泛指南方近海蠻族所居之地。國語韋昭注：「南海，群蠻也。」即今江蘇東部近海之地。

韻讀：魚部——滸、虎、土。 之部——疚（音記）、棘、國（古逼反，入聲）、極、理、海（音喜）。

王命召虎，來旬來宣：「文武受命，召公維翰。」無曰予小子，召公是似。肇敏戎公，用錫爾祉。

命，册命。

來，是。　旬，巡的假借，巡視。　宣，告示于衆。這二句意爲，宣王册命召虎，並巡視各地宣示大衆。以下便是宣王的話。

文武，周文王、武王。　受命，指接受天命而有天下。

召公，召公奭，文王子，封于召，助武王滅商有功，謚康公。他是召虎的先祖。　維，是。　翰，楨幹，臺柱。

無，毋，休要。　予小子，宣王自稱。

似，嗣的假借，繼承。陳奐傳疏：「言爾無以予小子之故，惟爾祖召公之是嗣也。」

肇，開始。　敏，謀的假借，謀劃。　戎，大。　公，通功，事。

用，則，就。　祉，福禄。于省吾新證：「始謀大事，用錫爾福祉也。」

韻讀：元部——宣、翰。　之部——子、似、祉。

釐爾圭瓚，秬鬯一卣。告于文人，錫山土田。「于周受命，自召祖命。」虎拜稽首：「天子萬年！」

釐，賚的假借，賞賜。　圭瓚，用玉做柄的酒勺。

秬（jù巨），黑黍。　鬯（chàng暢），鬱金香草。　卣（yǒu有），帶柄的酒壺。這句是説賜一壺秬鬯釀成的香酒（用作祭祖之用）。

文人，指召虎祖先有文德的人，即下文的召祖。

錫，賞賜。這句是指宣王賜召虎山和土地。

周，岐周，是周王朝的發源地。　受命，接受册命。

自，用。　召祖，召虎的祖先，指召公奭。　命，册命的典禮。鄭箋：「宣王欲尊顯召虎，故如岐周，使虎受山川土田之賜，命用其祖召康公受封之禮。」

稽首，磕頭。這是古代最尊敬的一種跪拜禮節。

天子萬年，孔疏：「言使天子得萬年之壽。臣蒙君恩，無以報答，故願君長壽而已。」

韻讀：真部——人、田（徒人反）、命、命、年（奴因反）。

虎拜稽首：「對揚王休，作召公考。天子萬壽！明明天子，令聞不已。矢其文德，洽此四國。」

對，報答。　揚，頌揚。　休，美命。這裏指美厚的禮物。

考，郭沫若青銅器時代周代彝器進化觀：「考乃簋之假借字。」簋（guǐ鬼），亦作𣪘。古代食器，圓口，圈足，方座，無耳或有兩耳、四耳，無蓋或帶蓋，青銅或陶製，盛行于商、周時。這句説：召虎製作祭祀召公奭的簋器。

明明，猶勉勉，勤勉。

令聞，美好的聲譽。　已，止。不已，不停地被稱頌。

矢，弛的假借，魯詩正作弛，寬緩。　文德，相對於「武功」而言。文德是寬松懷柔的政策，所以用「弛」字。朱熹詩集傳：「勸其君以文德，而不欲其極意於武功。」洽，禮記孔子閒居引這句詩作協，協和。　四國，四方的諸侯國。按以上四句頌揚中帶有箴規之意。崔述豐鎬考信録：「此詩前三章敘召公經略江漢之事，乃國家大政。後三章耑言召公受賜事。」

韻讀：幽部——首、休、考（苦叟反）、壽。　之部——子、已、德（丁力反，入聲）、國。

常　武

【題解】

這是贊美宣王平定徐國叛亂的詩。毛序：「常武，召穆公美宣王也。有常德以立武事，因以爲戒然。」説詩是召穆公所作，毫無根據。以「有常德以立武事」來解釋「常武」的篇名，也不知究竟是什麽意思。由此引起後世的各種分析。一種主要的意見是「有常德以立武則可，以武爲常則不可。此所以有美而有戒也。」（朱熹詩序辨説）但這樣講總嫌迂曲。王質詩總聞：「自南仲以來，累世著武，故曰常武。」他的説法比較平實。討伐徐國的戰役，周宣王是否親征，舊説不一，從詩意看來，宣王似乎是親赴戎機，所以朱熹説「宣王自將以伐淮北之夷。」

常武與上篇江漢一樣，都是寫戰爭題材的，但風格上却各有千秋。江漢以戰爭爲鋪墊，主旨在於頌美，所以詞氣雍容。常武則正面寫戰爭，揚兵威以證武功，所以文勢汹湧。前五章敘宣王命將置副，親征徐方，臨陣指麾，出奇制勝諸事，「是一篇古戰場文字」（方玉潤語）。尤其是第五章，連用六句比喻，將王師的神武氣概渲染得淋漓盡致。緊接着「緜緜翼翼」三句，承上文一氣注下，氣勢浩穰，有天地褰開，風雲變色之象。所以吴闓生極贊這章，云：「八句如一筆書，文勢之盛，得未曾有。」更妙的是末章寫凱旋班師，筆下一掃暴風驟雨的聲勢而爲天清氣朗，多此一層跌宕，全詩便顯得神完氣足了。

赫赫明明，王命卿士，南仲大祖，大師皇父：「整我六師，以修我戎。既敬既戒，惠此南國。」

赫赫，顯耀盛大貌。明明，明智昭察貌。這句是形容周宣王。

卿士，西周時掌管中央各官署和地方的高級官員。相當於後世的宰相。

南仲，人名，周宣王大臣。漢書古今人表作南中，列于宣王時，爲大將。大祖，指太祖廟。周人以后稷爲太祖。

大師，即太師，西周時執政大臣之一，總管軍事。皇父，人名，周宣王大臣。馬瑞辰通釋：「據竹書紀年：『幽王元年，王錫大師尹氏皇父命。』則皇父實爲尹氏，即二章所云『王謂尹氏』也。」孔疏：「言王命南仲于太祖，謂于太祖之廟命南仲也。皇父爲太師，謂命此皇父爲太師。南仲卿士，文在『太祖』之上，是先爲卿士，今命以爲大將。太師皇父，在『太祖』之下，則于太祖之廟始命以爲太師。其實皆在太祖之廟並命之，故『太祖』之文處其中也。」六師，即六軍。周禮夏官司馬：「凡制軍，萬有二千五百人爲軍，王六軍，大國三軍，次國二軍，小國一軍。」

修，整理。　戎，兵器。

敬，儆的假借，警戒。

惠，施恩。　南國，南方諸國。　鄭箋：「警戒六軍之衆，以惠淮浦之旁國，謂敕以無暴掠爲之害也。」這章寫宣王命將整軍，準備出征。

韻讀：魚部——祖、父。　之部——戒（音棘）、國（古逼反，入聲）。

王謂尹氏，命程伯休父：「左右陳行，戒我師旅。率彼淮浦，省此徐土。」不留不處，三事就緒。

尹氏，即上章的皇父。

程伯，封在程地（今陝西咸陽東）的伯爵。　休父，程伯之名。　國語：「重黎氏世敘天地，其在周，程伯休父其後也。當宣王時，失其官守，而爲司馬氏。」

陳行（háng 杭），列隊。

戒，告戒。

率，循、沿。淮浦，淮水邊。

省，巡視。徐土，徐國的土地。玉海：「徐，嬴姓，伯益佐禹有功，封其子若木於徐。」故城在今安徽泗縣北，亦稱徐戎、徐州，是淮夷中的一個大國。

處，居住。

三事，三卿，即十月之交中的「擇三有事」，雨無正中的「三事大夫」。就緒，安排妥當。這二句意爲，（周軍）不要長久居留在徐土，代徐國將三卿的官安排就緒就可以了。這章寫出征前宣王對將帥預作吩咐。

韻讀：魚部——父、旅、浦、土、處、緒。

赫赫業業，有嚴天子。王舒保作，匪紹匪遊。徐方繹騷，震驚徐方，如雷如霆，徐方震驚。

業業，舉止有威儀貌。

有嚴，即嚴嚴，威嚴貌。

舒，徐緩。保作，安穩地行進，指起兵。朱熹詩集傳：「言王舒徐而安行也。」

匪，非、不。紹，遲緩。這句説周軍不遲緩也不遊逛。

方，方國。徐方，徐國。繹，軍陣。毛傳：「繹，陳。」騷，驚擾騷動。陳奂傳疏：「言未戰而徐方之軍陳已動亂失次矣。」

如雷如霆，兵勢象雷鳴霹靂那樣猛烈。陳奐傳疏：「言王師之震驚徐方如雷如霆也。徐方震驚，言徐方見王旅之衆盛而震驚也。」這章寫周師甫出，徐國已感恐懼。

韻讀：幽部——遊、騷（音搜）。　耕部——霆、驚。

王奮厥武，如震如怒。進厥虎臣，闞如虓虎。鋪敦淮濆，仍執醜虜。截彼淮浦，王師之所。

奮，奮發、振起。　厥，其。　孔疏：「既到淮浦，臨陣將戰，王乃奮揚其威武，其狀如天之震雷其聲，如人之勃怒其色，言嚴威之可懼也。」

進，進攻。　虎臣，古代戰爭時用的衝鋒兵車，如後世的敢死隊。陳奐傳疏：「虎臣，即虎賁氏，啟行之元戎也。」

闞（hǎn 喊）如，猶闞然，虎怒貌。　虓（xiāo 囂），亦作哮，虎吼。説文：「虓，虎鳴也。」

鋪，韓詩作敷，二字通用。布，布陣。　敦，頓的假借，整頓（從胡承珙毛詩後箋説）。　濆（fén 墳），河邊高地。

仍，頻數、屢次。　執，抓住。　醜虜，對俘虜的蔑稱。

截，斷絕。　方玉潤詩經原始：「謂斷絕其出入之路也。」

王師之所，將淮浦作爲王師駐守之處。　這章寫周師進攻，敵人潰敗。

韻讀：魚部——武、怒、虎、虜、浦、所。

王旅嘽嘽，如飛如翰，如江如漢，如山之苞，如水之流。緜緜翼翼，不測不克，濯征徐國。

旅，齊詩作師。　嘽嘽（tān 灘），齊詩作驒驒，衆多貌。　翰，高飛。　苞，茂盛，引申爲攢聚。　緜緜，韓詩作民民，緜緜的假借字。連緜不斷貌。　翼翼，壯盛貌。　馬瑞辰通釋：「皆狀其兵之壯盛耳。」　不測，不可測度。　不克，不可戰勝。　朱熹詩集傳：「如飛如翰，疾也。如江如漢，衆也。如山，不可動也。如川，不可禦也。緜緜，不可絶也。翼翼，不可亂也。不測，不可知也。不克，不可勝也。」　濯，大。　鄭箋：「今又以大征徐國，言必勝也。」這章寫周師的强大而不可戰勝。

韻讀：元部——嘽、翰、漢。　幽部——苞（布瘦反）、流。　之部——翼、克（枯力反，入聲）、國。

王猶允塞，徐方既來。徐方既同，天子之功。四方既平，徐方來庭。徐方不回，王曰還歸。

猶，荀子引詩作猷，謀劃。　允，誠信。　塞，踏實。　來，齊詩作倈，歸服。　王先謙集疏：「言王道誠信充實，遠人自服。」

同，會合、統一。

庭，朝。來庭，來朝拜天子。

回，違、違抗。

還，音義同旋。還歸，班師凱旋而歸。這章寫徐國臣服，周師凱旋。

韻讀：之部——塞（音息入聲）、來（音吏）。東部——同、功。耕部——平、庭。脂部——回、歸。

瞻印

【題解】這是一首諷刺周幽王寵褒姒、逐賢良，以致政亂民病、國運瀕危的詩。它和召旻一樣，被稱爲幽王變大雅。毛序：「瞻卬，凡伯刺幽王大壞也。」這位凡伯，不是周厲王時作板詩的凡伯，可能是他的後代。但詩究竟是不是凡伯所作，並沒有什麼根據，所以後人多有不信毛説的。不管作者是誰，他極可能曾經執政過，故遭到幽王忌恨，而悲歎「人之云亡，邦國殄瘁」的不幸。詩人除了批評幽王倒行逆施之外，還不遺餘力地斥責褒姒。我國封建時代歷來有「女人禍國」的説法，可謂濫觴於此詩。

毛詩序：「政有小大，故有小雅焉，有大雅焉。」這是就詩的内容方面説。孔疏：「大雅則宏遠而疏朗，弘大體以明責。小雅則躁急而局促，多憂傷而怨誹。」這是就詩的風格方面説。但是，這首詩與小雅中刺幽王的詩如正月、十月之交、雨無正等無論内容或風格都幾乎没有什麽區别，那麽何以此詩與下一篇召旻要列入大雅而不入小雅呢？惠周惕詩説：「大、小二雅，當以音樂别之，不以政之大小論也，如律有大、小吕。」他的説法還是比較有道理的。這些詩歌的分列二雅，原因一定是在音樂方面。可惜樂譜失傳，給詩經的研究留下了不盡的缺憾。

瞻卬昊天，則不我惠。孔填不寧，降此大厲。邦靡有定，士民其瘵。蟊賊蟊疾，靡有夷届。罪罟不收，靡有夷瘳。

卬，仰的假借。瞻卬，仰視。　昊天，喻指周幽王。毛傳：「斥王也。」

惠，愛。我惠，爲「惠我」的倒文。鄭箋：「仰視幽王爲政，則不愛我下民。」

孔，很、非常。　填（chén陳），塵的古體字，長久。　不寧，指天下不安寧。

厲，禍患。

士民，士卒與人民。　瘵（zhài債），病，指憂患。

蟊賊，吃莊稼的害蟲，詩人用它比喻幽王。　蟊疾，啃害莊稼貌。　孔疏：「言王之害民，如蟲之害稼，故比之也。」

夷，語助詞。下同。　屆，終極。

罟，網。罪罟，法網，喻指條目繁多的酷刑。毛傳：「罪罟，設罪以爲罟。」　收，收斂。

瘳（chōu抽），病愈，這裏指停息。

韻讀：脂、祭部通韻——惠、厲（音列）、瘵、疾、屆（音既）。　幽部——收、瘳。

人有土田，女反有之。人有民人，女覆奪之。此宜無罪，女反收之。彼宜有罪，女覆説之。

人，指貴族們。下同。　土田，土地。

女，汝、你。指周王。　有，占有、奪取。廣雅：「有，取也。」

民人，人民。西周時，擁有土地的貴族亦擁有一部分人民。

覆，反而。

收，拘捕。

説，脱的假借，後漢書王符傳引這句詩正作脱，開脱、赦免。

韻讀：真部——田（徒人反）、人。　之、幽部通韻——有、收。　祭部——奪、説。　脂部——罪、罪。

哲夫成城，哲婦傾城。懿厥哲婦，爲梟爲鴟。婦有長舌，維厲之階。亂匪降自天，生自婦人。匪教匪誨，時維婦寺。

哲夫，才能見識超越常人的男子。　城，指國家。　成城，立國。

哲婦，指幽王寵妃褒姒。　傾城，傾敗國家。　陳奐傳疏：「傾城，喻亂國也。」

懿，噫的假借，歎詞。　鄭箋：「懿，有所傷痛之聲也。」　厥，其。

爲，是。　梟（xiāo 蕭），相傳長大後食母的惡鳥。　説文：「梟，不孝鳥也。」　鴟（chī 癡），貓頭鷹。古人以貓頭鷹爲不祥之鳥。　按這二句是詩人運用隱喻的修辭。

長舌，鄭箋：「喻多言語。」

維，是。　厲，禍患。　階，階梯，含有根源之意。　姚際恒詩經通論：「此正指譖申后、廢太子事，故曰爲厲之階。」

匪，非、不是。

匪教匪誨，鄭箋：「非有人教王爲亂，語王爲惡者，是惟近愛婦人，用其言故也。」

時，是。　維，唯，只。　婦，褒姒。　寺，侍的假借，指親近的人，如侍御之流。有人訓寺爲宦官，恐非詩意。

韻讀：耕部——城、城。　脂部——鴟、階（音飢）。　真部——天（鐵因反）、人。　之部——誨（呼備反）、寺。

鞫人忮忒，譖始竟背。豈曰不極，伊胡爲慝？　如賈三倍，君子是識。婦無公事，休其蠶織。

鞫，告。林義光詩經通解：「鞫讀爲告，告、鞫古同音。」　忮，歧的假借，歧異。　忒，差錯。譖，僭的假借，虚妄。　竟，最終。　背，違背。林義光通解：「告人歧忒者，告人之言兩歧而差忒也。僭始竟背者，虚妄於始而背之於終也。蓋凡事爲婦人所主持，則王之所以告人者其後或因哲婦之阻撓而終背其初約，由是與所告之言兩歧差忒，而始言成爲虚妄矣。」

極，至、窮盡。含有窮兇極惡之意。

伊，發語詞。　胡爲，爲什麽。　慝，韓詩作嬺，悦愛，歡喜。這二句意爲，難道她的危害還不到極點嗎，爲什麽還要寵愛她呢？

賈（gǔ古），商人。　三倍，指得到多倍的利潤。

君子，指貴族從政者。　識，職的假借，主持。林義光通解：「識讀爲職，識與職古通用。言如賈利三倍之人而主君子之事。君子，謂從政者。蓋商賈之不能參預政事，與蠶織者不能參預政事，其理正同也。」

公事，政事。朱熹詩集傳：「朝廷之事也。」

休，停止。　蠶織，養蠶紡織。這二句意爲，婦人没有參預政事的權利，而褒姒却停止她應當做的養蠶紡織，反去參預政事了。

韻讀：之部——忒（他力反，入聲）、背（音逼入聲）、極、慝（他力反，入聲）、倍、識、事、織。

天何以刺？何神不富？舍爾介狄，維予胥忌；不弔不祥，威儀不類。人之云亡，邦國殄瘁。

天，指幽王，下章同。　刺，責罰。

富，福的假借，賜福。朱熹詩集傳：「言天何用責王，神何用不富王哉？凡以王信用婦人之故也。」

舍，同捨，放任不管。　介，盔甲。介狄，披甲的夷狄，指入侵者。按三家詩狄作逖，逖、狄古通。

維，唯、只。　胥，相。　忌，忌恨。陳啟源毛詩稽古編：「小雅漸漸之石、苕之華、何草不黄三詩叙皆言四夷交侵，下篇亦言日蹙國百里，此介狄之明證也。幽王不此之懼而反讎視忠臣，可勝歎哉！」

弔，慰問撫恤。　不祥，指天災人禍。

威儀，禮節。　類，善。王先謙集疏：「王傲情不修威儀，望之不似人君。」

人，指賢人。　云，語助詞。　亡，逃亡。下章同。

殄（tiǎn 舔）瘁，困病憔悴。朱熹詩集傳：「今王遇災而不恤，又不謹其威儀，又無善人以輔之，則國之殄瘁宜矣。」

韻讀：支部——刺、狄。　之部——富（方備反）、忌。　陽部——祥、亡。　脂部——類、瘁。

天之降罔，維其優矣。人之云亡，心之憂矣。天之降罔，維其幾矣。人之云亡，心之悲矣。

罔，同網。降罔，下網，加人罪名。

維，發語詞。　其，那樣。下同。　優，瀀的假借，渥厚。這裏指罪名的繁多。

幾，危殆。按這章皆詩人憂國傷時之詞。

韻讀：陽部——罔、亡、罔、亡。　幽部——優、憂。　脂部——幾、悲。

觱沸檻泉，維其深矣。心之憂矣，寧自今矣？不自我先，不自我後。藐藐昊天，無不克鞏。無忝皇祖，式救爾後。

觱（bì必）沸，泉水翻騰上湧貌。　檻，濫的假借，泛濫。

其深，那樣深。詩人以湧泉之源深長，比喻自己憂思深久。

寧，豈、難道。這二句意爲，心裏的憂愁豈是從現在才開始的呢？

不自我先，見正月注。　朱熹詩集傳：「然而禍亂之極適當此時，蓋已無可爲者。」

藐藐，曠遠貌。

克，可。　鞏，恐的假借，畏懼。這二句意爲，上天渺茫難測，它的降罪無不是可畏懼的（見于省吾新證）。

忝，辱没。　皇祖，指文王、武王。按魯詩皇作「爾」，意同。

式，用、以。　爾，指幽王。　後，指子孫後代。　朱熹詩集傳：「幽王苟能改過自新，而不忝其祖，則天意可回，來者猶必可救，而子孫亦蒙其福矣。」

韻讀：侵部——深、今。　侯部——後、後。

召旻

【題解】　這是一位老臣諷刺幽王任用姦邪，朝政昏亂，以致外患頻仍，國土日削，行將滅亡的詩。作者可能是一位不得志的官吏，所以他要説「我位孔貶」。詩以「召旻」名篇，後世解者不一。蘇轍詩集傳説：「首章稱旻天，卒章稱召公，故謂之『召旻』，以别小旻而已。」其義差長。「召公」一詞，後世的今古文家解釋不同。毛詩派認爲召公是指召虎，以陳奂爲代表。三家詩派認爲指召康公，以王先謙爲代表。我們認爲，詩經中稱召虎多爲召伯，稱召康公多爲召公。以此分别，可息無謂的争端。孫鑛批評詩經説：「音調悽惻，語皆自哀苦衷中出，匆匆若不經意，而自有一種奇峭，與他篇風格又别。」這種奇峭的獨特風格，具體表現在七字句的運用上，「維昔之富不如時，維今之疚不如兹」，「今也日蹙國百里」，這三句詩，在以四言詩爲基本形式的詩經中，確顯得戛戛獨造，以見姿態。吴闓生詩義會通説：「賢者遭亂世，蒿目傷心，無可告愬，繁冤抑鬱之情，離騷、九章所自出也。」他比較了這首詩與離騷的某些共同點，頗能啟發讀者神思。

旻天疾威，天篤降喪。瘨我飢饉，民卒流亡。我居圉卒荒。

旻（mín民）天，爾雅釋天：「秋爲旻天。」這裏泛指上天。鄭箋：「天，斥王也。」疾威，暴虐。

篤，厚、嚴重。　喪，死亡的災難。

瘨（diān顛），害、降災。

卒，盡、完全。下句同。

居，朱熹詩集傳：「居，國中也。」或以爲語詞，亦通。　圉（yǔ語），韓詩作禦，邊疆。毛傳：「圉，垂（陲）也。」鄭箋：「病國中以飢饉，令民盡流移荒虚也。荒，虚也。國中至邊竟以此故盡空虚。」有人訓荒爲荒年，亦通。

韻讀：陽部——喪、亡、荒。

天降罪罟，蟊賊內訌。昏椓靡共，潰潰回遹，實靖夷我邦。

罪罟，法網。

蟊賊，吃莊稼的害蟲，比喻作惡多端的官僚。　内訌（hòng 哄），内部自相争鬭。

昏，亂。　椓（zhuó 酌），通諑，讒言傷害別人。　毛傳：「椓，夭椓也。」陳奂傳疏：「夭椓者，殘害侵削之謂，合二字成義。」　共，通供，指供職。　陳奂傳疏：「靡，不也。不共，言不共職事也。」

潰潰，憒憒的假借，昏亂貌。　回遹（yù 玉），邪僻。　鄭箋：「皆潰潰然邪僻是行。」

實，是。　靖，圖謀。　夷，平，消滅。　鄭箋：「皆謀夷滅我之邦。」或訓夷爲語詞，亦通。

韻讀：東部——訌、共、邦（博工反）。

皐皐訿訿，曾不知其玷。兢兢業業，孔填不寧，我位孔貶。

皐皐，⿰言皐⿰言皐的假借，玉篇：「⿰言皐⿰言皐，相欺也。」　訿訿（zǐ 紫），毀謗貌。　馬瑞辰通釋：「皐皐訿訿，皆極言小人讒毁人之狀。」

曾，乃、還。　玷（diàn 店），玉上的斑點。　這裏比喻人的污點。　朱熹詩集傳：「言小人在位，所爲如此，而王不知其缺。」

兢兢業業，戒慎恐懼貌。

填（chén 陳），久。　孔填，很久。　不寧，不敢自圖安逸。

我，詩人自稱。　貶，降免。　朱熹詩集傳：「至於戒敬（警）恐懼，甚久而不寧者，其位乃更見貶黜。其（指周王）顛倒錯亂之甚如此。」以上三句意爲，對我這樣兢兢業業久久不敢自圖安逸的人，職位很有貶降的危險。

韻讀：談部——玷、貶。

如彼歲旱，草不潰茂，如彼棲苴。我相此邦，無不潰止。

潰茂，潰和茂同義，豐茂。鄭箋：「潰茂之潰當作彙。彙，茂貌也。」齊詩正作彙。

棲，棲息。馬瑞辰通釋：「釋文謂棲息，蓋謂枯草偃卧有似棲息也。」 苴（chá 茶），三家詩作柤，苴、柤古通用。枯草。楚辭九章王逸注：「生曰草，枯曰苴。」

相，看。

潰，崩潰。 止，語氣詞。

韻讀：之、幽部通韻——茂、止。

維昔之富不如時，維今之疚不如茲。彼疏斯粺，胡不自替？職兄斯引。

維，發語詞。 時，是，指今時。

疚，宊的假借，説文：「宊，貧病也。」 茲，此，指此地。王先謙集疏：「詩言昔日之富，家給人足，不如今日之困窮。今日之疚，仁賢疏退，不如此時之尤甚。」

彼，指那些弄權禍國的小人。 疏，稷、高粱（從程瑤田九穀考），是粗糧。 斯，此，指此時。

粺（bài 敗），精米。指小人得到了高官厚禄，吃着精米。

替，廢退、辭職。王先謙集疏：「彼宜食疏糲之小人，反在此食精粺。何不早自廢退，免致妨賢病國。」

職，主，含有「此」的意思。　兄，同況，情況。下章同。　斯，語助詞。　引，延長。這句説這種小人掌權的情況在延長。

韻讀：之部——富（方備反）、時、疚（音記）、兹。　支、脂部通韻——粺、替。

池之竭矣，不云自頻？泉之竭矣，不云自中？溥斯害矣，職兄斯弘，不烖我躬？

竭，乾涸。

云，語助詞。　頻，魯詩作濱，頻爲濱之假借，水邊。孔疏：「人見池水之竭盡矣，豈不言云由其外之濱厓無水以益之故也？以喻人見王政之喪亂矣，豈不言曰由其外之群臣無賢以作之故也？」

中，指泉水的中間。這二句也是比喻，以泉水的枯竭從中開始，喻國家的動亂從朝廷内部腐敗開始。

溥，普遍。　斯，此，指上面四句所比喻的無賢臣輔佐及内部腐敗之害。

弘，廣大、發展。

烖，同災。　躬，身。這句説難道災難不輪到我身上嗎？

韻讀：祭部——竭、竭、害（胡例反）。　中部——中、弘、躬。

昔先王受命，有如召公，日辟國百里。今也日蹙國百里。於乎哀哉！維今之人，不尚有舊？

先王，鄭箋：「謂文王、武王時也。」受命，承受天命爲王。

有如，鄭箋：「言有如者，時賢臣多，非獨召公也。」召公，召康公，文、武、成王時的大臣。

日，每天。誇張之詞。辟，開闢。朱熹詩集傳：「所謂日闢國百里云者，言文王之化自北而南，至於江、漢之間，服從之國日以益衆。」

今，指幽王時。蹙（cù促），縮小。指犬戎入侵，諸侯外叛，國土日削。

於乎，即嗚呼，哀歎聲。

維，發語詞。今之人，指當時在朝而不被重用的人。

尚，猶，還。舊，有舊德的臣子，指像召公那樣的賢人。朱熹詩集傳：「今世雖亂，豈不猶有舊德可用之人哉？言有之而不用耳。」

韻讀：真部——命、人。之部——里、里、哉（音兹）、舊（音忌）。

三頌

周頌

周頌三十一篇，是周朝的頌歌，全部作於西周初年。據後人考證，爲周武王、成王、康王、昭王時代約一百多年間（公元前一一〇〇——前九五〇年）的作品。周頌樂章大多用於宗廟祭祀，多數是貴族創作，有的可能出於宫廷史官、樂官之手，亦有少數是由民間祭歌借用來的。

清廟

【題解】

這是周王祭祀文王於宗廟的樂歌。詩人歌頌周的統治者繼承文王之德，歌頌文王德行光明，爲周代臣民所永遠遵循。詩序：「清廟，祀文王也。」鄭箋：「清廟者，祭有清明之德者之宫，謂祭文王也。天德清明，文王象焉，故祭之而歌此詩也。廟之言貌也，死者精神不可得而見，但以生時之居，立宫室象貌爲之耳。」孔疏：「禮記每云昇歌清廟，然則祭宗廟之盛，歌文王之德，莫重於清廟。」據以上的説法，清廟是一篇周王祭祀祖先文王時所奏的樂章。尚書大傳説：「周公昇歌清廟」，詩中又有「秉文之德」句，疑詩作於周公攝政時。

頌多祭祖祭神的樂章舞歌，故常帶雝容肅穆的氣氛，舞步舒遲的姿勢，歌聲悠揚的長腔，巫祝表演的神態。古樂失傳，從清廟一詩的字裏行間看來，正表現了周頌的藝術特色。

於穆清廟，肅雝顯相。濟濟多士，秉文之德。對越在天，駿奔走在廟。不顯不承，無射於人斯。

於（wū烏），贊歎詞。説文段注認爲「於」象古文「烏」省，原是象形字，假借爲歎詞。「於」即「嗚呼」，此處含有贊美感歎之意。穆，深幽壯美貌。馬瑞辰通釋：「穆即狀清廟之貌。」説文：「㣎，細文也。」穆是㣎的假借字。其本義是幽微精美的意思，引申爲美好之義。如文王「穆穆文王」，毛傳：「穆穆，美也。」維天之命：「於穆不已」，毛傳：「穆，美也。」清，清明。鄭箋：「祭有清明之德者之宫也。」一説此處「清」應是清静義，如賈逵桓二年左傳注：「肅然清静，謂之清廟。」亦符合詩意。

肅，敬。説文：「肅，持事振敬也。」雝，同「雍」，和。肅雝，形容助祭者態度嚴肅雍容。顯，明。指有明德。相，助。指助祭者。

濟濟，有威儀而整齊貌。方玉潤詩經原始：「『濟濟』，亦只是儀度整齊。」多士，指參加祭祀的官吏。朱熹詩集傳：「多士，與祭執事之人也。」

秉，執行。秉本義爲禾束，引申爲秉承、把持的意思。文，指周文王。鄭箋：「皆執行文王之德。」一説指「文德之人」，亦通。

對，報答。越，宣揚。這句意爲，報答宣揚文王在天之靈（從王念孫、陳奂説）。駿，疾、迅速。爾雅釋詁：「駿，速也。」孔疏：「廟中奔走以疾爲敬。」

不，同丕。古不、丕音同，發語詞。毛公鼎、師訇簋銘文中均有「丕顯文武」句，其中「丕」字都作「不」。陳奂傳疏：「孟子滕文公篇引書曰『丕顯哉文王謨；丕承哉武王烈。』釋詞云：『顯哉承哉，贊美之詞，丕，發聲』是也。」一説「不」意爲大，亦通。　顯，光明。　承，繼承。　權輿傳：「承，繼也。」這句意爲，文王的盛德，光明於天，被人們所繼承。正如毛傳所釋：「顯於天矣，見承於人矣。」

無射（yì亦），不厭。射爲斁的假借字，齊詩正作斁。厭棄。此處爲被動語式，意即「不見厭棄」。　於，詩經中凡「於」均作「于」，這可能是轉寫的錯誤。　斯，語氣詞。王引之釋詞：「斯，語已詞也。」這句意爲，文王不見厭於人。換句話説，即受人們擁護的意思。

韻讀：無韻。

維天之命

【題解】這是祭祀文王的詩。詩的上四句歌頌文王的德行，能上配於天。下四句言子孫要勉力保守家業，以慰祖先之意。陳奂傳疏：「書雒誥大傳云：『周公攝政，六年制禮作樂，七年致政。』維天之命，制禮也。維清，作樂也。烈文，致政也。三詩並列，正與大傳節次合。然則維天之命當作於六年之末矣。」他認爲詩的産生年代，在成王六年之末，即公元前一〇五八年。

此詩只八句，而結構却有起、承、轉、合之妙：一、二兩句（想那天道在運行，啊！多肅穆永不停）是「起」，方玉潤評爲「泛起」。三、四兩句（啊！多顯赫多光明，文王品德真純正）是「承」，方評爲「緊接」。五、六兩句（美政善道來戒慎，我們一定要繼承）是「轉」，方評爲「來勢順折而下，省却無數筆墨」。末兩句（遵循文王踏過路，子孫）忠實去執行是「合」，即結語，方評爲「回斡文王句，單煞」。由此可見，遠古巫史者不僅長於歌舞，且閑習制作祝詞。

維天之命，於穆不已。於乎不顯，文王之德之純！假以溢我，我其收之。駿惠我文王，曾孫篤之。

維，同惟，想。陳奐傳疏：「釋文引韓詩云：『維，念也。』文選歐陽建臨終詩注引薛君章句云：『惟，念也。』惟與維通。」按説文和方言均訓惟爲思。命，天道，指宇宙中客觀運行的規律。鄭箋：「命，猶道也。天之道，於乎美哉，動而不已，行而不止。」

於（wū烏）穆，見上篇清廟注。已，停止。

於（wū烏）乎，今作嗚呼。贊歎詞。不顯，見清廟注。

純，説文：「純，美絲也。」這是本義。朱熹詩集傳：「純，不雜也。」這是假借義，形容文王德行的純潔。

假，「嘉」的假借字。韓詩作誐，是本字。這裏指統治人民的美政善道。溢，説文：「溢，器滿也。」這是本義。引申爲戒慎。陳奂傳疏：「『溢，慎』，釋詁文。舍人注云：『溢，行之慎也。』假以溢我，言以嘉美之道戒慎於我也。」

我，指參加祭祀者。其，句中助詞。收，受，接受的意思。

駿惠，順從。駿、惠二字同義互文。馬瑞辰通釋：「惠，順也。駿，當爲馴之假借，馴亦順也。駿、惠二字平列，皆爲順。」

曾孫，鄭箋：「曾猶重也。自孫之子而下事先祖皆稱曾孫。是言曾孫欲使後王皆厚行之，非惟今也。」篤，厚、忠實。以上二句的大意是：我們要順從文王的美政之道，後世子孫都要忠實地執行它。

韻讀：文、真部通韻——命、純。幽部——收、篤。

維清

【題解】

這也是祭祀文王的詩。毛序：「維清，奏象舞也。」鄭箋：「象舞，象用兵時刺伐之舞，武王制焉。」王先謙集疏：「魯説曰：『維清，奏象武之所歌也。』」可見此詩是周統治者用它祭祀文王的。按文王在位七年，先將商紂的屬國密崇等消滅掉，爲武王滅商奠定基礎。成王時，作這首歌舞詩祭祀文王，贊頌他征伐的功績。周舞有文舞武舞二種，這首歌舞詩屬於當時的武舞。在表演時，演員打扮成文王的樣子，進行象徵作戰動作的歌舞演出。按舞和武古通用，象舞，蔡邕獨斷作象武，禮記仲尼燕居亦作象武。禮記上有的單稱象。陳奐説：「象，文王樂。象文王之武功曰象，象武王之武功曰武。象有舞，故名象舞。」

此詩只五句而含義較多、較深，正如戴震所云：「辭彌少而意旨極深遠。」語言簡練，是它的特點。

維清緝熙，文王之典。肇禋，迄用有成。維周之禎。

維，想念。見上篇維天之命注。　清，澄清。　緝熙，光明貌。這裏形容周王朝天下澄清光明。

典，毛傳：「典，法也。」指典章制度。

肇（zhào 兆），開始。　禋（yīn 因），祭祀。這裏指出兵征伐敵國時祭祀上天。

迄，至。　用，因此。　成，成功。陳奐傳疏：「肇，始。迄，至。文義相對。言文王始行禋祀，至武王伐紂，用能有此成功也。」

維，是。禎，吉祥。釋文作「祺」，義同。鄭箋：「征伐之法，乃周家得天下之吉祥。」戴震說：「言此天下澄清光昭於無窮者，文王之法典實開始禋祀昊天盛禮，以迄於今而有成。是周有天下之祥如此也。」他翻譯全詩大意，是正確的。

韻讀：元部——典、禋（音煙）。耕部——成、禎。

烈文

【題解】

這是成王祭祀祖先時戒勉助祭諸侯的詩。詩人以周天子的身份和口氣勸戒公卿諸侯向文武二王學習，求賢修德，福禄不綴。毛序：「烈文，成王即政，諸侯助祭也。」孔疏引服虔左傳注云：「烈文，成王初即雒邑，諸侯助祭之樂。」鄭箋：「新王即政，必以朝享之禮祭於祖考，告嗣位也。」可見此詩是周公攝政，七年致政成王，祭祀文武二王，宣告正式嗣位，掌管國事，並戒勉助祭諸侯。詩約作於成王七年，即公元前一〇五七年。有人說詩是周公所作，這是臆測，不足信。那麽，這首詩到底是誰作的？按周置有史官，周禮天官冢宰：「史十有二人」，注：「史，掌書者。」小雅賓之初筵：「或佐之史」。可見周王朝史官的職責，是掌記事的，即使是貴族的宴會他也去參加，況且「國之大事，在祀與戎」，像成王舉行祭祀祖先、諸侯助祭的大典，史官難道不去參加？故我們疑此詩或爲史官所作，以就正於同道。

詩的結構比較嚴整：前八句是戒勉助祭諸侯的話，後五句是戒勉成王的話，條理井然。鍾惺云：「末語無限含蓄。」方玉潤云：「君臣交相勉勵，神味尤覺無窮。」他們都指出了末句的含蓄餘味。

烈文辟公！錫兹祉福，惠我無疆，子孫保之。無封靡于爾邦，維王其崇之。念兹戎功，繼序其皇之。無競維人，四方其訓之。不顯維德，百辟其刑之。於乎前王不忘！

烈，武功。說文：「烈，火猛也。」這是本義。引申爲功績之義。這裏指武功。　文，文德。指道德修養等。馬瑞辰通釋：「烈文二字平列，烈言其功，文言其德。」　辟（bì必）公，諸侯，與下文「百辟」同義。這句意爲，有武功文德的諸侯。

錫，賜。　兹，此、這。　祉（zhǐ止），和福同義，指諸侯來助祭。

惠，順。陳奐傳疏：「蓋言諸侯皆能訓（馴）順我周，故長保其子孫世世獲福也。」

無，通毋，不要。　封靡，犯大罪。毛傳：「封，大也。靡，累也。」陳奐傳疏：「封與豐聲同，故傳訓大。」累即縲紲的意思，引申爲犯罪。

維，是。　王，指周王。　其，語中助詞。　崇，重立。陳奐傳疏：「崇，訓立，謂更立人以繼世也。」這二句意謂祇要不在你的國家裏犯大罪，周王還是會讓你建立邦國的。

兹，此。　戎，大。戎功，大功。

序，和「敘」古通用，敘訓爲緒。　繼序，即繼承，指諸侯子孫繼承其前輩的爵位。　皇，光大。此處作動詞用。以上二句意爲，你要常想着你曾有大功，應繼承你的事業並發揚光大。

無，發聲詞。　競，强。　維，是。　人，指賢人。　這句意爲，國家强盛沒有比得到賢士更好了。

四方，指天下諸侯。　其，語中助詞，含有「將」的意思。　訓，通馴，服從。　這句意爲，四方諸侯國就會順從你。

不，通丕，語詞。　顯，光明。　見清廟注。　這句意爲，最光榮的是德行。

百辟，即上文的辟公，指衆諸侯。　刑，通型，模範。　這句意爲，諸侯將把你當模範。

於乎，禮記大學引詩作於戲，贊美詞。　前王，指武王。　不忘，言不忘武王之德。　孔疏：「成王之前，惟武王耳。故知前王武王。」

韻讀：東、陽部通韻——公、疆、邦、功、皇。　文、真、耕部通韻——人、訓、刑。

天作

【題解】

這是周王祭祀岐山所奏的樂歌。毛序：「天作，祀先王先公也。」鄭箋：「先王，謂大王以下；先公，諸盩至不窋。」三家詩魯說同。朱熹說：「此祭大王之詩。」他們基本上都從序說。何楷詩經世本古義用季明德、鄒肇敏說，並據易經升卦六四爻辭：「王用享于岐山，吉」，證明周本有岐山之祭，認爲此詩即祭岐山的樂歌。姚際恒、方玉潤從之。姚際恒說：「詩序謂祀先王先公，詩中何以無先公？集傳謂祀大王，詩中何以又有文王？皆非也。季明德曰：『竊意此蓋祀岐山之樂歌。按易升六四爻曰：王用享于岐山。是周本有岐山之祭。』此說可存。鄒肇敏本之爲說，曰：『天子爲百神主，岐山王氣攸鍾，豈容無祭？祭豈容無樂章？不言及王季者，以所重在岐山，故上絜首尾二君言之也。』又爲之覈實如此。」方玉潤說：「天作，享岐山也。」細玩詩的內容，祀岐山說似可從。

此詩「彼徂矣，岐有夷之行」句，表面上指岐山有平坦的道路，實際上是一種雙關的修辭。鄭箋：「彼，彼萬民也。徂，往。行，道也。後之往者又以岐邦之君有佼易之道故也。」後漢書西南夷傳李賢注引韓詩薛君章句曰：「徂，往也。夷，易也。行，道也。彼百姓歸文王者皆曰：『岐有易道，可往歸矣。』易道，謂仁義之道，故岐道險阻而人不難。」據鄭、薛的解釋，可見此句是雙關的辭格。

天作高山，大王荒之。彼作矣，文王康之。彼徂矣，岐有夷之行，子孫保之。

作，生。毛傳：「作，生也。」說文：「作，起也。」生、起義近。高山，指岐山。在今陝西省岐山縣東北。周的始祖后稷居邰，公劉居豳。到文王的祖父古公亶父初亦居豳，爲狄人所侵，率衆遷至岐山之下，國號曰周。岐山是周建國的地方。

大(tài太)王，古公亶父，到武王時，追尊爲太王。　荒，擴建治理。説文：「荒，蕪也。」治理是荒的反訓義。

彼，指太王。　作，造，指治理開墾。

康，賡的假借字，繼續。

彼，指周民，投奔周的人們。　徂(cū粗)，往，指歸周。鄭箋：「彼，彼萬民也。彼萬民居岐邦者，皆築作宫室，以爲常居。」　矣，與「者」通。後漢書西南夷傳引此詩「矣」作「者」，字異義同。

夷，平坦。　行，道路。末二句意爲，岐山之下經過開發後有平坦的道路，後世子孫要永遠保守它。楊樹達詩周頌天作篇解：「天作高山，太王墾闢其蕪穢。彼爲其始，文王賡繼爲之。是以雖彼險阻之岐山亦有平易之道路也。夫先人創業之難如此，子孫其善保之哉。」他用散文翻譯此詩，頗爲確切。

韻讀：陽部——荒、康、行(音杭)。

昊天有成命

【題解】

這是周王祭祀成王的樂歌。詩的產生年代，可能在康王以後。朱熹詩集傳説：「此詩多道成王之德，疑祀成王之詩也。言天祚周以天下，既有定命，而文武受之矣。成王繼之，又能不敢康寧，而其夙夜積德以承藉天命者，又宏深而静密，是能繼續光明文武之業而盡其心，故今能安静天下而保其所受之命也。國語叔向引此詩而言曰：『是道成王之德也。成王能明文昭、定武烈者也。』以此證之，則其爲祀成王之詩無疑矣。」朱氏分析詩的主題是正確的。毛序、鄭箋、孔疏、韋昭國語注等都認爲此詩是郊祀天地的樂歌，解「成王」爲「成其王功」，不是指周成王。這是曲解。賈誼新書禮容篇：「二后，文王、武王。成王者，文王之孫，武王之子也。文王有大德而功未就，武王有大功而治未成，及成王成嗣，仁以臨民，故稱昊天焉。」賈誼是漢朝人，距古較近，説似可從。

這首詩同清廟一樣，通篇無韻。它如有美妙之處，恐怕要通過音樂，甚至通過舞蹈方才體現出來，單從文字上看是没有什麽可稱引的。姚際恒贊爲「通首密練」，且看它寥寥數句，從文武受天命直説到成王治國，「密練」二字也勉强説得過去。只是語言枯燥，無形象可言，畢竟引不起美感。

昊天有成命，二后受之。成王不敢康，夙夜基命宥密。於緝熙，單厥心，肆其靖之。

昊天，上天、皇天。昊，古作昦。説文：「昦，春爲昦天，元氣昦昦也。」黍離毛傳：「元氣廣大則偁昊天。」成命，明白的命令。馬瑞辰通釋：「古文『明』、『成』二字同義，成命，猶言明命。」一訓爲定命、預定的命運，亦通。這句意爲，上天助周以天下，自古已有明令。

后，君。毛傳：「二后，文武也。」受之，指承受天命。

成王，武王的兒子，名誦，繼武王爲天子。成王即位時因年幼，由其叔父周公旦攝政，七年後親自執政。　康，安逸。不敢康，不敢安逸。

夙（sù 素）夜，早晚。賈子釋此句云：「早興夜寐，以繼文王之業。」　基，爾雅釋詁：「基，謀也。」郭注：「基者，釋言云『經也，設也。』」經營設置，與謀義近。孔子閒居引「夙夜基命宥密」，鄭注：「基，謀也。」　命，政令。賈子曰：「命者，制令也。」基命，經營設置政令。　宥（yòu 右），毛傳：「宥，寬也。」指對人寬厚仁慈。　密，賈子引作「謐」，安寧。宥密，形容政教寬大，能定國安邦。

於（wū 烏），贊美詞。見清廟注。　緝熙，光明。見維清注。

單，國語引作「亶」，古亶、單通。這裏指心地厚道。朱熹訓單爲「盡」，意謂單通殫，亦通。

厥，爾雅釋言：「厥，其也。」説文：「厥，發石也。」這是本義，引申爲指示代詞，含有「其」義，指成王。厥心，他的心。

肆，鞏固，亦訓爲故。黄焯毛詩鄭箋平議：「語詞之故，多爲申上之詞，亦多爲必然之詞。其于詞爲必然者，于事則爲堅固，故古于故、固常通用。」這裏指周王朝政權鞏固。　其，在這裏作用相當於連詞「而」，連接「肆」與「靖」兩個並列詞。　靖，和平安定。尚書盤庚馬融注：「靖，安也。」　之，指天下。

韻讀：無韻。

我將

【題解】

關於我將的主題，毛序：「祀文王於明堂也。」後人多從序說，如呂祖謙東塾讀詩記：「明堂祀上帝，而文王配焉。」陳奐傳疏：「此宗祀文王配天之樂歌。」近人懷疑序說，王國維作大武樂章考，說勺舞象舞。陸侃如、馮沅君詩史也提到大武樂歌。他們據禮記樂記說武有六成，及左傳莊公十二年所載楚莊王的話，知道大武共有六篇，而武、桓、賚在其中。周頌裏還有命名與上三篇相似的酌和般，可能也是武詩。但還差一篇，他們根據祭統云：「舞莫重於武宿夜。」鄭注：「宿夜，武曲也。」王國維根據文字學證明「宿」即「夙」字，他說：「武宿夜即武夙夜，其詩中當有夙夜二字，因以名篇。」他又考證周頌中有夙夜二字者有四篇，「而我將爲祀文王於明堂之詩，……舍此篇莫屬矣。」後來高亨同志作周頌考釋，說明大武樂歌有六章，除武、賚、般、酌、桓外，將我將列入第一章。他說：「我將是大武舞曲的第一章，敘寫武王在出兵伐殷時，祭祀上帝和文王，祈求他們保佑。大武有舞有歌。舞分六場，歌分六章。舞的內容，一場象徵武王帶兵出征，歌我將篇。……」按王、陸、高三位的考證，頗爲翔實，是可信的。其寫作年代，陸侃如說：「武舞述武王克商之功，却作於成王時。」吳闓生詩義會通：「通篇注意在末三句，所以戒成王也。」方玉潤說：「首三句祀天，中四句祀文王，末三句則祭者本旨，賓主次序井然。」可見此詩結構亦甚嚴密。

我將我享，維羊維牛，維天其右之。儀式刑文王之典，日靖四方。伊嘏文王，既右饗之。我其夙夜，畏天之威，于時保之。

我，武王自稱。將，奉上。享，祭獻。這裏「將」與「享」對文，都是祭祀時奉獻的意思。

維，是。維羊維牛，或作維牛維羊。按唐石經亦作維羊維牛，與下「右」協韻。似應從毛本。

維，發語詞。右，同祐，亦作佑。説文：「右，助也。」古文象手形，扶助之義。引申爲保佑的意思。維天其右之，是祝禱之詞，希望上帝能保佑我周。

儀、式、刑，儀爲儀表；式爲法式；刑，本作型，模型。都是效法的意思。朱熹詩集傳：「儀、式、刑，皆法也。」典，典章制度。見維清注。

靖，平定。見昊天有成命注。按以上二句大意爲，我學習效法文王施政的典章，每天用它來平定天下。

伊，發語詞。嘏（jiǎ 假），假的假借，偉大。是贊美文王之詞。

右，助。與第三句「右」同義。饗（xiǎng 享），通享，享用。王引之：「言大哉文王，既佑助後王而饗其祭也。」

其，語中助詞。夙夜，早晚。見昊天有成命注。

時，是。于時，于是。猶今言「這樣」。保，安。之，指周國。這三句意爲，我早夜勤於祭祀，敬畏上帝的威靈，這樣就會保衛我周。

韻讀：之部——牛（音疑）、右（音以）。陽部——方、王、饗。

時邁

【題解】這是武王克商後巡守諸侯國和祭祀山川百神的詩。毛序：「時邁，巡守告祭柴望也。」（柴，燒柴祭天。望，祭山川名）鄭箋：「巡守告祭者，天子巡行邦國，至于方嶽之下而封禪也。」孔疏：「武王既定天下，而巡行其守土諸侯，至於方嶽之下，乃作告至之祭，爲柴望之禮。周公述其事而爲此歌焉。……宣十二年左傳云：『昔武王克商作頌曰：載戢干戈。』明此篇武王事也。國語稱：『周文公之頌曰，載戢干戈。』明此篇周公作也。」毛序、鄭箋、孔疏敘述了本詩的主題、作者及其產生時期。

孫鑛云：「首二句，甚壯甚快，儼然坐明堂、朝萬國氣象。下分兩節：一宣威，一布德，皆以『有周』起，『允王』結，整然有度。遣詞最古而腴。」他指出了這首祭歌的藝術特色有如下幾點：一、氣象壯快。二、結構嚴整。三、語言古腴。頗爲確切。

時邁其邦，昊天其子之？實右序有周。薄言震之，莫不震疊。懷柔百神，及河喬嶽。允王維后！明昭有周，式序在位。載戢干戈，載櫜弓矢。我求懿德，肆于時夏。允王保之！

時，是。發語詞。孔疏訓爲「以時」，亦通。　邁，行。說文：「邁，遠行也。」這裏指巡守。

邦，國。指諸侯的封國。

子之，使之爲天子。「子」在這裏作動詞，意爲，昊天將把我當兒子嗎？與「維天其右之」句型語式相同。朱熹詩集傳：「天其子我乎哉？蓋不敢必也。」

實，是。　右，同佑，助。　序，同敘，有順助之義。序爲本字，敘是假借字。吳闓生詩義會通：「右、序，皆助也。」二字同義。

薄言，語助詞。見芣苢注。　有，名詞詞頭，亦稱冠詞。如稱虞爲有虞，夏爲有夏。　震，動。說文：「震，劈歷振物者。」段注：「引申之，凡動謂之震。」這裏指用武力震動威脅。　之，指殷商及其屬國。

震，韓詩作振，振動。　疊，通慴，恐懼。鄭箋：「其兵所征伐，甫動之以威，則莫不動懼而服者，言其威武又見畏也。」

懷，來。懷爲褱的假借字。皇矣「予懷明德」，毛傳：「懷，歸也。」引申義，來歸的意思。　柔，安撫。說文：「柔，木曲直也。」段注：「柔之引申爲凡耎弱之稱，凡撫安之稱。」懷柔，這裏指安撫祭祀。

百神，天地和山川衆神。

及，至、來到。　河，黃河。　喬，高。　喬嶽，高山。舊說指山東省泰山。

允，確實。毛傳：「允，信也。」王，指武王。維，是。后，君主。這句意爲，武王確實是天下的君主。

明，明智。昭，洞察。

式，發語詞。序，順序。在位，指在位的諸侯。這句意爲，諸侯都能稱職。

載，則，於是。戢（jí輯），收藏。毛傳：「戢，聚也。」説文：「戢，臧兵也。」段注：「聚與藏義相成，聚而藏之也。」干戈，此處泛指兵器。

櫜（gāo高），盛甲或弓矢的袋。此處作動詞「藏」用。鄭箋：「王巡守而天下咸服，兵不復用，此又著震疊之效也。」

懿，美，爾雅釋詁：「懿，美也。」懿德，指追求美德之政。

肆，施行。時，是，這。夏，中國。朱熹：「夏，中國也。言求懿美之德以布陳於中國。」之，指上二句施行美德之政的中國。

韻讀：侯部——嶽、后。脂部——位、矢。

執　競

【題解】這是一首祭祀武王、成王、康王的樂歌。詩中頌揚三王的功業綿延廣大、永世不匱。毛序：

「執競，祀武王也。」王先謙集疏：「魯説曰：『執競，一章十四句，祀武王之所歌也。』（蔡邕獨斷）齊、韓蓋同。」毛詩和三家詩都認爲執競是祭祀武王的詩。歐陽修、朱熹懷疑此説。朱熹認爲：「此祭武王、成王、康王之詩。」姚際恒從之，他説：「毛序謂『祀武王』，固非，集傳謂『祀武王、成王、康王』，是已。」他們都將詩中的「不顯成康」、「自彼成康」解作成王、康王，認爲詩是昭王時代的作品。按三王並祭，周無此例。時代久遠，史乏旁證，今據詩的内容，姑從朱説。

周頌是詩經中最早的詩，它多半是帶有扮演舞蹈的祭歌，故多不用韻。此詩是昭王時代的祭歌，産生的時間較晚，距周初約百餘年，與清廟等相較，在用韻方面，顯然有很大進步。詩押陽韻和元韻，讀起來頗有抑揚鏗鏘之妙。

執競武王，無競維烈。不顯成康，上帝是皇。自彼成康，奄有四方，斤斤其明。鍾鼓喤喤，磬筦將將，降福穰穰。降福簡簡，威儀反反。既醉既飽，福禄來反！

執，説文：「執，捕辠人也。」這裏含有制服的意思。馬瑞辰通釋：「釋文引韓詩云：『執，服也。』……蓋以執競爲能執服彊禦。」競，强，指强敵。這句意爲，制服强敵的武王。

無競，莫强。見烈文注。維，是。烈，功業。指克商的功業。見烈文注。

不顯，見烈文注。成，指成王。康，指康王。

皇，美。以上二句的大意是：光明的成王、康王，上帝贊美他們。

自，從。自的本義爲「鼻」，説文段注：「今義從也、己也、自然也，皆引申之義。」這裏「從」即爲引申義。彼，指那時。

奄，覆蓋。説文：「奄，覆也，大有餘也。」這裏含有「盡」、或「完全」之意。四方，天下。

斤斤，昕昕的省借，精明貌。鄭箋：「明察之君，斤斤如也。」

喤喤（huáng 皇），鍠的假借字，三家詩正作鍠。毛傳：「喤喤，和也。」陳奂傳疏：「云『和』者，謂鍾與鼓聲相應和。」

磬（qìng 慶），古代的一種打擊樂器，用美石或玉製成，或成套懸掛起來，稱爲編磬。筦，「管」的異體字，魯詩正作管。一種竹製的管樂器。將將（qiāng 槍），同鏘鏘、瑲瑲、鎗鎗、䪁䪁，象金石和管樂相和聲。以上二句寫祭祀時奏樂。

穰穰（rǎng 攘），衆多。毛傳：「穰穰，衆也。」這裏重言「穰穰」，形容福禄衆多。魯詩作禳禳。

簡簡，盛大貌。毛傳：「簡簡，大也。」以上二句指武王、成王、康王降福給祭者。

威儀，態度容止。左傳襄三十一年：「進退可度，周旋可則，容止可觀，謂之有威儀。」反反，昄昄的假借字，慎重。釋文引韓詩正作昄昄。潛夫論引作板板，也是假借字。胡承珙毛詩後箋：「説文『反，覆也』，凡言反復者，皆慎重之意。」

反，反報的意思。王符潛夫論：「此言人德義美茂，神歆饗醉飽，乃反報之以福也。」以上二句指武王等的神靈醉飽以後，用福禄報答祭者。

韻讀：陽部——王、康、皇、康、方、明（音芒）、喤、將、穰。　元部——簡、反、反。

思文

【題解】

這是一首郊祀周人始祖后稷以配天的樂歌。詩中頌揚后稷爲民造福，其德行可與上天相配。毛序：「思文，后稷配天也。」王先謙集疏：「魯説曰：『思文，一章八句。后稷配天之所歌也。』齊説曰：『周公相成王，王道大洽，制禮作樂，郊祀后稷以配天。』韓説蓋同。」三家詩和毛詩説大致相同。姚際恒詩經通論：「此郊祀后稷以配天之樂歌，周公作也。按孝經云『昔者周公郊祀后稷以配天』，指此也。國語云『周文公之爲頌曰「思文后稷，克配彼天」』，故知周公作也。郊祀有二：一冬至之郊，一祈穀之郊。此祈穀之郊也。小序謂『后稷配天』，此詩中語，是已。」按周自后稷發明播種百穀後，公劉和古公亶父都是以農建國的人物，豳民作詩祭祀后稷，這是很自然的事。到周公時，加以潤色配樂，定爲祭祀后稷配天的樂章，也有此可能。

姚際恒説：「古人作頌從簡，豈同雅體鋪張其詞乎。」同樣是寫后稷，如果將此詩和生民相較，明顯地看出它們的詳略不同。生民是述事，故詳，思文是頌德，故簡。故雅、頌的差異，還不僅在有無扮演、舞蹈等方面。

思文后稷，克配彼天。立我烝民，莫匪爾極。貽我來牟，帝命率育。無此疆爾界，陳常于時夏。

思，想。鄭箋：「周公思先祖有文德者，后稷之功能配天。」一訓「思」爲語助詞，亦通。　文，文德，對武功言，指建設國内的功業。　后稷，周人的始祖，名棄，傳説他是堯舜的農官，後人尊他爲穀神。見大雅生民篇。

克，能。説文：「克，肩也。」段注：「肩謂任，任事以肩，故任謂之肩，亦謂之克。」爾雅釋言：「克，能也。」爲引申義。　配，祔祭。説文：「配，酒色也。」段注：「本義如是。後人借爲妃字，而本義廢矣。妃者，匹也。」由匹配引申爲此義。

立，粒的省借。這裏用作動詞，「養育」的意思。　烝民，衆民。鄭箋：「立當作粒。后稷播殖百穀，烝民乃粒，萬邦作乂。」

匪，非。莫匪，没有不是，雙重否定，即全是。　極，至。即最大的好處。朱熹詩集傳：「極，至也。德之至也。」

貽，遺留。　來牟，泛指麥子。朱熹詩集傳：「來，小麥；牟，大麥也。」據後人考證，來牟即「麥」的合聲。馬瑞辰通釋：「牟麥爲雙聲，來麥爲疊韻，合牟來則爲麥。焦氏循曰『麥爲牟來之合聲,猶終葵之爲錐。牟來倒爲來牟,方音相轉,往往倒稱』,其説是也。」按韓詩作「貽我嘉麰」,魯詩作「詒我釐麰」,齊詩作「詒我來麰」。王引之:「嘉,當爲『喜』字之誤,來、釐、喜古聲相近,故毛詩作來,而劉向傳作釐牟,韓詩作喜牟。」

率,普遍。育,養育。朱熹詩集傳:「率,遍。育,養也。……乃上帝之命,以此遍養下民者。」

界,韓詩作「介」。介,古界字。陳奐傳疏:「無此疆爾界者,言后稷布種之功盡天下之疆界,無有此爾也。」

陳,布,施行。常,典、制度。這裏指農政。時夏,這個中國。見時邁注。

韻讀:之部——稷、極。真部——天(鐵因反)、民。

臣工

【題解】

這是一首周王耕種籍田並勸戒農官的詩。所謂籍田,是周王擁有的一大片由農奴耕種的土地。每年春天,周王帶領群臣到籍田上去耕幾下,裝裝樣子,以表示對農業的重視。禮記月令:「孟春之月,天子親載耒耜,措之于參保介之御間,帥三公、九卿、諸侯、大夫躬耕帝籍。天子三推,三公五推，卿諸侯九推。」這首詩就是在籍田時所唱的樂歌。至於詩的産生年代，據郭沫若青銅時代考證，大約和成王時的噫嘻相去不遠。

此詩前四句是周王告誡臣工的話，後四句是告誡保介的話。中四句爲周王祈求上帝豐年之詞，末三句爲命令農夫準備收割之語。開後世帝王誡敕一種文體。吴闓生詩義會通：「舊評：『於皇』以下，虚擬之詞，筆情飛舞。」説「於皇」以下七句爲「虚擬」，是事實，評它「飛舞」，則未免過譽。

嗟嗟臣工，敬爾在公。王釐爾成，來咨來茹。嗟嗟保介，維莫之春，亦又何求？如何新畬？於皇來牟，將受厥明。明昭上帝，迄用康年。命我衆人：庤乃錢鎛，奄觀銍艾。

嗟嗟（jue 決），發語詞。説文作𧨹，云：「𧨹，咨也。」嗟嗟即咨歎之聲。朱熹詩集傳：「嗟嗟，重歎以深敕之也。」這裏表示呼唤對方，相當於現代漢語中的招呼語詞「喂喂」。臣工，群臣百官。馬瑞辰通釋：「臣工二字平列，猶官府之比。工與官雙聲，故官通借作工。小爾雅：『工，官也。』……臣工蓋通指諸侯卿大夫言之。」

敬，謹慎負責的意思。爾，指群臣百官。在公，在公家的事情上，指籍田之禮。這句意爲，你們對待公職的事要謹慎負責。

王，這裏指周王。釐，賚的假借字，賜予。見大雅既醉注。成，功，指功績。

來，是。馬瑞辰通釋：「來者，詞之是也。來咨來茹，猶言是咨是茹。」咨，詢問。茹，商度。鄭箋：「咨，謀；茹，度也。」這句意爲，你們如有問題，這是可以商量的。

保介，田官，亦稱田畯。介，界之省借。保界，保護田界的人（從郭沫若青銅時代説）。

維，是。　莫，暮的本字。周曆暮春，爲夏曆初春，即農曆正月。

亦，助詞。　又，通有。　何求，指對農人有什麽要求，意思是應當抓緊農時耕種。

如何，奈何、怎樣。　新、畬（yú余），休耕又種的田地。毛傳：「田二歲曰新，三歲曰畬。」所謂二歲、三歲，指休耕二年或三年。這句意爲，怎樣經營輪種的土地？

於，贊歎詞。屢見前注。　皇，美好。這裏指麥種壯實飽滿。　來牟，麥子。見思文注。

厥，指示代詞，其、它的。　明，成，指收成（依馬瑞辰説）。這句連同上句意爲，因爲麥種好，將要獲得豐收。

明昭，明智洞察。見時邁注。

迄，至，致。馬瑞辰通釋：「至猶致也。迄用康年，猶云用致康年。」　用，以。　康年，豐年。這句意爲，上帝給以豐收的年成。

衆人，指農民。

庤（zhì至），偫之或體，具，準備。　乃，代詞，你。　錢（jiǎn剪），古農具名，似今之鐵鍬，用來翻地。説文：「錢，銚，古田器。」　鎛（bó博），鋤頭。釋名：「鎛，鋤頭也。」

奄，盡、全。銍（zhì質）艾，收割。銍本義是鐮刀。説文：「銍，獲禾短鐮也。」這裏活用爲動詞「割」。艾，乂的假借字，亦作刈，似今之大剪刀。割莊稼用的。説文：「乂，芟草也。」這裏是動詞收割之意。

韻讀：無韻。

噫　嘻

【題解】這是一首春祈穀的詩。毛序：「噫嘻，春夏祈穀于上帝也。」詩中敍述康王祭祀成王，即令田官帶領農夫播種百穀，讓農夫開墾私田，號召他們大規模地參加勞動。詩歌反映了周初農夫的勞動情況和公田、私田的制度。

毛傳：「終三十里，言各極其望也。」孔疏：「各極其望，謂人目之望所見，極于三十，每各極望則徧及天下矣。三十以極望爲言，則十千維耦者，以萬爲盈數，故舉之而言，非謂三十里内十千人也。」傳、疏的解釋非常明顯，指出三十和十千都是虚數，都是誇張之詞。方玉潤亦同意此説，認爲「詩本活相，釋者均歕，又安能望其以意逆志，得詩人言外旨哉？」可見誇張言過其實的藝術手法，已濫觴於此詩。

噫嘻成王！既昭假爾。率時農夫，播厥百穀。駿發爾私，終三十里，亦服爾耕，十千維耦。

噫嘻，祈禱時呼叫祝神的聲音。戴震毛鄭詩考正：「噫嘻，猶噫歆，祝神之聲。詩爲祈穀所歌，故嘻歆於神以爲民祈禱。」　成王，指周成王誦。此處指成王之神。

昭，明。　假，假的假借字，亦作格。至、來。昭假，人的誠敬上達於神。　爾，語氣詞。

率，帥的古字，帶領。　時，是、這些。

播，播種。鄭箋：「播，猶種也。」

駿，疾、迅速。見清廟注。　發，開發。　爾，你，指農夫。　私，指私田。毛傳：「私，民田也。」見小雅大田注。

終，盡。　三十里，據周禮的説法，方圓三十二里半是一個農業行政區域，可容一萬農夫耕種，由一個農官掌管。這是儒家虛構的井田制度。此處三十里，但舉成數而言。一説此爲農官的私田，不是井田。程瑤田溝洫考説：「駿發爾私，是不畫井，無公田之證也。耦曰十千，是萬夫之證也。」亦可資參考。

亦，發聲詞。　服，從事、做活。　爾，指農夫。

十千，一萬人，這也是虛數。　維，其。　耦，兩人並肩用犁耕地。方玉潤詩經原始：「竊意詩言『三十里』者，一望之地也。言『十千維耦』者，萬衆齊心合作也。一以見其人之衆，一以見其地之寬，非有成數在其胸中。」

韻讀：無韻。

振　鷺

【題解】　舊説這是一首贊美夏王、商王的後裔——杞國和宋國的國君到周天子宗廟助祭的樂歌。毛序：「二王之後來助祭也。」鄭箋：「二王，夏、殷也。其後，杞也，宋也。」王先謙集疏：「魯説曰：『振鷺，二王之後來助祭之所歌也（蔡邕獨斷）。』齊、韓蓋同。」姚際恒不信他們的説法，他在詩經通論中有較詳細的論述，可以參閲。詩中贊揚了朝周賓客美好的德行容止，疑爲周王招待諸侯來朝者所奏的樂歌。

此詩首二句毛傳標爲「興也」，後之學者多承其説。周頌用興，比較罕見。詩人以白鷺群飛於西雝，象徵諸侯爲客於周京，這可能是作者巫史之流向民歌俗謡吸取營養，以比興豐富自己的作品。此詩語言淺顯易讀，不似前什之聱牙。據此二特點，它可能是西周晚期之作。

振鷺于飛，于彼西雝。我客戾止，亦有斯容。在彼無惡，在此無斁。庶幾夙夜，以永終譽。

振，即振振，鳥群飛貌。　鷺，白鷺，一種水鳥，羽毛潔白。

雝，邕的假借字，典籍中常寫爲雍，水澤。與大雅靈臺「於樂辟廱」的辟雍不同。按這二句是興，陳奐傳疏：「詩以鷺之在澤，興客之朝周，賓位在西，故曰西。」

戾（lì），至。本義爲「曲」，説文段注：「訓爲至，皆於曲義引申之。曲必有所至，故其引申如是。」止，語氣詞。

亦有斯容，也有鷺鳥這樣潔白的容貌。陳奐傳疏：「斯，此也。此，鷺也。言客有此潔白之容也。」

在彼，指客人們的封國。無惡，沒有人怨恨。

在此，指客人們來朝的周地。斁（yì 亦），厭，韓詩作射，射與斁通。無斁，不被討厭。鄭箋：「在彼，謂居其國無怨惡之者。在此，謂其來朝，人皆敬愛之，無厭之者。」

庶幾，表示希望之意。夙夜，早晚。這裏表示早起晚睡，勤勞國事之意。

永，長。終，衆的假借字，韓詩、魯詩正作衆。馬瑞辰通釋：「終與衆古通用。後漢書崔駰傳『豈可不庶幾夙夜，以永衆譽』，義本三家詩。」鄭箋：「譽，聲美也。」衆譽，盛譽的意思。

韻讀：東部——雝、容。　魚部——惡、射（音豫）、夜（音豫）、譽。

豐年

【題解】

這篇是秋天豐收後祭祀祖先時所唱的樂歌。毛序：「豐年，秋冬報也。」王先謙集疏：「魯説曰：

『豐年，一章七句，蒸嘗秋冬之所歌也。』（蔡邕獨斷）齊、韓當同。」後人因爲毛序未述所報何神，詩中又有「以洽百禮」之句，將百禮解爲群神，故多疑議。有的説是祭上帝，有的説是祭八蠟，有的説是報賽農神，莫衷一是。茲據詩中有「烝畀祖妣」之句，定其主題如上。

宗廟之詩宜莊嚴肅穆，比興一多，過於流動，反非所宜，故此詩純用賦體，不雜比興。全詩的「詩眼」在「爲酒爲醴」一句。前此三句説明釀酒醴的原因，後此三句説明釀酒醴的目的。寥寥數語，樸實無華，却將祭祀的原因、目的、對象和祭品等都道盡無遺。初讀似覺過短，實際上辭嚴義密，不可增減，是周頌中的上乘之作。

豐年多黍多稌，亦有高廩，萬億及秭。爲酒爲醴，烝畀祖妣，以洽百禮，降福孔皆。

黍（shǔ暑），糜子，今稱小米。　稌（tú途），稻。

亦，句首語助。　廩（lǐn凜），米倉。

億，數詞。周代十萬爲億。　秭（zǐ子），爾雅：「秭，數也。」郭注：「今以十億爲秭。」毛傳：「數萬至萬曰億，數億至億曰秭。」鄭箋：「萬億爲秭，以言穀數多。」此處泛言豐年糧食米倉的衆多，不是確數。

爲，做，釀造。　醴，甜酒，如今之酒釀。説文：「醴，酒。宿熟也。」

烝，進獻。　畀（bì必），給予。　祖妣（bǐ比），男女祖先。這二句大意是：將糧食所釀成的酒和醴，進奉給先祖先妣。

洽，配合。　百禮，指牲、玉、幣、帛等祭品（見孔疏）。此處泛言祭品及禮儀的衆多。

孔，甚，很。　皆，普遍。一説皆通「嘉」，美好的意思。亦通。

韻讀：魚部——黍、稌。　脂部——秭、醴、妣、禮、皆（音几）。

有瞽

【題解】

這是一首合樂祭祖的詩。毛序：「有瞽，始作樂而合乎祖也。」孔疏：「合諸樂器于祖廟奏之，告神以知和否。」均合詩旨。詩中描述了周代廟堂中祭祀奏樂的盛況。高亨詩經今注云：「這篇是周王大合樂於宗廟所唱的樂歌。大合樂於宗廟是把各種樂器合在一起奏給祖先聽，爲祖先開個盛大的音樂會。周王和群臣也來聽。據禮記月令，每年三月舉行一次。」高氏承孔疏之説，將「合」字解作「合樂」，最切詩旨。

此詩首述樂師分布在廟堂庭院之位，次寫各種樂器的陳列，一切演奏的準備工作都做好了，就開始奏樂。樂聲是那樣的宏亮和諧、肅穆和順，感動了先祖和在座的客人，一直聽到樂闋的終了。語簡而生動，是頌詩中的傑作。舊評：「簡潔生動」，信然。

有瞽有瞽，在周之庭。設業設虡，崇牙樹羽，應田縣鼓，鞉磬柷圉，既備乃奏，簫管備舉。喤喤厥聲，肅雝和鳴，先祖是聽。我客戾止，永觀厥成。

有，詞頭，無義。　瞽，盲人，周代常以盲人充任樂官，這裏指樂師。鄭箋：「瞽，矇也。以爲樂官者，目無所見，於音聲審也。」

庭，指宗廟中的庭院。孔疏：「其作樂者，皆在周之廟庭矣。」

設，陳列。　業，掛樂器的木架橫梁上面的大版，刻如鋸齒狀。　虡（jù巨），掛鐘、磬的直木架。見大雅靈臺注。　這句説陳列起掛樂器的木架。第二個「設」字是襯字以足句。

崇牙，也叫樅（cōng匆），是業上突出的木齒，彎曲高聳，用來掛樂器。　樹，植，插着。　樹羽，在崇牙上插着五彩的羽毛作爲裝飾。

應，小鼓名。　田，鄭箋：「田，當作朄（yǐn引）。大鼓。」　縣（xuán懸），今作懸。　縣鼓，懸掛的鼓。鼓本置於木座上，將鼓掛起，是周朝的制度。

鞉（táo桃），亦作鼗，一種有柄有二耳的摇鼓。　磬，玉石製的版狀打擊樂器。　柷（zhù祝），樂器名。爾雅釋樂郭注：「柷如漆桶。方二尺四寸，深一尺八寸，中有椎柄連底，挏之令左右擊。」劉熙釋名：「柷以作樂。」知擊柷是作爲開始奏樂的一種信號。　圉（yǔ語），又作敔，樂器名。形如伏虎，背上有二十七鋸齒，以木尺劃擊出聲。釋名：「敔以止樂。」

簫、管，都是竹製樂器。古簫是排簫，一種編管樂器。管，如笛。陳奂傳疏：「管如篴併而吹之。」

喤喤（huáng 皇），形容樂聲宏亮和諧。見執競注。

肅雝，形容樂聲肅穆和順。禮記樂記引詩「肅雍和鳴，先祖是聽」，鄭注：「言古樂和且敬。」

戾止，見振鷺注。

永，長。　厥，其，指大合樂。　成，指一曲終了。朱熹詩集傳：「成，樂闋也。」

韻讀：魚部——瞽、虡、羽、鼓、圉、舉。　耕部——庭、聲、鳴、聽、成。

潛

【題解】

這是周王獻魚求福、祭祀於宗廟時所唱的樂歌。毛序：「潛，季冬薦魚，春獻鮪也。」鄭箋：「冬魚之性定，春鮪新來。薦獻之者，謂於宗廟也。」方玉潤不信序、箋之說，他說：「魚是總名，鮪乃下六魚之一，何以冬則總薦魚，春則單薦鮪？且單薦鮪，則文當言鮪，何以仍用總魚名？周庭縱極不文，亦不難別作樂歌以薦之，何至用此不通之文以獻諸祖考前乎？」方說是。茲據詩的內容總結其主題如上。

這是一首魚祭詩，全詩只有六句，前二句指出產魚的地點，中二句以六種大魚渲染一「多」字。

末二句説明祭祀的目的。詞簡意賅，語言明快，似爲西周晚期之作。

猗與漆沮，潛有多魚：有鱣有鮪，鰷鱨鰋鯉。以享以祀，以介景福。

猗(yī 依)與，贊歎詞，相當於今語「啊呀」。 漆、沮，周二水名，在陝西渭河以北。見小雅吉日注。

潛，通槮，魯詩、韓詩作涔，涔爲正字，潛、槮皆爲同音假借。放在水中供魚栖息的柴堆，又名魚池。王先謙集疏：「案列木水中，魚得藏隱，有若池然，故曰魚池。」

鱣(zhān 毡)，鰉魚。爾雅郭注：「鱣，大魚，似鱏而短鼻，口在頷下，體有邪行甲，無鱗，肉黄，大者長二三丈，今江東呼爲黄魚。」 鮪(wěi 委)，鱘魚。李時珍本草綱目引陳藏器曰：「鱘生江中，背如龍，長一二丈。」均見衛風碩人注。

鰷(tiáo 條)，魚名，也叫白鰷、白絲。銀白色，背有硬鰭。 鱨(cháng 嘗)，亦名黄鱨魚、鮰魚，無鱗。 鰋(yǎn 眼)，鮎(nián 年)魚，亦稱鯰魚，無鱗。

享，祭獻，上供。

介，祈求。 鄭箋：「景，大也。」景福，大福。 説文：「景，日光也。」這是本義。段注：「爾雅、毛傳皆曰：景，大也。其引申之義也。」

韻讀：魚部——與、沮、魚。 之部——鮪、鯉、祀、福(方逼反，入聲)。

雝

【題解】

這是武王祭祀文王在祭畢撤去祭品時唱的樂歌。毛序：「雝，禘太祖也。」朱熹詩序辨説不信此説，他説：「此但爲武王祭文王而徹俎之詩，而後通用於他廟耳。」按後漢書劉向傳：「文王既没，武王、周公繼政，朝臣和於内，萬國驩於外，故盡得其驩心，以事其先祖。其詩曰：有來雝雝，至止肅肅。相維辟公，天子穆穆。言四方皆以和來也。」據詩的末二句，劉向、朱熹以此詩作於武王時，似可信。

對偶、排比是我國詩歌特色之一。國風和小雅中都有這樣的形式。武王時代的雝已創其先：如首二句「有來雝雝，至止肅肅」，是對偶。中二句「宣哲維人，文武維后」，末二句「既右烈考，亦右文母」，是排比。這可能當時的民間歌謡已有這些藝術手法，被雝作者所汲取。

有來雝雝，至止肅肅。相維辟公，天子穆穆。於薦廣牡，相予肆祀。假哉皇考，綏予孝子。宣哲維人，文武維后。燕及皇天，克昌厥後。綏我眉壽，介以繁祉。既右烈考，亦右文母。

來，指來助祭的諸侯。　雝雝，和睦貌。

至止，到達，指參加祭祀者。　肅肅，嚴肅恭敬貌。

相，助祭。　維，是。　辟（ㄅㄧˋ必）公，指諸侯。見烈文注。

天子，指周武王。　穆穆，容止端莊肅穆貌。見大雅文王注。

於，贊歎詞。屢見前注。　薦，進獻。　廣，大。這裏指諸侯進獻大公牛等祭品。

相，助。　予，主祭的周王自稱。　肆，陳列。　鄭箋：「百辟與諸侯又助我陳祭祀之饌。」一説肆祭，爲祭名，亦通。

假，嘉。假哉即美哉，贊美之詞。　皇考，對已死去的父親的美稱。禮記曲禮：「生曰父、曰母、曰妻。死曰考、曰妣、曰嬪。」皇，形容詞，顯。對先代的敬稱。這裏指文王。

綏，安撫。陳奂傳疏：「綏，讀『以綏後禄』之綏。綏，安也。」　孝子，武王自稱。　這句是指文王奠定天下，安撫了我這孝子。

宣，通，明。　哲，智。　馬瑞辰通釋：「按宣哲與文武對舉，二字平列。朱子集傳訓宣爲通，哲爲知，是也。宣之言顯。顯，明也。宣哲，猶言明哲也。」　維，爲。　人，臣。　維人，盡做臣的道理。史記燕世家索隱曰：「人，猶臣也。文王以一身兼盡君臣之道，故言維人、維后。」這句意爲，先父做人臣時通達事理，十分明智。

文武，有文德又有武功。　后，君。　這句意爲，先父做人君時有文德武功。

燕，安。　指上天没有變異，不降災禍。

克，能。　昌，興盛。　厥，指代詞，其。　朱熹集傳：「此美文王之德，宣哲則盡人之道，文武則備君之德，故能安人以及於天，而克昌其後嗣也。」

綏，通賚，賜。　我，武王自稱。　眉壽，長壽。　見豳風七月注。

介，助，佑。　祉（zhǐ 止），福。　繁祉，多福。　以上二句意爲，文王昌盛他的後代，賜我長壽，佑我多福。

右，通「侑」，勸酒、勸食。　這裏是希望先父先母的神靈多多享用祭品。　周禮大祝：「以享右祭祀」，鄭注：「右，讀爲侑。侑勸尸食而拜。」此詩「右」亦當讀爲侑勸之侑。　詩以「烈考」與「文母」對舉，文母爲太姒，則烈考爲文王。　烈，光明。　烈考，光明的先父，指文王。

文母，有文德的母親，指文王之妻太姒，武王母。

韻讀：東部——雝、公。　幽部——肅、穆、牡、考（苦叟反）、壽、考。　之部——祀、子、祉、母（滿以反）。　真部——人、天（鐵因反）。　侯部——后、後。

載見

【題解】

這是一首周成王率領諸侯拜謁武王廟，祭祀求福的樂歌。毛序：「載見，諸侯始見乎武王廟也。」陳奐傳疏：「成王之世，武王廟爲禰廟。武王主喪畢入禰廟，而諸侯於是乎始見之，此其樂歌也。」詩經傳說彙纂：「成王新執政，率百辟見于昭廟，以隆孝享。一以顯耆定之大烈，一以彰萬國之驩心，有丕承王業，畏懷天下之氣象。故曰始也。」據此，詩可能作於成王免喪初執政時。

詩義會通引舊評云：「起層不急入助祭，舒徐有度。末以長句作收。」按此詩可分爲幾個小節：首二句言成王講求謁廟的典章制度。三至六句描寫諸侯來朝的旂旗車馬之盛。七、八、九三句始點明成王帶領助祭者祭祀武王的主題。後四句表達向神求福。末句敘祭祀目的作收。細玩詩的內容，評爲「舒徐有度」、「長句作收」，頗爲確切。

載見辟王，曰求厥章。龍旂陽陽，和鈴央央。鞗革有鶬，休有烈光。率見昭考，以孝以享，以介眉壽。永言保之，思皇多祜。烈文辟公，綏以多福。俾緝熙于純嘏。

載，始。辟王，君王，指成王。鄭箋：「諸侯始見君王，謂見成王也。」

曰，同聿，發語詞。章，典章制度。這裏指要求諸侯車馬服飾的典章制度。

龍旂，繪刺有兩龍蟠繞圖案的旗幟。陳奐傳疏：「龍旂，交龍爲旂也。」見小雅采芑注。陽陽，色彩鮮明貌。說文：「陽，高明也。」此處重言陽陽，是引申義。毛傳：「陽陽，言有文章也。」

和鈴，即和鑾。和與鑾都是鈴名。掛在車軾上的鈴稱和，掛在車衡上的鈴稱鈴，即鑾。見小雅蓼蕭注。央央，鈴聲。朱熹詩集傳：「央央，聲和也。」

鞗(tiáo 條)革，馬繮繩上的飾銅。見小雅蓼蕭注。　有鶬(qiāng 槍)，即鶬鶬，與鏘、瑲、鎗通。馬繮繩上的銅金飾物美盛貌。

休的本義是「息止」，這裏引申爲「美」。　烈光，光明。　按以上四句都是形容來朝諸侯旂旗之美，車馬之盛。

率，帶領。　昭考，指武王。周代宗廟制度，太祖居中，其子孫分居左右。左昭右穆，依次排列。文王爲穆，武王爲昭，所以成王稱武王爲昭考。

孝，同享，都是獻祭的意思。馬瑞辰通釋：「按爾雅釋詁『享，孝也』……是孝與享同義，故享祀亦曰孝祀。……此詩『以孝以享』，猶潛詩『以享以祀』，皆二字同義，合言之則曰孝享。」按以下皆爲祈禱之詞。

永，長久。　言，助詞。　之，代詞。這裏指來祭者。

思，發語詞。　皇，大。　祜(hù 户)，福。

烈，有武功。　文，有文德。　辟(bì 必)公，指諸侯公卿。見烈文注。

綏，安，賜的意思。説文：「綏，車中靶也。」這是本義。段注：「論語曰：『升車必正立執綏』，周生烈曰：『正立執綏，所以爲安。』按引申爲凡安之偁。」

俾(bǐ 比)，使。按俾的本義爲「益」，「使」爲益之引申。　緝熙，光明。見大雅文王注。

于，到。　純嘏(gǔ 古)，大福。鄭箋：「純，大也。」魯頌閟宮鄭箋：「受福曰嘏。」

韻讀：陽部——王、章、陽、央、鶬、光、享。幽部——壽、保（博叟反）。魚部——祜、嘏。

有客

【題解】這是一首封於宋地的殷商後代、紂王之兄微子（名啟）來朝周祖廟後，周王設宴餞行時所唱的樂歌。毛序：「有客，微子來見祖廟也。」朱熹詩集傳：「此微子來見祖廟之詩。周既滅商，封微子於宋，以祀其先王，而以客禮待之，不敢臣也。」詩中贊美微子的德行，描寫了微子在周地備受歡迎的情形。

此詩共十二句，結構亦甚嚴整，語言形象。前四句述客來，中四句寫留客，末四句敘送客。詩人以白馬象徵微子，以雕琢形容其侶。用縶馬表留客，用左右表送行。生動有力。不過我們如拿它來同小雅白駒相比，兩首詩同樣有縶維白馬，以留住客的構思，但後者充滿了惜別的真實感情，前者却顯得是敷衍客套的泛泛文章。以「發乎情」的標準來衡量，有客是略遜一籌的。

有客有客，亦白其馬。有萋有且，敦琢其旅。有客宿宿，有客信信。言授之縶，以縶其馬。薄言追之，左右綏之。既有淫威，降福孔夷。

有，詞頭。　客，指宋微子。　左傳僖二十四年：「皇武子曰：宋，先代之後也，於周爲客。」

亦，發語詞。　亦白其馬，殷人崇尚白色，微子仍乘白馬，表示不忘故國之意。

有萋有且（jū居），即萋萋且且，隨從者衆多盛大貌。　馬瑞辰通釋：「按萋、且雙聲字，皆狀從者之盛。　説文：『萋，草盛也。』韓詩章句：『萋萋，盛也。』且與居同部義近。　且且猶言裾裾。　荀子楊倞注：『裾裾，盛服貌。』草之盛曰萋萋，服之盛曰裾裾，人之盛曰萋且，其義一也。」

敦（duī堆）琢，敦爲雕的假借字。　敦琢即雕琢，本爲治玉之詞，這裏引申爲精心選擇之意。鄭箋：「言敦琢者，以賢美之，故至言之。」　旅，通侶，伴侶，指微子的隨從衆臣。

宿宿，毛傳：「一宿曰宿。」此言客人住了一夜又一夜。

信信，毛傳：「再宿曰信。」此與上句都是用疊字形容客人住了好幾天的意思。　爾雅郭注：「有客宿宿，言再宿也。　有客信信，言四宿也。」

言，發語詞。　縶（zhí直），繩索。　下句用作動詞，即用繩來絆住馬足，表示挽留客人。　見小雅白駒注。

薄言，發語詞。　追，餞送。　之，指宋微子。　下句同。

左右，指送行的周天子的公卿大夫們。　綏，安撫。　此句言餞行衆臣殷勤送行，安撫客人。

既，陳奂傳疏：「既，猶終也。」既、終義通。　淫，大。　威，德。　淫威，大德。　引申爲優待的意思，指封於宋事。　馬瑞辰通釋：「既有淫威，猶云既有大德耳。」

夷，大。馬瑞辰通釋：「按説文『夷』從大從弓，古夷字必有『大』訓。降福孔夷，猶云降福孔大耳。」

韻讀：魚部——客（音枯入聲）、馬（音姥 mǔ）、旅、馬。　脂部——追、綏、威、夷。

武

【題解】　這是一首歌頌周武王功業的樂歌。是周公所作的大武樂歌之一。按禮記樂記云：「武樂六成」，是大武共有六場。關於大武舞歌，後人多作考證：如何楷詩經世本古義，以武、酌、賚、般、時邁、桓爲六成（場）。王國維大武樂章考以武、桓、賚、酌、般、我將爲六成。陸侃如、馮沅君詩史則從王説，認爲我將確爲六成之一。左傳宣公十二年：「武王克商，作武，其卒章曰『耆定爾功』。」呂氏春秋古樂篇：「武王伐殷，克之於坶野。歸，乃薦誠於京大室，乃命周公作爲大武。」毛序：「武，奏大武也。」鄭箋：「大武，周公作樂所爲舞也。」前人因詩中有「於皇武王」句，認爲不是武王時代的作品，據王國維觀堂集林遹敦跋、郭沫若金文叢考謚法之起源的考證，周代尚無謚法，文、武、成、康都是生時稱號，到戰國時才規定謚法。因此此詩可定爲武王時代的作品。

此詩雖歌頌武王的武功，却不忘文王開創之勞，頗有實事求是的精神。故舊評云：「夾入文王，曲折有致。」指出了此歌的藝術特色。

於皇武王，無競維烈。允文文王，克開厥後。嗣武受之，勝殷遏劉，耆定爾功。

於，贊歎詞。見清廟注。皇，偉大。競，强。無競，莫强。維，是。烈，功績。指伐商誅紂的功績。鄭箋：「無彊乎其克商之功業。」允，確實。説文：「允，信也。」文，文德。指文王所施行的政教。克開，能够開創。厥後，其後代，指武王所開創的事業。武，指周武王。這句是倒文，應作「武嗣受之」。朱熹詩集傳：「言武王無競之功，實文王開之，而武王嗣而受之，勝殷止殺，以致定是功也。」一訓武爲足迹，毛傳：「武，迹也。」陳奂傳疏：「迹者道也，言武王繼文王之道，而卒其伐功也。」亦通。遏，止，滅。劉，殺。馬瑞辰通釋：「按爾雅釋詁：『滅，絶也。』虞翻易注：『遏，絶也。』是遏、滅二字同義。勝殷遏劉，謂勝殷而滅殺之。」耆（zhǐ紙），底的假借，致使。毛傳：「耆，致也。」爾，其。指武王伐紂，致使奠定其功業。

韻讀：無韻。

閔予小子

【題解】這是成王遭武王之喪，告於祖廟，思慕父親、祖父，警戒自己的詩篇。毛序：「閔予小子，嗣王朝於廟也。」鄭箋：「嗣王者，謂成王也。除武王之喪，將始執政，朝於廟也。」這篇和以下三篇都是成王所作。也有人認爲可能是周公託爲成王之詞以進戒的詩。

此詩前三句語極沉痛，畫出孤兒無依的衷曲。下述思慕皇考、皇祖的創業。末抒厲精圖治繼承祖、父事業的決心。真情實感，溢於言表，簡潔動人，允稱佳作。

閔予小子，遭家不造，嬛嬛在疚。於乎皇考！永世克孝。念茲皇祖，陟降庭止。維予小子，夙夜敬止。於乎皇王，繼序思不忘。

閔（mǐn抿），通憫，可憐。鄭箋：「閔，傷悼之言也。」予小子，古代年幼的自稱，對先王而言。造，善。說文：「造，就也。」由成就義引申爲達到、至義，再引申爲善義。不造，不幸。指父親武王之喪。馬瑞辰通釋：「按周禮大司寇『以兩造禁民訟』，儀禮士喪禮『造於西階下』，注並云：『造，至也。』書柴誓鄭注：『至，猶善也。』不造，猶不善；不善，猶不淑也。雜記：『寡君使某問君，如何不淑』，不淑，猶云不祥，謂遭凶喪也。」

嬛嬛（qióng 窮），説文及漢書匡衡傳均作「煢煢」，韓詩作惸，孤獨哀傷、無所依靠貌。疚（jiù 救），魯詩作宊。在疚，在憂患痛苦之中。朱熹詩集傳：「疚，哀病也。」鄭玄釋此詩開頭三句爲：「可悼傷乎我小子耳！遭武王崩，家道未成，嬛嬛然孤特在憂病之中。」

皇考，偉大的父親，指武王。

茲，此，這。齊詩作「我」。皇祖，偉大的祖父，指文王。

陟，升。陟降，上下，即提升和降級的意思。庭，亦作廷，直，公正。止，語氣詞，表示感歎。馬瑞辰通釋：「『陟降庭止』與『夙夜敬止』相對成文。庭，直也。蓋謂文王陟降群臣皆以直道。」

夙夜，從早到晚。敬，謹慎負責做事。

皇王，偉大的先王，這裏兼指文王、武王。

序，通緒，事業。陳奐傳疏：「爾雅：『敘，緒也。』序與敘通。繼緒猶纘緒。閟宮『纘禹之緒』，傳：『緒，業也。』緒、業一義之引申。」思，句中語助詞。這句意爲，繼承先王的事業而不忘。

韻讀：之、幽部通韻——造（徂瘦反）、疚、考（苦叟反）、孝（呼瘦反）。耕部——庭、敬。陽部——王、忘。

訪落

【題解】這是成王朝武王廟與群臣商議國政的詩。毛序：「訪落，嗣王謀於廟也。」王先謙集疏：「魯説曰：『訪落，一章十二句，成王謀政於廟之所歌也。』（蔡邕獨斷）齊、韓當同。」毛序與魯詩説同。詩中描寫成王開始執政，希望公卿大夫幫助他繼承武王的業績，並祈禱於皇考。後人多認爲詩作於成王初執政時，似較可信。

此詩可分爲三小節：首二句説明初執政召集群臣的宗旨。中六句爲咨詢於群臣之詞。末四句述祈禱於武王神靈。短短的十二句頌歌，活躍地表現了幼小成王誠惶誠恐的心理狀態。姚際恒評：「多少宛轉曲折」，這不僅純指咨詢語，也説出了成王心理的宛轉曲折。

訪予落止，率時昭考。於乎悠哉，朕未有艾。將予就之，繼猶判渙。維予小子，未堪家多難。紹庭上下，陟降厥家。休矣皇考，以保明其身。

訪，咨詢、商議。落，始，指開始執政。毛傳：「訪，謀；落，始。」止，語氣詞。訪予落止，與群臣商議我開始執政的事情。鄭箋：「謀者，謀政事也。成王始即政，自以承聖父之業，懼不能遵其道德，故於廟中與群臣謀我始即政之事。」

率，遵循。　時，是、這。　昭考，指武王。見載見注。

於乎，歎詞。　悠，遠。說文：「悠，憂也。」這是本義。段注：「悠同攸，攸同脩。古多假借爲脩，長也，遠也。」黍離「悠悠蒼天」，毛傳：「悠悠，遠意。」即與此處「悠」同義。這裏指武王之道高遠。

朕，我，成王自稱。到秦始皇，才定朕爲帝王自我的專稱。　艾，閱歷。爾雅釋詁：「艾，歷也。」這句是說自己没有閱歷經驗，難以掌握武王聖明之道。

將，扶助。　就，接近，達到，這裏含有因襲義。按就的本義爲成就、成功，此處是引申義。之，指先王的典法。鄭箋：「汝扶將我就其典法而行之。」

繼，繼續。　猶，又作猷，圖謀、計劃。這裏指武王之道。　判涣，大。馬瑞辰通釋：「判涣疊韻，字當讀與卷阿詩『伴奂爾游矣』同。伴、奂皆大也，說文：『伴，大貌。』『奂』字注：『一曰，大也。』……繼猶判涣，言當謀其大者。」此句意爲，繼承先人之道，完成建國的大業。

家多難，家邦多災難，指遭父武王之喪及管叔、蔡叔、武庚叛亂和淮夷之難。這二句意爲，我年幼，我不堪遭受家邦多種的災難。

紹，繼承。指繼承文武之道。　庭，公正。　上下，即升降官吏。見閔予小子注。

厥，其。這句說，正確地任免臣下以安定多難的家國。

休，美。陳奂傳疏：「休，美也。美能紹此道也。」　皇考，指武王的神靈。孔疏：「上言昭考，此言皇考，皆指武王也。」

保，保佑。　明，勉勵。　其身，指成王自身。　馬瑞辰通釋：「此詩『保明』宜訓『保勉』……休矣皇考，謂以皇考之休美保勉其身也。」

韻讀：之、幽部通韻——止、考（苦叟反）。　祭、元部通韻——艾、渙、難。　魚部——下（音户上聲）、家（音古）。

敬之

【題解】　這是成王警戒自己的詩。　毛序説：「群臣進戒嗣王也。」因此，有人認爲前六句是群臣進戒周王之辭，後六句是周王受戒的答辭。　方玉潤不信此説，他説：「蓋此詩乃一呼一應，如自問自答之意，並非兩人語也。　一起直呼『敬之敬之』，至『日監在兹』，先立一案。　……『維予小子』以下，緊承上文，相應而下，機神一片，何容分作兩截，並謂二人語耶？」林義光詩經通解：「按詩言『維予小子』，又言『示我顯德行』，則是嗣王告群臣，非群臣戒嗣王也。」方、林二氏的分析主題，與詩的内容合。

有人説，自閔予小子以下四首頌詩，都是他人代作。　細玩此詩，語言淺近：「高高在上」、「日就月將」，被歷代文人所沿用，已爲成語。又如「命不易哉」，「維予小子」，「示我顯德行」等句，都接近口語，表現了年輕帝王肩負重任，虛心求教的口氣。似非代作者所爲。

敬之敬之！天維顯思，命不易哉。無曰高高在上，陟降厥士，日監在茲。維予小子，不聰敬止？日就月將，學有緝熙于光明。佛時仔肩，示我顯德行。

敬，通警，警戒。之，語氣詞。

維，是。顯，明察。指上天明察一切。思，語氣詞。

命，天命，這裏指國運。不易，不容易常保住。

無曰，不要説。高高在上，指上帝高在天上不明察人間。

士，通事。毛傳：「士，事也。」這裏指政事。這句説上帝好像常升降於人間，察看人們所做的事情。

日，天天。監，監視，從上往下看。茲，此，指人間。

聰，聰明。此處是聽從之意。馬瑞辰通釋：「按廣雅『聰，聽也』，不爲語詞。『不聰敬止』，謂聽而警戒也，承上『敬之敬之』而言。」止，語氣詞。此句即聽從而且警戒的意思。

就，成就。將，奉行。陳奐傳疏：「淮南子修務篇引詩，高注云：言爲善者日有所成就，月有所奉行。」這裏是表示不斷好學使有成就而能奉行。

緝熙，積漸廣大。馬瑞辰通釋：「此傳又以光爲廣，廣猶大也。説文：『緝，績也。』績之言積，緝熙，當謂積漸廣大以至於光明。」此處與昊天有成命中訓爲光明之義的「緝熙」不同。佛（bì 必），韓詩作弗，佛、弗都是弼的假借字，輔助之義。這是成王希望群臣之言。時，是，這。仔肩，毛傳：「仔肩，克也。」説文：「克，肩也。」仔肩同有克義，引申爲重任。示，指示。顯，顯明。胡承珙後箋：「尚賴群臣示以顯明之德行耳。」

韻讀：之部——之、之、思、哉（音兹）、兹、子、止。陽部——將、明（音芒）、行（音杭）。

小毖

【題解】這是成王誅管、蔡、消滅武庚以後，自我懲戒並請求群臣輔助的詩篇。毛序：「小毖，嗣王求助也。」鄭箋：「毖，慎也。天下之事當慎其小，小時而不慎，後爲禍大。故成王求忠臣輔助己爲政，以救患難。」傳、箋都説明了此詩的主題。方玉潤詩經原始：「此詩名雖小毖，意實大戒，蓋深自懲也。……自閔予小子至此，凡四章，皆成王自作，若他人則不能如是之深切有味矣。」詩中表現了成王自警，認爲應防患於未然的謹小心情。

詩句多用比喻，故較含蓄生動。成王以桃蟲小鳥將化而爲鵰，比武庚、管、蔡不誅，後患必大。以辛辣蓼草比己的苦境。這在周頌中是罕見的。吳闓生詩義會通引舊評：「哀音動人。」鍾惺云：「創鉅痛深，傷弓之鳴。」他們都指出了詩中所表現的哀驚的情緒。後世「懲前毖後」的成語，即出於此詩。

予其懲而毖後患。莫予荓蜂，自求辛螫。肇允彼桃蟲，拚飛維鳥。未堪家多難，予又集于蓼。

予，成王自稱。其，語助詞。懲，警戒。説文：「懲，忿也。」「乂，芟艸也。」古忿與乂同。含有傷害意，引申爲警戒。此指管、蔡之難，我應接受教訓。王先謙集疏：「懲，憂悔之詞。」毖，謹慎。毛傳：「毖，慎也。」這句的標點，有人在「而」後斷句。段玉裁毛詩故訓傳定本：「疏於『而』字斷句，各本皆云小毖一章八句。」胡承珙毛詩後箋以爲唐石經中作「予其懲而毖彼後患」，故這句可能原作「予其懲而，毖彼後患」二句，否則各本不會説小毖一章八句。段、胡説是。

荓（píng平）蜂，牽引扶助的意思（從孔疏引孫毓説）。雙聲。魯詩作甹夆，一作「莫與併螽」。按螽爲蠭之誤。「予」和「與」古字通，給予的意思。荓蜂爲𢓭𢓜之假借。毛傳：「荓蜂，瘛曳也。」這句大意是，群臣不肯給予輔助。

辛，辛苦。螫（shì釋），事的假借字。陳奂傳疏：「辛螫，釋文引韓詩作『辛赦』，云『赦，事也』。辛事，謂辛苦之事也。」

肇，始。允，信。一訓爲語助詞，亦通。桃蟲，即鷦鷯（jiāo liáo焦繚），一種小鳥。古人認爲這種小鳥最後將變爲大鵰。意思是説「始小而終大」。孔疏引陸璣義疏云：「桃蟲，今鷦鷯是也。微小於黄雀，其雛化而爲鵰，故俗語鷦鷯生鵰。」這裏喻小患不除必釀成大禍，隱指武庚勾結管、蔡二叔叛亂事。

拚（fān 翻），同翻，鳥飛動貌。陳奂傳疏：「拚，疑當作翻。文選陸機贈馮文熊詩、劉琨答盧諶詩注引毛詩皆作翻。又，謝瞻張子房詩注引薛君章句：『翻，飛貌。』是其證。」這句意爲，不誅管蔡之屬，後反叛作亂，就像小鳥鷦鷯翻飛爲大鳥。

未堪家多難，見訪落注。

予，陳奂傳疏：「傳訓予爲我。我，成王自我也。篇中三『予』字同。」集，本義爲鳥棲止木上，引申爲會合。鄭箋：「集，會也。」孔疏：「會，謂逢遇之也。」蓼（liǎo 了），小草名，高一二三尺，莖有節，秋開紅白花，其味苦辣。這句比喻自己又陷入困境。王先謙集疏引黄山云：「又集于蓼，正指淮夷之繼叛。」

韻讀：東、中部通韻——蜂、蟲。幽、宵部通韻——鳥、蓼。

載芟

【題解】

這是一首周王在春天藉田時祭祀土神、穀神的樂歌。毛序：「春藉田而祈社稷也。」鄭箋：「藉田，甸師氏所掌，王載耒耜所耕之田。天子千畝，諸侯百畝。藉之言借也，借民力治之，故謂之藉田。」王先謙集疏：「載芟，一章三十一句，春藉田祈社稷之所歌也（蔡邕獨斷）。南齊書樂志：『漢章帝時，玄武司馬班固奏用周頌載芟以祈先農。』是齊説亦以此詩爲藉田祈社稷所用樂歌。韓詩當同。」三家所述詩旨，與毛詩同。據陳奂考證，祭祀的地點，在周都的南郊社稷的土壇上。詩中描寫農家盡力農事，豐收後祀祖先、宴賓客、敬耆老的景象。

孫鑛批評詩經云：「此描寫苗處尤工絶。語不多而意狀飛動。」那麽，這不多的語是怎樣使得意狀飛動起來的呢？我們覺得主要得力於疊詞形容詞的運用。全詩三十一句，用疊詞的有十二句。其中包括澤澤、驛驛、厭厭、緜緜等雙音詞，也包括有嗿、有略、有厭、有實等以「有」字起頭而實際意義相當於疊詞的形容詞。這兩種疊詞交叉應用，且不説其描繪的準確給人帶來形象上的美感，就是音節上的參差頓挫也使人讀來朗朗上口。全詩没有一句比興，但仍能生動傳神，疊詞的使用是主要原因。

載芟載柞，其耕澤澤。千耦其耘，徂隰徂畛。侯主侯伯，侯亞侯旅，侯彊侯以。有嗿其饁，思媚其婦，有依其士。有略其耜，俶載南畝。播厥百穀，實函斯活。驛驛其達，有厭其傑。厭厭其苗，緜緜其麃。載穫濟濟，有實其積，萬億及秭。爲酒爲醴，烝畀祖妣，以洽百禮。

有飶其香，邦家之光。有椒其馨，胡考之寧。匪且有且，匪今斯今，振古如茲。

載，開始。鄭箋：「載，始也。」芟（shān 刪），除草。柞（zé 責），通斮，砍伐樹木。毛傳：「除草曰芟，除木曰柞。」

澤澤，魯詩作郝郝，都是「釋釋」的假借，土鬆散潤澤貌。姚際恒通論：「澤澤，謂方春土脈動，潤澤可耕之。」

耦（ǒu 偶），兩人並耕。見噫嘻注。耘，除草。這裏爲耕耘之意。

徂，往。說文：「追，往也。追或从彳。」隰，低濕的田地。說文：「隰，阪下濕也。」畛（zhěn 診），田邊的小路，即田界。楚辭大招王逸注：「畛，田上道也。」

侯，發語詞。見小雅六月注。主、伯，毛傳：「主，家長也。伯，長子也。」

亞，次，指長子以下仲、叔諸子。毛傳：「亞，仲叔也。」旅，衆，指晚輩。毛傳：「旅，子弟也。」

彊，指身體强壯有餘力來助耕的人，即短工。以，僱傭的勞動力。鄭箋：「彊，有餘力者。周禮『以彊予任民』。以謂閑民，今時傭賃也。春秋之義，能東西之曰以。」按予、以古通用，周禮之「予」，即詩之「以」。

嗿（tǎn 坦），同啖。有嗿，即嗿嗿。朱熹詩集傳：「嗿，衆飲食聲也。」饁（yè 頁），送到田間的飯菜。鄭箋：「饁，饋餉也。」

思，發語詞。　媚，美盛貌。見大雅思齊注。馬瑞辰通釋：「今按小爾雅『媚，美也』，説文『娓，順也。讀若媚』，廣雅『媚，好也』，盛與美義近。思媚其婦，亦形容美盛之詞。」

依，殷的假借字。有依，即依依，壯盛貌。王引之經義述聞：「依之言殷也。馬融易注：『殷，盛也。』有殷，爲壯盛之貌。」　士，男子的美稱。與上句的婦都是送飯的人。孔疏：「婦、士俱是行饟之人。」

略，䂮的假借，魯詩正作䂮。有略，即略略，形容耜的鋒刃十分快當。毛傳：「略，利也。」　耜（sì寺），耒上青銅製的犁頭。

俶（chù觸），起土。俶的本義是開始，起土即種地的開頭，是引申義。　載，翻草。　南畝，泛指田地。見豳風七月注。

實，指種籽。　函，通含。　斯活，即活活，有生氣貌。這句是説種子很好，内含生氣，種下就生長。

驛驛，魯詩作繹繹，接連不斷的樣子，指苗陸續出土，很茂盛。　達，破土長出地面。鄭箋：「達，出地也。」

厭，懕的假借字。有厭，即厭厭，美好貌。胡承珙後箋：「案説文：『猒，飽也。』今字作厭。猒本飽足之偁，苗之得氣足者，先長爲傑，故曰有厭，乃氣至則衆苗齊足，故曰厭厭。」於詩意亦通。

傑，特出。這裏指最先長出的好苗。

厭厭，稖稖的假借，禾苗整齊茂盛貌。

緜緜，韓詩作民民。陳喬樅三家遺説考：「民、緜雙聲，故通用。」連綿不斷貌。孔疏：「孫炎云：『緜緜，言詳密也。』」　麃（biāo 標），穮的借字，魯詩作穮。指禾穀的稍末，即穗。

載，發語詞。　穫，收穫。　濟濟，讀上聲，衆多貌。

有實，即實實，廣大貌。王引之經義述聞：「實，廣大貌。有實其積，謂露積之庾其形實實然廣大也。」　積，露積，又名庾，露天的圓倉。

萬億及秭，以下四句均見豐年注。

飶（bì 必），與苾、馥通用。有飶，即飶飶，形容祭品味香。毛傳：「飶，芬香也。」

邦家之光，指五穀豐收，是國家的光榮。

椒，與俶、淑通用，有椒，椒椒，三家詩作馥。指香氣濃厚。　馨，傳播很遠的香氣。説文：「馨，香之遠聞也。」這裏指酒味醇香。

胡考，壽考。毛傳：「胡，壽也。考，成也。」這裏指老年人。　寧，安。這説用酒食祭祀，神賜福祉，老人安寧。

匪，鄭箋：「匪，非也。」　且，此之假借，毛傳：「且，此也。」上「且」字指此時，下「且」字指耕種之事。

上今字，指今時。下今字，指此事。　斯，是，含有「有」義。馬瑞辰通釋：「傳訓且爲此，與下句匪今斯今，特疊句以見義，詞雖異而義則同，皆對下振古如茲言。」振古，自古。毛傳：「振，自也。」茲，此。朱熹詩集傳：「非獨此處有此稼穡之事，非獨今時有豐年之慶，蓋自極古以來，已如此矣。」

韻讀：魚部——柞（音徂）、澤（音徒入聲）、旅。文部——耘、畛。之部——以、婦（芳鄙反）、士、耜、畝（滿以反）。祭部——活、達、傑。宵部——苗、麃。脂部——濟、秭、醴、妣、禮。陽部——香、光。耕部——馨、寧。

良耜

【題解】

這是周王在秋收後祭祀土神、穀神的樂歌。毛序：「良耜，秋報社稷也。」按：周禮春官：「祭祀有二時，謂春祈、秋報。報者，報其成熟之功。」故李迂仲云：「祈之詩，則詳耕種之事。報之詩，則詳收成之事。」王先謙集疏：「魯説曰：『良耜，一章二十三句，秋報社稷之所歌也。』（蔡邕獨斷）齊、韓當同。」魯説詩旨與序同。詩中描寫了農家耕種、送飯、除草、施肥、豐收、納倉、祭祀等情景，反映了當時農夫的生活。

這首詩與載芟可算是姐妹篇。風格上也頗相近。以敘述而言，在短短十几句中，從送飯、弄鋤除草一直寫到收割、開倉、殺牲祭祖。内容繁多但有條不紊，次序井然。以描寫而言，「其崇如墉，其比如櫛」二句是良耜中，也是周頌中唯一的明喻句。以城牆比穀堆的高大，貼切而具體；以梳篦比穀堆的密集，夸張而傳神。後世「鱗次櫛比」的成語便從此出，可見這個比喻的生命力。周頌莊重有餘而靈動不足，倒是這兩首詩爲肅穆的祭曲添進一段清越的變奏。

畟畟良耜，俶載南畝。播厥百穀，實函斯活。或來瞻女，載筐及筥，其饟伊黍。其笠伊糾，其鎛斯趙，以薅荼蓼。荼蓼朽止，黍稷茂止。穫之挃挃，積之栗栗。其崇如墉，其比如櫛，以開百室。百室盈止，婦子寧止。殺時犉牡，有捄其角。以似以續，續古之人。

畟畟（cè測），耜入土深耕貌。毛傳：「畟畟，猶測測也。」胡承珙後箋：「凡入深者，必以漸而進。爾雅：『深，測也。』説文：『測，深所至也。』畟畟、測測，皆狀農人深耕之貌。」　耜，犁頭。良耜，良好的耒耜。

俶載南畝下三句均見載芟注。

或，有人。這裏指農夫的婦子。　瞻，視，看。　女，同汝，指農民。鄭箋：「有來視女，謂婦子來饁者也。」

載，揹。　筐、筥（jǔ舉），都是竹製盛物器，筐形方，筥形圓。

饟（xiǎng享），送來的食物。說文：「周人謂餉曰饟。」段注：「周頌曰：其饟伊黍，正周人語也。釋詁曰：饁、饟，饋也。」按饟即餉的異體字，齊詩作餉。 伊，是。 黍，糜子，指小米飯。

笠，笠帽。毛傳：「笠，所以御暑雨也。」 糾，編織。說文：「糾，三合繩也。」這裏用作動詞。陳喬樅三家遺説考：「謂以草爲笠，其繩維三合之耳。」

鎛（bó博），鋤頭。見臣工注。 斯，句中助詞。含有「是」意。 趙，通𢯷，三家詩作𢯷，㨖的借字。說文：「㨖，刺也。」鏟除的意思。

薅（hāo蒿），拔田草。說文：「薅，拔田草也。」段注：「拔者，迫地削去之也。」魯詩作茠。 荼蓼，二種野草名。 魯詩荼作蒤。

朽，腐爛。說文：「歾，腐也。歾或从木。腐，爛也。」 止，語氣詞。下同。

挃挃（zhì至），收割農作物的聲音。毛傳：「挃挃，穫聲也。」陳奐傳疏：「釋名作銍銍，云：斷禾穗聲也。挃、銍聲義相近。」

積，露積，指收成的糧食露天積於田郊。 栗栗，衆多貌。朱熹詩集傳：「栗栗，積之密也。」

崇，高。 墉，城牆。 指露積像城牆那樣高大。

比，排列。 這裏指糧垛密集。 櫛（zhì至），梳子。說文：「櫛，梳篦之總名也。」這句形容排列密集的糧食如梳齒。現尚有「鱗次櫛比」的成語。

開，指開户。 鄭箋：「其已治之，則百家開户納之。」 百室，泛指家家户户的倉庫。

盈，滿。

寧，安。這句指秋收後，婦女孩子不用再往地裏送飯，可以安居於家中了。

時，是，這。 犉（rún）牡，大公牛。馬瑞辰通釋：「爾雅釋畜：『黑脣犉。』又，『牛七尺爲犉』……此詩及無羊詩『九十其犉』，皆當以『牛七尺曰犉』釋之。犉謂牛之大者。犉牡，猶言廣牡。廣亦大也。」這句說殺這大公牛爲犧牲，以祭社稷。

捄（qiú球），觓之假借字，俗作觩。有捄，即捄捄，獸角彎曲貌。

似，嗣的假借字，與後面的「續」義同，繼續。這裏有每年不斷祭祀之意。陳奐傳疏：「言嗣續前歲已往之事也。正義云：嗣、續俱是繼前之言，故爲嗣前歲、續往歲之事。前、往一也，皆求明年使續今年。」

古之人，指祖先。這二句意爲今後將繼續不斷祭祀社稷之神，要繼承祖先的傳統。

韻讀：之部——耜、畝（滿以反）。魚部——女、筥、黍。幽、宵部通韻——糾、趙、蓼（音柳）、朽、茂。脂部——挃、栗、櫛、室。耕部——盈、寧。侯部——角（音谷）、續。

絲　衣

【題解】

這是一首周王祭神而燕飲賓客的歌舞詩。毛序：「繹賓尸也。高子曰：靈星之尸也。」鄭箋：「繹，又祭也。天子諸侯曰繹，以祭之明日。卿大夫曰賓尸，與祭同日。周曰繹，商謂之肜（融）。」所祭何神，據高子所云，是靈星的神。王先謙集疏：「魯説曰：絲衣，一章九句，繹賓尸之所歌也（蔡邕獨斷）。」陳喬樅三家遺説考：「劉向五經通義亦以『絲衣其紑』爲言王者祭靈星公尸所服之衣，與高子説合。」

詩中贊美祭祀有禮、飲酒有節。前五句寫祭祀儀式，後四句寫祭祀後燕飲賓客的情形。泛泛敘來，未見有精彩處。「兕觥其觩，旨酒思柔」二句描寫酒醴的美好，略有一點意味。然而緊接着「不吴不敖，胡考之休」二句作結，説教之態儼然，又把意境全破壞了。

絲衣其紑，載弁俅俅。自堂徂基，自羊徂牛，鼐鼎及鼒。兕觥其觩，旨酒思柔。不吴不敖，胡考之休。

絲衣，祭服名，裝神受祭的尸所穿的白色綢衣。其紑（fǒu 否），即紑紑，衣服潔白鮮明貌。毛傳：「絲衣，祭服也。紑，絜鮮貌。」

載，通戴。王先謙集疏：「魯、韓載作戴……釋名：『戴，載也』，載之於頭也。」弁（biàn 變），古代貴族戴的一種禮帽。武官戴皮弁，文官戴爵弁，這裏是爵弁。俅俅（qiú 求），冠上修飾美麗貌。説文：「俅，冠飾貌。」

自，從。堂，廟堂。徂，往。基，畿的假借字。門檻。馬瑞辰通釋：「畿之言期限也。期、朞、基古同音。故畿可借作基。」這句説主祭者從廟堂到門檻祭祀的地方。

自羊徂牛，指主祭者視察祭祀的羊到牛等犧牲。按韓詩徂作「來」，來之言至也。鼐（nài奈），大鼎。鼒（zī兹），小鼎。都是古代的食器，青銅製成，下有三脚，旁有兩耳。這句是説用大鼎小鼎盛的祭品請諸神享用。

兕觥，犀牛角製的酒杯。其觩，即觩觩，彎曲貌。以上二句均見小雅桑扈注。

思柔，即柔柔，酒味柔和貌。

吴，魯詩作虞，喧嘩，大聲説話。毛傳：「吴，嘩也。」敖，魯詩作驁，通傲，傲慢。陳奂傳疏：「不敖，史記引作不驁……不吴者，言不讙嘩也。不敖者，言不傲慢也。」

胡考，壽考。見載芟注。休，美。這裏指吉慶之福。朱熹詩集傳：「故能得壽考之福。」

韻讀：之、幽部通韻——紑、俅、牛、觩、柔、休。

酌

【題解】

這是歌頌武王戰勝殷商、建立了豐功偉績的贊歌。是成王時的大武樂歌之一。大武的樂章其數有六，左傳：「楚子曰：武王克商，作武，其卒章曰：耆定爾功。其三曰：鋪時繹思，我徂惟求定。其六曰：綏萬邦，屢豐年。」陸侃如詩史：「據左傳宣公十二年所載楚莊王的話，知道武、桓、賚三篇均在其中。但還有三成呢？我們想大約即我將、酌、般三篇。」王質詩總聞説：「尋詩無酌字，亦無酌意，恐『鑠』是『灼』字。陸（德明）氏：『酌，亦作汋』，與『酌』同意，而與『灼』同形。恐初傳是灼字，已而漸漸作汋，又漸漸作酌。」王質是從字的形體方面去説明「酌」的。漢書禮樂志：「周公作勺，『勺』言能酌先祖之道也。」班固是從意義方面去説明「酌」的。禮燕禮：「若舞則勺。」鄭注：「勺，頌篇。告成大武之樂歌也。萬舞而奏之，所以美王侯、勸有功也。」可見大武都是歌舞劇。毛序：「酌，告成大武也。言能酌先祖之道以養天下也。」陳奐：「酌，一章九句。」王先謙：「魯説曰：酌，一章九句，告成大武，言能酌先祖之道以養天下之所敬也。齊説曰：（見上漢書禮樂志）」今從蔡邕獨斷與陳奐傳疏斷句。

這是一齣歌舞劇，表演武王取紂之功。首二句「於」的一聲贊美，音節洪亮悠揚，唱出王師輝煌强盛的氣概。中間表演天下清明、人們喜慶、天寵人和的形勢。末敘成王祈禱，口中念念有詞：「以先公武王爲師法。」「允師」句拖拉長腔，餘音裊裊，有繞梁之感。

於鑠王師，遵養時晦。時純熙矣，是用大介。我龍受之。蹻蹻王之造，載用有嗣。實維爾公，允師。

於，贊美詞。　鑠（shuò 朔），通爍，輝煌美盛貌。　毛傳：「鑠，美。」孔疏：「於乎美哉，武王之用師也。」

遵，率，指率領王師。　養，毛傳：「養，取。」取，説文古文作敹，字從攴，故有取意。　時，是、這。晦，暗昧，糊塗。指昏聵的商紂王。孔疏：「率此師以取是晦昧之君，謂誅紂以定天下。」純，大。熙，光明。馬瑞辰通釋：「按純熙，謂大光明也。武王既攻取晦昧，于時遂大光明。」是用，因此。大介，大善、大祥。爾雅釋詁：「介，善也。」這句指武王時形勢大好。我，祭者自稱，即周成王。一説爲「我周」，亦通。龍，寵的借字，光榮的意思。受，承受，指我接受天寵而有天下。陳奂傳疏：「傳云『龍，和也』，凡應天順人謂之和。言我周協和伐商，遂受天命有天下。」

蹻蹻（juē 決），勇武貌。毛傳：「蹻蹻，武貌。」王，指武王。造，爲，這裏指成就、功業。載，則。有嗣，指連續不斷有人爲武王所用。王先謙集疏：「王之所用有相續不絶者，言周得人之盛也。」

實維，這是。爾公，你的先公，指武王。

允，信、確實。師，法、模範。王先謙集疏：「爾既荷天寵，又得人和，信可爲後世師法矣。」

韻讀：無韻。

桓

【題解】

這是大武的第六章，是頌揚武王功德的贊歌。毛序：「桓，講武類禡也。桓，武志也。」鄭箋：「類也，禡也，皆師祭也。」王先謙：「魯説曰：『桓，一章九句，師祭講武類禡之所歌也。』（蔡邕獨斷）齊、韓當同。」何謂類禡？孔疏：「謂武王時欲伐殷，陳列六軍，講習武事。又爲類祭於上帝，爲禡祭於所在之地。治兵祭神，然後克紂。」詩中描寫武王克商以後，各國安定，五穀豐登，天下太平。桓的詩題，大約是取桓桓雄武之義。孔疏：「桓者，威武之志。言講武之時軍師皆武，故取桓字名篇也。」按詩中雖有桓字，只形容武王之武。名篇曰桓，是言軍隊盡武，故序特别以「武志」説明桓，是包括軍隊在内的。孔子贊揚武爲「盡美矣，未盡善也」。那麽武的樂調一定是十分動聽的。可惜樂譜久佚，周樂已成絶響，這真是欣賞詩經時的憾事。

綏萬邦，婁豐年，天命匪解。桓桓武王，保有厥士，于以四方，克定厥家。於昭于天，皇以間之。

綏，安定，平定。鄭箋：「綏，安也。」萬邦，萬國，泛指平定天下，包含密、崇、奄等屬國。

婁，俗作屢，本義爲「空」，引申爲屢次。孔疏：「僖十九年左傳：『昔周饑，克殷而年豐。』是伐紂之後，即有豐年也。」

解，同懈。匪懈，不懈怠。朱熹詩集傳：「然天命之於周，久而不厭也。」

桓，説文：「亭郵表也。」引申爲威。桓桓，威武貌。

士，疑爲「土」之誤。馬瑞辰通釋：「士與土形近，古多互譌。保土，猶言『保邦』也，作『士』者，蓋以形近而譌。」這句意爲保持既有的國土爲根據地。

于，于是。　以，通有。有四方，指征服別國而有天下。

克，能。克定厥家，能够奠定他的國家基礎。

於，贊美詞。　昭，明、顯耀。這說武王的功德顯耀于上天。

皇，天。　以，用。　間，代、代替。　之，指殷商。這說天用武王代殷。陳奐傳疏：「間，代。爾雅釋詁文，皇字緊承天字。文王傳云：『皇，天也。』於昭于天，皇以間之，言武王之德昭著於天，故天以武王代殷也。皇矣序云：『天監代殷莫若周』，此其義也。」

韻讀：陽部——王、方。

賚

【題解】這是大武的第三章、第三場的歌舞劇。是武王克商還都，祭祀文王並封功臣的樂歌。毛序：「大封於廟也。賚，予也。言所以錫善人也。」鄭箋：「大封，武王伐紂時，封諸臣有功者。」王先謙集疏：「賚，一章六句，大封于廟，賜有德之所歌也（蔡邕獨斷）。左桓十二年傳云：『武王克商而作頌。』知是伐紂後大封也。」毛序與三家說同。　賚（lài 賴），賞賜贈送的意思，可能是指武王承文王賜予勤勞之德而得天下，而諸臣又承受周賜予封有功之命而言。　詩中贊頌文王，表達了後王傳布文王功德的志願和思念文王功德的心情。

此詩只六句，語短意賅，多單音詞，三、四、五言句互用，表現了西周初年語言古樸的形態。末句「於繹思」，含味深長，餘音悠揚，似有啟發當時君臣永勤政事的作用。

文王既勤止，我應受之。敷時繹思，我徂維求定。時周之命，於繹思。

勤，辛勞。毛傳：「勤，勞。」指文王創業的辛勞。　止，語氣詞。

我，武王自稱。陳奂傳疏：「我，我武王也。」　應，毛傳：「應，當。」應受，即應當承受。　之，指勞心于政事。

敷，鋪。左傳引此詩作「鋪」，布的意思。姚際恒通論：「敷，布也，施也。布施是政，使之續而不絕，不敢倦而中止也。」　時，是、這。　繹（yì亦），本義爲絲，引申爲抽引、連綿不斷的意思。思，語氣詞。

徂，往。　定，共定天下。　王先謙集疏：「言我自此以往惟求與汝諸臣共定天下耳。」

時，與「承」通。馬瑞辰通釋：「按時與承一聲之轉，古亦通用。楚策：『仰承甘露而用之。』新序承作時，是其證也。周受天命，而諸侯受封於廟者，又將受命於周。時周之命，即承周之命也。般詩『時周之命』同義。此謂諸侯受命於廟，彼謂巡守而諸侯受命於方嶽也。」

於，贊美詞。　思，語氣詞。　姚際恒通論：「於繹思，又重申己與諸侯始終無倦勤之意。」

韻讀：之部——之、思、思。

般

【題解】這是大武的第四章。是周王巡狩祭祀山川的樂歌。般的名篇和酌、桓、賚很相像，都是以一字題名。三家詩認爲這首詩在篇末也有「於繹思」一句，和賚相同。惟蔡邕說此詩一章七句，可證「於繹思」爲衍文。毛序：「般，巡守而祀四嶽河海也。般，樂也。」般是昪的假借字，說文：「昪，喜樂也。」王先謙：「魯說曰：般，一章七句，巡狩祀四嶽河海之所歌也（蔡邕獨斷）。」詩中表現了巡狩、封禪、祭祀山川的事實，抒寫了普天之下都歸服於周的喜樂。史記封禪書認爲此詩是成王時代的作品。

這是一首頌歌，而其中「墮山喬嶽，允猶翕河」二句却是描寫山水。但是這種衆山百川皆歸於河的雄偉氣勢，正象徵着普天之下臣服於周的宏圖。以寫景爲頌揚，比單純的頌揚要有思致得多，無怪乎姚際恒評這兩句是「寫得精彩」。

於皇時周，陟其高山，墮山喬嶽，允猶翕河。敷天之下，裒時之對，時周之命。

於，贊美詞。皇，美。時，是、這。魯詩時作明。與時邁言「明昭有周」同義。

陟，登。此與上句的大意是：啊，美麗的周國，我登上了它的高山。

嶞（duó 惰）山，狹長的山。 喬嶽，高大的山。 朱熹詩集傳：「高山，泛言山耳。 嶞，則其狹而長者。 喬，高也。 嶽，則其高而大者。」

允，語助詞。 一訓爲信，確實，亦通。 猶，若，順。 指順軌。 馬瑞辰通釋：「按爾雅釋言：『猷，若也。』猷、猶古通用。 若如之若，又爲若順之若。 爾雅釋言：『若，順也。』廣雅釋詁：『猷，順也。』是知允猶即允若。 允若，即允順也。 河以順軌而合流。」 翕（xì 細），合。 翕河，指滙合各條支流於黄河。 朱熹詩集傳：「翕河，河善泛濫，今得其性，故翕而不爲暴也。」這句意爲衆水順着山勢之道而合流於黄河。

敷，同普。 敷天之下，鄭箋：「遍天之下。」

裒（póu 抔），聚集。 何楷詩經世本古義：「裒，爾雅訓衆多，又訓聚也。」 時，是，這。 代詞。 對，配合。 鄭箋：「配也。」最後三句大意是，普天下山川之神，都聚集在這裏一起配合祭祀，周王就能當衆神之主，這是我周承受天命當王的緣故。

韻讀：無韻。

魯頌

魯頌共四篇。可分爲兩類，閟宫和泮宫是歌頌魯僖公的，風格似雅。駉和小駜體裁類風，孔穎達説：「此雖借名爲頌，而實體國風，非告神之歌，故有章句也。」他已看出了魯頌的實質。「閟宫中有奚斯所作」一句，薛君韓詩章句：「奚斯，魯公子也。言其新廟奕奕然盛，是詩公子奚斯所作也。」段玉裁作奚斯所作解一文，也證明閟宫確爲奚斯所作。奚斯亦名公子魚，與魯僖公同時人，約生於公元前六五〇年左右。由此可見，魯頌是春秋時代作品，産生於春秋魯國首都山東曲阜一帶地區。

駉

【題解】這是歌頌魯公養馬衆多，注意國家長遠利益的詩。毛序：「駉，頌僖公也。僖公能遵伯禽之法，儉以足用，寬以愛民，務農重穀，牧於坰野，魯人尊之。於是季孫行父請命于周而史克作是頌。」王先謙：「史克作頌，惟見毛序，他無可證。三家詩説皆以魯頌爲奚斯作，揚雄文云：『昔正考父嘗晞尹吉甫矣，公子奚斯嘗晞正考父矣。』説魯頌者首雄，但云奚斯，不云史克晞考父，此魯説。班固兩都賦序『昔臯陶歌虞，奚斯頌魯，皆見於孔氏，列於詩書，其義一也。』此齊説。曹植承露盤銘序：『奚斯頌魯。』此韓説。而皆不及史克。史克見左傳在文公十八年，至宣公世尚存，見國語。奚斯見閔公二年，傳已引閟宫之詩，不應季孫行父請命於周之前，已有史克先奚斯作頌，知毛序不足據矣。」王氏引三家詩説，證明毛序之謬，是可信的。

魯頌與周頌、商頌在内容和形式方面都有所不同。周、商二頌不是告成功於神明就是祭祀祖先的在天之靈，而魯頌却都是歌頌活着的國君僖公的，可稱後世文人獻頌之祖。從風格上看，「其體同列國之風」，無論從章句的複疊上來看是如此，從遣詞造句上來看也是如此。這首詩四章複疊，共舉出十六種馬名，使人産生目不暇接、指不勝屈之感，後來漢賦多所襲用，而變得更加鋪張揚厲了。詩人又用「彭彭」、「伾伾」、「繹繹」、「祛祛」來形容駿馬矯健有力、駕車飛馳的樣子。晉代僧人支遁愛馬，説「貧道重其神駿」。讀詩至此，我們不禁也有「愛其神駿」之感了。緊接着「思無疆」、「思無期」、「思無斁」、「思無邪」的三字句，是全詩關鍵之所在。無此三字，詩不過是寫馬而已，不能成爲「美盛德之形容」的頌；有此三字，馬群的存在就都歸功於僖公的英明正直、深謀遠慮了（參見劉永翔魯頌駉賞析）。

駉駉牡馬，在坰之野。薄言駉者：有驈有皇，有驪有黃，以車彭彭。思無疆，思馬斯臧。

駉駉(jiōng 扃)，三家詩作駫，馬高大肥壯貌。毛傳：「駉駉，良馬腹幹肥張也。」牡馬，壯大的馬。陳奐傳疏：「牡馬，謂壯大之馬。猶四馬之稱四牡，不必讀爲牝牡之牡也。」

坰(jiōng 炯)，三家詩作駉。遥遠的野外。這裏指魯僖公的牧馬之地。説文：「駉，牧馬苑也。詩曰『在同之野』。」毛傳：「坰，遠野也。邑外曰郊，郊外曰野，野外曰林，林外曰坰。」鄭箋：「必牧於坰野者，辟(避)民居與良田也。」

薄言，語助詞。見芣苢注。　駉，同驍。説文：「驍，良馬也。」

驈(yù 玉)，黑馬白胯。　皇，魯詩作騜，黄白色的馬。見豳風東山注。

驪(lí 離)，純黑色的馬。　黄，黄赤色的馬。毛傳：「驪馬白胯曰驈，黄白曰皇，純黑曰驪，黄騂曰黄。」

以車，以之駕車的省略。王先謙集疏：「以，用也。用車以駕。」　彭，通騯。彭彭，馬强壯有力貌。毛傳：「彭彭，有力有容也。」見齊風載驅注。

思，思慮，考慮。　無疆，没有止境。王先謙集疏：「思無疆者，言僖公思慮深微，無有疆畔。即牧馬之法亦皆盡善，致斯蕃庶，與定之方中詩美衛文公『匪直也人，秉心塞淵，騋牝三千』同意。」

思，語首助詞。　斯，其，那樣。　臧，善、好。王先謙集疏：「案上『思』，思慮。下『思』，語詞。」

韻讀：魚部——馬(音姥 mǔ)、野(音宇)、者(音渚)。　陽部——皇、黄、彭(音旁)、疆、臧。

駉駉牡馬，在坰之野。薄言駉者：有騅有駓，有騂有騏，以車伾伾。思無期，思馬斯才。

騅（zhuī 追），蒼白雜毛的馬。　駓（pī 丕），黃白雜毛的馬。

騂（xīn 辛），赤黃色的馬。　騏（qí 其），青黑色相間像棋盤格子的馬。　毛傳：「蒼白雜色曰騅，黃白雜毛曰駓，赤黃曰騂，蒼祺曰騏。」

伾伾（pī 丕），有力貌。　孔疏：「此章言戎馬，戎馬貴多力，故云伾伾有力。」

思無期，考慮得長遠沒有期限。

才，通材。　釋文：「材，本作才。」這裏用作動詞，指成材。　這句意爲，他牧的馬是那樣的成材。王先謙集疏：「思無期者，思慮遠長無有期限，即馬亦多成材也。」

韻讀：魚部——馬、野、者。　之部——駓、騏、伾、期、才（疵其反）。

駉駉牡馬，在坰之野。薄言駉者：有驒有駱，有騮有雒，以車繹繹。思無斁，思馬斯作。

驒（tuó 駄），青黑色而有白鱗花紋的馬。　駱，白色黑鬣的馬。

騮（liú 留），赤身黑鬣的馬。　雒（luò 洛），黑身白鬣的馬。　毛傳：「青驪驎曰驒，白馬黑鬣曰駱，赤身黑鬣曰騮，黑身白鬣曰雒。」

繹繹，不斷絶貌。　這裏形容馬跑得快。　毛傳：「繹繹，善走也。」

斁（yì 益），厭倦。　王先謙集疏：「思無斁者，思之詳審無有厭倦。」

作，騰躍。朱熹詩集傳：「作，奮起也。」這裏是形容駿馬騰躍神氣的樣子。

韻讀：魚部——馬、野、者、駱（音盧入聲）、雒（音盧入聲）、繹（音余入聲）、斁（音余入聲）、作（音租入聲）。

駉駉牡馬，在坰之野。薄言駉者，有駰有騢，有驔有魚，以車祛祛。思無邪，思馬斯徂。

駰（yīn因），淺黑和白色相雜的馬。　騢（xiá遐），赤白雜毛的馬。　驔（diàn店），黑色黄脊的馬。　魚，兩眼眶有白圈的馬。毛傳：「陰白雜毛曰駰，彤白雜毛曰騢，豪骭曰驔，二目白曰魚。」

祛祛（qū區），强壯矯健貌。毛傳：「祛祛，强健也。」

思無邪，思慮没有邪曲。王先謙集疏：「思無邪者，思之真正無有邪曲。」

徂，往，行。鄭箋：「徂，猶行也。牧馬使可走行。」這裏指駿馬善於行走。

韻讀：魚部——馬、野、者、騢（音胡）、魚、祛、邪（音徐）、徂。

有駜

【題解】

這是頌禱魯公和群臣宴會飲酒的樂歌。毛序：「有駜，頌僖公君臣之有道也。」據史書記載，魯國多年饑荒，到僖公時採取了一些措施，克服了自然災害，獲得豐收，此或爲序所據。朱熹詩序辨説：「此但燕飲之詩，未見君臣有道之意。」朱説近是。詩中表達了喜慶豐收、宴飲歡樂、君臣醉舞的情景。

吴闓生詩義會通引舊評：「音節絶佳。」佳在哪裏？一、疊字疊詞的運用，如摹聲的咽咽和有駜有駜。二、頂真的修辭，如第一與第二句，第三與第四句，第五與第六句。三、四言三言的交錯。前四句四言，後四句三言，末句「于胥樂兮」加上「兮」字語氣詞。句法參差，變化有致。四、末章句法的變化，也增加了音節的美。五、韻律美（參閲韻語部分）。

有駜有駜，駜彼乘黄。夙夜在公，在公明明。振振鷺，鷺于下。鼓咽咽，醉言舞。于胥樂兮。

有駜（bì必），即駜駜，馬肥壯力强貌。毛傳：「駜，馬肥强貌。馬肥强則能升高進遠，臣强力則能安國。」這裏以肥强之馬喻强力之臣。

駜彼，即駜駜。乘黄，古代一車駕四馬，這裏指四匹黄馬。陳奂傳疏：「乘黄，四黄馬。駜者，群臣所乘四黄馬之貌。」

夙夜，早晚。夙夜在公，鄭箋：「早起夜寐，在於公之所。」

明明，勉勉的假借。馬瑞辰通釋：「明、勉一聲之轉，明明即勉勉之假借，謂其在公盡力也。

箋訓爲『明明德』，失之。」這裏形容操勞不息的樣子。

振振，鳥群飛貌。見周頌振鷺注。　鷺，鳥名，亦名鷺鷥。古人用它的羽毛作舞衣，亦名翿或鷺羽。未舞時持在手中，舞時戴於頭上。朱熹詩集傳：「鷺羽，舞者所持，或坐或伏，如鷺之下也。」此與上句描寫跳鷺羽舞的情景。見陳風宛丘注。

于，同曰，語助詞。這句描寫舞者表演鷺鷥飛翔而下的舞姿。

咽咽（yuān 淵），有節奏的鼓聲。朱熹詩集傳：「咽與淵同，鼓聲之深長也。」

言，語助詞。

于，發聲詞。胥，皆、都。胥的本義是一種珍羞美味。説文：「胥，蟹醢也。」段注：「蟹者，多足之物，引申假借爲相與之義。釋詁曰：胥，皆也。又曰：胥，相也。今音『相』分平去二音爲二義，古不分。」小雅桑扈「君子樂胥」，毛傳：「胥，皆也。」與此胥同義。一説此胥訓相，朱熹詩集傳：「胥，相也。醉而起舞，以相樂也。」於詩意亦通。

韻讀：陽部——黄、明（音芒）。　魚部——鷺、下（音户上聲）、舞。　宵部——樂（與以下各章遥韻）。

有駜有駜，駜彼乘牡。夙夜在公，在公飲酒。振振鷺，鷺于飛。鼓咽咽，醉言歸。于胥樂兮。

鷺于飛，形容舞者穿戴上舞衣鷺羽跳舞，好像鷺鳥在飛一樣。朱熹詩集傳：「舞者振作鷺羽如飛也。」

韻讀：幽部——牡、酒。　脂部——飛、歸。

有駜有駜，駜彼乘駽。夙夜在公，在公載燕。自今以始，歲其有。君子有穀，詒孫子。于胥樂兮。

駽（xuān 宣），鐵青色的馬。毛傳：「青驪曰駽。」孔疏：「郭璞曰：今之鐵驄也。」載，則、就。鄭箋：「載之言則也。」　燕，通宴，指宴會飲酒。以，同而。

有，有年，豐年。毛傳：「歲其有，豐年也。」

君子，指魯公。　穀，善。一訓爲福禄，亦通。

詒，遺留、傳給。鄭箋：「詒，遺也。」　孫子，即子孫。

韻讀：元部——駽、燕。　之部——始、有（音以）、子。

泮　水

【題解】

這是一首贊美魯公戰勝淮夷以後，在泮宮祝捷慶功，宴請賓客的詩歌。毛序：「泮水，頌僖公能修泮宫也。」詩中描寫了魯公能繼承祖先的事業，整修泮宫、征服淮夷的文治武功。吴闓生詩義會通引劉氏瑾曰：「詩言不無過實，要當爲頌禱之溢辭也。」劉氏指出此詩言過其實、頌禱溢辭的缺點，可謂擊中要害。末章「翩彼飛鴞，集于泮林。食我桑黮，懷我好音」四句，被劉勰文心雕龍夸飾引爲夸張修辭例證之一。

思樂泮水，薄采其芹。魯侯戾止，言觀其旂。其旂茷茷，鸞聲噦噦。無小無大，從公于邁。

思，發語詞。泮（pàn判）水，水名。毛傳：「泮水，宫之水也。天子辟廱，諸侯泮宫。」姚際恒不信傳説，他説：「宋戴用培、明楊用修皆以爲泮水之宫，非學宫。其説誠然。按通典載：『魯郡泗水縣，泮水出焉。』泮爲水名可證。」這句是説人們喜歡這泮水。

薄，語助詞。芹，一種水菜。今名水芹菜。

魯侯，有人認爲指周公子伯禽，或指僖公。似以後説較勝。戾（lì力），至。毛傳：「戾，來。」止，語氣詞。

言，語助詞。旂，畫有龍紋的旗幟。

茷茷（pèi佩），亦作伐伐，旆旆之假借，旗幟飄垂貌。見小雅出車注。

鸞，三家詩作鑾，鈴。噦噦（huì會），鈴聲。

無，無論。小、大，指隨從官員的職位大小。

公，指魯侯。　邁，行。言隨從魯侯的人衆多。鄭箋：「我采水之芹，見僖公來至於泮宮，我則觀其旂茷茷然，鸞和之聲噦噦然。臣無尊卑皆從君行而來稱。言此者，僖公賢君，人樂見之。」

韻讀：文部——芹、旂（音芹）。　祭部——茷、噦（音喙）、大（徒例反）、邁（音蔑）。

思樂泮水，薄采其藻。魯侯戾止，其馬蹻蹻。其馬蹻蹻，其音昭昭。載色載笑，匪怒伊教。

藻，水藻，一種水生植物，可做菜吃。見召南采蘋注。

蹻蹻，馬强壯貌。見大雅崧高注。

其音，指魯侯説話的聲音。　昭昭，明快響亮貌。

載，又。　載色載笑，等於又色又笑。見邶風泉水注。　色，和顔悦色。

匪，不。　伊，是。這句是説魯侯没有怒色，而是温和地指教臣下。

韻讀：宵部——藻、蹻、蹻、昭、笑、教。

思樂泮水，薄采其茆。魯侯戾止，在泮飲酒。既飲旨酒，永錫難老。順彼長道，屈此群醜。

茆（mǎo 卯），鳧葵，今名蓴菜。太湖、西湖尤多，用它作湯。

永，長。　錫，賜。　難老，長生不老，長壽的意思。鄭箋：「在泮飲酒者，徵先生君子與之行飲酒之禮，而因以謀事也。已飲美酒而長賜其難老，難使老者，最壽考也。」

順，沿。　長道，遠道。這是説沿着那條遥遠的道路去征伐淮夷。

屈，屈服。　群醜，一群醜惡的人，對淮夷的蔑稱。

韻讀：幽部——茆（謨叟反）、酒、酒、老（音柳）、道（徒叟反）、醜。

穆穆魯侯，敬明其德。敬慎威儀，維民之則。允文允武，昭假烈祖。靡有不孝，自求伊祜。

穆穆，舉止恭敬端莊貌。　見大雅文王注。

敬，恭謹負責。　明，表現。　德，指内心的美德。

維，是。　則，法則，模範。　孔疏：「穆穆然美者，是魯侯僖公能敬明其德，又敬慎其舉動。威儀内外皆善，惟爲下民之所法則也。」

允，信、確實。　文、武，歌頌魯侯有文德武功。　鄭箋：「信文矣，爲修泮宫也。信武矣，爲伐淮夷也。」

昭，明。　假，格、至。　見周頌噫嘻注。　烈祖，指魯國有功的祖先，如周公、伯禽等。　孔疏：「其明道乃至於功烈美祖，謂遵伯禽之法，其道同於伯禽也。」

孝，通效，傚法。　王引之經義述聞：「孝，本作𡥈，説文：𡥈，效也。从子爻聲。效與傚同。經文作𡥈，而訓爲效。故箋云：無不法傚之者。靡有不孝，謂僖公無事不法傚其祖，非謂國人傚僖公也。」

伊，是、此。　祜（hù户），福。　自求伊祜，意爲嚴格要求自己就是幸福。

韻讀：之部——德（丁力反，入聲）、則（音稷）。　魚部——武、祖、祜。

明明魯侯，克明其德。既作泮宮，淮夷攸服。矯矯虎臣，在泮獻馘。淑問如皋陶，在泮獻囚。

明明，即勉勉。見有駜注。

淮夷，古種族名，居今淮河下游一帶地方。　攸，語助詞。有人訓爲「所」，亦通。

矯矯，勇武貌。鄭箋：「矯矯，武貌。」　虎臣，指如猛虎的將帥。

馘（guó國），本作聝，割取敵尸的左耳以計功。説文段注：「不服者，殺而獻其左耳曰馘。」見大雅皇矣注。

淑問，善於審問。　皋陶（yáo搖），傳説中舜時有名的掌管刑獄的官吏，以善斷獄案聞名。鄭箋：「又使善聽獄之吏如皋陶者獻囚，言伐有功，所任得其人。」

韻讀：之部——德、服（扶逼反，入聲）、馘（古逼反，入聲）。　幽部——陶（音由）、囚。

濟濟多士，克廣德心。桓桓于征，狄彼東南。烝烝皇皇，不吳不揚。不告于訩，在泮獻功。

濟濟，衆多貌。　多士，指衆賢士。　鄭箋：「多士，謂虎臣及如皋陶之屬。」

克，能。　廣，推廣。　德心，善意。

桓桓，威武貌。　于，往。　于征，出征。

狄(ㄊㄧˋ剔),通剔,剔即鬄。韓詩作鬄,釋文引韓詩訓「除也」。説文:「鬄,剃髮也。」這是本義,引申爲治理。　東南,指淮夷。

烝烝皇皇,形容衆賢士美盛貌。

吴,魯詩作虞,喧嘩。見周頌絲衣注。　揚,魯詩作陽,高聲。

告,鞫的假借字,亦作𥨍。嚴格治罪。　訩,凶惡的敵人。陳奂傳疏:「説文:『𥨍,窮治罪人也。』不告于訩,言不窮治凶惡,唯在柔服之而已。」

韻讀:侵部——心、南(奴森反)。　陽部——皇、揚。　東部——訩、功。

角弓其觩,束矢其搜。戎車孔博,徒御無斁。既克淮夷,孔淑不逆。式固爾猶,淮夷卒獲。

角弓,用牛角裝飾兩頭的弓。見小雅角弓注。　其觩,即觩觩,角弓彎曲鬆弛貌。

束矢,一捆箭,古五十矢爲一束。　其搜,即搜搜,衆箭發射時發出的密集聲響。

戎車,兵車。　孔博,很多。陳奂傳疏:「博,猶衆也。」

徒,徒行者,步兵。　御,御車者,駕車的官兵。　無斁,不疲倦。

孔淑不逆,陳奂傳疏:「淑,善也。不逆,言率從也。」這句是説淮夷很善良,沒有反叛的行爲。

式,用,因爲。　固,堅定。陳奂傳疏:「固,安也,定也。」　猶,通猷,計謀、戰略。

卒,終於。　獲,克、勝利。陳奂傳疏:「獲,亦克也。」以上二句意爲,因爲堅持了你的戰略,征服淮夷終於得到勝利。

韻讀：幽部——觩、搜。　魚部——博（音補入聲）、斁（音余入聲）、逆（音魚入聲）、獲（音胡入聲）。

翩彼飛鴞，集于泮林。食我桑黮，懷我好音。憬彼淮夷，來獻其琛：元龜象齒，大賂南金。

翩，鳥飛翔貌。　鴞（xiāo 肖），猫頭鷹。見陳風墓門注。

集，停息。　泮林，泮水旁的樹林。

黮（shèn 甚），亦作葚，桑樹的果實。

懷，通饋，歸，贈送。　好音，好聽的聲音，此指善言。　按以上四句以鴞比淮夷。「集于泮林」比淮夷來朝于魯。以鴞食桑葚，比淮夷使者受魯的招待。以「懷我好音」比淮夷使者説投降于魯的好話。

憬，獷之假借，韓詩作獷。　文選李注引韓詩「獷彼淮夷」云：「獷，覺悟之貌。」説文亦云：「憬，覺悟也。」

琛，珍寶。　毛傳：「琛，寶也。」指下述的大龜、象牙、大玉、黄金。

元龜，大龜，古人以大龜爲寶物。　象齒，象牙。

大賂，大璐的假借。　俞樾群經平議：「賂當讀爲璐，説文璐部：『璐，玉也。』……大璐，猶尚書顧命篇大玉耳……从玉、貝之字，古或相通。説文：『玩，弄也。重文貦。』」南金，南方出產的金、銅等貴金屬。

韻讀：侵部——林、音、琛、金。

閟宫

【題解】這是歌頌魯僖公能興祖業、復疆土、建新廟的詩。毛序：「頌僖公能復周公之宇也。」朱熹詩序辨説：「爲僖公修廟之詩明矣。」他們都重點地提出了詩的主題，但不全面。全詩共九章，一百二十句，是詩經裏最長的一首詩。首章追叙周的始祖姜嫄和后稷，次章叙周的興起由於太王、文王、武王。三章叙伯禽受封爲魯公及僖公祭祀祖先。四章叙僖公的祭祀並祝其昌大。五六兩章誇他的戰績並祝其長壽。七章誇他的土地廣大。八章頌他能恢復舊土，家齊國治。末章叙僖公作新廟、奚斯作頌（照朱熹詩集傳分章）。文選班固兩都賦序：「奚斯頌魯。」李善注引韓詩薛君章句云：「言其新廟奕奕然盛，是詩公子奚斯所作也。」可見此詩確是他的作品。他的名字見於左傳魯閔公二年，和僖公是同時人，官大夫，亦名公子魚。

王安石云：「周頌之詞約，約所以爲嚴，盛德故也。魯頌之詞侈，侈所以爲夸，德不足故也。」王氏指出此詩的缺點在于浮夸。僖公雖嘗從齊桓有伐楚之功，而詩夸大其詞，名不副實。由於浮夸，則流爲鋪張炫耀，形成長詩。陳廷傑説：「魯頌多分章，且其體又近乎風，蓋實魯風焉。舍告神之義，爲美上之詞，遂爲秦漢以來刻石銘功之所祖。」他指出了魯頌是媚上的作品，給後世文人替封建帝王、權貴歌功頌德的詩文碑銘，産生過很大影響。

閟宮有侐，實實枚枚。赫赫姜嫄，其德不回。上帝是依，無災無害。彌月不遲，是生后稷。降之百福：黍稷重穋，稙穉菽麥。奄有下國，俾民稼穡。有稷有黍，有稻有秬。奄有下土，纘禹之緒。

閟（bì 必），祕，神的意思。説文：「閟，閉門也。」段注：「引申爲凡閉之偁。又假爲祕字。閟宮箋曰：『閟，神也。』」説文示部：「祕，神也。」閟宮，神廟。王先謙集疏：「宮與廟通。釋宮：宮謂之室，室謂之宮。又室有東西廂曰廟，無東西廂有室曰寢。」這裏指后稷母親姜嫄的廟。有侐（xù 序），即侐侐，清浄貌。

實實，廣大貌。枚枚，釋文：「枚枚，閒暇無人之貌也。」

赫赫，顯耀。鄭箋：「赫赫乎顯著姜嫄也。」姜嫄，后稷的母親，見生民注。

回，邪，不正。這句是歌頌顯赫的姜嫄，她的品德端正而無邪僻。

依，憑依，指姜嫄依靠上帝。

彌，滿。彌月，滿月。鄭箋：「彌，終也。……終人道十月而生子，不遲晚。」

黍、稷、重、穋，四種糧食名。見豳風七月注。

稙（zhī直），早種的穀物。　稺（zhì至），晚種的穀物。　菽（shū叔），豆。

奄，包括，包容。鄭箋：「奄，猶覆也。」見周頌執競注。　下國，天下的意思。朱熹詩集傳：「奄有下國，封於邰也。」

俾，使。　稼穡，耕種。

秬（jù巨），黑黍。

下土，和下國同義。

纘，繼承。見大雅烝民注。　緒，事業。陳奐傳疏：「爾雅：業，緒也。緒、業轉相訓。纘，繼也。纘禹之緒，言禹有平治水土之業，后稷繼而起，教民稼穡也。」

韻讀：脂部——枚、回、依、遲。　之部——稷、福（方逼反，入聲）、麥（明逼反，入聲）、國（古逼反，入聲）、穡（音史入聲）、　魚部——黍、秬、土、緒。

后稷之孫，實維大王。居岐之陽，實始翦商。至于文武，纘大王之緒。致天之届，于牧之野。無貳無虞，上帝臨女。敦商之旅，克咸厥功。王曰叔父，建爾元子，俾侯于魯。大啓爾宇，爲周室輔。

大(tài 太)王，即文王的祖父古公亶父。

岐，岐山。　陽，山的南面。

翦，消滅。　説文作戩，斷或滅的意思。　鄭箋：「剪，斷也。　大王自豳徙居岐陽，四方之民咸歸往之。」

致，奉行。　屆，通殛，誅罰。　陳奂傳疏：「蕩傳：屆，極也。　箋：屆，殛也。　古極、殛通。　致天之屆，猶云致天之罰耳。」這句言武王執行上帝之命誅罰紂。

牧之野，即牧野，商首都朝歌附近的郊外，在今河南淇縣西南。

貳，有二心。　虞，誤、欺騙。　馬瑞辰通釋：「按虞與誤古同音通用。……廣雅釋詁：『虞，欺也。』誤亦欺也。」

臨，臨視。　女，通汝。　指伐殷的兵士。　以上二句是武王在牧野對兵士誓師的話。

敦，同屯，聚集。　馬瑞辰通釋：「此詩敦亦當讀屯，屯，聚也。　蓋自聚其師旅爲聚，俘虜敵之士衆，亦爲屯聚之也。」　旅，軍隊。

咸，完成。　馬瑞辰通釋：「克咸厥功，猶云克備厥功，亦即克成厥功也。」以上二句意爲，將殷商的軍隊的俘虜聚集起來，就能完成那大功。

王，指成王。　曰，齊詩作謂。　叔父，指周公。

建，立。　元子，長子，指周公長子伯禽。

俾，使。　侯，此處作動詞「稱侯」用。伯禽是魯國開國的君主。

啟，開闢。　宇，居。此處引申爲疆域、領土的意思。

周室，周王朝。　輔，輔助。

韻讀：陽部——王、陽、商。　魚部——武、緒、野（音宇）、虞、女、旅、父、魯、宇、輔。

乃命魯公，俾侯于東。錫之山川，土田附庸。周公之孫，莊公之子。龍旂承祀，六轡耳耳。春秋匪解，享祀不忒，皇皇后帝，皇祖后稷。享以騂犧，是饗是宜，降福孔多。周公皇祖，亦其福女。

魯公，伯禽。

東，魯在今山東南部，在周之東。這句意爲，使伯禽稱侯於東方的魯國。

附庸，附屬於諸侯的小國。朱熹詩集傳：「附庸，猶屬城也。小國不能自達於天子而附於大國也。」按明堂位言：「封周公於曲阜地方七百里。」注：「上公之封地方五百里，加魯以四等之附庸，得七百里。」

周公之孫，指魯僖公。周公傳到莊公共十七君，古代自孫以下都稱孫。莊公的兒子只有兩個，一個是閔公，一個是僖公。閔公早死，在位僅二年。到僖公爲十八君。

龍旂，畫着交龍的旗。古代諸侯祭天祭祖都用這種旗。　承祀，繼承祭祀之禮。

轡，馬繮繩，古一車四馬六轡。　耳耳，爾爾的假借，華麗貌。馬瑞辰通釋：「説文：爾，麗爾。猶靡麗也。單言『爾』亦爲盛，重言之則曰爾爾。」

春秋，代表四時。　解，通懈，懈怠。

享祀，祭祀。　忒（tè特），差錯。陳奐傳疏：「按此四句指（僖公）廟祭言。」

皇皇，光明。　后帝，指上帝。

皇祖，君祖，指后稷。鄭箋：「成王以周公功大，命魯郊祭天，亦配以君主后稷。」以上二句言僖公祭天配以后稷。

騂（xīn辛），赤色。　犧，祭宗廟的牲口。鄭箋：「其牲用赤牛純色。」周人崇尚赤色，故用赤色牲口祭神。

饗，宜，兩種祭名。饗，用飲食祭神。宜，本祭社之名。馬瑞辰通釋：「按宜本祭社之名。爾雅釋天：『起大事動大衆必先有事乎社而後出謂之宜。』孫炎注：『宜，求見福佑也。』是也。」

女，同汝，指僖公。

韻讀：東部——公、東、庸。　之部——子、祀、耳、忒（他力反，入聲）、稷。　支部——解（音繫）、帝。　歌部——犧（音呵）、宜（音俄）。　魚部——祖、女。

秋而載嘗，夏而楅衡。白牡騂剛，犧尊將將。毛炰胾羹，籩豆大房。萬舞洋洋，孝孫有慶。俾爾熾而昌，俾爾壽而臧。保彼東方，魯邦是常。不虧不崩，不震不騰。三壽作朋，如岡如陵。

載，始。　嘗，秋祭名。

楅衡（bì héng 必杭），牛欄。說文：「衡，牛觸衡大木。」段注：「是闌閑之謂。」以上二句意爲，秋天開始舉行嘗祭，夏天就將牛養在欄裏，準備作爲祭祀犧牲之用。

白牡，指白色的公豬。　剛，犅的假借字。騂剛，赤黃色公牛。說文：「犅，特也。」特即公牛之義。

尊，酒杯。犧尊，毛傳：「有沙飾也。」犧，沙聲詞，沙是娑的假借字，意爲酒杯上刻有婆娑狀的羽毛爲飾。　將將（qiāng 槍），器物相碰撞的聲音。

毛炰（páo 袍），去毛的烤小豬。　胾（zì 字）羹，肉片湯。朱熹詩集傳：「胾，切肉也。」

籩、豆，古代食器名。見豳風伐柯注。　大房，一種盛大塊肉的食器，形如高足盤。朱熹詩集傳：「大房，半體之俎。足下有跗，如堂房也。」

萬舞，一種舞蹈名稱。見衛風簡兮注。　洋洋，場面盛大貌。

孝，享。孝孫，祭祀的孫，指僖公。　慶，福。

爾，指僖公。　熾，盛。　昌，興旺。

臧，善、安好。

東方，指魯國。

常，永守的意思。

虧、崩，鄭箋：「虧、崩皆謂毀壞也。」

震，震動。　騰，沸騰。　馬瑞辰通釋：「震，當讀如『三川震』之震。　騰，當讀如『百川沸騰』之騰。　正義云『震騰以川喻』是也。」按以上二句是詩人以大山不虧損不毀崩，大水不震動不沸騰，比魯國永保。

三壽，指上壽、中壽、下壽。　文選李善注引養生經：「上壽者百二十，中壽百年，下壽八十。」

朋，比。

如岡如陵，比僖公長壽像山岡丘陵那樣永存人間。

韻讀：陽部——嘗、衡（音杭）、剛、將、羹（音岡）、房、洋、慶（音羌）、昌、臧、方、常。　蒸部——崩、騰、朋、陵。

公車千乘，朱英緑縢，二矛重弓。公徒三萬，貝冑朱綅，烝徒增增。戎狄是膺，荆舒是懲，則莫我敢承。俾爾昌而熾，俾爾壽而富。黃髮台背，壽胥與試。俾爾昌而大，俾爾耆而艾。萬有千歲，眉壽無有害。

公，指魯公伯禽。　車，兵車。　當時的一乘即一輛兵車，配備甲士十人，步卒二十人。　馬瑞辰通釋：「古制蓋以五百乘爲一軍，此詩公車千乘，謂次國二軍也。」

朱英，指武器矛頭上的紅色羽毛的纓飾。　縢（téng 滕），繩。　緑縢，指纏在弓袋上的飾物綠色絲繩。　二矛，古代每輛戰車上插兩枝長矛，夷矛和酋矛。　重弓，每人帶二張弓，其中一張是預備弓。

徒，步卒。下同。　三萬，三軍共有士卒三萬人。

貝，貝殼。　胄，頭盔。　朱綅（qīn侵），紅綫。　馬瑞辰通釋：「按朱綅承貝胄言。段玉裁言毛意謂以朱綫綴貝於胄，是也。」

烝，衆。　增增，同層層，兵士層層前進貌。　毛傳：「增增，衆也。」

戎，西戎。　狄，北狄。　膺，應的假借，魯詩作應。　阻擊。

荆，楚的别名。　舒，魯詩作荼，楚的屬國。　在今安徽廬江縣。　懲，治罰。

承，禦、抵擋。　鄭箋：「僖公與齊桓舉義兵北當戎與狄，南艾荆及群舒，天下莫敢禦也。」

黄髮、台背，都是老年人的象徵。　台，同鮐，鮐魚的背是駝的。　老人頭髮由白變黄，故稱黄髮。　老人駝背像鮐魚的背一樣，故稱台背。　鄭箋：「黄髮台背，皆壽徵也。」

胥，相。　試，比。　馬瑞辰通釋：「試，猶式也，字通作視，廣雅：視，比也。比之言比儗也。壽胥與試，承黄髮台背言，猶云壽相與比耳。」

耆、艾，都是長壽的意思。　禮記曲禮：「五十曰艾，六十曰耆。」　説文段注則認爲七十歲以上的人稱耆，和曲禮説不同。

有，又。說文段注：「古多假有爲又字。」

眉壽，長壽。　無有害，沒有災害。　按以上八句都是詩人祝禱僖公長壽之詞。

韻讀：蒸、侵部通韻——乘、縢、弓、綅、增、膺、懲、承。　之部——熾、富（方逼反，入聲）、背（音逼入聲）、試。　祭部——大（徒例反）、艾（音蘖）、歲（音雪去聲）、害（胡例反，入聲）。

泰山巖巖，魯邦所詹。奄有龜蒙，遂荒大東。至于海邦，淮夷來同。莫不率從，魯侯之功。

巖巖，高峻險要貌。

詹，瞻的假借字，瞻仰。　這句是說泰山是魯國人所瞻仰的名山。

奄，魯詩作弇，包括。　龜，龜山，在今山東省新泰縣西南。　蒙，蒙山，亦名東山，在今山東省蒙陰縣南。

遂，於是。　荒，有。　魯詩作幠，荒、幠一聲之轉，通用。　說文：「荒，蕪也。」其反訓義引申爲具有。　大東，鄭箋：「大東，極東。」指魯極東的邊境。

海邦，指魯東境近海的小國。

來，語詞。　同，朝會。　馬瑞辰通釋：「按說文：『同，會合也。』朝與會同，對文則異，散文則通。諸侯殷見天子曰同，小國會朝大國亦曰同。……來，語詞。『淮夷來同』，猶大雅『徐方既同』也。同，亦『朝會』之通名。」

率，順。率從，服從。

韻讀：談部——巖、詹。東部——蒙、東、邦（博工反）、同、從、功。

保有鳧繹，遂荒徐宅。至于海邦，淮夷蠻貊。及彼南夷，莫不率從。莫敢不諾，魯侯是若。

鳧，鳧山，在今山東鄒縣西南。繹，繹山，亦作嶧山，鄒山，在今山東鄒縣東南。

徐，徐戎，古國名。在今江蘇徐州地方。宅，居。徐宅，指徐國。

淮夷，見前注。蠻貊，東南方的異族，此處指淮夷。陳奐傳疏：「淮上之國，不與華同，故指之曰夷。淮夷在魯東南，故更以南蠻東貊呼之也。」

南夷，指荆楚。殷武傳：「荆楚，荆州之楚國也。」按僖公伐楚事，見春秋僖公四年。

諾，應聲詞，服從聽話的意思。

是，代名詞，指伐楚的戰役。若，順，指順心。鄭箋：「是若者，是僖公所謂順也。」這句意爲，魯侯認爲，這次戰役很順心。

韻讀：魚部——繹（音余入聲）、宅（音徒入聲）、貊（音模入聲）、諾（音奴入聲）、若（音如入聲）。東部——邦（博工反）、從。

天錫公純嘏，眉壽保魯。居常與許，復周公之宇。魯侯燕喜，令妻壽母。宜大夫庶士，邦國是有。既多受祉，黃髮兒齒。

純嘏，大福。鄭箋：「純，大也。受福曰嘏。」

眉壽保魯，長壽而保衛魯國。

常，地名，在魯國南境薛城的旁邊。國語齊語：「齊桓公反魯侵地棠潛。」管子小匡篇作「常潛」。是魯的常邑曾被齊國侵佔，到魯莊公時才歸還魯國。許，即許田，地名，在魯的西境，周公廟的地址，曾被鄭國所侵佔，左傳桓公五年：「鄭伯以璧假許田。」到僖公時，也歸還了魯國。

宇，居。這裏指疆域。

燕，同宴。燕喜，即喜宴。

令，稱善。妻，指僖公妻聲姜。壽，祝壽。母，指僖公的母親成風。鄭箋：「僖公燕飲於内寢，則善其妻，壽其母，謂爲之祝慶也。」

宜，相宜，團結的意思。庶士，指參加宴會的衆臣。鄭箋：「與群臣燕，則欲與之相宜，亦祝慶也。」

是，此、這。有，保有。邦國是有，即保有此邦國。

祉，福。既多受祉，上天已經賜給他很多的幸福。

黄髮、兒齒，都是祝禱長壽之詞。孔疏：「舍人曰：『老人髮白復黄也。』」兒，齯（ㄋㄧˊ倪）的假借字。說文：「齯，老人齒也。」朱熹詩集傳：「兒齒，齒落更生細者，亦壽徵也。」

韻讀：魚部——嘏、魯、許、宇。之部——喜、母（滿以反）、士、有（音以）、祉、齒。

徂來之松，新甫之柏，是斷是度，是尋是尺。松桷有舄，路寢孔碩，新廟奕奕。奚斯所作，孔曼且碩，萬民是若。

徂來，山名，亦作徂徠，在山東泰安縣東南。水經注：「汶水西南流，逕徂徠山西，山多松柏，詩所謂『徂徠之松』也。」

新甫，山名，亦名梁父，在泰山旁。白虎通：「梁甫者，泰山旁山名。」

度，讀入聲，剫字的省借，劈開。馬瑞辰通釋：「説文：『剫，判也。』廣雅：『剫，分也。』……是剫與斷義近，故詩以斷、度並舉。」

尋，八尺。説文：「周制，寸、尺、咫、尋、常、仞諸度量，皆以人體爲法。尋，度人之兩臂爲尋，八尺也。」這裏的尋、尺都用作動詞。此與上句的大意是：將山上的松柏，斬斷劈成尋、尺各種長短不同的建築木料。

桷（jué 決），亦作榷，方形屋椽。舄（xì 戲），大。有舄，即舄舄，粗大貌。毛傳：「舄，大貌。」

路寢，正室，古代君主處理政事的宫室。陳奂傳疏：「路寢居宫之中央，右社稷而左宗廟，故經言路寢必連及新廟也。」孔碩（shuò 朔），很大。

新廟，新修建的神廟，魯詩、齊詩作寢廟，這裏指魯閔公廟。奕奕，三家詩作繹繹，連續貌。

曼，長。孔曼且碩，稱贊奚斯作這首詩篇幅很長而且意義大。馬瑞辰通釋：「猶崧高詩『其詩孔碩，其風肆好』也。」

韻讀：魚部——柏（音補入聲）、度、尺（音杵入聲）、舄（音胥入聲）、碩（音蜍入聲）、奕（音余入聲）、作（音租入聲）、碩、若。

商頌

商頌共五篇。前三篇那、烈祖、玄鳥爲祭祀樂歌，不分章，産生的時間較早。後二篇長發、殷武是歌頌宋襄公伐楚的勝利，皆分章，産生的時間較晚。敘事具體，韻律和諧，比周頌進步多了。據魏源、皮錫瑞、王先謙、王國維等精審的考證，認爲商頌即宋頌，是春秋時代的作品，産生於宋首都河南商丘地帶。陸侃如、馮沅君詩史説商頌「一仿周頌，一仿二雅」，可稱的評。

那

【題解】這是春秋宋君祭祀祖先的樂歌。關於商頌創作的年代，學者争論甚烈：毛序：「祀成湯也。微子至於戴公，其間禮樂廢壞。有正考父者，得商頌十二篇於周之太師，以那爲首。」據此，則商頌爲周太師所保管的商代樂章，時代當在周以前。後人多信序説。魏源詩古微舉了十三證，説明商頌是春秋宋詩。皮錫瑞詩經通論又添上七證。王先謙説：「魏、皮二十證，精確無倫，即令起古人於九原，當無異議。」王氏又引魯説曰：「宋襄公之時，修仁行義，欲爲盟主。其大夫正考父美之，故追道湯、契、高宗所以興，作商頌。」（史記宋世家）齊説曰：「商，宋詩也。」（禮記樂記鄭注）韓説曰：「正考父，孔子之先也，作商頌十二篇。」（後漢書曹褒傳李賢注引韓詩薛君章句）説明三家詩均認爲商頌是春秋宋詩，正考父所作。近世王國維觀堂集林有説商頌一文，從卜辭角度證明商頌皆宗周中葉之詩，約在公元前七七〇年左右，尤有説服力。從此，「商頌即宋詩」已成詩壇定論。

此詩側重描寫祭祀的音樂歌舞。形式模仿周頌，不分章。用韻模仿大雅，但雜亂無章。語言淺顯，不像周頌那樣古樸聱牙。

猗與那與，置我鞉鼓。奏鼓簡簡，衎我烈祖。湯孫奏假，綏我思成。鞉鼓淵淵，嘒嘒管聲。既和且平，依我磬聲。於赫湯孫，穆穆厥聲。庸鼓有斁，萬舞有奕。我有嘉客，亦不夷懌。自古在昔，先民有作。温恭朝夕，執事有恪。顧予烝嘗，湯孫之將。

猗那，與猗儺、婀娜、旖旎同，皆是美盛之貌。與，今作歟，贊歎詞。

置，植之假借，樹立。鄭箋：「置，讀曰植，植鞉鼓者爲楹貫而樹之。」鞉，亦作鼗。鞉鼓，搖鼓，用它節樂。

簡簡，象聲詞，形容鞉鼓聲音洪大。

衎（kàn看），樂，使他喜樂的意思。烈祖，對創業有功的祖先神靈。

湯孫，商湯的子孫，指主祭者。史記集解據韓詩商頌章句，認爲商頌是美宋襄公。則主祭者或爲襄公。　奏，進。　假，通格，至。奏假，祈禱的意思。馬瑞辰通釋：「假與格一聲之轉，故通用。假者，假之假借，格者，洛之假借。湯孫奏假，皆祭者致神之謂也。小爾雅、説文並曰：『奏，進也。』上致乎神曰奏假。」

綏，通遺，賜予（從馬瑞辰、林義光説）。　思，語中助詞。　成，與備、福同義。這句意爲，賜我幸福。

淵淵，三家詩作鼘鼘，象聲詞。廣雅：「鼘鼘，聲也。」

嘒嘒（huì惠），管聲。　管，簜。儀禮大射儀鄭注：「管謂吹簜以播新宫之樂。」賈疏：「簜，大竹也。」引李巡曰：「竹節相去一丈者曰簜。」

和，音節和諧。　平，正，指樂聲高低大小適中。國語周語：「聲應相保曰和，細大不踰曰平。」

依，倚，隨着。　磬，敲擊的樂器名，用石或玉製成。奏樂的開始擊磬，樂終亦擊磬。依我磬聲，指鼓聲、管聲隨着磬聲而終止。

於，贊歎詞。　赫，顯赫，形容盛德。　湯孫，皮錫瑞詩經通論：「湯孫，乃主祭君之號，自當屬宋襄公。且萬舞之名，至周始有也。」

穆穆，和美貌。　厥，其。厥聲，它的聲調。

庸，魯詩作鏞。樂器名，大鐘。説文：「大鐘謂之鏞。」段注：「惟商頌字作庸，古文假借。」

斁，通繹。有斁，即斁斁，樂聲盛大貌。文選甘泉賦注引韓詩章句：「繹繹，貌盛。」

萬舞，古代舞名，見簡兮注。　奕，説文：「大也。」有奕，即奕奕。馬瑞辰通釋：「萬爲大舞，故奕爲大貌。古者樂與舞相接，上文依我磬聲，爲樂之終，故下即言萬舞有奕，爲舞之始。」

嘉客，指來助祭者。朱熹詩集傳：「嘉客，先代之後，來助祭者也。」

夷，悦。夷懌，喜悦。鄭箋：「亦不説懌乎？言説懌也。」

自古，從古。在昔，在從前，和「自古」同義。

先民，前人。有作，有創作，指恭敬之道。國語閔馬父曰：「先聖王之傳恭，猶不敢專，稱曰『自古』，古曰『在昔』，昔曰『先民』。」可見三個詞彙的含義是相同的。

温，温和。恭，恭敬。朝夕，早晚朝見君主。左傳成十二年疏：「旦見君謂之朝，莫（暮）見君謂之夕。」

執事，執行各種事務。有恪（kè客），即恪恪，謹慎貌。國語韋注：「言先聖人行此恭敬之道久矣，不敢創之於己。乃云受之於先古也。」

顧，光顧。烝，嘗，祭名。冬祭曰烝，秋祭曰嘗。這裏泛指四時祭祀。

將，奉獻。朱熹詩集傳：「將，奉也。言湯其尚顧我烝嘗哉？此湯孫之所奉者，致其丁寧之意，庶幾其顧之也。」

韻讀：歌部——猗（音阿）、那。　魚部——鼓、祖。　耕部——成、聲、平、聲、聲。　魚部——斁（音余入聲）、奕（音余入聲）、客（音枯入聲）、懌（音余入聲）、昔（音胥入聲）、作（音租入聲)、夕(音徐入聲)、恪(音枯入聲)。　陽部——嘗、將。

烈祖

【題解】　這也是宋君祭祀祖先的樂歌。毛序:「烈祖,祀中宗也。」朱熹詩序辨説云:「詳此詩,未見其爲祀中宗,而末言湯孫,則亦祭成湯之詩耳。」王質詩總聞:「前詩聲也,所言皆音樂。此詩臭也,所言皆飲食也。商尚聲,亦尚臭,二詩當是各一節。那奏聲之詩,此薦臭之詩也。」姚際恒詩經通論引輔廣云:「那與烈祖皆祀成湯之樂,然那詩則專言樂聲,至烈祖則及於酒饌焉。」他們都不信祀中宗之序説,並指出此詩和那同爲祀成湯,内容却不相同。

這首詩共用魚、耕、陽三部韻,音調頗和諧。尤其是最末十一句,句句入韻,讀來鏗鏘有節,給人一氣呵成之感。

嗟嗟烈祖,有秩斯祜。申錫無疆,及爾斯所。既載清酤,賚我思成。亦有和羹,既戒既平。鬷假無言,時靡有争。綏我眉壽,黄耇無疆。約軧錯衡,八鸞鶬鶬。以假以享,我受命溥將。自天降康,豐年穰穰。來假來享,降福無疆。顧予烝嘗,湯孫之將。

嗟嗟,贊歎詞。　烈祖,見上篇那注。

秩，戴之假借。有秩即秩秩，大貌。　斯，語助詞。　祜，福。
申，重、一再。　錫，賜。
爾，指主祭者湯孫。　斯所，此處。以上四句大意是，烈祖用大福一再賜給你，這福是没有止限的，一直到了今王之處。
載，陳、設置。　酤（gū 姑），酒。按這句是倒文，應作「清酤既載」。
賚（lài 賴），賞賜。　思，語詞。　成，福。見上篇那注。
和羹，調和好的湯。
戒，通屆，至。　平，和平，指肅静。陳奐傳疏：「傳訓戒爲至者，言神靈之來至也。平，和平也。既戒既平，猶言『神之聽之，終和且平也』。」
鬷假，齊詩作奏假，鬷、奏雙聲，故通用。奏，進。假，格、至。見那注。　無言，指祭者静默禱告。
時，這個時候。　靡有争，指祭時大家都很肅敬没有争吵的聲音。
綏，賜。　眉壽，長壽。
黄耇，指長壽之福。
約，纏束。　軝（qí 其），車軸兩頭伸出輪外部分。約軝，用紅漆的皮革纏束着車軝。　錯，塗金的花紋。　衡，車轅前用以駕馬的横木。見采芑注。
鸞，通鑾，車衡上的鈴。一馬兩鈴，四馬八鈴。　鶬鶬，亦作鏘鏘、瑲瑲，象聲詞，鈴聲。以上二句言宋君乘金飾車駕四馬來廟中參加祭祀。皮錫瑞詩經通論：「此當屬宋君之車，上公雖非同姓，亦得乘金輅。周制駕四，故八鸞。」

假，通格，迎神。　享，獻、上供。

我，主祭者宋君自稱。　受命，接受上天之命。　溥，廣。　將，長。楚辭王逸注：「將，長也。」王引之經義述聞：「將，長也。」

康，安樂。這句意爲，從天降下來的安康豐年之福。

穰穰，糧食盛多貌。

假，格，至。來假，指祖宗的神來降。　享，同饗，指祖宗的神吃所獻的祭品。按這句和上面的「以假以享」句不同，「以假以享」，就主祭者言。「來假來享」，就祖宗神言。朱熹詩集傳：「假之而祖考來假，享之而祖考來饗。則降福無疆矣。」

韻讀：魚部——祖、祜、所、酤。　耕部——成、平、争。　陽部——疆、衡（音杭）、鶬、享、將、康、穰、享、疆、嘗、將。

玄　鳥

【題解】

這是宋君祭祀並歌頌祖先的樂歌。毛序：「玄鳥，祀高宗也。」三家詩則以爲宋公祀中宗之樂歌。朱熹不信序説：「此亦祭祀宗廟之樂，而追敘商人之所由生，以及其有天下之初也。」朱説較勝。

詩中追敘部分，帶有神話傳説及史詩性質，和大雅生民相似，可作史料讀。關於契及其母有娀氏的傳説，在屈原、吕不韋時代也繼續流傳：天問：「簡狄在臺嚳何宜？玄鳥致貽女何喜？」吕氏春秋音初篇：「有娀氏有二佚女，爲之九成之臺，飲食必以鼓。帝令燕往視之，鳴若謚隘。二女愛而争搏之，覆以王筐。少選，發而視之，燕遺二卵，北飛，遂不返。二女作歌，一終曰：『燕燕往飛。』實始作北音。」此後，司馬遷史記殷本紀、王充論衡及劉向列女傳均有記載。但最早的首推此詩。

方玉潤贊此篇：「詩骨奇秀，神氣渾穆，而意亦復雋永，實爲三頌壓卷。」這話實在有些過分。論這首詩的氣韻，渾穆則有之，奇秀恐未必，雋永更何從説起。説它與生民相似，是指同樣反映上古歷史情況而言。如若從詩的意境趣味看，讀者只須細細咀嚼，自能體會生民的氣勢宏敞，奇譎生動，是這首詩所不能及的。

天命玄鳥，降而生商，宅殷土芒芒。古帝命武湯，正域彼四方。方命厥后，奄有九有。商之先后，受命不殆，在武丁孫子。武丁孫子，武王靡不勝。龍旂十乘，大糦是承。邦畿千里，維民所止，肇域彼四海。四海來假，來假祁祁，景員維河。殷受命咸宜，百禄是何。

玄鳥，燕子。色黑，故名玄鳥。王逸楚辭注：「簡狄，帝嚳之妃。玄鳥，燕也。簡狄侍帝嚳於臺上，有飛燕墮遺其卵，喜而吞之，因生契。」

商，指商的始祖契。契建國於商，在今河南商邱。劉向列女傳：「契母簡狄者，有娀氏之長女也。當堯之時，與其姊妹浴於玄邱之水。有玄鳥銜卵過而墜之，五色甚好。簡狄得而含之，誤而吞之，遂生契焉。……堯使爲司徒，封於亳。……其後世世居亳，至殷湯興，爲天子。」按劉向習魯詩，不採簡狄爲帝嚳次妃傳會之説，保存了原始的神話傳説。

宅，居、住。殷土，殷商的土地。按殷在盤庚遷殷以後國號爲殷，盤庚以前稱商。芒芒，荒荒之假借，遠大貌。魯詩作「殷社芒芒」，古社、土通用，少一「宅」字。

古帝，天帝。馬瑞辰通釋：「古，始也。萬物莫始於天，故天可稱古，古帝猶言昊天上帝。」

武湯，有武功的湯王。朱熹詩集傳：「以其有武德號之也。」按史記殷本紀：「湯曰：吾甚武，號曰武王。」故商頌也稱他爲武王。

正，通征，征服。域，亦作或，封疆。毛傳：「域，有也。」按域、有一聲之轉，古通。這句意爲，湯征服了別國的封疆而有天下四方。

方，古與「旁」通，普遍。説文：「方，併船也。」這是本義。段注：「假借爲旁。旁，溥也。」故鄭箋云：「方命其君，謂徧告諸侯也。」厥，其。后，君，指諸侯。

九有，九域的假借，韓詩正作九域。有、域古同音，皆讀若「以」，故通用。即九州。文選注引薛君章句：「九域，九州也。」

先后，先君、先王的意思。

殆，怠的借字，懈怠。

武丁，王引之經義述聞：「疑經文兩言武丁，皆武王之譌，而『武王靡不勝』，則武丁之譌。蓋『商之先君，受命不怠』者，在湯之孫子，故曰：『在武王孫子。』『武王孫子』，猶那與烈祖之言『湯孫』也。湯之孫子有武丁者，繩其祖武，無所不勝任，故曰：『武王孫子，武丁靡不勝。』傳寫者上下互譌耳。」王説是。以上三句意爲，殷的先君受天命爲王而工作不懈怠，在於有武王湯的子孫。按武丁是湯的第九代孫盤庚之弟小乙的兒子，在位五十九年。

武丁孫子，武王靡不勝，應作「武王孫子，武丁靡不勝」。這二句意爲，武王湯的孫子武丁對於國事没有不能勝任的。

龍旂，畫着交龍的旗。十乘，兵車十輛。這説武丁帶了上插龍旗的十輛兵車來祭祀祖先。

糦，同饎，韓詩正作饎。説文：「饎，酒食也。」大糦，盛大祭祀用的酒食。王先謙集疏引韓説曰：「大饎，大祭也。」承，奉、上供。

邦，封之假借，與畿同義。文選西京賦注引此句詩作「封畿千里」。邦畿，疆界。

維，是。止，居住。這句意爲，是人民居住的處所。

肇，和「兆」同音通用。鄭箋：「肇，當作兆。」兆域，疆域。這句意爲，疆域擴大到那四海之濱。

假，通格，至。這句意爲，四海的諸侯都來朝見。

祁祁，衆多貌。員，亦作隕，幅隕，四周的意思。維，是。河，黄河。朱熹詩集傳：「景，山名，商所都也。春秋傳亦曰：『商湯有景亳之命』是也。員，與下章『幅隕』義同，蓋言『周』也。河，大河也。言景山四周皆大河也。」受命，指接受上天之命爲王。咸，皆。咸宜，都很適合，指上面所説的諸侯來朝之多，土地幅隕之廣。百禄，多福。何，通荷。擔負，承受。這句意爲，應該承受上天賜給的多福。

韻讀：陽部——商、芒、湯、方。之部——有（音以）、殆（徒里反）、子、里、止、海（音喜）。蒸部——勝、乘、承。歌、脂部通韻——祁、河、宜（音俄）、何。

長發

【題解】這是宋君祭祀商湯，伊尹配祀的樂歌。王先謙集疏：「此或亦祀成湯之詩。詩本亦主祀湯，而以伊尹從祀。其歷述先世，著湯業所由開，非皆祀之。否則，宋爲諸侯，禮不得禘帝嚳，又安得及有娀乎？」王説切合題旨，可從。楚辭天問：「初湯臣摯（伊尹），後兹永輔，何卒官湯而尊食宗緒？」可見在屈原時代就有伊尹配祀湯廟的傳説，一直到春秋商的後代宋君仍從慣例祭祀湯和伊尹。毛序：「長發，大禘也。」據陳奐説，禘即祭，這未免太籠統了。

此詩四、五、六言互用，參差不齊。六章句句用韻，末章六句三韻，讀起來節奏抑揚，音調鏗鏘，頗覺悦耳。和西周周頌相比，顯然有很大進步。

濬哲維商，長發其祥。洪水芒芒，禹敷下土方，外大國是疆。幅隕既長，有娀方將，帝立子生商。

濬，睿之假借，亦作叡（ruì 鋭），智慧。叡哲，明智。維，是。商，指契。長，久。發，發現。祥，吉祥。洪水，大水。芒芒，大貌。今作茫茫。陳奐傳疏：「芒芒，猶湯湯也。」敷，治。下土，天下的土地。方，四方。此謂大禹治平下土四方的洪水。外大國，邊疆以外的大國，古稱諸夏。故毛傳曰：「諸夏爲外。」陳奐傳疏：「禹有天下曰夏，故畿内爲夏，畿外爲諸夏也。」是，這。疆，此處作動詞用，有「畫分疆界」之意。幅隕，即幅員，疆域。説文：「幅，布帛廣也。」段注：「凡布帛廣二尺二寸，其邊曰幅。」引申爲凡廣之稱。員，圓之假借，國界的意思。這句意爲，這時夏國疆域已經很廣長。有娀，淮南子高注：「有娀，國名也。」這裏指契母有娀氏之女。方，正。將，壯大。這説有娀之女正在壯年。　帝，上帝。　立子，指上帝立商之子。　生商，有娀氏生下了契，堯封之於商，後湯王因以爲天下號。按這章寫契。

韻讀：陽部——商、祥、芒、方、疆、長、將、商。

玄王桓撥，受小國是達，受大國是達。率履不越，遂視既發。相土烈烈，海外有截。

玄王，殷商後代對契的尊稱。國語周語：「玄王勤商，十有四世而興。」國語魯語及荀子成相篇皆謂玄王爲契，朱熹詩集傳：「玄者，深微之稱。或曰：以玄鳥降而生也。王者，追尊之號。」　桓，武貌。　撥，韓詩作發，是正字，明。　桓撥，英明。　王先謙集疏：「發，明也。釋文引韓詩文。蓋以桓撥二字平列，訓桓爲武，訓發爲明，言玄王有英明之姿。」

受，接受。　達，通，順利。下句同。　這是説契接受堯封於商爲小國。到舜的末年增加契的土地爲大國，都通達順利。

率，循。　履，禮的借字，三家詩皆作「率禮不越」。　越，過、越軌。　這説契能遵循禮教而不越軌。

遂，乃、於是。　視，省視、視察。　發，執行。　這説契於是視察人民，完全執行他的教令。

相土，契孫。　史記殷本紀：「契卒，子昭明立。昭明卒，子相土立。」　烈烈，威武貌。

海外，指四海之外。　有截，截截，整齊貌。鄭箋：「相土居夏后之世，承契之業，入爲王官之伯，出長諸侯，其威武之盛烈烈然。四海之外率服，截爾整齊。」

韻讀：祭部——撥（音鼈）、達、達、越、發、烈、截。

帝命不違，至於湯齊。湯降不遲，聖敬日躋。昭假遲遲，上帝是祗。帝命式於九圍。

帝，上帝。　按這句爲倒文，即「不違帝命」。

齊，同、一致。　馬瑞辰通釋：「帝命不違，即『不違帝命』之倒文。詩總括相土以下諸君，謂商先君之不違天命，至湯皆齊一。」

湯降，即「降湯」之倒文，指湯的降生適當其時。

聖，明智有創見。　敬，恭謹負責。　躋，升、進。　日躋，與日俱進。

昭假，明告，即禱告上帝。　遲遲，久久不息之意。

上帝是祗，陳奐傳疏：「祗，敬也。上帝是祗，言敬是上帝也。」

命，命令。　式，法。　九圍，毛傳：「九州也。」這句意爲，上帝命令湯做九州的模範領導。

韻讀：脂部——違、齊、遲、躋、遲、祗、圍。

受小球大球，爲下國綴旒，何天之休。不競不絿，不剛不柔，敷政優優，百禄是遒。

受，通授，授予。　球，圓玉。

下國，指諸侯。綴旒，表章。毛傳：「綴，表。旒，章也。」這二句意爲，湯授予諸侯大玉小玉，做了他們的表章。

何，荷的假借，蒙受。休，美福。這句意爲，蒙受天所賜的美福。

競，争。絿，廣雅：「絿，求也。」

敷政，魯詩、齊詩作布政，施政的意思。優優，魯詩作憂憂，本字，優優爲假借字。寬和貌。

遒，揫的假借字，魯詩作揫，聚。這説各種福禄都集聚於他。

韻讀：幽部——球、球、旒、休、絿、柔、優、遒。

受小共大共，爲下國駿厖，何天之龍。敷奏其勇，不震不動，不戁不竦，百禄是總。

共，毛傳：「共，法。」指圖法。章炳麟菿漢閒話：「毛傳球訓玉，共訓法，自有據。蓋玉以班瑞群后，法以統制諸侯。共主之守，莫大於此。是以受之則爲下國綴游，爲下國駿厖矣。」

駿厖，魯詩作駿蒙，齊詩作恂蒙。駿厖爲恂蒙之假借。庇蔭。馬瑞辰通釋：「駿與恂，厖與蒙，古並聲近通用。爲下國恂蒙，猶云爲下國庇覆耳。」

何，同荷，見上。龍，寵的假借，齊詩正作寵。故鄭箋云：「龍當作寵。」這句意爲，蒙受上天賜予的榮寵。

敷，齊詩作傅，施行。敷奏，施展。孔疏：「湯之陳進其勇。」

降，天賜。　予，同與。降予，指天賜給湯。　卿士，鄭箋：「卿士，謂生賢佐也。」這裏指伊尹。

實，此，這。　維，爲，是。實維，這是。　阿衡，即伊尹，官名。他名摯（見史記殷本紀索隱）。馬瑞辰通釋：「説文：『伊，殷聖人阿衡尹治天下者，从人尹。』段玉裁曰：『伊與阿，尹與衡，皆雙聲，即一聲之轉。』今按段説是也。伊尹即阿衡之轉，故毛傳以阿衡爲伊尹，箋亦以阿衡爲官名。」

實，此，指伊尹。　左右，輔助的意思。毛傳：「左右，助也。」　商王，鄭箋：「湯也。」這句意爲，他是輔助商湯的大臣。

韻讀：葉部——葉、業。　之部——子、士。　陽部——衡（音杭）、王。

殷武

【題解】

這是宋君建廟祭祀高宗的樂歌。毛序：「殷武，祀高宗也。」孔疏：「高宗前世，殷道中衰，宮室不修，荆楚背叛。高宗有德，中興殷道，伐荆楚，修宮室。既崩之後，子孫美之，追述其功，而歌此詩也。」王先謙集疏：「韓説曰：『宋襄公去奢即儉。』」見於史記司馬貞索隱、文選張衡東京賦李善注引韓詩。證明這是宋詩，祭者爲宋襄公。從文字方面考查，也不是殷商甲骨文時代所能產生的作品。

此詩主要敘述高宗攻伐荆楚之功，孔疏：「首章言伐楚之功，二章言責楚之義，三章、四章、五章述其告曉荆楚。」陳廷傑詩序解：「詳味此篇之辭，既温而厲。」即指這五章而言。第二章舉成湯時代氐羌不敢不來貢來朝作比，第三章言諸侯亦來服，第四、五章言高宗中興的國內形勢。措詞雖温而實厲，曲而實直。和周頌相比，確實有很大進步。

撻彼殷武，奮伐荆楚。罙入其阻，裒荆之旅。有截其所，湯孫之緒。

撻，勇武貌。或訓伐，亦通。　殷武，毛傳：「殷王武丁也。」武丁，殷高宗名。陳奂傳疏：「高宗都亳，殷則稱殷。撻伐則稱武。故傳謂殷武爲殷王武丁也。」

奮伐，奮力討伐。　荆楚，即楚國。

罙，同深。毛傳、説文均訓罙爲深，以今字釋古字。　阻，險阻。

裒（pōu抔），捊的別體，訓聚或取，引申爲俘，此處作動詞用，故鄭箋云：「俘虜其士衆。」旅，指兵士。

有截，即截截，齊一貌。見長發注。　其所，其地，指荆楚。這句意爲，統一其地。

湯孫，此處指高宗武丁。　緒，功業。鄭箋：「緒，業。」朱熹詩集傳：「蓋自盤庚而殷道衰，楚人叛之，高宗撻然用武以伐其國，入其險阻，以致其衆，盡平其地，使截然齊一，皆高宗之功也。易曰：『高宗伐鬼方，三年克之。』蓋謂此歟？」

韻讀：魚部——武、楚、阻、旅、所、緒。

維女荆楚，居國南鄉。昔有成湯，自彼氐羌，莫敢不來享，莫敢不來王，曰商是常。

維，發語詞。女，同汝。

鄉，地方。這句意爲，荆楚居於我國的南方。皮錫瑞詩經通論：「國，即宋國。此似敵國相稱之詞，楚在宋南，故曰南鄉。」

成湯，湯號。馬瑞辰通釋：「成湯仍當爲生時之號，史記：『湯曰：吾甚武，號爲武王。』或始以武爲號，及武功既成之後，又號爲『成』耳。」按後人認爲成湯是湯死後的謚，不知謚法周以後始有。

自，通雖。彼，那。氐、羌，當時西方的兩種部落名，生活於陝西、甘肅、青海、四川一帶地方（據陳奂考證）。

享，鄭箋：「獻也。」指進貢。揚雄揚州牧箴作「莫敢不來貢，莫敢不來王」。

王，讀如旺，去聲。鄭箋：「世見曰來王。」不來王，不來朝的意思。左傳隱九年：「宋公不王」，不王即不朝。

曰，同聿，發語詞。常，長。指商的國祚最永長。

韻讀：陽部——鄉、湯、羌、享、王、常。

天命多辟，設都于禹之績。歲事來辟，勿予禍適，稼穡匪解。

天，指商王。王先謙集疏：「天謂王也。」辟，君。多辟，指諸侯。績，通蹟、迹，地。禹之績，九州都經過禹的治水，故稱地爲禹迹。以上二句意爲，商王命令諸侯，建設都城在禹所治之地。

歲事，指諸侯每年朝見之事。來辟，來朝。鄭箋：「來辟，猶來王也。」

予，施。禍，通過。適，通謫。禍適，過責。王引之經義述聞：「予，猶施也。禍，讀爲過。廣雅：『謫，過責也。』勿予過責，言不施過責也。」

稼穡，耕種。解，今作懈。匪懈，這裏指勸民不要懈怠。王先謙集疏：「但令其歲時來王，不施過責，惟告之以勸民稼穡而已。」

韻讀：支部——辟、績、辟、適、解（音繫）。

天命降監，下民有嚴。不僭不濫，不敢怠遑。命于下國，封建厥福。

降，下。監，監察。降監，下察人民。

下民，天下面的人民。嚴，通儼。有嚴，嚴嚴，守法謹嚴貌。陳奐傳疏：「嚴，讀爲儼。爾雅：『儼，敬也。』荀子儒效篇：『嚴嚴乎其能敬己也。』楊倞注：『嚴或爲儼。』」

僭、濫，過差，指人民没有過失。馬瑞辰通釋：「説文：『僭，儗也。』僭之本義爲以下儗上，引申之爲過差。濫者嚂之假借，説文：『嚂，過差也。』僭、濫二字同義。」怠，懈怠、懶惰。遑，暇逸、偷閑。按以上二句也是指人民。命，命令。下國，天下諸侯之國。封，毛傳：「大也。」建，立。封建厥福，即大立其福。朱熹詩集傳：「天命之以天下，而大建其福，此高宗所以受命而中興也。」

韻讀：談部——監、嚴、濫。之部——國（古逼反，入聲）、福（方逼反，入聲）。

商邑翼翼，四方之極。赫赫厥聲，濯濯厥靈。壽考且寧，以保我後生。

商邑，三家詩作京邑。王都。毛傳：「商邑，京師也。」按白虎通京師篇云：「夏曰夏邑，殷曰商邑，周曰京師。」毛傳是以周名釋古名。翼翼，繁盛貌。四方，指四方諸侯國。極，中、法。三家詩作「四方是則」，「則」和「極」同義。這二句意爲，京師的禮儀制度翼翼地繁盛，它是四方諸侯國的準則。赫赫，顯著貌。生民毛傳：「赫，顯也。」聲，指高宗的名聲顯著。濯濯，朱熹詩集傳：「光明也。」靈，神靈。指高宗的神靈光明。壽考，長壽。寧，康寧。保，保佑。我，指商。後生，朱熹詩集傳：「謂後嗣子孫也。」按這二句爲倒裝，即保佑我商後嗣子孫永遠長壽康寧。

韻讀：之部——翼、極。　耕部——聲、靈、寧、生。

陟彼景山，松柏丸丸。是斷是遷，方斲是虔。松桷有梴，旅楹有閑。寢成孔安。

陟，登。　景山，朱熹詩集傳：「山名，商所都也。」

丸丸，毛傳：「易直也。」又圓又直貌。這二句意爲，爲了興建廟宇，登上景山觀察木料，看見丸丸的松柏，適於採用。

是，于是。　斷，把樹木鋸斷。　遷，搬，把鋸斷的樹木搬下山來。

方，是。馬瑞辰通釋：「方，猶是也。或言方，或言是，互文以見參差。」　斲，砍，用斧來砍。

虔，削，用刀來削。馬瑞辰通釋：「虔，當讀如虔劉之虔。方言：『虔，殺也。』淮南説林高注：『殺猶削也。』『是斷是遷』，是斬伐木於在山之時，『方斲是虔』，是削伐於作室之隙。」

桷（jué覺），方的椽子。　有梴，即梴梴。説文：「梴，木長貌。」這説松木的椽子那樣長。

旅，櫖之假借，廣雅釋詁：「櫖，磨也。」　楹，堂前柱。旅楹，括磨的柱子。　有閑，即閑閑。

王先謙集疏：「韓説曰：閑，大也。謂閑然大也。」這説括磨的柱子那樣粗。

寢，寢廟。指春秋宋君所建的高宗廟。　孔安，很安。朱熹詩集傳：「安，所以安高宗之神也。」

韻讀：元部——山、丸、遷、虔、梴、閑、安。

詩經注析

篇目音序索引
篇目筆畫索引

篇目音序索引

篇目筆畫索引

八畫